短歌俳句

動物表現辞典

歳時記版

大岡 信 監修

遊子館

短歌 俳句 動物表現辞典

監修のことば

本シリーズは、大岡信監修『日本うたことば表現辞典』全九巻「植物編（上・下）」「動物編」「叙景編」「恋愛編」「生活編（上・下）」「狂歌川柳編（上・下）」（B5判）を再編集し、新書名をほどこしたものである。読者の「よりハンディーに」「より実作に便利なものに」との要望にこたえ、造本は携帯しやすいコンパクトなB6判・合成樹脂表紙となり、内容編成についても、「植物編」「動物編」「叙景編」「生活編」は総五十音順構成から歳時記構成（春、夏、秋、冬、新年、四季）へと大巾な再編集がほどこされている。「恋愛編」については「男歌」「女歌」の分類が、「狂歌川柳編」については、歳時記編のみを採択し、作品の追補がほどこされている。

新書名はそれぞれ『短歌俳句　植物表現辞典』『短歌俳句　動物表現辞典』『短歌俳句　自然表現辞典』『短歌俳句　生活表現辞典』『短歌俳句　愛情表現辞典』『狂歌川柳表現辞典』とした。

この書名には、日本独自の短詩型文学である「短歌」「俳句」「狂歌」「川柳」を、それぞれ独立した文学表現として捉えると共に、それぞれが連続し、または共鳴する文学表現である関係がしめされている。すなわち本シリーズでは、短歌・俳句を同一見出しに収録し、それぞれ万葉から現代にいたる作品が成立順に配列されている。これにより読者は、短歌と俳句の表現手法の変遷を見とることができ、歌語から俳語（季語）への捨象と結実、さらには、日本人の美意識の大河のごとき流れもうかがうことができる。

また、本シリーズには、俳句における季語がほぼ網羅されており、その意味でテーマ別の短歌俳句歳時記辞典となっている。さらに、「四季」の分類で、季語以外の見出しが豊富に収録されており、作品を通して、季語の成立とその概念を考える上でも十分参考になる。

第一巻の『植物表現辞典』には四季折々の植物の形・色・香りに寄せた多彩な作品が収録され、図版も豊富で、植物画辞典と見間違えるほどの紙面は、読者の眼を大いに楽しませるであろう。第二巻の『動物表現辞典』には、日本人の「鳥獣虫魚」に対する写実と共棲の眼差しが随所にうかがわれる。第三巻の『自然表現辞典』には、「叙景」を通した「叙情歌」のすぐれた作品群を見ることができる。第四巻の『生活表現辞典』には、一〜三巻には収録されていない人事・宗教など生活万般の季語と作品が収録されている。さらに第五巻『愛情表現辞典』は、日本の詩歌作品の中心ともいうべき「叙情」、その核をなす「愛の歌」「恋愛の歌」に標準をあてており、読者は収録された作品を通して、万葉人の昔から現代に至るまで変わらない人間感情の大動脈を読みとることができよう。

最終巻の『狂歌川柳表現辞典』においても同様の編集がなされ、短歌・俳句の志向する「雅」に対し、笑いと機知、諧謔と風刺を主題とする「俗」の一大沃野を読みとることができる。読者は、「雅」に対する「俗」の中にも、人間性の全面的な開花があり、雅俗相俟って初めて、私たちの文学が全円的なものになるということを理解できるであろう。

以上のことから、本シリーズは、狂歌・川柳までをも包括した日本の短詩型文学を季語の分類に照応させ、さらに重要なテーマを追補した総合表現辞典として、また引例作品の博捜ぶりと配列の巧みさにおいて、それぞれの分野の研究者ならびに実作者にとって、有用かつ刺戟的な座右の書となるものと確信し、江湖に推奨したい。

二〇〇二年三月

監修者　大岡　信

目 次

凡例

一、本辞典は、本編「春」「夏」「秋」「冬」「新年」「四季」の六章、ならびに「総五〇音順索引」よりなる。

二、本辞典では、動物に関する多彩な表現を明らかにするため、動物表現語彙を見出し語として立項し、その語を詠み込んだ秀歌・秀句の用例を収録した。見出し語は動物名のみならず、「鮟鱇鍋」「猫の恋」「鎌鼬」「貘枕」「蚯蚓鳴く」「虫干」など、動物を材とする事象の名称、動物を借用した名称、動物のある景観などもとりあげ、動物と生活・風俗との幅広い関係にも考慮した。

三、見出し語の分類は、俳句において季語のものはそれぞれの季節に、季節を限定しない見出し語については「四季」の部に収録した。季語はおおむね以下の原則によって分類した。

春…立春（二月四日）から立夏の前日（五月五日）まで
夏…立夏（五月六日）から立秋の前日（八月八日）まで
秋…立秋（八月八日）から立冬の前日（十一月六日）まで
冬…立冬（十一月七日）から立春の前日（二月三日）まで

なお、新年行事に関する季語については、旧暦と新暦のずれを考慮し、「新年」の部として独立させた。

四、各章での見出し語の配列は、仮名表記の五〇音順とし、【　】内に一般に通用する漢字表記を記載した。

五、外来語名が一般的な動物名については、カタカナで見出し語を表記し、適宜【　】内にその原語表記を記載した。

六、解説文中、以下の略号を用いた。
＊［和名由来］…見出し語の動物の和名の由来を表した。
＊［同義］…古名、別称など、同じ動物と比定できる名称を表した。
＊［同種］…見出し語の動物と同種類の動物名を掲出した。
＊⬇…参照すべき見出し語と読み仮名を示し、その語が収録されている章を［春］［夏］［秋］［冬］［新年］［四季］で表した。

七、本辞典には、万葉から現代にいたる和歌、短歌、俳句を収録した。和歌・俳句の作品は「作品」「作者」「出典」の順に表記した。

八、掲載図版は図版名を記し、［　］内に出典を記載した。

九、和歌凡例

＊作品の用例・出典名は原則として『新編国歌大観』（角川書店）に拠り、本書表記凡例に従い適宜改めた。

＊勅撰集・私撰集からの和歌には、部立・巻数・作者名を適宜記載した。

＊私家集からの和歌には、出典を記載し、編・作者名を付記した。

＊百首歌、歌合からの和歌には、出典を記し、作者名の判明しているものは作者名を記載した。

＊物語中の和歌には、作品名と巻数を記載した。

＊贈答歌、長歌、旋頭歌などは、その旨を記載した。

＊江戸時代以降の和歌、近・現代短歌は、作者名・出典名を記載した。

＊和歌・短歌に含まれた動物表現語彙に基づき、それぞれの見出し語に用例として収録したが、季題としての表現ではないため、必ずしもその季節の歌と特定できないものもある。

＊短歌作品は、おおむね歌集の成立年順・江戸時代以降の歌人は生年順に掲出した。

一〇、俳句凡例

＊作者名の表記は、江戸期以前は俳号（雅号）または通行名とし、明治期以降は俳号に姓を付すか、または作家名・本名を記載した。俳号は『俳文学大辞典』（角川書店）、『俳諧大辞典』（明治書院）によった。

＊作者に複数の俳号がある場合は、一般的に著名な俳号で掲出した。

＊出典の表記は、原則として句集名、収録書名を記載したが、略称表記をしたものもある。

＊俳句作品は、生没年の不明な俳人も多いため、おおむね俳人の時代順に掲出した。俳人の生没年は『俳文学大辞典』（角川書店）、『俳諧大辞典』（明治書院）によった。

一一、表記について

＊解説文の漢字表記は、常用漢字、正字体を使用し、異体字はほぼ現行の字体とした。ただし、収録歌・収録句の作品性などを考慮して、字体を残す必要のあると思われるものは、常用漢字があるものでも正字体を使用した。

＊用例作品は原則として出典どおりに収録したため、旧仮名遣いと現代仮名遣いを併用した。また異本などとの関係で、仮名・漢字の表記が常に同一とは限らない。

＊反復記号は出典に準拠し、（ゝ、ゞ、ヽ、ヾ、々、〱）を使用した。

＊理解上、難読と思われる漢字、誤字などについては、適宜、ふりがなを補足した。

一二、本編「春」「夏」「秋」「冬」「新年」「四季」の全見出し項目の検索のために、巻末に「総五〇音順索引」を付した。

春

立春（二月四日頃）から立夏前日（五月五日頃）

「あ」

あいなめ【鮎並・鮎魚女・愛魚女】
　アイナメ科の浅海魚。日本近海、朝鮮半島南部などの海藻の多い岩礁に生息する。「あゆなめ」ともいう。体長三〇〜四〇センチ。体色は、黄色、赤褐色、紫褐色など変化に富む。側線が五本あるのが特徴。春から夏のものが旬として漁獲される。磯釣りの好対象魚。［和名由来］鮎のように縄張りをもつため「鮎並（あゆなみ）」の意から。形や滑らかさが鮎に似ているところから——『大言海』。美味で愛すべき魚であるところから「愛魚女」の意など。［同義］油女・油魚（あぶらめ）、あぶらこ〈北海道〉、くろあい〈兵庫〉、もつ〈島根〉。

あかがえる【赤蛙】
　日本赤蛙（にほんあかがえる）、蝦夷赤蛙（えぞあかがえる）、山赤蛙（やまあかがえる）などアカガエル科の蛙の総称。［同義］山蛙（やまがえる）、山蛤（やまはまぐり）。➡蛙（かえる）［春］、蛙（かわず）［春］

§

沢水に夕くだり来る赤蛙つかまへ遊ぶ月もいでぬかも　土屋文明・山谷集

飛んでいつぴき赤蛙　種田山頭火・草木塔

あかひげ【赤鬚】
　ヒタキ科の駒鳥に似た鳥。南西諸島に分布する。翼長約七・五センチ。雄の頭・背部は茶褐色。胸部は黒色で腹部は白色。雌は喉が白色。［同義］琉球駒鳥（りゅうきゅうごま）。➡駒鳥（こまどり）［夏］

あげはちょう【揚羽蝶・鳳蝶】
　略して「揚羽（あげは）」ともいう。①アゲハチョウ科の大きな蝶の総称。②アゲハチョウ科の「並揚羽蝶（なみあげは）」の通称。翅は緑黄色の地に黒条・黒斑がある。翅を拡げた長さは八〜一二センチ。［同種］黄揚羽・黄鳳蝶（きあげは）、黒揚羽蝶・黒鳳蝶（くろあげは）、麝香揚羽蝶・麝香鳳蝶（じゃこうあげは）、烏揚羽蝶・烏鳳蝶（からすあげは）。➡蝶（ちょう）［春］、烏揚羽蝶（からすあげは）［春］、黒揚羽蝶（くろあげは）［春］、柚子坊（ゆずぼう）［秋］

§

山深き飛瀑をのぼる大揚羽　飯田蛇笏・椿花集
揚羽蝶花首曲げてすがりけり　杉田久女・杉田久女句集補遺
水垂らし水垂らし揚羽袋出る　原コウ子・胡卉
永く憩ふ一湾越ゆる揚羽にて　三橋鷹女・羊歯地獄
雨近し揚羽にはかに飛びちがひ　中村汀女・花影
色変り次の揚羽も間なく来る　中村汀女・花影
高みより揚羽も辻に戸惑ひつつ　中村草田男・母郷行
翔け抜けてかけゆく揚羽出初めけり　中村草田男・長子
長生やある時間以後揚羽蝶　中尾寿美子・老虎灘

あげひばり【揚雲雀】

雲雀の雄は「ピーチュル・ピーチュル」と鳴きながら空高く飛び、一気に落下する習性がある。これを「揚雲雀（あげひばり）」、「落雲雀（おちひばり）」という。⇩雲雀（ひばり）［春］

§

うれ麦の穂にすれすれにつばくらめまひ群れて空に揚雲雀なく　土岐善麿・はつ恋

揚ひばりそこの樹《こ》の間《ま》のなかぞらに見ゆるをなほも見えたまはぬや　若山牧水・黒松

檜扇に招きかへさん揚雲雀　内藤鳴雪・鳴雪句集

藤塚の桃林遠し揚雲雀　伊藤左千夫・伊藤左千夫全短歌所収「俳句」

落つるなり天に向つて揚雲雀　夏目漱石・漱石全集

物草の太郎の上や揚雲雀　夏目漱石・漱石全集

日を厭ふ傘つたなしや揚雲雀　幸田露伴・蝸牛庵句集

巻向の檜原かすみて揚雲雀　藤井紫影・春夏秋冬

雲雀揚がる武蔵の国の真中かな　石井露月・露月句集

揚雲雀曇を出て天王寺　岡本癖三酔・癖三酔句集

一瞬のわれは襤褸や揚雲雀　中尾寿美子・老虎灘

あざらし【海豹】

アザラシ科の海獣の総称。南北両極圏、北海道近海に生息する。体長二〜六・五メートル。体は紡錘形で黒色の斑紋が散在する。春先、オホーツク海から南下してくる流氷に乗って、北海道東部の沿岸にやってくる。頭部は丸く耳殻はない。四肢は遊泳に適するように変化し、後肢は尾びれに似る。一雄多雌で群棲する。捕獲され製皮、硬化油、石鹸などの材料となる。

あさり【浅蜊・蛤仔】

マルスダレガイ科の二枚貝。全国の内海に分布する。貝殻は卵形。殻長は約四センチ。殻の表面は布目状で帯白色。内海の泥砂中に生息する。多くは養殖される。潮干狩の主な対象貝。いちばん味が良いのは春。「浅蜊汁（あさりじる）」などにして食す。［和名由来］「求食貝（アサリガイ）」の意—『大言海』。浅瀬に生息する貝の意—『本朝食鑑』。砂利（サリ）にいる貝の意など。［同義］あさりがい、いそも、こがい、べにあさり、やまぶき、しらきじ、かのこ。［同種］姫浅蜊（ひめあさり）、鬼浅蜊。⇩貝（かい）［四季］、浅蜊採り（あさりとり）［春］、鬼浅蜊（おにあさり）［春］

§

あさりうる事はなくして朝夕にすゞりのうみのひがちなる哉　大隈言道・草径集

あざらし［動物訓蒙］

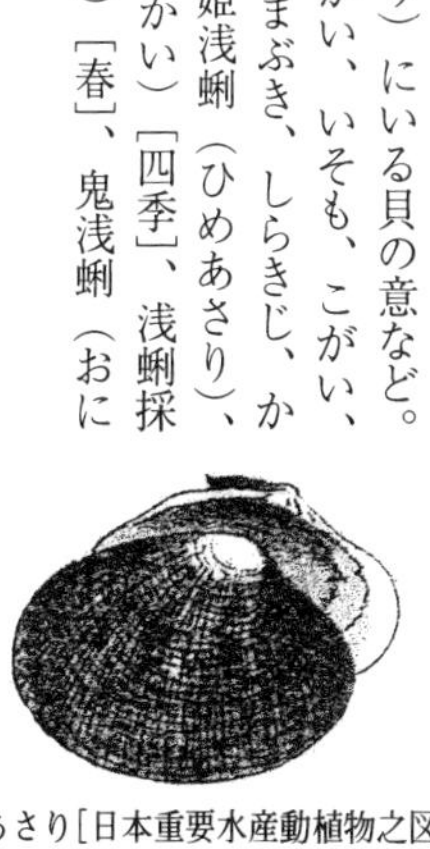
あさり［日本重要水産動植物之図］

心あてに待ちしわが子の来りしに年越の夜の浅蜊貝の汁
岡麓・涌井

あさり貝むかしの剣うらさびぬ　其角・五元集拾遺

泥はもとの海へ目指のあさり貝　白雄・白雄句集

三月風吹く浅蜊を水に沈める　大橋裸木・人間を彫る

あさりとり【浅蜊採り】

干潮時に干潟をあさって採る。潮干狩。⬇浅蜊（あさり）［春］

§

遠浅《とほあさ》や浪《なみ》にしめさす蜊《あさり》とり　亀洞・あら野員外

われがちに数あるものを蜊とり　白雄・白雄句集

あしながばち【脚長蜂】

スズメバチ科の昆虫の一群。体は六脚二翅で、頭、胸、腰の三つの部分が明確にわかれている。体色は赤褐色で黒褐色の線がある。細身で脚は長い。飛ぶ時に中脚を下げて飛ぶのでさらに長く見える。人家近くに生息する。木材をかじり取り、唾液でかため、下向きの蓮の実に似た巣をつくる。［同義］こしきり蜂（こしきりばち）。⬇蜂（はち）［春］

§

夕《ゆふ》青き微光のなかをあがりゆく足長蜂は脚《あし》を垂らせり
北原白秋・桐の花

古家のひるの小床に寝て居れば足長蜂ひとつ飛びて来にけり
古泉千樫・青牛集

あとにしん【後鰊】

ニシン科の海水魚の鰊は、春の彼岸頃から産卵のために間隔をおいて沿岸に群来する。このため早く群来する順に、「走り鰊（はしりにしん）」、「中鰊（なかにしん）」、「後鰊（あとにしん）」という。⬇鰊（にしん）［春］

あび【阿比】

アビ科の海鳥の総称。夏、北極海などで繁殖。日本には冬に飛来し、海洋に広く群棲する。翼長約三〇センチ。背部は黒褐色。頭・背部に白色斑がある。鵜に似て潜水が巧みで小魚を捕食する。魚群を追う習性があり漁獲の参考となる。瀬戸内海では「いかなご」を追って飛び、「いかなご」を好餌とする鯛が集まり、鯛漁に役立つ。［同義］平家鳥（へいけどり）、潜く鳥（かずくとり）。

あぶ【虻】

双翅目の一群の昆虫の総称。蝿に似ているが蝿より大きく眼も大きい。体は黒色で、胸・背部に三条の黄色の縦毛線がある。雌は人畜の血を吸う。雄は花粉、花蜜をなめる。幼虫は蛆状で水棲。多くは肉食性。［和名由来］羽音が大きく「アブアブ」と鳴くように聞こえるところからと—滑稽雑談。［同種］牛虻（うしあぶ・ぎゅうぼう）、花虻、やまと虻（やまとあぶ）、姫虻（ひめあぶ）、みず虻（みずあぶ）、塩屋虻（しおやあぶ）、ひらた虻（ひらたあぶ）、青虻（あおあぶ）、黄虻（きあぶ）。⬇花虻（はな

あぶ［訓蒙図彙］

あぶ）［春］、牛虻（うしあぶ）［春］、冬の虻（ふゆのあぶ）［冬］

§

暗しくらしかの唐茄子《たうなす》の花底に蜜吸ふ虻もくさり居るらん　島木赤彦・馬鈴薯の花
ひる過ぎてくもれる空《そら》となりにけり馬おそふ虻《あぶ》は山こえて飛ぶ　斎藤茂吉・ともしび
黒き虻《あぶ》白き八《や》つ手《で》の花に居て何かなせるを臥しつゝ見やる　木下利玄・銀
風さやぎ若葉みだるる光のなかつるめる虻の飛びてゆくかも　古泉千樫・青牛集
田より田に水かよふ音田の畔《あぜ》の草間《くさま》に籠る虻の翅音《はねおと》　宮柊二・忘瓦亭の歌
草枕虻《あぶ》を押へて寐覚《ねざめ》けり　路通・俳諧勧進牒
仰《あふむけ》にこけてもかくや虻《あぶ》の足　土芳・けふの昔
此虻をたばこで逃すけぶり哉　其角・五元集拾遺
虻蜂《あぶはち》の声や一むれ何奉加《ほうが》　露川・北国曲
馬は眠犬は追る、門の虻　白雄・白雄句集
それ虻《あぶ》に世話をやかすな障子《しゃうじ》窓　一茶・七番日記
道連の虻一つ我もひとりかな　一茶・句帖
酒飲めば虻来て耳に鐘撞くや　菅原師竹・菅原師竹句集
虻飛んで一大円をゑがきけり　村上鬼城・鬼城句集
落ちさまに虻を伏せたる椿哉　夏目漱石・漱石全集
死にし虻《あぶ》蘇《よみがえ》らんとしつゝあり　高浜虚子・六百五十句
虻《あぶ》と蜂の花に日暮る、別れかな　河東碧梧桐・碧梧桐句集
鶏の何きき耳や虻の昼　西山泊雲・泊雲
山は草風寝さそふ程な虻日和　大須賀乙字・乙字俳句集
虻生《あ》れて晴れて教師も昼餉待つ　中村草田男・長子
母の背に居る高さ虻の来る高さ　中村草田男・火の島
椿落ちて虻鳴き出づる曇りかな　芝不器男・不器男句集
虻を手にうちころしをり没日の中　加藤楸邨・野哭
虻の下靴履く吾子の髪かゞやき　石田波郷・馬酔木

あまうそ【雨鷽】

アトリ科の鳥の鷽の雌をいう。「あめうそ」ともいう。鷽の雄は喉が深紅色で、背部は灰白色の色鮮やかな鳥のため、「照鷽（てりうそ）」と呼ばれるが、雌は全体に褐色なため、「あまうそ」「くろうそ」と呼ばれた。「照」に対して「雨」を対照した名。⬇鷽（うそ）［春］

あめふらし【雨虎・雨降】

アメフラシ科の軟体動物。岩礁に生息する。体長約三〇センチ。体は蛞蝓（なめくじ）に似て、触角は二つある。体色は暗褐色で白色の斑紋が散在する。触れると濃紫色の汁をだす。卵は「海索麺（うみそうめん）」という。［和名由来］いじめると雨が降るという伝承から。［同義］海鹿（うみしか）、海兎（うみうさぎ）。

§

雨虎《あめふらし》甘言の世に在りつづく　中尾寿美子・新座

あゆくみ【鮎汲】

三～四月頃から川を溯上する若い鮎を、寄せ網で一か所に集めて玉網ですくい捕ること。［同義］汲鮎（くみあゆ）、小

鮎汲み（こあゆくみ）。⬇若鮎（わかあゆ）［春］、小鮎（こあゆ）［春］

§

五日経《へ》ぬあすは戸無瀬《となせ》の鮎汲《あゆくま》ん　去来・一楼賦
ころびたる木《き》の根《ね》に花《はな》の鮎《あゆ》とらん　野水・春の日
鮎汲めば鮎より多き落花哉　石橋忍月・忍月俳句抄

あゆのこ【鮎の子】

三～四月頃から川を溯上する鮎の稚魚。⬇小鮎（こあゆ）［春］、若鮎（わかあゆ）［春］、鮎（あゆ）［夏］

§

黒雲の寄りくと星のわななけり泥をおそるる鮎子のやうに　与謝野晶子・深林の香
大川を堰《せ》ける野中の井手に入りて泳ぎたはむるる鮎の子の見ゆ　若山牧水・山桜の歌
なめらかになびく川藻のひとふさのなびける蔭をゆける鮎の子　若山牧水・山桜の歌
水を掩ふ藪いたどりの葉かげなる羽虫に跳ぬる鮎の子の群　若山牧水・山桜の歌
鮎の子の白魚送る別《わかれ》かな　芭蕉・伊達衣

あゆほうりゅう【鮎放流】

春、三～四月頃に鮎の稚魚を放流すること。［同義］放ち鮎（はなちあゆ）、鮎放つ（あゆはなつ）。⬇鮎（あゆ）［夏］、若鮎（わかあゆ）［春］

ありあなをいづ【蟻穴を出づ】

春、冬籠りをしていた蟻が巣穴からでて活動すること。⬇蟻穴に入る（ありあなにいる）［秋］

§

蟻のいづ虫明の瀬戸桜貝　才麿・向之岡
蟻《あり》の穴出《あないづ》るもみぢの木陰かな　土芳・蓑虫庵集
蟻穴を出て地歩くや東大寺　松瀬青々・鳥の巣

「い」

いいだこ【飯蛸】

マダコ科の蛸。北海道南部以南に分布し、水深一〇メートルほどの砂底に生息する。体長二〇～三〇センチ。体は卵状楕円形。体色は変化が多いが通常黄褐色から黒褐色。眼の間に黄金色の斑紋がある。佃煮や乾蛸となる。二～三月、海底の空（から）の貝などに産卵する。［和名由来］抱卵期のものを煮ると、腹部が飯の詰まっているように見えるところから。［同義］こもちだこ、いしだこ、かいだこ、望潮魚（いいだこ・ぼうちょう

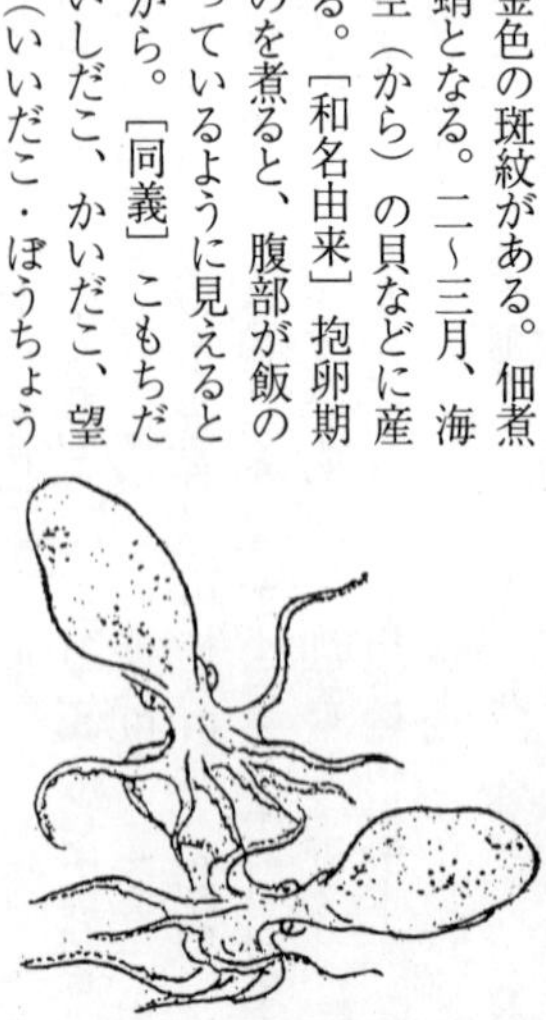

いいだこ［潜龍堂画譜］

ぎょ)。⇩蛸(たこ)[夏]

§

飯蛸のあはれやあれではてるげな　来山・いまみや草
飯蛸の糧もつゝまず須磨明石　許六・荒小田
飯蛸のをのれ足くふ河内哉　沾徳・俳諧五子稿
飯蛸の手足やつるゝ旅寐かな　洒堂・小弓俳諧集
飯蛸の飯より多し遊ぶ事　乙二・斧の柄
蟹に負けて飯蛸の足五本なり　夏目漱石・漱石全集
飯蛸の一かたまりや皿の藍　夏目漱石・漱石全集
飯蛸の頭に兵と吹矢かな　夏目漱石・漱石全集
飯蛸や高砂の浦の売残り　松瀬青々・妻木
飯蛸《いひだこ》の頭《あたま》つゝきつ小鍋立《こなべだて》　泉鏡花・鏡花句集

いがい【貽貝】

イガイ貝の二枚貝。北海道南部以南に分布し、近海の岩礁に足糸で付着し群棲する。長卵形で殻長約一三センチ、殻高約六センチ。外面は黒褐色で、内面は鈍い真珠色。食用。煮て乾燥したものは淡菜(たんさい)として中国料理の食材となる。[同義] 黒貝・玄貝(くろがい)、貽の貝(いのがい)、姫貝(ひめがい)、にたり貝(にたりがい)、瀬戸貝(せとがい)、雛の貝(ひなのかい)。⇩貝(かい)[四季]

いかなご【玉筋魚】

イカナゴ科の海水魚。沖縄を除く日本全土に分布し、内海の砂底に群棲する。体は細長く槍形。体長一五〜二五センチ。背面は青褐色、下腹面は銀白色。砂中に夏眠する。幼魚は佃煮や煮干し、しらす干となる。[和名由来] 鮊(かます)の子と区別がつきにくく「イカナコ(如何子)」「イカナルコ(如何魚子)」の意と。[同義] 小女子(こうなご)、梭魚子(かますご)、ながうお〈北海道〉、こうなごかます〈千葉・東京〉。

いかなご[日本重要水産動植物之図]

§

雪の如くわく鮊《いかなご》や鯛豊漁　青木月斗・時雨

いそぎんちゃく【磯巾着】

イソギンチャク目の腔腸動物の総称。温帯から熱帯域に分布し、岩礁などに着生する。体色は鮮紅色・紅色・緑白色などさまざま。体は円筒形で周囲に骨格はなく軟体状。体の中央に穴があり、周囲に触手をもち、刺激にあうと収縮する。刺糸胞と毒糸をもち、小魚などを捕食する。[同義] 石牡丹(いしぼたん)。

いたやがい【板屋貝】

イタヤガイ科の海産の二枚貝。北海道南部以南に分布し、砂泥底に生息する。殻形は扇状で放射筋があり、帆立貝(ほたてがい)に似る。殻長約一二センチ。体色は紅褐色。両殻を開閉して泳ぐ。食用。貝柱は乾物

いそぎんちゃく[ヨンストン動物図説]

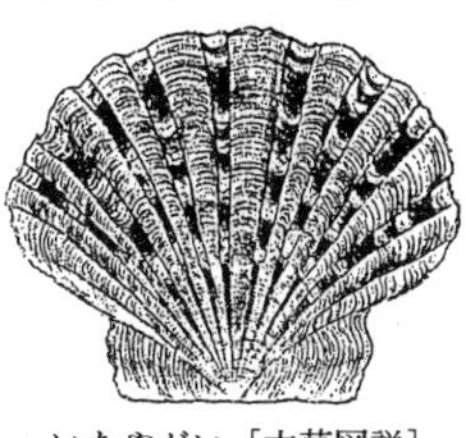

いたやがい[本草図説]

になり、殻は杓子に用いられる。[同義] 杓子貝（しゃくしがい）。

「う」

うおじま【魚島】

瀬戸内海で八十八夜前後（立春から八八日目。五月二～三日頃）に、魚が産卵のために海岸へ押し寄せること、またはその場所や時期をいう。鯛の旬をいうことが多い。➡鯛網（たいあみ）[春]、浮鯛（うきだい）[春]

うおひにのぼる【魚氷に上る】

七十二候の一。立春の節の第三候（二月一四～一八日）。春になり、池沼の氷が割れ、魚が躍りでる頃をいう。➡魚（うお）[四季]

うかれねこ【浮かれ猫】

春の交尾期の落ち着かない猫。➡猫の恋（ねこのこい）[春]

うきだい【浮鯛】

春、産卵のために外海からきた鯛が、海峡などの水圧の急激な変化に対して鰾（うきぶくろ）を調節できず、ガスが充満して海上に浮き上がること。➡魚島（うおじま）[春]、鯛（たい）[四季]

うぐいす【鶯】

ヒタキ科の小鳥。日本全土に分布し、低山から高山の灌木林に生息する。雀よりやや小さく、翼長約一六センチ。背部は青黄褐色（うぐいす色）で腹部は灰白色。嘴は細尖で黒色。脚は灰黒色。眉に灰白色の三毛がある。繁殖期は四～八月で、山地の笹藪などに巣をつくり産卵する。冬から早春に低地に移り、梅の咲く頃に人里にも現れる。早春より雄が美声で鳴く。雌は鳴かない。尾を揺がして鳴く。鳴声は「ホーホケキョ」と鳴くが「ケキョ・ケキョ・ケキョ」と連続して鳴くことを「鶯の谷渡り（うぐいすのたにわたり）」といい、「ホーキーベカコン」と鳴くことを「鶯の高音（うぐいすのこうね）」という。その鳴き声の美しさのため往時より愛され、古歌では、春を待ち、春を惜しむ歌が数多く詠まれている。とくに、和歌では、梅の花と共に詠まれることが多く、平安時代の和歌ではそのほとんどが梅と共に詠まれている。また「うぐいす」に「憂く」を掛ける歌もある。別名も多い。古来、駒鳥、大瑠璃と共に三銘鳥として愛賞される。[和名由来] 諸説あり。「ウ（藪）クイス（食巣）」と—『東雅』。古人は鶯の鳴き声を「ウクヒ」と聞き「ス・シ」が鳥をあらわす接尾語。[同義] 匂鳥（におどり）、春告鳥・報春鳥（はるつげどり）、花見鳥（はなみどり）、人来鳥（ひとくどり）、黄粉鳥（きなこどり）、禁鳥（とどめどり）、黄鳥（こうちょう）、金衣鳥、歌詠鳥（うたよみどり）、経読鳥（きょうよみどり）、百千鳥（ももちどり）。➡鶯の初音（うぐいすのはつね）[春]、鶯の巣

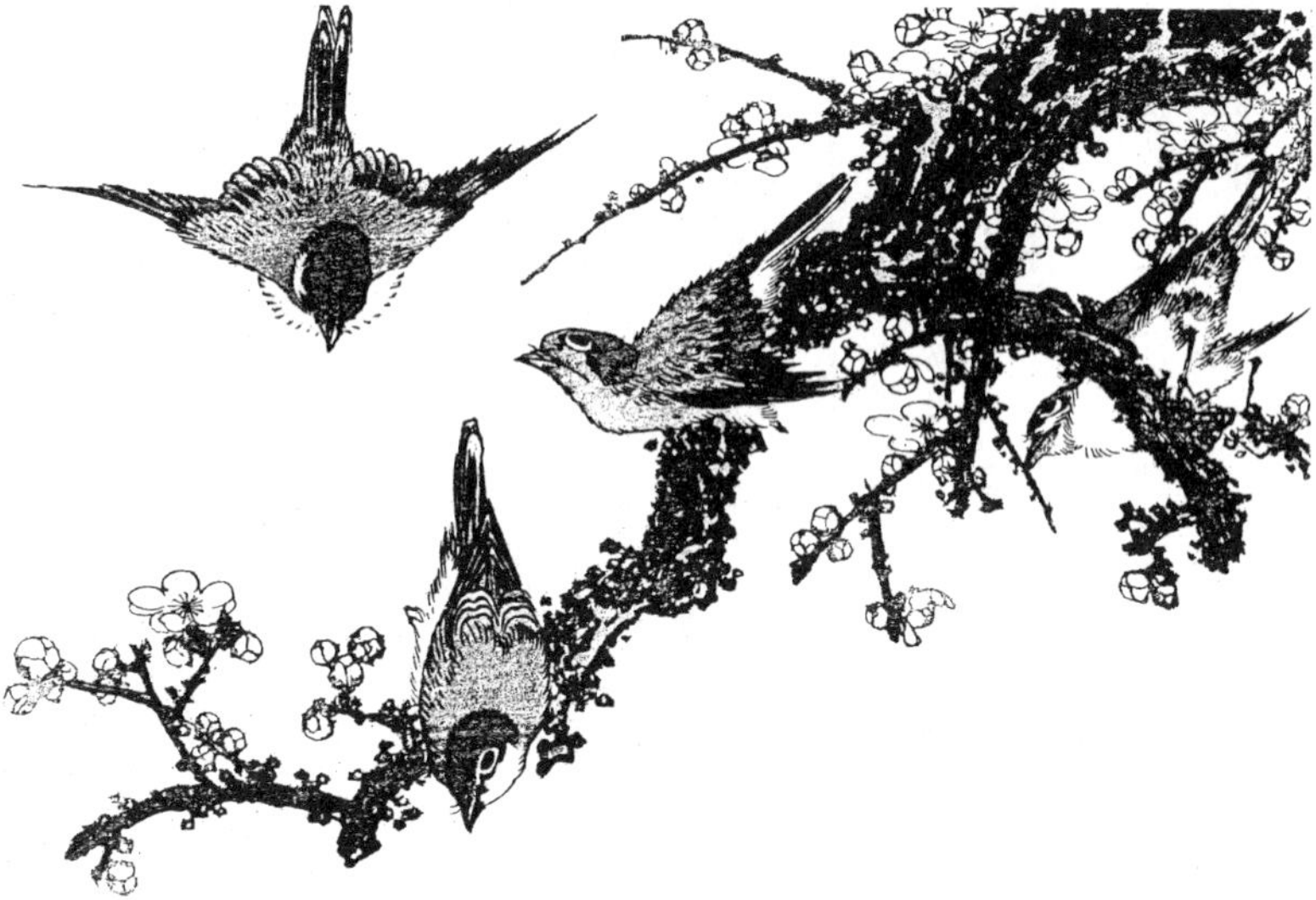

うぐいす／しらうめ［北斎叢画花鳥画譜］

（うぐいすのす）［春］、鶯合せ（うぐいすあわせ）［春］、初鶯（はつうぐいす）［春］、鶯笛（うぐいすぶえ）［春］、金衣鳥（きんいちょう）［春］、鶯音を入る（うぐいすねをいる）［夏］、鶯の押親（うぐいすのおしおや）［夏］、鶯の付子（うぐいすのつけご）［夏］、大瑠璃（おおるり）［夏］、駒鳥（こまどり）［夏］、残鶯（ざんおう）［夏］、乱鶯（らんおう）［夏］、老鶯（おいうぐいす）［夏］、老鶯（ろうおう）［夏］、笹鳴（ささなき）［冬］、冬の鶯（ふゆのうぐいす）［冬］

§

梅の花散らまく惜しみわが園の竹の林に鶯鳴くも
阿氏奥島・万葉集五

百済野《くだらの》の萩の古枝《ふるえ》に春待つと居《を》りし鶯《うぐひす》鳴きにけむかも
山部赤人・万葉集八

春霞流るるなへに青柳《あをやぎ》の枝くひ持ちて鶯鳴くも
作者不詳・万葉集一〇

梅の花咲ける岡辺に家居《を》ればともしくもあらず鶯の声
作者不詳・万葉集一〇

雪の内に春はきにけり鶯のこほれるなみだいまやとく覧《らむ》
藤原高子・古今和歌集一（春上）

花の香《か》を風のたよりにたぐへてぞ鶯さそふしるべにはやる
紀友則・古今和歌集一（春上）

うぐひすの谷よりいづる声《こゑ》なくははるくることを誰《たれ》かしらまし
大江千里・古今和歌集一（春上）

梅が枝《え》にきゐるうぐひす春かけて鳴《な》けどもいまだ雪はふりつゝ
よみ人しらず・古今和歌集一（春上）

春たてば花とや見らむ白雪《しらゆき》のかゝれる枝に鶯のなく
素性・古今和歌集一（春上）

はるきぬと人はいへどもうぐひすのなかぬかぎりはあらじと
ぞ　思《（おもふ）》
壬生忠岑・古今和歌集一（春上）

春たてど花もにほはぬ山ざとはもの憂《う》かる音《ね》に鶯ぞなく
在原棟梁・古今和歌集一（春上）

声《こゑ》たえず鳴《な》けやうぐひす一年《ひとゝせ》にふたゝびとだに来《く》べき春《はる》かは
藤原興風・古今和歌集二（春上）

鳴《な》き止《と》むる花しなければうぐひすも果《はて》はもの憂《う》くなりぬべらなり
紀貫之・古今和歌集二（春下）

心から花のしづくにそほちつゝ憂《う》く干《ひ》ずとのみ鳥のなく覧《（らむ）》
藤原敏行・古今和歌集一〇（物名）

今幾日春《いくかはる》しなければうぐひすも物はながめて　思《（おもふ）》　べらなり
紀貫之・古今和歌集一〇（物名）

谷寒《さむ》みいまだ巣《す》だゝぬ鶯の鳴《な》く声《こゑ》わかみ人のすさめぬ
よみ人しらず・後撰和歌集一（春上）

はな色はあかず見るとも鶯のねぐらの枝に手《て》なふれそも
一条摂政御集（藤原伊尹の私家集）

鶯の声をまつとはなけれども春のしるしに何を　聞《（きか）》　まし
公任集（藤原公任の私家集）

鶯の声なかりせば雪消《き》えぬ山里《ざと》いかで春《はる》を知《し》らまし
藤原朝忠・拾遺和歌集一（春）

すぎてゆく羽風《はかぜ》なつかしうぐひすよなづさひけりな梅《むめ》の立枝《たちえ》に
山家心中集（西行の私家集）

梅《むめ》が香《か》にたぐへてきけばうぐひすのこゑなつかしき春のあけ
ぼの
山家心中集（西行の私家集）

春たてば雪《ゆき》のした水《みづ》うちとけて谷《たに》のうぐひすいまぞなくなる
藤原顕綱・千載和歌集一（春上）

鶯《うぐひす》のを《（お）》のが羽風も吹《ふ》きとぢていかにこほれる涙なるらむ
慶運・慶運百首

春の色は花ともいはじ霞よりこぼれてにほふ鶯の声
藤原良経・南海漁父北山樵客百番歌合

あづさ弓《ゆみ》はる山ちかくいゑ《（へ）》ゐしてたえずきゝつる鶯の声《こゑ》
山部赤人・新古今和歌集一（春上）

梅《むめ》が枝《え》になきてうつろふ鶯《うぐひす》の羽根《はね》しろたへにあは雪《ゆき》ぞふる
よみ人しらず・新古今和歌集一（春上）

心にもかなはぬ音をや尽《つ》くすらん芹摘《せりつ》む野べの春の鶯《うぐひす》
宗尊親王・文応三百首

花のもとにさそはれ来てぞしられける人をはからぬ鶯の音を
賀茂真淵・賀茂翁家集

山里はまだ消《きえ》やらぬ雪のうちに鶯のみぞ春をしらする
田安宗武・悠然院様御詠草

花になく心の色もおのづから音にあらはるゝ春のうぐひす
小沢蘆庵・六帖詠草

何ごとのはらだゝしかる折にしもきけばゑまるゝ鶯のこゑ
小沢蘆庵・六帖詠草

鶯はそこともいはず花にねて古巣の春や忘《わすれ》はつらむ
小沢蘆庵・六帖詠草

心あらば尋ねて来ませ鶯の木伝《こづた》ひ散らす梅の花見に
大愚良寛・良寛歌評釈

ひめもすに待てど来ずけり鶯は赤き白きの梅は咲けども
大愚良寛・良寛歌評釈

霞立つ永き春日に鶯の鳴く声きけば心は和《な》ぎぬ
大愚良寛・良寛歌評釈

柴の戸の春のさびしさ鶯のこゑより外《ほか》の山びこもなし
香川景樹・桂園一枝

いやたかくなるかときけば鶯のこの下音にもねをかへてなく
大隈言道・草径集

うちそへてなけや鶯あし垣のくま戸のうめの開けはじめに
大隈言道・草径集

夕付日移ふまどにうつるかな梅にこづたふうぐひすのかげ
大隈言道・草径集

行人をとほく過して花のまにまたなきいづる鶯のこゑ
大隈言道・草径集

あさまだきこゝらなく也夕ぐれにこゑのこしてもねぬる鶯
大隈言道・草径集

天地はものこそ言はね鶯を啼かせて山に春ぞ告げける
与謝野礼巌・礼巌法師歌集

昨日まで鳴きし黄鳥今朝鳴かす軒端の梅は散りにけるかも
天田愚庵・愚庵和歌

朝夕になく鴬を友とせばひとり住むともさびしくはなし
伊藤左千夫・伊藤左千夫全短歌

あたゝかき心こもれるふみ持て人思ひ居れは鶯の鳴く
伊藤左千夫・伊藤左千夫全短歌

片町に掌なす我庭をあな怪しもや来鳴くうぐひす
伊藤左千夫・伊藤左千夫全短歌

幼けに声あとけなき鶯をうらなつかしみおりたちて聞く
伊藤左千夫・伊藤左千夫全短歌

くれ竹の根岸の里の奥深く我《わ》がすむ宿は鶯に聞け
正岡子規・子規歌集

静かなる北の家陰《いへかげ》の朝陰に　鶯《うぐひす》来鳴く竹藪《たけやぶ》にして
正岡子規・子規歌集

朝牀《あさどこ》に手洗ひ居れば窓近く　鶯《うぐひす》鳴きて今日《けふ》も晴なり
正岡子規・子規歌集

ともし火のもとに長ぶみ書き居れば　鶯《うぐひす》鳴きぬ夜や明けぬらん
正岡子規・子規歌集

わが病める枕辺近く咲く梅に鶯なかばうれしけんかも
正岡子規・子規歌集

木がくれに鶯なきて春ふかき関の古道あふ人もなし
佐佐木信綱・思草

ひとりきく事をゝしみし鶯にさそはれてこし人もありけり
樋口一葉・緑雨筆録「一葉歌集」

鶯のこゑする春になりにけりうき世の花はしらぬ庵も
樋口一葉・緑雨筆録「一葉歌集」

神のみ声きくかとぞ思ふ神路山杉生のおくの鶯の声
佐佐木信綱・思草

多摩川《たまがは》の水《みづ》あたたかき朝東風《あさごち》に若《わか》きうぐひす岩《いは》づたひすも
佐佐木信綱・新月

山下の焼土原の草立ちぬ汽車とどまれば鶯きこゆ
島木赤彦・氷魚

寝覚にはもとの家居のここちせり朝戸に来鳴く春のうぐひす
岡麓・庭苔

鶯の声ほがらかにきこゆなりなほしばらくは戸をあけざらむ
岡麓・庭苔

うぐひすのなく声高し柏木の若葉ひろごる文《ふみ》ぐらの庭
岡麓・庭苔

雪寒うこぼる、中《うち》にうぐひすの啼く声聴きて如月《きさらぎ》送る
窪田空穂・まひる野

円山《まるやま》の南のすその竹原《たかはら》にうぐひす住めり御寺《みてら》に聞けば
与謝野晶子・舞姫

鳴滝《なるたき》や庭なめらかに椿《つばき》ちる伯母《をば》の御寺《みてら》のうぐひすのこゑ
与謝野晶子・舞姫

二《ふた》もとの椿丹塗《にぬり》の反橋《そりはし》をつくるところに鶯ぞ啼く
与謝野晶子・心の遠景

鶯の鳴けるところも霧厚し二荒《ふたら》のおくの夏のあけぼの
与謝野晶子・冬柏亭集

昨日《きのふ》より波浮の港にとどまれば東北風《ならひ》吹けども鶯ぞ啼く
与謝野晶子・冬柏亭集

うぐひすのあかとき告げて来鳴きけむ川門《かはと》の柳いまぞ散りしく
長塚節・日々の歌

女房の朝げはひするまる窓に紅梅のかげうぐひすの影
武山英子・武山英子拾遺

鶯は巣のそば去らず啼く鳥の啼きてこもれり小松が原に
若山牧水・山桜の歌

よりあひて真すぐに立てる青竹の藪のふかみにうぐひすの啼く
若山牧水・渓谷集

椿の木に花は咲きみちあかつきの今朝の寒きに鶯のなく
若山牧水・黒松

鶯はいまだ来啼かずわが背戸辺椿茂りて花咲き籠る
若山牧水・朝の歌

春の山うぐひす鳴《な》けば一《ひと》しきり花散《はなち》りすぎて日《ひ》こそかぎろへ
石川啄木・釧路新聞

玉の磬《けい》たたくはたそや朝の陽《ひ》の待ち遠しさになくうぐひすか
九条武子・薫染

空あをし山のいでゆのよき朝をまた鶯の声のあかるさ
九条武子・薫染

大杉より雨《あま》ぎりの吹き絶え間なし幽《かす》かみじかき鶯啼きてをり
中村憲吉・しがらみ

春さめの山寺《やまでら》の庭に鶯をきき静かなる朝の茶を飲みにけり
中村憲吉・しがらみ

松ばらの朝靄にこもる日の匂ひ池をへだててうぐひす啼くも
中村憲吉・軽雷集

うぐひす起《おき》よ紙燭《しそく》とぼして
芭蕉・冬の日

鶯や柳のうしろ藪のまへ
芭蕉・続猿蓑

鶯や餅に糞《ふん》する縁《えん》の先《さき》
芭蕉・鶴来酒

鶯《うぐひす》の鳴《なく》や餌《え》ひろふ片手《かたて》にも　去来・あら野
うぐひすにほうと息《いき》する朝哉《あしたかな》　嵐雪・炭俵
鶯《うぐひす》や下駄《げた》の歯につく小田《をだ》の土　凡兆・猿蓑
黄鳥《うぐひす》の飛出《とびで》る谷のいばらかな　才麿・蓮実
うぐひすは椿《つばき》のしべに粧《よそほ》ひし　正秀・柴のほまれ
鶯に薬《くすり》をしへん声の文《あや》　其角・炭俵
鶯《うぐひす》のふんばる足のほそさかな　露川・浮世の北
鶯の海見て鳴《なく》か須磨《すま》の浦《うら》　卯七・草庵集
鶯や雀《すずめ》と梅に座敷論《ざしきろん》　浪化・えの木
うぐひすの啼《なく》やちいさき口明《あい》て　蕪村・蕪村句集
鶯や隣りの朝に豆挽けり　石橋忍月・忍月俳句抄
鶯や起き吝《をし》む瞼猶弛む　石橋忍月・忍月俳句抄
鶯の遠音朝餉《げ》の窓晴るゝ　石橋忍月・忍月俳句抄
鶯の籠の揚巻緋房かな　石橋忍月・忍月俳句抄
鶯や隣へ逃げる藪つゞき　村上鬼城・鬼城句集
神殿や鶯《うぐいす》走るとゆの中　正岡子規・子規句集
鶯《うぐいす》や東よりくる庵《いお》の春　正岡子規・子規句集
鶯《うぐいす》や垣をへだてゝ君と我　正岡子規・子規句集
雀より鶯多き根岸哉　正岡子規・子規句集
鶯や朝寐を起す人もなし　正岡子規・子規句集
勅なるぞ深山鶯《みやまうぐいす》はや来鳴け　正岡子規・子規句集
鶯のほうと許りで失せにけり　夏目漱石・漱石全集
鶯も柳も青き住居かな　夏目漱石・漱石全集
鶯は隣へ逃げて藪つゞき　夏目漱石・漱石全集

貪りて鶯続け様に鳴く　夏目漱石・漱石全集
鶯や舌こまやかになりにけり　松瀬青々・春夏秋冬
鶯《うぐいす》や洞然《どうぜん》として昼霞《ひるがすみ》　高浜虚子・五百句
鶯や客皆去つて暮れんとす　大谷句仏・俳句三代集
遠ければ鶯遠きだけ澄む深山　飯田蛇笏・雲母
鶯や藪に捨てたる茎の石　高田蝶衣・新春夏秋冬
鶯や高原かけて日が当る　原石鼎・花影
鶯や螺鈿古りたる小衝立　杉田久女・杉田久女句集
鶯の初音にぬるき朝茶粥　高橋淡路女・淡路女百句
うぐひすや老いしが多き開拓者　水原秋桜子・殉教
うぐひすや障子の影も胸張りて　水原秋桜子・殉教
鶯や舟行く淵の底は岩　水原秋桜子・葛飾
鶯のこだまをひとりきゝたまふ　水原秋桜子・古鏡
鶯や前山いよゝ雨の中　水原秋桜子・馬酔木
鶯の藪と思ひて夜は通る　山口青邨・冬青空
鶯のとびうつりゆく枝のなり　横光利一・横光利一全集
鶯の必死のさそひ夕渓に　橋本多佳子・海彦
鶯や山拓く火に昂りて　橋本多佳子・命終
うぐひすや朝の雨ふる小篁　日野草城・花氷
鶯のけはひ興りて鳴きにけり　中村草田男・長子
竹幹の隙《ひま》に落ちけり鶯一声　中村草田男・長子
うぐひすや水なめらかに空もまた　柴田白葉女・朝の木

うぐいすあわせ　**【鶯合せ】**
飼育籠に入れた鶯を持ち寄り、その鳴声の優劣を競うこと。
➡鶯（うぐいす）［春］

うぐいすのす【鶯の巣】

鶯の巣をいう。鶯は三月中旬頃から樹林、竹林などに竹葉、棕櫚の毛などを用いて巣をつくり、五～六月にかけて産卵する。⬇鶯（うぐいす）［春］

§

鶯《うぐひす》の巣よかかるもの我れも捨て雲に帰らん時の近づく
与謝野晶子・草と月光

春雨《はるさめ》やわがおち髪を巣に編みてそだちし雛《ひな》の鶯《うぐひす》の鳴く
与謝野晶子・舞姫

うぐいすのはつね【鶯の初音】

春になり、初めて聞く鶯の声。⬇鶯（うぐいす）［春］、初鶯（はつうぐいす）［春］

§

鶯の初音《(はつね)》をきのふき、しかなやまだの里の梅の立枝《たちえ》に
能因集（能因の私家集）

今日《けふ》やさは雪うちとけて鶯《うぐひす》の都《みやこ》へいづる初音《はつね》なるらん
藤原顕輔・金葉和歌集一（春）

いづこにかほのきこゆるは鶯のまぢかくなくにまさるはつこゑ
大隈言道・草径集

梅の枝文箱にそへて鶯のはつ音の里の妹におくらむ
落合直文・国文学

山がつが谷間の庵におとづれてはつ鶯の声ぞ聞きつる
伊藤左千夫・伊藤左千夫全短歌

古巣出てまださとなれぬ鶯の初こゑきけり山かけ《(げ)》のいほ
樋口一葉・樋口一葉全集

京の衆《しゆ》に初音《はつね》まゐろと家ごとにうぐひす飼ひぬ愛宕《をたぎ》の郡《こほり》
与謝野晶子・舞姫

鶯《うぐいす》の身を逆《さかさま》に初音《はつね》かな　其角・五元集

うぐひすの枝ふみはづす初音《はつね》哉　蕪村・明和六年句稿

鶯に禄賜はりし初音かな　内藤鳴雪・鳴雪句集

鶯の覚束《おぼつか》なくも初音《はつね》哉　正岡子規・子規句集

うぐいすぶえ【鶯笛】

短い青竹の管で作った笛で、管の上に青竹でつくった小さな鶯がついた玩具。鶯の囀る声に似た音がでる。［同義］初音の笛（はつねのふえ）。⬇鶯（うぐいす）［春］

うしあぶ【牛虻】季語

アブの一種。雌は家畜や人の血を吸い、雄は樹液などを吸う。蠅に似ているが、蠅より大きく体長約二・六センチ。体色は黒褐色。［同義］牛蠅（うしばえ）。⬇虻（あぶ）［春］

うそ【鷽】

アトリ科の小鳥。雀よりやや大きく翼長約八センチ。ユーラシア大陸に広く分布する。日本では本州中部以北から北海道の山地に生息し、冬は低地におりる。頭部、翼、尾羽、嘴は黒色。雄は頸から頬が深紅色で腹部が桃色。雌は深紅色がなく全体に褐色をおびる。雄は体色が鮮やかなため「照鷽（てりうそ）」とよばれ、雌はその反対で「雨鷽（あまうそ）」とよばれる。「ヒュヒュ」と口笛に似た美しい声で鳴くため、飼鳥とされてきた。鳴く時に両脚をあげ、それが琴を弾く様子に似ているので、「鷽の琴（うそのこと）」ともよばれる。

また、姿・声が美しいので「鷽姫（うそひめ）」ともよばれた。［和名由来］ウソ（嘯＝口笛）を吹くような声で鳴くことから。［同義］鷽鳥・嘯鳥（うそどり）、琴弾鳥（ことひくとり・ことひきどり）、てりふどり。⬇雨鷽（あまうそ）［春］、鷽替（うそかえ）［新年］

§

いづこより籠《こ》ぬけ来にけむうそ鳥の我家《わぎへ》のつまの梅に遊べる　田安宗武・悠然院様御詠草

高山ゆ雲を吹き下《お》ろす風止みて鷽鳥《うそどり》の声ややひびくなり　島木赤彦・柿蔭集

高山の木《こ》がくりにして鳴く鷽《うそ》の声の短きを寂しむ　島木赤彦・太虚集

うそ／ぶしゅかん［景年画譜］

照雨や瀧をめぐれば鷽の啼く　白雄・白雄句集

鹿垣にうそ啼里のやすみかな　白雄・白雄句集

春の門鷽鳴やんで夜と成ぬ　松瀬青々・妻木

鷽の来てあけぼのゝ庭に胸赤し　水原秋桜子・馬酔木

栗の枝撓めてかけし籠に鷽《うそ》　水原秋桜子・古鏡

屋根に来てかがやく鷽《うそ》や紙つくり　水原秋桜子・帰心

うに【海胆・海栗】

棘皮動物のウニ類の総称。体色は紫黒色。球形または円盤状の殻をもち、栗の毬のような多数の棘をもつ。棘間の糸状の管足で岩に吸着して動く。多くは浅海の岩礁や砂上に生息する。体の中央に強い歯をもつ口器があり「アリストテレスのちょうちん」とよばれる。雌雄異体で放射状に精巣または卵巣がある。春から初夏にかけて卵巣が成熟する。卵巣を食品にしたものを「雲丹（うに）」という。粒のまま塩辛にしたものを「粒雲丹（つぶうに）」、練って塩辛にしたものを「練雲丹（ねりうに）」という。［和名由来］「ウミニ（海丹）」「ウミイ（海胆）」の転より。

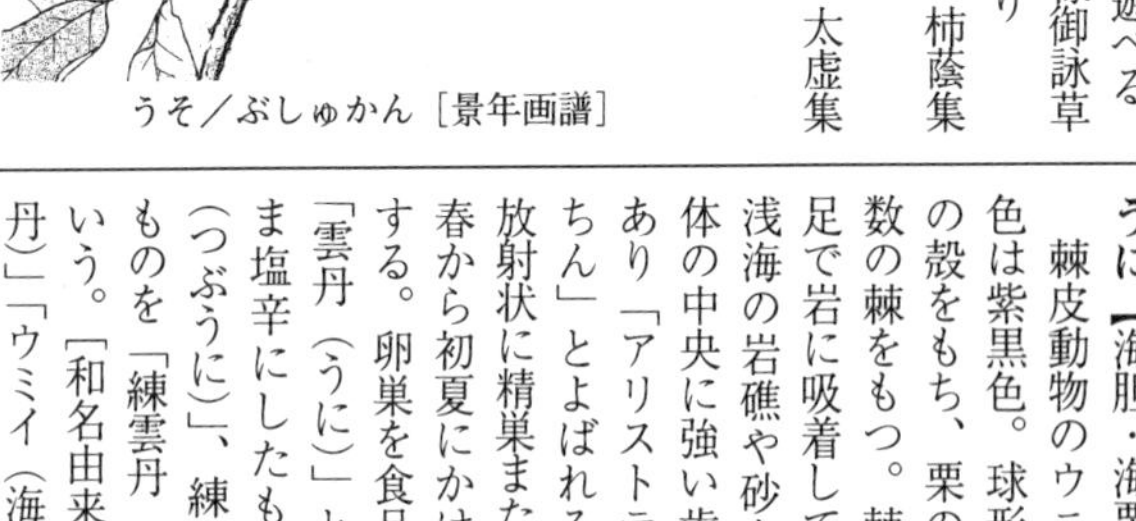

越前のうに漁［日本山海名産図会］

「海栗」は形が毬栗に似ているところから。［同義］かせ、がぜ。［同種］紫海胆（むらさきうに）、赤海胆（あかうに）、馬糞海胆（ばふんうに）、白髭海胆（しらひげうに）。

うまのこ【馬の子】

馬の子供。馬は春に発情し、受胎して約一年で子が生まれる。四月頃の出産が多い。⬇孕馬（はらみうま）［春］、春の駒（はるのこま）［春］、若駒（わかこま）［春］

§

厩《うまや》にはひれば厩《うまや》に親しくて仔馬は乳《ちち》をすこし飲むらし　古泉千樫・青牛集

馬の子の轡祝ひや濁り酒　菅原師竹・菅原師竹句集

うまやだし【厩出し】

春、初めて牛馬を厩から野外に出すこと。一般に牧場では、牧開き（まきびらき）を祝ってから厩出しをする。［同義］まやだし。

うみうし【海牛】

マキガイ綱ウミウシ目に属する軟体動物の総称。巻貝の仲間であるが、成長した海牛には殻はない。体は楕円形で頭に二本の触角をもつ。体色は紅色。［和名由来］頭に二本の触角をもつ様子が牛の顔に似ているところから。

うみねこわたる【海猫渡る】

海猫はカモメ科の海鳥。翼長約三六センチ。鷗に似るが、嘴の先端が赤色で尾に黒帯がある。一〜三月、繁殖地である青森県の蕪島、山形県の飛島、島根県の経島などに大挙して渡る。［和名由来］鳴声が猫の声に似ているところから。

「お」

おかいこ【御蚕】

蚕の美称。「おこ」ともいう。⬇蚕（かいこ）［春］、蚕（こ）［春］

おたまじゃくし【御玉杓子】

蛙の幼生。卵から孵化してまもない状態。鰓を持ち、まだ四肢はなく、尾だけで泳ぐ。［同義］蛙の子（かえるのこ）、数珠子（じゅずこ）、蝌蚪（かと・かえるご）。⬇蛙（かえる）［春］、蝌蚪（かと）［春］

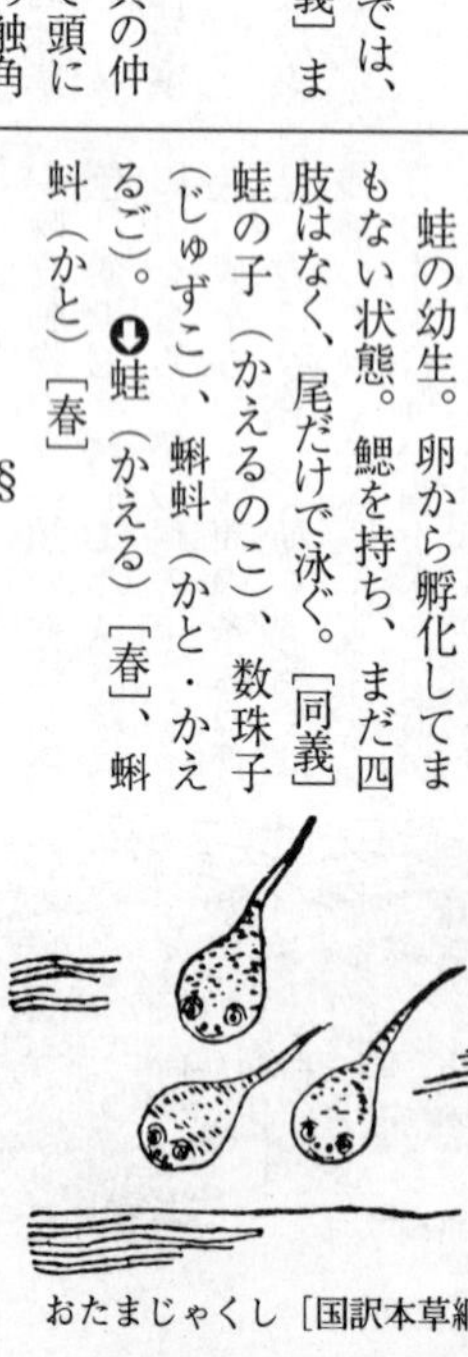

おたまじゃくし［国訳本草綱目］

§

子どもらが捕りてもて来《こ》しおたまじゃくし夜ふけて動く盥のなかに　島木赤彦・氷魚

ぬば玉の昨日の夕《ゆふべ》わが言ひしおたまじゃくしを子どもは捨てず　島木赤彦・氷魚

あな愛《かな》しおたまじゃくしの一つびとつ命をもちて動きつつあり　島木赤彦・氷魚

まんまんと満《み》つる光《ひかり》に生《うま》れゐるおたまじやくしの目《め》は見《み》ゆるらむ
斎藤茂吉・あらたま

黒々とおたまじやくしの群れあそぶ田尻のみづは浅き瀬をなせり
若山牧水・くろ土

野に来《く》ればおたまじやくしの尾は切れてすでに水面《みのも》の春ははずめり
北原白秋・桐の花

旅もいつしかおたまじやくしが泳いでゐる
種田山頭火・草木塔

闇ありて生れしお玉杓子かな　島田青峰・青峰集
みなそこよりおたまじやくしがのぼりて来　宮林菫野哉・冬の土
おたまじやくしあたま出しよるべなう沈む　宮林菫野哉・冬の土
お玉じやく蛭を避けたる腹白し　島村元・島村元句集
友を食むおたまじやくしの腮かな　島村元・島村元句集
おたまじやくしの億万の目が生きんとす　原コウ子・胡色
おたまじやくしの生るる日の字を書き並べ　三橋鷹女・向日葵

おとしづの【落し角】
春に落ちる鹿の角をいう。その後、角の落ちた部分には血塊（袋角）ができ、だんだんと角が再生する。秋の紅葉の盛りの前に、角切が行われる。［同義］忘れ角（わすれづの）。⬇鹿の角落つ（しかのつのおつ）［春］、鹿の袋角（しかのふくろづの）［夏］、鹿の角切（しかのつのきり）［秋］

§

雨の降日にひろいけり鹿の落角　白雄・白雄句集
影や見る水やのむ鹿の角おちて　白雄・白雄句集
角落てはづかしげ也山の鹿　一茶・一茶句帖
小男鹿の落した角を枕かな　一茶・一茶発句集（嘉永版）

おにあさり【鬼浅蜊】
マルスダレガイ科の二枚貝。北海道南部以南に生息し、潮間帯の砂礫泥底に生息する。殻長約五センチ。殻表は灰褐色。卵形で殻表に布目状の脈がある。⬇浅蜊（あさり）［春］

おにやどかり【鬼宿借】
ヤドカリ科の中形の宿借。富山湾、相模湾以南に生息し、近海の岩礁帯に生息する。甲長約五センチ。体は赤褐色で黄色の横縞がある。栄螺などの空殻に宿生する。⬇宿借（やどかり）［春］、栄螺（さざえ）［春］

おやすずめ【親雀】
雀の親。雀は四～五月に五～六個の卵を生み、十日ほどで雛がかえる。雀の子は二週間ほどで巣立ちをするが、よく地に落ちる。普通に飛べるようになるのは巣立ち後一週間ぐらいである。夏頃までは親雀が子雀に餌を与えることが多い。⬇雀の子（すずめのこ）［春］、雀の巣（すずめのす）［春］、雀（すずめ）［四季］

§

親すずめ子をあきらめて去りしより禽といへども幾日経ぬらむ
島木赤彦・氷魚

檐《のき》の端に巣をとられたる親雀巣を去りかねて二日鳴きしも
島木赤彦・氷魚

親雀しきりに啼きて自《し》が子ろをはぐくむ聞けば歎くに似たり
島木赤彦・太虚集

飛《とび》かはすやたけご、ろや親雀　蕪村・蕪村句集

子の口に餌をふくめたる雀哉　正岡子規・子規句集

おやどり【親鳥】

親である鳥のこと。俳句では、晩春から夏にかけ、雛鳥の面倒を見る親鳥をいう。⇩鳥（とり）［四季］、巣立鳥（すだちどり）［春］

§

巣立して幾日か経たる親鳥のうせけむ物をあはれ小雀　天田愚庵・愚庵和歌

うせし児のゆくへかなしみ親鳥が息つき居らむいづら繁みに。　伊藤左千夫・伊藤左千夫全短歌

何鳥か雛をそだつるふくみ声今朝も老樹《おいき》の風に聞ゆる　若山牧水・砂丘

から口を又も明ぞよま、子鳥　一茶・九番日記

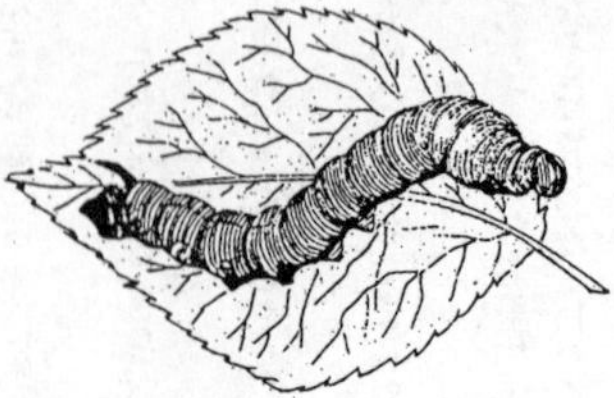

かいこ［博物全志］

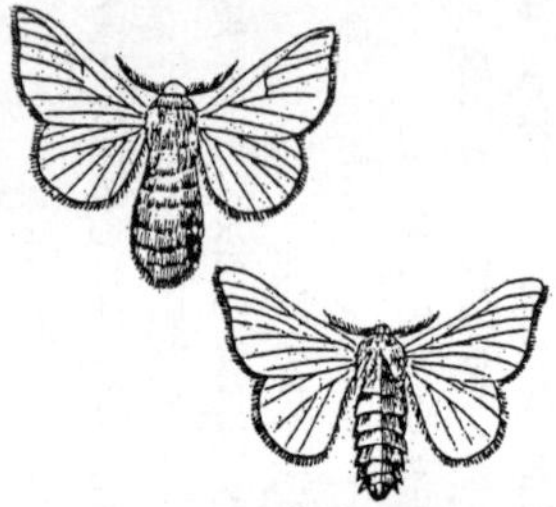

かいこが［博物全志］

おやねこ【親猫】

子を孕んだ猫、子に乳を与える猫、子を育てる猫など、猫の子との関係で表現されることが多い。⇩猫の子（ねこのこ）［春］、猫の恋（ねこのこい）［春］、孕猫（はらみねこ）［春］

§

子をうんで猫《ねこ》かろげなり衣がへ　白雪・鳥の道

「か」

かいこ【蚕】

蚕蛾（かいこが）の幼虫。体長約六センチ。孵化後の幼虫は、毛蚕（けご）・蟻蚕（ぎさん）といい、黒色で毛がある。最初の脱皮で毛がとれ灰色となる。脱皮しながら盛んに桑を食べ、成長すると絹糸腺が発達し、絹糸を吐いて繭をつくる。繭をつくる時、蚕は桑を食べるのを止め、しだいに透明となる。夏の土用前に、この繭から糸をとる。旧字体で「蠶」と書く。［同義］桑子（くわこ）、家蚕（かさん）、御蚕。⇩蚕棚（かいこだな）［春］、蚕（こ）［春］、御蚕（おかいこ）［春］、蚕時（かいこどき）［春］、種紙（たねがみ）［春］、蚕の上簇（かいこのあがり）［夏］、夏蚕（なつご）［夏］、繭（まゆ）［夏］、秋蚕（あきご）［秋］

§

なかなかに人とあらずは桑子《くはこ》にもならましものを玉の緒ばかり　作者不詳・万葉集一二

山里に蚕飼《かひこ》ふなる五畝《ごせ》の宅《たく》麦はつくらず桑を多く植《う》う　正岡子規・子規歌集

すいと虫畳のうへに鳴きてをり蚕《かひこ》をあげしわが家のうちに　島木赤彦・氷魚

母が目をしまし離《か》れ来て目守《まも》りたりあな悲しもよ蚕《かふこ》のねむり　斎藤茂吉・赤光

見る内に桑子《くはこ》は紙にひり付《つけ》て　徳元・犬子集

機嫌能《よく》かいこは庭に起《おき》かゝり　野坡・炭俵

葉隠れの機嫌伺ふ桑子哉　太祇・太祇句選

太布の袂に馴るゝ桑子かな　闌更・半化坊発句集

浴して蚕につかふ心かな　召波・春泥発句集

さまづけに育てられたる蚕哉　一茶・七番日記

葉がくれに白う肥えたる蚕かな　内藤鳴雪・鳴雪句集

繭つくるはしり蚕や二つ三つ　坂本四方太・春夏秋冬

黄金なす病む蚕哀れを掌《たなごころ》　河東碧梧桐・新傾向句集

蓆《むしろ》分けて蚕《かひこ》淋しくなりにけり　河東碧梧桐・碧梧桐句集

長《をさ》の家《いへ》わづかに蚕《かひこ》なき一間《ひとま》　泉鏡花・鏡花句集

おくれたる蚕捨つるや草の雨　佐藤紅緑・春夏秋冬

逡巡《しゆんじゆん》として繭《まゆ》ごもらざる蚕かな　高浜虚子・五百句

衰へて今蚕飼ふ温泉宿かな　杉田久女・杉田久女句集

厨裡ひろし四眠ごろなる蚕飼ふ　杉田久女・杉田久女句集

かいこだな【蚕棚】

「こだな」ともいう。蚕を飼うための籠をのせる棚のこと。⬇蚕（かいこ）［春］

§

蚕棚守る行燈暗し物の本　内藤鳴雪・鳴雪句集

夕暮のほの暗くなりて蚕棚　河東碧梧桐・碧梧桐句集

桑やりて蚕棚は青くなりてゆく　山口青邨・雪国

かいこだな［養蚕秘録］

かいこどき【蚕時】

孵化後の蚕は、脱皮をしながら成長し、旺盛に桑を食べる。この頃の養蚕業者の最も多忙な時期をいう。「こどき」ともいう。［同義］蚕盛り（かいこざかり）。⬇蚕（かいこ）［春］、蚕飼（こがい）［春］

かいよせ【貝寄風】

貝を浜辺に吹き寄せる風の意。陰暦二月二〇日頃に吹く西風をいう。大阪四天王寺では精霊会に供える造花を、この風で吹き寄せられた桜貝で作るという。［同義］貝寄せの風（かいよせのかぜ）。⬇貝（かい）［四季］

§

貝寄せや愚《おろか》な貝のよせて来る　松瀬青々・鳥の巣

かえる【蛙】

尾を持たない両生類の総称。二月頃になると土の中で冬眠していた蛙が出現し始めるので春の季語とされるが、その後、夏にかけて鳴き声が盛んに聞かれる。種類によっては夏の季語となる。一般に和歌・俳句では「かわず」と詠むことが多い。⬇蛙（かわず）[春]、赤蛙（あかがえる）[春]、御玉杓子（おたまじゃくし）[春]、蛙子（かえるご）[春]、蛙の子（かえるのこ）[春]、蝌蚪（かと）[春]、蛙のめかり時（かわずのめかりどき）[春]、雨蛙（あまがえる）[夏]、蟇（ひきがえる）[夏]、河鹿（かじか）[夏]、土蛙（つちがえる）[春]、殿様蛙（とのさまがえる）[春]、蟇穴を出づ（ひきあなをいづ）[春]、夕蛙（ゆうがえる）[春]、青蛙（あおがえる）[夏]、枝蛙（えだかわず）[夏]、夏蛙（なつがえる）[夏]、月の蟾（つきのかえる）[秋]、たご蛙（たごがえる）[冬]

§

花は散《ちり》て春もかへるのちからなきこゑのみ残る夕まぐれかな　香川景樹・桂園一枝
痩蛙まけるな一茶是《これ》に有り　一茶・七番日記
門しめに出て聞て居る蛙《かえる》かな　正岡子規・子規句集
風流の細水《ほそみ》になくや痩蛙　幸田露伴・蝸牛庵句集

かえるかり【帰る雁】

越冬のため渡来し、翌春、再び繁殖のため北に帰る雁をいう。[同義] 行く雁（ゆくかり）、雁帰る（かりかえる）、帰雁（きがん）、去る雁（さるかり・いぬるかり）、雁の名残（かりのなごり）、名残の雁（なごりのかり）、雁の別れ（かりのわかれ）。⬇雁（かり）[秋]、帰雁（きがん）[春]、鳥帰る（とりかえる）[春]、残る雁（のこるかり）[春]、春の雁（はるのかり）[春]、雁渡る（かりわたる）[秋]

§

さゞなみの比良の山辺に花咲《さけ》ばかた田にむれし雁帰る也　田安宗武・悠然院様御詠草
かへる鴈帰りて春もさびしきにわらはのひろふ小田のこぼれ羽　大隈言道・草径集
帰る雁とほ空ひくく渡る見ゆ松島村は家まばらかに　若山牧水・朝の歌
花よりも団子《だんご》やありて帰る雁《かり》　貞徳・犬子集
帰るとてあつまる雁よ海のはた　去来・去来発句集
帰る雁米つきも古郷やおもふ　其角・五元集拾遺
雨だれや暁がたに帰る雁　露川・流川集
笠縫《かさぬひ》の里いそがしや帰鴈《かへるかり》　鬼貫・鬼貫句選
花に去ぬ雁の足あとよめかぬる　蕪村・蕪村遺稿
北ぞらや霞て長し雁の道　召波・春泥発句集
雨夜の鴈なきかさなりて帰るなり　暁台・暁台句集
帰る鴈みな菱喰に見ゆるなり　白雄・白雄句集
いま一度堅田に落よかへる雁　士朗・枇杷園句集
帰りかねて雁なく声の二葉哉　士朗・児の筆
はたご屋は夜も戸たてずかへる鴈　成美・成美家集
雁行な今錠あける藪の家　一茶・七番日記
夕暮や雁が上にも一人旅　一茶・七番日記
倶利伽羅の雪やなだれん帰る雁　内藤鳴雪・鳴雪句集
日落ちて海山遠し帰る雁　村上鬼城・鬼城句集
行く人に留まる人に帰る雁　夏目漱石・漱石全集

去年今年大きうなりて帰る雁　夏目漱石・漱石全集

帰る雁田は皆水を張り切りぬ　岡本癖三酔・癖三酔句集

壁ちかくねまりて聞けり帰る雁　石橋秀野・石橋秀野集

かえるご【蛙子・蝌蚪】

蛙の幼生をいう。［同義］御玉杓子、蝌蚪（かと）。⇩御玉杓子（おたまじゃくし）［春］、蝌蚪（かと）［春］、蛙（かえる）［春］

かえるのこ【蛙の子】

蛙の幼生をいう。［同義］御玉杓子、蝌蚪。⇩御玉杓子（おたまじゃくし）［春］、蝌蚪（かと）［春］、蛙（かえる）［春］

§

蛙子《かはづご》の寄ル苗代《なはしろ》の干割《ひわれ》かな　野紅・寒菊随筆

蛙の子がふえたこと地べたのぬくとさ　尾崎放哉・須磨寺にて

風吹いてうちかたまりぬ蛙の子　村上鬼城・鬼城句集

かおどり【貌鳥・容鳥】

万葉集以来、しばしば和歌に詠まれているが、何の鳥なのかはっきりしていない。春の美しい鳥の総称との説に従い、春の季語とされるが、一説に郭公の別名ともいわれる。［同義］貌佳鳥・容好鳥（かおよどり）、箱鳥。⇩郭公（かっこう）［夏］、春の鳥（はるのとり）［春］、箱鳥（はこどり）［春］

§

朝井堤《あさゐで》に来鳴《きな》く貌鳥《かほとり》汝《なれ》だにも君に恋ふれや時終《を》へず鳴く　作者不詳・万葉集一〇

貌鳥《かほとり》の間無《まな》く数鳴《しばな》く春の野の草根の繁き恋もするかも　作者不詳・万葉集一〇

…里人の吾《あれ》に告ぐらく　山傍《やまび》には　桜花散り　貌鳥《かほとり》の　間《ま》なくしば鳴く…（長歌）　大伴池主・万葉集一七

かささぎのす【鵲の巣】

鵲はポプラなどの樹上に枯枝を材料にして巣を作る。冬から春にかけて営巣される。朝鮮半島や九州地方に多く見られる。⇩鳥の巣（とりのす）［春］、鵲始巣（かささぎはじめてすくう）［冬］、鵲（かささぎ）［秋］

かずのこつくる【数の子作る】

数の子は鰊の卵巣を塩漬け、または乾燥させた食品である。［同義］数の子抜く（かずのこぬく）、数の子干す（かずのこほす）。⇩鰊（にしん）［春］、数の子（かずのこ）［新年］

かちどり【勝鶏】

鶏合で勝った方の鶏をいう。負けた方は「負鶏（まけどり）」。往時は宮中の清涼殿南側でも催された。⇩鶏合（とりあわせ）［春］

かと【蝌蚪】

蛙の幼生。卵から孵化してまもない、尾だけで泳ぐ時期のもの。［同義］御玉杓子、蛙子（かえるご）、蛙の子。⇩御玉杓子（おたまじゃくし）［春］、蛙（かえる）［春］

§

やがて生《あ》るる蝌蚪《くわと》のいのちも思ふなりこのごろしるき寒《かん》の衰へ　吉井勇・遠天

蝌蚪《くわと》柔く光りて子らや性《さが》おのおの身丈《みたけ》おのおの戦後に得しもの　宮柊二・藤棚の下の小室

蝌蚪既にちよろ〳〵水に尾を振れり　石橋忍月・忍月俳句抄
川底に蝌斗《くわと》の大国ありにけり　村上鬼城・鬼城句集
蝌蚪《かと》泥と共に掻《か》き上げられてをり　高浜虚子・七百五十句
この池の生々流転《せいせいるてん》蝌蚪《かと》の紐《ひも》　高浜虚子・七百五十句
蝌蚪の水わたれば仏居給へり　水原秋桜子・葛飾
忍沼や鯰のごとき蝌蚪泳ぐ　山口青邨・花宰相
空漠とてのひらはあり蝌蚪生れ　三橋鷹女・向日葵
蝌蚪見れば孤児院思ふ性《さが》を棄てよ　中村草田男・火の鳥
いまだ蝌蚪そのもの乾くには到らず　中村草田男・母郷行
蝌蚪一つ鼻杭にあて休みをり　星野立子・鎌倉
尾を振つて流され行くや蝌蚪一つ　星野立子・鎌倉
蝌蚪足を翼のごとくふりあへる　加藤楸邨・野哭
蝌蚪みるや十字架を負ふ額なし　加藤楸邨・野哭
人前に秘めし笑顔を蝌蚪の前　加藤楸邨・野哭
蝌蚪の足消えてはゐずや子のめざめ　加藤楸邨・雪後の天
藤垂れてひそかなるかも蝌蚪の水　加藤楸邨・穂高
蝌蚪の水ふめば崩るゝ泥の色　石橋秀野・桜濃く
蝌蚪の生《あ》るるひかりたふとく目をつむる　片山桃史・北方兵團
惜しみなく女患者に蝌蚪頒つ　石田波郷・胸形変
蝌蚪の死ぬ土くれ投げつ嘆かる、　石田波郷・鶴の眼

かめなく【亀鳴く・亀啼く】

亀は鳴かないが、空想的な季語として詠まれる。「川越のをちの田中の夕闇に何ぞと聞けば亀のなくなり」（藤原為家『夫木和歌抄』）に由来する。⇩亀（かめ）［四季］

§

田にし鳴亀なき頃は草わかみ　道彦・蔦本集
月暗く亀鳴くと云ふ宮居哉　中川四明・四明句集
亀鳴くと嘘をつきなる俳人よ　村上鬼城・鬼城句集
亀鳴くや皆愚《おろか》なる村のもの　高浜虚子・五百句

かもかえる【鴨帰る】

鴨は越冬のために渡来し、翌春、再び繁殖のため、北に帰る。［同義］帰る鴨（かえるかも）、行く鴨（ゆくかも）。⇩引鴨（ひきがも）［春］、鴨（かも）［冬］

からすあげは【烏揚羽蝶】

普通に見られるアゲハチョウの一種。翅は黒色。⇩揚羽蝶（あげはちょう）［春］

からすがい【烏貝】

イシガイ科の淡水二枚貝。日本全土に分布し、池沼に多く生息する。日本の淡水産の貝の最大種。殻は楕円形で、殻長約二五センチ。外面は黒色で殻頂を中心に輪脈がある。内面は薄紫色で真珠に似た光沢がある。ボタンなどの加工品の材料となる。［和名由来］殻の色が烏の羽の色に似ているところから。［同義］溝貝（みぞかい）。⇩貝（かい）［四季］

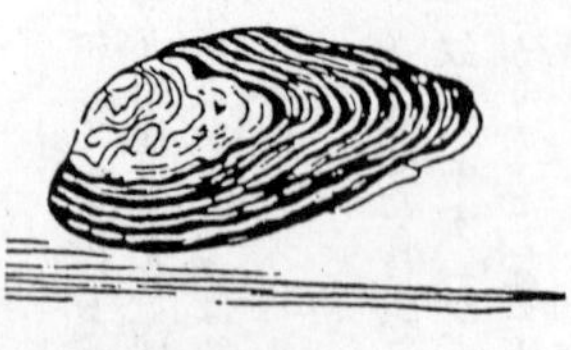
からすがい［訓蒙図彙］

§

烏貝《からすがひ》の殻《から》すててある岸崩《きしく》えより吾《われ》おりて来ぬ古利根の水　佐藤佐太郎・歩道

われからと雀はすゞめからす貝　　其角・五元集拾遺

からのす【烏の巣】

春、産卵のためにつくられる烏の巣。⇩鳥の巣（とりのす）［春］、烏（からす）［四季］

§

野烏の巣にくはへ行木芽哉　　几董・井華集

おとされし巣をいく度見る烏哉　　一茶・旅日記

かわうそうおをまつる【獺魚を祭る】

七十二候の一。雨水の節の第一候で二月一九～二三日まで。「孟春の月、獺魚を祭る」（『礼記』）に由来する。獺は捕らえた魚を四方におき、先祖を祀ってから食べるといわれており、そのことからきている、俳句の空想的な季語である。［同義］獺の祭（おそのまつり）、獺祭（だっさい）。⇩獺（かわうそ）［四季］

§

獺の祭れる魚を拾ひけり　　菅原師竹・菅原師竹句集

茶器どもを獺《かわうそ》の祭りの並べ方　　正岡子規・子規句集

水汲に行きて逢けり獺祭　　松瀬青々・妻木

かわがらす【河烏】

カワガラス科の鳥。日本全土に分布。山間の渓流沿いに生息し、水面すれすれを飛び交い、川にもぐって水生昆虫などを捕食する。翼長約一〇センチ。体は黒褐色で尾は短い目の上に白色の小斑がある。早春、美しい声で囀る。［同義］さわがらす、かわくろ、たにがらす、みさきがらす。

§

河がらす水食《は》む赤き大牛をうつくしむごと飛びかふ夕　　与謝野晶子・常夏

川鴉なきすぎゆきぬたぎつ瀬のたぎち輝き流るるうへを　　若山牧水・黒松

かわず【蛙】

蛙（かえる）の異名。和歌・俳句では「かわず」として詠むことが多い。往時「かわず」は河鹿蛙を指し、「かえる」と区別して使われていたようだが、平安時代初期に混同するようになり、「かわず」は「かえる」と同義になったといわれる。俳句においても「かわず」「かえる」共に春の季語であるが、蛙は種類が多く、種類によっては他の季節の季語とされているものもある。⇩蛙（かえる）［春］、赤蛙（あかがえる）［春］、蛙のめかり時（かわずのめかりどき）［春］、遠蛙（とおかわず）［春］、夕蛙（ゆうがえる）［春］、枝蛙（えだかわず）［夏］、夏蛙（なつがえる）［夏］、初蛙（はつかわず）［春］、お玉杓子（おたまじゃくし）［春］、雨蛙（あまがえる）［夏］、蟇（ひきがえる）［夏］、河鹿（かじか）［夏］、蛙狩の神事（かわずがりのしんじ）［新年］

かわず［明治期挿絵］

§

…秋の夜《よ》は　河し清《さや》けし　朝雲《あさくも》に　鶴《たづ》は乱れ　夕霧《ゆふぎり》に　河蝦《かはづ》は

さわく　見るごとに　哭《ね》のみし泣かゆ　古《いにしへ》思へば　（長歌）
　山部赤人・万葉集三

今日もかも明日香の川の夕さらず河蝦《かはづ》鳴く瀬の清《さや》けかるらむ
　上古麿・万葉集三

思ほえず来《き》まし し君を佐保川の河蝦《かはづ》聞かせず帰しつるかも
　桉作益人・万葉集六

蝦《かはづ》　鳴く神名火《かむなび》川に影見えて今か咲くらむ山吹《やまぶき》の花
　厚見王・万葉集八

河蝦《かはづ》鳴く吉野の川の瀧《たぎ》の上《うへ》の馬酔木《あしび》の花そ末《はし》に置くなゆめ
　作者不詳・万葉集一〇

瀬を速《はや》み落ち激《たぎ》ちたる白波に河蝦鳴くなり朝夕《あさよひ》ごとに
　作者不詳・万葉集一〇

蛙《かはづ》なく井手《ゐで》の山ぶきちりにけり花のさかりに逢《あ》はましものを
　よみ人しらず・古今和歌集二（春下）

宮《(みや)》　こ人来《き》ても折《お》らなんかはづ鳴《な》くあがたの井戸《ゐど》の山吹の花
　橘公平女・後撰和歌集三（春下）

我《わ》が宿《やど》にあひ宿《やど》りして住《す》む　蛙《かはづ》夜《よる》になればや物は　悲《(かなし)》き
　よみ人しらず・後撰和歌集一八（恋四）

真菅《ますげ》を《(お)》　ふる荒田《あらた》に水をまかすればうれし顔《がほ》にもなくかはづかな
　山家心中集（西行の私家集）

九重《こゝのえ》に八重《やへ》山吹《ぶき》をうつしては井手《で》のかはづの心をぞくむ
　二条太皇太后宮肥後・千載和歌集二（春下）

山吹の花《はな》のつまとは聞《き》かねどもうつろふなべになくかはづかな
　藤原清輔・千載和歌集二（春下）

あさりせし水のみさびにとぢられて菱《ひし》の浮葉《うきは》にかはづなくなり
　源俊頼・千載和歌集三（夏）

お《(を)》りにあへばこれもさすがにあはれなり小田《をだ》の　蛙《かはづ》の夕暮《ゆふぐれ》の声
　藤原忠良・新古今和歌集一六（雑上）

花に住《す》むものとやいはん山吹《やまぶき》のかげゆく水にかはづ　鳴《(なく)》　なり
　二条良基・後普光園院殿御百首

言《こと》　の葉の種《たね》をも春やまきもくの山田の水に鳴《な》くかはづかな
　正徹・永享九年正徹詠草

春深き井手《(ゐで)》のわたりの夕ま暮霞む　汀《みぎは》　にかはづ鳴《なく》なり
　小沢蘆庵・六帖詠草

あしひきの山田の原にかはづ鳴くひとり寝《ぬ》る夜のいねられなくに
　大愚良寛・良寛歌評釈

あしひきの山田の田居に鳴くかはづ声のはるけきこのゆふべかも
　大愚良寛・良寛歌評釈

草の庵《いほ》に足さしのべて小山田《をやまだ》の山田のかはづ聞くがたのしさ
　大愚良寛・良寛歌評釈

つまこふるかはづのこゑの一こゑのはてのなげきにたへずもあるかな
　大隈言道・草径集

まかせても水にながるゝ蛙かなゐでこす波に落る身しらで
　大隈言道・草径集

清き川にごれるぬまにおのづからこゑなきわけてすむ蛙哉
　大隈言道・草径集

おぼろ夜の月には水も霞むらん　蛙《かはづ》　なくなり前の山の井
　与謝野礼厳・礼厳法師歌集

吉野川川瀬を清み川のほり蛙聞きつ、一夜寝にけり　天田愚庵・愚庵和歌
こほろ鳴く蛙が声に心乗り臼挽き止めて独歌おもふ　伊藤左千夫・伊藤左千夫全短歌
こもりくの谷の若葉のしげり深み蛙ころなく声さびしらに　伊藤左千夫・伊藤左千夫全短歌
軒並ぶ賤《しづ》が伏家《ふせや》の門川《かどかは》に山吹《やまぶき》咲いて蛙《かはづ》鳴くなり　正岡子規・子規歌集
うもれ井のうもれて過す春の日をおもしろけ《(げ)》にも鳴蛙哉　樋口一葉・樋口一葉全集
椎の実の、しづむ古井も、春めきて、泡だつ水に、かはづ啼くなり。　与謝野寛・東西南北
蛙のはなしもやみぬ二人して遠き蛙に耳かたぶけぬ　島木赤彦・馬鈴薯の花
汽車のうちに夕べ聞ゆる山の田の蛙のこゑは家思はしむ　島木赤彦・氷魚
障子ぎは机によればかしましく塀の外田《そとだ》の蛙が鳴きぬ　岡麓・涌井
田の中に住めば昼夜のわかちなく耳もとさらず鳴く蛙ども　岡麓・涌井
茅《ち》が崎《さき》は引き潮どきにかはづ鳴きいかに都の恋しかりけん　与謝野晶子・深林の香
わが眠《ねむ》る枕《まくら》にちかく夜《よ》もすがら蛙《かはづ》鳴《な》くなり春ふけむとす　斎藤茂吉・白桃

死に近き母に添寝《そひね》のしんしんと遠田《とほだ》のかはづ天《てん》に聞《きこ》ゆる　斎藤茂吉・赤光
春の田の鋤きかへされて青水《あをみ》錆《さび》著くとはしつつ蛙《かはづ》鳴くなり　若山牧水・くろ土
暁の春の月夜の寒けきに出でてあゆめば蛙《かはづ》なくなり　若山牧水・くろ土
くくと鳴る鳴革《なりかは》入れし靴はけば蛙を踏むに似て気味悪し　石川啄木・スバル
くもり夜の簾《すだれ》をあげて前は池かはづの声の太くし鳴くも　中村憲吉・しがらみ
若葉さやぐまひるの縁《えん》にわが立てば蛙のこゑはきこえざりけり　古泉千樫・青牛集
妻子らを養ひがたみなげく日にぎらつく青き蛙を見たり　前川佐美雄・天平雲
手《て》をついて歌申《うたまうし》あぐる蛙《かはづ》かな　宗鑑・あら野
和歌に師匠なき鶯と蛙《かはづ》哉　貞徳・犬子集
雨の蛙声高《コハだか》になるも哀也《あはれなり》　素堂・蛙合
古池や蛙飛《かはづとび》こむ水のをと　芭蕉・波留濃日
きろきろと我頬《わがツラ》守る蝦哉　嵐蘭・蛙合
いくすべり骨《ほね》おる岸《きし》のかはづ哉《かな》　去来・あら野
田の畔《あぜ》や虹《にじ》を負《せお(ひ)》ゐて啼蛙《なくかはづ》　去来・志津屋敷
一畦《ひとあぜ》はしばし鳴《なき》やむ蛙《かはづ》哉　去来・蛙合
橋わたる人にしづまる蛙《かはづ》かな　涼菟・一幅半
茎桶《くきをけ》に蛙飛込《かはづとびこ》むすまひかな　許六・五老文集

苗代《なはしろ》やうれし顔にもなく蛙《かはづ》　許六・韻塞

あかつきをむつかしさうに鳴蛙《なくかはづ》　越人・あら野

蛙《かはづ》のみきゝてゆゝしき寐覚《ねざめ》かな　野水・春の日

菜《な》の花を身うちにつけてなく蛙《かはづ》　李由・韻塞

竹の奥蛙《かはづ》やしなふよしありや　破笠・蛙合

ゆく水に足手を伸《のば》す蛙《かはづ》哉　蘆本・皮籠摺

宇治川の水に臂《ひぢ》はる蛙《かはづ》かな　桃妖・鳶獅子集

下鳥羽《しもとば》や雨の音ほどなく蛙《かはづ》　林紅・鱠橋

日焼田《ひやけだ》や時々《ときどき》つらく鳴く蛙《かはづ》　乙州・猿蓑

行雲《ゆくくも》を見つゝ居直《ゐなほ》る蛙哉　蕪村・落日庵句集

苗代《なはしろ》の色紙《しきし》に遊ぶかはづかな　蕪村・蕪村句集

むきむきに蛙のいとこはとこ哉　一茶・七番日記

湖畔寺に宗論を鳴く蛙かな　菅原師竹・菅原師竹句集

星の数を魂比べよむ蛙かな　石橋忍月・忍月俳句抄

浮く蛙居向をかへて浮きにけり　村上鬼城・鬼城句集

蛙はや日本の歌を詠《よ》みにけり　正岡子規・子規句集

くゝと鳴く昼の蛙のうとましや　正岡子規・子規句集

踏はづす蛙是へと田舟哉　夏目漱石・漱石全集

なく蛙白河《かはづしらかは》に関《せき》はなかりけり　泉鏡花・鏡花句集

喧騒《けんそう》の蛙《かわず》の声の中に読む　高浜虚子・五百五十句

岡山国富寺にて

どの羅漢われにや似たる山蛙　臼田亜浪・旅人

鳳来寺にて

山蛙けけらけけらと夜が移る　臼田亜浪　旅人

今町旅泊

けくけく蛙かろかろ蛙夜一夜　臼田亜浪　旅人

蛙鳴き初め日あたりに垢づきし手かな　小沢碧童・碧童句集

水のうまさを蛙鳴く　種田山頭火・草木塔

蛙田の夕明り一樹しづかな影を　種田山頭火・層雲

山の方に蛙ころ〳〵一つ鳴く　渡辺水巴・富士

蛙釣る児を見て居るお女郎だ　尾崎放哉・小豆島にて

草深き築地の雨や蛙とぶ　飯田蛇笏・山廬集

天をみて蛙かがやき澄めりけり　宮林菫也・冬の土

長雨の暁白む蛙かな　石島雉子郎・雉子郎句集

昼頃の戸あけし茶屋や蛙なく　長谷川かな女・龍膽

蛙きく人顔くらく佇めり　杉田久女・杉田久女句集

鬢の香のいきるる夜かな鳴く蛙　杉田久女・杉田久女句集

擁くや夜蛙の咽喉うちひゞき　石田波郷・雨覆

かわずのめかりどき【蛙のめかり時】

春の温暖な気候の時、眠気を催すことが多いところから、蛙に目を借りられたようであると譬えて「蛙のめかり時」という。ただし実際は、殿様蛙（とのさまがえる）などの蛙が早春に冬眠から覚め、交尾をして産卵を終えた後、土中や木蔭にかくれて動かず、初夏まで雌雄がはなればなれに過ごす時期なので「目離り時（めかりどき）」と言われたのが始まりだと言われている。［同義］めかる蛙（めかるかわず）。➡蛙（かえる）［春］、蛙（かわず）［春］、殿様蛙（とのさまがえる）［春］、獣交る（けものさかる）［春］

かわらひわ【河原鶸】

アトリ科の雀大の小鳥。本州北部で繁殖し、秋冬、平地に現れる。体は全体に褐色で、頭部は暗灰色、顔・喉・腹・翼は黄色味をおびる。「キリキリッ」と鳴き、春に最も活発に活動する。［同義］きすずめ〈千葉・茨城〉、きりきり〈木曾〉、あさひき〈鹿児島〉。⬇鶸（ひわ）［秋］

かわらひわ［写生四十八鷹画帖］

§

居《を》りよさに河原鶸来《かはらヒハく》る小菜畠《こなばたけ》　支考・続猿蓑

水あみてひらひら揚る川原鶸　村上鬼城・鬼城句集

がんづけ【蟹漬】

佐賀の郷土料理。潮招という蟹を砕いて塩と唐辛子で漬けたもの。酒の肴として知られる。⬇潮招（しおまねき）［春］

「き」

きがん【帰雁】

春になり、北へと帰っていく雁をいう。⬇帰る雁（かえるかり）［春］、雁（かり）［秋］

§

順礼《じゅんれい》と打まじり行帰鴈《ゆくきがん》哉　嵐雪・己が光

大風の凪《な》ぎし夜鳴くは帰雁《きがん》かな　河東碧梧桐・碧梧桐句集

僧の死や草木色添へ鳴く帰雁　原月舟・月舟俳句集

美しき帰雁の空も束の間に　星野立子・立子句集

きぎし【雉・雉子】

「きぎす」ともいう。［和名由来］「し」は鳥を示す接尾語で、「きぎ」は鳴声と—『大言海』。⬇雉（きじ）［春］、雉（きぎす）［春］

§

春の野にあさる鴙《きぎし》の妻恋《つまごひ》に己《おの》があたりを人に知れつつ　大伴家持・万葉集八

春雉《きぎし》鳴く高円《たかまと》の辺《へ》に桜花散りて流《なが》らふ見む人もがも　作者不詳・万葉集一〇

野の雉子《きゞし》山の雉子《きゞし》も来ては鳴け御墓《みはか》けうとく悲しきさまや　窪田空穂・まひる野

土手の上の高きを占めて鳴く雉子《きぎし》あなやさ躍り鳴きにけるかも　古泉千樫・青牛集

きぎす【雉・雉子】

「きぎし」ともいう。奈良時代には「きぎし」が多く、平安時代以降には「きぎす」が多く詠まれる。［和名由来］「す」は鳥を示す接尾語で「きぎ」は鳴声と—『大言海』。⬇雉（きじ）［春］、雉（きぎし）［春］

§

杉の野にさ躍《をど》る雉いちしろく哭《ね》にしも泣かむ隠妻《こもりづま》かも
大伴家持・万葉集一九

うちはらふ雪もやまなむ御狩野《みかりの》のきゞすの跡《あと》も尋ぬばかりに
能因集（能因の私家集）

御狩野《みかりの》にまだ降《ふ》る雪は消《き》えねども雉《きゞす》の声は春めきにけり
能因集（能因の私家集）

をい《（おひ）》かはる春《はる》の若草《わかくさ》まちわびて原《はら》の枯野《かれの》にきゞすなくなり
山家心中集（西行の私家集）

桜がり交野《かたの》の雉《（きぎす）》つまこひてなくやうつろふ花の下草
藤原家隆・家隆卿百番自歌合

人めなき垣ねのきゞすねになきて春の眠《ねむり》をおどろかしつる
小沢蘆庵・六帖詠草

あしひきの青山越えて我が来れば雉子《きぎす》鳴くなりその山もとに
大愚良寛・良寛歌評釈

きゞすなく山路のくれにほろほろと降出《ふりいで》にける春の雨かな
香川景樹・桂園一枝

春きてはめづらしき野のきゞすかなその二声をいくこゑもせよ
大隈言道・草径集

わが山の霞のおくに分け入ればあさる雉《きぎす》も山鳥も鳴く
与謝野礼厳・礼厳法師歌集

雉子なく小松か下の稚草は人な摘みそね雛の食むかに
天田愚庵・愚庵和歌

城あとにきゝにし岡に古瓦ひろひてをれば雉子なくなり
落合直文・国文学

一人して心あきたらずつゝじ山松芽立つ山きゞす鳴く山
伊藤左千夫・伊藤左千夫全短歌

大原の野を焼く男野を焼くと雉《きぎす》な焼きそ野を焼く男
正岡子規・子規歌集

きゝ《（ゞ）》す鳴こゑもおほ《（ぼ）》ろに聞ゆ也霞こめたる野へ《（べ）》のかよひ路
樋口一葉・樋口一葉全集

日の闌《た》けて若葉明るき林よりゆるぎ出でたり雉子《きぎす》たつ音
島木赤彦・氷魚

尊《たふ》とかりけりこのよの暁《あかつき》に雉子《きぎす》ひといきに悔《くや》しみ啼《な》けり
斎藤茂吉・あらたま

二声をつづけて啼けば向ひなる山のきぎすも二声を啼く
若山牧水・黒松

ゆく春をおもひきる音《ね》か山雉子《きぎす》
万子・孤松

二羽打ちて啼かずなりたる雉子かな
内藤鳴雪・鳴雪句集

姫松に身を隠したる雉子哉
正岡子規・子規句集

軍用に石取りぬ荒墟鳴く雉子《きゞす》
河東碧梧桐・碧梧桐句集

河口湖鵜の嶋
雲下りて湖の嶋山きぎす啼く
飯田蛇笏・春蘭

愛しけれきぎすの玉子手にとりて
杉田久女・杉田久女句集補遺

真夜中に雉子叫びぬ倦怠期
加藤知世子・冬萌

きさご【細螺・喜佐古・扁螺】

ニシキウズガイ科の巻貝。算盤玉に似た形で、殻径約一・五センチ。多くは白地に赤褐色や黒褐色の雲形の紋様があり、これに褐色と白色の帯が交錯している。殻は「おはじき」などの子供の遊具となった。［同義］きしゃご、銭貝（ぜぜかい）。

⬇貝（かい）［四季］

きじ【雉・雉子】

キジ科の鳥。「きぎし」「きぎす」ともいう。日本の国鳥。翼長二〇センチ内外。雄は全体に光沢のある濃緑色で、背面の色彩は複雑で美しく、顔の目の周囲は鮮やかな赤色。尾は長く灰褐色で多数の黒色の横帯がある。雌は全体に淡褐色で尾は短い。わが国特有の留鳥で、雑木林、草原、畑地に生息する。繁殖期である春には、雄は「ケーンケーン」と勇ましく、雌は「チョンチョン」と可憐に鳴き、その鳴声を「雉のほろろ」という。雉は四季を通じて見られる鳥だが、この趣のある声ゆえに春の季語とされている。奈良時代には「きぎし」、平安時代以降には「きぎす」として、身を隠せずすぐに所在を知られてしまう鳥として多く詠まれた。また「焼野の雉子、夜の鶴」といい、子を思う親の愛情の譬えとして用いられる。春の季語であるが、狩猟に結び付けて詠まれる時は冬の季語ともなる。［和名由来］「きぎし」「きぎす」より。「し」「す」は鳥を示す接尾語で、「きぎ」は鳴声と―『大言海』。［同義］雉・雉子（きぎし・きぎす）、菅根鳥（すがねどり）、御幸鳥（みゆきどり）。［同種］高麗雉（こうらいきじ）、錦鶏（きんけい）、銀鶏（ぎんけい）。［漢名］雉、野鶏、華虫。⬇雉のほろろ（きじのほろろ）［春］、山鳥（やまどり）［春］、雉の巣（きじのす）［春］、雉笛（きじぶえ）［春］

§

朝《あさ》まだき桐生《りふ》の岡《をか》に立《た》つ雉《きじ》は千世の日つぎの始なりけり

清原元輔・拾遺和歌集五（賀）

きじ［景年画譜］

春日野《かすが》に朝《あさ》なく雉《きじ》のはねを《(お)》とは雪のきえまに若菜《わかな》つめとや
源重之・詞花和歌集一（春）
春の野に若菜摘みつつ雉《きじ》の声きけば昔のおもほゆらくに
大愚良寛・良寛歌評釈
旅にして岡辺《をかべ》の小道日は暮れぬ子を思ふ雉《きじ》の声も悲しく
正岡子規・子規歌集
蕨採り鬢を掠めて立つ雉にきやとわれによるひと、二人が
青山霞村・池塘集
朝雲は雨ともならではれにけり山路一里ただ雉子の声
服部躬治・迦具土
この朝の時雨に濡れて帰りこし狩人は二羽の雉子を負ひたり
若山牧水・黒松
高処《たかど》にし雄雉は鳴けり草わけてあゆむ雌雉の静かなりけり
古泉千樫・青牛集
春しほの音ちかくなりし磯のやま小松がみちに雉子《きじ》立ちしおと
中村憲吉・軽雷集
寂しければ雉子撃つ銃《つゝ》の遠音さへ冴え冴えとして胸にひびくも
吉井勇・天彦
父母《ちちはは》のしきりに恋し雉子《きじ》の声　芭蕉・曠野
蛇くふときけば恐ろし雉《きじ》の声　芭蕉・風羅坊
ひばりなく中《なか》の拍子《ひやうし》や雉子《きじ》の声　芭蕉・猿蓑
一しほの声さぞあらん南部雉《なんぶきじ》　嵐雪・其袋
穴蔵《あなぐら》と見ればおそろし雉子《きじ》の声《こゑ》　許六・風俗文選
羽拍子《はねびやうし》よどむ茶畑《ちやばた》や雉子《きじ》の恋　正秀・白馬
雉《きじ》なくや寺の楔《くさび》をしめる音　露川・北国曲

大峯《おほみね》や桜《さくら》の底《そこ》の雉《きじ》の声《こゑ》　李由・韻塞
笹《ささ》の葉のそよともせずや雉子《きじ》の声　怒風・田植諷
十二羽の雉子《きじ》の子どもや遅《おそ》桜　浪化・浪化上人観桜行
ぱつと散る花のつかひや雉子《きじ》の声　吾仲・青筵
雉打《うつ》て帰る家路《いへぢ》の日は高し　蕪村・五車反古
雉子おりて長き尾をひく岩の上　村上鬼城・定本鬼城句集
山道や人去て雉《きじ》あらはる、　正岡子規・子規句集
雉《きじ》鳴くや庭の中なる東山　正岡子規・子規句集
雉《きじ》鳴くや背丈にそろふ小松原　正岡子規・子規句集
雉鳴くや那須の裾山《すそやま》家もなし　正岡子規・子規句集
雉鳴くや雲裂けて山あらはる、　正岡子規・子規句集
雉子打の濡れて帰るや草の雨　尾崎紅葉・紅葉句帳
雉子の声大竹原を鳴り渡る　夏目漱石・漱石全集
野に山に焼き立てられて雉の声　夏目漱石・漱石全集
雉子鳴くや雨垂れかゝる山の峡　巌谷小波・さゞら波
二声は同じ雉なり草の中　藤野古白・古白遺稿
雉子立つや坂駆け下りる柴車　岡本癖三酔・癖三酔句集
阿里山の鬱林雉子の鳴きにけり　青木月斗・時雨
人去つて雉子鳴くこだま滝の前　飯田蛇笏・雲母
登山杖雉子吊る茶屋に買ひにけり　石島雉子郎・雉子郎句集
奪られたる玉子かなしめ雉子の妻　杉田久女・杉田久女句集
雉子鳴くや宇佐の盤境《いはさか》禰宜ひとり　杉田久女・杉田久女句集
草の戸の灯相図《あひづ》や雉《きじ》ほろと　芥川龍之介・我鬼窟句抄
仔の牛を放てる野辺や雉子鳴けり　水原秋桜子・古鏡
雉子の貌どこかに白点ありと思ふ　山口青邨・夏草

雉子啼くや胸ふかきより息一筋　橋本多佳子・紅絲
刻々と雉子歩むたゞ青の中　中村草田男・来し方行方
雉子の眸のかうかうとして売られけり　加藤楸邨・野哭
雉子の雛かなしく鶏の巣の孵りぬ　加藤楸邨・寒雷
雉子の雛鶏とあさりぬ花のかげ　加藤楸邨・寒雷
雉子の声憤るごとしおのれ鳴き　加藤楸邨・寒雷
あした鳴き夕べ雉子鳴き住みつかぬ　加藤楸邨・寒雷
雉子鳴けりほとほと疲れ飯食ふに　加藤楸邨・寒雷
花降れば花ついばめり雉子の雛　加藤楸邨・寒雷

きじのす【雉の巣・雉子の巣】

春、産卵のためつくられる雉の巣。雑木林、草原、畑地などに、自然の枯草を利用した簡単な巣をつくる。卵は通常一二個ほど生む。⇩雉（きじ）［春］、鳥の巣（とりのす）［春］

§

花《はな》のかげ巣《す》を立雉子《たつきじ》の舞《まひ》かへり　沾圃・続猿蓑

きじのほろろ【雉のほろろ】

雉の鳴き声をいう。繁殖期である春に、雄は「ケーンケーン」と勇ましく、雌は「チョンチョン」と可憐に鳴く。⇩雉（きじ）［春］

§

春の野のしげき草ばの妻恋《つまご》ひにとびたつ雉子《きじ》のほろゝとぞなく　平貞文・古今和歌集一九（雑）
子をおもふきじは涙のほろゝ哉《かな》　貞徳・犬子集

きじぶえ【雉笛・雉子笛】

雉の鳴声に似た音をだし、雉を誘い寄せて捕らえるための笛。⇩雉（きじ）［春］

きんいちょう【金衣鳥】

鶯の別称。⇩鶯（うぐいす）［春］

§

をのが音《ね》をしらべよきかん金衣鳥《きんえてう》　重頼・犬子集

「く〜こ」

くまあなをいづ【熊穴を出づ】

春、熊が冬眠から覚め、穴を出ること。⇩熊穴に入る（くまあなにいる）［冬］、熊（くま）［冬］

くまばち【熊蜂】

ミツバチ科の大型の蜂。体長約二・五センチ。体は全体に黒色で、背・胸部が黄色毛で覆われる。枯木に穴をあけ花蜜・花粉などを集めて産卵する。［和名由来］毛の密生するさまが熊を思わせるところから。⇩蜂（はち）［春］

§

あらすごの熊蜂に追はれ逃《にげ》にけり　河東碧梧桐・碧梧桐句集
熊蜂《くまばち》のうなり飛び去る棒のごと　高浜虚子・五百五十句
熊蜂脚垂れて来た書斎あかるい　北原白秋・竹林清興

くみあゆ【汲鮎】

三～四月頃から川を溯上する若い鮎を、寄せ網で一か所に集め、玉網ですくい捕ること。⬇鮎汲（あゆくみ）［春］

くろあげは【黒揚羽蝶・黒鳳蝶】

揚羽蝶の一種。翅の開張幅約九センチ。体は黒色で、後翅に赤斑紋がある。⬇揚羽蝶（あげはちょう）［春］、柚子坊（ゆずぼう）［秋］

§

芋虫ときゝて厭はし黒揚羽　杉田久女・杉田久女句集

日食や芋の葉に憑く黒揚羽　高橋淡路女・淡路女百句

黒あげ羽湖の紫紺にまぎれけり　星野立子・鎌倉

黒揚羽わが病室は三階に　石田波郷・酒中花以後

けいちつ【啓蟄】

二十四節気の一。旧暦二月の節、新暦の三月六日前後。冬眠状態にあった蛇、蜥蜴、蟻などが、春暖の季節になり、はじめて地中からでてくること。俳句では「地虫穴を出づ」などとしても春の季語となる。［同義］驚蟄（けいちつ）。⬇地虫穴を出づ（じむしあなをいづ）［春］、蛇穴を出づ（へびあなをいづ）［春］、蜥蜴穴を出づ（とかげあなをいづ）［春］、鷹化して鳩となる（たかかしてはととなる）［春］

§

啓蟄《けいちつ》や日はふりそゝぐ矢の如く　高浜虚子・五百五十句

啓蟄の蛇に丁々斧こだま　中村汀女・花影

秋山牧車還る

啓蟄のなほ鬱として音もなし　加藤楸邨・野哭

啓蟄の蜥蜴毛虫に木影かな　石橋秀野・桜濃く

庭に竈をつくる

啓蟄《けいちつ》の土にかゞめる厨《くりや》ごと　石橋秀野・石橋秀野集

けものさかる【獣交る】

春、諸獣が繁殖のために発情したり交尾したりすることをいう。牛や馬などの家畜を飼う農場などで「種牛」「種馬」を発情した牝にあてがい、「種付け（たねつけ）」を行う。［同義］獣交る（けものつるむ）。⬇猫の恋（ねこのこい）［春］、蛙のめかり時（かわずのめかりどき）［春］、種牛（たねうし）［春］、種馬（たねうま）［春］、鳥交る（とりさかる）［春］

こ【蚕】

蚕（かいこ）のこと。⬇蚕（かいこ）［春］、御蚕（おかいこ）［春］

§

…長き春日を　天地《あめつち》に　思ひ足《た》らはし　たらちねの　母が養《か》ふ蚕《こ》の　繭隠《まよこも》り　息衝《いきづ》きわたり…（長歌）　作者不詳・万葉集一三

蚕《こ》の繭《まゆ》の二《ふた》ごもりにもわれ似たり人の家のみ宿とすまへば　与謝野礼巌・礼巌法師歌集

繭倉に蚕《こ》のまゆならばこもらまし我身のはてを知られずもがな　与謝野晶子・心の遠景

雪したる野州《やしう》の山の遠ければ蚕《こ》の繭のごとあえかなりけれ　与謝野晶子・深林の香

みちのくの我家《わぎへ》の里《さと》に黒き蚕《こ》が二たびねぶり目ざめけらしも　斎藤茂吉・赤光

こあゆ【小鮎】

三〜四月頃、海から川を溯上する鮎の若々しい稚魚をいう。[同義] 鮎の子、若鮎。⇩鮎（あゆ）[夏]、若鮎（わかあゆ）[春]、鮎の子（あゆのこ）[春]、鮎汲（あゆくみ）[春]

§

串たてて小鮎やく爐のとろとろ火みな囲む
夜や瀬のおときこゆ　土岐善麿・はつ恋

手に汲《くみ》て一筋《すぢ》清き小鮎《こあゆ》哉　木因・きれぎれ

鶯に似ぬ足を小鮎の笑ひけり　也有・蘿葉集

蓼はまだつばな穂に出て小鮎鮓　也有・蘿葉集

点々と折敷に見せる小鮎哉　召波・春泥発句集

水かへば駒のひま行小鮎かな　召波・春泥発句集

花の散る拍子に急ぐ小鮎哉　一茶・七番日記

笹陰を空頼みなる小鮎哉　一茶・七番日記

日暮る、竿続ぎ足すや小鮎釣　村上鬼城・鬼城句集

砂川や小鮎ちらつく日の光　正岡子規・春夏秋冬

朝曇隈なく晴れぬ小鮎釣　河東碧梧桐・碧梧桐句集

筏過ぎて水澄めり又小鮎かな　石島雉子郎・雉子郎句集

こいねこ【恋猫】

春の発情期の猫のこと。⇩猫の恋（ねこのこい）[春]

§

恋猫や鮑の貝の片思ひ　内藤鳴雪・鳴雪句集

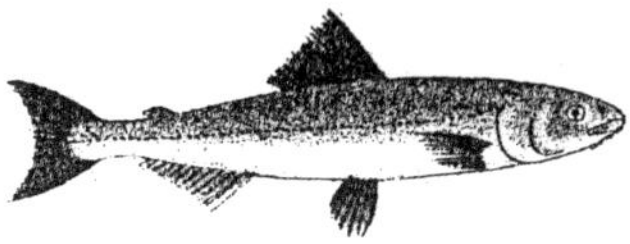

こあゆ［日本重要水産動植物之図］

恋猫の眼ばかりに痩せにけり　夏目漱石・漱石全集

恋猫や主人は心地例ならず　夏目漱石・漱石全集

火の番またも鳴らし来ぬ恋猫の月　種田山頭火・層雲

恋猫を一歩も入れぬ夜の襖　杉田久女・杉田久女句集

恋猫に思ひのほかの月夜かな　中村汀女・都鳥

恋猫のかへる野の星沼の星　橋本多佳子・紅絲

山中に恋猫のわが猫のこゑ　橋本多佳子・命終

ごうな【寄居虫】

宿借の別名。⇩宿借（やどかり）[春]

§

蛸壺をはひ歩きゐるがうな哉　青木月斗・時雨

寄居虫行くてへかひなを伸ばし　小沢碧童・碧童句集

古貝を選み栖みたる寄居虫かな　長谷川零余子・雑草

石を這ふ音の侘しき寄居蟲かな　高田蝶衣・青垣山

こがい【蚕飼】

蚕を飼い、絹糸を取ること。またはそれを行う人。[同義] 養蚕（ようさん）。⇩蚕（かいこ）[春]、蚕時（かいこどき）[春]

§

たらちねの親《おや》の飼《か》ふ蚕《こ》の繭《まゆ》ごもりいぶせくもあるか妹《いも》に逢《あ》はずして
柿本人麻呂・拾遺和歌集一四（恋四）

ゆふぐらき蚕飼の部屋に、桑の葉の　匂ひをふかく嗅ぐも。わびしく。
石原純・靉日

門内の庭の広さや蚕飼宿《こがいやど》　高浜虚子・六百句

こじゅけい【小綬鶏】
キジ科の鳥。中国原産の鳥で大正時代に輸入された。小群で生息する。翼長約一三センチ。体は鶉に似る。頭部は褐色、背部はオリーブ褐色。上背に栗色の三角形の大きな斑がある。鳴声は大きく「チョット来い」と聞こえることで知られる。

§

小綬鶏《こじゅけい》と思ふ鋭き朝の声わが体《からだ》長し白き上青き中　土屋文明・自流泉

こすずめ【小雀・子雀】
雀の子。雀は春に五〜六個を産卵し、孵化後一五日くらいで巣立ちする。⇩雀の子（すずめのこ）［春］

§

巣立して幾日か経たる親鳥のうせけむ物をあはれ子雀　天田愚庵・愚庵和歌
青嵐胸たゞよはす子雀の飛ばむともする翅《つばさ》のふりや　窪田空穂・まひる野
小雀の餌や喰ふ黄なる口あけて　夏目漱石・漱石全集

こちょう【胡蝶・小蝶】
「胡蝶」は蝶の別称。「小蝶」は小さな蝶。⇩蝶（ちょう）［春］

§

はるの野はむかふ野風のさむければわが身がくれにくるこてふかな　大隈言道・草径集
うらやまし春のこ蝶はねふ(ぶ)るまも花の木かけ(げ)をはなれさ(ざ)りけり　樋口一葉・樋口一葉全集
紫と黄いろと白と土橋《つちばし》を小蝶《こてふ》ならびてわたりこしかな　与謝野晶子・舞姫
ひらひらと春の胡蝶の舞ひ来りわれの心のうつつなきかも　三ケ島葭子・定本三ケ島葭子全歌集
土ぼこりかすかなるかも電車道すれすれに舞ふ黄色き胡蝶　松倉米吉・松倉米吉歌集
唐土《もろこし》の俳諧とはんとぶ小蝶《こてふ》　芭蕉・蕉翁句集
起《おき》よ起よ我《わが》友にせんぬる胡蝶　芭蕉・をのが光
鶯の鳴《なき》あつめたる胡蝶《こてふ》かな　土芳・蓑虫庵集
我影に追ひつきかぬるこてふかな　不角・続の原
おさへての指に粉《こ》のつく小蝶哉　琴風・瓜作
風に乗ル身は朝はやき胡蝶《こてふ》かな　林紅・旅袋
うつゝなきつまみごゝろの胡蝶《こてふ》かな　蕪村・安永二年句稿
釣鐘《つりがね》にとまりてねむるこてふ哉　蕪村・蕪村遺稿（題苑集）
田に畠にてんてん舞(まひ)の小てふ哉　一茶・句稿消息
風呂水の小川へ出たり飛ぶ胡蝶　一茶・句帖
庭に来る胡蝶うれしき病後かな　正岡子規・春夏秋冬
御簾揺れて人ありや否や飛ぶ胡蝶　夏目漱石・漱石全集
夢もなき我ゆめ舐《なむ》る蝴蝶哉　幸田露伴・蝸牛庵句集
松苗の日の筋にとぶ胡蝶かな　松瀬青々・筑摩文学全集
若草の土手を離れぬ胡蝶かな　羅蘇山人・蘇山人俳句集
美しき胡蝶なれども気味悪く　杉田久女・杉田久女句集
美しき胡蝶も追はずこの山路　杉田久女・杉田久女句集

こねこ【小猫・子猫・仔猫】
小さい猫、猫の子のこと。⇩猫の子（ねこのこ）［春］

§

つり籠の鶉《うづら》取らんと飛びかかるあなにく小猫棒くらはせん
正岡子規・子規歌集

葉にあそぶ嵐のそよぎ涼しげに白き小猫の木にのぼりたる
太田水穂・冬菜

蝶《てふ》を噛《かん》で子猫を舐《ねぶ》る心哉　其角・五元集

寵愛《ちようあい》の仔猫《こねこ》の鈴の鳴り通し　高浜虚子・六百句

スリッパを越えかねてゐる仔猫かな　高浜虚子・六百句

捨てられし小猫拾ふや樹下石上　山口青邨・雪国

こまぶえ【駒鳥笛】

駒鳥を鳴かせるための笛。鳴声に似た笛の音に誘われ、鳴きだす。多くは篠竹でつくられた。⇩駒鳥（こまどり）［夏］

こもちすずめ【子持雀】

産卵し、子を育てる雀。⇩孕雀（はらみすずめ）［春］、子持鳥（こもちどり）［春］、雀の子（すずめのこ）［春］

こもちどり【子持鳥】

春に産卵し、子を育てる諸鳥をいう。⇩孕鳥（はらみどり）［春］、子持雀（こもちすずめ）［春］

こもちはぜ【子持鯊】

二〜三月頃の卵を孕んだ鯊は「子持鯊」とよばれ、賞味される。⇩鯊（はぜ）［秋］

こやすがい【子安貝】

タカラガイ科の巻貝の俗称。とくに大形の八丈宝貝（はちじょうたからがい）をさすことが多い。紀伊半島以南に分布し、岩礁域に生息する。卵形。全体に黒色で、背面に紫色を帯びた斑紋が散在する。出産の際、この貝を握っていると安産になるとの俗信がある。古代中国では貨幣の役割をしたといわれる。［和名由来］安産を招く貝の意から。［同義］貝子（ばいし）、宝貝。⇩宝貝（たからがい）［春］

§

子安貝《こやすがひ》二見のうらを産湯《うぶゆ》哉　其角・五元集拾遺

ごんずい【権瑞】

ゴンズイ科の海水魚。本州中部以南に分布し、沿岸の岩礁域や砂底に生息する。体長約二〇センチ。体は鯰（なまず）に似る。口髭は四対。体色は青黒色で、側面に二本の黄色の縦線がある。鱗はない。背びれと胸びれに毒針がある。幼魚は密集して絡み合い「ゴンズイ玉」とよばれる。春、浅瀬で産卵する。一般には食用にはならない。

「さ」

さえずり【囀】

春のさまざまな鳥の鳴声をいう。春は繁殖期にあたるため、鳥が盛んに鳴く。元来は一本の木で枝移りしながら鳴く転鳴（てんめい）を意味した。⇩百千鳥（ももちどり）［春］、春の鳥（はるのとり）［春］、鳥交る（とりさかる）［春］、水鳥囀

る（みずとりさえずる）［春］

§

囀るや爰に数ならぬ村雀　宗因・梅翁宗因発句集
それは又それはさへづる鳥の声　鬼貫・鬼貫句選
囀もかへりがけなる小鳥かな　浪化・浪化上人発句集
囀るや蔵も障子も木々の影　淡々・淡々句集
囀りを世にや譲りて松の琴　千代女・千代尼発句集
囀に独起出るや泊客　召波・春泥発句集
靄一縷峠に明けて囀れり　石橋忍月・忍月俳句抄
囀りや賽道尽きて橋反れり　石橋忍月・忍月俳句抄
裏富士の囀る上に晴にけり　河東碧梧桐・新傾向句集
囀《さへづり》や子安地蔵の高い木に　河東碧梧桐・碧梧桐句集
囀や椰《やし》の熊野に桃李園　河東碧梧桐・碧梧桐句集
囀《さえずり》や絶えず二三羽こぼれ飛び　高浜虚子・五百句
森うしろ染めて暮るるに囀れる　大須賀乙字・炬火
囀の天辺の日に翻へり　鈴木花蓑・鈴木花蓑句集
囀や月に終りし一くさり　鈴木花蓑・鈴木花蓑句集
囀のこぼれて水にうつりけり　鈴木花蓑・鈴木花蓑句集
阿難坂囀りの吹きゆられけり　飯田蛇笏・雲母
囀や母が見つけし濃椿　長谷川零余子・雑草
囀やあはれなるほど喉ふくれ　原石鼎・花影
さへずりのうららかなればすべなけれ　宮林菫哉・冬の土
囀りや当麻の塔のふたつながら　水原秋桜子・馬酔木
囀りのなほ高き枝天にあり　山口青邨・夏草
囀の清らに覚めぬ僧房夢　川端茅舎・川端茅舎句集
囀のおひ冠ぶされる道に出し　中村汀女・花影
囀の左移りや右移り　中村汀女・花影
囀のほそり〳〵て樹の慕情　日野草城・花氷
囀や春潮ふかく礁めざめ　加藤楸邨・雪後の天
囀やアパートをいつ棲み捨てむ　石田波郷・風切

さおひめだか【棹姫鷹】

春に捕獲した前年の若鷹をいう。棹姫とは佐保姫（さほひめ）、すなわち春の女神の意である。［同義］乙女鷹（おとめだか）、さお鷹（さおだか）。⬇鳴鳥狩（ないとがり）［春］

さぎのす【鷺の巣】

春、樹上につくられる鷺の巣。⬇鳥の巣（とりのす）［春］、鷺（さぎ）［四季］

§

鷺《さぎ》の巣の鷺の王国見に来よと　高浜虚子・七百五十句

さくらいか【桜烏賊】

桜の咲く頃に漁獲される烏賊。［同義］花烏賊。⬇花烏賊（はないか）［春］

§

俎《まないた》にすべりとゞまる桜烏賊　高浜虚子・六百五十句

さくらうぐい【桜鯎・桜石斑魚】

春、河川の上流などに見られる、腹部が桜色になっている産卵期の石斑魚をいう。［同義］赤魚（あかお）、赤腹（あかはら）、赤っ腹（あかっぱら）。⬇石斑魚（うぐい）［四季］

§

かげすむやうぐひ流れてちるさくら　暁台・暁台句集

筥根籠桜うぐひの一並べ　松瀬青々・妻木

さくらえび【桜蝦・桜海老】

サクラエビ科の海老。東京湾から駿河湾までの太平洋岸の深場に生息する。体長約五センチ。半透明で、微小な赤い色素胞で桜色に見える。第二触角が長く体長の約三・五倍。体表に発光器があり、夜、緑黄色に発光する。春、浅海に浮上してきたものを漁獲する。［和名由来］赤い色素胞で桜色に見えるところから。［同義］光蝦（ひかりえび）。⬇海老（えび）［四季］

さくらがい【桜貝】

ニッコウガイ科の二枚貝。日本近海の浅海の砂底に生息する。殻長約三センチ。形は偏平で長方形に近い。光沢のある美しい淡紅色で貝細工に使われる。色彩に変化があり、色彩によって、薄ざくら（うすざくら）、五色ざくら（ごしきざくら）、樺ざくら（かばざくら）、しぼりざくら、曇りざくら（くもりざくら）などの名称がある。［同義］花貝（はながい）、紅貝（べにがい）。⬇貝（かい）［四季］

§

をとめ子か《（が）》ひろふ干か《（が）》たの桜貝花なき浦も春めきにけり　樋口一葉・樋口一葉全集

口あくは花の笑かはさくら貝　弘永・毛吹草

一二三四五六七八桜貝　角田竹冷・竹冷句鈔

掌をあけ桜貝風に飛び　高浜虚子・句日記

身の上の相似でうれし桜貝　杉田久女・杉田久女句集

身の上の相似て親し桜貝　杉田久女・杉田久女句集

浜の砂まだ冷たけれ桜貝　中村汀女・ホトトギス

さくらだい【桜鯛】

桜の花が咲く頃、産卵のために内海に群れてやってくる鯛をいう。美味である。この時期、ホルモンの作用によって体色も赤味を帯び、美しくなることからの呼び名でもある。［同義］花見鯛（はなみだい）。⬇鯛（たい）［四季］、鯛網（たいあみ）［春］

§

桜鯛は浦の苫屋《とまや》の花見哉《かな》　重頼・犬子集

からし酢にふるは泪かさくら鯛　宗因・梅翁宗因発句集

いかに見る人麿が眼には桜鯛　宗因・梅翁宗因発句集

春はなほ我煮てくふやさくら鯛　信徳・鸚鵡集

津国の何五両せんさくら鯛　其角・五元集

桜鯛大宮人はかざさねど　也有・蘿葉集

俎板《まないた》に鱗《うろこ》ちりしく桜鯛　正岡子規・子規句集

砂の上曳ずり行くや桜鯛　高浜虚子・虚子全集

桜鯛桜に遠き漁村かな　羅蘇山人・蘇山人俳句集

摂津西宮沖のさくらだい釣［摂津名所図会］

桜鯛かなしき眼玉くはれけり　川端茅舎・定本川端茅舎句集
こま〴〵と白き歯並や桜鯛　川端茅舎・定本川端茅舎句集
水道の水のはげしさ桜鯛　日野草城・花氷
醜男《しこを》ども手鉤な打ちそ桜鯛　日野草城・花氷
桜鯛砂へ刎ねたるいさぎよさ　日野草城・花氷
灯の下に大桜鯛運ばるゝ　星野立子・句日記Ⅱ

さざえ【栄螺・拳螺】

リュウテンサザエ科の巻貝。「さざい」ともいう。日本近海の岩礁に生息する。褐藻類を食べる。貝殻は拳状で多くは棘状の突起がある。棘のないものは「つのなし」「丸腰（まるごし）」とよばれる。外面は暗青色で、内面は平滑で真珠色。「壺焼（つぼやき）」などにして食べる。［和名由来］「ササエ（小さな家）」の意と。［同義］つぶ。

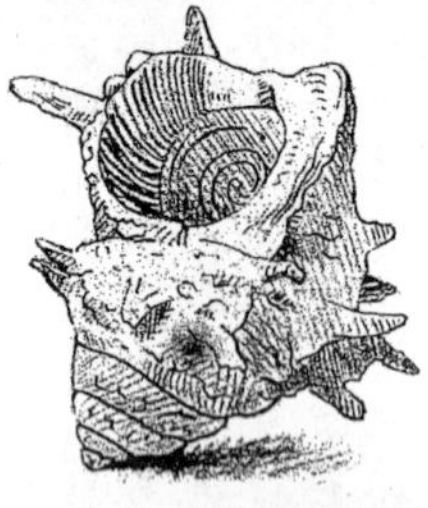
さざえ［明治期挿絵］

§

世の中に恋しきものは浜べなる蠑螺《さざえ》の貝のふたにぞありける　大愚良寛・良寛歌評釈
大いなるさざえの貝のかたちして怒れる波のつづく入海　与謝野晶子・山のしづく
蜈のり栄螺の洞に潜てけり　杉風・杉風句集
己《おの》が身に知るや栄螺《さざえ》のふたの雪　万子・喪の名残
小栄螺《こさざえ》の蓋《ふた》しかへるや桃の雨　百里・並松
木の実ほどの小さき栄螺や桶の底　青木月斗・時雨
今捕りし汐垂りさざえ海女に買ふ　原コウ子・胡卉

さより【鱵・細魚・針魚・竹魚】

サヨリ科の海水魚。沖縄、小笠原を除く北海道以南に分布し、内湾や河口付近に生息する。「針嘴魚」「水針魚」とも書く。体長約四〇センチ。体は秋刀魚（さんま）に似て細長く、下顎が針状に長く突出する。体色は青緑色。海釣りの対象魚。大形のものを「かんぬきざより」という。春先に獲れるものが美味である。

さより［日本重要水産動植物之図］

§

おぼろ夜の舞坂いづる針魚《さより》舟　水原秋桜子・殉教
奥の江に針魚のぼるや夜半の潮　水原秋桜子・殉教
針魚舟おぼろの波につゞきけり　水原秋桜子・殉教

さわら【鰆】

サバ科の海水魚。「馬鮫魚」とも書く。北海道南部以南に生息する。とくに瀬戸内海に多い。体は細長く、体長約一メートル。体側上面に青緑色の斑点が七～八列並ぶ。四～五月頃に内湾で産卵する。幼魚は、東京では「さごち」、関西では「さごし」とよばれる。出世魚で、一般に「さわらご→ぐつて

さわら［明治期挿絵］

ら→さごし→さわら」の順によばれる。海釣りの対象魚。［和名由来］「サハラ（狭腹）」の意と。「鰆」は春に漁獲されるところからと。［同義］さごち〈東京〉、さごし〈西日本〉、やなぎ〈高知〉。

§

瀬戸の海や浪もろともにくろぐろとい群れてくだる春の鰆《さはら》は　若山牧水・みなかみ

つぎつぎに船に手ばやく鉤《か》きあぐる魚みどりにてみな鰆《さはら》なり　中村憲吉・軽雷集

金沢に鰆《さはら》のすしは日をへなばあぶらや浮かむただに食《を》し給へ　芥川龍之介・芥川龍之介全集（短歌）

今日の台詞くりかへしく〜鰆食ふ　長谷川かな女・龍膽

「し」

しおふき【潮吹】

バカガイ科の海産の二枚貝。本州以南に分布し、干潟などに生息する。殻長約五センチ。体は三角形に近い。表面は淡褐色で輪状の紋があり、内面は白色。食用。［和名由来］砂中から掘り出すと、水管から海水を吹き出すところから。［同義］潮吹貝（しおふきがい）。

しおふき
［日本重要水産動植物之図］

しおまねき【潮招・望潮】

スナガニ科の甲殻類。干潟の泥地に穴を掘って生息する。日本では有明海に多い。背甲は四角形で長さ約一・五センチ、幅約三センチ。体色は暗青色で、背の中央に紫色の網目紋様がある。雌のハサミは小さいが、雄は片方のハサミが巨大で上下に動かす。［和名由来］干潮時、穴から出た雄が大きなハサミを潮を招くように上下に振ることから。［同義］てんぼ蟹（てんぼがに）、田打蟹（たうちがに）、うしおまねぎ。⬇蟹漬（がんづけ）［春］、蟹（かに）［夏］

しかのつのおつ【鹿の角落つ】

春、四月頃に鹿の角が落ちること。角が落ちた後は、初夏に袋角ができ、そこに次の角が再生してくる。角は再生のたびに大きくなり、枝も増えるため、鹿の年齢が推定できるという。⬇落し角（おとしづの）［春］、鹿の袋角（しかのふくろづの）［夏］、鹿の角切（しかのつのきり）［秋］、鹿（しか）［秋］、春の鹿（はるのしか）［春］

§

なつくれば野べのをしかの角落ておのが妻さへみもなれじかし　大隈言道・草径集

鹿の角何にかけてや落したる　村上鬼城・鬼城句集

じがばち【似我蜂】

ジガバチ科の昆虫の総称。体長約二センチ。腹部の基部は細く糸状となる。全体に黒色で、後腹部の膨らみに赤褐色の帯がある。夏、尺取虫（しゃくとりむし）を捕らえて地中に掘った穴に入れ、卵をうみつけて幼虫の食物とする。［和名由来］捕らえた尺取虫を穴に入れるとき、羽を「ジージー」と鳴らすことから「ジガジガ（似我似我）」と言って尺取虫を埋めると蜂になるのだろうという考えで「似我蜂」と。［同義］腰細蜂（こしほそばち）。⇩蜂（はち）［春］

§

似我蜂や己が姿もかへり見ず　闌更・半化坊発句集
似我蜂にならぬ子もなき御法かな　沾徳・俳諧五子稿

しじみ【蜆】

シジミガイ科の二枚貝の総称。淡水または半塩水産。長さ二〇～三〇ミリ。貝の外面は黒褐色で内面は紫色。殻表には輪層がある。一般に、春のものが旬とされ賞味される。産地によって、瀬田蜆、諏訪蜆（すわしじみ）などそれぞれの名称がある。［同義］蜆貝（しじみがい）。［同種］大和蜆（やまとしじみ）、真蜆（ましじみ）、紫蜆（むらさきしじみ）、瀬田蜆、業平蜆（なりひらしじみ）。⇩蜆売（しじみうり）［春］、蜆採り（しじみとり）［春］、蜆舟（しじみぶね）［春］、瀬田蜆（せたしじみ）［春］、蜆汁（しじみじる）［春］、土用蜆（どようしじみ）［夏］

§

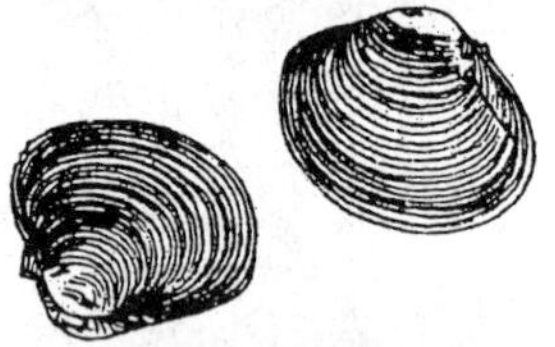

しじみ［日本産物志］

住吉《すみのゑ》の粉浜《こはま》のしじみ開けも見ず隠《こも》りにのみや恋ひ渡りなむ　作者不詳・万葉集六
池尻の砂を流るる水清し蜆《しじみ》の貝を其処に飼ひなむ　若山牧水・黒松
霜ふかき時すぎゆきて溝《みぞ》のへに蜆《しじみ》の殻《から》の白くされたり　土屋文明・ゆづる葉の下
かきがらの上に捨置《すておく》しゞみ貝　徳元・犬子集
石ひとつ清き渚《なぎさ》やむき蜆《しじみ》　其角・五元集
一升はからき海より蜆かな　其角・五元集
野田村に蜆あへけり藤の頃　鬼貫・鬼貫句選
むき蜆石山の桜ちりにけり　蕪村・蕪村遺稿
すり鉢に薄紫の蜆《しじみ》かな　正岡子規・子規句集
手に満つる蜆《しじみ》うれしや友を呼ぶ　正岡子規・子規句集
若草や水の滴たる蜆籠　夏目漱石・漱石全集
口あいて居れば釣らるゝ蜆《しじみ》かな　河東碧梧桐・碧梧桐句集
あたたかや蜆ふえたる裏の川　高浜虚子・新俳句
日当りや手桶《てをけ》の蜆《しじみ》舌を吐く　寺田寅彦・寅日子句集
むき蜆こなから桝に買ひにけり　青木月斗　時雨
口あけぬ蜆《しじみ》死んでゐる　尾崎放哉・小豆島にて
蜆籠に汚るゝ草の戸口かな　長谷川零余子・雑草

しじみうり【蜆売】

蜆を売る人。⇩蜆（しじみ）［春］

§

待日には来であなかまの蜆うり　几董・井華集

しじみじる【蜆汁】

蜆貝を殻のまま入れて煮た味噌汁。⬇蜆（しじみ）［春］

§

春は曙の紫の色に蜆汁　青木月斗・時雨

灯すに間ある小窓や蜆汁　杉田久女・杉田久女句集補遺

肌寒や貝にぎやかな蜆汁《しじみじる》　日野草城・旦暮

しじみちょう【蜆蝶・小灰蝶】

シジミチョウ科の蝶の総称。開張一二〜五〇ミリ。小形の蝶で、翅の色は青・緑色のものが多い。［同種］大和蜆蝶（やまとしじみ）、瑠璃蜆蝶（るりしじみ）、緑蜆蝶（みどりしじみ）。⬇蝶（ちょう）［春］

§

物の葉やあそぶ蜆蝶《しじみ》はすずしくてみなあはれなり風に逸《そ》れゆく　北原白秋・橡

蜆蝶穂草にもつかず石の陽に　北原白秋・竹林清興

せめてこの箸にもとまれ蜆蝶　北原白秋・竹林清興

十ツ分の休みのけなさ蜆蝶　中村草田男・長子

蜆蝶廃園の木々相凭れ　中村草田男・火の鳥

しじみとり【蜆採り】

網の口部に鉄爬をつけた竹柄などの漁具で水底の蜆を採ること。［同義］蜆掻き（しじみかき）。⬇蜆（しじみ）［春］、蜆舟（しじみぶね）［春］

§

蜆取早苗に習ふ女哉　秋色・玉藻

みづうみの浅瀬覚えつ蜆取　召波・春泥発句集

砂川の松こまやかや蜆取　河東碧梧桐・新傾向句集

海近き湖の真水や蜆掻き　籾山柑子・柑子句集

しじみぶね【蜆舟】

蜆採りをする舟。⬇蜆（しじみ）［春］、蜆採り（しじみとり）［春］

§

夕焼や声かはし過蜆舟　闌更・新五子稿

土舟や蜆こぼるゝ水の音　白雄・白雄句集

瀬田川の蜆とる舟写し来し　長谷川かな女・龍膽

蜆籠舳におかれ人あらず　杉田久女・杉田久女句集補遺

蜆舟石山の鐘鳴りわたる　川端茅舎・定本川端茅舎句集

菜の花の岬を出でゝ蜆舟　川端茅舎・定本川端茅舎句集

しじみとり［絵本吾妻の花］

じむしあなをいづ【地虫穴を出づ】

地中で冬眠していた蟻などの虫が、春暖になって穴から出て活動しはじめること。⬇啓蟄（けいちつ）［春］、蜥蜴穴を出づ（とかげあなをいづ）［春］、地虫鳴く（じむしなく）［秋］、地虫（じむし）［四季］

§

今出し地虫哀れめ道の中　闌更・半化坊発句集

地虫出で、また捜しけり別の穴　村上鬼城・鬼城句集
地虫出て天地しづかやけし畠　松瀬青々・妻木
地虫出し穴やさら〳〵竹の影　西山泊雲・同人句集
地虫穴を出て八面を打《だ》し止まず　広江八重桜・広江八重桜集
けふ掃きてきよらの土も地虫出づ　水原秋桜子・葛飾
桃山の屏風めぐらし地虫出づ　山口青邨・夏草
地虫出づおもしろき世と思ひつ、　山口青邨・花宰相
東山はればれとあり地蟲出づ　日野草城・青芝
地虫出つひそみつ焦土起き伏しぬ　石田波郷・惜命

しらうお【白魚】

シラウオ科の近海魚。「しらお」「しろお」ともいう。ほぼ日本全土に分布し、沿岸から河口域、汽水湖に生息する。体長約一〇センチ。体は痩形で、頭部は偏平な円錐形。体色は半透明で内臓が見える。鱗が背部後方に少しある。春、産卵のために群生して川を上り、葦や荻などの茂みに放卵する。産卵後、親魚は死ぬ。眼のそばに銀色の輪をもつものは「銀星」とよばれ珍重される。白魚漁は四つ手網、刺網などが用いられた。明治頃までは隅田川でも毎年春、夜に篝火をたいて白魚漁が盛んに行われた。淡泊で上品な味が好まれ、「白魚汁（しらおじる）」、「白魚鍋（しらおなべ）」、酢の物、刺身などにして食べる。［和名由来］死ぬと体色が白色になることから。［同義］膾残魚・王餘魚・銀魚（しらうお）。⇩白魚（しらお）［春］、白魚初網（しらおはつあみ）［冬］

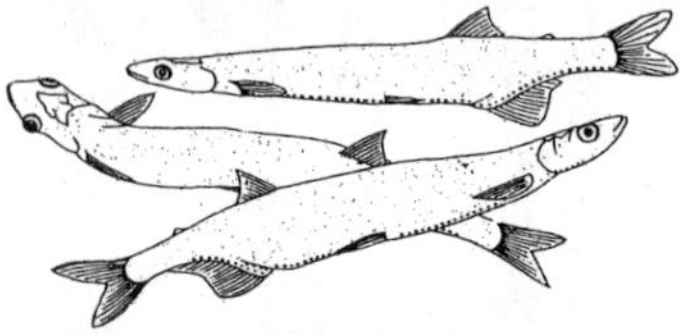

しらうお［日本産物志］

§

春川の日景《ひかげ》にはえてさらさらと網をすべりし白魚《しらうを》やこれ　森鷗外・うた日記
うかせたる椀の三つ葉はこはけれどさすがに春は白魚の味に　服部躬治・迦具土
わたつみがしら魚となり泳ぐなり錦が浦の蘆《あし》の葉の底　与謝野晶子・草の夢
白魚やあへかなる身を汐《しほ》の海　猿雖・けふの昔
藻《も》にすだく白魚《しらうを》やとらば消《きえ》ぬべき　芭蕉・東日記
明《あけ》ぼのやしら魚しろきこと一寸　芭蕉・甲子吟行
白魚や黒き目を明《あ》ク法《のり》の網　芭蕉・韻塞
笹折りて白魚《しらうを》のたえだえ青し　才麿・東日記
しら魚《うを》をふるひ寄《よせ》たる四手《よつで》哉《かな》　其角・続猿蓑
白魚《しらうを》や目までしら魚目は黒魚　鬼貫・俳諧大悟物狂
白魚のどつと生《うま》る、おぼろ哉《かな》　一茶・文化句帖
白魚や壺中の味は君ぞ知る　石橋忍月・忍月俳句抄
白魚の九腸見えて哀れなり　村上鬼城・鬼城句集
白魚《しらうを》や椀《わん》の中にも角田川《すみだがわ》　正岡子規・子規句集
ふるひ寄せて白魚崩れん許りなり　夏目漱石・漱石全集
白魚や美しき子の触れて見る　夏目漱石・漱石全集
網あげし灯に白魚の一溜り　松瀬青々・妻木
白魚に茜さしけり網の中　籾山柑子・柑子句集

江戸佃島のしらうお漁［江戸名所図会］

白魚の漁火となん雪の中　鈴木花蓑・鈴木花蓑句集
掛け水に白魚てら〳〵ほそりけり　渡辺水巴・富士
乱れあひてかたちなく照る白魚かな　渡辺水巴・富士
いよ、歯も乏しく白魚澄みにけり　渡辺水巴・富士
京菜あるに白魚を得たる夕餉かな　渡辺水巴・富士
白魚の小さき顔をもてりけり　原石鼎・花影
白魚や肱枕して酔はぬ人　長谷川かな女・龍膽
白魚の浅き籠のせ佃舟　長谷川かな女・龍膽
白魚をいま漕ぎ入りし舟に買ふ　水原秋桜子・帰心
白魚を汲むや夕潮に舟乗せて　水原秋桜子・殉教
白魚舟戻るを待てり傘さして　水原秋桜子・殉教
浦安や春の遠さの白魚鍋　水原秋桜子・晩華
白魚やひくもれば見ゆほのぼのと　加藤楸邨・雪後の天
白魚に旅ゆく朝の明けはなれ　加藤楸邨・雪後の天
白魚舟霞める濤にかへり来る　柴田白葉女・冬椿
白魚の沈む波かや月あかり　石橋秀野・桜濃く
　こと欠くをこのごろのならひにて
白魚に濃き塩汁といふなかれ　石橋秀野・桜濃く
白魚にすゞしさの眼のありにけり　石橋秀野・桜濃く

しらお【白魚】

白魚（しらうお）のこと。➡白魚（しらうお）［春］

§

冴《さ》え返《かへ》る舟の篝火《かがりび》小夜更《さよふ》けて大川尻《おほかはじり》に白魚《しらを》取るらん　正岡子規・子規歌集
物思ふ鷺《さぎ》の魂《たま》かとぞ見る白魚《しらを》　破笠・一楼賊

しらおのたか【白尾の鷹】
春の鷹狩の時の、鶴や鵠（くぐい）などの白羽を尾羽に継いだ鷹。⬇鳴鳥狩（ないとがり）［春］、継尾の鷹（つぎおのたか）［春］、鷹（たか）［冬］
§
陸奥《みちのく》のしらをの鷹《たか》を手にすゑてあはぢの原をゆくやたが子《こ》ぞ
能因集（能因の私家集）
はやぶさの尻《しり》つまげたる白尾哉《しらをかな》
野水・あら野

しらす【白子】
鰻、鮎、真鰯、片口鰯などの稚魚で体が透明なものをいう。茹でると白くなる。⬇白子干（しらすぼし）［春］

しらすぼし【白子干】
主に片口鰯などの稚魚を煮て干したもの。［同義］ちりめん雑魚（ちりめんじゃこ）、ちりめん。⬇白子（しらす）［春］

「す〜せ」

すごもり【巣籠】
鳥が産卵したり雛を育てたりするために巣に籠ることをいう。［同義］巣隠（すがくれ）、巣鳥（すどり）。⬇鳥の巣（とりのす）［春］

すずめのこ【雀の子】
雀の子は孵化後一五日くらいで巣立ちするが、よく飛べず、しばらくは親雀から餌を与えてもらう。［同義］子雀（こすずめ）、雀の雛（すずめのひな）。⬇親雀（おやすずめ）［春］、雀の巣（すずめのす）［春］、孕雀（はらみすずめ）［春］、雀（すずめ）［四季］、小雀（こすずめ）［春］、子持雀（こもちすずめ）［春］、春の雀（はるのすずめ）［春］
§
茂からぬ一もと竹の細き枝《え》に乗りて親まつ雀児《すずめのこ》みつ
橘曙覧・春明艸
青苔に花散る庭におり遊ぶ雀の子二つ朝の静けさ
伊藤左千夫・伊藤左千夫全短歌
児《ちご》だちよな取りそ檐《のき》の雀の巣雀子を思ふ母は汝《な》を思ふ
正岡子規・子規歌集
若竹に舞ひきてとまる雀の子をさなければや露をこぼして
太田水穂・冬菜
雀子《すずめこ》があみ笠著たる早春の牡丹をのぞくちさき足おと
与謝野晶子・太陽と薔薇
雀子《すずめこ》とかはるがはるに紅梅の中より覗く鳴かぬうぐひす
与謝野晶子・深林の香
すずめ子の一羽とまりて啼く見ればあをき細枝に朝日さゆらぐ
若山牧水・さびしき樹木
たべのこしし飯つぶまけばうちつどふ雀の子らと日向ぼこする
飛びあがり宙にためらふ雀の子羽《は》たたきて見居りその揺るる枝を
若山牧水・路上

しろすずめ［芸州厳島図会］

北原白秋・雀の卵

雀子のちりちりと啼く暑き日を一部屋《ひとへや》に坐《ざ》す老母《おいはは》二人《ふたり》
宮柊二・藤棚の下の小室

雀子《すずめご》と声鳴《なき》かはす鼠の巣　芭蕉・韻塞

雀子やあかり障子の笹の影　其角・五元集

人に逃げ人に馴るゝや雀の子　鬼貫・鬼貫句選

雀子《すずめこ》のもの喰夢《くふゆめ》か夜のこゑ　青蘿・青蘿発句集

赤馬の鼻で吹きけり雀の子　一茶・我春集

雀子やお竹如来の流し元　一茶・七番日記

慈悲《(じひ)》すれば糞をする也《(なり)》雀の子　一茶・文政句帖

雀《(すずめ)》の子そこのけ〳〵御馬が通る　一茶・おらが春

雀子のはやしりにけり隠れやう　一茶・題叢

雀子や走りなれたる鬼瓦　内藤鳴雪・鳴雪句集

雀子の大きな口を開きにけり　村上鬼城・鬼城句集

雀子《すずめご》や人居らぬさまの盥《たらい》伏せ　正岡子規・子規句集

雀《すずめ》の子忠三郎《(ば)》も二代かな　正岡子規・子規句集

子雀や遠く遊はぬ庭の隅　尾崎紅葉・紅葉句帳

子雀の一尺飛んで親を見る　藤井紫影・春夏秋冬

火吹竹吹きをれば鳴く雀の子　籾山柑子・柑子句集

芝風に雀子足をふんばりて　高田蝶衣・青垣山

雀の子早う帰りやれ燈がともる　高田蝶衣・青垣山

子雀に楓の花の降る日かな　長谷川かな女・龍膽

一本の藁しべ軒に雀の子　石橋秀野・桜濃く

すずめのす【雀の巣】

雀は藁や鳥の抜羽などで巣をつくる。瓦の隙間、廂裏、古

木の空洞などに営巣することが多い。➡鳥の巣（とりのす）[春]、親雀（おやすずめ）[春]、雀（すずめ）[四季]

§

巣はあだに軒の雀の声高き　白雄・白雄句集

すずめばち【雀蜂・胡蜂】

スズメバチ科の蜂。体長三〜四センチで日本最大。体色は胸部は黒褐色、腹部は黄褐色で黒い横縞がある。腹部に毒針をもつ。木材を噛んで練り、段階状で、周辺を球形の壁で覆った巣をつくる。この巣を露蜂房（ろほうぼう）といい、薬用となる。➡蜂（はち）[春]

すずめはまぐりとなる【雀蛤となる】

➡雀蛤となる（すずめはまぐりとなる）[秋]

§

蛤はまだ雀で遊ぶ汐干哉　乙由・麦林集

蛤になつてもまけな江戸雀　一茶・句帖

蛤とならう雀かよう飛ばず　角田竹冷・竹冷句鈔

雀蛤となるべきちぎりもぎりかな　河東碧梧桐・碧梧桐句集

すだち【巣立】

鳥の雛が成長し、羽がしっかりしてくると、巣から飛び立ち、やがて離れてゆくことをいう。➡巣立鳥（すだちどり）[春]

§

巣をたちて鳥の心はあともなし　成美・成美家集

すだちどり【巣立鳥】

晩春から夏にかけて、成長し、巣から飛び立つ雛鳥をいう。巣立後の一、二週間は、まだ親鳥の哺育を受けているが、その後、自活するようになる。➡親鳥（おやどり）[春]、鳥（とり）[四季]、巣立（すだち）[春]、鳥の巣（とりのす）[春]

§

魂も心おくかよ巣立鳥　一茶・旅日記

我宿は何にもないぞ巣立鳥　一茶・一茶発句集

三方をあけはなつ間や巣立鳥　原石鼎・「花影」以後

巣立鳥秘仏開扉に声とほし　水原秋桜子・帰心

巣立鳥鳴けり閑庭雨意去れば　水原秋桜子・古鏡

巣立鳥相阿弥の庭に下りて鳴く　水原秋桜子・古鏡

巣立鳥ひねもす雲のいらだてる　加藤楸邨・寒雷

すだれがい【簾貝】

マルスダレガイ科の二枚貝。長楕円形で厚く殻長約九センチ。全体に淡褐色で、表面には殻頂を中心に粗い輪脈と栗色の放射帯がある。食用。[和名由来] 貝表の紋様が簾に似ているところから。➡貝（かい）[四季]

§

すだれ貝《がひ》雪の高浜みし人か　其角・五元集拾遺

せたしじみ【瀬田蜆】

琵琶湖とその河川に特産する蜆。➡蜆（しじみ）[春]

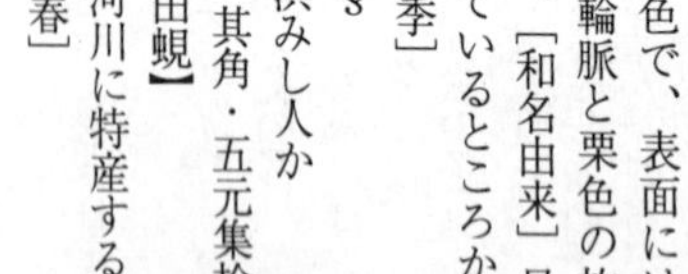

まだい［日本重要水産動植物之図］

「た」

たいあみ【鯛網】

産卵のため浅海に移動してきた鯛を漁獲する網。往時より、さまざまな漁法がおこなわれた。鯛葛網（たいかつらあみ）は櫓で船を操りながら網を引く漁法で、吾智網（ごちあみ）は一～二艘の船で鯛を網に追い込む漁法である。⬇魚島（うおじま）［春］、浮鯛（うきだい）［春］、桜鯛（さくらだい）［春］

§

春闌《た》けて瀬戸内海《せとうちうみ》を打ちのぼる鯛網《たひあみ》ぶねといづ辺《へ》にあはむ　中村憲吉・軽雷集

たかかしてはととなる【鷹化して鳩と為る】

七十二候の一。仲春の月、啓蟄の節の第三候（三月一六～二〇日）。中国の俗信が暦に取り入れられ、俳句の季語となったもの。⬇鷹（たか）［冬］、啓蟄（けいちつ）［春］

たかのす【鷹の巣】

鷹は山麓や丘陵の大木の上に巣をつくることが多い。⬇鳥の巣（とりのす）［春］

§

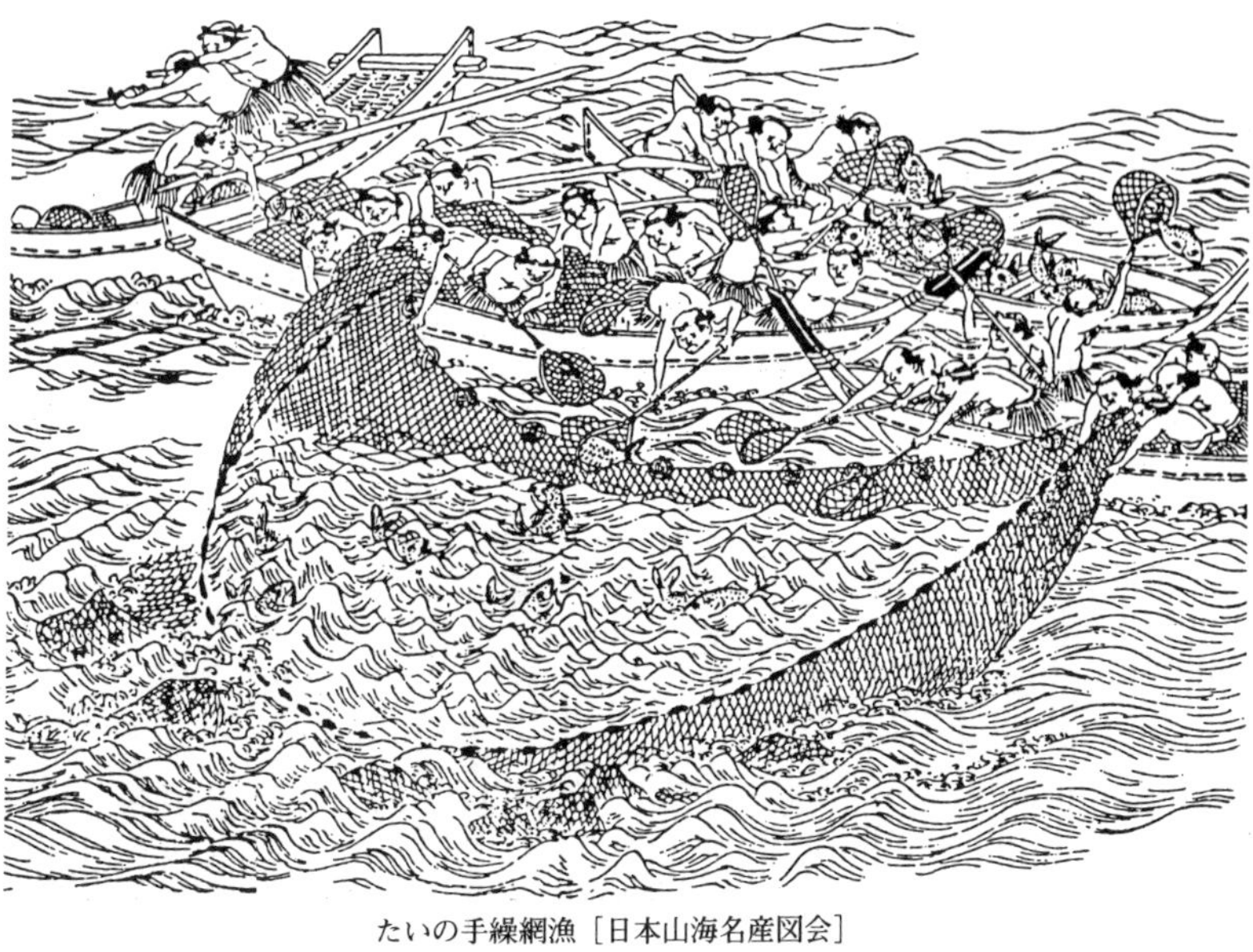

たいの手繰網漁［日本山海名産図会］

かつら川高き欅《けやき》のかげにして鷹の巣めきし楼よりぞ見る　与謝野晶子・草の夢

たからがい【宝貝】

タカラガイ科の巻貝の総称。卵円形で、殻高二～一五センチ。表面は滑らかで、美しい深紫色の斑紋がある。殻口は狭長線状。貝細工用の材料となる。古来、妊産婦がこの貝を握れば安産するとの俗信があり「子安貝・子易貝（こやすがい）」ともよばれる。［和名由来］古代の中国で貨幣として使われたところから。［同種］初雪宝貝（はつゆきたからがい）、梨子地宝貝（なしじたからがい）、霞宝貝（かすみたからがい）、小紋宝貝（こもんたからがい）、黄色宝貝（きいろたからがい）。⇩子安貝（こやすがい）［春］

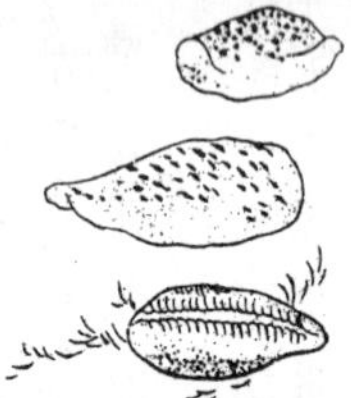

たからがい［潜龍堂画譜］

たにし【田螺】

タニシ科の淡水性巻貝の総称。殻は右巻の卵円錐形で、殻口は丸く角質の薄い蓋がある。殻外面は黒褐色か緑褐色。池沼・小川などに生息する。春になり暖かくなると泥の上を這い歩く。殻ごと茹でて身を引き出し、煮付や、和え物などにして食用とする。歯ごたえがあり野趣がある料理として好まれる。食用となるのは丸田螺。［和名由来］タ（田）にすむニシ（巻貝）の意。［同種］大田螺（おおたにし）、丸田螺（まるたにし）、角田螺（かくたにし）、長田螺（ながたにし）、姫田螺（ひめたにし）、山田螺（やまたにし）、豆田螺（まめたにし）。⇩田螺鳴く（たにしなく）［春］、田螺売（たにしうり）［春］、田螺和（たにしあえ）［春］、田螺の道（たにしのみち）［春］、螺肴（にしざかな）［新年］

たにし［国訳本草綱目］

§

赤いろの蓮《はちす》まろ葉の浮けるとき田螺はのどにみごもりぬらし　斎藤茂吉・赤光

わらくづのよごれて散れる水無田《みなしだ》に田螺の殻《から》は白くなりけり　斎藤茂吉・赤光

田にしをくふて腥《なまぐさ》きくち　芭蕉・ひさご

身を捨て湖《みづうみ》見たる田螺《たにし》かな　露川・しるしの竿

蓋《ふた》とれば天地の中の田螺《たにし》かな　露川・西国曲

殻捨に出るや昨日の田螺取　也有・鶉衣

静《しづけ》さに堪《た》えて水澄《すむ》たにしかな　蕪村・蕪村句集

鍬そゝぐ水や田螺の戸々による　蕪村・蕪村遺稿

かたむきて田螺《たにし》も聞《きく》や初《はつ》かはづ　巣兆・そばかり

さゞ波や田螺がにじる角大師　一茶・七番日記

法語の蛙巽与《そんよ》の田螺《たにし》かな　石橋忍月・忍月俳句抄

揚げ土に陽炎を吐く田螺かな　村上鬼城・鬼城句集

ぶつぶつと大なる田螺の不平哉　夏目漱石・漱石全集

樋の口や田螺《たにし》とぼしき水溜り　河東碧梧桐・碧梧桐句集

知らずといふ寺そこに在り田螺掘　高浜虚子・虚子全集

田螺取義仲寺遠く暮れにけり　飯田蛇笏・国民俳句
南に江水走る田螺かな　長谷川零余子・雑草
ころがりて居れば日暮る、田螺かな　高田蝶衣・青垣山
鎌倉の飯屋に食ひし田螺かな　原石鼎・花影
春陰《しゅんいん》や眠る田螺の一ゆるぎ　原石鼎・花影
魞くづれあはれや田螺まろぶなり　水原秋桜子・帰心
かゞやきて田螺の水は田の沖へ　山口青邨・雪国
光輪を負ひて貧しき田螺かな　川端茅舎・俳句研究
寂しさよ昏れて田螺《たにし》の吐く水泡《みなわ》　三橋鷹女・魚の鰭

たにしあえ【田螺和】
田螺を和えた料理。出汁と醤油で下煮した田螺の肉を山椒味噌で和えたものを「田螺の木の芽和え」という。⬇田螺（たにし）［春］

§
なつかしき津守《つもり》の里や田螺あへ　蕪村・蕪村句集
牛市や二夜とまりて田螺和　中川四明・四明句集

たにしうり【田螺売】
田螺を売る人。⬇田螺（たにし）［春］

§
桶《をけ》やきむ田蓑《たみの》の雨の田螺売《たにしうり》　木因・草苅笛
田螺売加茂の上瀬を渉りけり　松瀬青々・妻木

たにしなく【田螺鳴く】
田螺が鳴くことはない。空想である。⬇田螺（たにし）［春］

§
よく聞《きけ》ば桶《をけ》に音を鳴《なく》田にし哉　蕪村・落日庵句集
田螺鳴く畝のたんぼ、打ほけぬ　暁台・三傑集
鳴く田螺鍋の中ともしらざるや　一茶・七番日記
よく聞けば田螺鳴くなり鍋の中　夏目漱石・漱石全集
田螺鳴く二条御門の裏手かな　河東碧梧桐・碧梧桐句集
田螺鳴く夕淋しや彼岸道　岡本癖三酔・癖三酔句集
石の中に家灯りけり田螺鳴く　長谷川零余子・雑草
田螺鳴く溝を流る、玩具かな　長谷川零余子・雑草
まひる吾が来たり田螺は鳴くものか　三橋鷹女・向日葵

たにしのみち【田螺の道】
田螺が水底や泥の上を這った跡をいう。⬇田螺（たにし）［春］

たねうし【種牛】
畜牛の改良と繁殖のための牡牛。⬇獣交る（けものさかる）［春］

§
泥絵具で画かれたやうな老農婦とホルスタイン種の雪白《ゆきしろ》の種牛！　前田夕暮・水源地帯
ひるすぎのつめたき渓の川の中に大き種牛立てりけるかも　古泉千樫・青牛集
年老いし大き種牛ひき出でて延びたる爪を切りにけるかも　古泉千樫・青牛集

たねうま【種馬】
馬の改良と繁殖のための牡馬。⬇獣交る（けものさかる）

［春］

§

種馬の匂が原野にぷんぷんしてゐて、大豆畠がびしよ濡れだ

前田夕暮・水源地帯

たねがみ【種紙・蚕卵紙】
繭から出た蛾が卵を生み付ける紙。繭から出た蛾は、すぐに交尾して七～八時間後に産卵する。➡蚕（かいこ）［春］

たらばがに【鱈場蟹・多羅波蟹】
タラバガニ科の甲殻類で、宿借（やどかり）の類の節足動物。日本海から北海道沿岸の寒海に分布する。大型で甲は丸形。表面は暗紫色で多数の棘がある。脚を広げると約一・五メートルにもなる。刺網で捕獲される。肉は美味で、多くは缶詰になる。➡蟹（かに）［夏］

「ち」

ちょう【蝶】
チョウ目に属する昆虫の総称。二対の翅と一対の触角、二個の眼をもつ。螺旋状に巻いた管をもつ口器で花の蜜を吸う。幼虫は毛虫・青虫で、草木を食べて蛹となり成虫となる。［同義］蝶々、胡蝶。［同種］揚羽蝶〔黒揚羽蝶、烏揚羽蝶、尾長揚羽蝶（おながあげは）、麝香揚羽蝶（じゃこうあげは）〕、立羽蝶（あかたては）〔赤立羽蝶（たてはちょう）、瑠璃立羽蝶（るりたては）〕、孔雀蝶（くじゃくちょう）、逆八蝶（さかはちょう）、岐阜蝶（ぎふちょう）＝だんだら蝶〕、白蝶（しろちょう）〔紋白蝶、紋黄蝶、黄蝶〕、蛇目蝶（じゃのめちょう）、斑蝶（まだらちょう）、蜆蝶、日陰蝶（ひかげちょう）。➡初蝶（はつちょう）［春］、蝶々（ちょうちょう）［春］、揚羽蝶（あげはちょう）［春］、芋虫（いもむし）［秋］、胡蝶（こちょう）［春］、蜆蝶（しじみちょう）［春］、黒揚羽蝶（くろあげは）［春］、烏揚羽蝶（からすあげは）［春］、紋黄蝶（もんきちょう）［春］、紋白蝶（もんしろちょう）［春］、毛虫（けむし）［夏］、梅雨の蝶（つゆのちょう）［夏］、夏の蝶（なつのちょう）［夏］、深山蝶（みやまちょう）［夏］、秋の蝶（あきのちょう）［秋］、冬の蝶（ふゆのちょう）［冬］、凍蝶（いてちょう）［冬］

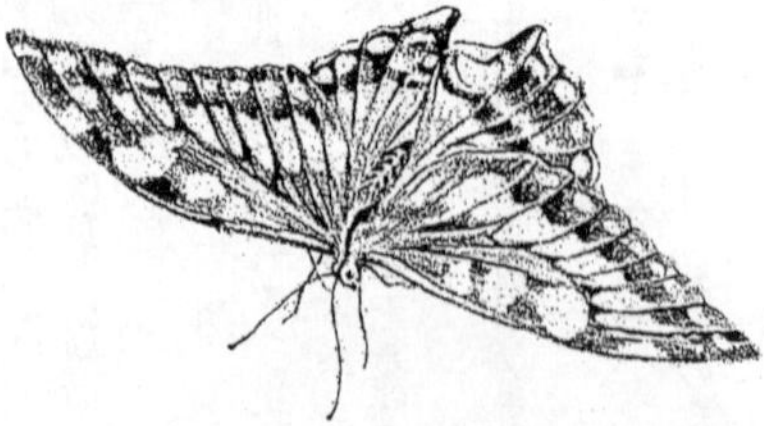

ちょう［明治期挿絵］

§

百年《もゝとせ》は花《はな》にやどりてすぐしてきこの世《よ》は蝶《てふ》の夢《ゆめ》にざりける

大江匡房・詞花和歌集一〇（雑下）

蝶のとび花のちるにもまがひけり雪の心は春にや有《ある》らむ

香川景樹・桂園一枝

はるの野のうかれ心ははてもなしとまれといひし蝶はとまりぬ
香川景樹・桂園一枝

いへのうちをおのが野にしてとぶ蝶は野をいへにするわれ故ぞかし
大隈言道・草径集

世の中に知られぬ宿も菜の花の香を覓《と》めてこそ蝶の飛ぶらめ
与謝野礼厳・礼厳法師歌集

一坪に足らざるうらの菜畑に黄なる蝶とび白き蝶とぶ
落合直文・明星

色あせし庭の芙蓉の下蔭に蝶死にてありわれ恋やめむ
落合直文・明星

白桃に緋桃に飛びて永き日を蜂なりめぐり蝶まひ遊ぶ。
伊藤左千夫・伊藤左千夫全短歌

高楼《たかどの》の御簾《みす》たれこめて春寒み飛び来る蝶《てふ》を打つ人もなし
正岡子規・子規歌集

よの人のうかれ心にならひてや春野に蝶もまひ遊（ぶ）ふらん
樋口一葉・樋口一葉全集

むらさきの蝶夜《てふよ》の夢に飛びかひぬふるさとにちる藤の見えけん
与謝野晶子・常夏

蝶《てふ》ひとつ土ぼこりより現れて前に舞ふ時君をおもひぬ
与謝野晶子・青海波

ふるさとの寺《てら》の御廊《みらう》に　踏《ふ》みにける　小櫛《をぐし》の蝶《てふ》を夢《ゆめ》にみしかな
石川啄木・一握の砂

ひらひらと蝶は舞ひをり幼子は捕へしと思ひ手を握りたり
三ケ島葭子・定本三ケ島葭子全歌集

照りみつる岬草山《みさきくさやま》ふく風に草を離れてしろき蝶飛べり
古泉千樫・青牛集

ひろびろし滝《たき》つ川瀬のうへ飛びて蝶ひとつ白しいまだとまらず
前川佐美雄・天平雲

霧のむた暗くなりたる　湖《みづうみ》に蝶《てふ》ひとつとぶ沖にむかひて
佐藤佐太郎・歩道

菜の花の花のさかりや傾城《けいせい》のたましひのごと蝶ひとつ来る
吉井勇・祇園歌集

蝶はむぐらにとばかり鼻かむ　芭蕉・冬の日

何よりも蝶の現《うつつ》ぞあはれなる　芭蕉・ひさご

蝶の飛《とぶ》ばかり野中《のなか》の日かげ哉　芭蕉・笈日記

物好《ズキ》や匂はぬ草にとまる蝶　芭蕉・都曲

蝶の羽《は》の幾度越《いくたびこゆ》る塀《へい》のやね　芭蕉・蕉翁句集

得わすれじ花の上なる蝶の夢　土芳・蓑虫庵集

衣更着《きさらぎ》のかさねや寒《さむ》き蝶《てふ》の羽《はね》　惟然・続猿蓑

大はらや蝶の出てまふ朧月　丈草・炭俵

古文よむ人も一日花に蝶《てふ》　浪化・続有磯海

春かぜや蝶《てふ》のうかるゝ長廊下《ながらうか》　林紅・有磯海

日の影や眠れる蝶に透き通り　闌更・半化坊発句集

夕風や野川を蝶の越えしより　白雄・白雄句集

通り抜ゆるす寺也春のてふ　一茶・旅日記

湖の駕から見えて春の蝶　一茶・旅日記

蝶とぶや二軒もやひの痩畠　一茶・旅日記

うら住や五尺の空も春のてふ　一茶・七番日記

蝶とぶや横明りなる流し元　一茶・七番日記
蝶消へてふたゝび草に現はる、　石橋忍月・忍月俳句抄
濯ぎして陽に酔ふ妹や草の蝶　石橋忍月・忍月俳句抄
蝶とぶや道々かはる子守歌　正岡子規・子規句集
何事ぞ手向し花に狂ふ蝶　夏目漱石・漱石全集
二つかと見れば一つに飛ぶや蝶　夏目漱石・漱石全集
飛ぶ蝶に我が誹諧の重たさよ　幸田露伴・蝸牛庵句集
我が夢を蝶の出ぬける山家かな　幸田露伴・蝸牛庵句集
日は満てり芝に影過ぐ蝶一つ　佐藤紅緑・俳句三代集
蝶飛びて其《その》あとに曳《ひ》く老の杖　高浜虚子・六百五十句
一日物云はず蝶の影さす　尾崎放哉・須磨寺にて
青萱の株立に光る蝶なり　北原白秋・竹林清興
日中《ひなか》すずしろひらひらと蝶の飛ぶばかりぞ　北原白秋・竹林清興
高々と蝶こゆる谷の深さかな　原石鼎・同人句集
胸すぐるとき双蝶の匂ひけり　阿部みどり女・雪嶺
瀬戸の海もとよりしづか蝶わたる　阿部みどり女・微風
すこし飛びて又土にあり翅破れ蝶　杉田久女・杉田久女句集
捕らまへて扶けやる蝶の命あり　杉田久女・杉田久女句集
　三峰山上
雲海を怖るる蝶をまとひ佇つ　原コウ子・胡卉
蝶の空七堂伽藍さかしまに　川端茅舎・川端茅舎句集
蝶二つ飛び立つさまの光かな　横光利一・横光利一句集
蝶二つ一途に飛ばん波もがな　横光利一・横光利一句集
岩山を蝶越ゆ吾も幸福追ふ　橋本多佳子・命終
薄明界蝶は眼よりも翅信じ　橋本多佳子・命終
蝶とべり飛べよとおもふ掌の菫　三橋鷹女・向日葵
とらへたる蝶の足《あ》がきのにほひかな　中村草田男・長子
蝶数多とび山の辺の道といふ　星野立子・句日記Ⅱ
回想のうちそと蝶が舞ひはじめ　加藤楸邨・山脈
うつむけど蝶のひかりは避けられず　寺田京子・冬の匙

ちょうちょう【蝶々】

蝶の別称。⬇蝶（ちょう）［春］

§

蝶々《てふ》の寝起《ねおき》にすつと舞《まひ》て行《ゆく》　りん女・白馬
蝶々の慕ふ花輪や棺の上　内藤鳴雪・鳴雪句集
馬上十里黄なるてふてふ一つ見し　森鷗外・うた日記
てふてふの翅引裂けて飛びにけり　村上鬼城・鬼城句集
蝶々や順礼《じゅんれい》の子のおくれがち　正岡子規・子規句集
ひらひらと蝶々黄なり水の上　正岡子規・子規句集
ぬす人の昼寐をぬける蝶々哉　幸田露伴・蝸牛庵句集
光と影ともつれて蝶々死んでをり　種田山頭火・層雲
てふてふうらからおもてへひらひら　種田山頭火・草木塔
蝶々蝶々カンヂンスキーの画集が着いた　北原白秋・竹林清興
もつれ映りて河を横切る蝶々かな　杉田久女・杉田久女句集
切れ蔓に吹きあふらる、蝶々哉　杉田久女・杉田久女句集補遺
とぶことの迅き蝶々や草の花　星野立子・立子句集
貴船川蝶々高くとぶばかり　星野立子・立子句集
蝶々の沈みし芝を踏みゆかん　石橋秀野・桜濃く

「つ」

つぎおのたか【継尾の鷹】

尾羽を鵠や鴇（くぐい）などの白羽で継いだ鷹。［同義］白尾の鷹。⬇鳴鳥狩（ないとがり）［春］、白尾の鷹（しらおのたか）［春］、鷹（たか）［冬］

§

手ばなした継尾《つぎを》の鷹は夜籠《よこも》りて　徳元・犬子集

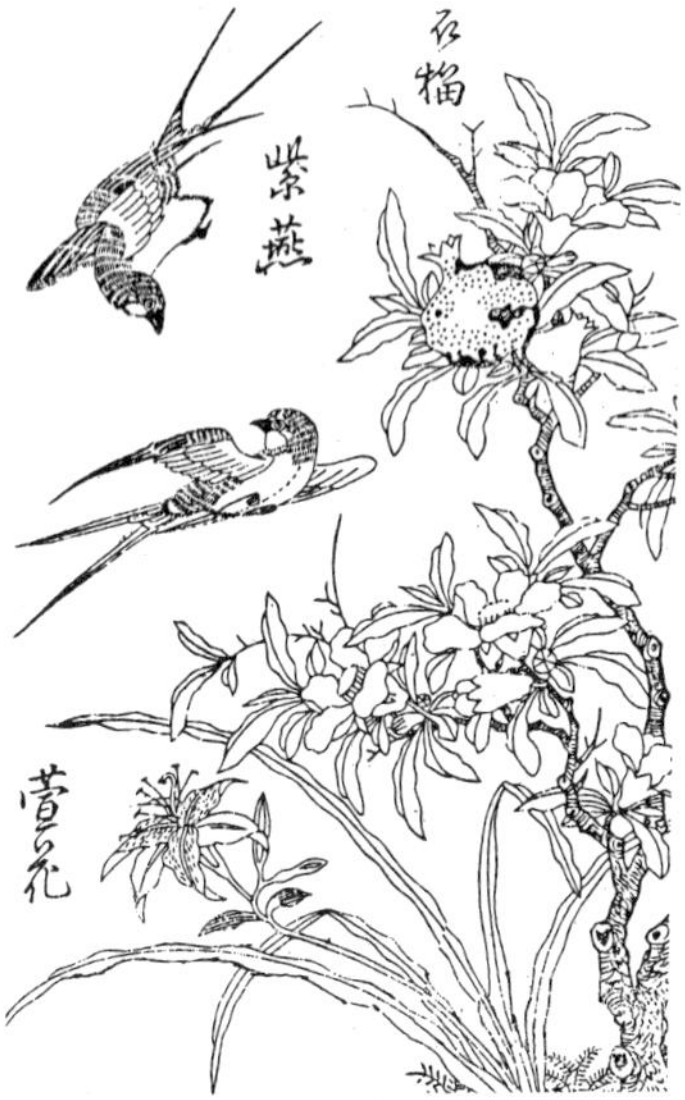

つばめ［図絵宗彝］

つきひがい【月日貝】

イタヤガイ科の二枚貝。房総半島以南の浅海の砂泥底に生息する。殻は円形で、殻長約一一センチ。右殻は淡黄白色、左殻は赤褐色。食用となる。［和名由来］殻の色が左右異なることを、月と太陽にたとえたことから。⬇貝（かい）［四季］

つちがえる【土蛙】

アカガエル科の蛙。水田や池沼に生息する。体長四〜六センチ。背面は赤褐色で多数の突起がある。⬇蛙（かえる）［夏］

§

つちがへるとのさまがへるひきがへる鳴く音分くまで里なれにけり　古泉千樫・青牛集

つちばち【土蜂】

ツチバチ科の蜂の総称。体長一〇〜五五ミリ。体色は黒色で、黄色または赤色の斑紋のあるものが多い。黄金虫類の幼虫に産卵し、孵化後はこれに寄生する。⬇蜂（はち）［春］

§

土蜂のうなりを聴きてわれは寝る恋ものうく砂山に寝る　吉井勇・酒ほがひ

つばめ【燕】

ツバメ科の小鳥の総称。春に飛来し、繁殖をして秋に南方に渡る。背部の羽は光沢のある青黒色。顔・喉は栗色で上胸部に黒筋がある。腹部は白色。尾羽は二つに割れている。飛びながら虫を捕食する。［和名由来］「つばくらめ・つばめ」の「ツバ」は光沢、「クラ」は黒、「メ」は鳥―『東雅』。「ツバクラ」は鳴声、「メ」は群―『大言海』。「ツチバミ（土食）」

―『日本釈名』。［同義］乙鳥・玄鳥（つばめ）、つばくら、つばくらめ、つばくろ、つばびらこ。［同種］腰赤燕（こしあかつばめ）、岩燕。［漢名］燕、越燕、乙鳥、玄鳥。⬇夕燕（ゆうつばめ）［春］、濡燕（ぬれつばめ）［春］、群燕（むらつばめ）［春］、燕の巣（つばめのす）［春］、岩燕（いわつばめ）［夏］、燕帰る（つばめかえる）［秋］、雨燕（あまつばめ）［夏］、燕の子（つばめのこ）［夏］、夏燕（なつつばめ）［夏］、秋燕（あきつばめ）［秋］、残る燕（のこるつばめ）［秋］、通し燕（とおしつばめ）［冬］

§

燕来《く》る時になりぬと雁がねは本郷《くに》思ひつつ雲隠《がく》り鳴く
作者不詳・万葉集一九

燕《つばくらめ》おやまちかねてならべればわれもおそしと見る軒端哉
大隈言道・草径集

石山と吾こぐ舟の沖つ波みどりかすめて燕飛ぶ
伊藤左千夫・伊藤左千夫全短歌

詩をつくる友一人来て青柳《あをやぎ》に燕《つばめ》飛ぶ画をかきていにけり
正岡子規・子規歌集

送りこし人と別れつ燕とぶ笛吹川の川くまにして
佐佐木信綱・思草

つばめ一つ果なき空に消え行きて物おともあらず水海の上
佐佐木信綱・思草

ゆゆしくも神鳴らんとする空気のいろ燕《つばくら》ちちと舞ひひそみたり
島木赤彦・切火

はすの花ひらきそろひて寂しけれ羽《は》をすぼめ来る一羽の燕

としまねく都の春に待ちつけし燕来れり信濃明科《あかしな》
島木赤彦・氷魚

この鳥のゆききするとはおもはねど燕の飛べば都おもほゆ
岡麓・涌井

から車引き行く馬の背をかすめ燕が一つおりてはあがる
岡麓・涌井

戦争に焦土《せうど》の原とかはりたるところにも来て燕の飛ぶか
岡麓・涌井

温湯川《ぬるゆがは》人石原に火をば焚きつばめ飛ぶなりその灰のごと
与謝野晶子・山のしづく

のど赤き玄鳥《つばくらめ》ふたつ屋梁《はり》にゐて足乳根《たらちね》の母は死にたまふなり
斎藤茂吉・赤光

旗雲のながれたなびき朝ぞらの藍のふかきに燕啼くなり
若山牧水・くろ土

いはけなき涙ぞ流る燕啼きうす青みつつ昼更くるなかに
若山牧水・砂丘

有明の月かげ白みゆくなべに数まさりつつとぶ山燕
若山牧水・砂丘

燕《つばめ》、燕、春のセエリーのいと赤きさくらんぼ啣《くは》え飛びさりにけり
北原白秋・桐の花

遠ざかる人の如くにつばくらめさはらで飛びぬ門川の水
三ケ島葭子・定本三ケ島葭子全歌集

一力の縁に燕がはこび来《こ》し金泥《きんでい》に似る京の土かな
吉井勇・祇園歌集

家のうちは寂《さみ》しくくらし燕の糞《ふん》また一つ落ち日ぐるる土間に　中村憲吉・しがらみ

いそいそと燕もまへりあた、かく郵便馬車をぬらす春雨　芥川龍之介・紫天鵞絨

平《たひら》なる小鉄板《せうてつばん》が風に乗り黒く去るごと燕らの翔《と》ぶ　宮柊二・多く夜の歌

蔵《くら》並ぶ裏は燕《つばめ》のかよひ道　凡兆・猿蓑

つまいりの軒《のき》に休《やす》らふ燕《つばめ》かな　荷兮・橋守

燕《つばくら》や茶師はさび行《ゆく》宇治の里　許六・五老文集

燕《つばくら》の乗《のり》かためたる柳かな　正秀・俳僊遺墨

つばくらの一さし舞《まふ》や杉の門《もん》　涼菟・笈の若葉

燕啼《ない》て夜蛇《よるへび》をうつ小家《こいへ》哉　蕪村・新虚栗集

大津《おほつ》絵《ゑ》に糞《ふん》落《おと》しゆく燕かな　蕪村・蕪村句集

大和路《やまとぢ》の宮《みや》もわら屋《や》もつばめ哉　蕪村・蕪村句集

一番に乙鳥《（つばめ）》のくぐるちのわ哉　一茶・七番日記

濁流や腹をひたして飛ぶ燕　村上鬼城・鬼城句集

燕《つばくろ》や酒蔵つゞく灘伊丹《なだいたみ》　正岡子規・子規句集

戦ひのあとに少き燕《つばめ》哉　正岡子規・子規句集

行列につきあたりたる燕《つばめ》哉　正岡子規・子規句集

思ふ事只一筋に乙鳥かな　夏目漱石・漱石全集

牽舟の縄のたるみや乙鳥　夏目漱石・漱石全集

油屋の荷の緒をぬける燕哉　幸田露伴・蝸牛庵句集

九条まで町の木立や飛ぶ燕　河東碧梧桐・碧梧桐句集

燕とびかふ旅から旅へ草鞋を穿く　種田山頭火・草木塔

第一夜明けて加茂川燕鳴く　渡辺水巴・富士

燕や晒し場のものに昨日今日　飯田蛇笏・国民俳句

山つばめ鳴きて野にそふ山閑か　飯田蛇笏・椿花集

あるときの燕ひまなし淵の面　原石鼎・同人句集

竿いつか櫂となる江の燕かな　石島雉子郎・雉子郎句集

嬌声に関せず生くや飛ぶ燕　中塚一碧楼・はかぐら

新ら畳辷り易くて乙鳥《つばめ》来る　長谷川かな女・牟良佐伎

燕に機窓明けて縫ひにけり　杉田久女・杉田久女句集

傘もたぬわれにとび交ふぬれ燕　高橋淡路女・淡路女百句

丘飛ぶは橘寺の燕かな　水原秋桜子・馬酔木

燕来て翼やすむる去年の蘆　水原秋桜子・帰心

夕焼の噴煙凝りて飛燕落つ　水原秋桜子・殉教

燕や烈風に打つ白き腹　川端茅舎・川端茅舎句集

繽紛と飛燕の空となりにけり　川端茅舎・華厳

暁けて来るくらさ愉しく燕とゐる　橋本多佳子・信濃

薄荷酒に口のすゞしさつばくらめ　日野草城・花氷

白き胸あかきのどより燕の歌　中村草田男・母郷行

黙々と飛燕「水上に自由存す」　中村草田男・母郷行

燕の歌は燕の上飛びつつ　中村草田男・母郷行

乙鳥はまぶしき鳥となりにけり　中村草田男・長子

つばくらめ欺くまで竝ぶことのあり　中村草田男・長子

暮れまぎれゆくつばくらと法隆寺　加藤楸邨・寒雷

ひとは征きわれ隠岐にありつばくらめ　加藤楸邨・雪後の天

燕過ぎあまり明るし敵機過ぎ　加藤楸邨・雪後の天

燕仰ぐ少年の日の目ならずや　加藤楸邨・雪後の天

つばくらめ来たり廃園射る如く　石橋秀野・桜濃く

つばめのす【燕の巣】

燕は泥を唾液で固めて、人家の軒などに巣を作る。⬇燕（つばめ）［春］、鳥の巣（とりのす）［春］、燕の子（つばめのこ）［夏］

§

大殿のたかき軒ばのつばくらめはるかに見れば今ぞすかくる　大隈言道・草径集

梅若葉軒に巣くへるつばくらの百囀りの声のよき家　太田水穂・冬菜

町宿のこの入りくちの土間くらみ、燕巣ごもる。その天井に。　石原純・靉日

つばくらは土《つち》で家《いへ》する木曾路《きそぢ》哉《かな》　猿雖・続猿蓑

燕《つばくろ》の巣《す》のうはぬりぞ久しけれ　露川・北国曲

巣を守る燕のはらの白さかな　太祇・太祇句選

わりなしやつばめ巣つくる塔の前　蕪村・新五子稿

巣乙鳥の下に火をたく雨夜かな　白雄・白雄句集

庵室や竹のたる木に燕の巣　松瀬青々・妻木

古壁の蓮曼陀羅や燕の巣　松瀬青々・妻木

燕の古巣を見るや智恩院　河東碧梧桐・碧梧桐句集

つるかえる【鶴帰る】

一〇月中旬から下旬頃に飛来した鶴が、翌年三月上旬頃に北へ帰ること。⬇鶴（つる）［四季］、引鶴（ひきづる）［春］、残る鶴（のこるつる）［春］

「て〜と」

でんそかしてうずらとなる【田鼠化して鴽と為る】

七十二候の一。晩春の月、清明の節の第二候（四月一〇日〜一四日）。三月に田鼠（土龍のこと）が鴽（鶉＝うずら）となり、八月にはその逆となるという古代中国の俗信がある。⬇土龍（もぐら）［四季］

§

飛鶉鼠のむかし忘るゝな　一茶・一茶句帖

田鼠や春にうづらの衣がえ　梅室・梅室家集

とうけい【闘鶏】

牡鶏を合わせて闘わせる遊び。⬇鶏合（とりあわせ）［春］、勝鶏（かちどり）［春］

§

闘鶏のばつさばつさと宙鳴れり　野澤節子・存身

とおかわず【遠蛙】

遠くで鳴く蛙。⬇蛙（かわず）［春］

§

子をおもひ婿をおもひてねつかれず空梅雨《からつゆ》の夜にきく遠蛙《とほがはづ》　岡麓・庭苔

苫船《とまぶね》か苫屋《とまや》か宵《よひ》の遠蛙《とほかはづ》　泉鏡花・鏡花句集
遠蛙星の空より聞えけり　鈴木花蓑・鈴木花蓑句集
原稿紙ペンの遅速に遠蛙　吉屋信子・吉屋信子句集
　執筆禁止同様をやはり何か書いていた、やがては活字にとひそかに願って。当時かまくらの棲居に蛙声をきいたがいまはきこえぬらしい。農薬のためか。
泣きやみし稚子の眼寂し遠蛙　日野草城・花氷
遠蛙いま別れ来し野を駈くる　石橋秀野・桜濃く
悔なしと言ひ放つより遠蛙　石橋秀野・桜濃く
あしたよりあかるき雨の遠蛙　石橋秀野・桜濃く

とかげあなをいづ【蜥蜴・石龍子・蝘蜓 ― 穴を出づ】
　春、冬眠をしていた蜥蜴が穴から出る。⬇地虫穴を出づ（じむしあなをいづ）［春］、啓蟄（けいちつ）［春］

§

出ずとよいとかげは人を驚かす　来山・五子稿
蜥蜴出て砂糖工場の裾を攀づ　石田波郷・馬酔木

とこぶし【常節・床伏】
　ミミガイ科の巻貝。北海道南部以南に分布し、暖流の外洋に面した岩礁に生息する。殻長約七センチ。体は鮑（あわび）に似て卵円形。殻に六～八個の排泄孔がある。殻表は緑褐色、内側は美しい真珠色。食用。［同義］小鮑・鰒魚（とこぶし）、ながれこ、ながらめ、万年鮑（まんねんあわび）、万年貝（まんねんがい）、千年貝（せんねんがい）。⬇貝（かい）［四季］

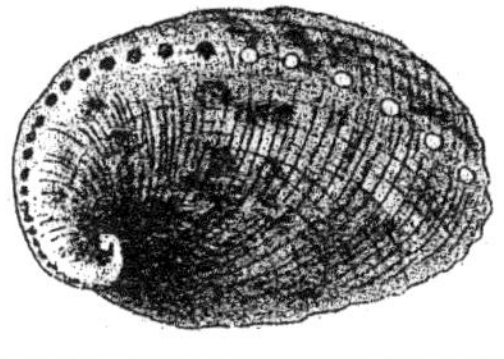
とこぶし［日本重要水産動植物之図］

§

とこぶしは宵《よひ》の小貝やいそのつき　嵐雪・風の末

とど【胡獱】
　アシカ科の海獣。北海道北部以北に分布する。雄は雌よりも大形で体長三～四メートル、体重一トンに達する。体は海馬（あしか）に似る。長大な犬歯をもつ。春、流氷に乗って北海道東部に移動して漁場を荒らすことが多い。

とど［毛詩品物図攷］

とのさまがえる【殿様蛙】
　アカガエル科の蛙。本州以南に分布し、池沼や水田などに生息する。体長六～九センチ。体は緑色または褐色の地に暗褐色、黒色の斑紋をもつ。背部に緑色または黄色の太い縦線がある。雄は耳下に鳴嚢をもち鳴く。⬇蛙（かえる）［春］、蛙のめかり時（かわずのめかりどき）［春］、蛙（かわず）［春］

とびのす【鳶・鵈・鵄―の巣】
鳶がつくる巣をいう。鳶は大木の梢に枝を寄せ集めて巣をつくる。⇩鳥の巣（とりのす）［春］
§
鳶の巣としれず梢は鳶の声　北枝・北枝発句集

とりあわせ【鶏合】
農村などで行われる、牡鶏を闘わせる遊び。往時は、旧暦三月三日に宮中の清涼殿南側でも催された。春先、牡鶏は気性が荒くなるので、この時期に行うのである。［同義］闘鶏（とうけい）。⇩勝鶏（かちどり）［春］

とりがい【鳥貝】
ザルガイ科の海産二枚貝。陸奥湾以南の本州に分布し、内湾の砂泥底に生息する。殻長約九・五センチ。殻は円形で膨らむ。殻表は淡黄色で、殻頂には紅斑があり、周縁は濃紅色。殻頂より隆線が放射状に走り、その上に殻毛が密生する。内面の軟体の脚は黒紫色で「くの字」に曲がる。食用。漆を溶く皿に用いられたことから「漆貝（うるしがい）」とも呼ばれる。［和名由来］軟体の「くの字」に曲がる脚が鳥に似ているところから。また、味が鳥に似ていることなどから。

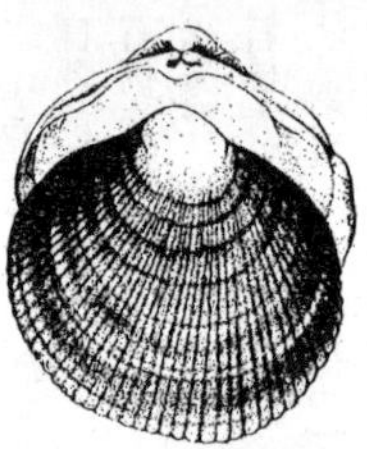
とりがい
［日本重要水産動植物之図］

とりかえる【鳥帰る】
秋から冬にかけて飛来した雁、鴨、山雀（やまがら）、四十雀（しじゅうから）、鶸（ひわ）などの渡鳥が、春になり、北に戻っていくことをいう。［同義］鳥引く（とりひく）、引鳥（ひきどり）。⇩帰る雁（かえるかり）［春］、引鶴（ひきづる）［春］、鳥雲に入る（とりくもにいる）［春］、引鴨（ひきがも）［春］、白鳥帰る（はくちょうかえる）［春］
§
湖《うみ》青し雪の山々鳥帰る　正岡子規・子規句集
江の北に雲無き日なり鳥帰る　松瀬青々・春夏秋冬
根岸庵席上　明治三十二年春
帰る鳥を帰らぬ鳥の鳴にけり　松瀬青々・妻木
気晴らしに出て来し浜や鳥帰る　高田蝶衣・青垣山

とりくもにいる【鳥雲に入る】
春、北へと飛んでいく雁、鴨、山雀（やまがら）、四十雀（しじゅうから）、鶸（ひわ）などの渡鳥の姿が雲間に入り、見えなくなる光景をいう。⇩鳥帰る（とりかえる）［春］
§
鳥雲にゐさし独りの行方かな　其角・五元集
朝立や鳥見かへれば雲に入　浪化・浪化上人発句集
鳥雲に入て松見る渚かな　白雄・白雄句集
鳥雲に入る熊谷の塘かな　士朗・枇杷園句集
入れば入る我も出羽の雲に鳥　乙二・斧の柄

とりぐもり【鳥曇】
春、鶴や雁、鴨などの渡鳥が帰る頃の曇り空をいう。⇩鳥雲（とりぐも）［秋］

とりさかる【鳥交る】

春、多くの鳥が繁殖のために求愛行動を示したり交尾をしたりすることをいう。雄の鳥は盛んに囀り、雌を呼び寄せる。

［同義］鳥つるむ、鳥つがう、鳥の妻恋（とりのつまこい）。

⬇獣交る（けものさかる）［春］、孕鳥（はらみどり）［春］、囀（さえずり）［春］

§

村深し燕つるむ門むしろ　几董・井華集

竹に来てつるむ鳥あり詩仙堂　松瀬青々・妻木

鳥交み人の睡りのうつくしき　松瀬青々・鳥の巣

夜明より声を盡しぬ交り鳥　高田蝶衣・青垣山

寺山の霞の奥や鳥交む　青木月斗・時雨

鳥交む比叡の阿闍梨を憚らず　青木月斗・時雨

とりのす【鳥の巣】

鳥が産卵と雛を育てるためにつくる巣。鳥は春から夏に営巣の準備にとりかかる。これを「巣組み（すぐみ）」「巣構え（すがまえ）」という。鳥が出来上がった巣に籠ることを「巣籠り」「巣隠れ（すがくれ）」といい、その鳥を「巣鳥（すどり）」という。⬇巣籠（すごもり）［春］、巣立鳥（すだちどり）［春］、抱卵期（ほうらんき）［春］、鵲の巣（かささぎのす）［春］、烏の巣（からすのす）［春］、雉の巣（きじのす）［春］、鷺の巣（さぎのす）［春］、雀の巣（すずめのす）［春］、鷹の巣（たかのす）［春］、燕の巣（つばめのす）［春］、鳶の巣（とびのす）［春］、鷲の巣（わしのす）［春］、水鳥の巣（みずどりのす）［夏］

とりのす［和漢三才図会］

§

おもひたつ鳥《とり》は古巣《ふるす》もたのむらんなれぬる花のあとの夕暮《ゆふぐれ》　寂蓮・新古今和歌集二（春下）

きのふまでまろびし玉のわれからもけふはあされる鳥の雛哉　大隈言道・草径集

鳥の巣《す》に額《がく》のないこそ不思議《ふしぎ》なれ　露川・二人行脚

念入《ねんいれ》た鳥の巣《す》をみる茶摘《ちやつみ》哉　りん女・花の市

鳥の巣やまだ一寸の草隠れ　闌更・半化坊発句集

鳥の巣となしけり妹が髪の落　闌更・半化坊発句集

何となく見らるゝ鳥のから巣かな　成美・成美家集

鳥の巣の影もさしけり膝《ひざ》のうへ　鳳朗・鳳朗発句集

焼たるも残るも古巣かへる鳥　乙二・斧の柄

鳥の巣のありくみゆる榎哉　一茶・旅日記

巣の鳥の口あくかたや暮の鐘　一茶・発句題叢

鳥の巣をいたはりて木《き》を伐らせけり　森鷗外・うた日記

念仏して鳥の古巣を払ひけり　松瀬青々・妻木

鳥の巣や既に故郷の路にあり　石井露月・筑摩文学全集

巣鴉をゆさぶつて居る樵夫《きこり》かな　大須賀乙字・乙字俳句集

鳥の巣や江畔ポプラ伸びやまず　楠目橙黄子・同人句集

鳥の巣もぬれて赤富士見に出よと　杉田久女・杉田久女句集補遺

雀の巣かの紅糸をまじへをらむ　橋本多佳子・紅絲

鳥の巣やそこらあたりの小竹《ささ》の風　芝不器男・芝不器男句集

「な〜に」

ないとがり【鳴鳥狩】

春の鷹狩のこと。夜半のうちに雉などの鳴いているのを聞いて見当をつけ、早朝に狩をするので「鳴鳥狩」という。「聞きすえ鳥」「見すえ鳥」「朝鷹狩（あさたかがり）」「朝鷹（あさたか）」ともいう。⬇鷹狩（たかがり）［冬］、棹姫鷹（さおひめだか）［春］、継尾の鷹（つぎおのたか）［春］、白尾の鷹（しらおのたか）［春］

なたねふぐ【菜種河豚】

菜種が咲く頃の河豚。この頃の河豚は産卵期のため毒性が最も強い。⬇河豚（ふぐ）［冬］

にしん【鰊・鯡】

ニシン科の回遊性の海水魚。富山・茨城以北の冷水域に分布する。体長約三〇センチ。体は真鰯（まいわし）に似て、背面は青黒色、腹面は銀白色。三〜四月頃、間隔をおいて群来し、沿岸の海藻などに産卵する。産卵のため大群で来る鰊を「鰊群来（にしんくき）」といい、放精され乳白色になった海水を「群来汁（くきじる）」という。鰊の卵は「数の子」とよばれる。［和名由来］子が多いところから「二親（ニシン）」の意。また、身を二つに裂いて干すところから「二身（ニシン）」と。［同義］青魚・黄魚（にしん）、かど、かどいわし。⬇鰊干す（にしんほす）［春］、後鰊（あとにしん）［春］、数の子作る（かずのこつくる）［春］、数の子（かずのこ）［新年］、夏鰊（なつにしん）［夏］

にしん［日本重要水産動植物之図］

§

樺太の根雪解けつつ産卵適温をよく知るといふ鰊《にしん》の習性　土岐善麿・六月

浜近く鰊のむれはみえながら枯草焚きて人は凍えぬ　土岐善麿・六月

牛乳をのみ鰊《にしん》の燻製《くんせい》を切りて食《く》ひ汽車の中《なか》にて将棋《しやうぎ》をさしぬ　土屋文明・放水路

妻も吾もみちのくびとや鯡食ふ　山口青邨・冬青空

にしんほす【鰊干す】

鰊の頭と尾を取り、身を二つに裂いて干したものを身欠き鰊（みがきにしん）という。⬇鰊（にしん）［春］

§

干鰊《ほしにしん》くくりて吊す向ひ家《や》の部屋見えてをり一部なれども　宮柊二・小紺珠

にな【蜷・河貝子】

一般に三〜四センチ位の小さな巻貝のこと。「みな」ともいう。川にいるものを「川蜷（かわにな）」、海にいるものを

「海蜷（うみにな）」という。春、浅瀬や岩の上などに出てくる。⬇貝（かい）［四季］、蜷の腸（みなのわた）［四季］

§

潮《しほ》落ちし青草の上《うへ》も泥の上《うへ》も蜷《にな》の子が散りて数《かず》かぎりなし　土屋文明・ゆづる葉の下

砂川の蜷にしづかな日ざしかな　村上鬼城・鬼城句集

螺川や日和つゞきの上乾き　青木月斗・時雨

少し転げてとどまる蜷や水ぬるむ　杉田久女・杉田久女句集

「ぬ～の」

ぬれつばめ【濡燕】

濡れている燕。濡れたように光沢のある羽色をした燕。⬇燕（つばめ）［春］

§

濡燕御休みあつて然るべし　夏目漱石・漱石全集

帰らんとして帰らぬ様や濡燕　夏目漱石・漱石全集

濡れつばめ野を紫の乙女来て　原コウ子・昼顔

ねこのこ【猫の子】

猫の子ども。俳句では春の季語となる。［同義］子猫。⬇猫の恋（ねこのこい）［春］、子猫（こねこ）［春］、親猫（おやねこ）［春］

§

ねこの子のくびのすゞがねかすかにもおとのみしたる夏草のうち　大隈言道・草径集

夜をさむみかたはらに居て猫の子の人の話をうづくまり聞く　九条武子・薫染

猫の子を迎ふと特製籐の籠太平の代《よ》のつましきあそび　土屋文明・青南後集

ねこの子やいづく筏の水馴竿　言水・初心もと柏

ねこの子のくんづほぐれつ胡蝶《こてふ》哉　其角・炭俵

猫の子や秤にかゝりつゝざれる　一茶・七番日記

猫の子や親を距離《はな》れて眠り居る　村上鬼城・鬼城句集

スリッパを越えかねてゐる仔猫かな　高浜虚子・六百句

猫の子のみな這ひ出で、眠りけり　鈴木花蓑・鈴木花蓑句集

猫の子や尼に飼はれて垣のうち　飯田蛇笏・山廬集

猫の子や人に飼はれて物心　長谷川零余子・国民俳句

猫の子のつく〴〵見られなきにけり　日野草城・花氷

猫の仔の鳴く闇しかと踏み通る　中村草田男・火の鳥

ねこのこ［訓蒙図彙］

ねこのこい【猫の恋】

交尾期にある猫を表現したことば。交尾期の猫のさまざま

な振舞いをいう。猫は春と秋に交尾期を迎えるが、とくに春には、牡猫は牝猫を求め、赤ん坊の泣声のような声や闘っているような鋭い声で盛んに鳴く。[同義] 猫の妻恋（ねこのつまこい）、通う猫（かようねこ）、戯れ猫（たわむれねこ）、猫の思い（ねこのおもい）、猫の契（ねこのちぎり）、猫さかる（ねこさかる）、春の猫（はるのねこ）。⬇猫の夫（ねこのつま）[春]、猫の妻（ねこのつま）[春]、猫の子（ねこのこ）[春]、浮かれ猫（うかれねこ）[春]、獣交る（けものさかる）[春]、恋猫（こいねこ）[春]、親猫（おやねこ）[春]、孕猫（はらみねこ）[春]、猫（ねこ）[四季]

§

猫の恋やむとき閨《ネヤ》の朧月　芭蕉・をのが光
うらやましおもひ切時《きるとき》猫の恋　越人・猿蓑
袖《そで》なくも鳴《なか》るゝ猫の恋路哉　土芳・蓑虫庵集
高砂《たかさご》やみのと近江《あふみ》の猫《ねこ》の恋　露川・番橙集
猫の恋初手《しよて》から鳴《なき》て哀也《あはれなり》　野坡・炭俵
羽二重《はぶたへ》の膝《ひざ》に飽《あき》てや猫の恋　支考・東華集
くるめかす猫の思ひや春の草　りん女・土大根
鼻先に飯粒つけて猫の恋　一茶・七番日記
寐て起て大欠《アクビ》して猫の恋　一茶・発句集
猫の恋片割月のあはれなり　角田竹冷・竹冷句鈔
犬吼えて遠くなりけり猫の恋　村上鬼城・鬼城句集
真向に坐りて見れど猫の恋　夏目漱石・漱石全集
猫知らず寺に飼はれて恋わたる　夏目漱石・漱石全集
おそろしや石垣崩す猫の恋　正岡子規・子規句集
恋猫の余所心なる昼もあり　坂本四方太・春夏秋冬
学僧に梅の月あり猫の恋　高浜虚子・五百句
山国の暗すさまじや猫の恋　原石鼎・花影
数幹の竹は瀟洒や猫の恋　山口青邨・冬青空
虎のごと吠えて通りぬ恋の猫　山口青邨・花宰相
お水取猫の恋愛期も過ぎて　日野草城・銀
猫の恋夜かけて父の墓標書く　中村草田男・長子

ねこのつま【猫の夫】

交尾期にある猫。また、交尾期の猫のさまざまな振舞いをいう。「ねこのおっと」ともいう。⬇猫の恋（ねこのこい）[春]

§

手を上《あげ》てうたれぬ猫の夫《をつと》かな　智月・卯辰集

ねこのつま【猫の妻】

交尾期にある猫。また、交尾期の猫のさまざまな振舞いをいう。⬇猫の恋（ねこのこい）[春]

§

垣の外に猫の妻《め》を呼ぶ夜は更《ふ》けて上野の森に月朧《おぼろ》なり　正岡子規・子規歌集
猫の妻へつゐの崩《くづれ》よりかよひけり　芭蕉・六百番発句合
麦めしにやつるゝ恋か猫の妻　芭蕉・猿蓑
呼出《よびだ》しに来てはうかすや猫《ねこ》の妻《つま》　去来・芭蕉庵小文庫
七艸《ななくさ》にとゞろく声や猫の妻　介我・末若葉
火のもゆるかたをたよりや猫の妻　浪化・干網集

のこるかり【残る雁】
春になっても、まだ北へ渡らずに残っている雁をいう。［同義］春の雁。⬇帰る雁（かえるかり）［春］、春の雁（はるのかり）［春］、雁（かり）［秋］

§

水田かへす鍬も柱やのこる鴈　其角・五元集
つれて来よもしも越路に残る雁　也有・蘿葉集
ゆき果しとおもへば雨夜の雁ひとつ　暁台・暁台発句集

のこるつる【残る鶴】
春になっても、まだ北へ渡らずに残っている鶴をいう。［同義］引残る鶴（ひきのこるつる）。⬇鶴帰る（つるかえる）［春］、鶴（つる）［四季］

のっこみぶな【乗込鮒】
春、深場で冬籠りを終えた鮒が、産卵期を前にして餌を求め、盛んに浅場に来ること。［同義］春の鮒（はるのふな）。⬇初鮒（はつぶな）［春］、鮒（ふな）［四季］

のぼりあゆ【上り鮎】
春、三〜四月頃から上流にのぼっていく若鮎。⬇若鮎（わかあゆ）［春］、鮎（あゆ）［夏］

§

梅咲きぬ鮎《あゆ》も上《のぼ》りぬ早く来《こ》と文《ふみ》書きておこす多摩《たま》の里人　正岡子規・子規歌集
いくさあと北川をいま鮎のぼれり　水原秋桜子・殉教
のぼり鮎すぎてまた来る蕗の雨　加藤楸邨・寒雷
鮎のぼる川音しぐれと暮れにけり　石橋秀野・桜濃く

「は」

はえ【鮠】
「はや」ともいう。⬇柳鮠（やなぎばえ）［春］、追河（おいかわ）［夏］

§

水清み鮠のさ走る川の辺にち、こ草写し母児草写す　伊藤左千夫・伊藤左千夫全短歌
鮠《はえ》釣《つり》のちいさく見ゆる川の端《はた》　路通・ひさご
蟬始めて鳴く鮠《はや》釣る頃の水絵空　正岡子規・子規句集

はえうまる【蠅生る】
春、蛹から蠅が羽化すること。晩春になると小さな蠅が目立って増えてくる。⬇蠅（はえ）［夏］、蛆（うじ）［夏］、春の蠅（はるのはえ）［春］

§

蠅生《あ》れて平らなるものを好み這ふ　中村草田男・銀河依然

ばかがい【馬鹿貝・馬珂貝】
バカガイ科の二枚貝。日本全土に分布し、内湾の砂底に生息する。殻長約八・五センチ。形は蛤に似て、丸みのある三角形で灰白色。むき身は「青柳（あおやぎ）」、貝柱は小柱

（こばしら）として、鮨種や天麩羅の食材になる。[和名由来] 潮から揚げても殻を閉じず、朱色の舌をだらしなく垂らしているところから。[同義] くつわ貝（くつわがい）、かむり貝（かむりがい）。

ばかがい
[日本重要水産動植物之図]

はくちょうかえる【白鳥帰る】

シベリアや樺太などから十一月初旬に飛来してきた白鳥は越冬を終えると、翌年三月頃に帰ってゆく。➡鳥帰る（とりかえる）[春]、白鳥（はくちょう）[冬]

はこどり【箱鳥】

貌鳥の別名といわれている。郭公をさすという説もある。➡郭公（かっこう）[夏]、貌鳥（かおどり）[春]

§

箱鳥《はこどり》のあけてののちはなげくとも塒《ねぐら》ながらの声《こゑ》をきかばや　実方朝臣集（藤原実方の私家集）

はち【蜂】

アリ類を除くハチ目の昆虫の総称。蟻と違って一対の翅をもち、頭・胸・腹がわかれている。雌の産卵管は毒針を兼ね、敵の防御や狩に役立つ。通常、一匹の女王蜂と少数の雄蜂、多数の働蜂によって構成され、整然とした社会生活を営む。春、花の蜜を集めるため、活動が活発になる。幼虫は蛆に似る。蜂の種類は多く、比較的身近な種類は次の通りである。[同種] 蜜蜂、雀蜂＝山蜂（やまばち）、黒雀蜂（くろすずめばち）＝地蜂（じばち）、土蜂（つちばち）、馬尾蜂（ばびばち）、似我蜂、熊蜂、脚長蜂＝こしきり蜂、徳利蜂（とっくりばち）、姫蜂（ひめばち）。➡蜂の巣（はちのす）[春]、脚長蜂（あしながばち）[春]、熊蜂（くまばち）[春]、似我蜂（じがばち）[春]、雀蜂（すずめばち）[春]、土蜂（つちばち）[春]、蜜蜂（みつばち）[春]、秋の蜂（あきのはち）[秋]、蜂の子（はちのこ）[秋]、冬の蜂（ふゆのはち）[冬]

§

清らなる蜂が搾《しぼ》りし花の蜜吸ふに似るかな温泉《いでゆ》にあるは　与謝野晶子・草の夢

或時は蜂のうなりの擬《まが》ひ降るくらき大木《おほき》の下かげのあめ　与謝野晶子・草の夢

がらす窓いまだも開けず群蜂のうなりの中に帯をしめをり　三ケ島葭子・定本三ケ島葭子全歌集

二階より花をめがけて飛びければさかしま落つる蜂と見えにき　三ケ島葭子・定本三ケ島葭子全歌集

実椿《みつばき》や立《たて》るによは《(わ)》き蜂《はち》の針　野坡・野坡吟草

人追ふて蜂もどりけり花の上　太祇・太祇句選

腹立て水呑蜂や手水鉢　太祇・太祇句選

蜂蜜に根はうるほひて老木哉　蕪村・孝婦記

山蜂や木丸殿の雨の中　蕪村・蕪村遺稿

出舟や蜂うち払ふみなれ棹　蕪村・蕪村遺稿

六尺の人追ふ蜂の心かな　闌更・半化坊発句集

木ばさみのしら刃に蜂のいかり哉　白雄・白雄句集

藪《(やぶ)》の蜂《(はち)》来《(こ)》ん世も我にあやかるな　一茶・文化句帖

軒の蜂くつともいはぬくらし哉　一茶・七番日記

一畠まんまと蜂に住れけり　一茶・七番日記
寒山か拾得か蜂に螫されしは　夏目漱石・漱石全集
隣から薬草くれぬ蜂の毒　河東碧梧桐・碧梧桐句集
うなり落つ蜂や大地を怒《いか》り這ふ　高浜虚子・五百句
えんやさと唐鍬かつぐ地蜂捕　飯田蛇笏・春蘭
やま人と蜂戦へるけなげかな　原石鼎・花影
蜂飛べりラジオ雑音となりし昼　長谷川かな女・胡笛
塊に蜂歩み居て地震かな　原月舟・月舟俳句集
指輪ぬいて蜂の毒吸ふ朱唇かな　杉田久女・杉田久女句集
さし、蜂投げ捨てし菜に歩み居り　杉田久女・杉田久女句集
蜂の尻ふわふわと針をさめけり　川端茅舎・ホトトギス
蜂もがく生きるためにか死ぬためにか　橋本多佳子・命終
なきがらの蜂に黄の縞黒の縞　橋本多佳子・命終
蜂飛んで日はかなしびの女を搏《う》てる　三橋鷹女・向日葵
蜂われを去らず山道細りつ、　日野草城・花氷
子が駈け来蜂に螫されし頬抱いて　加藤楸邨・山脈
熊蜂が安静あけの虚空過ぐ　石田波郷・酒中花以後

はちのす【蜂の巣】

はちのす［明治期挿絵］

蜂が幼虫を育て、また蜜を貯蔵するためにつくる巣。一般に五月頃に巣をつくる。俳句では、蜂が春の季語であるため、蜂の巣も春の季語としている。［同義］巣蜂（すばち）。➡蜂（はち）［春］

§

簷裏《のきうら》に巣ごもり蜂の巣のあるを孫ぞをしふる雨のふる日に　岡麓・涌井
葉がくれに蜂の巣ありし梅もどき落葉しはてつ蜂の巣も落ちぬ　若山牧水・黒松
風さやぐ納屋のうしろの蜂の巣に巣守《すもり》の蜂のひとつ居る見ゆ　古泉千樫・青牛集
雨の日はわけても暗き机の外さには懸《か》かる蜂《はち》の巣一つ　土屋文明・青南後集
やま蜂が巣をくふほどの家なれば昼の静けさをやうやく思ふ　松倉米吉・松倉米吉歌集
春雨や蜂の巣つたふ屋ねの漏《もり》　芭蕉・炭俵
七賢のあと蜂の巣や藪の中　也有・蘿葉集
蜂の巣や討手に向ふ頬かぶり　也有・蘿の落葉
蜂の巣も人だのめなる軒端かな　白雄・白雄句集
蜂の巣に爰源八の宮居かな　几董・井華集
蜂の巣をひとうちにして昼寝哉　成美・成美家集
古瓢柱に懸けて蜂巣くふ　夏目漱石・漱石全集
蜂の巣を燃やす夜のあり谷向ひ　原石鼎・花影
蜂の巣や用はで古りし水車小屋　石島雉子郎・雉子郎句集

はつうぐいす【初鶯】

その年の春に初めて鳴く鶯をいう。➡鶯の初音（うぐいす

のはつね）「春」、鶯（うぐいす）［春］

はつかわず【初蛙】

その春、初めての蛙。蛙が冬眠から覚めて地上に出現し始めるのは二月頃からである。⬇蛙（かわず）［春］

§

初蛙《はつかはづ》淡路島ほど盛り上がる楓《かへで》のもとに鳴くゆふべかな　与謝野晶子・冬柏亭集
かたむきて田螺《たにし》も聞《きく》や初《はつ》かはづ　巣兆・そばかり
山祭すみたる夜半のはつ蛙　飯田蛇笏・春蘭
ねばりひきでもあろかと田向うの初蛙　長谷川かな女・胡笛
初蛙書屋にきけり田も見ゆる　水原秋桜子・古鏡
初蛙きりころ遠く近くかな　川端茅舎・定本川端茅舎句集
初蛙聴いてたちさる障子かな　加藤楸邨・雪後の天

はっちょう【初蝶】

春、最初に飛んでくる蝶。⬇蝶（ちょう）［春］

§

はつ蝶《てふ》や骨なき身にも梅の花　半残・猿蓑
初蝶の一夜寝にけり犬の椀　一茶・旅日記
初蝶や菜の花なくて淋しかろ　夏目漱石・漱石全集
初蝶《はつてふ》のまひまひ拝《はい》す御堂《みだう》かな　泉鏡花・鏡花句集
初蝶を夢の如くに見失ふ　高浜虚子・五百五十句
初蝶《はつちよう》来《く》何色と問ふ黄と答ふ　高浜虚子・六百五十句
初蝶の一瞬にして黄なりけり　阿部みどり女・光陰
初蝶の流れ光陰流れけり　阿部みどり女・光陰
初蝶や逍遙触るるいばらの芽　水原秋桜子・帰心
初蝶のこぼるるばかり黄厚《くわう》く　山口青邨・露団々
初蝶の紋白蝶にゆきあへり　山口青邨・花宰相
初蝶の朱《あけ》金色に飛べりけり　山口青邨・雪国
初蝶の燦爛としてやすらへり　山口青邨・雪国
初蝶や銀髪額へかげを生み　原コウ子・胡卉
初蝶に触れんと墓石伸び上る　三橋鷹女・羊歯地獄
初蝶や朝より庭にありし子に　中村汀女・春雪
初蝶を見て来しことを言ひ忘れ　星野立子・句日記I
初蝶やわが三十の袖袂　石田波郷・風切

はつひばり【初雲雀】

春、初めて見る、また聞く雲雀。⬇雲雀（ひばり）［春］

§

初雲雀空もこころも曇る日の　日野草城・銀
わが背丈以上は空や初雲雀　中村草田男・来し方行方
初雲雀風つよければ草になく　加藤楸邨・寒雷

はつぶな【初鮒】

早春に初めて漁獲され、市場に出荷される鮒。膾にして食べることが多い。⬇鮒（ふな）［四季］、鮒膾（ふななます）［春］、乗込鮒（のっこみぶな）［春］、鮒の巣離れ（ふなのすばなれ）［春］

§

初鮒や志賀山こゆる竹の杖　松瀬青々・妻木

はつもろこ【初諸子】

初めて漁獲される諸子。⬇諸子（もろこ）［春］

§

さゞ波や古き都の初諸子　内藤鳴雪・鳴雪句集
志賀山の花や流れて初もろこ　松瀬青々・妻木

はなあぶ【花虻】

ハナアブ科の昆虫の総称。体長約一・五センチ。体形は蜜蜂に似るが、翅は二枚。花の蜜を吸う。幼虫は雄尾長蛆（おながうじ）といわれ漢方薬の材料となる。⇩虻（あぶ）［春］

§

花虻の蜜つけて飛ぶ霽れ間かな　横光利一・横光利一句集

はないか【花烏賊】

春、桜の咲く頃に漁獲される烏賊。［同義］桜烏賊。⇩烏賊（いか）［夏］、桜烏賊（さくらいか）［春］

§

洗ひたる花烏賊《はないか》墨をすこし吐き　高浜虚子・六百五十句
俎にすべりとどまる桜烏賊　高浜虚子・六百五十句
花烏賊の腹ぬくためや女の手　原石鼎・花影
花烏賊にそゝげば走る水の玉　原石鼎・花影

はなどり【花鳥】

花に来るさまざまな鳥。「はなとり」ともいう。また、単に花と鳥との組み合わせをいう。春の季節を花と鳥に象徴したことば。⇩春の鳥（はるのとり）［春］

§

花鳥を型《カタ》にうつしてやどり哉　才麿・能登釜
御用よぶ丁児《デッチ》かへすな花の鳥　其角・五元集
花鳥に何うばゝれて此うつゝ　鬼貫・鬼貫句選
華鳥に悟ればもとの白髪哉　支考・蓮二吟集
花鳥の輝く山や東向　桃隣・古太白堂句選
花鳥やけふはどちむく烏帽子山　蓼太・三傑
花鳥のまことを筆のはやし哉　暁台・暁台句集
花鳥もおもへば夢の一字かな　成美・成美家集

はなみじらみ【花見虱】

春、花見の頃の虱。⇩虱（しらみ）［夏］

§

おのれらも花見虱《しらみ》に候《さふらふ》よ　一茶・七番日記
風流も何かは花見虱とて　山口青邨・花宰相

はまぐり【蛤・文蛤】

マルスダレガイ科の二枚貝。本州以南に分布し、浅海の泥砂中に生息する。潮干狩で獲ることができる貝である。殻長約八センチ。殻は丸みのある三角形。貝内は白色。表面は平滑で光沢があり、弱い成長脈がある。殻の紋様は放射状のあるもの、小斑点のあるものなど個体差がある。蛤は同じ上下の貝同士でしか重なり合わないところから、平安時代には貝合せの遊びが貴族の間で流行した。これは後、貝の内側に絵や歌が書かれるようになり、夫婦和合の象徴として、女子の嫁入道具の一つとなった。蛤は貝のなかでも美味で、蒸蛤、焼蛤、蛤飯、蛤鍋などさまざまに料理される。

はまぐり［日本重要水産動植物之図］

殻は高級な碁石の材料となる。［和名由来］形が栗に似ている
ところから「浜栗（はまぐり）」と書き、音読みにしたもの。
⇩貝（かい）［四季］、雀蛤となる（すずめはまぐりとなる）
［秋］

§

蛤のみかたやいづれわきかねてこなたかなたにつく世なりけり
大隈言道・草径集
いづくにかわが身きぬるとおもふらむ市にまろべるなだの蛤
大隈言道・草径集
背負ひこし貝の蛤しほふきを雪ふる窓の下にひろげつ
岡麓・涌井
待ちきたり貝死なぬうちと汁にするわが子みやげの千葉の蛤
岡麓・涌井
蛤《はまぐり》の闇《やみ》しらうをの月よかな　涼菟・行脚戻
蛤《はまぐり》や今朝鶯のふた三声　正秀・星会集
桃の節供や二見はまぐり　之道・あめ子
蛤《はまぐり》の舌《した》さし出して名残《なごり》哉　りん女・紫藤井発句集
岩端や焼蛤に浪よする　闌更・三傑集
汁椀に大蛤の一つかな　内藤鳴雪・鳴雪句集
蛤《はまぐり》の荷よりこぼるゝうしほ哉　正岡子規・子規句集
見事さに蛤ひとつ焼れけり　尾崎紅葉・紅葉句帳
蛤やをりをり見ゆる海の城　夏目漱石・漱石全集
蛤を買ひえて空の藍ゆたか　渡辺水巴・富士
蛤の二つに割れて白いかな　原石鼎・花影
大愚蛤而て口を開きけり　日野草城・花氷
蛤の煮らるる音の中にて書く　加藤楸邨・山脈

はらみうま【孕馬】

妊娠して子を孕んでいる馬。馬は通常、春に発情し、受胎後約一年で出産するため、四月頃に生れることが多い。⇩馬の子（うまのこ）［春］、春の駒（はるのこま）［春］

はらみじか【孕鹿】

妊娠して子を孕んでいる状態の春の鹿。鹿は一〇～一一月頃に交尾し、出産するのは翌年の六～七月頃である。妊娠している鹿は二月頃になると腹部が大きくなっているのが良くわかる。⇩春の鹿（はるのしか）［春］、鹿の子（かのこ）［夏］、親鹿（おやじか）［夏］

§

藤橋や重き身を越す孕鹿　几董・井華集
孕鹿
春鹿の瞳におはす聖かな　鈴木花蓑・鈴木花蓑句集

はらみすずめ【孕雀】

子を孕んでいる雀。雀は通常、二～三月頃に交尾して卵を生み、巣に籠る。卵は約一一日後に孵化する。⇩雀の子（すずめのこ）［春］、子持雀（こもちすずめ）［春］、孕鳥（はらみどり）［春］

§

壬生寺や雀孕みて遅桜　岡本癖三酔・癖三酔句集
孕雀行列の後にいつまでつく　石田波郷・雨覆

はらみどり【孕鳥】

春、子を孕んださまざまな鳥をいう。⇩子持鳥（こもちど

り）［春］、孕み雀（はらみすずめ）［春］、鳥交る（とりさかる）［春］

はらみねこ【孕猫】

子を孕んでいる猫。猫は春と秋に交尾期を迎えるが、俳句では、一般に春の季語として詠まれることが多い。⬇猫の恋（ねこのこい）［春］、親猫（おやねこ）［春］

§

孕み猫うしろの肢を重く踏む　日野草城・日野草城句集

はるいわし【春鰯】

日本海沿岸の春の鰯、また鰯漁。この時期の鰯は産卵期を迎え、卵をもち、美味という。［同義］大羽鰯（おおばいわし）。⬇鰯（いわし）［秋］

はるぜみ【春蟬】

セミ科の昆虫。「しゅんせん」ともいう。松林に四～六月ごろ発生する。体長約三センチ。体は黒褐色で翅は透明。「ギィヤーギィヤー」と鳴く。日本では一番早くに鳴声が聞こえる蟬である。松蟬ともいう。［同義］春の蟬（はるのせみ）、松蟬。⬇蟬（せみ）［夏］、松蟬（まつぜみ）［春］

§

春蟬の声は稚《わか》けれ道のへの若葉に透《とほ》る日の光かな　島木赤彦・大虚集

若葉山降りすぐる雨は明るけれ鳴きやめざる春蟬のこゑ　島木赤彦・大虚集

持仏堂鎖して山に春の蟬　中川四明・四明句集

墓参

春蟬のひやひやと鳴くや山の松　河東碧梧桐・新傾向句集

香椎宮にて

春蟬やはるかなりける椎の空　臼田亜浪・旅人

鹿島舟遊

春蟬の声引き潮の音もなく　臼田亜浪・旅人

春蟬が鳴きかはしては水の音かな　種田山頭火・層雲

宮さまの松に啼く春蟬にて　北原白秋・竹林清興

蝦夷春蟬青く小さし声きそふ　水原秋桜子・殉教

石燈籠あるのみなるに春蟬鳴く　山口青邨・花宰相

吉水淫句（以下、二句）

春蟬のこの幽けきは聴きたまへりや　加藤楸邨・寒雷

春蟬の鳴きては止みぬ止むは長く　加藤楸邨・寒雷

春蟬や句座の障子につきあたる　石橋秀野・桜濃く

春蟬にひる三日月のたしかさよ　石橋秀野・桜濃く

春蟬や歩行患者の禿頭　石田波郷・酒中花以後

はるとび【春飛魚】

浜飛魚（はまとびうお）の別名。トビウオ科の海水魚。本州中部以南に分布。最大の飛魚。体長約五〇センチ。背びれに紋様がなく、鱗の数が多い。早春にいちはやく訪れる飛魚。⬇飛魚（とびうお）［夏］

はるのか【春の蚊】

晩春の頃からでる蚊をいう。［同義］初蚊（はつか）。⬇蚊（か）［夏］

§

蚊《か》ひとつに寐《ね》られぬ夜半《よは》ぞ春《はる》のくれ　重五・春の日

三月に蚊の声まじる閏かな　浪化・浪化上人発句集
春の蚊よ竹林に風呂焚きつけて　吉武月二郎・吉武月二郎句集
春の蚊ふつとたたいた　北原白秋・竹林清興
写楽の絵見てゐる春の蚊きいて　北原白秋・竹林清興
灯火にあり〳〵とべる春蚊かな　日野草城・花氷
春の蚊になき寄られたる面輪かな　日野草城・花氷
浅草の鐘鳴り春の蚊一匹　石橋秀野・桜濃く

はるのかり【春の雁】

春になっても、まだ北へ渡らずに残っている雁をいう。「はるのがん」ともいう。［同義］残る雁。⇩残る雁（のこるかり）［春］、帰る雁（かえるかり）［春］、雁（かり）［秋］

§

北はまだ雪であらうぞ春のかり　尚白・蕉門名家句集
砂はむと浦人いへり春の雁　闌更・半化坊発句集
沖に降る小雨に入や春の雁　召波・春泥発句集
春の雁立さはぎては日をおくる　青蘿・青蘿句集
春の雁八羽ばかりの棹さびし　山口青邨・花宰相
春の雁棹だんだんに立つごとし　山口青邨・花宰相

かり［毛詩品物図攷］

はるのこま【春の駒】

春の野や牧場で憩い、遊ぶ馬。特に若い馬をいう場合も多い。［同義］春駒（はるごま）。⇩馬（うま）［四季］、馬の子（うまのこ）［春］、孕馬（はらみうま）［春］、若駒（わかごま）［春］、駒（こま）［四季］

§

引《ひ》き寄《よ》せばたゞには寄《よ》らで春駒《こま》の綱引するぞなはたつと聞《き》く　平定文・拾遺和歌集一八（雑賀）
とりつなぐ人もなき野《の》の春駒《はるこま》はかすみにのみやたなびかるらむ　藤原盛経・詞花和歌集一（春）
みごもりにあしの若葉《わかば》やもえぬらん玉江《たまえ》の沼《ぬま》をあさる春駒　藤原清輔・千載和歌集一（春上）
信濃路の駒は春もや木曾踊　宗因・梅翁宗因発句集
道せばし恋してくれな春の駒《こま》　路通・誹諧曾我
乗出《のりだ》して肱《かひな》に余る春の駒　去来・猿蓑
引かへて蕪をはたのに春の駒　其角・五元集拾遺

はるのしか【春の鹿】

春の季節の鹿。春の鹿は、脱毛し、牡はまだ角が生えず、牝は子を孕んでいることが多い。⇩孕鹿（はらみじか）［春］、鹿（しか）［秋］、鹿の角落つ（しかのつのおつ）［春］

§

うらうらと草はむ春の野鹿かな　白雄・白雄句集
野の空をうけてありくや春の鹿　乙二・斧の柄
春鹿の眉あるごとく人を見し　原石鼎・花影

はるのすずめ【春の雀】

春の季節の雀。雀は通常、春に交尾して卵を生み、巣に籠る。卵は約一一日後に孵化する。⇩雀の子（すずめのこ）［春］、

雀（すずめ）［四季］

はるのとり【春の鳥】

春に見られるさまざまな鳥。［同義］春禽（しゅんきん）。⬇囀（さえずり）［春］、百千鳥（ももちどり）［春］、貌鳥（かおどり）［春］、鳥（とり）［四季］、花鳥（はなどり）［春］

§

何となき心だのめや春の鳥来てはなくなり如月立つ日　前田夕暮・収穫

春の鳥な鳴きそ鳴きそあかあかと外《と》の面《も》の草に日の入る夕　北原白秋・桐の花

はるのねこ【春の猫】

春の季節の猫。⬇猫の恋（ねこのこい）［春］

はるののみ【春の蚤】

仮眠状態のまま越年し、春に活動しはじめた蚤。⬇蚤（のみ）［夏］

§

春の蚤うすべり這うてかくれけり　原石鼎・花影

はるのはえ【春の蝿】

春の季節の蝿。越年した蝿もいれば、新しく羽化した蝿もいる。⬇蝿（はえ）［夏］、蝿生る（はえうまる）［春］

§

花のまはりをとんで小さし春の蝿　長谷川かな女・龍膽

皆違ふ寒暖計や春の蝿　島村元・島村元句集

片眼にて見定めんとす春の蝿　日野草城・銀

「ひ」

ひがんふぐ【彼岸河豚】

フグ科の海水魚。北海道以南に分布し、沿岸の岩礁域に生息する。体長約三八センチ。背面は褐色で黒色の斑がある。腹面は白色。体表にいぼ状の突起がある。［和名由来］春の彼岸の頃に多く漁獲されることから。⬇河豚（ふぐ）［冬］

ひきあなをいづ【蟇穴を出づ】

蟇（ひきがえる）が、早春、二月頃にいったん冬眠からさめて、交尾のため穴から出て来ること。紐状の寒天質の卵塊を生み、また春眠し、初夏に地上にでる。⬇蟇（ひきがえる）［夏］、蛙（かえる）［春］

§

ぢっと忍んで見て居れば、蟇が啼く、大きな咽喉をあけて春の日に啼く　若山牧水・みなかみ

土出でて歩む蟇見ぬ水ぬるむ　杉田久女・杉田久女句集

ひきがも【引鴨】

越冬のため渡来し、翌春、繁殖のために北に帰る鴨をいう。［同義］鴨帰る（かもかえる）、帰る鴨（かえるかも）、行く鴨

（ゆくかも）。⇩鴨（かも）［冬］

§

小田に降る雨見ても引小鴨哉　乙二・斧の柄

何萬の引鴨と舸夫の言ひあひぬ　原石鼎・花影

引鴨を追ふかに濤の打返す　原コウ子・胡色以後

ひきづる【引鶴】

越冬を終え、繁殖のため再び北に帰る鶴をいう。⇩鶴（つる）［四季］、鶴帰る（つるかえる）［春］、鳥帰る（とりかえる）［春］

つる［和漢三才図会］

§

引鶴の声はるかなる朝日哉　闌更・三傑

引鶴や笏をかざして日を仰ぐ　高田蝶衣・青垣山

ひだら【干鱈・乾鱈】

鱈を開いて薄塩にして乾燥させたもの。「ほしだら」ともいう。頭と背をとって堅く日干したものを「棒鱈（ぼうだら）」「芋棒（いもぼう）」、干鱈を炙り、細かくむしり、醤油とみりんの合せ汁に柚子を振り掛けたものを「打鱈（うちだら）」という。酒の肴などに好まれ、特に春に賞味される。⇩鱈（たら）［冬］

§

行《ゆく》春に飽《あく》や干鱈《ひだら》のむしり物　李由・韻塞

干鱈《ひだら》あぶりてほろほろと酒の酔に居る　村上鬼城・鬼城句集

ひつじのけかる【羊の毛刈る】

毛糸や毛織物の原料として羊の毛を刈ること。通常、四～五月の晴れた日に毛を刈りとる。⇩羊（ひつじ）［四季］

ひばり【雲雀・告天子】

ヒバリ科の小鳥。日本全土に分布し、田畑や野原に生息する。翼長約一〇センチ。背部は黄褐色の地に黒褐色の縦斑がある。腹部は白色。後頭部の羽毛がやや冠状になる。後趾の爪が長い。晩春、田畑や野原に巣をつくって産卵し、雛を育てる。雲雀の雄は「ピーチュル・ピーチュル」と鳴きながら空高く飛び、一気に落下する習性がある。これを「揚雲雀（あげひばり）」、「落雲雀（おちひばり）」という。［同義］姫雛鳥（ひめひなどり）。［漢名］雲雀、告天子、叫天子。⇩初雲雀（はつひばり）［春］、揚雲雀（あげひばり）［春］、夕雲雀（ゆうひばり）［春］、雲雀笛（ひばりぶえ）［春］、夏雲雀（なつひばり）［夏］、練雲雀（ねりひばり）［夏］

§

うらうらに照れる春日《はるび》に雲雀《ひばり》あがり情悲《こころかな》しも独りしおもへば　大伴家持・万葉集一九

ひばり［聚鳥画譜］

春の野のやけの、雲雀床《ひばりとこ》をなみ煙のよそにまよひてぞなく
賀茂真淵・賀茂翁家集

霞たつ春野の雲雀《ひばり》なにしかもおもひあがりてねをば鳴《な》くらん
賀茂真淵・賀茂翁家集

おのが子のすだちさそひて野のひばり手も及べきそらにてぞ鳴
大隈言道・草径集

雲になくひばりのこゑはたえにけり見いでぬ先に落《おち》やしぬらん
大隈言道・草径集

ひばり鳴く伊那の蒼原ぬつとりのきゞすが立つを見やり給へり
伊藤左千夫・伊藤左千夫全短歌

青麦と黄金菜花と眼もはるに雲雀やいつく春の朝晴れ
伊藤左千夫・伊藤左千夫全短歌

うらうらと春日《はるひ》さしこむ鳥籠の二尺の空に雲雀《ひばり》鳴くなり
正岡子規・子規歌集

山の端《は》の紫の雲に雲雀鳴く春の曙《あけぼの》旅ならましを
正岡子規・子規歌集

雲雀《ひばり》うたふ春《はる》べになれば玉川《たまがは》の岸《きし》の少女《をとめ》の忘《わす》られなくに
佐佐木信綱・新月

春雨は晴てのと《(ど)》けき小山田の霞の上に鳴雲雀《(ひばり)》哉
樋口一葉・樋口一葉全集

孫が手もからで佃りし山畑の麦生穂ばしり雲雀なくなり
服部躬治・迦具土

いささかも春蒸《む》す土のぬくもればゐさらひ軽《かろ》み雲雀《ひばり》は立つらむ
長塚節・早春の歌

うらうらと天《てん》に雲雀《ひばり》は啼《な》きのぼり雪斑《はだ》らなる山に雲ゐず
斎藤茂吉・赤光

四方《よも》に鳴く昼の蛙《かはづ》に聞き入りてうつつなく居れば雲雀もぞ啼く
若山牧水・くろ土

雲雀なく声空にみちて富士が嶺に消残《けのこ》る雪のあはれなるかな
若山牧水・山桜の歌

くくみごゑに雲雀の鳴くを聞きにけり林の中にわが子と二人
三ケ島葭子・定本三ケ島葭子全歌集

いちめんに雲雀の声の満つるなかまつすぐにあがる一つの雲雀
古泉千樫・青牛集

かげろふもたたず雲雀も巣に入りて雨ににじめる菜の花の色
九条武子・薫染

潮さゐの磯畑《いそはた》の空に啼きて澄む雲雀《ひばり》のこゑの愛しきろかも
中村憲吉・軽雷集

ほがらかに雲雀の声はうらがなし雪のこる牧場の中空にして
土屋文明・山谷集

青々と芝原ひろし仰げども仰げども雲雀の鳴方は知れず
松倉米吉・松倉米吉歌集

永き日も囀《さへづり》たらぬひばり哉
芭蕉・続虚栗

原中《はらなか》や物にもつかず鳴雲雀《なくひばり》
芭蕉・続虚栗

雲雀より空《そら》にやすらふ峠《たうげ》哉
芭蕉・笈の小文

うれしげに囀《さへづ》る雲雀《ひばり》ちりちりと
芭蕉・冬の日

子や待《また》ん余《あま》り雲雀《ひばり》の高あがり
杉風・猿蓑

くもらずてらず雲雀鳴也《ひばりなくなり》
荷兮・春の日

春の野をしりつくしてや鳴雲雀《なくひばり》　万子・草苅笛
曙《あけぼの》をうかれ出《いで》けり花雲雀《ひばり》　万子・孤松
かげろふをたよりに上る雲雀《ひばり》哉　許六・青根が峯
はる風《かぜ》にちからくらぶる雲雀哉《ひばりかな》　野水・あら野
あふのきに寐《ね》てみむ野辺《のべ》の雲雀哉《ひばりかな》　除風・あら野
おそはる、ゆめのかしらの野駒《ひばり》鳥かな　卯七・有磯海
麦畑《むぎばた》の空に雲雀《ひばり》の寒《さむさ》かな　怒風・誹諧曾我
雲助《くもすけ》と呼《よば》れてあいと雲雀《ひばり》哉　支考・元禄十七北枝歳旦牒
落ひばり一鍬《くは》おこす鼻の先　浪化・喪の名残
子雲雀や比叡山颪超ちかぬる　内藤鳴雪・鳴雪句集
七丘《きう》の天暮れんとして雲雀《ひばり》かな　森鷗外・うた日記
草摘みの野にペチヤピイと雲雀かな　菅原師竹・菅原師竹句集
百姓に雲雀揚つて夜明けたり　村上鬼城・鬼城句集
から臼に落て消たる雲雀《ひばり》哉　正岡子規・子規句集
大和路や雲雀落ちこむ塔のかげ　巌谷小波・俳句三代集
埒《らち》越えて飛ぶ馬もあり鳴く雲雀　河東碧梧桐・碧梧桐句集
嵐やみしだるき空うつろ鳴く雲雀　種田山頭火・層雲
地の花を天に告げ来の雲雀かな　岡本癖三酔・癖三酔句集
天風や雲雀の声を絶つしばし　臼田亜浪・定本亜浪句集
山風にながれて遠き雲雀かな　飯田蛇笏・山廬集
まひよどみおほながれしてひばりなく　飯田蛇笏・春蘭
日輪にきえいりてなくひばりかな　飯田蛇笏・春蘭
上りつめうしろさがりにひばりなく　飯田蛇笏・春蘭
やるせなければ（以下二句、同前文）
ひばりひばりなぜなくそげになんぜなく　宮林菫哉・冬の土
ひばりひばり下りて黙ればやるせない　宮林菫哉・冬の土
見えて居て遠き幸手や啼く雲雀　石島雉子郎・雉子郎句集
雲雀鳴き越軍渡河の跡空し　水原秋桜子・殉教
雲雀鳴くまぼろしは濃き蒼穹に　三橋鷹女・向日葵
耳二つ雲雀《ひばり》を聴いてゐるじつと　三橋鷹女・向日葵
雲雀の音曇天掻き分け掻き分けて　中村草田男・来し方行方
一尺は飛ぶ籠雲雀女体恋し　中村草田男・母郷行
雲雀《ひばり》に目つむりをれば我一人かも　星野立子・星野立子集
富士山八合目
石段にとまりて鳴ける雲雀かな　高橋馬相・秋山越

ひばりぶえ【雲雀笛】
雲雀を捕えるための、その鳴声に似せた音を出す笛をいう。篠竹などでつくられる。↓雲雀（ひばり）［春］

「ふ〜ほ」

ふぐくよう【河豚供養】
三月下旬に壇ノ浦の魚百合という料亭で行われる河豚の供養。この供養の後、冬の河豚漁が終わる。↓河豚（ふぐ）［冬］

ふななます【鮒膾】

春は鮒がよく獲れ、膾にして食べることが多い。⬇初鮒（はつぶな）［春］

ふなのすばなれ【鮒の巣離れ】

春の陽気で、深場で冬眠中の鮒が眼を覚まし、動き出すこと。「鮒の巣立（ふなのすだち）」ともいう。⬇寒鮒（かんぶな）［冬］、初鮒（はつぶな）［春］、鮒（ふな）［四季］

べにます【紅鱒】

サケ科の鱒の一種。北太平洋に分布。体長六〇～八〇センチ。背面は青黒色、腹面は銀白色。秋、産卵期に川を遡上し、雄・雌とも紅色となる。本種の陸封型が姫鱒（ひめます）。［同義］紅鮭（べにざけ）。⬇鱒（ます）［春］

§

びつしより濡れた青笹に、生きのよい紅鱒が笊からあけられる　前田夕暮・水源地帯

へびあなをいづ【蛇穴を出づ】

蛇が冬眠を終え、春に穴から出ることをいう。⬇蛇穴に入る（へびあなにいる）［秋］、啓蟄（けいちつ）［春］、蛇（へび）［夏］

§

耳にある蛇も這出よ椋の花　史邦・猿舞師
けつかうな御世とや蛇も穴を出る　一茶・九番日記
蛇《へび》穴を出でなんとして卜《ぼく》に問ふ　森鷗外・うた日記
蛇穴を出て見れば周の天下なり　高浜虚子・春夏秋冬
蛇穴をぶつきら棒に出でにけり　籾山柑子・国民俳句
蛇穴を出てサフランの茂りかな　岡本癖三酔・癖三酔句集
蛇穴をいでて耕す日に新た　飯田蛇笏・山廬集
穴を出て二枚の舌の蛇のたくる　宮林菫哉・冬の土
唐招提寺
蛇いでてすぐに女人に会ひにけり　橋本多佳子・紅絲

ほうらんき【抱卵期】

春から夏、繁殖期を迎えたさまざまな鳥が、巣の中で卵を抱いている期間をいう。⬇鳥の巣（とりのす）［春］

ほおじろ【頬白・黄道眉・書眉鳥】

ホオジロ科の小鳥。日本全土に分布し、原野・耕地・林などに生息する。翼長約七・五センチ。雄の頬は黒色、眉斑と眼下部は白色。雌の眉斑と眼下部は黄白色。背部は栗褐色で黒色の縦斑がある。胸部は淡褐色で腹部は白色。鳴声の「チ

ほおじろ／ほおずき［景年画譜］

ッチッチロ」が「一筆啓上仕候（いっぴつけいじょうつかまつりそうろう）」と聞こえるといわれる。また、鳴声から「チリリ」と鳴くものを片鈴（かたすず）といい、「チリリコロロチチリ」と鳴くものを諸鈴（もろすず）という。一年中見られる鳥だが、俳句では一般に晩春の囀りをもって春の季語とされる。［同義］巫鳥・鵐（しとど）、片鈴（かたすず）、諸鈴（もろすず）、画眉鳥（がびちょう）。⬇頬赤（ほおあか）［夏］

§

浪くらき磯の松原もやのうちに頬白鳴て夜は明むとす　佐佐木信綱・思草

高槻《たかつき》のこずゑにありて頬白のさへづる春となりにけるかも　島木赤彦・太虚集

山頬白が濃霧のなかに中空に物刻む如き音して高鳴く　前田夕暮・陰影

桑の木の老いて枝張るこずゑより啼きてとびたつ頬白の鳥　若山牧水・くろ土

春の夜ははや明けにけり家近くさへづりしきる頬白のこゑ　三ケ島葭子・定本三ケ島葭子全歌集

わが裏の欅の梢かこの朝け頬白のきてさへづりゐるは　三ケ島葭子・定本三ケ島葭子全歌集

床のうちにただに聞きにしか頬白のさへづる今朝は雨晴れにけり　三ケ島葭子・定本三ケ島葭子全歌集

夜明がた頬白鳴けりこころもち病よろしく起きいでてあり　三ケ島葭子・定本三ケ島葭子全歌集

旅にあれば春耕《たがや》せる畑木にも心ひかるる頬白《ほほじろ》のこゑ　中村憲吉・軽雷集

色鳥や頬の白きは頬白《ほおじろ》か　正岡子規・子規句集

頬白なくや垂水の里の小松山　横山蜃楼・朝日句鈔

頬白や雫し晴るゝ夕庇　川端茅舎・定本川端茅舎句集

頬白やひとこぼれして散り散りに　川端茅舎・定本川端茅舎句集

頬白や下枝下枝の芽ぐむ間を　中村汀女・花影

頬白やいつしんに巌ひかりいづ　加藤楸邨・雪後の天

頬白の巌越すや没日まぶしき　加藤楸邨・雪後の天

頬白がどこかに巌のめざめかな　加藤楸邨・雪後の天

ほしがれい【干鰈】

内臓を取り去った鰈を干したもの。瀬戸内海の尾道のデビラ（小さい鰈）が佳品とされる。⬇鰈（かれい）［四季］

§

防波堤おぼる、濤や干鰈　水原秋桜子・殉教

文春句会

ならべ干す鰈の上に置き手紙　吉屋信子・吉屋信子句集

ほたるいか【蛍烏賊】

ホタルイカ科の小形の烏賊。日本海全域と北海道から土佐湾にかけての太平洋側に分布し、二〇〇メートル以上の深海に生息する。胴長約六センチ。体の各部に発光器をもち強烈な光を発する。春の産卵期には、浅海を回遊し、夜になると海上一面に豆電球をつけたように光が明滅し、幻想的な風景

となる。［和名由来］蛍のように発光するところから。［同義］松烏賊（まついか）。⬇烏賊（いか）［夏］

§

その中に珍ら光るや螢烏賊　巌谷小波・さゞら波

「ま」

ます【鱒】

サケ科の魚の一群またはその一種。体は鮭に似る。背面は淡褐色。体側線の下部は銀白色。三〜四月頃、海から河口に集まり、五〜六月頃、産卵のために川を遡上する。この頃の産卵前の鱒が美味であるため漁獲の対象となる。川を遡上する鱒を「上り鱒（のぼります）」という。［同義］腹赤（はらあか）。［同種］淡水産―桜鱒（さくらます）、琵琶鱒（びわます）、姫鱒、虹鱒、河鱒（かわます）。海産―紅鱒、鱒之介。⬇紅鱒（べにます）［春］、鱒の介（ますのすけ）［春］、虹鱒（にじます）［夏］、姫鱒（ひめます）［夏］、鱒釣（ますづり）［春］

§

雪消水《ゆきげみづ》岸に溢れてするゑ霞む浅瀬《あぜ》石川《いしかは》の鱒とりの群　若山牧水・朝の歌

越中神通川のます漁［日本山海名産図会］

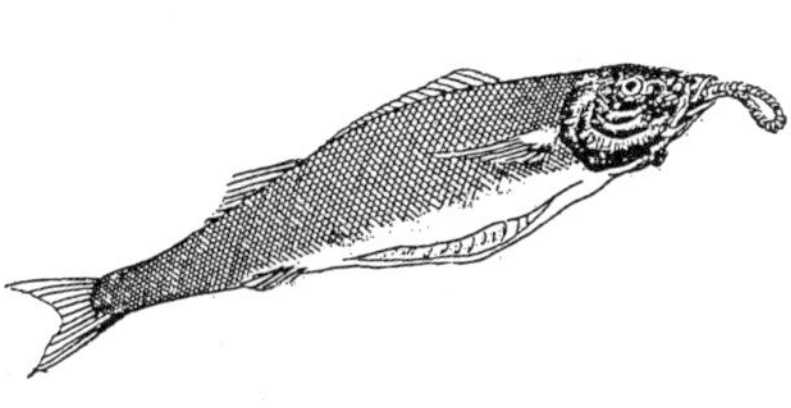

ます［明治期挿絵］

山どりを係蹄《わな》に捕《と》らしめ石川に小鱒《こます》とらしむ我が友のために　中村憲吉・しがらみ

寂しければ鱒の卵の孵化《かへ》るにもほのぼのとして心ときめく　吉井勇・天彦

夕川や鱒にうたれし獺の声　闌更・半化坊発句集

水清く鱒を覗くや湖心亭　角田竹冷・竹冷句鈔

鱒はねて斑雪山影夕さむし　石田波郷・馬酔木

ますづり【鱒釣】

鱒を釣ること。⬇鱒（ます）［春］

§

鱒《ます》釣るも我等のあるも朴《ほほ》の葉におほく勝らぬ湖の舟
与謝野晶子・心の遠景

ますのすけ【鱒之介】
サケマス科の最大の魚。北太平洋に分布。体長は二メートルに達する。背面・背びれ・尾びれに黒色の斑が散在する。産卵期になると体が桃色になる。［和名由来］鱒の大将の意。［同義］背張鱒（せばります）、駱駝鱒（らくだます）、樺太鱒（からふとます）、キング・サーモン。⇩鱒（ます）［春］

まつぜみ【松蟬】
春蟬の別称。⇩春蟬（はるぜみ）［春］、蟬（せみ）［夏］

§

わが旅の布子おもたし松蟬のしみみに鳴きて山かがやけば
太田水穂・冬菜
松蟬の松の梢にとよもして袷《あはせ》ぬぐべき日もちかづきぬ
長塚節・房州行
若葉せるみさゝぎ山《やま》に歩きくればじりじり日照《ひで》りに松蟬なけり
木下利玄・一路
障子あけて風まともなる涼しさよ遠くまた近く松蟬の声
土田耕平・青杉
断崖の声松蟬でありにけり　小沢碧童・碧童句集
松蟬の鳴かずなりたる風の音　吉武月二郎・吉武月二郎句集
松蟬の楽の音興る四方より　山口青邨・花宰相
松蟬や幼き頃のものがたり　星野立子・鎌倉
松蟬の思ひ出むかしむかしかな　星野立子・句日記Ⅱ
松蟬や土にまみれて朝の主婦　石田波郷・風切

まてがい【馬蛤貝・馬刀貝・蟶貝】
マテガイ科の二枚貝。北海道南部以南に分布し、内海の砂地に生息する。殻は細長い筒状で、長さ約一二センチ。外面は光沢のある暗黄色。内面は灰白色。前端から黄橙色の足をだし、後端から水管をだす。外敵に会うと殻を直立にして素早く砂地に潜る。食用。［和名由来］「まて（真手）」は両手の意で、貝殻の両端からでる足と水管が両手をだしているように見えることから。［同義］馬刀（まて）、剃刀貝（かみそりがい）。⇩馬刀突（まてつき）［春］、貝（かい）［四季］

§

一の洲へ都の客と馬刀とりに　鬼貫・鬼貫句選
そこに馬刀爰は三日月潟帆浪　支考・蓮二吟集
馬刀串にあはれは馬刀のちから哉　白雄・白雄句集
都人は黒木とや見ん馬刀一把　曾北・類題句集
蛤の上に一把や馬刀の貝　松瀬青々・妻木
侘人や馬刀の匙添ふ真塩壺　高田蝶衣・青垣山

まてつき【馬刀突】
竹または鉄製の棒の先が櫛形になっていて、馬蛤貝を突いてとる道具のこと。⇩馬蛤貝（まてがい）［春］

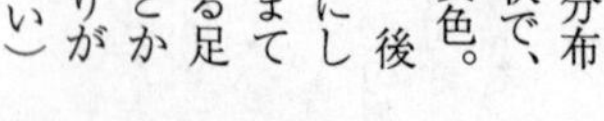

まてがい［日本重要水産動植物之図］

「み〜も」

みずとりさえずる【水鳥囀る】
俳句で、春、さまざまな水鳥が囀ることをいう。⇩水鳥（みずとり）[冬]、囀（さえずり）[春]

みつばち【蜜蜂】
ミツバチ属の蜂の総称。一匹の女王蜂に数百の雄、大多数の働蜂からなる社会生活を営む。働蜂は、体長一〇〜一五ミリ。一般に背部は暗黒色で、翅は透明。蜜蜂は蜜をとるために養蜂される。⇩蜂（はち）[春]

§

蘭《らん》の葉に露しげくなる朝々《あさあさ》をのろき蜜蜂《みつばち》われは見て居り　土屋文明・ゆづる葉の下

むしがれい【蒸鰈】
新鮮な鰈を塩水で簡単に蒸し、天日で直干、または影干にしたもので、炙って食べる。若狭の柳蒸鰈が佳品とされる。

むつごろう【鯥五郎】
ハゼ科の魚。有明海、矢代海などの泥海や干潟に生息する。体長約一八センチ。円筒形で微小な鱗を持つ。背面は青褐色で白斑点を密生する。両眼が接近して頭上に飛び出し、下瞼が発達して容易に眼を覆うことができる。干潟では蝗（いなご）のように跳躍する。晩春から秋に活動し、一一月から翌年三月頃までは泥の中で冬眠する。産卵期は五〜六月。捕魚法は独特で、堀取り、掛釣、曳網、袋網などで漁獲する。

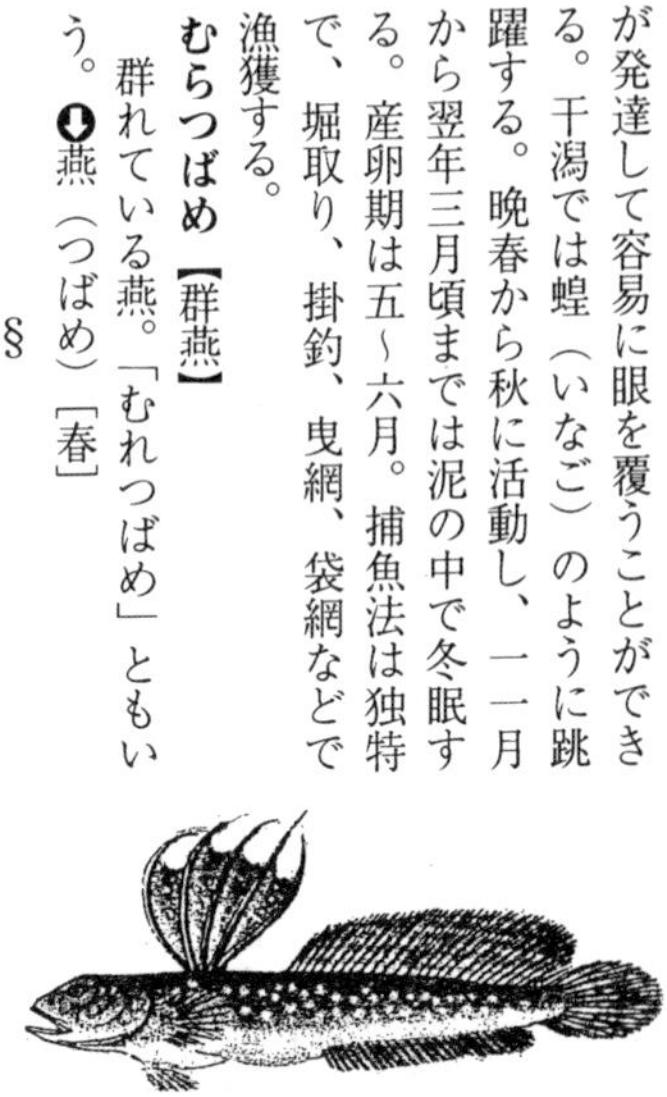
むつごろう［日本重要水産動植物之図］

むらつばめ【群燕】
群れている燕。「むれつばめ」ともいう。⇩燕（つばめ）[春]

§

盃《さかづき》に泥《どろ》な落しそむら燕《つばめ》　芭蕉・笈日記

めざし【目刺】
鰯や鯷などの目に藁串や竹串を通し、数尾ずつまとめて干したもの。早春から流通する。鰓に串を刺して干したものは「頬刺（ほほざし）」という。一般には小鰯のものが多い。火にかけて焼くとき、油を吹いて燃え上がるくらいのものが上等とされる。[和名由来]竹串を目に突き通してあることから。⇩鰯（いわし）[秋]、鯷（ひしこ）[秋]

§

あたたかき飯《いひ》に目刺の魚添《うをそ》へし親子六人《むたり》の夕がれひかな　与謝野寛・相聞

目刺あぶりて頼みある仲の二人かな　村上鬼城・鬼城句集

豆飯に何はなくとも目刺《めざし》焼く　高浜虚子・七百五十句

蒼海《そうかい》の色尚《なお》存す目刺《めざし》かな　高浜虚子・六百句

火にぬれて目刺の藍のながれけり　渡辺水巴・富士
殺生の目刺の藁を抜きにけり　川端茅舎・定本川端茅舎句集
草庵の足らず事足る目刺かな　川端茅舎・定本川端茅舎句集
世捨人目刺焼く瓦斯ひねりたる　川端茅舎・定本川端茅舎句集
目刺の色弟が去りし鉄路の色　中村草田男・万緑

めじ
関東では、三〇〜六〇センチくらいに成長した鮪の幼魚をいう。［同義］めじ鮪（めじまぐろ）。⬇鮪（まぐろ）［冬］

めばる【眼張・目張】
フサカサゴ科の海水魚。北海道南部以南に分布し、沿岸の岩礁域に生息する。体長約三〇センチ。体は長楕円形で下顎が突き出る。眼が大きい。体色は灰褐色のものが多いが、灰赤色、灰黒色などさまざまで、体側に不鮮明な五〜六条の黒色の横縞がある。海釣の対象魚。［和名由来］眼が大きく張ってみえることから。［同義］がさ〈青森〉、てんこ〈新潟〉、わいな〈広島〉、ほしかり〈対馬〉。

もくずがに【藻屑蟹】
イワガニ科の蟹。日本全土に分布し、川の上流から河口に生息する。雪解の頃、獲れる。甲殻は四角形で、甲幅約六センチ。体色は青黒色。ハサミや脚に細毛が密生し、それに緑色の藻屑が付着している。肺臓ジストマの中間宿主。［和名由来］ハサミや脚に緑色の藻屑が付着しているところから。［同義］雪汁蟹（ゆきじるがに）。⬇蟹（かに）［夏］

もどりしぎ【戻り鴫】
南半球で越冬した後、繁殖のためシベリアに向かう途中で、日本を訪れる鴫。秋、シベリアから南半球へ移動する際も日本に立ち寄る。［同義］帰り鴫（かえりしぎ）、春の鴫（はるのしぎ）。⬇鴫（しぎ）［秋］

ももちどり【百千鳥】
往時より、呼子鳥、稲負鳥と共に、古今伝授の三鳥とよばれ、多く詠まれたが、よくわからず諸説ある。鶯など特定の鳥を想定する説もあるが、春に囀るさまざまな鳥全般とする説もあり、俳句としては後者の説をとって春の季語としている。⬇囀（さえずり）［春］、千鳥（ちどり）［冬］、春の鳥（はるのとり）［春］、百鳥（ももどり）［四季］、呼子鳥（よぶこどり）［春］、稲負鳥（いなおおせどり）［春］

§

百千鳥《もゝちどり》さへづる春は物ごとにあらたまれども我ぞふりゆく　よみ人しらず・古今和歌集一（春上）
声絶《こゑた》えずさへづれ野辺《のべ》の百千鳥《もゝちどり》のこりすくなき春《はる》にやはあらぬ　藤原長能・後拾遺和歌集二（春下）
百千鳥《（ももちどり）》さえ《（へ）》づる空は変《かは》らねど我《わ》が身《み》の春は改《あらた》まりつゝ　後鳥羽院・遠島御百首
暮《（くれ）》がたき日影はしるや百千鳥《（ももちどり）》さえ《（へ）》づる野辺《べ》の春雨の空　冷泉政為・内裏着到百首
我《わが》やどの森の木の間に百《もも》千鳥きなく春辺は心のどけき　田安宗武・悠然院様御詠草
も、ちどりさへづるこゑのたえまにも独つゞけてなくこがらかな　大隈言道・草径集
百千鳥都は別の日和哉　尚白・類題発句集

川上は柳か梅か百千鳥　其角・蕉尾琴
生駒嶺や裾田わたりの百千鳥　松瀬青々・妻木
羽村にて
雲雀とは別ににぎやか百千鳥　山口青邨・花宰相
めつむればとよもし来る百千鳥　山口青邨・花宰相
百千鳥酣にして榛の栗鼠　飯田蛇笏・雲母
百千鳥映れる神の鏡かな　川端茅舎・華厳
百千鳥もつとも烏《からす》の声甘ゆ　中村草田男・来し方行方
濡縁のぬれては乾く百千鳥　中尾寿美子・舞童台

もろこ【諸子・諸子魚】

コイ科の淡水魚。琵琶湖を中心とする西日本に分布。現在では各地に移殖される。体長七～八センチ。背面は暗灰色、腹面は白色。体側に一条の淡青色の縦帯がある。照焼や鮨種などになる。［同義］柳諸子（やなぎもろこ）。［同種］本諸子（ほんもろこ）。➡初諸子（はつもろこ）［春］

§

諸子釣り琵琶湖狭しと並びたり　高浜虚子・句日記
川の大阪肥舟去て諸子舟　青木月斗・時雨
魞壺に諸子魚《もろこ》の波や鳥曇　水原秋桜子・殉教
降りいでて湖も田もなし諸子魚釣　水原秋桜子・殉教
二三尾のあちこちすなる諸子かな　日野草城・青芝

もんきちょう【紋黄蝶】

シロチョウ科の蝶。翅の開帳五～六センチ。翅は、雄は黄色、雌は黄色と白色の二種で、ともに外縁が黒褐色。➡蝶（ちょう）［春］

もんしろちょう【紋白蝶】

シロチョウ科の蝶。翅の開帳五～六センチ。翅は白色で、前翅に二点、後翅に一点の黒点がある。裏面は淡黄色。幼虫はアブラナ科の植物を食害し、青虫、青菜虫（あおなむし）、螟蛉（めいれい）という。➡蝶（ちょう）［春］、青虫（あおむし）［秋］

§

筆立は黄なり紋白蝶庭に　山口青邨・花宰相

「や」

やどかり【宿借・寄居虫】

巻貝を主な宿貝として殻に入って生息する甲殻類の総称。「ごうな」「かみな」ともいう。頭は海老に、ハサミは蟹に似る。成長と共に宿貝を変える。［同種］本宿借（ほんやどかり）、岡宿借（おかやどかり）。➡寄居虫（ごうな）［春］、鬼宿借（おにやどかり）［春］

§

やどかり［和漢三才図会］

やどかりや覚束なくもかくれ顔　高浜虚子・虚子全集
方丈記ありぬ宿かり記如何ならん　青木月斗・時雨

やなぎばえ【柳鮠】

小さな追河や石斑魚など、敏捷な動きで春さきの川を泳いでいる体長七～八センチの魚をさす。清流釣の好対象魚。［和名由来］姿かたちが柳の葉に似ているところから。［同義］鮠（はえ）、はや。⬇追河（おいかわ）［夏］、石斑魚（うぐい）［四季］

やなぎばえ［毛詩品物図攷］

§

春の水に秋の木葉を柳鮠　嵐雪・玄峰集
水底に午の日脚や柳鮠　松瀬青々・春夏秋冬
家鴨《あひる》遊ぶ湖落口や柳鮠　河東碧梧桐・碧梧桐句集
殊に一樹覆ふ森の池や柳鮠《やなぎはえ》　河東碧梧桐・碧梧桐句集
柳鮠吉野の女鬻ぎけり　岡本癖三酔・癖三酔句集
すこしきが影縦横に柳鮠《やなぎはえ》　広江八重桜・広江八重桜集
山越えてきてわたる瀬や柳鮠　飯田蛇笏・山廬集
柳鮠蛇籠になづみはじめけり　水原秋桜子・葛飾
水門に少年の日の柳鮠　川端茅舎・ホトトギス
高麗《こま》川や人の逢はねば柳鮠　加藤楸邨・穂高

やまどり【山鳥】

キジ科の鳥。日本特産種で本州以南に分布し、山間の森林に生息する。雉と共に春の猟鳥の双璧。俳句では春の季語とされる。翼長約二三センチ。雄は全身茶褐色で、背・胸・腹部に黒・白色の斑がある。尾は四五～一〇〇センチと長く、赤褐色で黒・白色の横帯がある。顔は皮膚が露出して赤色。雌は雄より色が淡く、尾が短い。⬇山鳥（やまどり）［四季］、雉（きじ）［春］

「ゆ」

ゆうがえる【夕蛙】

「ゆうかわず」ともいう。夕方に鳴いている蛙。⬇蛙（かえる）［春］、蛙（かわず）［春］

§

ととのはぬ節の小唄の末きえて温泉宿《ユヤド》の夕蛙鳴きたつ　服部躬治・迦具土
干し笠を畳む一々夕蛙《ゆふがへる》　芥川龍之介・我鬼窟句抄
呼びに来てすぐもどる子よ夕蛙　中村汀女・花影

ゆうつばめ【夕燕】

夕方の燕の様子をいう。⬇燕（つばめ）［春］

§

嘴《くちばし》の泥《どろ》あらはせむ夕燕《ゆふつばめ》　木因・国の華

夕燕《つばめ》我には翌《あす》のあてはなき　一茶・文化句帖

ゆうひばり【夕雲雀】

夕方の雲雀の様子をいう。⇒雲雀（ひばり）［春］

§

夕ひばり声のみ雲に高島《たかしま》や勝《かち》野の草は嵐たつらし　正徹・永享九年正徹詠草

霞して声近《ちか》くして夕雲雀《ひばり》あさるや春の草かくれなる　冷泉政為・内裏着到百首

おもしろくさへづる春の夕雲雀《ゆふひばり》身をば心にまかせはてつゝ　香川景樹・桂園一枝

人にのみ子をおもはせて夕ひばりうはのそらにはいかで鳴らむ　大隈言道・草径集

菜の花に日は傾きて夕雲雀《ゆふひばり》しきりに落つる市川の里　正岡子規・子規歌集

夕雲雀《ゆふひばり》鎧《よろひ》の袖をかざし哉　蕪村・落日庵句集

ゆきしろやまめ【雪代山女】

春、雪解の渓流にひそむ山女をいう。⇒山女（やまめ）［夏］

ゆきむし【雪虫】

春、雪解の頃に孵化して出る川螻蛄（かわげら）、揺蚊（ゆすりか）などの小昆虫をいう。綿虫のことも雪虫というが、また別である。⇒綿虫（わたむし）［冬］

§

伊東温泉旅泊
雪虫のゆらゆら肩を越えにけり　臼田亜浪・旅人

雪虫のいそげばつきてただよへり　飯田蛇笏・春蘭

窖《はか》ちかく雪虫まふや野辺おくり　飯田蛇笏・春蘭

梅若塚とよぶ塚あり
雪虫のとべるに逢へり古き門　加藤楸邨・寒雷

「よ」

よぶこどり【呼子鳥】

百千鳥、稲負鳥と共に、古今伝授の三鳥の一つ。郭公、筒鳥、果ては猿など諸説あるが、明らかでない。『続万葉動物考』（東光治）では、様々な歌に詠まれている呼子鳥の共通点として、人を呼ぶような声で鳴くこと、山・人里で鳴くこと、上空を鳴きながら飛ぶこと、四季を通じて鳴くことの四点を挙げ、このような鳥を総称していう名と解説している。江戸時代から実体がわからぬまま俳句に詠まれており、春の季語とされている。⇒郭公（かっこう）［夏］、筒鳥（つつどり）［夏］、百千鳥（ももちどり）［春］、稲負鳥（いなおおせどり）［秋］、猿（さる）［四季］

§

大和《やまと》には鳴きてか来《く》らむ呼子鳥《よぶこどり》象《きさ》の中山呼びぞ越ゆなる　高市黒人・万葉集一

神名火《かむなび》の伊波瀬《いはせ》の杜《もり》の呼子鳥《よぶこどり》いたくな鳴きそわが恋まさる
　鏡王女・万葉集八
わが背子《せこ》をな越しの山の呼子鳥《よぶこどり》君呼びかへせ夜の更《ふ》けぬとに
　作者不詳・万葉集一〇
朝霧《あさぎり》にしののに濡れて呼子鳥三船の山ゆ鳴き渡る見ゆ
　作者不詳・万葉集一〇
遠近《をちこち》のたづきもしらぬ山中におぼつかなくも喚子鳥《よぶこどり》哉《かな》
　よみ人しらず・古今和歌集一（春上）
わがやどの花にな鳴きそ喚子鳥《よぶこどり》よぶかひ有《あり》て君も来《こ》なくに
　春道列樹・後撰和歌集二（春中）
山彦《びこ》もこたへぬ山の呼子鳥《よぶこどり》我ひとりのみなきやわたらむ
　よみ人しらず・拾遺和歌集一一（恋二）
われひとり聞《き》くものならば呼子鳥《よぶこどり》ふた声《こゑ》までは鳴《な》かせざらまし
　法円・後拾遺和歌集二（春下）
糸鹿山《いとかやま》くる人もなき夕暮《ゆふぐれ》にこゝろぼそくも呼子鳥《よぶこどり》かな
　前斎院尾張・金葉和歌集一（春）
思《おも》ふ事ちえにやしげきよぶこ鳥信太《しのだ》の森《もり》のかたになくなり
　大江匡房・千載和歌集二（春下）
世をいとふ吉野《よしの》の奥《おく》のよぶこ鳥ふかき心のほどや知《し》るらん
　幸清・新古今和歌集一六（雑上）
うちのぼる佐保の山辺の呼子鳥よべどこたふる人もあらなくに
　田安宗武・悠然院様御詠草
松風にひゝ(ゞ)きかよひて森かけ(げ)になく音さひ(び)しき呼子鳥哉
　樋口一葉・樋口一葉全集

呼子鳥なくか碓氷の磐根石　史邦・小文庫
俗にいふうぶめなるべし呼子鳥　其角・五元集拾遺
よぶこ鳥あはれ聞てもきかぬ哉　其角・五元集拾遺
松の木と名はしりながら呼子鳥　鬼貫・俳諧七車
しらいとやいなおほせ鳥よぶこ鳥　鬼貫・俳諧七車
何もかもしらぬ顔せよ呼子鳥　鬼貫・俳諧七車
好く〳〵や此としよりを呼子鳥　一茶・九番日記
猿は見えでうしろに人を呼子鳥　正岡子規・子規句集
奥山や鈴がら振つて呼子鳥　藤野古白・古白遺稿
呼子鳥また聞えずよアイノ台　河東碧梧桐・碧梧桐句集

「り～わ」

りゅうてんにのぼる【竜・龍―天に昇る】

『説文』によると、竜は「春分にして天に昇り、秋分にして淵に潜む」。竜は想像上の動物。⇩竜（りゅう）［四季］

§

龍昇つて魚介《うろくづ》もとの水に在り　村上鬼城・鬼城句集

わかあゆ【若鮎】

三～四月頃から川を溯上する鮎の若々しい稚魚をいう。「わかゆ」ともいう。［同義］小鮎、鮎の子、上り鮎、花の鮎（はなのあゆ)。➡小鮎（こあゆ）［春］、鮎（あゆ）［夏］、鮎汲（あゆくみ）［春］、鮎の子（あゆのこ）［春］、鮎放流（あゆほうりゅう）［春］、上り鮎（のぼりあゆ）［春］

§

遠つ人松浦の川に若鮎《わかゆ》釣る妹が手本《たもと》をわれこそ巻かめ
作者不詳・万葉集五

若鮎釣る松浦の川の川波の並《なみ》にし思《も》はばわれ恋ひめやも
作者不詳・万葉集五

ながれくる花にうかびてそばえてはまたせをのぼる春の若鮎
大隈言道・草径集

二枚ある歯《は》に若鮎《わかあゆ》の哀也《あはれなり》　亀洞・乍居行脚

若鮎《わかあゆ》やうつゝ心に石の肌《はだ》　祇空・住吉物語

若鮎や水さへあれば岩の肩　太祇・太祇句選

わか鮎や谷の小笹も一葉行　蕪村・新五子稿

若鮎の鰭ふりのぼる朝日かな　蓼太・蓼太句集

わか鮎は西へ落花は東へ　蓼太・蓼太句集

わか鮎はとらるゝ穴を逃所　蓼太・蓼太句集

若鮎のそれほど水は早からず　内藤鳴雪・鳴雪句集

若鮎の小石がくれにこゝかしこ　内藤鳴雪・鳴雪句集

若鮎の焦つてこそは上るらめ　夏目漱石・漱石全集

わかごま【若駒】

春野に放たれて遊ぶ、若く元気な馬。［同義］馬の子。➡春の駒（はるのこま）［春］、馬の子（うまのこ）［春］

§

若駒の駒の八毛をうちなへて丈夫きほふ馬場の露原
天田愚庵・愚庵和歌

やはらかき少女《をとめ》が胸の春草に飼はるるわかき駒《こま》とこそ思へ
与謝野晶子・舞姫

やはらかき草の茂りや短か尾を振りつつ遊ぶ幼な若駒
古泉千樫・青牛集

わかさぎ【公魚・若鷺・鰙】

キュウリウオ科の魚。日本北部の淡水・汽水域に分布するが、現在では各地の湖沼に移殖される。体は細長く体長約一五センチ。背面は黄褐色、腹面は銀白色。体側に淡黒色の縦帯がある。背びれの後方に脂びれがある。水性昆虫や植物プランクトンを食べる。釣りの対象魚。［和名由来］「ワカ（幼い）」「サギ（細魚・小魚）」の意。［同義］桜魚（さくらうお）。

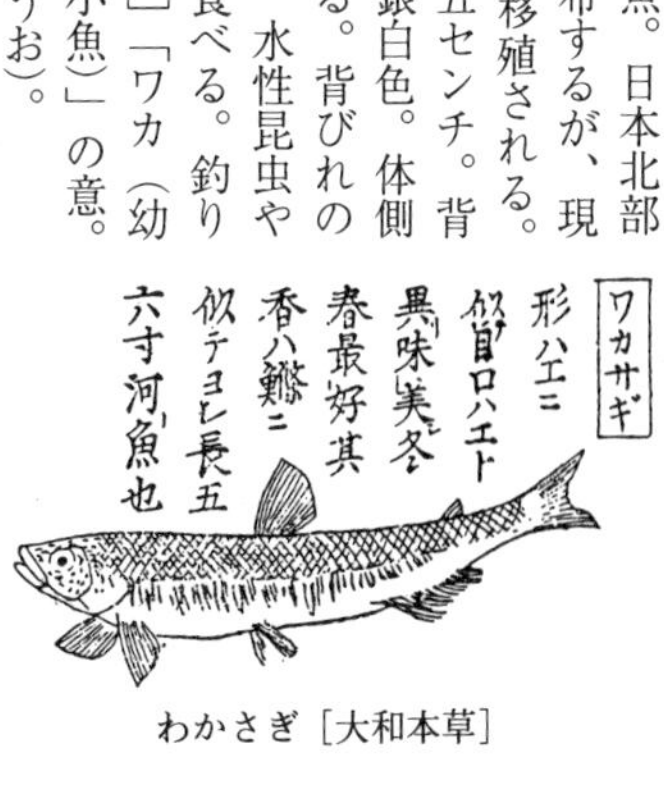

わかさぎ［大和本草］

§

山国に住む老の身は公魚の氷づけをばつづけ買はせし
岡麓・涌井

こほらせてここにはこびし公魚《わかさぎ》はいづこに行かばとれるかときく
岡麓・涌井

公魚とほかの小魚《こざかな》まぜまぜにこほらせたるはいづこよりか来《く》る
岡麓・涌井

時を得たりめめざこ迄も桜魚　信徳・破箒

わかさぎのはつ固さかな杉の折　　横光利一・横光利一句集

わしのす【鷲の巣】

山間の絶壁などに作られる鷲の巣。➡鷲（わし）[冬]、鳥の巣（とりのす）[春]

§

おろしやの鷲《わし》の巣多き山こえていづくに君は行かんとすらん
正岡子規・子規歌集

わすれづの【忘れ角】

春、四月頃に鹿の角が落ちること。➡鹿の角落つ（しかのつのおつ）[春]、落し角（おとしづの）[春]

夏

立夏（五月六日頃）から立秋前日（八月七日頃）

「あ」

あいふ【合生】
麦鶉の雌をいう。麦鶉とは成長した麦の中で雛を育てている鶉をいう。➡麦鶉（むぎうずら）［夏］

あおがえる【青蛙】
アオガエル科の蛙の総称。本州、四国、九州に分布。体長五～六センチ。体の背部は青緑色で腹部は白色をおびる。指先に吸盤があり、樹枝に多く生息する。樹上や田畦、水辺に泡状の卵塊を生みつける。雨蛙と混同されやすい。➡雨蛙（あまがえる）［夏］、蛙（かえる）［春］

§

庭のべの水づく木立に枝高く青蛙鳴くあけがたの月
　伊藤左千夫・伊東左千夫全短歌

萩しげり棗《なつめ》たわみし五月雨《さみだれ》の古園《ふるぞの》行けば 青蛙《あをがへる》落つ
　正岡子規・子規歌集

葉ざくらの雨の雫に青蛙まなこも濡れて鳴くにあるらし
　太田水穂・冬菜

昼《ひる》の野《ぬ》にこもりて鳴《な》ける 青蛙《あをがへる》ほがらにとほるこゑのさびしさ
　斎藤茂吉・あらたま

足もとのバケツの底にゐる青蛙《あをがへる》よ、何といふ親しさだ、おまへは
　前田夕暮・水源地帯

とほり雨朝のダリアの園に降り 青蛙《あをがへる》などなきいでにけり
　若山牧水・死か芸術か

夕空のしづか青蛙呼びかはすなり　種田山頭火・層雲

青蛙花屋の土間をとびにけり　原石鼎・花影

山廬淋し蚊帳の裾飛ぶ青蛙　杉田久女・杉田久女句集

青蛙おのれもペンキぬりたてか　芥川龍之介・我鬼窟句抄

青蛙はためく芭蕉ふみわけて　川端茅舎・定本川端茅舎句集

青蛙両手を露にそろへおく　川端茅舎・定本川端茅舎句集

文字知らざりし頃の鳴声青蛙　中村草田男・母郷行

あおぎす【青鱚】
キス科の海水魚。白鱚（しろぎす）よりも大きく、体長二〇～四五センチ。体は淡褐色。背面は青みを帯びる。警戒心が強く、危険を感じると砂中に入る。河口の澄んだ干潟で産卵する。かつては東京湾にも生息していたが、現在は九州の一部、台湾に分布する。海釣りの対象魚。［和名由来］白鱚に比べ、青みを帯びているところから。［同義］ぼらぎす〈東京〉、どうしょうぎす〈広島〉、なかね〈徳島〉。➡鱚（きす）［夏］

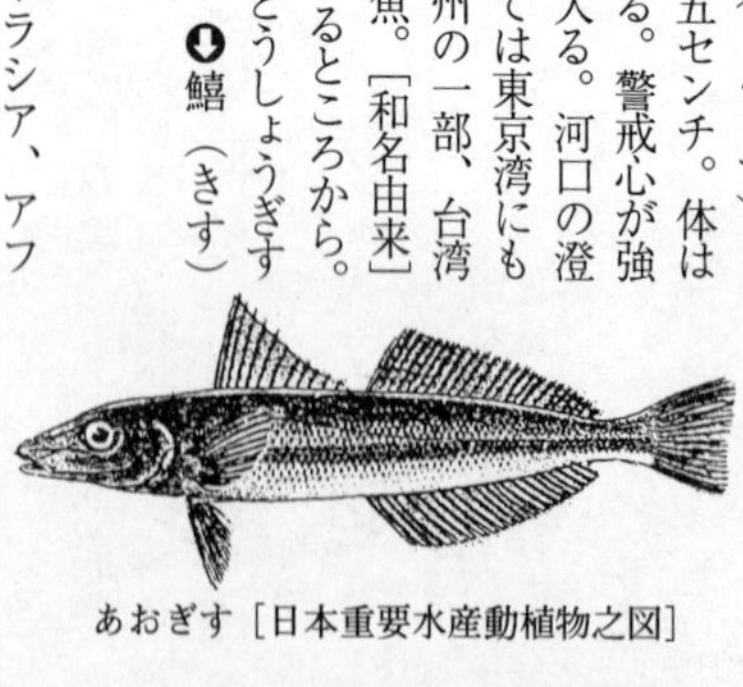

あおぎす［日本重要水産動植物之図］

あおさぎ【青鷺・蒼鷺】
サギ科の鳥。日本、ユーラシア、アフ

あおさぎ［景年画譜］

リカに分布。夏に渡来し、冬に帰る。体長約九〇センチ。日本最大の鷺。体全体は白色をおび、背部は灰青色、翼は青黒色。頭の上部は白色で、後部に青黒色の光沢のある飾り羽がある。集団で樹上に巣をつくる。魚、蛙などを捕食する。［和名由来］背が灰青色である鷺の意。［同義］みと鷺（みとさぎ）、なつがん。［漢名］青荘。⬇鷺（さぎ）［四季］

§

昼ねぶる青鷺の身のたふとさよ　芭蕉・猿蓑
青鷺《あをさぎ》や世間ながむる田植歌　正秀・韻塞
夕風《ゆふかぜ》や水《みづ》青鷺の脛《はぎ》をうつ　蕪村・幣袋
あを鷺のねぐらなるべし柳橋　梅室・梅室家集
青鷺のなくや立去る雨宿　梅室・梅室家集
赤子泣けばすいと青鷺何処へゆく　宮林菫哉・冬の土
むすめうれしく青鷺に手拭かぶり　宮林菫哉・冬の土
洲に立てる青鷺のみぞサロマ川　水原秋桜子・晩華
青鷺の執着す魞も夕焼けたり　水原秋桜子・帰心

あおじ【蒿雀】

ホオジロ科の鳥。日本、アジア東部に分布。翼長約七センチ。頭部は暗深緑色。背面は深緑褐色。腹部は黄色をおび、灰褐色の斑紋がある。「チリチヨロ・チチクイ・チッチヨロ・チリリ」と鳴く。

あおじ［聚鳥画譜］

［同義］あおじとと、きあおじとと、きあおじ。［漢名］蒿雀。

庭十坪市に住まへど春されば蒿雀《アヲジ》さへづり夏行々子　伊藤左千夫・伊藤左千夫全短歌

篠のめに蒿雀《あをじ》が鳴けば罠《わな》かけて籾《もみ》まき待ちし昔おもほゆ　長塚節・秋冬雑詠

§

あおだいしょう【青大将】

ヘビ科の無毒の蛇。日本全国に分布。体長一～二メートル。背部は暗褐緑色。二～四条の縦線がある。小鳥、蛙などの小動物や鳥の卵を好んで食べる。［同義］鼠捕（ねずみとり）、里回。⇩蛇（へび）［夏］、里回（さとめぐり）［夏］

あおとかげ【青蜥蜴】

一般にトカゲ目の蜥蜴の子をいう。背部は青藍色。⇩蜥蜴（とかげ）［夏］

あおばずく【青葉木菟】

フクロウ科の中形の鳥。本州以南に分布し、山林に多く生息する。樹穴に巣をつくる。四月頃に飛来し、冬に中国南部、南洋諸島に渡る。体長約三〇センチ。体の上部は黒褐色。下部は白地に黒褐色の縦紋がある。夜に「ホーホー」と二声で続けて鳴く。［和名由来］青葉の頃に渡来する「ツク＝木菟（みみづく）」の意。［同義］二声鳥（ふたこえどり）、こずく。⇩木菟（みみずく）［冬］

§

幼子《おさなご》はひとり寝につけり青葉木菟《あをばづく》とほき木群《こむら》に啼《な》きそめしかば　木俣修・歯車

夕飯を待つ間も森の青葉木菟　小沢碧童・碧童句集

早慶戦降らせじとおもふ青葉木菟　水原秋桜子・古鏡

青葉木菟降りやみし夜の刻《とき》ながき　水原秋桜子・古鏡

青葉木菟夕餉を終へし手を拭けば　水原秋桜子・古鏡

青葉木菟話はづまぬ人とゐる　水原秋桜子・古鏡

青葉木菟《あをばづく》記憶の先の先鮮か　橋本多佳子・海彦

青葉木菟濡葉をどりて燐寸の火　加藤楸邨・雪後の天

青葉木菟霧ふらぬ木はなかりけり　加藤楸邨・野哭

あおばと【青鳩・緑鳩】

ハト科の家鳩大の鳥。低山の林に生息する。全体に緑色で頭頸部は黄緑色。胸部は黄色、腹部は白色。「アオー・アオー」と尺八を吹くような声で鳴く。その哀調のある声は不吉とされる。［同義］尺八鳩（しゃくはちばと）。⇩鳩（はと）［四季］

あかあり【赤蟻】

赤褐色または赤黄色の小形の蟻の俗称。⇩蟻（あり）［夏］

§

畳のうへ赤蟻が這ふ行列をながめ見てゐる我が身は裸　島木赤彦・氷魚

あかいえか【赤家蚊】

蚊の一種。最も普通の蚊。体色は赤褐色。雌が人の血を吸う。日本脳炎、フィラリアなどを媒介する。［同義］赤斑蚊（あかまだらか）、うすか。⇩蚊（か）［夏］

あかえい【赤鱝・赤鱏】

アカエイ科の海水魚。日本近海から中国に分布し、海底の砂泥底に生息する。体長は約一メートル。体形は菱形偏平。

背の中央に突起があり尾に続く。尾は細長く、鞭状で毒針をもつ。背面は緑褐色。腹面は橙黄色。尾びれ、鱗はなく、鰓が腹面にある。貝類や甲殻類などを捕食する。胎生。夏季のものが美味で、「赤鱝の吸物、章魚の足」といって好まれる食材である。［和名由来］赤味をおびた鱝の意。［同義］あかよ〈福島〉、べたべた〈広島〉。⬇鱏（えい）［夏］

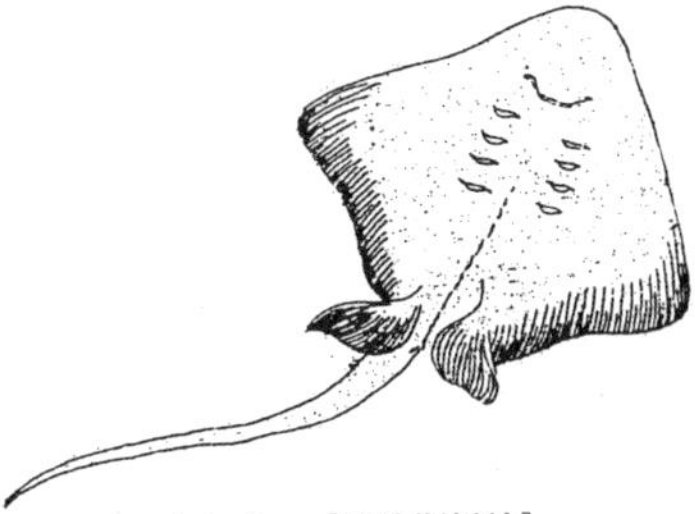

あかえい［明治期挿絵］

あかこ【赤子】

ミミズ綱の環形動物。溝などの泥中に生息する。「糸蚯蚓（いとみみず）」ともよばれ、金魚など魚の餌となる。［同義］たみみず、ももほおずき。

あかしょうびん【赤翡翠・赤魚狗】

カワセミ科の鳥。台湾、中国南部、フィリピンより夏鳥として飛来する。翼長約一二センチ。体色は全体に赤褐色。嘴は長大で赤色。山地の渓流に生息し、蛙、小魚、昆虫などを捕食する。雨が降りそうなときに「キョロロ・キョロロ」と鳴くことから、「水恋鳥」「雨乞鳥」ともいわれる。［同義］深山翡翠・深山魚狗（みやましょうびん）。⬇翡翠（かわせみ）［夏］、雨乞鳥（あまごいどり）［夏］、水恋鳥（みずこいどり）［夏］

あかしょうびん［聚鳥画譜］

あかはえ【赤鮠】

コイ科の淡水魚の追河の雄をいう。「あかはや」ともいう。⬇追河（おいかわ）［夏］

あかはら【赤腹】

①ヒタキ科の鳥。翼長約一二センチ。本州、北海道に夏鳥として渡来し、冬に四国、九州以南に渡る。頭・背部は茶褐色。胸・胴の側面は狐色で中央は白色。「キョロン・キョロン・キョロンツィー」と美しい声で鳴く。［同義］あかじない、あかはらしない。⬇鶫（つぐみ）［秋］

あかはら／はすのはかずら［景年画譜］

②井守の別称。⇩井守（いもり）［夏］

あかまだらか【赤斑蚊】

赤家蚊の別称。⇩赤家蚊（あかいえか）［夏］

あじ【鯵】

スズキ目アジ類の魚の総称。わが国沿岸から東シナ海まで広く分布する。鱗がなく、鰓の下より尾までの側線上に鱗に似た稜鱗があり、これを「ぜんご」「ぜえご」という。背面は青色をおび、腹面は銀色。沿岸の中層を群れて回遊する。四月頃産卵する。夏・秋を漁期とする。往時、夏は魚が腐りやすく、獲れた魚を新鮮なうちに売るため、夕方からも市場が立った。夕方売られる鯵を「夕鯵（ゆうあじ）」と呼んだ。大和本草に「鯵東南海に生ずる者、形肥大。夏秋多肉味美し。冬春不美。鱗なく尾上に厚鱗あり」とある。［同種］真鯵、室鯵、縞鯵（しまあじ）。⇩小鯵（こあじ）［夏］、室鯵（むろあじ）［夏］、真鯵（まあじ）［夏］、沖膾（おきなます）［夏］、背越膾（せごしなます）［夏］、秋鯵（あきあじ）［秋］

§

鯵売の阿字と聞ゆる耳もがな　蓼太・蓼太句集
夕鯵《ゆうあじ》を妻が値ぎりて瓜《うり》の花　高浜虚子・五百句
鯵舟に三角な帆を張りにけり　籾山柑子・柑子句集
鯵買ひし笊を置きたる柱かな　長谷川零余子・雑草

あじ［潜龍堂画譜］

鯵の網真上に蛭子神社かな　長谷川零余子・雑草
鯵を焼くにほひと暮るる「日めくり」と　中村草田男・母郷行
鯵くふや夜はうごかぬ雲ばかり　加藤楸邨・雪後の天

あじさし【鯵刺】

カモメ科の水鳥。翼長約二七センチ。頭部は黒色。背部は青灰色で腹部は白色。翼と尾が長い。嘴は細長く先端が尖り、急降下して魚を捕らえる。日本で多く見られるものは近似種の小鯵刺で、夏鳥として日本で繁殖する。［和名由来］鯵を尖った嘴で刺しとることから。［同義］鮎さし（あゆさし）。

あとさりむし【あとさり虫】

ウスバカゲロウ科の幼虫。一般に「蟻地獄」といわれ、大樹の根元や樹陰に擂鉢形の穴をつくり、その底にもぐり棲んで、滑り落ちてくる蟻などの昆虫を鉤形の顎で捕獲する。［和名由来］常に後進して動くところから。［同義］蟻地獄、擂鉢虫（すりばちむし）、あとずさり。⇩蟻地獄（ありじごく）［夏］

あなご【穴子】

アナゴ科の海水魚の真穴子の俗称。関西では同科の一種である銀穴子（ぎんあなご）の方が一般的に賞味される。［同義］海鰻（うみうなぎ）。⇩真穴子（まあなご）［夏］

§

品川沖
そと海に似たるうねりや海鰻《あなご》釣　上川井梨葉・梨葉句集

あぶらぜみ【油蟬・鳴蜩】

日本で最も普通に見られるセミ科の昆虫。雄の体長は四〜

六センチ。体は黒褐色。腹・背部は白粉をおびる。翅は不透明な褐色で雲形の小紋様がある。幼虫は六年間地中で過ごし、七年目の夏に成虫となる。「ジージー」と鳴く。[同義] あかぜみ、あきぜみ。⇩蟬（せみ）[夏]

§

油蟬乏しく松に鳴く声も暑さが故に嗄《か》れにけらしも　長塚節・鍼の如く

あぶら蟬《ぜみ》杉の木膚《きはだ》をいだくときそのたまゆらを見守《まも》らむとする　斎藤茂吉・つきかげ

あぶら蟬頭のうへに鳴くごとし今日も朝より堪へがたく蒸す　三ケ島葭子・定本三ケ島葭子全歌集

悉く遠し一油蟬鳴きやめば　石田波郷・惜命

あぶらむし【油虫】

①アリマキ科、アブラムシ科の小昆虫の総称。農作物に寄生し、汁液を吸う害虫。体は緑色。雌の単為生殖と有為生殖で繁殖する。秋に多数の卵を生む。腹部より甘い蜜を分泌するので蟻が好み、保護をする。[同義] 蟻巻（ありまき）、あぶろじ、きじらみ、甘子（あまこ）。

②蜚蠊の別称。⇩蜚蠊（ごきぶり）[夏]

§

音たてぬ油虫《あぶらむし》をば漠然と写象《しやしやう》に見つつ憎むともなし　佐藤佐太郎・歩道

不精箱を下ろして見しに油虫　青木月斗・時雨

油虫出づ鬱々と過す人に　山口青邨・雪国

愛されずして油虫ひかり翔つ　橋本多佳子・紅絲

ねぶたさがからだとらへぬ油虫　中村汀女・春雪

ねぶたさの灯の暗うなる油虫　中村汀女・春雪

あぶろじ

アブラムシ科の昆虫の総称。⇩油虫（あぶらむし）[夏]

あまがえる【雨蛙】

アマガエル科の蛙。小型の蛙で体長約四センチ。体側に黒色の斑紋がある。体色は通常、緑色または灰色であるが、環境によって茶褐色などに変化する。指先に吸盤があり、草や樹上に登る。雨降り前に貝殻を擦るような音で鳴く。[同義] 土鴨（つちがも）、雨乞（あまごい）、雨乞蟇（あまごいひき）、雨乞虫（あまごいむし）、雨乞（あまごい）、梅雨蛙（つゆがえる）、樹蛤（じゆこう）、枝蛙、枝の蛙（えだのかわず）、梢の蛙（こずえのかわず）。⇩蛙（かえる）[春]、蛙（かわず）[春]、青蛙（あおがえる）[夏]、枝蛙（えだかわず）[夏]

§

あま蛙しき鳴ほとに常闇の闇夜となりぬ五月雨の庭　伊藤左千夫・伊藤左千夫全短歌

いく日《にち》の曇りをたもつ丘の空の日ぐれに近し雨蛙のこゑ　島木赤彦・氷魚

雨がへる手まりの花のかたまりの下に啼《な》くなるすずしき夕　与謝野晶子・佐保姫

雨蛙しきりに鳴きて遠方《をちかた》の茂りほの白く咽《むせ》びたり見ゆ　長塚節・鍼の如く

あまがへる鳴《な》きこそいづれ照《て》りとほる五月《さつき》の小野《をぬ》の青《あを》きなかより　斎藤茂吉・あらたま

雨蛙なきいでにけりとりどりの木々の若葉のゆれあへる中に
若山牧水・黒松

生きものの朝のかなしさ合歓の枝に雨蛙ゐて喉《のど》ふくらます
宮柊二・多くの夜の歌

雨蛙幾すぢふりて栗の花　尚白・故人五百題
淋しさや虎が泪の雨がへる　土芳・類題発句集
雨蛙《あまがへる》芭蕉にのりてそよぎけり　其角・五元集
火をうてば軒に鳴きあふ雨がへる　丈草・丈草発句集
若竹の声や音かす雨蛙　桃隣・別座敷
雨蛙《あまがへる》まてよ梢末《こずゑ》の五月闇《さつきやみ》　文考・東西夜話
むら雨の垣穂《かきほ》とび越スあまがへる　几董・桃李の巻
麦藁《むぎわら》の家してやらん雨蛙《あまがへる》　智月・猿蓑
草庭の曇りを鳴きぬ雨蛙　青木月斗・時雨
山霧や虫にまじりて雨蛙　飯田蛇笏・山廬集
籐椅子に帰心湧かざり雨蛙　水原秋桜子・帰心
尿前《しとまへ》のふるみち失せぬ雨蛙　水原秋桜子・殉教
葛城の雲のうながす雨蛙　水原秋桜子・殉教
雨蛙わが抱く葉の身より細し　山口青邨・花宰相
雨呼ぶや観世音寺の雨蛙　山口青邨・花宰相
雨蛙ねむるもつとも小さき相　山口青邨・冬青空
雨蛙子に夕暮の戸を閉めて　中村汀女・花影
幔幕に鳴いてやめたる雨蛙　中村汀女・春雪
雨蛙見ゆるがごとく鳴きにけり　日野草城・銀
雨蛙仔馬へ白きのどで鳴く　中村草田男・来し方行方
雨蛙鶴溜駅降り出すか　石田波郷・風切

あまがさへび【雨傘蛇】
コブラ科の毒蛇。中国南部・台湾産。体長約一・三メートル。夜行性で水辺に生息する。毒は強い神経毒。⬇蛇（へび）[夏]

あまご【甘子・天魚】
サケ科である琵琶鱒（びわます）の幼魚または陸封型のものをいう。山女の近似種。伊豆半島以南の太平洋、瀬戸内海側の河川の上流に生息する。体側には黒斑紋がならび、小さな朱色点が散在する。近年では養殖、放流が盛んとなり、河川の代表的な釣魚の一つ。五~六月が釣の最盛期である。[和名由来] 曇空で小雨の降る日に良く釣れることからと。⬇江鮭（あめのうお）[秋]

あまごいどり【雨乞鳥】
赤翡翠の別称。⬇赤翡翠（あかしょうびん）[夏]

§

今朝いたくあまごひ鳥の啼《なけ》りしぞさをとめまけて早苗とらさね
田安宗武・悠然院様御詠草

あまつばめ【雨燕】
アマツバメ科の鳥。四~五月に日本に飛来し、九~一一月に中国南部以南に渡る。高山や海岸の岸壁に群棲する渡鳥。尾は長く外形は燕に似ている。翼長約一八センチ。全体に黒褐色で喉・腰部は白色。脚が岸壁の縁に止まりやすいように前方を向いている。飛びながら昆虫を捕食する。「チリリリリ」と鳴く。[和名由来] 燕に似ていて、雨模様の日によく飛ぶところから。[同義] 雨鳥（あまどり）、いわつばめ、あなぐら

つばめ、かざきり、かざとり。［漢名］胡燕。⬇燕（つばめ）

［春］

§

雨燕《あまつばめ》翔けてはしぬぐ間《あひ》の岳　水原秋桜子・殉教

あめんぼ【水黽・飴坊】

アメンボ科の水生昆虫。「あめんぼう」ともいう。体は棒状で細長く、体長は約一・五センチ。長い肢の先に毛が生えていて、小川や池沼の水上に浮かび滑走することができる。体に飴のような臭いがある。「あめんぼ」を「みずすまし」と詠んでいる場合が多いが、ミズスマシ科の水澄（みずすまし）とは別種である。但し、「みずすまし」という表現で詠まれている例歌・例句は水澄の項に収録してあるので参照されたい。［同義］水澄・水馬（みずすまし）、川蜘蛛・河蜘蛛（かわぐも）、水蜘蛛（みずぐも）、あしたか。⬇水澄（みずすまし）

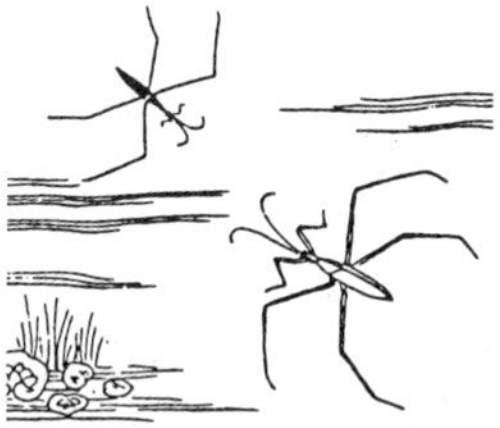

あめんぼ［訓蒙図彙］

［夏］

§

水の蛛《くも》一葉にちかくおよぎ寄《よる》　其角・五元集拾遺

行く水分つ石ほとりアメンボウ流れては　種田山頭火・層雲

あめんぼう水守の来る影を知りぬ　高田蝶衣・青垣山

あゆ【鮎・香魚・年魚】

アユ科の淡水魚。日本、朝鮮、中国に分布する。体長は三〇センチに達する。体は流線形。小さな円鱗で覆われる。背面は青緑色で、腹面は白色をおびる。背びれに脂びれという特別なひれがある。上下の顎の側面には歯が列生する。鮎は鮭と同様に川で生まれ、稚魚は海で育ち、春になると、群れをなして川を遡上し、急流に生息する。若鮎の遡上力は強く、一メートル余の瀧をも躍り越える。また、鮎は縄張りをもち、他の鮎の侵入に対して激しく撃退する。鮎は珪草（俗に「水あか」「石あか」という）を食べるため、肉に香気がある。産卵期（八～一二月）になると体色が黒ずむ。河川の中・下流域に産卵し、産卵を終えると大部分の鮎は死ぬ。孵化した稚魚は川を下り海で越冬し、翌春、川を遡上する。鮎は川釣りの代表的な対象魚で、六月一日に鮎漁が解禁となると、多くの太公望が一斉に釣場におしかける。鮎は姿が優美で肉が淡泊なため、古来「川魚の王」として好まれ、塩焼きにして蓼酢で食べるほか、刺身、鮎鮨、鮎膾、魚田楽、鮎魚田（あゆぎょでん）などに調理される。［和名由来］「アユル」（落ちる、産卵のため河を下る）からと—『日本釈名』。古来、神前に供え「饗（アヘ）」したところから「アエ」「アイ」に転じたものと—『日本古語大辞典』。「鮎」の字は鮎が縄張りをもつ習性から—『和名抄』。また、肉に香気があるとこ

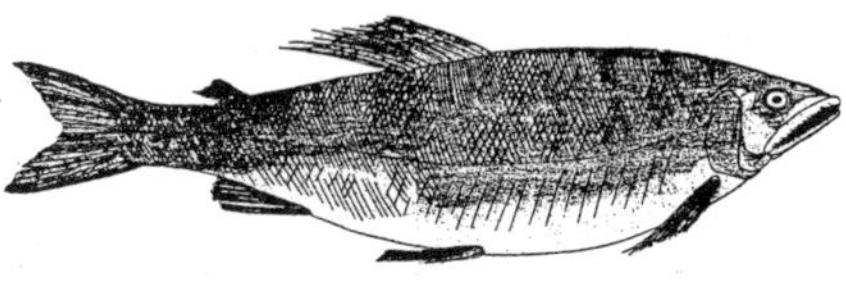

あゆ［日本産物志］

玉川のあゆ漁［江戸名所図会］

ろから香魚（こうぎょ）、寿命が通常一年なので年魚（ねんぎょ）ともいう。［同義］あい。あいのいお〈岐阜〉、かつらそう〈滋賀〉、あいお〈広島〉。⇩鮎狩（あゆがり）［夏］、鮎膾（あゆなます）［夏］、鮎の宿（あゆのやど）［夏］、鮎の里（あゆのさと）、鮎鮨（あゆずし）［夏］、錆鮎（さびあゆ）［秋］、渋鮎（しぶあゆ）［秋］、若鮎（わかあゆ）［春］、小鮎（こあゆ）［春］、落鮎（おちあゆ）［秋］、下り鮎（くだりあゆ）［秋］、鮎の子（あゆのこ）［春］、鮎放流（あゆほうりゅう）［春］、上り鮎（のぼりあゆ）［春］、背越膾（せごしなます）［夏］、囮鮎（おとりあゆ）［夏］、秋の鮎（あきのあゆ）［秋］、うるか［秋］、止まり鮎（とまりあゆ）［冬］、氷魚（ひお）［冬］、押鮎（おしあゆ）［新年］

§

隼人《はやひと》の湍門《せと》の磐《いはほ》も年魚《あゆ》走る吉野の瀧《たぎ》になほ及《し》かずけり
大伴旅人・万葉集六

鵜川立て取らさむ鮎《あゆ》の其《し》が鰭《はた》はわれにかき向け思ひし思はば
大伴家持・万葉集一九

…上つ瀬の　年魚《あゆ》を食はしめ　下《しも》つ瀬の　鮎を食はしめ　麗《くは》し妹《いも》に　鮎を取らむと　麗し妹に　鮎を取らむと…（長歌）
作者不詳・万葉集一三

岩間ゆく清き河瀬に遊びけむ鮎にしあれや見るも涼しき。
伊藤左千夫・伊藤左千夫全短歌

とよ川の清き流れの瀬を走り鱗照りけむ鮎にしあるらし、
伊藤左千夫・伊藤左千夫全短歌

大君のみ世の豊川水すみて鮎肥ゑたりと言のうれしも、

嵯峨大堰川のあゆ漁［都名所図会］

伊藤左千夫・伊藤左千夫全短歌

草の上に吾が落したる鮎を拾ひ夜半に食ふまで君はもちにき
土屋文明・山谷集

日のくれの厨《くりや》の中にかぐはしも鮎《あゆ》に炭火のいろのぼりくる
大熊長次郎・真木

腹に引く朱《しゅ》のなめらかに太りたるふるさとの鮎食ひつつかなし
宮柊二・多く夜の歌

鮎《あゆ》の瀬《せ》を越《こ》ス田楽《でんがく》を蓼酢《たです》かな　路通・伝舞可久
石垣《いしあか》に猶《なほ》くひ入《いる》や淵《ふち》の鮎《あゆ》　去来・雑談集
大名に馴染《なじみ》の鮎《あゆ》や大井川　許六・東海道
声《こゑ》あらば鮎《あゆ》も鳴《なく》らん鵜飼舟《うかひぶね》　越人・あら野
涼しさやあさ瀬《せ》に平《ひら》む鮎《あゆ》の数《かず》　土芳・蓑虫庵集
飛鮎の底に雲ゆく流れかな　鬼貫・鬼貫句選
又いつかあぶくま川の鮎《あゆ》の影　露川・宰陀稿本
鮎くれてよらで過行《すぎゆく》夜半《よは》の門《かど》　蕪村・明和五年句稿
我井戸に桂の鮎の雫かな　召波・春泥発句集
鮎の背に朝日さすなり田村川　士朗・幣袋
網投げて鮎押うべく潜りけり　石橋忍月・忍月俳句抄
時鳥《ほととぎす》一尺の鮎《あゆ》串にあり　正岡子規・子規句集
鮎看るへ《（べ）》く流聴くへ《（べ）》く渓の石　尾崎紅葉・紅葉句帳
鮎の丈日に延びつらん病んでより　夏目漱石・漱石全集
籠の鮎弓の如くに反りしかな　篠原温亭・温亭句集
せゝらぎの水音響く鮎《あゆ》の川　高浜虚子・七百五十句
鮎釣の竿頭無我の境を羨む　大谷句仏・我は我
めづらしやしづくなほある串の鮎　飯田蛇笏・山廬集

鮎掛けて朝から雷を聞く日かな　長谷川零余子・雑草

夕べ焼く鮎なりそゝろ匂ひ来る　長谷川零余子・雑草

鮎の瀬や茂りに潜む月を見し　長谷川零余子・雑草

山の色釣り上げし鮎に動くかな　原石鼎・花影

生き鮎の鰭《ひれ》をこがせし強火かな　杉田久女・杉田久女句集

笹づとをとくや生き鮎まー文字　杉田久女・杉田久女句集

ゆく水をせきとめべしや鮎躍る　杉田久女・杉田久女句集補遺

大鮎一尾づゝ青串打つて焼きにけり　杉田久女・杉田久女句集補遺

鮎とぶや水輪の中の山の影　水原秋桜子・葛飾

夕茜匂ふがごとし利根の鮎　山口青邨・花宰相

うつくしき鮎の青串高麗の竹　山口青邨・花宰相

岐阜

姿よく焼かれし鮎に膝ただす　吉屋信子・吉屋信子句集

源《みなもと》の方《かた》より朝日鮎よろこぶ　中村草田男・母郷行

鮎打つや石見も果ての山幾つ　石橋秀野・桜濃く

あゆがり【鮎狩】

河川で鮎をとること。投網、毛鉤、囮鮎釣、鵜飼など、さまざまな漁法がある。［同義］鮎釣（あゆつり）、鮎漁（あゆりょう）、鮎掛（あゆかけ）、鮎昇（あゆかき）、囮鮎（おとりあゆ）。⇩鮎（あゆ）［夏］

§

松浦川《まつらがわ》川の瀬光り鮎《あゆ》釣ると立たせる妹《いも》が裳《も》の裾濡《すそぬ》れぬ　作者不詳・万葉集五

年魚《あゆ》とると網うち提《ひさ》げ川がりに行《ゆき》ます時になりにけるものを　橘曙覧・襁褓艸

鮎《あゆ》とりの蓑《みの》ぬいたれば亭主《ていしゆ》哉　土芳・蓑虫庵集

網投げて鮎押うべく潜りけり　石橋忍月・忍月俳句抄

鮎釣の竿頭無我の境を羨む　大谷句仏・我は我

山の色釣り上げし鮎に動くかな　原石鼎・花影

あゆずし【鮎鮨】

内臓を取った鮎を塩や酢に漬け、腹に飯をつめた鮨や、鮎を種にした鮨もある。⇩鮎（あゆ）［夏］

§

白玉の鱗さやけきうまし鮎飯に押たる鮓にしありけり。　伊藤左千夫・伊藤左千夫全短歌

相撲《すも》とりや美濃路《みのぢ》をのぼる鮎《あゆ》のすし　蘆本・皮籠摺

あゆなます【鮎膾】

鮎の膾。⇩鮎（あゆ）［夏］

§

江口《えぐち》びと簗《やな》うちわたせその簗に鮎のかからば膾《なます》つくらな　与謝野礼厳・礼厳法師歌集

又やたぐひ長良《ナガラ》の川の鮎なます　芭蕉・笈日記

あゆのさと【鮎の里】

鮎の獲れる里をいう。⇩鮎（あゆ）［夏］

§

酒旗《しゆき》高し高野《こうや》の麓《ふもと》鮎《あゆ》の里　高浜虚子・五百句

あゆのやど【鮎の宿】

鮎を出す宿、または家。⇩鮎（あゆ）［夏］

§

百穂の鮎篝の図鮎の宿　山口青邨・雪国

長良川鮎の宿岐阜提灯の夜となりぬ　吉屋信子・吉屋信子句集

あゆもどき【鮎擬】

ドジョウ科の淡水魚。琵琶湖、淀川に生息する。体長約一二センチ。体は太く短く側扁し、三対の口髭をもつ。体色は褐色で七つの横縞がある。梅雨の頃が美味であるが、天然記念物になり、獲ることはできない。［和名由来］体色や体形が鮎に似ているため。また「モドキ」は、「まだらになる」「入れ墨をする」という意味もあるという。［同義］海泥鰌（うみどじょう）。

あゆもどき［日本重要水産動植物之図］

あらい【洗膾】

鯉などの生身をそぎ、冷水を注いで肉を縮ませ、氷を添えて食べる料理。⇩洗鯉（あらいごい）［夏］、洗鯛（あらいだい）［夏］、洗鱸（あらいすずき）［夏］

あらいごい【洗い鯉】

洗膾にした鯉をいう。夏の料理である。一般には、冷水を下に入れた器にガラスの簾をのせ、その上に鯉の洗膾を並べて饗する。⇩洗膾（あらい）［夏］

§

窓に含む富岳の雲や洗鯉　巌谷小波・さゞら波

あらいすずき【洗い鱸】

鱸を洗膾にした夏の料理。⇩洗膾（あらい）［夏］

あらいだい【洗い鯛】

鯛を洗膾にした料理。⇩洗膾（あらい）［夏］

あらう【荒鵜】

鵜飼のための訓練が十分できていない野生状態の鵜という。⇩鵜（う）［夏］、鵜飼（うかい）［夏］

§

三伏の月の穢に鳴く荒鵜かな　飯田蛇笏・山廬集

舟行の水脈《みを》の乱れの荒鵜かな　石野秀野・桜濃く

あり【蟻】

ハチ目アリ科の昆虫の総称。日本には約一五〇種が生息する。体長は五～一五ミリ内外。体色は黒色または赤褐色のものが多い。「く」の字形の長い触角をもつ。胸腹間に大きなくびれがある。地中や朽木などに巣をつくる。女王蟻と雄蟻、働き蟻（不完全な雌）で構成され、集団生活を営む。蟻の集団行動は蟻のだすフェロモンによる。⇩赤蟻（あかあり）［夏］、蟻塚（ありづか）［夏］、黒蟻（くろあり）［夏］、白蟻（しろあり）［夏］、山蟻（やまあり）［夏］、蟻の門渡り（ありのとわたり）［夏］、蟻の道（ありのみち）［夏］、蟻の塔（ありのとう）［夏］、羽蟻（はあり）［夏］

§

ものかげに穴はかならずよりてほる蟻は軍《いくさ》の法《のり》うまくえて　橘曙覧・君来艸

青梅の空《むな》しく落つるつかさには蟻《あり》のいとなむ穴十《とを》ばかり　斎藤茂吉・つきかげ

竹者草《たけにぐさ》あをじろき葉の広き葉のつゆをさけつつ小蟻あそべり　若山牧水・さびしき樹木

芍薬のなかば咲きたるまだ咲かぬとりどりの花にあそぶ蟻虫　若山牧水・黒松

かなしきは我《わ》が父《ちち》！ 今日《けふ》も新聞《しんぶん》を読《よ》みあきて　庭《には》に小蟻《こあり》と遊《あそ》べり。　石川啄木・悲しき玩具

蟻《あり》の群相いましめて手つなぎに眠れる牛《うし》の臀《しり》にのぼりぬ　石川啄木・明星

松の間の茶屋の筵《むしろ》に大き蟻這ひまはり居る山の日ざかり　木下利玄・紅玉

二階を下《お》り妻と茶をのむ昼ふかし畳のうへに黒き蟻這へり　古泉千樫・青牛集

石竹の花紅《あか》し頻り汗垂《た》るれわが胸を這ふはひとつ蟻なり　前川佐美雄・天平雲

百日紅《さるすべり》あかくわが眼《め》に灼《や》きつけば一列《ひとつら》の蟻を踏みにじりたり　前川佐美雄・天平雲

いろ黒き蟻あつまりて落蟬《おちぜみ》を晩夏の庭に努力して運ぶ　宮柊二・晩夏

白雨《ゆふだち》の隈《くま》しる蟻《あり》のいそぎかな　秋風・元禄百人一句

何事も蟻《あり》にいひ置《おく》林かな　許六・五老文集

掘《ほり》おこすつゝじの株《かぶ》や蟻《あり》のより　雪芝・続猿蓑

再び見れば蟬曳く蟻の遙かなる　石橋忍月・忍月俳句抄

出合ひ蟻ちよと私語《ささめ》きて別れけり　石橋忍月・忍月俳句抄

炎天や蟻《あり》這ひ上る人の足　正岡子規・子規句集

板敷や昼寐をめぐる山の蟻《あり》　正岡子規・子規句集

愛憎は蝿打つて蟻《あり》に与へけり　正岡子規・子規句集

落花土に帰《き》し蟻《あり》の這《は》ふ地となれる　高浜虚子・七百五十句

山のいちにち蟻もあるいてゐる　種田山頭火・草木塔

炎天の底の蟻等ばかりの世となり　尾崎放哉・須磨寺にて

蟻を殺す殺すつぎから出てくる　尾崎放哉・須磨寺にて

かぎりなく蟻が出てくる穴の音なく　尾崎放哉・小浜にて

山蟻や緑漂ふ五千畳　島村元・島村元句集

あめつちの静かなる日も蟻急ぐ　三橋鷹女・白骨

一匹の蟻ゐて蟻がどこにも居る　三橋鷹女・樵

蟻のいのち蟻を去り人間の飢餓　日野草城・旦暮

蟻の死や指紋渦巻く指の上　日野草城・旦暮

古庭にさも定まりて蟻の道　中村草田男・母郷行

南風や生れつ失せつ蟻の城　芝不器男・定本芝不器男句集

足跡を蟻うろたへてわたりけり　星野立子・鎌倉

蟻ゆきて没日兇変つひになし　加藤楸邨・野哭

蟻はしるたゆたふものは人間か　加藤楸邨・野哭

かんがへて牡丹をのぼる蟻の列　加藤楸邨・野哭

夜の蟻寝そびれし子と追ひあそぶ　加藤楸邨・寒雷

蟻の列離れて帰るほかはなし　石田波郷・胸形変

蟻走る赤鉛筆をうたがひて　中尾寿美子・草の花

ありじごく【蟻地獄】

ウスバカゲロウ科の幼虫。体長約一〇ミリ。大樹の根元や樹陰に擂鉢形の穴をつくり、その底にもぐり棲んで、滑り落

ちてくる蟻などの昆虫を鉤形の顎で捕獲する。［同義］あとさり虫、擂鉢虫（すりばちむし）、あとずさり。⬇あとさり虫（あとさりむし）［夏］、薄羽蜻蛉（うすばかげろう）［夏］

§

山沢に日に焼けし沙に群がれる蟻地獄をば子等にをしへつ　土屋文明・山谷集

梅《うめ》の木《こ》かげのかわける砂《すな》に蟻地獄《ありぢごく》こもるも寂《さび》し夏《なつ》さりにけり　斎藤茂吉・あらたま

松の雨ついついと吸ひ蟻地獄《ありじごく》　高浜虚子・五百五十句

光陰と土に鎮まる蟻地獄　飯田蛇笏・椿花集

マリア像影したまへり蟻地獄　水原秋桜子・蓬壺

蟻地獄見て光陰をすごしけり　川端茅舎・定本川端茅舎句集

わが心いま獲物欲り蟻地獄　中村汀女・春雪

日のひかり蟻地獄さへ樟のにほひ　中村草田男・火の鳥

蟻地獄見てゐて仮借なかりけり　加藤楸邨・雪後の天

手を突けば数限りなき蟻地獄　石田波郷・雨覆

蟻地獄病者の影をもて蔽ふ　石田波郷・惜命

ありづか【蟻塚】

⬇蟻の塔（ありのとう）［夏］、蟻（あり）［夏］

§

蟻塚やうつぼ柱のあぶれ水　松瀬青々・妻木

ありのとう【蟻の塔】

蟻が土や枯葉を積み固めてつくった巣。日本で見られるのは「えぞあかやまあり」の巣で、高さ約一メートル。［同義］蟻塚、蟻の巣（ありのす）。⬇蟻塚（ありづか）［夏］、蟻（あり）［夏］

ありのとわたり【蟻の門渡り】

蟻が列をなして移動していくことをいう。⬇蟻（あり）［夏］、蟻の道（ありのみち）［夏］

ありのみち【蟻の道】

一列になって蟻が移動していくさまを表す。⬇蟻（あり）［夏］

§

群よびにひとつ奔《はし》ると見るが中《うち》に長々しくもつくる蟻みち　橘曙覧・君来艸

蟻《あり》の道雲の峰よりつゞきけん　一茶・おらが春

梅雨晴《つゆばれ》やところどころに蟻《あり》の道　正岡子規・子規句集

あわび【鮑・鰒】

ミミガイ科の巻貝の総称。「蚫」とも書く。北海道西海岸以南に分布し、磯辺の岩礁域に生育。コンブ、ホンダワラなどの海草を食べる。貝殻は楕円形で長径一〇～二〇センチ。外面は暗褐色で、内面は淡藍色味のある真珠色。外側に一〇数個の孔列をもつ。雌雄異体。成長と共に殻の蓋はなくなる。夏から秋にかけて採取される。食用。一般に雄貝の肉は青味があり、雌貝の肉は赤褐色をおびる。貝殻はボタンや貝細工、螺鈿の材

あわび［日本重要水産動植物之図］

伊勢のあわび漁［日本山海名産図会］

料となる。また、養殖真珠の母貝となる。和歌では、片思い、片恋の形容として詠まれる。［和名由来］蓋のないところから「アハヌミ（不合肉）」の略転―『和句解』。「イワハヒミ（岩這身）」の意―『日本語原学』。他にも諸説あり。［同義］磯貝（いそがい）。［同種］くろあわび、まだかあわび、めかいあわび、えぞあわび。［漢名］石決明。⇩貝（かい）［四季］、水貝（みずがい）［夏］、鮑採り（あわびとり）［夏］、熨斗鮑（のしあわび）［新年］、鮑玉（あわびたま）［四季］

§

伊勢白水郎《あま》の朝《あさ》な夕《ゆふ》なに潜《かづ》くとふ鰒《あはび》の貝の片思《かたもひ》にして
作者不詳・万葉集一一

ある時はからははなれてあはびすらみのみぞよするなみのあらいそ
大隈言道・草径集

出替《でがはり》や鮑《あはび》の貝の片おもひ　支考・草刈笛

あわびとり【鮑採り】

鮑は夏から秋にかけて採る。⇩鮑（あわび）［夏］

§

あわびとる蜑のをとこの赤きへこ　目にしむ色か。浪がくれつ、
釈迢空・海やまのあひだ

渦潮の底礁匐へる鮑とり　飯田蛇笏・春蘭

あはび採《と》る底の海女にはいたはりなし　橋本多佳子・海彦

あわびの「のし」づくり［日本山海名産図会］

「い」

いえこうもり【家蝙蝠】

ヒナコオモリ科の小形の蝙蝠。体長約四・五センチ。最も普通の蝙蝠で、夕方頃に人家の上などを飛びながら昆虫を捕食する。［同義］油蝙蝠（あぶらこうもり）、油虫（あぶらむし）。⇩蝙蝠（こうもり）［夏］

いえだに【家壁蝨・家蜱】

ダニ目の節足動物の一種。体長は雄は約〇・五ミリ、雌は約一ミリ。体は長楕円形で黄褐色。鼠などの小動物や人にも寄生する。皮膚から吸血し、その部分は赤く腫れて痛がゆい。［同義］エロダニ。⇩壁蝨（だに）［夏］

§

家蜹《いへだに》に苦しめられしこと思《も》へば家蜹《いへだに》とわれは戦ひをしぬ　斎藤茂吉・暁紅

いえばえ【家蠅】

イエバエ科の蠅。人家に多く生息する黒褐色の蠅。幼虫は蛆（うじ）。世界中に分布。⇩蠅（はえ）［夏］

いか【烏賊】

軟体動物頭足類の総称。体は馬蹄円筒形で五対の腕をもつ。

四対は短く吸盤があり、一対は長い触腕で、先端だけに吸盤があり、捕食時に機能する。胴の周縁にはひれがある。腹部には墨汁嚢があり、外敵にあうと墨を出して逃げる。走光性があり、漁火や白熱灯で漁獲する。春から秋にかけてさまざまな種類の烏賊が獲れる。漢方では甲烏賊の甲を「烏賊骨」といい、婦人病、十二指腸潰瘍の止血の薬用となる。日本では古くから食用となり、神社の神饌とされた。干してスルメにしたり、塩辛、鮨の種、煮物などにして食べる。ヨーロッパでは「悪魔の魚」とされ、スペイン、イタリア、ギリシャ以外の国ではあまり食用とされない。［同義］柔魚、墨魚。［同種］真烏賊（まいか）、鯣烏賊（するめいか）、槍烏賊・鎗烏賊（やりいか）。⇩烏賊釣（いかつり）［夏］、塩烏賊（しおいか）［夏］、桜烏賊（さくらいか）［春］、花烏賊（はないか）［春］、蛍烏賊（ほたるいか）［春］、寒烏賊（かんいか）［冬］

§

烏賊を乾し昆布をほしたる幾浜か住みふるしつつ貧しく住めり　土屋文明・山谷集

生《なま》烏《い》賊《か》はをのがわたでやよごるらん　徳元・犬子集

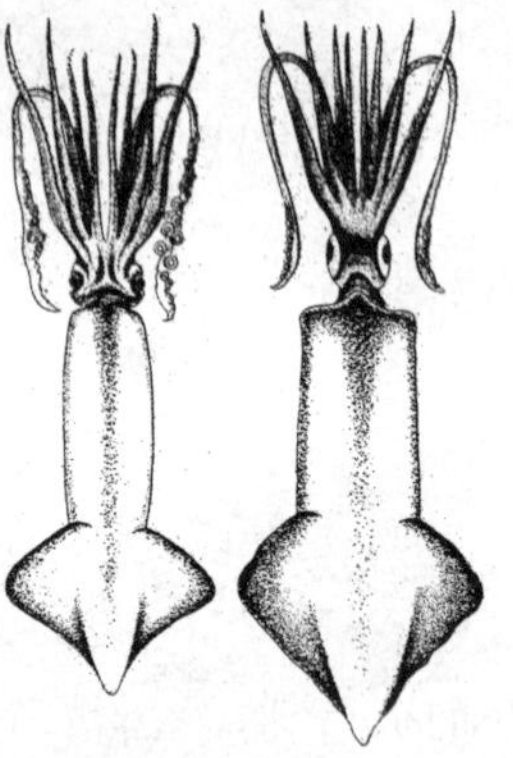

やりいか（左）するめいか（右）
［日本重要水産動植物之図］

烏賊売《いかうり》の声まぎらはし杜宇《ほととぎす》　芭蕉・韻塞

歯が抜けて筍《たけのこ》堅く烏賊《いか》こはし　正岡子規・子規句集

時雨るゝや烏賊より出づるトビガラス　中村草田男・長子

いかつり【烏賊釣】

夏、漁火で烏賊を寄せ、釣上げること。日本海では、夏の夜、海上に漁火が美しく連なる。⇩烏賊（いか）［夏］

§

烏賊釣《いかつり》に夜船漕ぐちふ安房の海はいまだ見ねども目にし見えくも　長塚節・うみ苧集

いかる【斑鳩・鵤】

アトリ科の椋鳥（むくどり）大の鳥。「いかるが」ともいう。北海道・本州中北部で繁殖、四国・九州では冬鳥。低山帯の広葉樹林に生息し、木の実などを割って食べる。翼長約一一センチ。頭、喉、翼、尾の羽色は黒色で、その他は灰色。嘴は太く鮮やかな黄色。飼鳥としても愛玩される。また、鷹狩などの囮として用いられた。［同義］三光鳥（さんこうちょう）、豆回、豆鳥（まめどり）、豆甘実（まめうまし）、豆割り（まめわり）、青雀（あおすずめ）。［漢名］臘觜。⇩豆回（まめまわし）［夏］

いかる［聚鳥画譜］

…花橘を末枝《ほつえ》に　黐《もち》引き懸《か》け　中つ枝《え》に　斑鳩懸《いかるがか》け　下枝《しづえ》に　§
…（長歌）
作者不詳・万葉集一三

さしかくる柄長傘松張枝に来鳴くいかるが雨に逃げたり
岡麓・涌井

斑鳩のけふもしらみに鳴くなべに帰りし友のたより待たるる
岡麓・涌井

遠来つる友とかたらひ早苗田を行けば木間《このま》にいかるがの鳴く
岡麓・涌井

郷社《さとやしろ》杉の木間に斑鳩の声のひびくはよき今日《けふ》の晴《はれ》
岡麓・涌井

斑鳩《いかるが》に似《に》たりと思ふ鳥鳴きて昨夕《きぞのよ》も今朝《けさ》もしきりにきこゆ
土屋文明・山の間の霧

いさき【伊佐木・伊佐幾・鶏魚】
イサキ科の海水魚。「いさぎ」ともいう。本州中部以南に分布し、沿岸の岩礁域に生息する。体長約四〇センチ。体は細長い紡錘形で帯緑褐色。幼魚にのみ三状の黄褐色の縦帯がある。五月頃、産卵の最盛期となると、雌の体側には黄色の舘条があらわれる。海釣りの対象魚。［和名由来］「イサ」は斑紋、縞紋を意味し、「キ」は魚名の接尾語と。［同義］いせぎ〈高知〉。

いしだい【石鯛】
イシダイ科の海水魚。北海道以南に分布し、岩礁域に生息する。体長約四〇～七〇センチ。体は淡青褐色。幼魚のうちは七本の黒色の横帯があり、「縞鯛（しまだい）」といわれる。雄は老成すると横帯は消失し、吻部が黒みをおびるため「くちぐろ」とよばれる。磯釣りの好対象魚。頑丈な顎で貝類などを噛み砕いて食べる。［同義］鷹の羽鯛（たかのはだい）、ようだい〈神奈川〉、しまごろ〈高知〉。⇩鯛（たい）［四季］

いしなぎ【石投】
ハタ科の海水魚。北海道から南日本に分布。体長約二メートル。体側に数本の暗色の縦縞がある。初夏に浅海で産卵する。肝油の原料となる。

いしもち【石持・石首魚】
ニベ科の海水魚。東北以南に分布。体長約四〇センチ。七〇センチに達するものもある。体色は灰緑色で銀白色の光沢がある。初夏の産卵期にうきぶくろを振動させて「グーグー」と音をだす。成長により「ぐち」「にべ」とよばれる。釣りの好対象魚。かまぼこの材料となる。［和名由来］頭骨内の耳石が大きく石に似ているところから。［同義］ぐち、にべ。

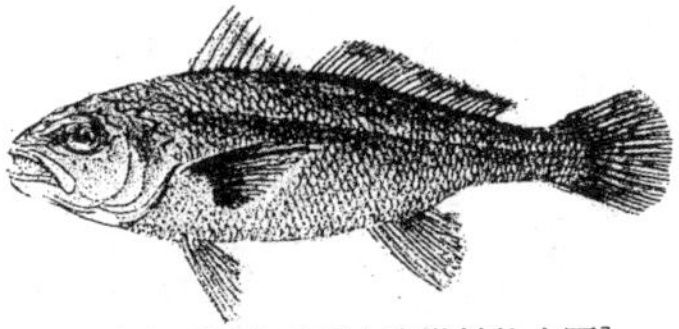
いしもち［日本重要水産動植物之図］

いそがに【磯蟹】
磯辺に生息する蟹。⇩蟹（かに）［夏］

いととんぼ【糸蜻蛉】
イトトンボ科の小形の蜻蛉（とんぼ）の総称。体長二～六センチ。体は細く、翅を背上に合せて止まる。池や沼地に生息する。［同義］燈心蜻蛉（とうしんとんぼ）、とうしみ蜻蛉（とうしみとんぼ）、とうすみ蜻蛉（とうすみとんぼ）、とうせみ。⇩蜻蛉（とんぼ）［秋］

いとみみず【糸蚯蚓】

ミミズ綱の環形動物。溝などの泥中に生息する。「赤子（あかこ）」ともよばれ、金魚など魚の餌となる。［同義］赤子、たみみず、ももほおずき。

いなだ

出世魚の鰤の幼魚の呼び名。東京では幼魚から「わかし→いなだ→わらさ→ぶり」と順に呼ばれる。⇩魬（はまち）［夏］、津走（つばす）［夏］、鰤（ぶり）［冬］

いぼだい【疣鯛】

イボダイ科の海水魚。本州中部以南の暖海に分布する。体長約二〇センチ。体は卵円形。体色は銀灰色。［和名由来］胸びれの下部と背に疣があることから。

いぼたのむし【水蝋虫】

水蝋蛾（いぼたが）の幼虫。水蝋樹（いぼたのき）に寄生する貝殻虫。雄の幼虫が羽化するときに白色の蝋質物を分泌する。［同義］水蝋貝殻虫（いぼたかいがらむし）、疣取蝋虫（いぼたろうむし）。

いもり【井守・蠑螈】

イモリ科の両生類。池沼や小川に生息し、水中の小動物を捕食する。体長約一〇センチ。日本固有の動物。体形は守宮（やもり）に似る。背部は黒褐色で腹部は赤色。黒色の斑紋がある。四肢は短く、尾は扁平で遊泳に適する。⇩赤腹（あかはら）［夏］

いもり［和漢三才図会］

§

石の上にほむらをさます井守かな　村上鬼城・鬼城句集

河骨の花に添ひ浮くゐもりかな　高浜虚子・六百五十句

どこまでも浅き沼かやゐもり居る　篠原温亭・温亭句集

雌を追うて草に腹返す蠑螈の緋　杉田久女・杉田久女句集

ゐもり釣る童の群にわれもゐて　杉田久女・杉田久女句集

白雲の野に腹かへす蠑螈かな　島村元・島村元句集

いらむし【刺虫】

イラガ科の蛾の刺蛾（いらが）の幼虫の毛虫。体長約二センチ。多数の毒針をもち、刺されると痛い。桜、柿、梨、林檎などの害虫。［同義］いたいた虫（いたいたむし）。⇩雀の擔桶（すずめのたご）［夏］、蛾（が）［夏］

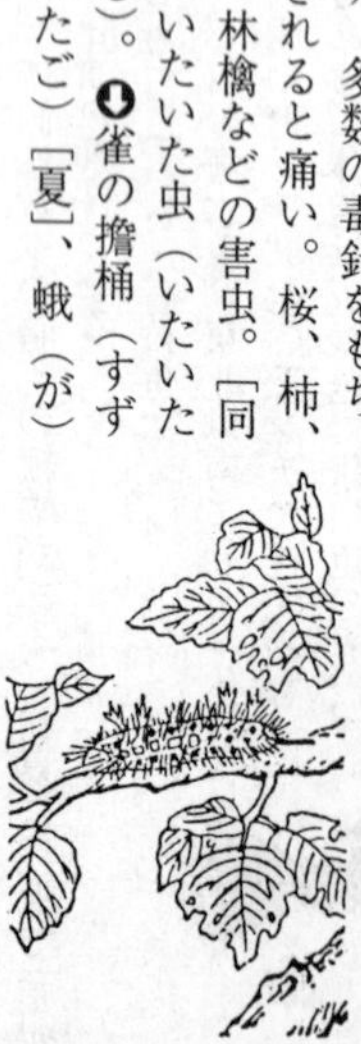

いらむし［和漢三才図会］

いわつばめ【岩燕】

ツバメ科の渡鳥。春に渡来して日本全土で繁殖し、冬、東南アジアに帰る。燕よりやや小形。翼長約一一センチ。尾羽が短く、上面は黒色で、下面と腰部は白色。山地の岸壁や洞窟、山間の人家の軒下などに壺形の巣をつくる。［同義］山燕（やまつばめ）、一足鳥（いっそくちょう）。⇩燕（つばめ）

[春]

空にむかつて、一せいに大きく口をあいてゐる岩燕の朱い咽喉をみた　前田夕暮・水源地帯

§

岩つばめ　むくろにつどひ啼くらんか　大岩壁を　わが落ち行かば　宮沢賢治・校本全集

噴火口奇《く》しと見る岩燕かな　河東碧梧桐・碧梧桐句集

岩燕鳴く靄《もや》晴れの虹見えて　河東碧梧桐・碧梧桐句集

雨乞滝《あまごひだき》巌頭《がんとう》めぐる岩燕　水原秋桜子・殉教

岩燕翔け来て巘めぐるなり　水原秋桜子・殉教

岩燕四簷に巣かけ雛孵る　水原秋桜子・殉教

岩燕たちまち語り後黙《もだ》ず　中村草田男・母郷行

いわな【岩魚・嘉魚】

サケ科の淡水魚。本州・北海道の河川の最上流に生息する。体長一五～四〇センチ。暗褐色の地に橙色ないし白色の小斑点が散在する。肉食で昆虫や蜘蛛、小魚などを捕食する。渓流釣りの好対象魚。美味であり、塩焼きなどにして食べる。[和名由来] 岩場にすむ魚「イハナ（岩魚）」より。「イハアナウヲ（岩穴魚）」よりと。[同義] 榎葉魚（えのきばうお）、きりくち〈三重・和歌山〉、ごぎ〈中国地方〉。[漢名] 嘉魚。⇩岩魚釣（いわなつり）[夏]

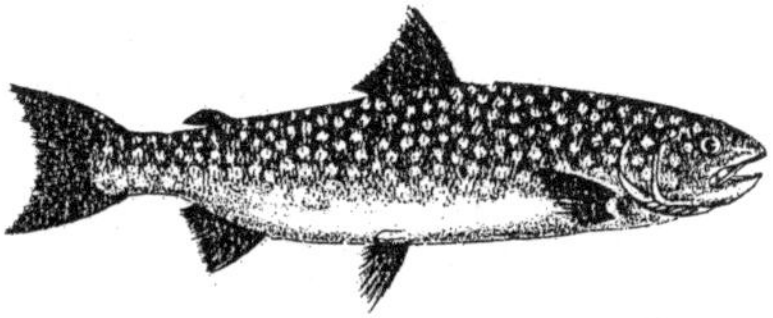

いわな［日本重要水産動植物之図］

§

岩魚炙《いはなあぶ》る炉火《ろび》こほしかる山の夜に一人《ひとり》ふたりがしはぶきてゐつ　木俣修・高志

鰭焦げて岩魚しづめる岩魚酒　水原秋桜子・晩華

岩魚ゐる水をむすびて昼餉とる　水原秋桜子・古鏡

囲む火に岩魚を獲たる夜はたのし　石橋辰之助・山暦

岩魚焼く火のさかんなり瀞の闇　石橋辰之助・山暦

いわなつり【岩魚釣】

岩魚は渓流釣りの好対象魚である。⇩岩魚（いわな）[夏]

§

高西風に吹かれて飄と岩魚釣　飯田蛇笏・春蘭

岩魚つる岸べのよすず実をそめぬ　飯田蛇笏・春蘭

岩魚釣る奥はとざせる沢の雲　水原秋桜子・殉教

長梅雨の瀬のさだめなく岩魚釣　石橋辰之助・山暦

「う」

う【鵜】

ウ科の水鳥の総称。海岸や湖沼などに生息する。翼長三〇

センチ内外。体色は全身黒色で肩・背部は褐色をおびる。頸・嘴が細長く、巧みに潜水して魚を捕る。鵜飼に使用され、往時より鮎などの漁獲に用いられた。鵜飼に用いられるのは、主に海鵜。[同義] 鵜の鳥（うのとり）、水鳥（みずがらす）、島津鳥（しまつどり）。[同種] 海鵜、川鵜（かわう）、姫鵜（ひめう）。⬇鵜飼（うかい）[夏]、荒鵜（あらう）[夏]、海鵜（うみう）[夏]

§

阿倍《あべ》の島鵜《う》の住む磯《いそ》に寄する波間《ま》なくこのころ大和し思《おも》ほゆ　山部赤人・万葉集三

玉藻刈る辛荷《からに》の島に島廻《み》する鵜《う》にしもあれや家思はざらむ　山部赤人・万葉集六

鵜の鳥の大きくあるかな沼のさなか真菰の蔭ゆまひ出でて行く　若山牧水・黒松

長良川の鵜飼［木曽名所図会］

鵜は呑みぬ躍りて入りし生魚《いきうを》の一つにおのが喉も緊めまし　三ケ島葭子・定本三ケ島葭子全歌集

日すがらにここに群れたる鵜《う》をみれば喉《のど》ぶとに啼《な》くこゑぞ悲しき　佐藤佐太郎・歩道

佐渡が島わが世を憂しと思へばか鵜の住む磯もなつかしきかな　吉井勇・人間経

鵜につれて一里は来たり岡の松　其角・五元集

鵜《う》とともにこころは水をくぐり行《ゆく》　鬼貫・仏兄七久留万

鵜の鮎《あゆ》の年貢《ねんぐ》とらるゝあはれさよ　野坡・野坡吟草

首たてゝ鵜のむれのぼる早瀬哉　浪化・泊船集

しのゝめや鵜をのがれたる魚浅し　蕪村・蕪村句集

家近く鵜の声戻る夜明哉　闌更・分類俳句集

鵜《う》の面《つら》に川波かかる火影《ほかげ》かな　闌更・半化坊発句集

鵜の嘴に魚とりなほす早瀬かな　白雄・白雄句集

雄鹿山も鵜も見ずなりぬ雨つゞき　乙二・斧の柄

草の雨おのが家とや鵜のもどる　一茶・旅日記

身つくらふ鵜に山暮れて来りけり　長谷川かな女・龍膽

二羽のゐて鵜の嘴《くち》あはす嘴甘きか　橋本多佳子・命終

水底より身細う浮き来る鵜あはれ　星野立子・鎌倉

うかい【鵜飼】

夏、鵜飼船に篝火を焚き、飼い馴らした鵜を使って鮎などの魚をとる伝統的な漁法。また鵜匠のこと。鵜飼船に烏帽子・腰蓑の伝統的な装いの鵜匠が乗り、舳先で、鵜を繋いだ手綱を巧みにあやつり、鵜を引き寄せ、呑み込んだ魚を吐かせる。鵜船には通常、鵜匠一人、中鵜使一人、船夫二人が乗

う／ちがや［景年画譜］

る。岐阜県長良川の鵜飼が有名。中国でも行われる。［同義］鵜川（うがわ）。➡荒鵜（あらう）［夏］、疲鵜（つかれう）［夏］、歩行鵜（かちう）［夏］、放鵜（はなれう）［夏］、鵜篝（うかがり）［夏］、鵜飼火（うかいび）［夏］、鵜匠（うじょう）［夏］、鵜（う）［夏］、鵜飼舟（うかいぶね）［夏］、鵜舟（うぶね）［夏］、鵜縄（うなわ）［夏］、秋の鵜飼（あきのうかい）［秋］、鵜川（うがわ）［夏］、鵜遣（うづかい）［夏］

§

月よみのいまだ入らねば鵜飼らも舟出さぬらしさ夜ふけぬれと　伊藤左千夫・伊藤左千夫全短歌

うかひまつ舟の少女等灯をとりて暗き河瀬を何渡るらん　伊藤左千夫・伊藤左千夫全短歌

鵜飼まつ小舟諸舟徒らにくらき夜川をゆきかへりすも　伊藤左千夫・伊藤左千夫全短歌

鵜飼見《うかいみ》の船よそほひや夕かげり　高浜虚子・五百句

うかいび【鵜飼火】

鵜飼のために焚く篝火。［同義］鵜篝、鵜松明（うたいまつ）。➡鵜飼（うかい）［夏］、鵜篝（うかがり）［夏］

§

九月二十七日初めより静かなる鵜飼《うかひ》の火さびしき終り目《ま》のあたりみつ　土屋文明・続青南集

鵜飼の火川底見えて淋しけれ　村上鬼城・鬼城句集

うかいぶね【鵜飼舟】

鵜飼をする舟。［同義］鵜舟。➡鵜舟（うぶね）［夏］、鵜

飼（うかい）［夏］

§

むば玉のやみのうつゝの鵜かひ舟のさかりや夢もみゆべき　藤原家隆・家隆卿百番自歌合

早瀬川《はやせがわ》みをさかのぼる鵜飼舟《うかひぶね》まづこの世《よ》にもいかゞくるしき　崇徳院・千載和歌集三（夏）

鵜飼舟《うかひぶね》あはれとぞ思《おも》ふものゝふの八十宇治河《やそうぢがは》の夕《ゆふ》やみの空《そら》　慈円・新古今和歌集三（夏）

鵜飼《うかひ》舟高瀬《たかせ》さしこすほどなれや結《むす》ぼほれゆくかゞり火《び》のかげ　寂蓮・新古今和歌集三（夏）

ひさかたの中なる河の鵜飼《うかひ》舟いかにちぎりて闇《やみ》を待《ま》つらん　藤原定家・新古今和歌集三（夏）

鵜飼《うか》ひ舟河瀬《せ》の月にかはりてやのぼればくだる 篝火《かがりび》の影　幽斎・玄旨百首

声あらば鮎《あゆ》も鳴《なく》らん鵜飼舟《うかひぶね》　越人・阿羅野

うかがり【鵜篝】　鵜飼のために焚く篝火。［同義］鵜飼火、鵜松明（うたいまつ）。⬇鵜飼火（うかいび）［夏］、鵜飼（うかい）［夏］

§

ながら川今しもうをのよるならし鵜舟のかゞりやみにみゆるは　樋口一葉・緑雨筆録「一葉歌集」

鵜《う》のつらに篝《かがり》こぼれて憐也《あはれなり》　荷兮・あら野

うがわ【鵜川】　鵜飼、または鵜飼をする川をいう。⬇鵜飼（うかい）［夏］

§

…川の神も　大御食《おほみけ》に　仕《つか》へ奉《まつ》ると　上《かみ》つ瀬に　鵜川《うかは》を立ち　下《しも》つ瀬に　小網《さで》さし渡す　山川も　依りて仕ふる　神の御代かも　柿本人麻呂・万葉集一

五《さ》月やみ鵜川《うかは》にともすかゞり火のかずますものはほたるなりけり　よみ人しらず・詞花和歌集二（夏）

風吹て篝《かがり》のくらき鵜川哉　正岡子規・子規句集

うきす【浮巣】　カイツブリ科の水鳥である鳰の巣をいう。鳰は草の葉や茎を使い、水草の茎を支えにして、水面に巣を作る。⬇鳰の浮巣（におのうきす）［夏］、水鳥の巣（みずどりのす）［夏］、鳰（にお）［冬］

§

三ケ月の片羽でありく浮巣哉　闌更・半化坊発句集序

雑魚網を打つ静かさに浮巣かな　岡本癖三酔・癖三酔句集

濡れてゐる卵小さき浮巣かな　山口青邨・雪国

うぐいすねをいる【鶯音を入る】　夏に入り、春に美声で鳴いた鶯が鳴き止むことをいう。⬇鶯（うぐいす）［春］、老鶯（おいうぐいす）［夏］

§

鶯や音を入れて只青い鳥　鬼貫・鬼貫句選

音を入た鶯もあり道具店　梅室・梅室家集

うぐいすのおしおや【鶯の押親】　美声の飼鶯の側に子飼い鶯を置き、その美声を学び習わせる。子を「付子」といい、親を「押親」という。［同義］鶯の付親（うぐいすのつけおや）。⬇鶯の付子（うぐいすのつけご）［夏］、鶯（うぐいす）［春］

うぐいすのおとしぶみ【鶯の落し文】

オトシブミ科の甲虫が巻き込んだ栗、楢、樺などの葉が地上に落ちているものを、鶯の置いた落し文だとしゃれた呼び名である。⬇落し文（おとしぶみ）［夏］

うぐいすのつけご【鶯の付子】

美声の飼鶯の側に子飼い鶯を置き、その美声を学び習わせる。子を「付子」といい、親を「押親」という。⬇鶯の押親（うぐいすのおしおや）［夏］、鶯（うぐいす）［春］

§

鶯の付子も共や出養生　松瀬青々・妻木

鶯の付子育つや小商ひ　松瀬青々・妻木

うじ【蛆】

蠅、虻などの幼虫の凡称。体は円筒形で、頭、脚はなく、環節で体を左右に動揺させて進行する。通常は蠅の幼虫をいうことが多い。釣餌となり「さし」という。［同義］蛆虫（うじむし）、さし。⬇蠅生る（はえうまる）［春］、蠅（はえ）［夏］

§

日の蛆や何の頭蓋か卵形《なり》　中村草田男・万緑

うしのした【牛の舌】

舌鮃の別称。⬇舌鮃（したびらめ）［夏］

うしばえ【牛蠅】

夏、牛にまとわりつく蠅。⬇蠅（はえ）［夏］

うしひやす【牛冷やす】

夏、労役を終えた牛を川や沼に入れ、汗を洗い落としてやり、疲労を回復させること。［同義］牛洗う（うしあらう）。⬇馬冷やす（うまひやす）［夏］、牛（うし）［四季］

うじょう【鵜匠】

鵜飼を業とする人。鵜飼で鵜を操る人。「うしょう」ともいう。鵜匠は烏帽子・腰蓑の伝統的な装いで鵜飼をする。［同義］鵜遣。⬇鵜飼（うかい）［夏］、鵜遣（うづかい）［夏］

うすばかげろう【薄羽蜉蝣】

ウスバカゲロウ科の昆虫。体は蜻蛉に似る。体長約三・五センチ。翅は透明で細脈がある。初夏から秋の夜、灯火に集まる。幼虫は蟻地獄。⬇蟻地獄（ありじごく）［夏］

§

今宵またうすばかげろふ灯に　星野立子・立子句集

うずらのす【鶉の巣】

キジ科の鳥の鶉の巣。鶉は本州の北部で、五〜八月に、原野の叢に枯草などを集めた簡単な巣をつくり、産卵する。⬇鶉（うずら）［秋］

うづかい【鵜遣】

鵜飼において、鵜を結んだ手縄を巧みに操る人のこと。［同義］鵜匠。⬇鵜飼（うかい）［夏］、鵜匠（うしょう）［夏］

うつせみ【空蟬】

蟬の抜け殻、または蟬そのものをいう。「現人」「現身」に「空蟬」の字をあてて詠むことも多い。万葉集では「この世」

「現世」「この世の人」の意で詠まれることが多く、古今集以降に、蟬は生存期間が短いところから、短命、人生のはかなさの象徴となり、「むなしさ」の比喩として使われた。⬇蟬（せみ）［夏］、蟬の殻（せみのから）［夏］

うつせみ［和漢三才図会］

§

浪のうつ瀬《せ》見れば珠《たま》ぞみだれける拾《ひろ》はば袖にはかなからむや
在原滋春・古今和歌集一〇（物名）

うつせみの声聞《こゑき》くからに物ぞ思《(おもふ)》我も空《(むなし)》き世にし住《す》まへば
よみ人しらず・後撰和歌集四（夏）

うつせみのなく音《ね》やよそにもりの露《つゆ》ほしあへぬ袖を人の問《と》ふまで
藤原良経・新古今和歌集一一（恋一）

つれもなき人の心はうつせみのむなしき恋《こひ》に身をやかへてん
八条院高倉・新古今和歌集一二（恋二）

逢《あ》ふことも今《いま》はむなしき空蟬の羽に置《を》く露の消《き》えやはてなん
宗尊親王・文応三百首

音《(ね)》をや鳴《な》く木の葉《は》にすがる空《うつ》蟬の世を朝露に思《(おもひ)》くらべて
三条西実隆・内裏着到百首

空蟬のしこのことはりたゆたはゞ青葉時過ぎ霜に逢はんかも
伊藤左千夫・伊藤左千夫全短歌

うつせみのひつぎを送る人絶えて谷中《やなか》の森に日は傾きぬ
正岡子規・子規歌集

うつせみの命短かし夜ふけて杜の小蟬の幾度か鳴く
土田耕平・青杉

空蟬の水より迅く流れけり　吉武月二郎・吉武月二郎句集
空蟬をとらんと落す泉かな　飯田蛇笏・山廬集
空蟬の雨ため草にころげけり　阿部みどり女・陽炎
空蟬のいづれも力抜かずゐる　阿部みどり女・陽炎
空蟬の口のあたりの泥かわく　山口青邨・花宰相
空蟬のすがれる庵のはしらかな　川端茅舎・定本川端茅舎句集
無為にしてひがな空蟬もてあそぶ　川端茅舎・定本川端茅舎句集
拾ひたる空蟬指にすがりつく　橋本多佳子・紅絲
空蟬の生きて歩きぬ誰も知らず　三橋鷹女・白骨
うつせみをとればこぼれぬ松の膚　日野草城・花氷

うどんげ【優曇華】
　クサカゲロウ科の昆虫の草蜻蛉の卵。草木や天井などに生み付けられる。約一・五センチ内外の白い糸状の柄があり、優曇華の花ともいわれる。吉兆とも凶兆ともされる。⬇草蜻蛉（くさかげろう）［夏］

§

優曇華やしづかなる代は復と来まじ　中村草田男・火の島

うないこどり【童子鳥】
　杜鵑の別称。「うなひこどり」ともいう。⬇杜鵑（ほととぎす）［夏］

うなぎ【鰻】
　ウナギ科の魚。北海道以南に分布。太平洋南方が産卵場とされ、川・湖沼・近海で成魚となる。体は長円筒状で長さ約六〇センチ。大きなものは一メートルに達する。背面は青黒色で、腹面は灰白色。鱗はない。日中は石下などに隠れ、夜間に小魚、甲殻類、昆虫などを捕食する。稚魚は白子鰻（しらすうなぎ）、針鰻（はりうなぎ）とよばれる。蒲焼などにして食用となる。［和名由来］「ウヲナガキ（魚長）」の意より。「ウネル」と魚を表す接尾語の「キ」より。鰻を表す古語「ナムギ」より。［同義］めそ、かにくらい〈東京〉、ちゅう〈浜名湖〉。⬇土用鰻（どよううなぎ）［夏］、鰻の日（うなぎのひ）［夏］、鰻簗（うなぎやな）［秋］、落鰻（おちうなぎ）［秋］、八目鰻（やつめうなぎ）［冬］

近江瀬田のうなぎとり［日本山海名産図会］

§

石磨《いはまろ》にわれ物申《ものまを》す夏痩《やせ》に良《よ》しといふ物そ鰻《むなぎ》取り食《め》せ　大伴家持・万葉集一六

痩《や》す痩《や》すも生《い》けらばあらむをはたやはた鰻《むなぎ》を取ると川に流るな　大伴家持・万葉集一六

ゆふぐれし机《つくゑ》のまへにひとり居《を》りて鰻《うなぎ》を食ふは楽《たぬ》しかりけり　斎藤茂吉・ともしび

沙浜《すなはま》にくされし如き水流れ白き鰻《うなぎ》の子やや上流《じやうりう》に上《のぼ》れるもあり　土屋文明・ゆづる葉の下

うなぎをすかばほねもつよかれ　徳元・犬子集

沢瀉《おもだか》をうなぎの濁《にご》す沢辺《さはべ》哉　嵐蘭・芭蕉庵小文庫

浅草の鰻をたべて暑かりし　臼田亜浪・旅人

鰻掻くや顔ひろやかに水の面　飯田蛇笏・山廬集

うなぎのひ【鰻の日】 夏負け、夏病をしないように、夏の土用（立秋の前の一八日間）に鰻を食べ、滋養をつける風習。［同義］土用鰻（どよううなぎ）。⬇鰻（うなぎ）［夏］

うなわ【鵜縄】 鵜飼で鵜を結んだ手縄をいう。「うづな」ともいう。⬇鵜飼（うかい）［夏］

§

おもしろうさうしさばくる鵜縄哉《うなはかな》　貞室・あら野

声かけて鵜縄《うづな》をさばく早瀬《はやせ》哉　涼菟・皮籠摺

篝焚く左手鵜縄のいとまかな　大谷句仏・我は我

うぶね【鵜舟・鵜船】 鵜飼をする船。鵜船には通常、鵜匠一人、中鵜使一人、船夫二人が乗る。⬇鵜飼（うかい）［夏］、鵜飼舟（うかいぶね）［夏］

§

鵜舟《うぶね》さす宇治《うぢ》の川長《かはをさ》かずかずにわれのみ嘆《なげ》く波《なみ》の上《うへ》かな　実方朝臣集（藤原実方の私家集）

大井川《おほゐがは》いくせ鵜舟《うぶね》のすぎぬらんほのかになりぬ篝火《かゞり》のかげ
源雅定・金葉和歌集二（夏）

吉野川《よしのがは》妹背《いもせ》の山の中とてやくだす鵜舟《うぶね》も夜《よる》を待つらん
頓阿・頓阿法師詠

さ夜《よ》もいま中なる淀《よど》のくだりやみとを《（ほ）》く鵜《う》舟も又《ま》やのぼらん
正徹・永享五年正徹詠草

夕月の入《いり》がたちかき山かげはやみもまちあへずう舟さすなり
小沢蘆庵・六帖詠草

いつしかと夜やふけぬらんかつら川　鵜ふ《（ぶ）》ねのか《（こ）》ゝりほのかなりけり
樋口一葉・樋口一葉全集

おもしろうてやがてかなしき鵜舟哉
芭蕉・曠野

長良川
やうやくに粉ふかたなき鵜舟の灯
吉屋信子・吉屋信子句集

うまあらう【馬洗う】

夏、労役を終えた馬を川や沼に入れて汗を洗い落としてやり、蹄を冷やして、疲労を回復させること。➡馬冷やす（うまひやす）［夏］

§

夕帰る小田の増荒夫橋杭に手つなをゆひて馬あらふらし

うま［広益国産考］

伊藤左千夫・伊藤左千夫全短歌

うまひやす【馬冷やす】

夏、労役を終えた馬を川や沼に入れて汗を洗い落としてやり、蹄を冷やして、疲労を回復させること。［同義］馬洗う。➡馬洗う（うまあらう）［夏］、牛冷やす（うしひやす）［夏］

うまゆみ【馬弓】

旧暦五月五日に、宮中で行われる騎射の儀式をいう。

うまわたし【馬渡し】

江戸時代に行われた水中の馬術。甲冑をつけて馬で川を渡る。

うみう【海鵜】

ウ科の水鳥で鵜飼に用いられる鵜。翼長三〇センチ内外。体色は全身黒色で、肩・背部は褐色をおびる。頸・嘴が細長く、巧みに潜水して魚を捕る。➡鵜（う）［夏］

うみがめ【海亀】

海生の亀の総称。熱帯・亜熱帯に分布し、日本では、夏に東海道以南の太平洋岸に産卵に来る。四肢はひれ状。［同種］赤海亀（あかうみがめ）、青海亀（あおうみがめ）＝正覚坊（しょうかくぼう）。➡亀（かめ）［四季］

§

投げいるる死にたる魚を海亀が一くちに食ひて濁りを吹きぬ
土屋文明・山谷集

うみほおずき【海酸漿・竜葵】

通常、天狗辛螺（てんぐにし）の巻貝の卵嚢をいう。植物の酸漿（ほおずき）と同様に、口に含んで鳴らす遊具となる。

⬇逆酸漿（さかさほおずき）［夏］

うりばえ【瓜蠅・瓜守】
ハムシ科の甲虫の瓜葉虫の別名。体長約七ミリ。体色は黄褐色で脚は黒色。瓜の苗葉を食べる害虫。捕らえると悪臭を放つ液をだす。［同義］瓜虫（うりむし）、瓜葉虫（うりはむし）。

「え」

えい【鱏・鱝】
赤鱝（あかえい）などエイ類の海水魚の総称。体は菱形偏平。上面の頭部に眼があり、その後ろに噴水孔がある。鱗がなく腮が腹面にある。背の中央に突起があり、尾に続く。尾は細長く毒針をもつものがある。多くは海底に生息する。⬇赤鱝（あかえい）［夏］

えそ【狗母魚・鱛】
ハダカイワシ目エソ科の海水魚の総称。通常、真狗母魚（まえそ）をさす。浅場の海底に生息する。体長約三〇センチ。体は円筒形で細長い。背面は黄褐色で腹面は白色。蒲鉾の材料となる。

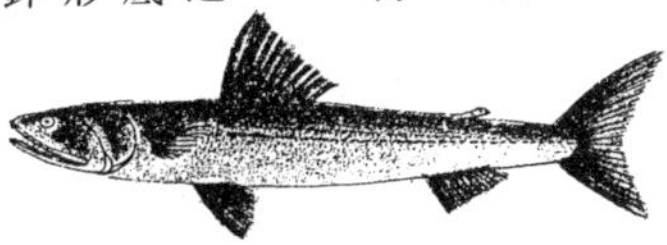

えそ［日本重要水産動植物之図］

えだかわず【枝蛙】
雨蛙の別称。「えだがえる」ともいう。⬇雨蛙（あまがえる）［夏］、蛙（かわず）［春］

§

枝蛙《えだがへる》木ぬれひそかに鳴く声のきよらなるかも道細りつつ　芥川龍之介・芥川龍之介全集（短歌）
鬱として椨の雨や枝蛙　岡本癖三酔・癖三酔句集
風の中を陽にむいて揺る、枝蛙　種田山頭火・層雲
枝蛙風にもなきて茱萸の花　飯田蛇笏・春蘭
枝蛙に小蛇いよ〳〵迫りしぞ　竹下しづの女・颷
枝蛙痩腹縒れてむかう向き　島村元・島村元句集
枝蛙鳴けよと念ふ夜の看護《みとり》　加藤楸邨・寒雷

「お」

おいうぐいす【老鶯】
春に美しい声で盛んに鳴いた鶯が、夏が近づくにつれて、だんだんとその囀りが弱くなる。この夏の季節の鶯を「老鶯」という。「ろうおう」ともいう。［同義］夏鶯（なつうぐいす）、乱鶯（らんおう）、狂鶯（きょうおう）、残鶯（ざんおう）、鶯

老いを鳴く（うぐいすおいをなく）。⬇鶯（うぐいす）［春］、老鶯（ろうおう）［夏］、鶯音を入る（うぐいすねをいる）［夏］

§

うぐひすや竹の子藪に老《おい》を鳴《なく》　芭蕉・炭俵
老を鳴く鶯思へきのふけふ　路通・故人五百題
山中や鶯老て小六ぶし　支考・初便
百両の鶯もやれ老を鳴く　一茶・七番日記
鶯よ老をうつるな草の家　一茶・題叢
鶯や餌にほだされて老を鳴　梅室・梅室家集
老鶯に一山法を守りけり　村上鬼城・鬼城句集
鶯の寂光院に老いしより　相島虚吼・春夏秋冬
老鶯や真間の入江の真菰刈　岡本癖三酔・癖三酔句集
老鶯や八洲見ゆる城櫓　長谷川零余子・雑草
老鶯や扉もあらぬ石薬師　長谷川零余子・雑草
老鶯の霧に鳴き絶えし夕餉時　水原秋桜子・古鏡
老鶯の冴明るし芭蕉かげ　川端茅舎・定本川端茅舎句集
老鶯や泪たまれば啼きにけり　三橋鷹女・橅
老鶯や夜はするどき木の間の灯　中村草田男・火の鳥
目つむれば山の老鶯町の鶏　星野立子・鎌倉

おいかわ【追河・追河魚】

コイ科の淡水魚。関東では「やまべ」、関西では「はえ」とよばれることが多い。移殖により本州以南に分布し、河川の中・上流域に生息する。体長は一〇～一五センチ。しりびれが大きく、背面は暗緑色で、腹面は白色。産卵期には雄は赤・青色などの美しい婚姻色をおび、頭部に白色の斑点（追星）があらわれる。渓流釣りの好対象魚。［同義］鮠（はえ・はや）、赤鮠、山吹鮠（やまぶきはえ）、あかっぱら〈群馬〉。⬇柳鮠（やなぎばえ）［春］、赤鮠（あかはえ）［夏］、白鮠（しらはえ）［夏］

§

灯のもとの腹太りたる大き鮠《はや》あまさず喰へと言へども大き　宮柊二・藤棚の下の小室
なまぐさし小なぎが上の鮠《はえ》の腸《わた》　芭蕉・笈日記

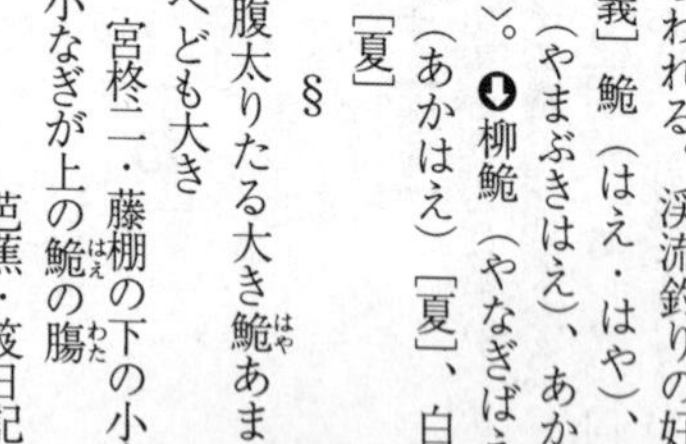
おいかわ［日本重要水産動植物之図］

おおさんしょううお【大山椒魚】

オオサンショウウオ科の山椒魚。現存する最大の両生類。特別天然記念物。岐阜県以西・九州北部に分布。渓流に生息し、沢蟹などを食べる。体長約一・五メートルに達する。背面は暗褐色で黒斑紋がある。長寿で五〇年ほど生きる。⬇山椒魚（さんしょううお）［夏］

おおじしぎ【大地鴫・大地鷸】

シギ科の鳥。一般的な鴫である田鴫より大きい。翼長約一六センチ。他の鴫は秋に渡来するが、大地鴫は夏に北海道・本州で繁殖する。繁殖期には激しく鳴き、上空を旋回したり急降下したりすることから「雷鴫」とも呼ばれる。台湾など南方で越冬する。［同義］大鴫（おおしぎ）、雷鴫（かみなりしぎ）。⬇鴫（しぎ）［秋］、田鴫（たしぎ）［秋］

おおばん【大鷭】
クイナ科の水鳥。ユーラシア、オーストラリアなどに分布し、日本には中部以北に飛来し、繁殖する。体長約四〇センチ。体色は黒色で、嘴と額は白色。［漢名］骨頂。⬇鷭（ばん）［夏］

おおよしきり【大葦切・大葭切・大葦雀】
ヒタキ科の鳥。夏鳥として南方より飛来し、日本全土に飛来し、葦などの草原に生息する。体長約二〇センチ。顔に黄白色の不明瞭な眉斑がある。背部は淡褐色、腹部は灰白色。鳴声が「ギョギョシケケシ」と聞こえるところから、俳句では「行々子（ぎょうぎょうし）」とも詠まれる。⬇葦切（よしきり）［夏］、行々子（ぎょうぎょうし）［夏］

おおよしきり／あし／こうしんばら［景年画譜］

おおるり【大瑠璃】
ヒタキ科の鳥。日本全土に夏鳥として飛来し、渓流沿いに生息する。翼長約一〇センチ。雄は羽色が全体に美しい瑠璃色。腹部は白色。雌は緑褐色。声、姿ともに美しく、飼鳥となる。古来、鶯、駒鳥と共に三銘鳥として愛されている。［同義］瑠璃（るり）、瑠璃鳥、竹林鳥（ちくりんちょう）。［漢名］翠雀、竹林鳥。⬇瑠璃鳥（るりちょう）［夏］、鶯（うぐいす）［春］、駒鳥（こまどり）［夏］

おきなます【沖膾】
沖で漁獲したばかりの鯵などの小魚を船上で膾にして食べる料理。肉を叩いて、紫蘇などの薬味を加え、味噌、酢などで食べる。地方によって調理方法はそれぞれである。⬇鯵（あじ）［夏］、背越膾（せごしなます）［夏］

おこぜ【䲁・虎魚】
カサゴ科の海水魚。一般には鬼虎魚（おにおこぜ）をいう。本州中部以南に分布し、近海の岩礁に生息する。鬼虎魚は体長約二〇センチ。奇怪な外貌で、鱗はなく、目は頭上にある。口は大きく斜め上に開く。背びれに棘が連なり、毒をもつ。夜行性で昼間は砂中にいる。美味。一般に夏が旬で、東京では吸物にするが、大阪では冬にちり鍋にして食べるため、夏の季語とも冬の季語ともされる。［和名由来］姿形が「オコ（痴）」である魚で「ゼ」は魚名語尾。背び

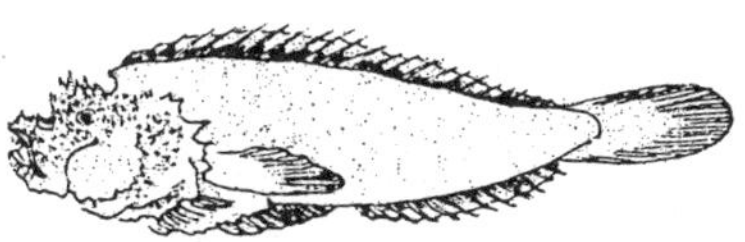
おこぜ［潜龍堂画譜］

れの棘を矛に見立て「ホコセ（矛背）」からと。⬇縢（おこぜ）［冬］

鬼をこぜ見そこなふなと面がまへ　　加藤知世子・頬杖

§

おしすずし【鴛鴦涼し】

俳句では、鴛鴦は冬の季語であるため、「鴛鴦涼し」と表現して夏の季語となる。⬇夏の鴛鴦（なつのおし）［夏］、鴛鴦（おしどり）［冬］

おしぜみ【唖蟬】

鳴かない蟬、雌の蟬をいう。⬇蟬（せみ）［夏］

おとしぶみ【落し文】

オトシブミ科の甲虫が巻き込んだ栗、楢、樺などの葉が地上に落ちたもの。五月頃に見かける。本来の落し文とは、巻いて端を折り曲げた結び文で、言いにくいことを書いて道や廊下に意図的に置いたものをいう。⬇時鳥の落し文（ほととぎすのおとしぶみ）［夏］、鶯の落し文（うぐいすのおとしぶみ）［夏］

§

中堂に道は下りや落し文　　高浜虚子・六百五十句

音たて、落ちてみどりや落し文　　原石鼎・花影

落し文ゆるくまきたるものかなし　　山口青邨・雪国

おとりあゆ【囮鮎】

鮎を釣上げるための囮の鮎。鮎は縄張りをもち、侵入する鮎を激しく撃退する。その習性を利用して釣り上げる。⬇鮎（あゆ）［夏］

§

囮鮎ながして水のあな清し　　飯田蛇笏・山廬集

おはぐろとんぼ【御歯黒蜻蛉・鉄漿蜻蛉】

カワトンボ科の昆虫。小川などに多く生息する。日本固有種。後翅は約四センチ。翅は黒色で静止状態の時は直立させる。腹部は細く、雄は黒金緑色で、雌は黒色。［同義］翅黒蜻蛉（はぐろとんぼ）、鉄漿付蜻蛉（かねつけとんぼ）、くろやんま。⬇川蜻蛉（かわとんぼ）［夏］、蜻蛉（とんぼ）［秋］

§

おはぐろや旅人めきて憩らへば　　中村汀女・花影

おはぐろに水の青蘆揺れ止まず　　中村汀女・花影

おはぐろの舞ふとも知らで舞ひ出でし　　中村汀女・花影

水影と四つとびけり黒蜻蛉　　中村草田男・長子

おやじか【親鹿】

俳句では、子を生み落とした頃の親鹿をさして夏の季語とする。［同義］鹿の親。⬇夏の鹿（なつのしか）［夏］、鹿の子（かのこ）［夏］、孕鹿（はらみじか）［春］

オランダししがしら【和蘭獅子頭・阿蘭陀獅子頭】

金魚の一品種。頭に冠のようなこぶのある金魚。琉金（りゅうきん）と蘭鋳（らんちゅう）の交配種。［同義］獅子頭（ししがしら）。⬇金魚（きんぎょ）［夏］

「か」

か【蚊】

ハエ目カ科の昆虫の総称。体色は褐色または黒褐色。三対の脚と一対の翅をもつ。触角は総毛状。雌は人畜を刺し、血を吸う。蚊の幼虫を「孑孑」という。[同種] 赤家蚊＝赤斑蚊（あかまだらか）、縞蚊＝藪蚊。⬇蚊柱（かばしら）[夏]、蚊の声（かのこえ）[夏]、蚊を焼く（かをやく）[夏]、春の蚊（はるのか）[春]、赤家蚊（あかいえか）[夏]、孑孑（ぼうふら）[夏]、縞蚊（しまか）[夏]、藪蚊（やぶか）[夏]、糠蚊（ぬかか）[夏]、秋の蚊（あきのか）[秋]、残る蚊（のこるか）[秋]、溢蚊（あぶれか）[秋]、蚊の名残（かのなごり）[秋]、冬の蚊（ふゆのか）[冬]

§

厠に来て静なる日と思ふとき蚊の一つ飛ぶに心とまりぬ
伊藤左千夫・伊藤左千夫全短歌

壁の隅に蚊のひそめるを二つ三つ認めそのまゝ厠を出でし
伊藤左千夫・伊藤左千夫全短歌

蚊のうなり水甕ふかく籠りたり柄杓を水に沈むるこころ
島木赤彦・切火

子どもらの寝顔並べり黄色《くわうしよく》の火をうごかして蚊の翅追ふも
島木赤彦・切火

わがひぢに血ぬる小《ちさ》き蚊の族《ぞう》もすると仇《かたき》をさそひけるかな
与謝野晶子・佐保姫

二つ三つ蚊がなく宵のけだるさを、さて寝ねもせず茫として居つ
岡稲里・朝夕

蚊帳《かや》のなかに蚊が二三疋《にさんびき》ゐるらしき此寂《このさび》しさを告げやらましを
斎藤茂吉・赤光

戸を開けてふたたび座る床の上蚊は飛びゆくも明るき方《かた》へ
三ケ島葭子・定本三ケ島葭子全歌集

蚊やり香の煙やうやく部屋に満ち畳の上に蚊の落つる音
三ケ島葭子・定本三ケ島葭子全歌集

我宿《わがやど》は蚊のちいさきを馳走かな　芭蕉・泊船集

子やなかん其子《そのこ》の母も蚊の喰《くは》ン　嵐蘭・猿蓑

蚊《か》のすねも達者《たっしゃ》に見ゆる夏のうち　杉風・草苅笛

象潟《きさがた》も汐焼《しほやく》跡《あと》は蚊《か》のけぶり　不玉・雪まろげ

山里《やまざと》の蚊《か》は昼中に喰《くら》ひけり　去来・続虚栗

恋のためにあらず蚊《か》にやるひざがしら　去来・去来文附載よとぎの詞

蚊《か》の痩《やせ》て鎧《よろひ》のうへにとまりけり　一笑・あら野

人につく蚊《か》の羽《は》はにくし星の橋　野坡・野坡吟草

蚊やくらふ足かきながら高鼾《たかいびき》　卯七・己が光

古井戸《ふるゐど》や蚊に飛《と》ぶ魚の音くらし　蕪村・蕪村句集

としよりと見るや　鳴《(なく)》　蚊の耳のそば　一茶・おらが春

蚊を打つて大きな音をさせにけり　村上鬼城・鬼城句集

是非もなや足を蚊のさす写し物　正岡子規・子規句集
夏痩の此頃蚊にもせゝられず　夏目漱石・漱石全集
叩かれて昼の蚊を吐く木魚哉　夏目漱石・漱石全集
偶感
煩悩の我は蚊を打つ男かな　大谷句仏・我は我
灰汁桶の上水に飛ぶ昼蚊かな　岡本癖三酔・癖三酔句集
冷照る壁に蚊がヒタと身じろぎもせず　種田山頭火・層雲
蚊が交みてやがて分れたり光る大空　種田山頭火・層雲
すばらしい乳房だ蚊が居る　尾崎放哉・須磨寺にて
仏飯ほの白く蚊がなき寄るばかり　尾崎放哉・小豆島にて
泉掬ぶ顔ひややかに鳴く蚊かな　飯田蛇笏・山廬集
衣とりし壁にとまりし昼蚊かな　原石鼎・花影
朝の蚊のまことしやかに大空へ　阿部みどり女・光陰
纏ふ蚊の一つを遂に屠り得し　日野草城・旦暮
白壁に沿ひくだる蚊や夏めきぬ　加藤楸邨・雪後の天
蚊を打つて眠れぬ顔や相わらふ　加藤楸邨・野哭
ひるの蚊を打ち得ぬまでになりにけり　石橋秀野・桜濃く
蚊のこゑのまつはり落つる無明かな　石田波郷・雨覆

が【蛾】

チョウ目に属する昆虫の蝶を除くものの総称。蝶は昼間活動するが、蛾の多くは夜に活動し、夏の夜、灯火に集まってくる。また、静止するとき、蝶は翅を垂直に立てるが、蛾は水平もしくは屋根状にたたむ。触角は蝶が棍棒状であるのに対し、蛾は先端が細く、羽毛状・櫛歯状になっているものが多い。蛾にはさまざまな種類があり、幼虫も毛虫、芋虫、尺取虫、蚕などさまざまである。⇩蚕の蝶（かいこのちょう）［夏］、火蛾（かが）［夏］、蚕蛾（さんが）［夏］、雀蛾（すずめが）［夏］、刺虫（いらむし）［夏］、芋虫（いもむし）［秋］、木食虫（きくいむし）［夏］、樟蚕（くすさん）［夏］、蚕（かいこ）［春］、尺取虫（しゃくとりむし）［夏］、毛虫（けむし）［夏］

§

蛾《が》の眉《まゆ》の顰《ひそ》めば顰む葡萄茶《えびちゃ》ぞめ裳《も》につくる人衿《えり》たかきひと　森鷗外・うた日記
夏の風弱げにしろき蛾《が》の一つ美くしむとて往き戻りする　与謝野晶子・太陽と薔薇
朝あけて露ある萱《かや》に大きなる明緑色《めいりよくしよく》の蛾《が》が生《うま》れけり　斎藤茂吉・霜
死まよふわれさそはむと黒き蛾よ夜毎とひ来《く》やもてゆけいのちを　田波御白・御白遺稿
美《よ》き蛾《が》みな火にこそ死ぬれよしゑやし心焼かえて死なまし我も　石川啄木・明星
梅雨靄《つゆもや》の匂ひただよふさ夜の街ひそやかにして蛾は飛びをれり　古泉千樫・青牛集
硝子戸にしばし音してすがりたる蛾《が》の翅《はね》は厚しおそろしきごと　佐藤佐太郎・歩道
太りたる山ぐにの蛾や川音のただちにこもる部屋に飛び来つ　宮柊二・多く夜の歌
いきどほりやる方《かた》もなく狂ほしく蛾をこそ殺せともし火のもと　吉井勇・人間経

蛾《が》の飛んで陰気な茶屋や木下闇《こしたやみ》　正岡子規・子規句集
蛾の舞ひの山の白夜を怖れけり　臼田亜浪・旅人
馬爪を切る藁火どや〳〵と蛾が　大須賀乙字・乙字俳句集
もう寝かして欲しくお前の膝に蛾が落ち　小沢碧童・碧童句集
夕顔を蛾の飛びめぐる薄暮かな　杉田久女・杉田久女句集
蛾にひそと女か、づらひ座ははずむ　富田木歩・木歩句集
蛾の卵しかと着きゐてうすみどり　高橋馬相・秋山越

かいこのあがり【蚕の上簇】
蚕が成長し、繭をつくる段階に達したことをいう。［同義］上簇団子（あがりだんご）、上簇の蚕（じょうぞくのかいこ）。➡蚕（かいこ）［春］、繭（まゆ）［夏］

かいこのちょう【蚕の蝶】
羽化して成虫の蛾になった蚕をいう。［同義］繭の蝶（まゆのちょう）、繭の蛾（まゆのが）、繭蝶（まゆちょう）。➡蚕蛾（さんが）［夏］、蛾（が）［夏］

§

衣川蚕の蝶の流れけり　大江丸・遺草

かいこまゆ【蚕繭】
蚕の繭をいう。俳句では蚕繭を単に「繭」ともいう。➡繭（まゆ）［夏］

かいず
黒鯛の幼魚をいう。品川の「かいず釣り」が有名であった。➡黒鯛（くろだい）［夏］

かいぶし【蚊燻】
蚊遣のこと。➡蚊遣（かやり）［夏］

§

蚊いぶしもなぐさみになるひとり哉　一茶・七番日記
蚊いぶしに浅間颪の名残かな　村上鬼城・鬼城句集

かが【火蛾】
夏の夜に灯火をめがけて飛び集まる蛾をいう。［同義］燈蛾（とうが）、燭蛾（しょくが）。➡火取虫（ひとりむし）［夏］、蛾（が）［夏］

§

一匹の火蛾《かが》に思ひを乱すまじ　高浜虚子・六百句
音もなくひとりめぐれる火蛾もあり　中村汀女・都鳥

ががんぼ【大蚊】
ガガンボ科の昆虫の総称。体長約二センチ。蚊に似ているが、体、脚ともに大きい。幼虫は泥中に多く生息する。血は吸わない。［同義］蚊蜻蛉（かとんぼ）、蚊の姥（かのうば）、かがんぼ、かのおば。➡蚊蜻蛉（かとんぼ）［夏］

§

が、んぼに熱の手をのべ埒《らち》もなし　石橋秀野・石橋秀野集

かぎゅう【蝸牛】
蝸牛の別称。➡蝸牛（かたつむり）［夏］

§

我レむかし踏《ふみ》つぶしたる蝸牛《くわぎう》哉　鬼貫・俳諧大悟物狂
門額の大字に点《とも》す蝸牛《かぎゅう》かな　高浜虚子・五百句

かくいどり【蚊食鳥】
蝙蝠の別称。➡蝙蝠（こうもり）［夏］

§

霖雨のはじめて晴れし宵月に蚊くひ鳥飛ぶ影夢の如く　伊藤左千夫・伊藤左千夫全短歌
牛吼る窓飛さるや蚊食鳥　闌更・半化坊発句集
雨の夜や軒下かける蚊食鳥　闌更・半化坊発句集
子一人の門弁慶や蚊喰鳥　菅原師竹・菅原師竹句集
前九年にこの寺号見ゆ蚊喰鳥　菅原師竹・菅原師竹句集
荷車の片輪はづすや蚊喰鳥　大谷句仏・我は我
塔を掃く物日の暮や蚊喰鳥　籾山柑子・柑子句集
木戸あけて江明りとるや蚊喰鳥　大須賀乙字・乙字俳句集
むきかはる通風筒に蚊喰鳥　杉田久女・杉田久女句集
夫留守の夕餉早さよ蚊喰鳥　杉田久女・杉田久女句集補遺
船の子の橋に出遊ぶ蚊喰鳥　富田木歩・木歩句集
河が呑む小石どぶんと蚊喰鳥　中村汀女・春雪
淀川の河明りより蚊喰鳥　中村汀女・汀女句集
鳩達の寝所《ねどころ》高し蚊喰鳥　中村草田男・母郷行
一菜成りて一汁火上に蚊喰鳥　中村草田男・母郷行
広々と水浸ける原や蚊食鳥　星野立子・鎌倉

かくすべ【蚊燻べ】

蚊を追い払うため、草や木、線香などを焼き燻べて、煙をだすこと。⇩蚊遣（かやり）［夏］

がざみ【蝤蛑】

ワタリガニ科の海産の食用蟹。本州以南に分布し、内湾の砂泥底に群生する。一般に「わたり蟹」といわれる。甲は菱形で幅二五センチに達するものもある。雌の体は暗褐色、雄は青みが強い。ハサミは大きく、最後の平板状の脚で泳ぐ。夜行性。［和名由来］鋏の意の「カサメ」より。また、「カニハサミ」の略意など諸説あり。⇩蟹（かに）［夏］

§

岩伝ふ水上走りがざめの子　松瀬青々・妻木

かじか【河鹿】

アオガエル科の河鹿蛙（かじかがえる）をいう。山間の渓流に生息する。体長約五センチ。体色は灰褐色。腹部は白色で黒色の斑点がある。指先には吸盤がある。雄の鳴声は美しく、飼育される。古歌の「河蝦（かわず）」の多くはこの河鹿蛙をいう。⇩蛙（かわず）［春］、蛙（かえる）［春］、鰍（かじか）［秋］

がざみ［潜龍堂画譜］

§

夕されば河鹿鳴くとふす、ぎ川旅のいそぎに昼見つるかも　伊藤左千夫・伊藤左千夫全短歌
河鹿鳴く夜川の風の寒むけきに鵜飼待ちつ、さ夜ふけにけり　伊藤左千夫・伊藤左千夫全短歌
利根の洲の白きあたりにかじか鳴き温湯川《ぬるゆがは》より夕風のぼる　与謝野晶子・山のしづく
かじかども分水嶺を何ばかり離れぬ山の渓にゐて鳴く　与謝野晶子・山のしづく

黄皀莢《さるかげ》の花さく谷の浅川にかじかのこゑは相喚《あひよ》びて鳴く　長塚節・房州行

青巌のかげのしぶきに濡れながら啼ける河鹿を見出でしさびしさ　若山牧水・路上

羽虫まつ河鹿が背《せな》は痩せやせて黒みちぢめり飛沫《しぶき》のかげに　若山牧水・山桜の歌

淵尻の岩端《いははな》にゐて羽虫とる河鹿しばしば水に落つるなり　若山牧水・山桜の歌

山川に物怖ぢしつつ河鹿鳴くわが如く鳴くしぶかれて鳴く　三ケ島葭子・定本三ケ島葭子全歌集

けさの朝は五月一日河鹿《ごぐわついちじつかじか》鳴くすがしきこゑに目ざめけるかも　古泉千樫・青牛集

日のくれの山かげふかき川瀬よりいちはやき夏の河鹿《かじか》鳴きたり　中村憲吉・しがらみ

川音につれて鳴出《なきだ》すかじか哉　涼菟・其袋

巌殿の湯や夜をさびて河鹿啼く　幸田露伴・蝸牛庵句集

塩原温泉

河鹿啼く水打つて風消えにけり　臼田亜浪・旅人

よき河鹿痩せていよ〱高音かな　原石鼎・花影

河鹿なく大堰の水も暮れにけり　杉田久女・杉田久女句集

病快し河鹿の水をかふるなど　杉田久女・杉田久女句集

磨崖仏河鹿鳴きつゝ暮れたまふ　水原秋桜子・古鏡

塔見つゝ谿の河鹿をきくはろけさ　水原秋桜子・古鏡

夕河鹿百のランプを配り初む　山口青邨・花宰相

遅き月蕗にさしゐる河鹿かな　加藤楸邨・寒雷

かたつむり【蝸牛】

陸性のマキガイ、マイマイ類の総称。「かたつぶり」ともいう。五・六層からなる淡黄色の螺旋形殻をもつ。右巻・左巻それぞれある。体表は網目状で粘液で湿っている。頭部には二対の触角があり、長い方に明暗を感じる眼がある。夜行性で、とくに日没後や夜明け前によく動く。卵生で雌雄同体。若葉を食べる。[和名由来]「カサヅグリ」＝まるい渦紋の貝の意と。カタツムリの「ツムリ」は「ツブ（壺）＝巻貝」の意。「カタ」は不明。別名の「でんでんむし」は「出よ出よ虫」で、殻から顔を出せの意。「まいまいつぶり」は、形が笠をもって舞う、往時の神事舞に似ていることからと。[同義]ででむし、でんでんむし、かいつむり、まいまいつぶり、まいまいつぶら。⬇蝸牛（かたつむり）[夏]、ででむし[夏]

かたつむり［博物全志］

§

心おく方やなからんかたつふ《ぶ》りおのか《が》住かを引きありきつゝ　樋口一葉・樋口一葉全集

洗ひ終へてやがて菜を負ひかたつむり歩むがごとく負ひて帰りぬ
若山牧水・くろ土

軒近く迫れる裏の石垣にかたつむり這へり雨は降りつつ
三ケ島葭子・定本三ケ島葭子全歌集

石垣に角出しゐたる蝸牛いつしかをらず苔青きかも
三ケ島葭子・定本三ケ島葭子全歌集

かたつむりがことさら選りて食むらしき枯草の葉は梅雨にしめれり
三ケ島葭子・定本三ケ島葭子全歌集

蝸牛《かたつむり》這ひにじるながきときの間《ま》を紫陽花あをき谷にいこへる
前川佐美雄・天平雲

かたつぶり角《つの》ふりわけよ須广明石　芭蕉・猿蓑
打水《うちみづ》や壁《かべ》より落る蝸牛《かたつむり》　介我・其便
くさぶかき庭に物有蝸牛《ありかたつぶり》　涼菟・皮籠摺
拾《ひろ》はれて行《ゆく》日もあらん蝸牛《(かたつぶり)》　涼菟・芭蕉盥
枇杷《びは》の葉やとまれば《(は)》角《つの》なき蝸牛《かたつむり》　其角・五元集拾遺
有《あり》てなき角《つの》おもしろし蝸牛《かたつぶり》　露川・白烏集
桜木を知てや付《つき》し蝸牛《かたつむり》　野坡・百曲
笹《ささ》の葉に何と寝たるぞ蝸牛《かたつむり》　支考・梟日記
鼻息をうしとやちゞむ蝸牛《かたつむり》　琴風・夢の名残
こもり居て雨うたがふや蝸牛　蕪村・蕪村句集
椎《しひ》の葉に揃《そろ》はぬ箸《はし》やかたつぶり　蕪村・夜半叟句集
蝸牛や五月をわたるふきの茎　夏目漱石・漱石全集
石に点《とも》し竹に点せし蝸牛《かたつむり》　高浜虚子・七百五十句
朽臼をめぐりめぐるや蝸牛　西山泊雲・泊雲
蝸牛紫陽花の葉の裏表　青木月斗・時雨
立戸樋の音聞きゐるよ蝸牛　青木月斗・時雨
角立て、立聴き顔や蝸牛　羅蘇山人・蘇山人句集
蝸牛に石過ちし障子かな　島田青峰・青峰集

思ふこと多し
見つめ居れば明るうなりぬ蝸牛　原石鼎・花影
葉の雫風におくれて蝸牛　原石鼎・花影
かたつむり葵の濡れしところ食む　阿部みどり女・月下美人
光陰は竹の一節蝸牛　阿部みどり女・光陰
枯笹と墜ちし蝸牛に水暗し　竹下しづの女・颯
蝸牛も人界のものでありにけり　原月舟・月舟俳句集
蝸牛に枝岐れんとして木瘤哉　杉田久女・杉田久女句集補遺
簀《す》むし子や雨にもねまる蝸牛《かたつむり》　芥川龍之介・芥川龍之介全集（発句）
庭下駄は風雨に古りぬ蝸牛　水原秋桜子・葛飾
蔓草拓く露の利鎌や蝸牛　島村元・島村元句集
萱の葉の縺れほどけて蝸牛かな　島村元・島村元句集

石手寺境内にて
法《のり》の池堕ちて溺るる蝸牛《かたつむり》　中村草田男・母郷行
蝸牛や故里なべて夫《つま》老いぬ　中村草田男・長子
此二タ年蝸牛を見ず海を見ず　中村草田男・火の鳥
刻々に軍歌は近し蝸牛　加藤楸邨・雪後の天
蝸牛や葉がくれの窓灯が入りて　加藤楸邨・雪後の天
蝸牛や雨ばかりなる駒場町　石田波郷・風切

かちう【歩行鵜】

地上をあるく鵜。⇩鵜飼（うかい）［夏］

土佐のかつお釣漁［日本山海名産図会］

かちうま【勝馬】

旧暦の五月五日（現在の六月五日）に京都上賀茂神社の馬場で行われる競馬（くらべうま）の神事で、勝った馬のことをいう。⇩馬（うま）［四季］、競馬（くらべうま）［夏］

かつお【鰹・松魚・堅魚】

サバ科の海水魚。回遊魚。三～八月頃に黒潮に乗って日本近海を群れて北上し、一〇月頃南下する。一般に真鰹（まがつお）をいう。体は紡錘形で、体長四〇～九〇センチ。背面は暗青色。腹面は銀白色。体測に数本の黒色帯があり、死後鮮明となる。生節（なまりぶし）、鰹節（かつおぶし）となり、内臓は塩辛となる。鰹は字音から「勝つ男（かつお）」とも当て字され、縁起の良い魚とされた。同様に鰹節も「勝男武士」と当てられた。古くから一本釣りが行われ、現在ではトローリングの対象魚。［和名由来］乾燥すると堅くなる魚の「カタウオ（堅魚）」の意。「松魚」の漢字をあてたのは、鰹の身が松材の樹脂部分に似るところから。［同義］烏帽子魚（えぼしうお）。⇩初鰹（はつがつお）［夏］、鰹船（かつおぶね）［夏］、鰹潮（かつおじお）［夏］、鰹色利（かつおいろり）［夏］、鰹売（かつおうり）［夏］、秋鰹（あきがつお）［秋］、鰹節（かつおぶし）［四季］

§

かつお［明治期挿絵］

したたかにわれに喰《くは》せよ名にし負う熊野が浦はいま鰹時　若山牧水・くろ土

比叡山《ひえやま》の孝太を思ふ大ぎりのつめたき鰹を舌に移す時　若山牧水・くろ土

我恋は夜鰹に逢ふ端居哉　言水・俳諧五子稿

大勢の中へ一本かつをかな　嵐雪・玄峰集

下郎等に鰹くはする日や仏　嵐雪・玄峰集

煮鰹《にがつを》をほして新樹の烟《けぶり》哉　嵐雪・或時集

人の誠《まこと》先《まづ》あたらしき鰹《かつを》哉　其角・五元集拾遺

此里に砧《きぬた》をきけば鰹《かつを》かな　百里・渡鳥

包刀の血を見せ申す鰹哉　梅室・梅室家集

両国を鰹々と渡りけり　巌谷小波・さゞら波

市にけふたゞ三本の鰹かな　小沢碧童・碧童句集

松魚売幡随院を見知りけり　高田蝶衣・青垣山

かつおいろり【鰹色利・鰹煎汁】

鰹節を煮出した汁。調味料に使用される。たんに「煮取（にとり）」ともいう。⇩鰹（かつお）[夏]

かつおうり【鰹売】

鰹を売る人。⇩鰹（かつお）[夏]

§

港はや青むらさきの夏の魚鰹ばかりを売る街となる　若山牧水・死か芸術か

鰹売《かつをうり》いかなる人を酔《よは》すらん　芭蕉・いつを昔

かつおじお【鰹潮】

夏、鰹釣に最も最適な海の状態をいう。天候がよく波が静かな状態。⇩鰹釣（かつおつり）[夏]、鰹（かつお）[夏]

かつおつり【鰹釣】

回遊する鰹の群に小鰯（こいわし）を散布し、小鰯をめがけて集まる鰹を漁獲する釣。「鰹の一本釣」という。鰹の群れを引き付けるため、漁夫は絶えず船の周囲に小鰯を投げ入れる。土佐・薩摩・紀伊などの鰹釣が有名。⇩鰹潮（かつおじお）[夏]、鰹船（かつおぶね）[夏]

§

…釣船の　とをらふ見れば　古《いにしへ》の　事そ思ほゆる　水江《みづのえ》の　浦島《うらしま》の子が　堅魚《かつを》釣り　鯛釣り矜《ほこ》り…（長歌）　作者不詳・万葉集九

かつおのえぼし【鰹の烏帽子】

カツオノエボシ科の水母。大きい青色の気泡状の浮嚢体で、水面に浮かび、下面に樹枝状の長い生殖体を垂らす。触手の刺胞には毒がある。[同義] 電気水母・電気海月（でんきくらげ）。⇩水母（くらげ）[夏]

かつおぶね【鰹船】

鰹釣に出る船をいう。⇩鰹（かつお）[夏]、鰹釣（かつおつり）[夏]

§

年わかの追分上手《おひわけじやうず》この夏も載せて来よかし鰹《かつを》釣る船　与謝野寛・紫

城山や飛嶋かけて鰹《かつを》ぶね　涼菟・皮籠摺

松魚舟《かつおぶね》子供上りの漁夫もゐる　高浜虚子・五百五十句

白雲や漕ぎつれ競ふ鰹舟　吉武月二郎・吉武月二郎句集
鰹船かへり大島雲垂れたり　水原秋桜子・古鏡

かっこう【郭公】

ホトトギス科の鳥。姿は時鳥に似るが、それより大きく、翼長約二〇センチ。背部は暗灰青色で、腹部は白地に黒色の密な横斑がある。頬白や百舌鳥などの巣に託卵し、繁殖する。「クワックー・クワックー」と鳴く。日本には夏鳥として渡来する。古歌に貌鳥、箱鳥、呼子鳥と詠まれている鳥を郭公とする説もある。また、平安時代、「郭公」を「ほととぎす」と読んでいたが、姿が似ているためと考えられる。鎌倉時代になり「郭公」を「かっこう」と読み、時鳥と区別するようになった。[和名由来] 鳴声「クワックー」から。漢名「郭公」も鳴声からと思われる。[同義] 郭公鳥・鞨鼓鳥（かっこどり）、閑古鳥・閑子鳥・諫鼓鳥（かんこどり）、種蒔鳥（たねまきどり）、布穀鳥（ふふどり）。[漢名] 郭公。➡貌鳥（かおどり）[春]、箱鳥（はこどり）[春]、呼子鳥（よぶこどり）[春]、時鳥（ほととぎす）[夏]、閑古鳥（かんこどり）[夏]、筒鳥（つつどり）[夏]

§

間《あひだ》なく郭公鳥《くわくこうどり》のなくなべに我はまどろむ老父の辺《へ》に　島木赤彦・氷魚
遠き村の火事の火見ゆる山のなか郭公鳥《くわくこうどり》は夜を鳴きて居り　島木赤彦・氷魚
白雲の下《お》りゐ沈める谿あひの向うに寂しかつこうの声　島木赤彦・太虚集
山に噴く火の勢ひを知りてのち郭公《くわくこう》いとど弱げにぞ鳴く　与謝野晶子・緑階春雨
郭公《くわくこう》の庭樹に鳴くをめづらしみ見むとし思ふところ馴れねば　岡麓・涌井
郭公は昼とゆふべと庭の木に来りて声を惜まず鳴きき　岡麓・涌井
みづうみのかなたの原に啼きすます郭公《くわくこう》の声ゆふぐれ聞ゆ　若山牧水・くろ土
うち仰ぐ岩山の峰に朝日さし起りたるかも郭公《くわくこう》の声　若山牧水・黒松
谷《たに》あひに夕《ゆふ》のとよみは遠《とほ》くしてまたなき出《い》づる郭公《くわくこう》の声《こゑ》　土屋文明・ふゆくさ
討伐《たうばつ》を終《を》へて入りたる甕風呂《かめぶろ》に郭公《くわくこう》啼《な》くと気づくひととき　渡辺直己・渡辺直己歌集
かっこ鳥板屋《どりいたや》の背戸《せど》の一里塚《いちりづか》　越人・春の日
さびしさの色《いろ》はおぼえずかっこ鳥《どり》　野水・あら野
郭公《くわくこう》と弁慶《べんけい》しらぬ人はなし　涼菟・七さみだれ
郭公《くわくこう》も唯の鳥ぞと聞き馴《な》れし　高浜虚子・七百五十句
郭公や何処までゆかば人に逢はむ　臼田亜浪・旅人
あるけばかつこういそげばかつこう　種田山頭火・草木塔
啼く音深き郭公へ雨押しゆきぬ　渡辺水巴・富士
いつまでも郭公やみそ空まどか　渡辺水巴・富士
郭公啼く青一色の深山晴れ　飯田蛇笏・椿花集
磐梯へ翔けし郭公戻り鳴く　水原秋桜子・殉教

郭公の鳴く空低く垂れにけり　水原秋桜子・殉教
郭公の鳴くをし聞けばしなのなる　山口青邨・花宰相
郭公を聴くや火のなき炉に坐り　山口青邨・花宰相
　福島にて
郭公のゐる森濃しと見て通る　高橋馬相・秋山越
郭公や草の高さの草のいのち　高橋馬相・秋山越
郭公のひそみ啼きゐて風暑し　石橋辰之助・山暦
郭公や梅雨雲つひに田に降り来　石橋辰之助・山暦
郭公の拙き声を試みぬ　石田波郷・酒中花以後

かっぱ【河童】
想像上の動物。体は子供に近く、顔は虎に似ているが、嘴がある。体には鱗や甲羅があり、頭上には皿があり水を容れている。この皿に水があるうちは陸上でも活動できるという。水陸両生で、他の動物を水に引き入れて吸血するという。川で子供が溺死するのは河童の仕業と言い伝えられる。

かっぱ［北斎漫画］

［同義］かわっぱ、かわらんべ、河太郎、河郎（かわろう）、かわこ。⬇河童祭（かっぱまつり）［夏］、河童忌（かっぱき）［夏］、河太郎（かわたろう）［夏］

§

水の隈《くま》うすくれなゐは河郎《かはらう》の夜床《よどこ》にすらんなでしこの花　与謝野晶子・夢之華
おもひでのなかに河童の多見次ゐていまもをりをりわれにもの云ふ　吉井勇・鸚鵡杯
うつうつと汗ばむ吾が身熱《ねつ》あれば悲しき顔に河童《かっぱ》寄り添う　宮柊二・晩夏
笛を吹く緑の体《たい》の小河童《こがっぱ》も悲しからむと妄想《まうざう》に持つ　宮柊二・晩夏
馬に乗って河童《かっぱ》遊ぶや夏の川　村上鬼城・鬼城句集
初胡瓜河童に二本流しけり　菅原師竹・菅原師竹句集

かっぱき【河童忌】
小説『河童』を書いた芥川龍之介の忌日。七月二四日。

かっぱまつり【河童祭】
六月に多く行われる水の神の祭。河童を水神として祀るところが多い。⬇河童（かっぱ）［夏］

かとんぼ【蚊蜻蛉】
大蚊の別名。ガガンボ科の昆虫の総称。蚊に似ているが、体、脚ともに大きく約二センチ。幼虫は泥中に多く生息する。⬇大蚊（ががんぼ）［夏］

かなぶん
コガネムシ科の甲虫。青銅色で体長約二・五センチ。櫟の樹液などに集まる。コガネムシ類全般をいうこともある。⬇黄金虫（こがねむし）［夏］

§

悲しみを窺ふごとも青銅色《せいどう》のかなぶん一つ夜半に来てをり　宮柊二・小紺珠
かなぶんぶん生きて絡まる髪ふかし　野澤節子・雪しろ

かに【蟹】

甲殻類カニ亜目の節足動物の総称。全身がキチン質の殻で覆われ、腹部は腹面に巻き込まれる。この腹部を俗に「ふんどし」という。体形は偏平で、眼は飛びでており、口から泡を吹く。一対のハサミと四対の脚をもち、横走りする。腹部の狭く長いものが雄で、広く丸いものが雌。種類は多く、大部分が海水産。淡水産には「沢蟹」などがいる。季語としては、夏、海や川などで見かける小さな蟹をいうことが多い。［和名由来］「カ（殼・皮・甲）ニ（丹）」の意で、蟹を煮ると殼が赤くなるところからと。［同義］がに、がね。➡磯蟹（いそがに）［夏］、川蟹（かわがに）［夏］、蟹の子（かにのこ）［夏］、蟹の泡（かにのあわ）［夏］、潮招（しおまねき）［春］、藻屑蟹（もくずがに）［春］、蝤蛑（がざみ）［夏］、沢蟹（さわがに）［夏］、山蟹（やまがに）［夏］、花咲蟹（はなさきがに）［秋］、ずわい蟹（ずわいがに）［冬］、平家蟹（へいけがに）［四季］

かに［潜龍堂画譜］

§

おし照《て》るや　難波の小江《をえ》に　蘆作《いほ》り　隠《なま》りて居る　葦蟹《あしがに》を　大君召《め》すと…（長歌）

作者不詳・万葉集一六

母蟹《ははがに》の腹より百の小《ち》き蟹匍《は》ひ出《い》づるごと新しくあれ　与謝野寛・鴉と雨

あさ潮に嗽口し居れば岩蟹のゆくへもしらに驚きはしる　服部躬治・迦具土

清らかなる山の水かも蟹とると石をおこせば砂の流《なが》らふ　島木赤彦・柿蔭集

湖《うみ》に入る谷川水の浅き瀬にいささか蟹《かに》はふ夏となりけり　島木赤彦・柿蔭集

金蓮花《きんれんくわ》そよかぜ吹けば沙山の紅蟹《べにがに》のごと逃げまどふかな　与謝野晶子・太陽と薔薇

わがめぐり濡れし砂より這ひ出づる蟹あまたありて海に日沈む　若山牧水・死か芸術か

ちろちろと岩つたふ水に這ひあそぶ赤き蟹ゐて杉の山しづか　若山牧水・渓谷集

東海《とうかい》の小島《こじま》の磯の白砂《しらすな》にわれ泣きぬれて蟹《かに》と戯《たはむ》る　石川啄木・明星

砂浜《すなはま》に、小《ち》さくつくばひ、わがむすめ、蟹《かに》と遊《あそ》べり。世界《せかい》、事《こと》なし。　土岐善麿・黄昏に

蟹網に硝子の玉をくくりつつけふも暮れぬと思はぬならむ　土岐善麿・六月

かへりきていまだ生きゐる大き蟹母に見せつつ子らはさわぐも　古泉千樫・青牛集

沢の道に、こゝだ逃げ散る蟹のむれ　踏みつぶしつゝ、心むなしもよ　釈迢空・海山のあひだ

いきどほる心すべなし。手にすゑて、蟹のはさみを　もぎはなちたり　釈沼空・海山のあひだ

はさみ切《きる》かやあたら髪さき
蟹《かに》の住此《すむこの》川岸のふし柳　重頼・犬子集

さゞれ蟹《かに》足はひのぼる清水《しみづ》哉　芭蕉・続虚栗

汐干《しほひ》くれて蟹《かに》が裾引《そでひく》なごり哉　嵐雪・虚栗

足高《あしだか》に涼しき蟹《かに》のあゆみ哉　木因・笈日記

浮舟《うきふね》のすゞしき中へかにの甲《かふ》　其角・五元集

涼しさや松這《は》ひ上がる雨の蟹《かに》　正岡子規・子規句集

蟹《かに》の目の巌間《いはま》に窪む極暑《ごくしよ》かな　泉鏡花・現代俳句集成

鎌倉や牡丹《ぼうたん》の根に蟹《かに》遊ぶ　高浜虚子・六百五十句

砂の冷やかさ這ふとせぬ蟹ま赤なり　種田山頭火・層雲

死にしふりして蟹あはれ土用浪　原石鼎・花影

放ちるや蟹大海は尋常に　阿部みどり女・定本阿部みどり女句集

鋏立て、苔食ふ蟹に水浅し　長谷川かな女・龍膽

大釜の湯鳴りたのしみ蟹うでん　杉田久女・杉田久女句集

濡れ土に影濃き蟹の歩みかな　杉田久女・杉田久女句集補遺

蟹這ふや濤赤く照る松の脚　杉田久女・杉田久女句集補遺

蟹失せて蕗のはびこる山路かな　水原秋桜子・葛飾

海鳴りや落ちてゐるなる蟹の爪　中村草田男・長子

しづけさにたゝかふ蟹や蓼の花　石田波郷・鶴の眼

かにのあわ【蟹の泡】

蟹の口から泡をたてる。⇩蟹（かに）［夏］

§

短夜や芦間《あしま》流《なが》るゝ蟹《かに》の泡《あわ》　蕪村・蕪村句集

かにのこ【蟹の子】

子蟹。⇩蟹（かに）［夏］

§

泡ふきて、横さにわしる、蟹の子も、世をいきどほる、友にやあるらむ。　与謝野寛・東西南北

ゆきあひてけはひをかしく立ち向ひやがて別れてゆく子蟹かな　若山牧水・山桜の歌

散りたまる柘榴の花のくれなゐをわけてあそべり子蟹がふたつ　若山牧水・山桜の歌

親蟹《おやがに》の子蟹誘うて穴に入る　高浜虚子・七百五十句

与謝野晶子・深林の香

かのこ【鹿の子】

鹿（しか）の子のこと。鹿は晩春から初夏に子を生む。子鹿の体は赤黒色で、白く鮮明な斑点がある。これを「鹿の子斑（かのこまだら）」という。鹿は生後二年目から角がはえるので、生まれたときは角がない。［同義］鹿の子（しかのこ）、子

かのこ［頭書増補訓蒙図彙大成］

鹿。⬇孕鹿（はらみじか）［春］、親鹿（おやじか）［夏］、夏の鹿（なつのしか）［夏］、鹿子（かこ）［四季］、鹿（しか）［秋］、子鹿（こじか）［夏］、鹿の子（しかのこ）［夏］

§

火串《ほぐし》さして人居らぬさまに見ゆるかなあはれ鹿《か》の子《こ》のよらんとぞする
正岡子規・子規歌集

灌仏《くわんぶつ》の日に生れ逢《あ》ふ鹿《か》の子哉
芭蕉・曠野

破垣《やれがき》やわざと鹿子《かのこ》のかよひ道
曾良・猿蓑

八九間鹿の子見送る林かな
白雄・白雄句集

草の葉に見すく鹿の子の額哉
白雄・白雄句集

草の原何を鹿の子のはみそめし
白雄・白雄句集

はやり来て小松をわくる鹿子哉
成美・いかにいかに

あはれなり牝鹿につれて行く鹿子
成美・いかにいかに

鳩の中はしり過たる鹿の子哉
乙二・斧の柄

神の瞳とわが瞳あそべる鹿の子かな
原石鼎・花影

苔と陽のみどりに育ち鹿の子居る
原石鼎・花影

鹿の子跳ぶよ杉の張り根を越え〱て
原石鼎・花影

苑日々に草深うなる鹿の子かな
日野草城・花氷

かのこえ【蚊の声】

蚊の羽音の唸りをいう。［同義］蚊の唸り（かのうなり）。⬇蚊（か）［夏］

§

蚊のこゑはいぶせけれども夕かぜのすゞしくそよぐ竹の下道
樋口一葉・緑雨筆録「一葉歌集」

やせやせしわれをめがけてかなしげにこゑふりたてて泣きさたる蚊よ
田波御白・御白遺稿

ほそぼそと命たもてり藪かげの家居日暮れて蚊の声ぞする
土田耕平・青杉

かすかなる幸《さいはひ》に似てこの夜《よは》にいでそめし蚊《か》の声《こゑ》をききをり
佐藤佐太郎・歩道

蚊《か》の声も人にそばゆる川辺《かはべ》哉
路通・艶賀の松

蚊《か》の声や富士《ふじ》の天辺《てぺん》の明残《あけのこ》り
許六・東海道

蚊《か》の声《こゑ》の中にいさかふ夫婦《めをと》かな
李由・有磯海

蚊の声す忍冬《にんどう》の花の散ルたびに
蕪村・蕪村句集

蚊の声にらんぷの暗き宿屋哉
正岡子規・子規句集

貌暮れぬ風さはり蚊の声さはり
日野草城・旦暮

かばしら【蚊柱】

夏の夕方、蚊が群がって柱状に飛んでいる状態をいう。⬇蚊（か）［夏］

§

児供等ガ水ウツナベニ植込ノ木ヌレヲタカミ移ル蚊柱
伊藤左千夫・伊藤左千夫全短歌

隣屋ニユフ日カギロヒ吾ガ庭ノ楦ノ木ヌレヲサワグ蚊柱
伊藤左千夫・伊藤左千夫全短歌

蚊柱《かばしら》に夢の浮《うき》はしかゝる也《なり》
其角・五元集

蚊柱や吹きおろされてまたあがる
村上鬼城・鬼城句集

蚊柱やふとしきたてゝ宮造り
正岡子規・子規句集

蚊柱や鐘楼《しゆろう》の方に草深し
河東碧梧桐・碧梧桐句集

蚊柱や煙の闇を人通り　松瀬青々・妻木

蚊柱に救世軍の太鼓かな　巌谷小波・さゞら波

病中吟

蚊柱や青唐辛子焼く匂ひ　大谷句仏・我は我

かび【蚊火】

蚊遣火のこと。⇩蚊遣火（かやりび）［夏］

§

あしひきの山田守《も》る翁《をぢ》が置く蚊火《かひ》の下焦《したこが》れのみわが恋ひ居《を》らく

作者不詳・万葉集一一

黍《きみ》がらの蚊火《かび》たく庭によこたへし扉のうへにうまいす我は

森鷗外・うた日記

蚊火消ゆや乗鞍岳に星ひとつ　水原秋桜子・葛飾

かぶとえび【兜蝦】

ミジンコ類に近縁の水生甲殻類。本州中部以南に分布し、水田などに生息する。初夏に大発生することが多い。一カ月ほどで死ぬ。体長二〜三センチ。体は細長い円筒形で、頭部に兜状の甲をかぶる。体色は暗緑色で約二センチほどの尾鞭をもつ。

かぶとむし【兜虫・甲虫】

カブトムシ科の大形甲虫。体長約三〜五センチ。全体に光沢のある黒褐色。背部は半円球状に隆起する。雄は頭部に、先が割れた長い角をもつ。幼虫は堆肥や枯葉を食べる。夏に成虫となり、櫟などの樹液にあつまる。［同義］鬼虫（おにむし）、皀莢虫（さいかちむし）、源氏虫（げんじむし）。

§

暑き日に蒸れし青葉のにほひこもる夕べの道に兜虫飛ぶ

三ケ島葭子・定本三ケ島葭子全歌集

石の上に落つるがごとくとまりたりたはやすくして捕へし兜虫

三ケ島葭子・定本三ケ島葭子全歌集

甲の下にたたみひめたるうすき翅少し見えをり兜虫のしりに

三ケ島葭子・定本三ケ島葭子全歌集

こともなく散りぼふ虫は死にてあり甲虫《かぶとむし》をいくつか拾ふ

土屋文明・放水路

朝けよりしたたる汗を拭《ふ》きゐれば這ひ出づる虫は兜虫《かぶとむし》らし

前川佐美雄・天平雲

兜虫ふみつぶされてうごきけり　飯田蛇笏・春蘭

兜虫み空を兜捧げ飛び　川端茅舎・定本川端茅舎句集

甲虫しゅうしゅう啼くをもてあそぶ　橋本多佳子・紅絲

書庫守の朱に塗り放つ兜虫　中村草田男・火の鳥

兜虫居る岩過ぎて火の山へ　中村草田男・火の鳥

王冠座出でても兜虫曳きあふ　加藤楸邨・野哭

兜虫夕焼雲の奔騰す　加藤楸邨・野哭

兜虫ふたつ曳きあふ生くるかぎり　加藤楸邨・野哭

兜虫道標のもとにひとり死す　石田波郷・胸形変

兜虫漆黒なり吾汗ばめる　石田波郷・鶴の眼

かまきりうまる【蟷螂・螳螂・鎌切―生る】

晩秋に樹枝に産みつけられた蟷螂の卵は、五月頃に孵化し、親と同じように鎌状の前脚をもつ多数の「子蟷螂」が生まれる。⇩蟷螂生る（とうろううまる）［夏］、蟷螂（かまきり）［秋］、蟷螂（とうろう）［秋］

§

庭草の茂り蟷螂生れけり　青木月斗・時雨

かみきりむし【髪切虫・天牛】

カミキリムシ科の甲虫の総称。体は円筒形。顎が発達して鋭く細枝などを咬み切る。体は黒色で白色の斑紋がある。黒白斑のある二本の長い触角をもつ。「かみきり」ともいう。幼虫は害虫で、樹幹に穴を食い開けるところから「鉄砲虫」とよばれる。［同種］白条髪切虫（しらすじかみきりむし）、ごまだら髪切虫（ごまだらかみきりむし）、虎斑髪切虫（とらふかみきりむし）、瑠璃星髪切虫（るりぼしかみきりむし）。⇩木食虫（きくいむし）［夏］、鉄砲虫（てっぽうむし）［夏］

かみきりむし［和漢三才図会］

§

髪切虫の絣のきもの緑蔭に　山口青邨・花宰相
髪切虫押へ啼かしめ悲しくなる　橋本多佳子・紅絲
くらがりに捨てし髪切虫が啼く　橋本多佳子・紅絲
うつむきてゐるは髪切虫と遊ぶ　橋本多佳子・紅絲
きりきりと紙切虫の昼ふかし　加藤楸邨・野哭

かめのこ【亀の子】

季語としては、カメ科の石亀の子である銭亀のことをさす。［同義］子亀（こがめ）。⇩銭亀（ぜにがめ）［夏］、石亀（いしがめ）［四季］、亀（かめ）［四季］

かもすずし【鴨涼し】

鴨を始め、水鳥の類はたいてい冬の季語であるが、「涼し」と表現して夏の季語となる。⇩鴨（かも）［冬］、夏の鴨（なつのかも）［夏］

かものこ【鴨の子】

俳句においては軽鴨の子をいうことが多い。軽鴨は春になっても北へ渡らず、夏、日本で繁殖するからである。初夏、水辺に営巣し産卵する。六～七月頃、親と一緒に泳いだり歩いたりする軽鴨の子の姿が見られる。［同義］子鴨（こがも）、鴨の雛（かものひな）。⇩軽鴨の子（かるのこ）［夏］、軽鴨（かるがも）［夏］

§

鴨の子や驚く蘆の葉分船　蓼太・蓼太句集
鴨の子を盥《たらい》に飼ふや銭葵《ぜにあおい》　正岡子規・子規句集
鴨の子はおしやま浮葉の径をゆく　山口青邨・雪国

かものす【鴨の巣】

鴨の巣は、湖沼や河川の水辺に生い茂る葦などの草地に多くつくられる。⇩水鳥の巣（みずどりのす）［夏］、鴨（かも）［冬］

§

鴨の巣や不二の上こぐ諏訪の池　素堂・とくとく句合
鴨《かも》の巣《す》の見えたりあるはかくれたり　路通・曠野
青流亭興行
鴨の巣や鯛うく比の堂が浦　才麿・墨吉物語

かやり【蚊遣】
蚊を追い払うため、草木や線香など物を焼き燻べて煙をだすこと。和歌では、蚊遣の「燻ゆる」に「悔ゆ」を掛けたり、本心を表さずに胸に秘める意に詠まれたりすることが多い。[同義] 蚊燻、蚊燻べ（かくすべ）。⬇蚊遣火（かやりび）[夏]、蚊燻（かいぶし）[夏]、蚊を焼く（かをやく）[夏]

§

蚊遣《かやり》たく煙はよその思《おもひ》とも憂《う》き中垣に知《し》られやはせぬ
後柏原天皇・内裏着到百首

家ごとにふすぶる蚊遣《かやり》なびきあひ墨田《すみだ》の川に夕けぶりたつ
正岡子規・子規歌集

帰り来む父待つほどの慰めに母無し子らは蚊遣をぞ焚く
服部躬治・迦具土

卓《たく》の下《した》に蚊遣《かやり》の香《かう》を焚《た》きながら人《ひと》ねむらせむ処方《しよはう》書きたり
斎藤茂吉・あらたま

夕ふかし厩の蚊遣《かやり》燃え立ちて親子の馬の顔あかく見ゆ
古泉千樫・青牛集

わが部屋に帰りてくれば昨夜《きぞのよ》の蚊遣《かやり》のにほひいまだ残りぬ
佐藤佐太郎・歩道

一方をふさげばからき蚊遣《かやり》哉　正秀・水の友

さし汐の時の軒端や蚊遣焚く　飯田蛇笏・山廬集

かやりび【蚊遣火】
蚊遣のために焚く火をいう。[同義] 蚊火。⬇蚊火（かび）[夏]、蚊遣（かやり）[夏]、蚊を焼く（かをやく）[夏]

§

夏なれば宿《やど》にふすぶる蚊遣火《かやりび》のいつまでわが身したもえをせむ
よみ人しらず・古今和歌集一一（恋一）

曇《くも》るべきほどにあらねど蚊遣火《かやりび》も月見るときにたてじとぞ思ふ
能因集（能因の私歌集）

夕煙われもそへてやへだてなき心しらせん宿の蚊遣《かやり》火
三条西実隆・内裏着到百首

をちこちの村《むら》の蚊遣火打けぶり水鶏《くひな》なく也森の木がくれ
正徹・永享五年正徹詠草

飛火《とぶひ》もり見かもとがめむ蚊遣火のけむり立《たち》たつ遠《をち》かたのさと
田安宗武・悠然院様御詠草

打けぶり軒端も見えぬ蚊遣火の中にこもれるわらひ声かな
佐佐木信綱・思草

蚊やり火のけぶりにくもる行燈の火影に白しふみを読む人
武山英子・武山英子拾遺

蚊《か》やり火や袋より出《で》る薬屑《くすりくづ》　正秀・星会集

蚊遣火《かやりび》に蚊屋《かや》つる方ぞ老独《おいひとり》　其角・五元集

からすのこ【烏の子】
烏の雛をいう。烏は春に営巣して産卵し、夏に雛を育てる。[同義] 子烏（こがらす）。⬇烏（からす）[四季]

§

餞別
雲に只烏の巣だつ別哉　楚常・卯辰

子鴉の大きな口に朝日かな　巌谷小波・さゞら波

かるがも【軽鴨・軽鳧】
カモ科の大形の水鳥。雌雄同色。翼長約二七センチ。体は全体に褐色をおびる。胸・腹部に暗褐色の斑紋がある。軽鴨は他の鴨類とは違い、春になっても北方へ渡らず、四季を通じて日本で過ごす。「夏鴨（なつがも）」とも呼ばれるのは、夏、水辺に巣をつくり産卵し、子育てをする姿が見られるためである。［同義］夏鴨、黒鴨（くろがも）。⬇鴨の子（かものこ）［夏］、軽鴨の子（かるのこ）［夏］、鴨（かも）［冬］

かるがも［国訳本草綱目］

かるのこ【軽鴨の子・軽凫の子】

　軽鴨（かるがも）の雛をいう。「かるがものこ」「かるがんものこ」ともいう。「鴨の子」として詠まれるものの多くは「軽鴨の子」をいう。⬇鴨の子（かものこ）［夏］、軽鴨（かるがも）［夏］

§

かるの子や首さし出して浮藻草　惟然・惟然坊句集

萍にかるの子遊ぶ汀かな　百明・故人五百題

かわえび【川蝦】

　手長蝦、沼蝦（ぬまえび）など河川に生息する蝦の俗称。⬇手長蝦（てながえび）［夏］

かわがに【川蟹】

川に生息する蟹。⬇蟹（かに）［夏］、沢蟹（さわがに）［夏］

かわがり【川狩】

　夏、川の浅瀬をせきとめ、水を干し上げて魚を取る漁法。［同義］川干し（かわほし）、瀬干し（せほし）。

かわくじら【皮鯨】

　鯨の肉の皮に接した部分の脂肪肉を塩漬けにした保存食品。［同義］塩鯨。⬇塩鯨（しおくじら）［夏］、鯨（くじら）［冬］、晒鯨（さらしくじら）［夏］

かわせみ【翡翠・魚狗・水狗・川蟬】

　カワセミ科の鳥。「かわせび」「しょうびん」「ひすい」ともいう。翼長約七センチ。日本全土に分布。水辺に生息し、樹上から水面を凝視し、長大な嘴で水中の小魚を一気にとる。巣は崖などの斜面に横穴を掘ってつくる。頭部と翼は淡緑色。背・腰部は青色、腹部は栗色。嘴は赤色。美しい体色の鳥である。四季を通じて見る鳥であるが、夏に最も良く活動するため、俳句では夏の季語となる。［和名由来］古代の名称「そび」が「せび」「せみ」となり、川に生息する「かわせび」「かわせみ」となった。一方「そび」から「しょうび」「しょうびん」、川に生息する「かわしょうびん」となった。［同義］そに、そにどり、すなむぐり〈仙台〉、るり〈山形・秋田〉、せび・せみ・そな〈東京・神奈川・埼玉〉、そびな〈山梨〉、えびとり〈静岡〉、しょうびん〈四国〉、かわしょうびん〈岐阜〉、すどり〈中国〉、かおよどり〈長崎・佐賀〉、ひすい〈鹿児島〉。［同種］赤翡翠、山翡翠。［漢名］翡翠、魚狗、水狗。

⬇赤翡翠（あかしょうびん）［夏］、山翡翠（やませみ）［夏］

§

かはせみの水にたちいるおとだにもたえてきこえぬ宿の夕ぐれ　大隈言道・草径集

翡翠《かはせみ》も世をや厭ひしのがれきてわが山の井に処定めつ　与謝野礼厳・礼厳法師歌集

澤につづく此処の小庭《こには》にうつくしき翡翠《かはせみ》が来て柘榴《ざくろ》にぞをる　若山牧水・山桜の歌

林泉《しま》のうちは広くしづけし翡翠《かはせみ》が水《み》ぎはの石に下《お》りて啼《な》けども　中村憲吉・軽雷集

かはせみや羽をよそほふ水鏡　露川・類題発句集

かはせみや絵の具を流すおのが影　馬光・馬光発句集

翡翠《かはせみ》の影こんこんと溯《さかのぼ》り　川端茅舎・川端茅舎句集

古池や翡翠《かわせみ》去つて魚浮ぶ　正岡子規・子規句集

川せみやおのれみめよくて魚沈む　正岡子規・子規句集

翡翠《かわせみ》の紅一点につゞまりぬ　高浜虚子・五百五十句

翡翠や油の如き淵の色　巌谷小波・さゞら波

かはせみや芦四五本に夜明けたる　石井露月・露月句集

翡翠《かはせみ》や亭《ちん》をくぐりて次の池　寺田寅彦・寅日子句集

翡翠の光りとびたる旱かな　原石鼎・花影

翡翠や蘆すりて出づ川蒸気　長谷川かな女・龍膽

露時雨翡翠苫に下りて鳴く　水原秋桜子・帰心

翡翠の去来す硯洗ひけり　水原秋桜子・帰心

枯蓮に翡翠動き夜明けたり　水原秋桜子・晩華

翡翠は朝かげ濃ゆき中に濃し　山口青邨・花宰相

かはせみはふたゝびみたび失敗す　山口青邨・花宰相

かはせみの杭《くひぜ》を替えて又濃ゆし　山口青邨・花宰相

翡翠《かはせみ》の飛ばねばものに執しをり　橋本多佳子・紅絲

ひとたび来し翡翠《かはせみ》ゆえに待ちつづく　橋本多佳子・命終

翡翠が掠めし水のみだれのみ　中村汀女・春雪

湖水抄

鋭声して翡翠とつてかへすまで　中村汀女・花影

翡翠が雨の遠くをよぎるのみ　中村汀女・花影

翡翠の飛ぶこと思ひ出しげなる　中村草田男・長子

樟大樹孤独の翡翠翔けまどひ　中村草田男・火の鳥

翡翠とぶその四五秒の天地かな　加藤楸邨・野哭

かはせみや驟雨の底の翡翠光　加藤楸邨・穂高

かわたろう【河太郎】

河童のこと。⬇河童（かっぱ）［夏］

§

河童《かはたろ》の恋《こひ》する宿《やど》や夏の月　蕪村・蕪村句集

かわとんぼ【川蜻蛉】

カワトンボ科の昆虫。山間の渓流などに多く生息する。体は細長い。雌の羽は透明であるが、雄の羽は金緑色。［同種］鉄漿蜻蛉。⬇鉄漿蜻蛉（おはぐろとんぼ）［夏］、蜻蛉（とんぼ）［秋］

かわはぎ【皮剥】

カワハギ科の海水魚。北海道以南に分布し、水深一〇〇メートルまでの海底に生息する。体長約二五センチ。体は測扁し菱形。黒褐色の不規則な斑紋がある。吻は突出し、強い歯

かわせみ［北斎叢画花鳥画譜］

をもつ。皮は厚い。第一背びれに棘がある。皮剥は餌取りの名人といわれ、釣りには高度な技術がいるところから、皮剥専門の釣りマニアがいる。［和名由来］厚い皮を剥いで料理するため。［同義］こぐり〈山形・新潟〉、つのはげ〈和歌山〉、もちはげ〈広島〉。［同種］馬面（うまづら）＝馬面剥（うまづらはぎ）。

かわほり【蝙蝠】

蝙蝠（こうもり）のこと。⇩蝙蝠（こうもり）［夏］

§

物のけの出《で》るてふ町の古館《ふるやかた》蝙蝠《かはほり》飛んで人住まずけり　正岡子規・子規歌集

夕風や煤《すす》のやうなる生きもののかはほり飛べる東大寺かな　与謝野晶子・佐保姫

蝙蝠《カハホリ》の物書《かき》ちらす羽色《はいろ》哉　其角・五元集拾遺

かはほりやむかひの女房《にょうぼ》こちを見る　蕪村・蕪村句集

かはほりや古き軒端の釣しのぶ　暁台・暁台句集

かはほりやさらば汝《なんぢ》と両国へ　一茶・七番日記

かはほりも土蔵住のお江戸哉　一茶・九番日記

かをやく【蚊を焼く】

蚊遣火を焚くこと。⇩蚊遣火（かやりび）［夏］、蚊（か）［夏］、蚊遣（かやり）［夏］

かんこどり【閑古鳥】

郭公の別称。⇩郭公（か

かわほり［爾雅音図］

っこう）［夏］

いま、夢《ゆめ》に閑古鳥《かんこどり》を聞《き》けり。　閑古鳥《かんこどり》を忘《わす》れざりしが　かな
しくあるかな。
§
石川啄木・悲しき玩具

ふるさとの寺の畔《ほとり》の　ひばの木《き》の　いただきに来《き》て啼《な》きし
閑古鳥《かんこどり》！
石川啄木・悲しき玩具

閑古鳥《かんこどり》　鳴《な》く日《ひ》となれば起《おこ》るてふ　友《とも》のやまひのいかになりけむ
石川啄木・一握の砂

うき我《われ》をさびしがらせよかんこどり　芭蕉・嵯峨日記
風ふかぬ森のしづくやかんこ鳥　其角・五元集
諫鼓鳥《かんこどり》我《われ》もさびしいか飛んでゆく　乙由・麦林集
君が代や物見の松に閑古鳥　也有・蘿葉集
淋しさは聞人にこそかんこどり　千代女・千代尼発句集
ごつごつと僧都《そうづ》の咳《せき》やかんこ鳥　蕪村・新花摘
親もなく子もなき声や閑古鳥　蕪村・題苑集
竹青し木青しひとり閑呼鳥　蓼太・蓼太句集
閑古鳥ましらも叫ぶ小雨かな　闌更・半化坊発句集
さびしさの中に声ありかんこ鳥　召波・春泥発句集
世をいとふ我はづかしやかんこどり　樗良・樗良発句集
むら雨の音しづまればかんこどり　几董・井華集
この宗旨鼠法衣や閑古鳥　菅原師竹・菅原師竹句集
雨の中を飛んで谷越す閑古鳥　村上鬼城・鬼城句集
倒れ樹に蒼苔むせり閑古鳥　幸田露伴・蝸牛庵句集
渡らんとして谷に橋なし閑古鳥　夏目漱石・漱石全集
噴火後の温泉《ゆ》に住む家や閑古鳥《かんこどり》　河東碧梧桐・碧梧桐句集
閑古鳥耳無山に鳴にけり　松瀬青々・妻木
輿丁は石に眠りて閑古鳥　巌谷小波・さゞら波
流れ消ゆ雲かよ野路の閑古鳥　臼田亜浪・旅人
閑古鳥照り降りなしに鳴音かな　大須賀乙字・乙字俳句集
落葉松の果てなき風や閑古鳥　渡辺水巴・富士
岩に生えて岩を裂く木や閑古鳥　高田蝶衣・青垣山
閑古鳥鳴いて鉱脈絶えにけり　石島雉子郎・雉子郎句集
山上に雲をさまりぬ閑古鳥　長谷川かな女・龍膽

閑古鳥

山の気に打たれ臥しつゝ羯鼓聞く　長谷川かな女・龍膽
病人を負うて一里や閑古鳥　中村汀女・春雪
身のまはり日の溢るとき閑古鳥　中村草田男・火の鳥
隠沼は椴《とど》に亡びぬ閑古鳥　芝不器男・不器男句集
百姓の筆を借りけり閑古鳥　石田波郷・雨覆

かんぱち【間八】
　アジ科の海水魚。本州中部以南に分布。体長約一・五メートル。体は鰤に似るが太く短い。背面は赤褐色。出世魚で、幼魚から「しょっぱ→しょうご→ひよ→かんぱち」の名がある。海釣りの対象魚。［和名由来］幼魚の頭部に、八の字形の黒褐色の斑があるところから。［同義］あかいお〈新潟〉、あかはな〈和歌山・高知〉。

「き」

きくいむし【木食虫】

木蠹蛾（ぼくとうが）や髪切虫などの幼虫。樹木を食害するので、こう呼ばれる。体長三ミリ位で、芋虫のような形。樹の幹に寄生し、穴を穿つ。[同義] 鉄砲虫、臭木の虫（くさぎのむし）。⬇髪切虫（かみきりむし）[夏]、蛾（が）[夏]、鉄砲虫（てっぽうむし）[夏]

きす【鱚】

キス科の海水魚。日本全土に分布し、沿岸域の砂泥底に生息する。体長約三〇センチ。体は筒形で細長い。背面は淡青色、腹面は白銀色。通常、白鱚（しろぎす）をいう。[同義] 鱚子（きすご）。[同種] 白鱚、青鱚、川鱚（かわぎす）、虎鱚、沖鱚（おきぎす）。⬇青鱚（あおぎす）[夏]、虎鱚（とらぎす）[夏]、鱚釣（きすつり）[夏]、落鱚（おちぎす）[冬]

中川のきす釣［江戸名所図会］

§

漁師等にかこまれて鱚買ひにけり　星野立子・鎌倉

きすつり【鱚釣】

鱚は春から夏に、暖流に乗って海岸の浅場にくるため、夏釣りが盛んとなる。⬇鱚（きす）[夏]、落鱚（おちぎす）[冬]

§

鱚舟や浜名を出で、波がしら　上川井梨葉・梨葉句集

きびたき【黄鶲】

ヒタキ科の鳥。夏鳥として飛来し、低山帯の山林に生息。冬にアジア南部に渡る。翼長約八センチ。雄の頭部から背部は黒色で、喉と胸部は橙色。雌は全体に褐色。美しい声で「ポーピー・ピピロポー・ピーピピロ」と鳴く。⬇鶲（ひたき）[冬]

きびたき［景年画譜］

§

群鳥《むらどり》の群がり来たる合間合間《あひまあひま》に黄鶲《きびたき》はただひとつのみ来る　土屋文明・自流泉

ぎょうぎょうし【行々子】

大葦切の別称。鳴声が「ギョギョシケケシ」と聞こえるこ

とからついた名。⬇葦切（よしきり）［夏］、大葦切（おおよしきり）［夏］

§

五月雨に茶を抹き居れば行々子槐が枝に声断たず鳴く　伊藤左千夫・伊藤左千夫全短歌
能なしの寝《ねむ》たし我をぎやう〳〵し　芭蕉・嵯峨日記
行々子鳴くや艫の音馬の鈴　露川・類題発句集
言ひまけて一羽は立か行々子　也有・蘿葉集
隣家は市こそよけれ行々子　蓼太・蓼太句集
行々子日高に着きて伏見哉　召波・春泥発句集
行々子それきりにして置まいか　一茶・七番日記
行々子大河はしんと流れけり　一茶・七番日記
見たやうでまだ見ぬ鳥や行々子　梅室・梅室家集
釣る、とも見えぬ小舟や行々子　尾崎紅葉・紅葉句帳
うるさきもの一銭蒸気行々子　尾崎紅葉・紅葉句帳
流れ藻も風濁りして行々子　河東碧梧桐・碧梧桐句集
裏に導けば梅檀《せんだん》の風や行々子　河東碧梧桐・碧梧桐句集
行々子《ぎやうぎやうしよし》葭も残りて文庫かな　河東碧梧桐・碧梧桐句集
麦の出来悪しと鳴くや行々子　高浜虚子・六百句
信濃川は分流多し行々子　大谷句仏・改造文学全集
一ト渡しすれば日出でつ行々子　大須賀乙字・乙字俳句集
死ぬること独りは淋し行々子《ぎやうぎやうし》　三橋鷹子・白骨

きわだまぐろ【黄肌鮪】
サバ科の海水魚。マグロ類の一種。体長約一〜三メートル。第一背鰭以外の鰭は黄色。第二背鰭と尾鰭は鎌形。肉は桃色で美味。夏が旬とされる。［同義］黄肌（きはだ）。⬇鮪（まぐろ）［冬］

きんぎょ【金魚】
コイ科の淡水魚。鮒を観賞用に改良した品種。古代に中国より原種が渡来したといわれる。品種は多様。［同種］和金、琉金、出目金、蘭鋳、朱文金、和蘭獅子頭。⬇和蘭獅子頭（オランダししがしら）［夏］、出目金（でめきん）［夏］、朱文金（しゅぶんきん）［夏］、琉金（りゅうきん）［夏］、蘭鋳（らんちゅう）［夏］、和金（わきん）［夏］、金魚売（きんぎょうり）［夏］

§

病める枕上、ぎやまんの鉢に死のこりてただひとつただひとつ金魚は泳　田波御白・御白遺稿
貰ひ来る茶碗の中の金魚かな　内藤鳴雪・鳴雪句集
京の水甘き宿屋の金魚かな　中川四明・四明句集
金魚の王魚沈ンで日暮る、　村上鬼城・鬼城句集
京の宿金魚水盤に放ちたり　角田竹冷・竹冷句鈔
生き残る玉の金魚を放ちけり　篠原温亭・温亭句集
灯に映えて金魚赤さや風雨の夜　西山泊雲・泊雲
軒高う吊りて見まさる金魚哉　大須賀乙字・乙字俳句集
金魚どし尾鰭ねらつて遊ぶかな　小沢碧童・碧童句集
夜店の金魚すくはる、ときのかゞやき　種田山頭火・層雲
金魚玉に透く樹々うれし立ちて見る　長谷川零余子・雑草
一度吐きし餌にまたもよる金魚の瞳　原石鼎・花影

ほのぐとうす藻と浮きてある金魚　原石鼎・花影
仏生会金魚をつれて退院す　阿部みどり女・雪嶺
金魚掬ふ行水の子の肩さめし　杉田久女・杉田久女句集
書屋暗く金魚の紅の漾々と　山口青邨・雪国
けんらんと死相を帯びし金魚玉　三橋鷹女・羊歯地獄
金魚見る未《いま》だなまやさしき中に　中村草田男・母郷行
金魚撩乱みどり児醒めず真昼時　柴田白葉女・冬椿

きんぎょうり【金魚売】

夏、屋台や縁日などで金魚を売る人。屋台の引売の売声も風情があり、また、縁日では金魚すくいなど、金魚を捕えさせて売るものがあり、子供たちの人気となっている。⇩金魚（きんぎょ）［夏］

§

若葉さす市の植木の下陰に金魚あきなふ夏は来にけり　正岡子規・子規歌集
金魚屋の小茂りゆかし郡山　松瀬青々・妻木
訪へば聲なし金魚屋の遠くより　阿部みどり女・笹鳴
焼津
魚市場終りしあとへ金魚賣　吉屋信子・吉屋信子句集

きんばえ【金蠅】

クロバエ科の蠅。体長約五ミリ。体色は金属性の光沢のある金緑色。⇩蠅（はえ）［夏］、酒蠅（さかばえ）［夏］

「く」

くいな【水鶏】

クイナ科の鳥の総称。夏、北海道で繁殖し、本州以南で越冬する。湖沼、河川の水辺、水田などに生息する。一般に、背部と頭上は褐色で黒い縦斑がある。顔は灰色で嘴は赤色。脚は褐色。腹部には白色の横縞がある。緋水鶏は夏の朝夕に「キョッキョッ」と戸を叩くような高音で鳴くため、「水鶏叩く（くいなたたく）」と表現されることも多い。［同義］かねうちとり、かねたたき、かねつき、かねみとり、くろとり、なますとり。［同種］緋水鶏、姫水鶏（ひめくいな）。［漢名］水鶏、秧鶏。⇩水鶏笛（くいなぶえ）［夏］、緋水鶏（ひくいな）［夏］

くいな［国訳本草綱目］

§

叩《たゝ》くとて宿《やど》の妻戸《つまど》を開《あ》けたれば人もこずゑの水鶏《くひな》なりけり　よみ人しらず・拾遺和歌集一三（恋三）

八重繁《やへしげ》るむぐらの門《かど》のいぶせさに鎖《さ》さずや何《なに》をたゝく水鶏《ひな》ぞ
大中臣輔弘・後拾遺和歌集三（夏）

里《さと》ごとにたゝく水鶏《くひな》のを《（お）》とすなり心《こころ》のとまる宿《やど》やなからん
藤原顕綱・金葉和歌集二（夏）

夜もすがらはかなくたゝく水鶏《くひな》かなさせる戸《と》もなきしばの仮屋《かりや》を
源雅光・金葉和歌集二（夏）

あはれにもほのかにたゝく水鶏哉《（くひなかな）》老の寝覚《ね（ざめ）》の暁《あかつき》の空
後鳥羽院・遠島御百首

夕づくよ卯花《（うのはな）》がきにかげろひて軒端にちかく水鶏《くひな》なく也
藤原為兼・金玉歌合

人知《し》れぬたが通ひ路《よ ち》の槙《まき》の戸をよひよひたゝく水鶏《（くひな）》なるらむ
二条良基・後普光園院殿御百首

水鶏《くひな》だにさもうつせみのからどまりむなしき空をなにたゝく覧《（らん）》
正徹・永享九年正徹詠草

むぐらはふわがやどをしもたゝくなる水鶏《くひな》やよはのなさけしるらん
賀茂真淵・賀茂翁家集

くひななく木《こ》の間に月はかたぶきて人音《ひとおと》もせぬ山かげの庵《いほ》
小沢蘆庵・六帖詠草

さと人はをだのくひなもきゝ馴てこゑのうちにもうたうたふ也
大隈言道・草径集

月ふみて水鶏をきゝに出でませと根岸の友は文おこせたり
落合直文・国文学

うち渡す山田のあたり夜は更けてさやけき月に水鶏なくなり
樋口一葉・緑雨筆録「一葉歌集」

玉くしけ《（げ）》暁近くなりぬらんいけの水鶏の声そ《（ぞ）》かれゆく
樋口一葉・樋口一葉全集

青柳の、かげゆく水よ、月見えて、水鶏《くひな》なくべく、夜はなりにけり。
与謝野寛・東西南北

かすかにも住みにけるかなこの宿はたゝく水鶏《くひな》に門をまかせて
太田水穂・冬菜

昼の水鶏《くひな》のはしる溝川　芭蕉・炭俵
関守《せきもり》の宿《やど》を水鶏《くひな》にとはふもの　芭蕉・伊達衣
此《この》宿は水鶏《くひな》もしらぬ扉《とぼそ》かな　芭蕉・笈日記
人の門たゝけば逃るくひなかな　也有・蘿葉集
関《せき》の戸《と》に水鶏のそら音《ね》なかりけり　蕪村・蕪村句集
挑灯《ちやうちん》を消せと御意《ぎよい》ある水鶏哉　蕪村・落日庵句集
強く降る雨に水鶏の遠音哉　闌更・半化坊発句集
くひな啼や幽になりし我心　樗良・樗良発句集
水鶏啼宿とこたへたり妾もの　暁台・暁台句集
草しげみくひなの道に鎌入れん　白雄・白雄句集
舞人の祭稽古や水鶏鳴く　中川四明・四明句集
馬道《うまみち》を水鶏《くひな》のありく夜更《よふけ》かな　泉鏡花・鏡花句集
水鶏《くひな》来し夜明けて田水満てるかな　河東碧梧桐・碧梧桐句集
縄《なわ》朽ちて水鶏叩《くいなたた》けばあく戸なり　高浜虚子・五百句

くいなぶえ【水鶏笛】

水鶏を呼び寄せるための囮の笛。呼笛と答笛の二種があり、狩人はこれを使いわけて狩をする。➡水鶏（くいな）［夏］

くさかげろう【草蜉蝣・草蜻蛉】

クサカゲロウ科の昆虫の総称。体長約一〇ミリ。体は蜻蛉に似て、全体に緑色。翅は透明で翅脈がある。弱々しく見える。幼虫は油虫を食べ、益虫。卵は優曇華という。⬇優曇華（うどんげ）［夏］

§

夕炊《ゆふかしぎ》待つ間を孫と外《そと》に出《で》て草蜉蝣《くさかげろふ》をくさむらに捕《と》る　岡麓・涌井

五月六日立夏《りつか》のゆふべ緑なる草蜉蝣《くさかげろふ》は机に来をり　宮柊二・独石馬

草かげろふ吹かれ曲りし翅のまゝ　中村草田男・長子

くすさん【樟蚕】

ヤママユガ科の大形の蛾である「樟蚕蛾（くすさんが）」の幼虫。絹糸腺を取り出し、「てぐす」を作る。長い白毛をもち、緑色に青線のある毛虫で「白髪太郎（しらがたろう）」ともいい、また栗などを食べるため「栗毛虫（くりけむし）」ともいう。繭は目の粗い籠のようなもので「透し俵（すかしだわら）」ともいう。成虫は羽は開くと約一〇センチ。羽色は灰褐色から赤褐色で、羽に眼紋がある。秋に栗、銀杏などに産卵する。卵は翌春に孵化し、夏に繭をつくる。［同義］天蚕。⬇蛾（が）［夏］、繭（まゆ）［夏］

くずまゆ【屑繭】

糸量が不足したり汚れているなど不良の繭をいう。⬇繭（まゆ）［夏］

くちなわ【蛇】

蛇（へび）の別称。⬇蛇（へび）［夏］

§

車前草《おほばこ》の繁みを出でし蛇《くちなは》と亀と並びてばすに轢《ひ》かれつ　宮柊二・群鶏

くまぜみ【熊蟬】

日本最大の蟬。体長約六・五センチ。体は光沢のある黒色。翅は透明で翅脈がある。「シャアシャア」と鳴く。［同義］馬蟬（うまぜみ）、山蟬（やまぜみ）。⬇蟬（せみ）［夏］

§

熊蟬《くまぜみ》の声のしぼりや鈴鹿《すずか》川　支考・西の雲

くも【蜘蛛】

クモ目の小動物の総称。体は頭胸部と腹部にわかれる。頭に八個の単眼、頭胸部に四対の脚がある。腹部から糸をだして網状の巣を張り、捕虫する。蜘蛛の雌が孕むと卵嚢が非常に大きくなるので、これを「蜘蛛の太鼓（くものたいこ）」「蜘蛛の袋（くものふくろ）」といい、孕んだ蜘蛛を「袋蜘蛛（ふくろぐも）」という。蜘蛛の太鼓が破れると、無数の子蜘蛛が糸を出しながら、風に乗って八方へ飛び散らばっていく。このさまから「蜘蛛の子を散らす」と譬えにされるのである。以前は「蜘蛛の子」だけを

くも［博物全志］

夏の季語としていたが、近年は「蜘蛛」だけでも夏の季語として定着してきている。[同義] 細蟹（ささがに）。[同種] 女郎蜘蛛、鬼蜘蛛（おにぐも）、地蜘蛛＝土蜘蛛、水蜘蛛（みずぐも）、幽霊蜘蛛（ゆうれいぐも）。❶蜘蛛の巣（くものす）[夏]、蜘蛛の網（くものあみ）[夏]、蜘蛛の子（くものこ）[夏]、女郎蜘蛛（じょろうぐも）[夏]、地蜘蛛（じぐも）[夏]、土蜘蛛（つちぐも）[夏]、蠅取蜘蛛（はえとりぐも）[夏]、細蟹（ささがに）[四季]

§

呉竹のまき葉にすがく戸たて蜘蛛かくてもあればある世なりけり　佐佐木信綱・思草

沸《わ》かしたる山の朝湯に蜘蛛も蟻も命終りて浮びゐにけり　島木赤彦・柿蔭集

うすあかり残《のこ》る空《そら》より夕顔《ゆふがほ》の夢《ゆめ》の糸曳《いとひ》く蜘蛛《くも》のさびしさ　岡稲里・早春

夜はふかし古りし障子の桟《さん》にゐて足長蜘蛛はながく動かず　吉井勇・天彦

蜘蛛の糸　ながれて　きらとひかるかな　源太ケ森の　碧き山のは　宮沢賢治・校本全集

糸垂りて机のうへに下《さが》りこし鳴呼うばたまの夜の蜘蛛《くも》ひとつ　宮柊二・晩夏

拡げ読む上越地図に下《くだ》りきて密《ひそ》かに赭《あか》き山の蜘蛛這う　宮柊二・独石馬

七夕や蜘《くも》の振舞《ふるまい》おもしろき　正岡子規・子規句集

蓮の葉に蜘蛛下りけり香を焚く　夏目漱石・漱石全集

客人に下れる蜘蛛《くも》や草の宿　高浜虚子・五百句

ぱつと火になりたる蜘蛛や草を焼く　高浜虚子・五百句

蜘蛛掃けば太鼓落して悲しけれ　高浜虚子・五百句

蜘蛛《くも》虫を抱《いだ》き四脚《よつあし》踏み延ばし　高浜虚子・六百句

夕立昏みまなさきへ蜘蛛さがりたり　臼田亜浪・旅人

風に破れし網《ゐ》を喰ひ怒る蜘蛛なりし　原石鼎・花影

蜘蛛がすうと下りて来た朝を眼の前にす　尾崎放哉・小浜にて

雲ゆくや行ひすます空の蜘蛛　飯田蛇笏・山廬集

眠気憑き大きく蜘蛛の這ひて来る　長谷川かな女・胡笛

月涼しいそしみ綴る蜘蛛の糸　杉田久女・杉田久女句集

沢の辺に童と居りて蜘蛛合　芝不器男・不器男句集

大蜘蛛の蟬を捕り食めり音もなく　加藤楸邨・寒雷

われ病めり今宵一匹の蜘蛛も宥さず　野澤節子・未明音

くものあみ【蜘蛛の網】

蜘蛛の巣をいう。[同義] 蜘蛛の囲（くものい）。❶蜘蛛の巣（くものす）[夏]、蜘蛛（くも）[夏]

§

風吹《ふ》けば絶《た》えぬと見ゆる蜘蛛《くも》の網《い》も又かき継《つ》がで止《や》むとやは聞《き》く　よみ人しらず・後撰和歌集一八（恋四）

さきがにのくものいがきの絶《た》えしより来《く》べき宵《よひ》とも君《きみ》は知《し》らじな　実方朝臣集（藤原実方の私家集）

彦星《ひこぼし》の来《く》べき宵《よひ》とやさ、がにの蜘蛛《くも》のいがきもしるく見《み》ゆらむ　実方朝臣集（藤原実方の私家集）

ゆられつ、風にさわたる蜘のいの危きわざのせまほしげなる　大隈言道・草径集

君に逢はず森を出でむと豹《へう》よりも大《だい》なる蜘蛛《くも》の網《あみ》にかかれる　石川啄木・明星

己が囲をゆすりて蜘蛛のいきどほり　皿井旭川・雑詠選集

蜘蛛は網張る私は私を肯定する　種田山頭火・草木塔

蜘蛛の囲に落葉こまやか夏大樹　長谷川零余子・雑草

蜘蛛の囲やわれらよりかも新しく　中村汀女・春雪

くものこ【蜘蛛の子】

クモ目の小動物の蜘蛛の子。孵化した無数の蜘蛛は糸を出して風に乗り、飛んで散らばっていく。⇩蜘蛛（くも）［夏］

§

をりをりは見えずなれどもいつかまた巣にかへり居り軒の蜘蛛の子　若山牧水・路上

袋より蜘蛛の子出づる数ばかり柿の花ちり雨晴れし朝　三ケ島葭子・定本三ケ島葭子全歌集

蜘蛛の子の柱伝ひや蝿簾　桃隣・古太白堂句選

蜘蛛の子やおの〳〵巧持去らむ　麦水・新虚栗

蜘の子はみなちりぢりの身すぎ哉　一茶・文政句帖

蜘《くも》の子や親の袋を噛んで居る　河東碧梧桐・碧梧桐句集

蜘蛛の子や榎の花の散りこぼれ　岡本癖三酔・癖三酔句集

くものす【蜘蛛の巣】

蜘蛛がかけた網。⇩蜘蛛の網（くものあみ）［夏］、蜘蛛（くも）［夏］

§

わが窓の四方《しほう》にからむ電線は蜘蛛のやぶれ巣けふも曇れり　若山牧水・秋風の歌

梅雨ぐもるまひるの空のうす明り軒の蜘蛛の巣の網目粗しも　三ケ島葭子・定本三ケ島葭子全歌集

きそのごと日々に拭かざるわが家の格子のひまに蜘蛛のすかかれり　三ケ島葭子・定本三ケ島葭子全歌集

蜘《くも》の巣をとらぬも律の庵めきて　言水・新撰都曲

蜘《くも》のすのちりかい曇夕べかな　嵐雪・菊の道

蜘《くも》の巣はあつきものなり夏木立《なつこだち》　鬼貫・元禄百人一句

蜘《くも》の巣《す》の夕暮ちかし蝉《せみ》の声　支考・山琴集

暮れてゆく巣を張る蜘の仰向きに　中村草田男・長子

くらげ【水母・海月】

刺胞動物と有櫛動物の浮遊世代の総称。体は寒天質。傘状または鐘状で、その下に柄部があり口がある。傘部の周辺には多数の触手を下垂する。触手には刺胞があり、毒針で甲殻類の幼生やプランクトンなどを捕食する。種類が多い。［和名由来］眼がなく「クライ（暗い）」の意から。傘状の形から「クルゲ（輪笥）」よりなど。［同種］備前水母（びぜんくらげ）、越前水母（えちぜんくらげ）、天草水母（あまくさくらげ）、水水母（みずくらげ）、火水母（ひくらげ）、行灯水母（あんどんくらげ）、幽霊水母（ゆうれいくらげ）。⇩鰹の烏帽子（かつおのえぼし）［夏］

くらげ［日本重要水産動植物之図］

世にからく汐路ただよふ水母《くらげ》にもわれよく似たり住処《すみか》なれば
　与謝野礼厳・礼厳法師歌集

§

うす青き海月《くらげ》を追ひて海ふかく沈まばや、岬、雲に入日す
　若山牧水・死か芸術か

海面に群るる水母《くらげ》は入江ぐち早き潮《うしほ》の流《ながれ》に流る
　宮柊二・藤棚の下の小室

海にてはひかる海月《くらげ》を取上《とりあげ》て　貞徳・犬子集

藻《も》の花を力にゆるぐ海月《くらげ》哉　怒風・渡鳥集

わだつみに物の命のくらげかな　高浜虚子・五百句

海月一つ池に放てば死ににけり　島田青峰・青峰集

海月とり暮れおそき帆を巻きにけり　飯田蛇笏・山廬集

海月浮くや赤き水着を目標に　長谷川かな女・龍膽

沈みゆく海月みづいろとなりて消ゆ　山口青邨・雪国

傘すぼめ傘ひらき海月去りてゆく　山口青邨・雪国

くらべうま【競馬】

五穀成就、国家安泰などを祈る馬駆けの神事。各地にさまざまな馬駆けの神事があるが、京都上賀茂神社社前の馬場で五月五日に行われる競馬が有名。［同義］きそい馬（きそいうま）、きおい馬（きおいうま）。⇩勝馬（かちうま）［夏］、馬（うま）［四季］

§

くらべ馬おくれし一騎あはれなり　正岡子規・子規句集

くろあり【黒蟻】

黒色の蟻の俗称。⇩蟻（あり）［夏］

くろだい【黒鯛】

タイ科の海水魚。琉球列島を除く日本全土に分布し、浅海の砂泥底に生息する。体長三〇〜五〇センチ。体色は全体に金属性の光沢のある暗灰色、腹部は銀白色。夏の海釣りの好対象魚。出世魚で幼魚から「ちんちん→かいず→くろだい」〈東京〉、「ちぬご→さい→ちぬ」〈愛媛〉という。［和名由来］体色が暗灰色であるところから。［同義］茅渟・茅海（ちぬ）、茅渟鯛（ちぬだい）。⇩かいず［夏］

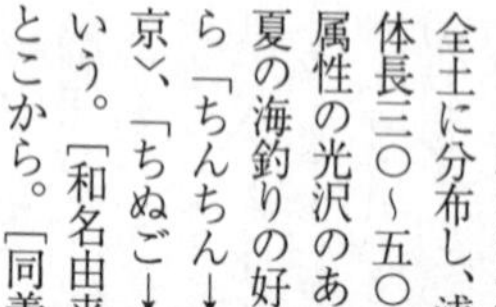

くろだい［和漢三才図会］

くろつぐみ【黒鶫】

ヒタキ科の小鳥。夏鳥として日本各地に分布。山林で繁殖し、秋、南方へ渡る。翼長約一一センチ。雄はおおむね黒色で雌は褐色。腹部以下は地が白色で黒斑がある。「キョロン・キョロン」「キルリキルリ」と鳴く。

くろばえ【黒蠅】

クロバエ科の青黒色の蠅の一群。体長約一〇ミリ。翅は透明。［同義］蒼蠅（あおばえ）。⇩蠅（はえ）［夏］

くわがたむし【鍬形虫】

クワガタムシ科の甲虫の総

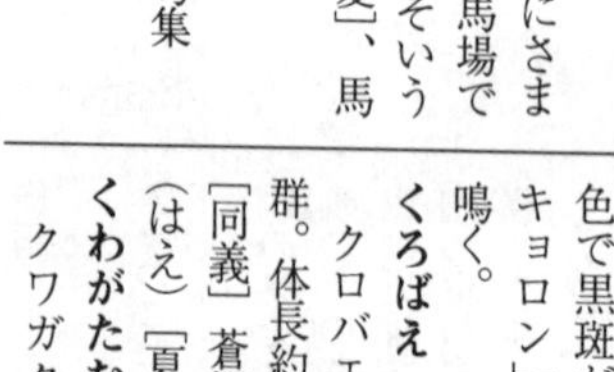

くわがたむし［ヨンストン動物図説］

称。体長二～五センチ。体は平たく頭部が大きい。雄の顎は発達して鍬形になる。幼虫は朽木などのなかで成長し、蛹となり、夏に成虫になる。櫟、楢などの樹液を好む。［同義］皂莢虫（さいかちむし）。

「け」

げじ【蚰蜒】

ムカデ綱ゲジ目の節足動物の総称。体長約三センチ。体形は蜈蚣に似る。触角と一五対の足の最後の足が長い。床下や石下などの湿地に生息し、夜、小昆虫を捕食する。

［同義］蚰蜒（げじげじ）。

［同種］大蚰蜒（おおげじ）。⇩蜈蚣（むかで）［夏］

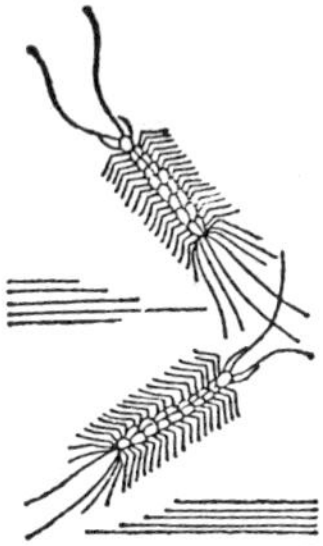
げじ［和漢三才図会］

§

蚰蜒《げじ》を打てば屑々になりにけり　高浜虚子・五百句
老夫婦蚰蜒《げじ》をにくみて住みにけり　高浜虚子・六百五十句
蚰蜒に鳴らぬ太鼓をかつぎゆく　長谷川かな女・雨月
蚰蜒落ちて沙弥あらはれし太柱　島村元・島村元句集
影抱いて蚰蜒の居る鴨居かな　島村元・島村元句集
げじ〳〵や風雨の夜の白襖　日野草城・花氷
げぢげぢを蹟追ふや子と共に　石田波郷・雨覆

けむし【毛虫】

蝶や蛾など鱗翅目の昆虫の、毛の多い幼虫の総称。体は黒色または褐色のものが多い。植物の茎や葉を食害する。［同義］髯虫（かわむし）。［同種］梅毛虫（うめけむし）〔帯枯葉蛾（おびかれはが）の幼虫。梅・桃・桜などの害虫〕、松毛虫〔松枯葉蛾（まつかれは）の幼虫。赤松・黒松の害虫〕、金毛虫（きんけむし）〔紋白毒蛾（もんしろどくが）の幼虫。桑などの植物の害虫〕、茶毛虫（ちゃけむし）〔茶毒蛾（ちゃどくが）の幼虫。茶・椿・山茶などの害虫〕。⇩蛾（が）［夏］、蝶（ちょう）［春］、松毛虫（まつけむし）［夏］

けむし［和漢三才図会］

§

この毛虫能の役者のするやうに桐の幹をば歩むものかな　与謝野晶子・草の夢
君が手は肩のうしろにこそばゆき青き毛虫に触《さは》らんとする　北原白秋・桐の花
くだり行く町の坂路の青葉かげ黒き毛虫にいくつも落ちゐる　古泉千樫・青牛集
だんだらの縞毛虫急ぎ這ひゐれば朝からなにの目的あらむ　前川佐美雄・天平雲

毛虫落てま、事破る木陰哉　言水・稲莛
うつくしき形持《なりもち》ながら毛むしかな　嵐雪・菊の道
佗ぬれど毛虫は落ちぬ庵哉　鬼貫・鬼貫句選
我水に隣家の桃の毛虫かな　蕪村・新花摘
流しもの枝もろともに毛虫哉　嘯山・律亭句集
桃源の岸に流る、けむし哉　召波・春泥発句集
いとし子に毛虫とりつくはしゐ哉　几董・井華集
葉裏這ふ忘られ毛虫大いなる　石橋忍月・忍月俳句抄
土くれに逆毛吹かる、毛虫かな　村上鬼城・鬼城句集
若葉陰袖《そで》に毛虫をはらひけり　正岡子規・子規句集
山清水毛虫が泛いて流れけり　青木月斗・時雨
庭を歩いて肩に著けきし毛虫かな　青木月斗・時雨
毛虫地に降りて皆這ふ嵐かな　鈴木花蓑・鈴木花蓑句集
おぞましの毛虫こそ居れ手水鉢　島田青峰・青峰集
毛虫身をちゞめて落ちし地上かな　島田青峰・青峰集
毛虫焼く火をもち出づる厨かな　吉武月二郎・吉武月二郎句集
墓石に毛虫ゐて栗の葉洩れ陽　北原白秋・竹林清興
短夜や焼酎瓶の青毛虫　北原白秋・竹林清興
老い毛虫うす日を這うて憤り　原石鼎・花影
老毛虫の銀毛高くそよぎけり　原石鼎・花影
毛虫よけてかけたる石のあたゝかし　長谷川かな女・龍膽
軒に下る毛虫の糸や羽織ぬぐ　長谷川かな女・龍膽
目につきし毛虫授けずころしやる　杉田久女・杉田久女句集
古りし宿毛虫焼く火をかゝげけり　水原秋桜子・葛飾
毛虫太り尾のなき蜥蜴遊ぶ庭　山口青邨・花宰相
尾を草に頭《かしら》怒れる毛虫かな　島村元・島村元句集
毛虫焼く焔が触るるものを焼く　橋本多佳子・紅絲
縞毛蟲横に臥《ね》て楽流れゆく　中村草田男・火の島
安静時間尾長は毛虫むさぼりぬ　石田波郷・酒中花以後
枝移る毛虫の列や朝ぐもり　石田波郷・酒中花以後
男かも知れぬ毛虫を踏みにけり　中尾寿美子・舞童台

けり【鳧】

チドリ科の鳥。「水札」「計里」とも書く。日本では本州に分布し、四～六月に繁殖期を迎え、冬になると南方へ渡る。平地の耕作地や水辺に生息する。翼長約二四センチ。脚が長い。頭・上胸部は灰色、背部は淡褐色、腹部は白色。眼は赤く、脚は黄色である。翼の風切羽は初列が黒く、次列が白い。飛ぶと白と黒の紋様が鮮明に見える。「キリッキリッ」または「ケリケリ」と鳴く。［和名由来］鳴声から「ケリ」と―『大言海』。［同義］やまけり、けりけり。⬇田鳧（たげり）
［冬］

けり［楳嶺百鳥画譜］

§

国巡《めぐ》る獦子鳥《あとり》鴨鳧《かまけり》行き廻《めぐ》り帰《かひ》り来《く》までに斎《いは》ひて待たね　刑部虫麿・万葉集二〇
水札鳴や懸浪したる岩の上　去来・去来発句集
水札の子の浅田にわたる夕哉　暁台・分類俳句集
鳧の子を野水にうつす植女哉　白雄・白雄句集
鳧の子はつぶ〳〵風に吹かれけり　青木月斗・時雨
沈む事を知らず鳧の子浮きにけり　青木月斗・時雨

げんごろう【源五郎】
①ゲンゴロウ科の水生甲虫。池沼などに生息する。体長約四センチ。体は広卵形。体色は光沢のある緑黒色で黄褐色の縁色がある。後肢が長大で水中を巧みに泳ぎ、小動物を捕食する。夜間、飛翔して灯火にも来る。幼虫は紡錘形で鋭い牙をもつ。幼虫は子供の疳の虫の薬用になるという。[同義] 源五郎虫（げんごろうむし）、龍蝨（りゅうしつ）。
②源五郎鮒の略名。⇩源五郎鮒（げんごろうぶな）[夏]

げんごろうぶな【源五郎鮒】
コイ科の淡水魚。琵琶湖・淀川水系原産の大形の真鮒をいう。現在では日本全土に分布。体長約四〇センチ。体高が高く全体に灰白色。釣りの対象魚。[和名由来] 往時、堅田の漁夫の源五郎が安土領主に献じたことに由来。[同義] 堅田鮒（かただぶな）、平鮒・篦鮒（へらぶな）。⇩鮒鮨（ふなずし）[夏]、紅葉鮒（もみじぶな）[秋]

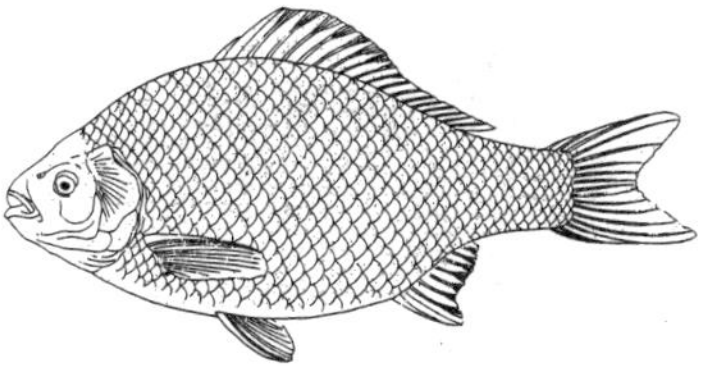
げんごろうぶな［日本産物志］

§
源五郎鮒四郎三郎鯇五郎　河東碧梧桐・碧梧桐句集

げんじぼたる【源氏蛍】
日本で最大の蛍。体長約一・五センチ。体は黒色で、前胸の背板は桃色で黒色の十字紋がある。雌雄とも腹部に発光器をもち、黄白に発光する。幼虫は清流に生息し、六〜七月頃に成虫となる。⇩蛍（ほたる）[夏]、平家蛍（へいけぼたる）[夏]

「こ」

こあじ【小鯵】
小さな鯵をいう。⇩鯵（あじ）[夏]
§
垣ごしや隣へくばる小鯵鮓《こあじずし》　正岡子規・子規句集
残り火に煮返す鍋の小鯵かな　杉田久女・杉田久女句集補遺
病者より痩せしかぐろき小鯵売　石田波郷・惜命

こうもり【蝙蝠】
コウモリ目に属する哺乳類の総称。「かわほり」ともいう。

家蝙蝠は体長約五センチ、大蝙蝠は体長約二一センチである。前肢の骨が発達し、その間の皮膜が翼の役割を果たして飛翔する。哺乳類の中で唯一自由に空を飛ぶ。頭は鼠に似る。体は黒色。趾に爪があり、休むときは逆さにぶらさがる。夜行性で空中の蚊、蚋などを捕食する。夏の夕空によく飛ぶ。［同義］蚊喰鳥、蚊鳥（かとり）、天鼠（てんそ）、仙鼠（せんそ）。［同種］家蝙蝠、大蝙蝠（おおこうもり）。➡家蝙蝠（いえこうもり）［夏］、蚊喰鳥（かくいどり）［夏］、蝙蝠（かわほり）［夏］

§

蝙蝠に似むとわらへばわが暗きかほの蝙蝠に見ゆるゆふぐれ　若山牧水・路上

夕やけの空すでに暗しひらひらと頭の上を蝙蝠の飛ぶ　三ケ島葭子・定本三ケ島葭子全歌集

あかねさす昼の光に恥思《はぢおも》へや蝙蝠よなんぢの顔はみにくし　前川佐美雄・天平雲

こうもり［ヨンストン動物図説］

いざなふは夕蝙蝠のはばたきかかの遊び屋の店青掻《みせすががき》か　吉井勇・酒ほがひ

蝙蝠《かうもり》も出《いで》よ浮世《うきよ》の華《はな》に鳥　芭蕉・西華集
蝙蝠《かうもり》や宇治の晒《さらし》にうす曇り　其角・五元集
蝙蝠や傾城出る傘の上　太祇・太祇句選
蝙蝠や千木見えわかる闇の空　太祇・太祇句選
蝙蝠に手元もくらし油うり　北枝・北枝発句集
蝙蝠や河原院のとぼし影　嘯山・俳諧新選
蝙蝠の舞ふ大家やかな行燈　百里・故人五百題
蝙蝠の昼飛ぶ塔や五智如来　内藤鳴雪・鳴雪句集
蝙蝠や船に泊りて湯をつかふ　角田竹冷・竹冷句鈔
蝙蝠や京の縄手の貸座敷　角田竹冷・竹冷句鈔
蝙蝠や一筋町の旅芸者　夏目漱石・漱石全集
蝙蝠に近し小鍛冶が鎚の音　夏目漱石・漱石全集
蝙蝠《かうもり》や水車の精米《しらげ》上げに出て　河東碧梧桐・碧梧桐句集
蝙蝠に逢ふ魔が時や戻橋　巌谷小波・さゞら波
蝙蝠の汽車の煙にまぎれぬる　山口青邨・花宰相
蝙蝠に空明りさす湯浴かな　富田木歩・木歩句集
蝙蝠や夕日はかなき暴れもよひ　富田木歩・木歩句集
蝙蝠飛ぶよ己が残影さがしつつ　中村草田男・母郷行
蝙蝠や沙漠に銀の飛翔線　加藤知世子・飛燕草

こおいむし【子負虫】

タガメ科の水生昆虫。本州以南に分布し、池や水田に生息する。体長約二センチ。雌は雄の背中に卵を生み付け、幼虫は雄の背で孵化する。

こがねむし【黄金虫・金亀子・金亀虫】

コガネムシ科の甲虫、またはその類の総称。黄金虫は、体は卵形で光沢のある金緑色。体長約二センチ。植物の葉を食べる害虫。成虫は夏にでる。[同義] かなぶん、ぶんぶん、ぶんぶん虫、ぶいぶい。[同種] 姫こがね（ひめこがね）、豆こがね（まめこがね）、粉吹こがね（こなふきこがね）。⇩かなぶん

[夏]

こがねむし［和漢三才図会］

§

黄金虫もろこしの毛に喰ひ入りて朝から暑き雲日照《くもひでり》なり　太田水穂・冬菜

灯を打つて恙なく飛ぶ金亀子　篠原温亭・温亭句集

金亀子擲つ闇の深さかな　高浜虚子・五百句

金亀虫日蔽をぬけて投じけり　松瀬青々・妻木

葉と落ちて紫金まどかや金亀子　原石鼎・花影

こがね虫葉かげを歩む風雨かな　杉田久女・杉田久女句集

死にまねの翅をたゝめる金亀子《こがねむし》　山口青邨・花宰相

ぶつかるは灯に急く途の金亀子　中村汀女・春雪

捉へては猫に啖はする黄金虫　日野草城・旦暮

黄金虫頭にとめてペンの速さ　加藤楸邨・野哭

月光となりてゐたりし黄金虫　加藤楸邨・雪後の天

こがら【小雀】

シュジュウカラ科の小鳥。「こがらめ」ともいう。翼長約六・五センチ。背・頭・頸部が黒色で、翼は灰褐色。胸・腹部は白色。北海道・本州に分布。夏の繁殖期にきれいな声で「ツーピー」と鳴く。[同義] 十二雀（じゅうにから）、小陵鳥（しょうりょうちょう）。

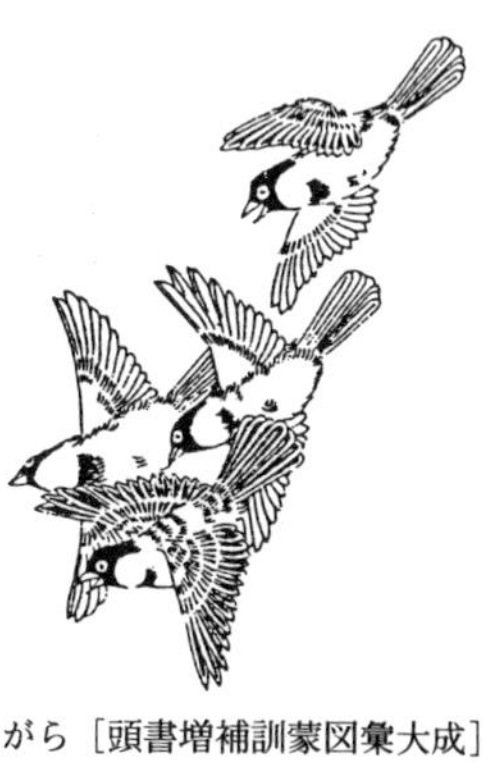
こがら［頭書増補訓蒙図彙大成］

§

さへづれるこゑさへほそきこがら《小雀》哉左計《さばかり》にても鳥の数かも　大隈言道・草径集

或る日わが庭のくるみに囀りし小雀《こがら》来らず冴え返りつつ　島木赤彦・柿蔭集

屋廂を濡らして霧の立ちゆけば松に小雀《こがら》のくる日和なり　太田水穂・冬菜

藁の火に胡麻を熬《い》るに似て小雀《こがらめ》の騒ぐ声遠く霧晴れむとす　長塚節・鍼の如く

眼がさめると小雀《こがら》が啼いてゐて、炭鉱社宅のあけつぱなしの部屋　前田夕暮・水源地帯

蓼《たで》のなき里は過《すぎ》たる小雀《こがら》哉　野紅・若艸

朝夕や峯の小雀の門馴る丶　一茶・旅日記

小雀さへ渡るや海は鳥の道　梅室・梅室家集

ごきぶり【蜚蠊】

ゴキブリ目の昆虫の総称。体は偏平で楕円形。多くは、黒色または褐色で油を塗ったような光沢あり、繁殖力が強い。種類が多い。日本には茶翅蜚蠊（ちゃばねごきぶり。体長約一五ミリ）、黒蜚蠊（くろごきぶり。体長約三〇ミリ）がいる。塗物などの食器や食品を害する。また、伝染病の媒介もする。［同義］油虫、御器噛・五器かぶり・蜚蠊（ごきかぶり）。⬇油虫（あぶらむし）［夏］

§

置く毒に中《あた》り死にたるゴキブリか後を頼むとわが枕《まくら》がみ　土屋文明・青南後集

こくぞう【穀象】

オサゾウムシ科の小形甲虫の穀象虫（こくぞうむし）をいう。体長三ミリ前後。体色は黒褐色で黄色に斑点がある。幼虫は乳白色で、成虫と共に穀物を食害する。［和名由来］頭部の先端の突出した形が象に似ているところから。［同義］米虫（こめむし・よなむし）、米食虫（こめくいむし）。

§

穀象のゆくへに朝の障子かな　加藤楸邨・野哭

穀象に金輪際の壁が立つ　加藤楸邨・雪後の天

こじか【小鹿・子鹿】

鹿の子。⬇鹿の子（かのこ）［夏］

§

里を見に出ては小萩《こはぎ》に小鹿《こじか》かな　りん女・西華集

鹿の子の生れて間なき背の斑かな　杉田久女・杉田久女句集

拝殿の下に生れゐし子鹿かな　杉田久女・杉田久女句集

樟の根に洞《うろ》あり仔鹿はしりいづ　水原秋桜子・古鏡

親の鹿躍り仔の鹿添ひはしる　水原秋桜子・古鏡

ごじゅうから【五十雀】

ゴジュウカラ科の小鳥。翼長約八センチ。頭・背部は青灰色、腹部は白色。顔には白色の眉斑と黒色の過眼線がある。長大な嘴をもち、樹皮につく昆虫類を捕食する。「フィフィ」と鳴く。別名の「きまわり」「きめぐり」は、樹幹を回りながら昆虫類を捕食するところから。［同義］木回り（きまわり）、きめぐり。

こち【鯒】

コチ科の海水魚の総称。「まごち」ともいう。沿岸の砂泥底に生息する。体長約五〇センチ。背面は暗灰色。体は上下に潰したように平たく、頭には骨質状突起がある。背びれは二つあり、口は大きい。海釣りの対象魚。［和名由来］骨がかたいため「コツ（骨）」の意と。［漢名］牛尾魚。［同種］雌鯒（めごち）。

このはずく【木葉木菟・木の葉梟】

フクロウ科の鳥。四～五月に渡来する夏鳥。低地や山地の森林に生息する。日本で最小の梟。翼長約一四センチ。体色は全体に淡黄褐色。頭部に耳羽がある。「ブッポウソウ」と鳴くが、その鳴声が、長い間ブッポウソウ科の仏法僧のものと思われていた。［和名由来］全体の色が枯れた木の葉に似ているところからと。［同義］声の仏法僧（こえのぶっぽうそう）。⬇仏法僧（ぶっぽうそう）［夏］

こまどり【駒鳥】
ヒタキ科の小鳥。「知更鳥」とも書く。夏鳥として渡来し、九州以北の高山で繁殖する。雀よりやや大きく、翼長約七・五センチ。雄の背部は橙褐色。顔・上胸部は鮮やかな橙赤色。下胸部は灰黒色、腹部は白色。囀りを賞して、鶯、大瑠璃と共に三銘鳥とされる。[和名由来]「ヒンカラカラ」と鳴き、馬（駒）のいななきに似ているところからと。[同義]こま、のどあか、ひのまる。[漢名]知更雀。➡大瑠璃（おおるり）[夏]、鶯（うぐいす）[春]、駒鳥笛（こまぶえ）[春]

§

ゆらゆらと霧藻ゆらぎて深山木の高きこずゑに駒鳥うたふ　佐佐木信綱・思草

こまどり／とろとあおい／るこうそう［景年画譜］

昼深み真木の茂みの中つ枝になく駒鳥の姿を見たり　古泉千樫・青牛集

山にいりて世ははるかなり渓川《たにがは》やあを葉にひびく駒鳥のこゑ　中村憲吉・軽雷集

駒《こま》どりのもとの雫《しづく》や末《すゑ》の露《つゆ》　嵐雪・其袋

こま鳥の声ころびけり岩の上　園女・其袋

駒鳥の日晴てとよむ林かな　闌更・半化坊発句集

物おもふ人に駒鳥鳴暮もがな　白雄・白雄句集

駒鳥や崖をしたたる露のいろ　加藤楸邨・野哭

ごみなまず【ごみ鯰】
産卵などのため、水田などに入り込んだ鯰をいう。➡鯰（なまず）[夏]

こめつきむし【米搗虫】
コメツキムシ科の甲虫の総称。体長一〜八ミリ。体色は黒褐色。仰向けにすると頭部を使い、すぐ起き上がる。幼虫は植物を食害し、針金虫（はりがねむし）とよばれる。[和名由来]体を押えると頭部を上下し、人が米を搗くさまに似ているところから。[同義]叩頭虫・額突虫（ぬかずきむし）、米踏（こめふみ）。➡叩頭虫（ぬかずきむし）[夏]

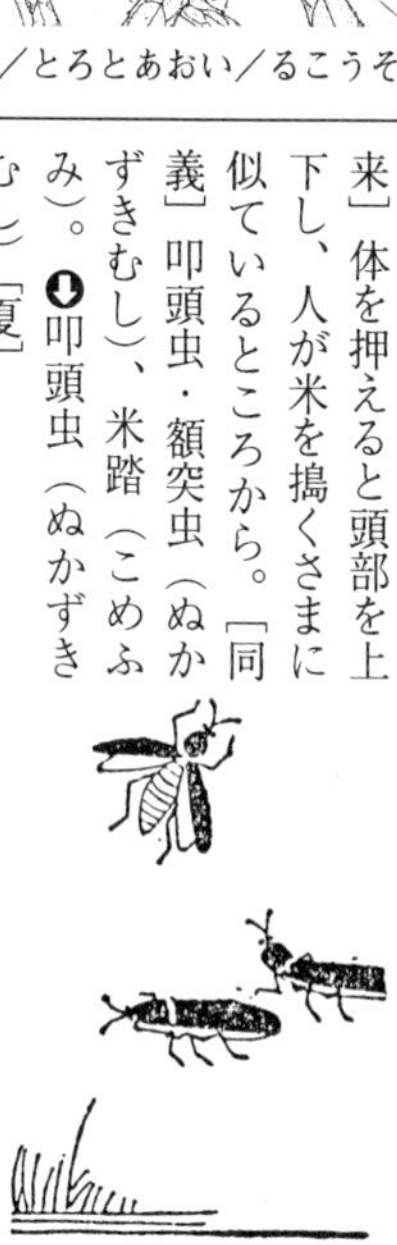

こめつきむし
［和漢三才図会］

こよしきり【小葦切・小葭切・小葦雀】
ヒタキ科の鳥。体長約一四センチ。背部は淡褐色、腹部は灰白色。眼の上に黄白色の眉斑と黒褐色の線条がある。「ジョッピリリケケシ」と鳴く。［同義］葦雀（あしすずめ・よしすずめ）。⬇葦切（よしきり）［夏］

ごり【鮖】

関西では鯊類のうち、真鯊よりも小さいものをまとめて「鮖」と呼ぶ。京都の高野川のものは特に賞美され、「鮖汁」に調理される。金沢や高知でも鯊類を「ごり」と呼び、汁物や佃煮などにして賞味する。⬇鮖汁（ごりじる）［夏］、鯊（はぜ）［夏］

ごりじる【鮖汁】

鮖を入れた味噌汁。⬇鮖（ごり）［夏］

こるり【小瑠璃】

ヒタキ科のツグミ亜科の鳥。北海道、本州中部以北で繁殖し、落葉樹林に生息する。冬は東南アジアに渡る。翼長約七・五センチ。雄の背部は暗青色。頭頂は青色で眼先から頸は黒色。腹部は白色。雌の背部はオリーブ色。声、姿ともに美しく、飼鳥となる。［同義］小翠雀（こすいじゃく）。⬇大瑠璃（おおるり）［夏］、瑠璃鳥（るりちょう）［夏］

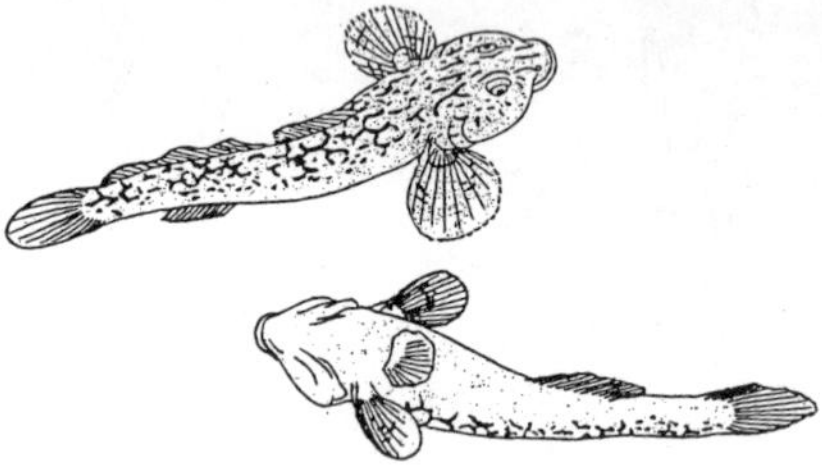

ごり［日本産物志］

こるり／さるすべり［景年画譜］

「さ」

さかさほおずき【逆酸漿】

イトマキボラ科の巻貝の長螺の卵嚢をいう。海酸漿の一つ。口に含んで鳴らして遊ぶ。⬇長螺（ながにし）［夏］、海酸漿（うみほおずき）［夏］

さかばえ【酒蝿】

金蝿や猩々蝿など、好んで酒樽の近くに集まる羽虫。⬇蝿

（はえ）［夏］、金蠅（きんばえ）［夏］、蠁子（さし）［夏］、猩々蠅（しょうじょうばえ）［夏］

さし【蠁子】
酒蠅の幼虫。釣餌になる。⇩酒蠅（さかばえ）［夏］

さそり【蠍】
サソリ目に属する節足動物の総称。体長三～六センチ。体は頭胸部と腹部にわかれる。後腹部は尾状で、尾の先端に毒針のある毒袋をもち、小虫を刺殺して食べる。日本産は八重山蠍など二種。

さそり［毛詩品物図攷］

さとめぐり【里回】
青大将の別称。「さとまわり」ともいう。⇩青大将（あおだいしょう）［夏］、蛇（へび）［夏］

§

夏風や竹をほぐるる黄頷蛇《さとめぐり》　飯田蛇笏・山廬集

さなえとんぼ【早苗蜻蛉】
サナエトンボ科の昆虫の総称。体は全体に黒色で、黄緑色の斑点が散在する。四～六月頃に見られる。⇩蜻蛉（とんぼ）［秋］

さば【鯖】
サバ科の海水魚の総称。特に真鯖（まさば）をいう。体長は約五〇センチ。鯖型といわれる美しい紡錘形をしている。背面は青緑色で不規則な暗色斑紋がある。腹面は銀白色。初夏の産卵期に日本近海に集まる。晩夏から秋にかけて最も多く漁獲される。塩焼や味噌煮、しめ鯖、鮨などにして賞味する。但し、腐敗が早く、塩蔵されることも多い。⇩鯖釣（さばつり）［夏］、鯖鮨（さばずし）［夏］、秋鯖（あきさば）［秋］、刺鯖（さしさば）［秋］

§

鯖の奴《やっこ》の白腹さけばいま喰ひし鰯かたまりて飛び出しにけり　若山牧水・朝の歌

割鯖《さきさば》を日に干し並《な》めし浅峡《あさがひ》に海のなぎさの近き白波《しらなみ》　佐藤佐太郎・歩道

鯖《さば》の旬《しゅん》即ちこれを食ひにけり　高浜虚子・五百五十句

鯖釣や夜雨のあとの流れ汐　飯田蛇笏・雲母

さば［博物全志］

さばえ【五月蠅】
陰暦の五月頃の群がり騒ぐ蠅をいう。うるさいものの代表である。⇩五月蠅なす（さばえなす）［四季］、蠅（はえ）［夏］

さばずし【鯖鮨】
塩と酢でしめた鯖の身をのせた鮨。⇩鯖（さば）［夏］

さばつり【鯖釣】
鯖は、普通四～一二月を漁獲期とし、七～八月が最も盛んとなる。⇩鯖（さば）［夏］

さめびたき【鮫鶲】
ヒタキ科の小鳥。スズメ大の大きさ。夏鳥として渡来。亜高山帯の森林に生息する。背部は灰褐色。喉・頭部の中央は白色。［和名由来］羽色が灰褐色で鮫の体色に似ているところから。［同義］たかむしくい。⬇鶲（ひたき）［冬］

さらしくじら【晒鯨】
鯨の皮下の脂肪部の塩漬けを薄切りにし、ゆがいて晒したもの。酢味噌和えなどにする。⬇皮鯨（かわくじら）［夏］、塩鯨（しおくじら）［夏］

ざりがに【蝲蛄】
ザリガニ科の甲殻類。日本特産種の蝲蛄は、北海道、東北地方北部の渓流に生息する。体長約七センチ。体色は青灰色。前方に一対の大きなハサミ脚がある。分布域が限られており、秋田県八幡沢の天然記念物とされている。一方、北海道の一部から、四国・九州にかけて広く分布し、夏、子供が沼や田で釣って遊んでいるのは、アメリカ東南部原産のアメリカザリガニである。体長約一〇センチで、体色は赤黒色。昭和初期に輸入され、各地に広まった。［和名由来］蟹に似たハサミをもち、後戻りして「去る」ように歩くことからと。

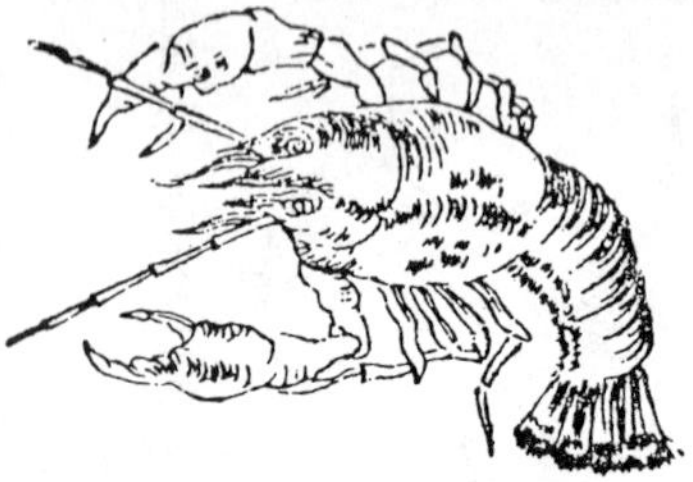
ざりがに［蘭説弁惑］

［同義］海老蟹（えびがに）、さるかに。

さわがに【沢蟹】
サワガニ科の蟹。淡水産。日本全土の渓流・河川の砂礫中に生息する。甲幅約三センチ。体色は灰褐色。夏の川遊びで子供がとって遊ぶ。⬇蟹（かに）［夏］、川蟹（かわがに）［夏］、山蟹（やまがに）［夏］

§

沢蟹をもてあそぶ子に　銭くれて、赤きたなそこを　我は見にけり　　釈迢空・海山のあひだ

沢蟹の濡眼たてをり遠き雷　　加藤知世子・頬杖

ざんおう【残鶯】
春に美しい声で盛んに鳴いた鶯も、夏が近づくにつれて囀りが弱くなる。この夏の季節の鶯を「残鶯」という。［同義］老鶯、夏鶯（なつうぐいす）、乱鶯（らんおう）、狂鶯（きょうおう）。⬇老鶯（おいうぐいす）［夏］

さんが【蚕蛾】
「かいこが」ともいう。蚕の蛹が羽化して蛾となったもの。体長約二〇ミリ。体色は乳白色で、翅には淡褐色の斑紋がある。食物を摂れないのですぐに死ぬ。

さんが［養蚕秘録］

［同義］繭の蛾（まゆのが）、蚕の蝶、繭の蝶。⇩蚕の蝶（かいこのちょう）［夏］、蛾（が）［夏］、繭（まゆ）［夏］、繭の蝶（まゆのちょう）［夏］

さんしょううお【山椒魚】

サンショウウオ亜目に属する両生類の総称。形はイモリに似る。山間の渓流・湿地に生息する。魚、蟹、蛙などを捕食する。［同義］椒魚（しょうぎょ）、半割・半裂（はんざき）。［同種］大山椒魚。⇩大山椒魚（おおさんしょううお）［夏］

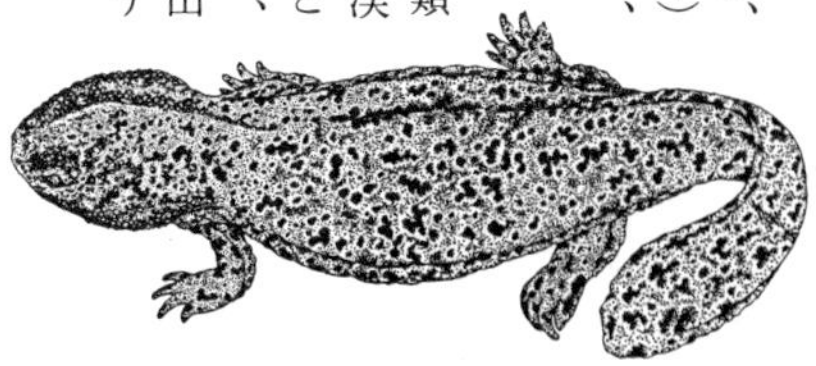
さんしょううお［日本産物志］

「し」

しおいか【塩烏賊】

夏にとれた烏賊の生干し。または塩漬けにした烏賊。⇩烏賊（いか）［夏］

しおくじら【塩鯨】

鯨の脂身を塩漬にしたもの。薄くそいで熱湯に通し、縮らせて、酢味噌などにつけて食べる。古くは正月の吸い物などの具となった。一般には夏の料理。［同義］皮鯨。⇩皮鯨（かわくじら）［夏］、晒鯨（さらしくじら）［夏］、鯨（くじら）［冬］

§

水無月や鯛はあれども塩くじら　芭蕉・葛の松原

しかのこ【鹿の子】

鹿の子は五〜六月に生れる。⇩鹿の子（かのこ）［夏］、鹿（しか）［秋］

§

鹿の子のあどない顔や山畠　桃隣・古太白堂句選
鹿の子の人に摺れたる芝生哉　一茶・享和句帖
人声に子を引き隠す女鹿哉　一茶・おらが春
鹿の子のふんぐり持ちて頼母しき　村上鬼城・鬼城句集

しかのふくろづの【鹿の袋角】

鹿の角は春に脱落するが、その後、だんだんと再生する。角の生えはじめの部分がまだ皮を被っていて柔らかい状態のものを「袋角」という。［同義］鹿の若角（しかのわかつの）、鹿茸（ろくじょう）、袋角（ふくろづの）。⇩鹿（しか）［秋］、鹿の角落つ（しかのつのおつ）［春］、鹿の角切（しかのつのきり）［秋］、夏の鹿（なつのしか）［夏］

§

わすれずに居るか鹿の子の袋角　土芳・蓑虫庵集
そでかけておらさし鹿の袋角　園女・其袋
袋角鬱々と枝を岐《え》ちをり　橋本多佳子・紅絲
袋角神の憂鬱極まりぬ　橋本多佳子・紅絲

袋角脈々と血の管通ふ　橋本多佳子・命終

じぐも【地蜘蛛】

ジグモ科の蜘蛛。体長約一・五センチ。頭部は赤黒く大きい。樹木や垣根の近くの土中に、糸と土砂を使って細長い袋のような巣を作る。［同義］土蜘蛛、穴蜘蛛（あなぐも）、袋蜘蛛（ふくろぐも）、はらきり蜘蛛（はらきりぐも）。⇩土蜘蛛（つちぐも）［夏］、蜘蛛（くも）［夏］

しじゅうから【四十雀】

シジュウカラ科の小鳥。日本全土に分布し、低山から平地の森林に生息する。翼長約七センチ。頭・喉・尾羽は黒色で、頬は白色。背部は黄緑色、腹部は白色。胸腹部の中央に一筋の黒色帯がある。山林では春から夏にかけての繁殖期に「ツツピーッ・ツツピーッ」という囀りが聞こえる。平常時は「ジュク・ジュク」と鳴く。秋に山から下り、都会地にも出現する。ここでは囀りをもって夏の季語とする。［和名由来］「から」は小鳥の総称で、「しじゅう」は鳴声と—柳田国男『野鳥雑記』。［同義］しじゅうからめ。

しじゅうから［写生四十八鷹画帖］

§

立ち並ぶ榛《はん》も槻《けやき》も若葉して日の照る朝は四十雀《しじふから》鳴く　正岡子規・子規歌集

四十雀《しじふから》なにさはいそぐここにある松が枝にはしばしだに居よ　長塚節・病中雑詠

四十雀《しじふから》頬のおしろいのきはやかに時たま来り庭に遊べる　木下利玄・銀

老《おい》の名のありともしらで四十から　芭蕉・初蟬

かへるやら山蔭《やまかげ》伝ふ四十《しじふ》から　野水・猿蓑

四十雀《しじふがら》地に囀《さへづ》るや麦の節《ふし》　浪化・そこの花

手をあげし人にこぼる、四十雀　高浜虚子・定本虚子全集

若楓揺りつ、鳴くは四十雀　水原秋桜子・古鏡

黄塵や垣くゞり来る四十雀　水原秋桜子・殉教

四十雀つれわたりつ、なきにけり　原石鼎・花影

悲しけれ網はずしつ、四十雀　星野立子・鎌倉

追ひすがり追ひすがり来て四十雀　石田波郷・酒中花以後

したびらめ【舌鮃】

カレイ目シタビラメ亜目のウシノシタ科とササウシノシタ科の海水魚の総称。暖海の砂泥底に生息する。体長約二〇センチ。体は長楕円形・偏平で牛の舌状。体の左側に眼がある。夏が旬で、ムニエル、フライなどにして食べる。［同義］牛の

舌（うしのした）。

じひしんちょう【慈悲心鳥】

ホトトギス科の小鳥の十一の別称。⇩十一（じゅういち）［夏］

§

谷川の早瀬《はやせ》のひびき小夜ふけて慈悲心鳥《じひしんてう》は啼きわたるなり　島木赤彦・柿蔭集

蚊も喰はで慈悲心鳥の鳴音哉　闌更・半化坊発句集

慈悲心鳥翠微に声の翔け入りて　水原秋桜子・晩華

慈悲心鳥鳴きわたり来て霧と去る　水原秋桜子・古鏡

慈悲心鳥ひゞきて鳴けば霧きたる　水原秋桜子・古鏡

慈悲心鳥霧がおもてを吹きて去る　水原秋桜子・古鏡

しまか【縞蚊】

カ科の昆虫。黒色の胸背に白色の縦条がある。昼間に活動する。吸血性。一般に「藪蚊」といわれる。⇩蚊（か）［夏］、藪蚊（やぶか）［夏］

§

美しく縞のある蚊の肌に来てわが血を吸ふもさびしや五月《ごぐわつ》　若山牧水・路上

山の蚊の縞あきらかや嗽　芝不器男・不器男句集

しまへび【縞蛇】

ヘビ科の無毒の蛇。体長約一・五メートル。体色は褐色で、背面に四本の黒褐色線がある。⇩蛇（へび）［夏］

しみ【紙魚・衣魚・蠹魚】

シミ科の昆虫の総称。体長約一〇ミリ。体は銀色の鱗に覆われ、糸状の一対の長い触角と三本の尾毛をもつ。書物や衣類など、糊気のあるものを食害する。［和名由来］形が魚に似ているところから。［同義］白魚（はくぎょ）、雲母虫（きららむし）、箔虫（はくむし）、きら虫（きらむし）、紙の虫（かみのむし）。⇩虫干（むしぼし）［夏］

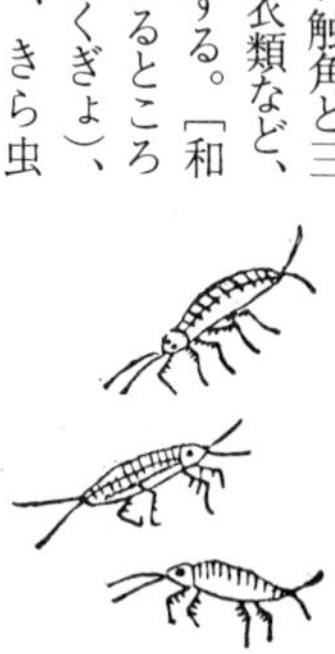

しみ［国訳本草綱目］

§

おもはめやまとのほたるの光りなきしみのすミかとなさんものとは　樋口一葉・樋口一葉全集

われをかし紙魚《しみ》のたぐひにあらなくに丹後風土記《たんごふどき》のなかをさまよふ　吉井勇・人間経

蠹しらみ窓の蛍にかたるなり　其角・五元集拾遺

紙魚ちよろ〳〵歌に痩するか詩に肥ゆか　角田竹冷・竹冷句鈔

我書《われかい》て紙魚《しみ》くふ程に成にけり　正岡子規・子規句集

紙魚《しみ》の書を惜まざるにはあらざれど　高浜虚子・六百句

紙魚のあと久しのひの字しの字かな　高浜虚子・六百句

紙魚《しみ》はをらず踊つて読ます字のくばり　広江八重桜・広江八重桜集

死顔の写真いで丶紙魚かくれたり　渡辺水巴・水巴句集

本を喰ふ虫とやあはれ銀の紙魚《しみ》　山口青邨・花宰相

あざけりの本の虫とて銀の紙魚　山口青邨・花宰相

本を出て本にひそめる紙魚あはれ　山口青邨・花宰相

本を出て遠くゆきけりあはれ紙魚　山口青邨・花宰相

寂として万緑の中紙魚は食ふ　加藤楸邨・野哭

しゃくとりむし【尺取虫・尺蠖虫】

シャクガ科の蛾の幼虫の枝尺取（えだしゃくとり）のこと。体は細長く円筒形。体は緑色または灰褐色。二回脱皮して繭をつくり、蛹（さなぎ）から成虫になる。［和名由来］歩くとき体がU字型になり、指で尺をはかるのに似ているところから。［同義］寸取虫（すんとりむし）、杖突虫（つえつきむし）、屈伸虫（くっしんちゅう）、招虫（おぎむし・おざむし）、土瓶割。⬇土瓶割（どびんわり）［夏］、蛾（が）［夏］

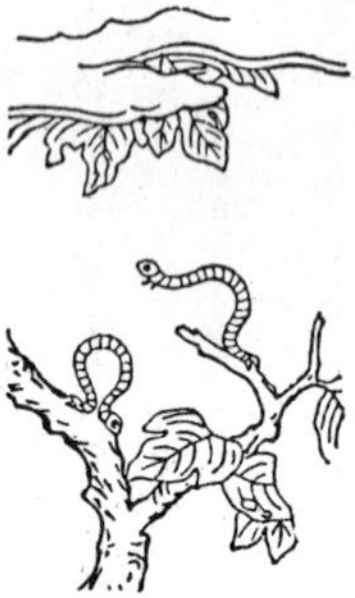
しゃくとりむし［和漢三才図会］

§

蠖尺蟲の焔逃げんと尺とりつつ　中村草田男・銀河依然

風ありて尺蠖とぶがごときかな　高橋馬相・秋山越

しゃこ【蝦蛄・青竜蝦】

シャコ科の甲殻類。北海道以南に分布し、沿岸の砂泥中に穴を掘って生息する。体形は海老に似て平たい。体長約一五センチ。頭上に二対の触角と鎌形の一対の脚をもつ。全体に蒼灰色で、脚と尾部が紅色。小魚など捕食するときに遊泳する。天麩羅や鮨種となり、初夏の頃の卵をもったものは特に賞味される。［和名由来］茹でると石南花の花の色のようになるところから「シャククヮエビ（石花蝦）」となり、「シャコ」となったという。

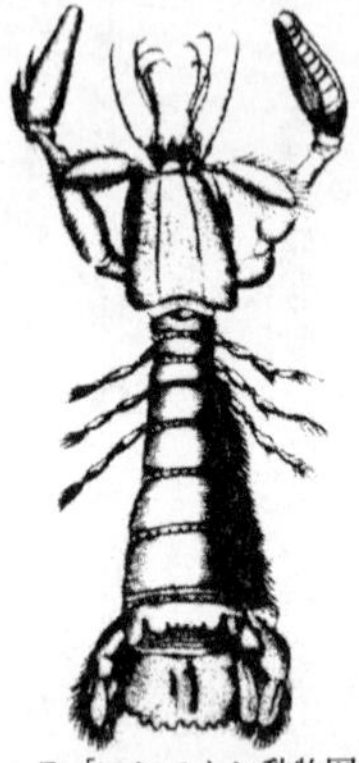
しゃこ［ヨンストン動物図説］

じゅういち【十一】

ホトトギス科の鳩大の小鳥。夏鳥として飛来し、冬、東南アジアに渡る。背部は灰黒色。頚は白色で、腹部は淡赤褐色。尾羽に褐色の四本の横斑がある。大瑠璃、小瑠璃などの鳥に托卵する。［和名由来］鳴声「ジュイチー・ジュイチー」から。［同義］慈悲心（じひしん）、慈悲心鳥、実心（じっしん）。⬇慈悲心鳥（じひしんちょう）［夏］

しゅぶんきん【朱文金】

鮒と出目金と和金の交配種。体形は鮒に似る。⬇金魚（きんぎょ）［春］。

しょうじょうばえ【猩々蠅】

ショウジョウバエ科の蠅の総称。体長二〜二・五ミリ。夏の台所や倉庫などで酒や味噌、いたんだ果物などに集まる。⬇酒蠅（さかばえ）［夏］

じょろうぐも【女郎蜘蛛・斑蛛・絡新婦】

アシナガグモ科の蜘蛛。

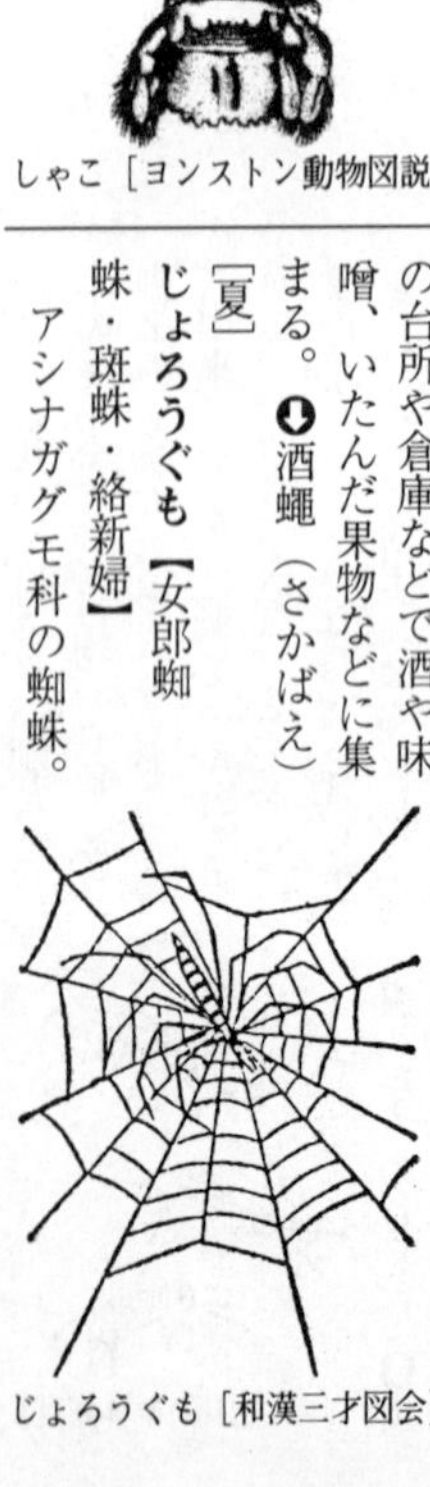
じょろうぐも［和漢三才図会］夏

本州以南に分布。体長は雄は約七ミリ、雌は約二五ミリで大形である。腹背に黄緑色の横帯が三本あり、体の側面後方に紅色の斑点がある。樹間に網を貼る。⇩蜘蛛（くも）［夏］

しらはえ【白鮠】

　追河の雌。⇩追河（おいかわ）［夏］

しらみ【虱・蝨】

　シラミ目の昆虫の総称。体長〇・五～六ミリ。体は紡錘形で偏平。翅はなく眼は退化している。人や獣に寄生し、吸血する。宿主から離れると死ぬ。［同種］頭虱（あたまじらみ）、毛虱（けじらみ）、衣虱（ころもじらみ）。⇩花見虱（はなみじらみ）［春］、南京虫（なんきんむし）［夏］

§

蚤虱《しらみ》馬の尿《ばり》する枕もと　芭蕉・おくのほそ道

ひるがほに虱《しらみ》のこすや鳶《とび》のあと　嵐蘭・芭蕉庵小文庫

よき衣《きぬ》によろこびつける草虱《くさじらみ》　高浜虚子・五百五十句

しろあり【白蟻】

　シロアリ目の昆虫の総称。体長四～一〇ミリ。体は乳白色または淡褐色。朽ち木や家などに巣をつくり、食害する。社会生活を営む。［同種］家白蟻（いえしろあり）、大和白蟻（やまとしろあり）。⇩蟻（あり）［夏］、羽蟻（はあり）［夏］

しろしたがれい【城下鰈】

　大分県日出町の日出城跡付近の海で取れる真下鰈（まこがれい）。真下鰈の中でもとくに美味とされる。⇩鰈（かれい）［四季］

「す～せ」

すずめが【雀蛾・天蛾】

　スズメガ科の蛾の総称。開張六～一五センチと大きい。日本全土に分布。体は太く紡錘形。全体に茶褐色で後翅前部は薄紅色。夕方に活動し、花の蜜を吸う。幼虫は芋虫で、尾に一本の角状の突起がある。［同義］芋虫蝶（いもむしちょう）、雀蝶（すずめちょう）。⇩蛾（が）［夏］

§

日を昏め舞ひて下れる天蛾《すずめが》の輝ける眼が覚めてなほ見ゆ　宮柊二・群鶏

すずめずし【雀鮨】

　小鯛、鮒などを開いて腹中に鮨飯を入れ、形を雀のように膨らませた鮨。関西の名物。

§

蓼《たで》の葉を此君《このきみ》と申《まう》せ雀鮓《すずめずし》　蕪村・蕪村句集

すずめのたご【雀の擔桶・雀の甕】

　イラガ科の刺蛾の繭の俗称。卵球形で白褐色に黒条の斑紋がある。直径約一・五ミリ。非常に堅く樹枝に付着する。中の蛹は川釣の餌となり、また、雀も好んで食べる。［同義］雀甕（すずめがめ）、雀の壺（すずめのつぼ）、雀の枕（すずめのまくら）、雀のさかおけ、雀のしょうべんたご、雀の卵（すずめのたまご）。⬇刺虫（いらむし）［夏］、雀（すずめ）［四季］

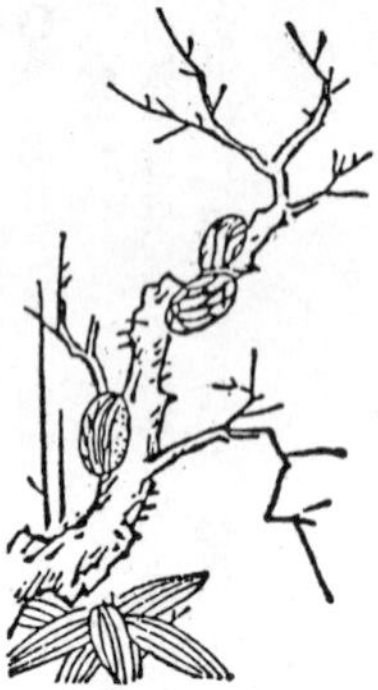
すずめのたご
［和漢三才図会］

すりばちむし【擂鉢虫】

蟻地獄の別称。⬇蟻地獄（ありじごく）［夏］

せごしなます【背越膾】

鯵や鮎などの魚を、腸や鰭だけ取り除き、骨ごと背の方から筒切りにして膾にした料理。⬇沖膾（おきなます）［夏］、鯵（あじ）［夏］、鮎（あゆ）［夏］

ぜにがめ【銭亀】

石亀の子のこと。夏、夜店などで売られている。［和名由来］甲羅が丸く、銭に似ているところから。⬇亀の子（かめのこ）［夏］、亀（かめ）［四季］、石亀（いしがめ）［四季］

§

銭亀《ぜにがめ》や青砥《あおと》もしらぬ山清水　蕪村・蕪村句集

せみ【蟬】

セミ科の昆虫の総称。体長一～八センチ。頭部は三角状で両側に一対の丸い複眼をもち、その間に三個の赤色の単眼をもつ。前肢二本に刻みがあり樹幹に止まり易くなっている。腹部にある長い吻で樹液を吸う。翅は透明。雄は発音板を振動させ、腹腔を共鳴させて鳴く。種類によって鳴声はさまざまであるが、鳴くのは雄ばかりである。雌は樹皮に産卵する。孵化した幼虫は地中に入り、植物の養分を吸って数年から十数年を過ごす。地上にでて脱皮をし、ようやく成虫となる。成虫になってからの寿命は七～一〇日間程度である。［同義］せび、斉女（せみ・せいじょ）。［同種］（＊名前の後ろの「 」は鳴声）春蟬＝松蟬「ギィヤーギィヤー」、油蟬「ジージー」、にいにい蟬「ニーニー」、みんみん蟬「ミーンミーン」、熊蟬「シャアシャア」、蜩「カナカナ」、法師蟬＝つくつく法師「ツクツクホーシ」。⬇初蟬（はつせみ）［夏］、蟬時雨（せみしぐれ）［夏］、蟬の声（せみのこえ）［夏］、夕蟬（ゆうぜみ）［夏］、蟬生る（せみうまる）［夏］、松蟬（まつぜみ）［春］、春蟬（はるぜみ）［春］、油蟬（あぶらぜみ）［夏］、空蟬（うつせみ）［夏］、唖蟬（おしぜみ）［夏］、熊蟬（くまぜみ）［夏］、にいにい蟬（にいにいぜみ）［夏］、蜩（ひぐらし）［秋］、つくつく法師（つくつくほうし）［秋］、法師蟬（ほうしぜみ）［秋］、蟬涼し（せみすずし）［夏］、蟬の殻（せみのから）［夏］、蟬の羽（せみのは）［四季］、初蜩（はつひぐらし）［夏］、みんみん蟬（みんみんぜみ）［夏］、秋蟬（あきぜみ）［秋］、秋の蟬（あきのせみ）［秋］、ちっち蟬（ちっちぜみ）［秋］

せみ［明治期挿絵］

§

まつがえにすがるやがてもなく蟬のそのかやすさは我ぞともしき
大隈言道・草径集

寝おびれて啼く声すずし宿る木のしづくや蟬の夢冷しけん
与謝野礼厳・礼厳法師歌集

体《からだ》の汗拭きつつ思ふ今日このごろ蟬の少なくなりたることを
島木赤彦・氷魚

汗《あせ》ぬぐひかへるわが家西日さしたたみほてりてもろ蟬のなく
岡麓・庭苔

とりどりの声を持ちしがはてはては一つになりし夕暮の蟬
与謝野晶子・心の遠景

せみ［明治期挿絵］

汗あえて越ゆるたむけの草村に草蟬《くさぜみ》鳴きて涼し木陰は
長塚節・羇旅雑咏

絹糸を二つに割きて継ぎてゆく蟬の羽のうすき絹布《きぬ》はひずみぬ
三ケ島葭子・定本三ケ島葭子全歌集

仰むけに土に落ちたり蟬のいのちいまだ死ななく羽搏きにけり
三ケ島葭子・定本三ケ島葭子全歌集

羽根《はね》剪《き》りて子等《こら》がはなてる老蟬《おいぜみ》のねには鳴《な》かなく草《くさ》にとまれり
土屋文明・ふゆくさ

山の湯に夏逝かんとし昼を啼くしいしい蟬の多からぬ声
宮柊二・独石馬

声ちぽと雫《しづく》やかゝる夜の蟬　士芳・蓑虫庵集
相共《あひとも》に年寄る声や松に蟬《せみ》　露川・北国曲
蟬の音の松を出ぬける暑さ哉　吾仲・柿表紙
一筋の夕日に蟬《せみ》の飛んで行　正岡子規・子規句集
空耳歟うつくし湖《うみ》と蟬の鳴く　幸田露伴・蝸牛庵句集
人病《や》むやひたと来て鳴く壁の蟬《せみ》　高浜虚子・五百句
蟬《せみ》鳴くや松の梢《こずゑ》に千曲川《ちくまがは》　寺田寅彦・寅日子句集
庭松のゆらぎ蟬しめやかな夕となりぬ　種田山頭火・層雲
一点の雲無くなんと蟬に風　原石鼎・「花影」以後
朝蟬のひとつしづかに祭笛　水原秋桜子・帰心
蟬鳴くや八月望のうすぐもり　水原秋桜子・殉教
しのび音の咽び音となり夜の蟬　三橋鷹女・羊歯地獄
朝蟬やぽん〳〵船は遠く〳〵　中村汀女・春雪
おいて来し子ほどに遠き蟬のあり　中村汀女・汀女句集

蟬の午後妻子ひもじくわれも亦　日野草城・旦暮
国の勢ひは山々へ退《の》き蟬の寺　中村草田男・母郷行
夜の蟬くるひあがりし北斗かな　加藤楸邨・雪後の天
逆《さか》なりに蟬匐ひくだる正午かな　加藤楸邨・雪後の天
ひとかゝへ濯ぐより蟬鳴きはじめ　石橋秀野・桜濃く
蟬の穴ときどきフフと笑ひけり　中尾寿美子・舞童台
ころりころりと蟬が死にをり磨崖仏　野澤節子・飛泉
両眼にわれの映りし蟬死せり　野澤節子・駿河蘭
夜の蟬とび来てあたる男の胸　野澤節子・未明音

せみうまる【蟬生る】
蟬の幼虫が地上にでて、成虫となること。⬇蟬（せみ）［夏］

せみしぐれ【蟬時雨】
多くの蟬が鳴きしきる声を時雨の音にたとえた表現。⬇蟬（せみ）［夏］、蟬涼し（せみすずし）［夏］

§

蟬《せみ》の声《こゑ》さながらまがふ時雨《しぐれ》かな　立《たち》よる袖に杜《もり》の夕露　幽斎・玄旨百首
晴れんとて木間明《このまあか》れる夕立に降りつぐ蟬のむら時雨かな　与謝野礼厳・礼厳法師歌集
歩みつつ無一物《むいちぶつ》ぞと思ひけり静かなるかなや夕蟬しぐれ　前川佐美雄・天平雲
蟬時雨寺境を過ぐる余り風　大谷句仏・我は我
桟や荒瀬をこむる蟬しぐれ　飯田蛇笏・山廬集
潮風に片枯松や蟬時雨　石島雉子郎・雉子郎句集
蟬時雨日斑《まだら》あびて掃き移る　杉田久女・杉田久女句集
橙青き丘の別れや蟬時雨　横光利一・横光利一句集
朝蟬しぐれけふも炎ゆらむ空青く　日野草城・銀
　日光遊草
滝音の息づきのひまや蟬時雨　芝不器男・定本芝不器男句集
蟬しぐれ中に鳴きやむひとつかな　加藤楸邨・雪後の天

せみすずし【蟬涼し】
蟬の鳴声はやかましくもあるが、反面、涼しさを感じることもある夏の風物である。⬇蟬（せみ）［夏］、蟬時雨（せみしぐれ）［夏］

§

夕づく日入なんとする山かげに鳴いつる蟬のこゑの涼しさ　樋口一葉・緑雨筆録「一葉歌集」
森《もり》の蟬涼《せみすず》しき声《こゑ》やあつき声《こゑ》　乙州・続猿蓑
蟬涼し朴《ほ》の広葉に風の吹く　河東碧梧桐・碧梧桐句集
夕影のずん〳〵見えて蟬涼し　鈴木花蓑・鈴木花蓑句集
蟬涼しわがよる机大いなる　杉田久女・杉田久女句集
蟬涼し盥にねぢし水道栓　杉田久女・杉田久女句集補遺

せみのから【蟬の殻】
蟬の抜け殻をいう。数年から十数年を地中で過ごした蟬の幼虫は、成虫になるとき、樹にのぼり、背より割れて皮を脱ぐ。［同義］蟬の蛻（せみのもぬけ）、蟬蛻（せんぜい）、空蟬。⬇空蟬（うつせみ）［夏］、蟬（せみ）［夏］

§

梢よりあだに落《おち》けり蟬のから　芭蕉・六百番発句
我とわがからや弔ふ蟬の声　也有・蘿葉集
わくら葉に取ついて蟬のもぬけ哉　蕪村・蕪村遺稿
蟬の脱《カラ》ははたらくやうで哀也《あはれなり》　句空・卯辰集

せみのこえ【蟬の声】

蟬は種類によって鳴声もさまざまだが、鳴いているのは雄の蟬である。➡蟬（せみ）[夏]

§

石走《いはばし》る瀧《たぎ》もとどろに鳴く蟬《せみ》の声をし聞けば都し思ほゆ　大石蓑麿・万葉集一五
明《あ》けたてば蟬《せみ》のお（を）りはへ鳴《な》きくらし夜《よる》は蛍《ほたる》のもえこそわたれ　よみ人しらず・古今和歌集一一（恋一）
蟬のこゑ聞《き》けばかなしな夏衣うすくや人のならむと思へば　紀友則・古今和歌集一四（恋四）
なく蟬《せみ》の声《こゑ》もすゞしき夕暮《ゆふぐれ》に秋をかけたるもりの下露　二条院讃岐・新古今和歌集三（夏）
鳴《な》く蟬の声《こゑ》もきこえず暮《く》れはてて梢《こずゑ》にのこる風《かぜ》ぞすゞしき　頓阿・頓阿法師詠
夕月夜ほのかにきくもくるしきは木の間もりくる蟬のもろ声　後柏原天皇・内裏着到百首
こえ行《ゆけ》ば蟬の鳴音《なくね》の大江山梢の空に秋やちかづく　賀茂真淵・賀茂翁家集拾遺
照《てる》月に夏をわすれし木間《このま》よりおどろかしけるせみのひと声　香川景樹・桂園一枝

蟬の鳴く木《こ》のくれしげに小屋立てて腰掛置きて氷水売る　正岡子規・子規歌集
庭もせに昼照草《ひるてりぐさ》の咲きみちて上野の蟬《せみ》の声しきるなり　正岡子規・子規歌集
赤松の森のうへなる雲の峰にひびきて鳴けり蟬のもろ声　島木赤彦・太虚集
水源に立ちのみじかき榛木立《はりこだち》おそく生まれし蟬なきて居り　島木赤彦・氷魚
目ざめゐて夜半の暑きに耳を刺す蟬の声おほし家のめぐりに　若山牧水・山桜の歌
耀《かがや》ける青葉は見るもなやましや命《いのち》の奥に啼《な》きしきる蟬《せみ》　岩谷莫哀・春の反逆
蟬《せみ》の鳴く池べ樹《こ》したに出て立ちぬ夕餉《ゆふげ》のあとの帯をゆるめて　中村憲吉・しがらみ
夢殿の昼をしづかに流れくる蟬のもろ声一つにととのふ　宮柊二・群鶏
撞鐘《つきがね》もひゞくやうなり蟬の声　芭蕉・笈日記
閑《しづか》さや岩にしみ入《いる》蟬の声　芭蕉・おくのほそ道
頓《やが》て死ぬけしきは見えず蟬の声　芭蕉・猿蓑
鳴蟬《なくせみ》や折《をり》々雲に抱《だか》れゆく　路通・三山雅集
住《すみ》かへよ人見の松の蟬《せみ》の声　去来・末若葉
下闇《したやみ》や地虫《ぢむし》ながらの蟬《せみ》の声　嵐雪・猿蓑
あなかなし鳶《とび》にとらるゝ蟬《せみ》の声　嵐雪・其袋
蟬啼《せみなく》や川に横《よこた》ふ木のかげり　涼菟・笈日記

一ゆすりゆするや蟬《せみ》の啼調子《なきでうし》　野紅・後れ馳
蟬啼《せみなく》や木のぼりしたる団売《うちはうり》　其角・五元集
蟬《せみ》の声絶えては続く岩の道　野坡・野坡吟草
大仏《だいぶつ》のあなた宮様《みやさま》せみの声　蕪村・蕪村句集
蟬鳴《なく》や行者《ぎやうじや》の過《すぐ》る午《うま》の刻《こく》　蕪村・蕪村句集
蟬《せみ》なくや我家《わがや》も石になるやうに　一茶・七番日記
名も知らぬ大木多し蟬の声　正岡子規・子規句集
着物干す上は蟬鳴く一の谷　正岡子規・子規句集
鳴きやめて飛ぶ時蟬《せみ》の見ゆる也　正岡子規・子規句集
あつ苦し昼寐の夢に蟬の声　夏目漱石・漱石全集
おもひつめたるひと木のゆらぎ蟬の声　臼田亜浪・旅人

せんだいむしくい【仙台虫喰】

スズメ目ヒタキ科の小鳥。背部は緑褐で、腹部は白色。頭部に黄白色の頭央線があり、黄白色の眉斑がある夏鳥で九州以北の低山帯に生息し、冬は南アジアに渡る。昆虫類を食す。「チョチョピー」と鳴く声が「焼酎一杯ぐぃー」と聞えることで知られる。［和名由来］鳴声から「千代《ちよ》むしくい→千代《せんだい》むしくい」となったものと。［同義］こずえむしくい、うぐいすむしくい。

§

朝餉の座仙台虫喰をきくは誰　水原秋桜子・古鏡

「た」

たうなぎ【田鰻】

タウナギ科の淡水魚。田や湖沼に生息する。体長約八〇センチ。鱗・胸びれ・背びれがない。体色は黄褐色で暗褐色の斑点がある。［同義］川蛇（かわへび）。

たかのとやいり【鷹の塒入】

鷹の羽毛は夏に抜け変わるため、鷹狩の鷹などの飼鷹をその間、鳥屋に籠らせる。［同義］塒鷹・鳥屋鷹（とやだか）、塒籠・鳥屋籠（とやごもり）。⬇鷹（たか）［冬］、鷹の塒出（たかのとやで）［秋］

§

鷹に声なし雨にたれたる塒筵　白雄・白雄句集

たかべ【鰖】

タカベ科の海水魚。本州中部以南に分布し、沿岸の岩礁域に生息する。体長約二五センチ。体は長い紡錘形。全体に青褐色で、背面に黄色の縦帯がある。動物性プランクトンを食べる。磯釣りの対象魚。［和名由来］「タカ」は民俗用語で岩礁の意、「ベ」は魚名語尾の意と。［同義］しゃか〈和歌山〉、べんと〈高知〉、ほた〈鹿児島〉。

たがめ【田亀・水爬虫】

タガメ科の水棲昆虫。沼や池などに生息する。体長約六・五センチ。体は偏平な六角形で暗褐色。前脚が強く、蟷螂（かまきり）の鎌形に似て捕獲肢となっている。水棲昆虫を捕らえ、体液を吸う。小魚や蛙などを捕らえることもある。成虫は灯火に飛来する。［同義］河童虫（かっぱむし）、高野聖（こうやひじり）、どんがめむし、どんがめ。

たがめ［和漢三才図会］

たこ【蛸・鮹・章魚】

イカ綱タコ目に属する軟体動物の総称。体は頭・胴・腕の三部よりなり、腕は八本で、各腕には一〇数個の吸盤が二条に連なる。体色は灰褐色。頭の中央に二つの眼があり、口は基腕の中央にある。墨汁嚢をもち外敵に遭うと、墨を噴いて逃げる。七～八月頃が産卵期。蛸壺漁で捕獲される。⬇蛸壺（たこつぼ）［夏］、飯蛸（いいだこ）［春］、麦藁蛸（むぎわらだこ）［夏］

§

企救浜《きくはま》の磯の岩間に寐わすれし小き蛸《たこ》をはなちけるかな　森鷗外・うた日記

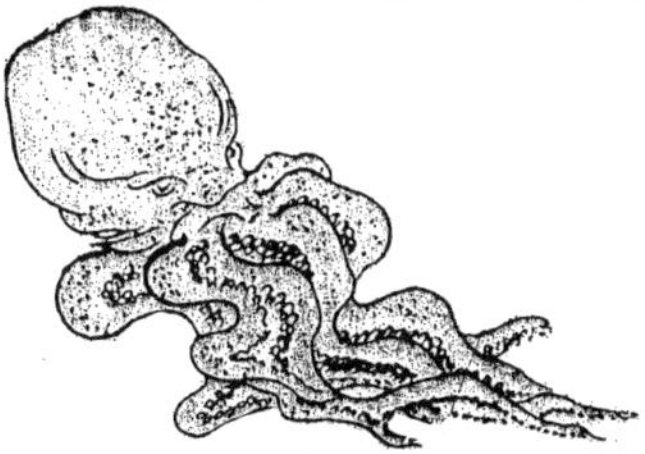

たこ［潜龍堂画譜］

章魚《たこ》の足を煮《に》てひさぎをる店《みせ》ありて玉《たま》の井町《ゐまち》にこころは和《な》ぎぬ　斎藤茂吉・たかはら

蛸喰《たこくひ》て蓼摺小木《たですりこぎ》のはなし哉　涼菟・皮籠摺

油断すな柚の花咲ぬいその蛸　支考・六華集

たこつぼ【蛸壺】

蛸を捕らえるために用いる素焼きの壺。桐の木の浮木をつけた壺を海底に沈め、壺に潜んだ蛸を引き上げて捕らえる。⬇蛸（たこ）［夏］

§

蛸壺《たこつぼ》やはかなき夢を夏の月　芭蕉・猿蓑

たでくうむし【蓼食う虫】

「蓼虫（たでむし）」ともいう。初夏、辛い蓼の新葉を食う虫のこと。多くはホタルハムシの類。また、辛い葉を食べるところから、諺で「人の好みもさまざまである」ことをいう。

§

炎天に蓼食ふ虫の機嫌かな　一茶・一茶句集

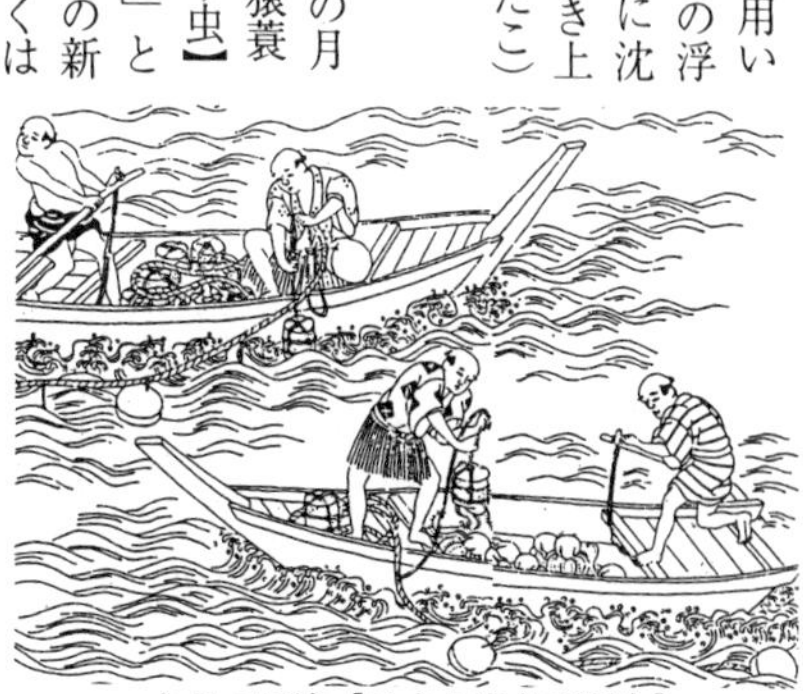

たこつぼ漁［日本山海名産図会］

だに【壁蝨・蜱】

ダニ目の属する節足動物の総称。小楕円形で一ミリ以下。

頭・胸・腹が一体となって胴部をなし、四対の歩脚をもつ。動植物に寄生する。種類は多い。とくに人や家畜に寄生して血を吸うので、「嫌われ者」の形容となる。➡家壁蝨（いえだに）［夏］

だぼはぜ【だぼ鯊】

鯊の一種で、「知知武（ちちぶ）」をさす。河口近くで簡単に釣れるので夏、子供が釣って遊んでいる。

§

ダボ鯊のダボの見えざるすばやさよ　加藤知世子・頰杖

たまむし【玉虫】

タマムシ科の甲虫。体長約四センチ。体は紡錘状。金属性の光沢のある金緑色で、碧緑色の二条の縦線がある。この金緑色の前翅をちりばめた玉虫厨子（たまむしのずし）は有名。この翅を箪笥に入れると衣装が増えるという俗信がある。幼虫は桜や桃の材を食害する。［同義］吉丁虫（たまむし・きっちょうちゅう）、金花虫（たまむし）。［同種］黒玉虫（くろたまむし）、青玉虫（あおたまむし）、姥玉虫（うばたまむし）。

§

あかつきの萌葱《もえぎ》の蚊帳にあえかにも玉虫のごと寐てある少女
与謝野晶子・太陽と薔薇

玉虫のもしむらがりてあるならば海の月夜の波に似なまし
与謝野晶子・緑階春雨

玉虫の一羽《ひとは》光りて飛びゆけるその空ながめをんな寝そべる
北原白秋・桐の花

放たれて飛ばんとしたる玉虫の身に一尺の赤き縫糸
三ケ島葭子・定本三ケ島葭子全歌集

はじめよりなきがらとしてめでけるやこの玉虫の餌をば思はず
三ケ島葭子・定本三ケ島葭子全歌集

玉虫ハ掃捨る師の掟かな　言水・初心もと柏
玉虫の光残して飛びにけり　高浜虚子・五百句
玉虫の落ちてゐたりし百花園　鈴木花蓑・鈴木花蓑句集
玉虫や瑠璃翅乱れて畳とぶ　杉田久女・杉田久女句集
展墓日暑し玉虫袖をあゆむかな　飯田蛇笏・山廬集
墓松に玉虫とるや秋近く　飯田蛇笏・山廬集
玉虫の羽のみどりは推古より　山口青邨・露団々
玉虫のとまりたる葉のすこし垂れ　山口青邨・花宰相
玉虫の熱沙掻きつゝ交《さか》るなり　中村草田男・火の鳥
玉虫交る五色の雄と金の雌　中村草田男・火の鳥
玉虫や旭夕日を着るごとく　加藤知世子・冬萌
玉虫を捨はず過ぎて何恃まむ　石田波郷・雨覆
玉虫の死して光のかろさなる　野澤節子・鳳蝶

「つ～て」

つかれう【疲鵜】

鵜飼で働き疲れた鵜のこと。➡鵜飼（うかい）［夏］

§

疲れ鵜の叱られて又入りにけり　一茶・一茶句帖

労れ鵜や雫ながらに山を見る　成美・いかにいかに

つちぐも【土蜘蛛】

地蜘蛛の別称。⬇地蜘蛛（じぐも）［夏］、蜘蛛（くも）［夏］

§

土蜘蛛の八つ手に根這ふいかし松根這ふ力は千世に堪ゆべし　伊藤左千夫・伊藤左千夫全短歌

つつどり【筒鳥】

ホトトギス科の渡鳥。夏鳥として四月中頃に飛来する。山林に生息し昆虫を捕食する。翼長約二〇センチ。体は郭公に似るが、胸・腹部にある黒横斑の幅が広い。背部は暗灰色。「ポンポン」と鳴く。ヒタキ科の仙台虫喰（せんだいむしくい）などの巣に託卵する。『万葉集』で呼子鳥とよばれる鳥は、この筒鳥にも比定される。［和名由来］空筒を叩いたような「ポンポン」という鳴声から。［同義］都々鳥（つつどり）、種蒔鳥（たねまきどり）、ぽんぽん鳥、ほほどり、布穀鳥（ふふどり・ふこくどり）［漢名］布穀。⬇呼子鳥（よぶこどり）［春］、時鳥（ほととぎす）［夏］、郭公（かっこう）［夏］

つつどり［毛詩品物図攷］

§

をちこちに啼き移りゆく筒鳥のさびしき声は谷にまよへり　若山牧水・くろ土

日のひかりかげり来ればいや冴えて啼く筒鳥をひと目見まほし　若山牧水・くろ土

声ありてさまよへるかもつづきあふ尾根の奥処《おくど》の筒鳥の声　若山牧水・黒松

都々鳥や木曾のうら山咀に似て　白雄・白雄句集

筒鳥に湧く湯の濁り肌につく　長谷川かな女・川の灯

筒鳥や機山大居士の名も古りつ　水原秋桜子・殉教

筒鳥を幽かにすなる木のふかさ　水原秋桜子・古鏡

筒鳥や一人憩へば羊歯の雨　水原秋桜子・古鏡

筒鳥や熊のかよひ路いま絶えて　水原秋桜子・晩華

筒鳥の鳴くが淋しと彫るこけし　原コウ子・昼顔

筒鳥なく泣かんばかりの裾野の灯　加藤楸邨・山脈

つばす【津走】

鰤の幼魚。鰤は出世魚で、大阪では幼魚より「つばす→はまち→めじろ→ぶり」とよばれる。⬇鰤（ぶり）［冬］、いなだ［夏］、魬（はまち）［夏］

つばめのこ【燕の子】

燕の雛。燕は通常五月と六〜七月に二回雛を育てる。約一四日で孵化する。一番子、二番子ともよばれる。［同義］子燕（こつばめ）、乳燕（ちちつばめ）。⬇燕（つばめ）［春］、燕の

巣（つばめのす）［春］、夏燕（なつつばめ）［夏］

§

うつばりに黄なる嘴《はし》五つ鳴く雛に痩せて出で入る親燕《おやつばめ》あはれ
与謝野礼厳・礼厳法師歌集

嵐の湖揺りゆる栗樹《くり》の青いがに燕の雛の群れてゐる見ゆ
島木赤彦・氷魚

故《ふる》さとの湖《みづうみ》を見れば雛燕青波にまひ夏ふけにけり
島木赤彦・氷魚

吾が家《いへ》に育つつばくらの雛三羽《ひなさんば》日に日に染まる胸の紅《くれなゐ》
土屋文明・山の間の霧

つばめの子ひるがへること覚えけり　阿部みどり女・石蕗

訪ふを待たでいつ巣立ちけむ燕の子　杉田久女・杉田久女句集

子燕や我になき焦るとあはれなり　杉田久女・杉田久女句集補遺

肩しかと母の燕や仔の声だけ　中村草田男・来し方行方

燕の子仰いで子等に痩せられぬ　加藤楸邨・野哭

つゆなまず【梅雨鯰】

鯰の産卵期は梅雨の季節であり、この時期の鯰をこう呼ぶ。⇩鯰（なまず）［夏］

つゆのちょう【梅雨の蝶】

梅雨の晴れ間に飛ぶを蝶をいう。⇩夏の蝶（なつのちょう）［夏］、蝶（ちょう）［春］

てっぽうむし【鉄砲虫】

樹木を食害する髪切虫などの幼虫。樹幹に穴を食い開ける。［同義］木食虫、柳虫（やなぎむし）。⇩髪切虫（かみきりむし）［夏］、木食虫（きくいむし）［夏］

ででむし

蝸牛の別称。⇩蝸牛（かたつむり）［夏］

§

蝸牛《でゝむし》の殻《から》に入るごと、汝《な》は母のやせふところに、ほほゑみてあり
岡稲里・朝夕

ぬぎすてし娘が靴にでで虫の大きなる居り朝つゆの庭に
若山牧水・黒松

ででむしやその角文字のにじり書　蕪村・蕪村句集

でゝ虫の角に夕日の光りかな　内藤鳴雪・鳴雪句集

でゝ虫の草に籠りて土用かな　村上鬼城・鬼城句集

蝸牛《ででむし》や雨雲さそふ角《つの》のさき　正岡子規・子規句集

でゞ虫の角ふり立てゝ井戸の端　夏目漱石・漱石全集

蝸牛《でゝむし》の移り行く間の一仕事　高浜虚子・六百五十句

でゝむしは竹の雫をねぶりけり　松瀬青々・妻木

蝸牛《ででむし》の角《つの》がなければ長閑哉《のどかな》　寺田寅彦・寅日子句集

蝸牛は角があつても長閑哉　寺田寅彦・寅日子句集

でゝ虫の腹やはらかに枝うつり　原石鼎・花影

でで虫に滝なす芭蕉広葉かな　川端茅舎・定本川端茅舎句集

一心にでで虫進む芭蕉かな　川端茅舎・定本川端茅舎句集

てながえび【手長蝦・草蝦】

テナガエビ科の淡水産の海老。本州以南の河川、湖沼に生息する。体長約九センチ。体色は透明感のある淡褐色。五対の脚のうち、雄の第二胸脚は体長の一・五倍ほどの長さがある。［和名由来］雄の第二胸脚が長いところから。［同義］杖突蝦（つえつきえび）、川蝦。⇩川蝦（かわえび）［夏］、海老

（えび）［四季］

手長蝦失せて樽の花の影　水原秋桜子・晩華

§

手長蝦つれては暗き雨きたる　水原秋桜子・秋苑

手長蝦すがりて朽ちし十二橋　水原秋桜子・帰心

でめきん【出目金】

金魚の一品種。目が大きく左右に飛び出ている。体は琉金形で黒色、または赤色。⇩金魚（きんぎょ）［夏］、琉金（りゅうきん）［夏］

てんとうむし【天道虫・瓢虫・紅娘】

テントウムシ科の甲虫の総称。体形は半球形で光沢があり、赤や黒のさまざまな斑紋がある。幼虫は紡錘形で成虫と共に肉食で油虫を食べる。［同義］瓢虫（ひさごむし）。［同種］七星天道虫（ななほしてんとうむし）、亀甲天道虫（かめのこてんとうむし）、姫赤星天道虫（ひめあかほしてんとうむし）。

§

老松の下に天道虫と在り　川端茅舎・定本川端茅舎句集

天道蟲天の密書を翅裏に　三橋鷹女・白骨

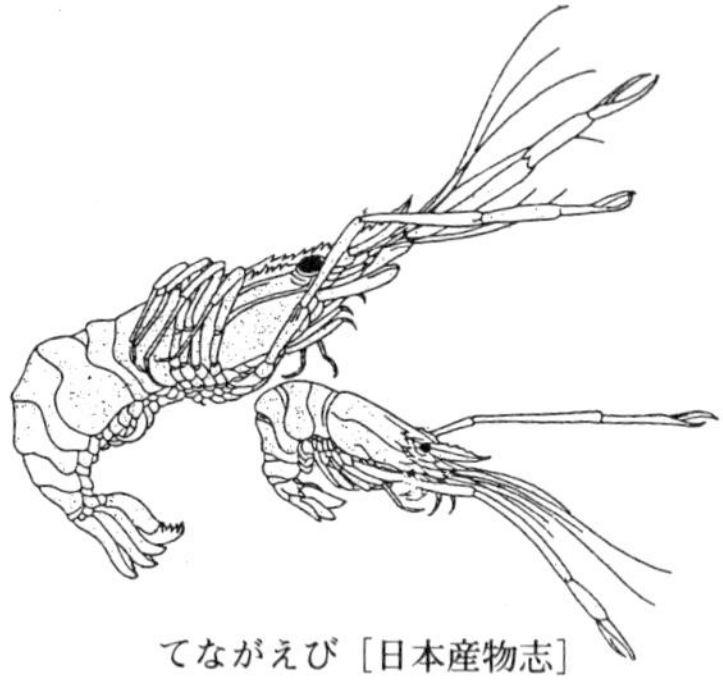

てながえび［日本産物志］

のぼりゆく草ほそりゆくてんと虫　中村草田男・長子

きらきらと頭蓋を出づるてんと虫　加藤知世子・飛燕草

「と」

とうぎょ【闘魚】

キノボリウオ科の淡水魚の総称。雄は激しい闘争心をもつ。多くは熱帯魚で体長五〜一〇センチ。体色は黄青色、紅青色のものが多い。泡で巣をつくり産卵する。

とうろううまる【蟷螂生まる】

「蟷螂（とうろう）」はカマキリの漢名。⇩蟷螂生る（かまきりうまる）

とおしがも【通し鴨】

春、北に帰らないで日本に留まる渡鳥の鴨をいう。まれにあり、夏、池沼などで巣を営み、雛を育てる。［同義］残る鴨（のこるかも）。⇩鴨（かも）［冬］

§

しづかさや山陰にして通し鴨　松瀬青々・妻木

とかげ【蜥蜴・石龍子・蝘蜓】

トカゲ目の爬虫類の総称。種類が多い。冬は地中で冬眠し、夏、石垣や草むらのすき間にいて、昆虫やミミズを捕食している。一般に見るものは、体は長円筒状で、大形のものは体長約一九センチに達する。体は暗緑色で鮮緑色の縦線が三本ある。体側は淡緑色で、腹部は淡黄褐色。長い尾をもち、敵に尾を押さえられると自ら尾を断って逃走する。⇩青蜥蜴（あおとかげ）［夏］

§

しみじみと二人《ふたり》泣くべく椅子の上の青き蜥蜴をはねのけにけり　北原白秋・桐の花

あわただしき雨に蜥蜴《とかげ》が濡れて入りぬ二階にとどく松の枝より　中村憲吉・しがらみ

まぎれなく蜥蜴《とかげ》は熱《あつ》き砂の上に這ひ出でてゐれば餓ゑはげしけれ　前川佐美雄・天平雲

草土手を蜥蜴はしりぬわが君の足の音にもおどろくものか　吉井勇・酒ほがひ

あれ庭のあかさまなる日のもとに蜥蜴交尾《つる》みてゐたりけるかも　吉井勇・天彦

飛石《とびいし》にとかきの光る暑《あつさ》かな　太祇・太祇句選

濃き日影ひいて遊べる蜥蜴《とかげ》かな　高浜虚子・五百句

我を見て舌を出したる大蜥蜴《おおとかげ》　高浜虚子・七百五十句

三角の蜥蜴の顔の少し延ぶか　高浜虚子・定本虚子全集

とかげ［毛詩品物図攷］

とぶ虫の影に跳ねとび蜥蜴かな　西山泊雲・泊雲

ひよいと穴からとかげかよ　種田山頭火・草木塔

真昼さびしき砂いきれ蜥蜴つと横ぎりぬ　種田山頭火・層雲

蜥蜴《とかげ》の切れた尾がはねてゐる太陽　尾崎放哉・小豆島にて

蜥蜴青し氷片べつと吐いて掌《て》に　原石鼎・花影

蜥蜴去ってまこと久しき大地かな　原石鼎・花影

睨み合うて背縞動かさず恋蜥蜴　原月舟・月舟俳句集

芝刈ればあはれ蜥蜴の卵あり　山口青邨・花宰相

石卓にあれば蜥蜴は靴を越ゆ　山口青邨・冬青空

蜥蜴ゐる松葉牡丹は黄なりけり　山口青邨・雪国

蜥蜴出づべろんべろんと絃楽器　三橋鷹女・橅

後脚のひらきし指の蜥蜴かな　中村汀女・花影

とかげ迅《と》し水泡音《ラッセル》胸にはじけつつ　日野草城・旦暮

蜥蜴の尾鋼鉄《まがね》光りや誕生日　中村草田男・長子

夕涼の洋も蜥蜴もひかりをさめ　中村草田男・火の鳥

瑠璃蜥蜴故郷《ふるさと》焼けて海残りぬ　中村草田男・来し方行方

交る蜥蜴くるりくるりと音もなし　加藤楸邨・起伏

蜥蜴とまり鶏の横目がこれにとまる　加藤楸邨・野哭

蜥蜴見しこともわすれてゐるごとし　加藤楸邨・野哭

雲暑くなりきて出づる蜥蜴と出づる　高橋馬相・秋山越

直はしる蜥蜴追ふ吾が二三足　石田波郷・風切

とけん【杜鵑】

時鳥の漢名。⇩時鳥（ほととぎす）［夏］

§

いとかすけく曳《ひ》くは誰《た》が子の羅《ら》の裾《すそ》ぞ杜鵑《とけん》待つなるうすくらがりに

与謝野晶子・舞姫

白き馬ただ頭《かしら》のみ現して杜鵑《とけん》の如く涼しげになく
与謝野晶子・心の遠景

梟のごとくわれを見守るもあり、杜鵑《とけん》の如くかすめ行くもあり、悔ぞ群れたる
若山牧水・みなかみ

どじょうじる【泥鰌汁】

泥鰌の味噌汁。同じ季節に出回る新牛蒡も入れることが多い。往時より土用の薬として食された。➡泥鰌（どじょう）［四季］、泥鰌鍋（どじょうなべ）［夏］

§

鰌汁《どぢやうじる》わかい者よりよくなりて　芭蕉・炭俵

く、立《だち》や水口《みなぐち》ならば鰌汁《どぢやうじる》　涼菟・皮籠摺

更《ふ》くる夜を上ぬるみけり泥鰌汁《どぢやうじる》　芥川龍之介・澄江堂句抄

頑なに汗の背中や泥鰌汁　加藤楸邨・野哭

どじょうなべ【泥鰌鍋】

泥鰌と笹掻き牛蒡を鍋に入れて卵とじにした料理。往時より土用の薬として食された。［同義］柳川鍋（やながわなべ）。➡泥鰌汁（どじょうじる）［夏］、泥鰌（どじょう）［四季］、泥鰌掘る（どじょうほる）［冬］

とびうお【飛魚】

トビウオ科の海水魚。本州中部以南の暖海に分布する。体長約三五センチ。体は細長い紡錘形で、やや側扁する。大きな翼状の胸びれと二又になった尾びれで海面上を飛翔する。幼魚は下顎に一対の髭をもつ。一年で成魚となり、産卵後に死ぬ。［和名由来］海面の上を飛翔するところから。［同義］飛魚（あご）、燕魚（つばめうお・つばくろうお）、蜻蛉魚（とんぼうお）。➡春飛魚（はるとび）［春］

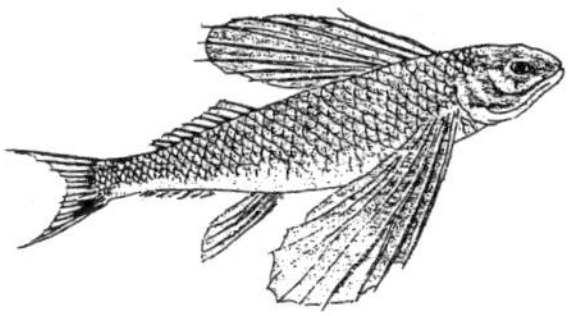
とびうお［潜龍堂画譜］

§

飛魚《とびうを》は赤とんぼほど浪こすと云ふ話など疾《と》く語らまし　与謝野晶子・夏より秋へ

酒後《しゆご》の身を朝日が染め、船が揺る、甲板《でつき》あゆめば飛魚がとぶ　若山牧水・みなかみ

どびんわり【土瓶割】

尺取虫の別称。尺取虫の保護色、擬態により、尺取虫を枝と間違えて土瓶を吊すと、落ちて割れてしまうという意味から、この名がある。➡尺取虫（しゃくとりむし）［夏］

どようううなぎ【土用鰻】

夏負け、夏病をしないように、夏の土用（立秋の前の一八日間）に鰻を食べる風習。［同義］鰻の日。➡鰻（うなぎ）［夏］、鰻の日（うなぎのひ）［夏］

どようしじみ【土用蜆】

夏の土用にとれる蜆で滋養になるという。➡蜆（しじみ）［春］

§

ゆくものは逝きてしづけしこの夕べ土用蜆の汁すひにけり　古泉千樫・青牛集

とらぎす【虎鱚】
トラギス科の海水魚。本州中部以南に分布し、浅海に生息する。体長一五～二〇センチ。体は細長く円筒形。体色は淡黄褐色で、体側に六本の暗褐色の横帯があり、その中央を青白色の帯が縦断する。［和名由来］体側の模様を虎縞に見立てたところから。⇩鱚（きす）［夏］

とらつぐみ【虎鶫】
ヒタキ科の鳥。日本全土に分布し、低山帯の林に生息する。翼長約一六センチ。背部は黄褐色で腹部は黄白色。ほぼ全身に半月状の黒斑がある。日本で繁殖し、冬になると南方へ渡って行く。夜間や曇天の日に「ヒョウ・ヒョウ」と寂しげに鳴くので、往時、怪鳥として恐れられていた。［同義］ぬえ、ぬえつぐみ、ぬえこどり、ぬえどり、よみつとり。⇩鶫（つぐみ）［秋］、鵺（ぬえ）［夏］

§

この山にとらつぐみといふ夜鳥《よとり》啼《な》くを聞きつつをればわれはねむりぬ
斎藤茂吉・つきかげ

とんぼうまる【蜻蛉生る・蜻蜓生る】
六～七月頃、蜻蛉の幼虫の水蠆が、脱皮して成虫となること。⇩水蠆（やご）［夏］、蜻蛉（とんぼ）［秋］

「な～ね」

ながにし【長螺・長辛螺】
イトマキボラ科の海産の巻貝。殻高約一四センチ。貝の下端が長く尖る。殻表は白色で汚黄色の殻皮で覆われる。梅雨のころ漁獲が多く、美味。卵嚢は「逆酸漿」と呼ばれる。貝の蓋は香料の調整に用いられ、「甲香（へなたり）」といわれる。⇩逆酸漿（さかさほおずき）［夏］

ながにし［日本重要水産動植物之図］

なつうぐいす【夏鶯】
春に美しい声で盛んに鳴いた鶯は、夏が近づくにつれて囀りが少なくなる。この夏の季節の鶯をいう。［同義］老鶯、乱鶯（らんおう）、狂鶯（きょうおう）、残鶯（ざんおう）。⇩老鶯（おいうぐいす）［夏］、老鶯（ろうおう）［夏］

§

うぐひすは皐月に聞くがなまめかし身もうす色の衣など著て
与謝野晶子・流星の道

なつがえる【夏蛙】

夏のさまざまな蛙をいう。「なつかわず」ともいう。［同義］夏の蛙（なつのかわず）。⬇蛙（かえる）［春］、蛙（かわず）［春］

§

春は鳴く夏の蛙は吠えにけり　鬼貫・俳諧七車

なつご【夏蚕】

春蚕の卵が孵化したもので、夏の頃に飼う蚕をいう。とれる糸は質・量ともに春蚕に劣る。［同義］二番蚕（にばんご）。⬇蚕（かいこ）［春］

§

夏の蚕はいまだ稚《をさ》なし。背戸にそひ　柘榴のはなのあかくさきゐる　石原純・靉日

なつさかな【夏魚】

夏期にとれる魚一般をいう。

夏蚕いまねむり足らひぬ透きとほり　加藤楸邨・寒雷

なつつばめ【夏燕】

夏の燕は雛を育てるのに忙しい。⬇燕（つばめ）［春］、燕の子（つばめのこ）［夏］

§

夏山をめがけてはやき燕かな　杉田久女・杉田久女句集補遺

なつにしん【夏鰊】

夏、金華山沖から北上し、北海道に群れ来る鰊をいう。⬇鰊（にしん）［春］

なつのおし【夏の鴛鴦】

夏、鴛鴦は山間の渓流や湖にすむ。俳句では、鴛鴦は冬の季語であるため、「夏の鴛鴦」や「鴛鴦涼し」の表現で夏の季語となる。⬇鴛鴦（おしどり）［冬］、鴛鴦涼し（おしすずし）［夏］

なつのかも【夏の鴨】

俳句では、鴨を始め、水鳥の類はたいてい冬の季語であるが、「夏の鴨」や「鴨涼し」の表現で夏の季語となる。⬇鴨涼し（かもすずし）［夏］、鴨（かも）［冬］

なつのしか【夏の鹿】

夏の野に見る鹿。［同義］夏野の鹿（なつののしか）。⬇鹿（しか）［秋］、親鹿（おやじか）［夏］、鹿の子（かのこ）［夏］、鹿の袋角（しかのふくろづの）［夏］

なつのちょう【夏の蝶】

夏に飛ぶ蝶をいう。蝶は出始めをもって春の季語とされるが、夏に入ってからも、揚羽蝶や小灰蝶などが飛び回る光景がよく見られる。「夏の蝶」として夏の季語になる。［同義］夏蝶（なつちょう）。⬇梅雨の蝶（つゆのちょう）［夏］、蝶（ちょう）［春］、秋の蝶（あきのちょう）［秋］

§

夏蝶のつと落ち来りとび翔《かけ》り　高浜虚子・六百五十句
夏蝶の簾に当り飛び去りぬ　高浜虚子・六百五十句
夏蝶や歯朶ゆりて又雨来る　飯田蛇笏・山廬集
夏蝶の放ちしごとく高くとぶ　阿部みどり女・光陰
夏蝶の息づく瑠璃や楓の葉　水原秋桜子・重陽
夏蝶や楽人の頭のみな揺れて　原コウ子・昼顔
杉の間を音ある如く夏の蝶　星野立子・鎌倉

眼下津軽肩はなれゆく夏の蝶　加藤楸邨・山脈
千曲川しづかに迅し夏の蝶　柴田白葉女・夕浪

なつのむし【夏の虫】

蛍、蟬、蛾、蚊など、夏にでる虫をいう。特に、夏の夜、灯火に集まる蛾などの虫をいうことが多い。[同義] 夏虫（なつむし）。⇩火取虫（ひとりむし）[夏]、虫（むし）[秋]、虫篝（むしかがり）[夏]

§

…望月《もちづき》の　満《た》れる面《おも》わに　花の如《ごと》　笑《ゑ》みて立てれば　夏虫の　火に入《い》るが如《ごと》　水門入《みなといり》に　船漕《こ》ぐ如く…（長歌）　作者不詳・万葉集九
八重葎《やへむぐら》しげきやどには夏虫の声より外《ほか》に問《とふ》人もなし　よみ人しらず・後撰和歌集四（夏）
しこ草の茂りがちなる庭さきの野菜畑に夏虫の鳴く　若山牧水・山桜の歌
夏むしの碁《ご》にこがれたる命哉　其角・五元集
哀れさや石を枕に夏の虫　桃隣・古太白堂句選
燈の影や水とりたかる夏の虫　也有・蘿葉集
片羽焼てはひあるきけり夏の虫　闌更・半化坊発句集
夏虫や放つに戻る窓障子　百明・故人五百題
油火に蚊とはいはずに夏の虫　白雄・白雄句集

なつひばり【夏雲雀】

夏に入っても盛んに鳴いている雲雀をいう。[同義] 夏の雲雀（なつのひばり）。⇩雲雀（ひばり）[春]、練雲雀（ねりひばり）[夏]

§

かはるがはる幼《をさな》き二人《ふたり》おぶひつつ登る峠に夏雲雀《なつひばり》なく　土屋文明・放水路
とほめきて雲の端に啼く夏ひばり　飯田蛇笏・雲母
杣の子に遅れ躑躅と夏ひばり　飯田蛇笏・雲母
虹になき雲にうつろひ夏ひばり　飯田蛇笏・春蘭

なまず【鯰】

ナマズ科の淡水魚。北海道南部以南に分布し、湖沼、河川の流れの緩やかな砂泥底に生息する。体形は扁円形で、体長約五〇センチ。頭部は扁平で口は大きく、上下の顎に四本の髭（幼魚は六本）がある。体表は滑らかで鱗はない。体色は暗褐色または緑褐色で雲状斑がある。背びれは小さいが、尻びれは発達して尾びれにつながる。夜に小魚、貝類、甲殻類を捕食する。梅雨頃が産卵期のため、川や水田などによく姿を現わす。また、往時より、大鯰が地震を起こすという民間信仰があった。江戸時代に流行した鯰絵では、地震を起こす鯰を破壊者としてだけでなく、新しい世の中を創る救済者として描いている。川釣りの対象魚。[和名由来]「ナメハダウオ（滑肌魚）」の意。「ナマ」は滑らかの意で、「ズ」は魚名語尾とも。[同義] かわっこ〈千葉〉、なまんず〈山口〉。⇩ごみ鯰（ごみなまず）[夏]、梅雨鯰

なまず［潜龍堂画譜］

（つゆなまず）［夏］

§

夕まけてなまづ釣るらし土手の上を長き釣竿かつぎ行く見ゆ　古泉千樫・青牛集

酒拭くに鯷《なまづ》の粟のこぼれかな　河東碧梧桐・碧梧桐句集

梅雨出水鯰必死に流れけり　青木月斗・時雨

ぬめりつべり鯰に恋のありやなし　青木月斗・時雨

鯰とぞ灯かざす魚籠の底のもの　水原秋桜子・葛飾

鯰見てもの書けぬ時慰みぬ　山口青邨・花宰相

鯰の子己が濁りにかくれけり　五十崎古郷・五十崎古郷句集

なめくじ【蛞蝓】

ナメクジ科に属する陸生の巻貝。「なめくじら」「なめくじり」ともいう。体長約六センチ。蝸牛（かたつむり）に似るが殻は退化し、もたない。体色は淡褐色で、三列の暗褐色の帯がある。頭に大小二対の触角をもつ。大触角の先端に眼があり、触ると縮む。腹部の伸縮で粘液をだしながら進む。野菜や果実を食害する。

なめくじ［和漢三才図会］

§

なめくぢのしきり湧く日本の家にゐて土乾きゆく大陸をおもふ　宮柊二・小紺珠

なめくじり這《はひ》て光るや古具足《ぐそく》　嵐雪・杜撰集

五月雨や鮓のおもしもなめくぢり　鬼貫・鬼貫句選

五月雨《さみだれ》に家ふり捨《すて》てなめくじり　凡兆・猿蓑

蛞蝓《なめくぢ》の歩いて庭の曇かな　村上鬼城・鬼城句集

古臼を嘗め腐らしぬ蛞蝓　青木月斗・時雨

蛞蝓にはかなき西日青胡桃　飯田蛇笏・雲母

蛞蝓のながしめしてはあるきけり　飯田蛇笏・春蘭

隣から下見繕ふ蛞蝓　上川井梨葉・梨葉句集

蛞蝓の這ふを裏より見し障子　原月舟・月舟俳句集

なめくぢも我れも夏痩せひとつ家に　三橋鷹女・魚の鰭

なめくぢり蝸牛花なき椿親し　中村草田男・火の鳥

なめくぢのふり向き行かむ意思久し　中村草田男・来し方行方

俯向きてみる蛞蝓の夕焼けしを　石田波郷・胸形変

蛞蝓急ぎ出でゆく人ばかり　石田波郷・風切

蛞蝓若き妻子を遺せし　石田波郷・風切

なんきんむし【南京虫】

カメムシ目トコジラミ科の昆虫である床虱（とこじらみ）の別名。体長約五ミリ。体は楕円形で平たい。体色は褐色。前翅があり、後翅はない。夜に活動し人の血を吸う。痛みと痒みがあり、吸跡には二つの穴がある。➡虱（しらみ）［夏］、蚤（のみ）［夏］

にいにいぜみ【にいにい蟬】

セミ科の昆虫。体長約三・五センチ。体は暗黄緑色で黒斑がある。翅は透明で、前翅には黒褐色の雲形の紋様がある。「ニーニー」と鳴く。➡蟬（せみ）［夏］

におのうきす【鳰の浮巣】

鳰は水草の茎を支柱にして、浮巣をつくる。［同義］浮巣、

鳰の巣（におのす）。⬇浮巣（うきす）［夏］、鳰（にお）［冬］、水鳥の巣（みずどりのす）［夏］

§

吾弟《わおと》らは鳰《にほ》のよき巣をかなしむと夕かたまけてさやぎいでつも　北原白秋・桐の花

水の街《まち》棹さし来《く》れば夕雲や鳰《にほ》の浮巣のささ啼きのこゑ　北原白秋・桐の花

五月雨に鳰《にほ》の浮巣《うきす》を見に行《ゆか》む　芭蕉・笈日記

内川や鳰の浮巣になく蛙　其角・五元集拾遺

鳰の巣を抱いて咲くや菱の花　遅望・類題発句集

鳰の巣の一本草をたのみ哉　一茶・七番日記

鳰の巣の見え隠れする浪間かな　村上鬼城・鬼城句集

にごりぶな【濁り鮒】

梅雨の頃、雨で増水し、濁った河川などで漁獲される鮒をいう。梅雨の頃は鮒の産卵期でもある。⬇鮒（ふな）［四季］

§

濁り鮒腹をかへして沈みけり　高浜虚子・五百五十句

にじます【虹鱒】

ニジマス科の淡水魚。アメリカからの移殖種で、多くは養殖される。体長五〇〜一〇〇センチ。背面は青緑色で黒色の小斑点が散在する。体側中央には虹色の縦帯がある。昆虫、小形の甲殻類を捕食する。春から秋にかけての釣りの対象魚。［和名由来］英名のrainbow troutの訳より。体側に虹色の縦帯があるところから。⬇鱒（ます）［春］

ぬえ【鵺・鵼】

虎鶫の別称。寂しげな鳴声から、往時、怪鳥として恐れられていた。「ぬえどりの」「ぬえこどり」として「うら泣く」などに掛かる枕詞となる。⬇虎鶫（とらつぐみ）［夏］、鵺（ぬえ）［四季］

§

霞立つ　長き春日《はるひ》の　暮れにける　わづきも知らず　村肝《むらきも》の　心を痛み　鵼子鳥《ぬえこどり》　うら泣け居《を》れば…（長歌）　作者不詳・万葉集一

ひさかたの天《あま》の河原《かはら》にぬえ鳥のうら嘆《な》けましつ為方《すべ》なきまでに　作者不詳・万葉集一〇

ぬかか【糠蚊】

ヌカカ科の微小昆虫の総称。「まくなき」「まくなぎ」ともいう。体長約二ミリで、糠のように小さい。体色は黄褐色。翅は二枚。草叢に生息し、吸血もする。目の前をうるさく飛ぶので「めまとい」「めまわり」「めたたき」ともいう。［同義］糠子（ぬかご）、糠蠅（ぬかばえ）、浮塵子（ふじんし）。⬇蚊（か）［夏］、まくなぎ［夏］

ぬかずきむし【叩頭虫】

米搗虫の古称。⬇米搗虫（こめつきむし）［夏］

ねきりむし【根切虫】

蕪夜蛾（かぶらやが）、夜盗蛾（よとうが）、黄金虫（こがねむし）の幼虫など、農作物や苗木などの根元を食害する害虫の総称。⬇夜盗虫（よとうむし）［夏］

§

根切虫《ねきりむし》あたらしきことしてくれし　高浜虚子・六百句

根切虫梅雨はいよいよ深くなりぬ　加藤楸邨・雪後の天

ねったいぎょ【熱帯魚】

熱帯に生息する魚の総称。特に、観賞用とされる美しい色合いや形をしたものをいう。淡水産のものは観賞魚となるものが多い。［同種］エンゼルフィッシュ（angelfish＝天使魚、天人魚）、グッピー（guppy＝虹目高）、ソードテール（swordtail＝剣尾魚、剣目高）、パラダイスフィッシュ（paradise fish＝極楽魚）、ゼブラフィッシュ（zebra fish＝縞馬魚）、鉄砲魚（てっぽううお）。

§

天使魚もいさかひすなりさびしくて　水原秋桜子・新樹

百合うつり雷とゞろけり熱帯魚　石田波郷・馬酔木

ねりひばり【練雲雀】

夏になって羽毛が抜け変わり、鳴くのをやめた雲雀のこと。⬇夏雲雀（なつひばり）［夏］、雲雀（ひばり）［春］

「の」

のびたき【野鶲】

ツグミ亜科の小鳥。夏鳥として飛来し、本州の高原地帯に生息する。冬に南方に渡る。翼長約七センチ。雄の夏羽は頭と尾が黒色。胸部は淡褐色、翼は黒褐色、腹部は白色。冬は全体に黄褐色。⬇鶲（ひたき）［冬］

§

茨の芽野鶲きたりかくれける　水原秋桜子・古鏡

のびたき［写生四十八鷹画帖］

のぶすま【野衾・老鼯】

鼯鼠の別称。⬇鼯鼠（むささび）［夏］

§

恥《はぢ》ぬ余所目《よそめ》をつゝむ老鼯《ノブスマ》　鬼貫・俳諧大悟物狂

のみ【蚤】

ノミ科の昆虫の総称。体長二〜三ミリ。哺乳類、鳥類に寄生して血液を吸う。体は側扁し濃赤褐色。翅はないが、良く発達した脚で跳ぶ。雌は雄よりも大きく、俗に「蚤の夫婦」といえば、夫より妻の方が大柄である夫婦のことである。宿主によって「人蚤（ひとのみ）」「犬蚤（いぬのみ）」「猫蚤（ねこのみ）」「鼠蚤（ねずみのみ）」などの区別がある。⬇蚤の跡（のみのあと）［夏］、春の蚤（はるののみ）［春］、蚤取粉（のみとりこ）［夏］、冬の蚤（ふゆののみ）［冬］

§

蚤のこと群居もとほりはねまはる小さき児らをめぐしと見ずや　伊藤左千夫・伊藤左千夫全短歌

小夜なかに二たび起きて蚤をとれりかかる歎きも年経《ふ》りにけり　島木赤彦・柿蔭集

蚤のゐて脛《はぎ》をさしさすゐぐるしさ日の暮れぬまともの書きをれば　若山牧水・山桜の歌
蚤虱《しらみ》馬の尿《ばり》する枕もと　芭蕉・おくのほそ道
山の姿蚤《のみ》が茶臼の覆《おほ》ひかな　芭蕉・芭蕉翁全伝
蚤狩に賤が朝戸ハ暮にけり　来山・続今宮草
か丶る時蚤《のみ》にも痩《やせ》よ艸莚《くさむしろ》　荷兮・曠野後集
江戸だちや蚤《のみ》に別《わか》る丶衣がへ　許六・東海道
隙明《ひまあく》や蚤《のみ》の出て行《ゆく》耳の穴　丈草・猿蓑
煩《わづら》へば連《つれ》も捨《すて》けり蚤《のみ》の宿　野坡・寒菊随筆
花鳥《はなとり》に死《しに》はぐれひて蚤《のみ》むしろ　楚常・卯辰集
板の間に出てや蚤《のみ》も桂馬飛《けいまとび》　支考・東華集
とべよ蚤《(のみ)》同じ事なら蓮《(はす)》の上　一茶・おらが春
蚤蝿《(のみはへ)》にあなどられつ丶けふも暮《(くれ)》ぬ　一茶・文集（志多良）
朝夷奈の蚤とりかぬる鎧かな　内藤鳴雪・鳴雪句集
旅やすし蚤《のみ》の寐巻の袖《そで》だ丶み　正岡子規・子規句集
蚤《のみ》飛んで仲間部屋の人もなし　正岡子規・子規句集
恋衣起きては蚤を振ひけり　尾崎紅葉・紅葉句帳
いにしへの旅の心や蚤《のみ》ふるふ　高浜虚子・六百五十句
一疋の蚤をさがして居る夜中　尾崎放哉・小豆島にて
掛茶屋の床水通ひ蚤多し　長谷川零余子・雑草
講戻り蚤つき来しと帯をとく　高田蝶衣・青垣山
欠び猫の歯ぐきに浮ける蚤を見し　原月舟・月舟俳句集
蚤振ふを見し白眼や背を寝ぬ　島村元・島村元句集
蚤逃げし灯の下に夢追ひ坐る女かな　島村元・島村元句集

灯と真顔一点の蚤身に覚ゆ　中村草田男・万緑

のみとりこ【蚤取粉】
蚤を駆除するための粉末状の薬剤をいう。⇩蚤（のみ）[夏]

§

蚤《のみ》とり粉《こ》の広告を読む牀《とこ》の中　正岡子規・子規句集

のみのあと【蚤の跡】
蚤に噛まれた跡。⇩蚤（のみ）[夏]

§

切られたる夢はまことか蚤の跡　其角・五元集
蚤《(のみ)》の迹《(あと)》それもわかきはうつくしき　一茶・七番日記
蚤の跡数へながらに添乳哉　一茶・七番日記
座禅して総身に
静坐して惣身の疵や蚤のあと　幸田露伴・蝸牛庵句集
蚤の迹山路にかゆく愚人なる　中村草田男・銀河依然

「は」

はあり【羽蟻】
初夏から盛夏にかけての交尾期で、翅をもつ蟻や白蟻の類をいう。交尾後、雄は死に、雌は翅を落として産卵する。[同

義］飛蟻（はあり）。➡蟻（あり）［夏］、白蟻（しろあり）［夏］

§

電燈《でんとう》にむれとべる羽蟻《はあり》おのづから羽《はね》をおとして畳《たたみ》をありく　斎藤茂吉・つゆじも

家に出づる羽蟻の話も案のごとくこの不孝者のうへに落ち終りけり　若山牧水・みなかみ

飛蟻《はあり》とぶや富士の裾野《すその》の小家《こいへ》より　蕪村・蕪村句集

すゑ摘の母屋の柱に飛蟻かな　几董・井華集

取あへず箕をもてあふぐ飛蟻哉　百明・故人五百題

水桶の尻干す日なり羽蟻とぶ　一茶・七番日記

羽蟻出る迄に目出たき柱かな　一茶・一茶発句集（嘉永版）

羽蟻とんで雨雲寄する日なりけり　菅原師竹・菅原師竹句集

夢殿の昼を舞ふなる羽蟻かな　巌谷小波・さゞら波

むれ羽蟻にはか曇りにゐずなりぬ　広江八重桜・広江八重桜集

魚板より芭蕉へつづく羽蟻かな　飯田蛇笏・山廬集

登り来ては杭をとび散る羽蟻かな　杉田久女・杉田久女句集

羽蟻飛び立ちぬ平和な朝がいま
　平和な朝　三橋鷹女・向日葵

光りつつ羽蟻は穹にちらばれり　三橋鷹女・向日葵

札幌の放送局や羽蟻の夜　星野立子・立子句集

無数の羽蟻燃えゆく木よりこぼれゆく　加藤楸邨・山脈

かくかそけく羽蟻死にゆき人餓ゑき　加藤楸邨・野哭

羽蟻たつ非運は一人のみならず　加藤楸邨・野哭

羽蟻の夜我家てふものいつの世に　石田波郷・雨覆

はえ【鮠】

➡追河（おいかわ）［夏］、柳鮠（やなぎばえ）［春］

§

木瓜の雨鮠も水輪をきそひつくる　水原秋桜子・古鏡

室生川夏鮠うつり鮠多し　水原秋桜子・古鏡

はえ【蠅】

ハエ目イエバエ科および近縁の科に属する昆虫の総称。二枚の前翅をもち、前脚に味覚器をもつ。体長一〇ミリ内外。伝染病を媒介することもある。嫌われ者の昆虫である。幼虫は「蛆」。［同種］家蠅、姫家蠅（ひめいえばえ）、金蠅＝糞蠅（くそばえ）、黒蠅、鼈甲蠅（べっこうばえ）、肉蠅（にくばえ）＝縞蠅（しまばえ）。➡蠅生る（はえうまる）［春］、春の蠅（はるのはえ）［春］、牛蠅（うしばえ）［夏］、家蠅（いえばえ）［夏］、蛆（うじ）［夏］、金蠅（きんばえ）［夏］、黒蠅（くろばえ）［夏］、酒蠅（さかばえ）［夏］、猩々蠅（しょうじょうばえ）［夏］、五月蠅（さばえ）［夏］、五月蠅なす（さばえなす）［四季］、蠅叩き（はえたたき）［夏］、秋の蠅（あきのはえ）［秋］、残る蠅（のこるはえ）［秋］、冬の蠅（ふゆのはえ）［冬］、凍蠅（いてばえ）［冬］

はえ［訓蒙図彙］

§

経巻《きやうくわん》の紺紙《こんし》はだらに見ゆるまで増上慢《ぞうじやうまん》の蠅は糞《はこ》しつ　森鷗外・うた日記

安居《あんご》障《さ》ふる羽音はげしく若僧《にやくそう》のかうべのうへに蠅と蠅とあふ　森鷗外・うた日記
おとろへし蠅の一つが力なく障子に這ひて日は静なり　伊藤左千夫・伊藤左千夫全短歌
死にたるとおもへる蠅のはたき見れば畳に落ちて猶うごめくも　伊藤左千夫・伊藤左千夫全短歌
人皆の箱根伊香保と遊ぶ日を庵《いほ》にこもりて蠅《はへ》殺すわれは　正岡子規・子規歌集
つかさあさる人をたとへば厨《くりや》なる喰《くら》ひ残しの飯の上の蠅《はへ》　正岡子規・竹の里歌
蠅捕器《はへとり》につぎつぎとまるさ蠅らを見つつありしは寂しかりけむ　島木赤彦・太虚集
ひたぶるに暗黒《あんこく》を飛《と》ぶ蠅《はへ》ひとつ障子《しやうじ》にあたる音《おと》ぞきこゆる　斎藤茂吉・あらたま
ひさしぶりに、ふと声《こゑ》を出《だ》して笑《わら》ひてみぬ――蠅《はひ》の両手《りやうて》を揉《も》むが可笑《をか》しさに。　石川啄木・悲しき玩具
明けいまだ眠らまほしき顔のべにうなりまつはる一匹の蠅　三ケ島葭子・定本三ケ島葭子全歌集
ひるすぎの手洗鉢の水の面に一匹の蠅落ちて死にをり　三ケ島葭子・定本三ケ島葭子全歌集
室深く日影さし入るうれしさよ残りの蠅が群なして飛ぶ　土田耕平・青杉
夏衣《なつごろも》立居《たちゐ》に蠅がふんをして　貞徳・犬子集

うき人の旅にも習へ木曾の蠅　芭蕉・韻塞
染飯《そめいひ》の蠅《はへ》追《お(う)》ふてゐる祖父《おやぢ》哉　涼菟・皮籠摺
湖《みづうみ》のへりを廻《まは》るや汁《しる》の蠅《はへ》　露川・柿表紙
客あるじ共に蓮《はちす》の蠅《はへ》おはん　良品・続猿蓑
母も子も蠅《はへ》うつ児《ちご》も寐入《ねいり》けり　琴風・瓜作
蠅《はへ》どもにむねがらする蚊《か》やの中　りん女・紫藤井発句集
病人《びやうにん》のかたの蠅《はへ》追《お》ふ暑かな　蕪村・落日庵句集
やれ打つな蠅(はえ)が手を摺り足をする　一茶・八番日記
古郷は蠅迄(まで)人をさしにけり　一茶・おらが春
死は易《やす》く生は蠅にぞ悩みける　森鷗外・うた日記
蠅の宿産婦に蚊帳を吊りにけり　村上鬼城・鬼城句集
洗ふたる飯櫃《めしびつ》に蠅あはれなり　正岡子規・子規句集
眠らんとす汝静に蠅を打て　正岡子規・子規句集
ゐいやつと蠅叩きけり書生部屋　夏目漱石・漱石全集
馬の蠅牛の蠅来る宿屋かな　夏目漱石・漱石全集
我打つて飜へり死ぬ蠅あはれ　高浜虚子・六百句
仏生《ぶつしやう》や叩きし蠅の生きかへり　高浜虚子・七百五十句
額に来る蠅の一人居るなり　小沢碧童・碧童句集
蒲団白いバルコンに見つけた蠅　北原白秋・竹林清興
病児寝ぬれば我に蠅襲ふ畳哉　杉田久女・杉田久女句集補遺
白露に金銀の蠅とびにけり　川端茅舎・川端茅舎句集
折鶴にとまりし蠅やいま健《すこや》か　中村草田男・母郷行
ただの一度野の蠅われを飛び捨てぬ　中村草田男・母郷行
蒲焼うまし蠅の奇襲を手に防ぎ　日野草城・銀
蠅生れ身辺錯綜す家事俳事　日野草城・銀

いつぴきの蝿にこころをつかひけり　日野草城・旦暮

子にさとして
青蝿や食みこぼす飯《いひ》なかりけり　石橋秀野・桜濃く

はえたたき【蝿叩】

蝿を叩いて殺すための道具。⇩蝿（はえ）［夏］

§

山寺の庫裏《くり》ものうしや蝿叩《はえたたき》　正岡子規・子規句集

棕梠の葉の重宝したり蝿叩　小沢碧童・碧童句集

はえとりぐも【蝿取蜘蛛・蝿虎】

ハエトリグモ科の蜘蛛の総称。体は細長く約一センチ。体色は灰褐色。巣をはらずに、蝿などの昆虫に飛び付いて捕食する。⇩蜘蛛（くも）［夏］

§

蝿虎
蝿歩く蝿虎も歩くかな　青木月斗・時雨

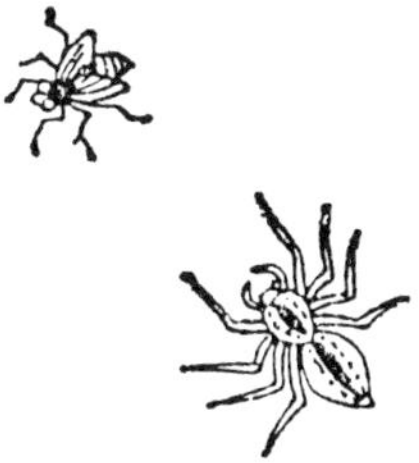

はえとりぐも［和漢三才図会］

はさみむし【鋏虫】

ハサミムシ科の昆虫。石の下などに穴を掘り生息する。体長約一〇～三〇ミリ。腹部末端のハサミで攻撃・防御する。体は細長く甲虫に似る。体色は黒褐色。雌は卵や幼虫を保護する性質がある。

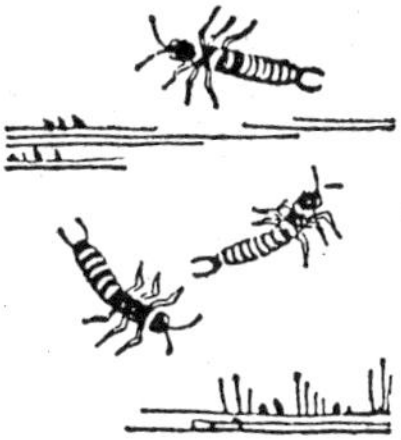

はさみむし［和漢三才図会］

はす【鰣】

コイ科の淡水魚。原産は琵琶湖、淀川水系、福井県の三方湖。近年は各地に分布。体長約三七センチ。背面は青黒色、腹面は白色。小魚を捕食する。夏が旬で食用となる。釣りの対象魚。

はつがつお【初鰹・初松魚】

その夏、初めてとれた鰹をいう。江戸時代には特に珍重された。鰹は黒潮に乗って回遊して来るのだが、鎌倉あたりに現れるのは若葉の頃で、江戸っ子は何をおいても初鰹を買い求めることを誇りとした。

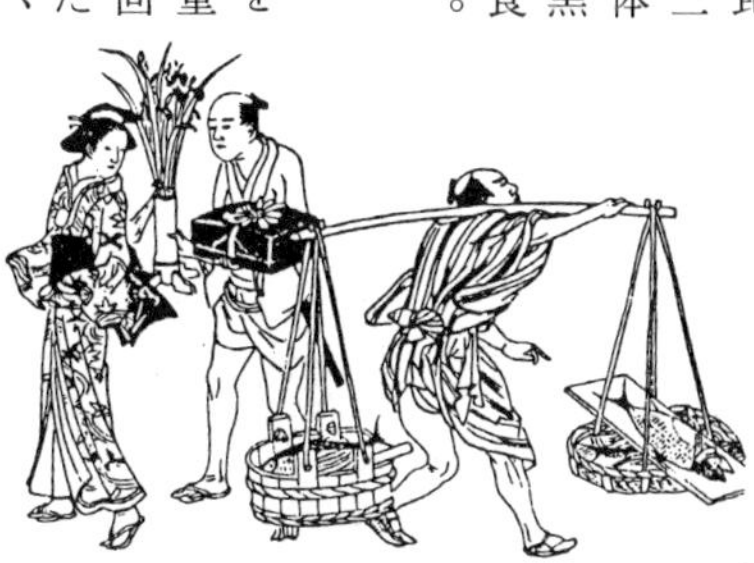

さかなうり［四時交加］

⇩鰹（かつお）［夏］

§

目《め》には青葉山《あをばやま》ほとゝぎす初《はつ》がつほ　素堂・あら野

鎌倉を生《いき》て出《いで》けむ初鰹《カツヲ》　芭蕉・葛の松原

初鰹《はつがつを》盛《もり》ならべたる牡丹《ぼたん》かな　嵐雪・先日

かまくらの砂ほぜり出す初鰹《はつがつを》　許六・東海道

年よらぬ顔ならべたや初鰹　太祇・太祇句選

朝比奈《あさひな》が曾我《そが》を訪《と》ふ日や初がつを　蕪村・新花摘

初鰹観世太夫《くわんぜだいふ》がはし居かな　蕪村・新花摘

くれなゐは花にかぎらじ初鰹　蓼太・蓼太句集

面白の妻なき宿やはつがつを　蓼太・蓼太句集

又嬉しけふの寐覚は初鰹　　暁台・暁台句集
夜船とは偽ならじはつ松魚　　白雄・白雄句集
いづかたに夜走るらんはつがつを　　成美・成美家集
憂人の鮓にもすこし初がつを　　巣兆・曾波可理
髭どのに先こされけりはつ松魚　　一茶・七番日記
寝ながらに引さゝげけり初松魚　　梅室・梅室家集
市場まで夜船送りや初松魚　　井上井月・井月の句集
初鰹小判こぼせし革財布　　中川四明・四明句集
初松魚厨に人のたかりけり　　籾山柑子・柑子句集
初鰹その外何も無き荷かな　　島村元・島村元句集
初鰹夜の巷に置く身かな　　石田波郷・鶴の眼
初鰹ひとの母子を身のほとり　　石田波郷・馬酔木

はつぜみ【初蟬】

夏、初めて聞く蟬の声をいう。⬇蟬（せみ）［夏］

§

ひたあゆみながるる汗のこころよし峠の松に初蟬の鳴く　　古泉千樫・青牛集
初蟬《せみ》やまだ葉も青し声若し　　りん女・男風流
初蟬のぢいとばかりに松青し　　尾崎紅葉・紅葉句帳
はつ蟬に忌中の泉くみにけり　　飯田蛇笏・春蘭
初蟬や田の面もわかず暮れけるに　　水原秋桜子・帰心
初蟬や暮坂峠暮色いま　　水原秋桜子・殉教
初蟬のこゑひとすぢにとほるなり　　日野草城・旦暮
初蟬に朝の静けさなほのこる　　加藤楸邨・寒雷
初蟬や河原はあつき湯を湛ふ　　石橋辰之助・山暦

はつひぐらし【初蜩】

六月末から七月初旬に初めて鳴く蜩をいう。⬇蜩（ひぐらし）［秋］、蟬（せみ）［夏］

はつほたる【初蛍】

初夏の宵、初めて見る蛍。⬇蛍（ほたる）［夏］

§

初蛍おひてとらへて手握《タニギ》れば手握るままに手間《タナマタ》光る　　服部躬治・迦具土
片側の鯉子《こひこ》の池へ初螢ひとつ消えけり苗植田から　　岡麓・涌井
初螢淙々と瀬の鳴れば消ゆ　　水原秋桜子・古鏡

はつほととぎす【初時鳥】

夏、初めて見る、また、鳴声を聞く時鳥。⬇時鳥（ほとと

ほととぎす／さつき［景年画譜］

ぎす）［夏］

§

春雨に　おくれし雨か　五月雨《さみだれ》に　さきだつ雨か　春雨に
おくれし雨ぞ　しかれこそ　鶯なけれ　五月雨に　さきだつ
雨に　あらねばぞ　初時鳥　忍び音もせぬ
香川景樹・桂園一枝

ふと醒めて初ほと、ぎす二三声　杉田久女・杉田久女句集

はなれう【放鵜・離れ鵜】

綱を放れた鵜飼の鵜をいう。⇩鵜飼（うかい）［夏］

はぬけどり【羽抜鳥・羽脱鳥】

羽の抜けかわる頃の鳥。鳥の多くは夏に羽が抜けかわる。
⇩鳥（とり）［四季］

§

涼しさを祈り過てや羽ぬけ鳥　也有・蘿葉集
羽ぬけ鳥塒にけぶる浅間山　蕪村・夜半叟句集
己《おの》が羽《はね》の抜けしを啣《くわ》へ羽抜鳥《はぬけどり》　高浜虚子・五百五十句
風雨来る垣の頽れに羽抜鳥　松瀬青々・妻木
羽抜鳥折り積む柴にかくれけり　大谷句仏・我は我
飄々と歩きつかれぬ羽抜鶏　吉武月二郎・吉武月二郎句集
羽抜鶏駈けて山馬車軋り出づ　水原秋桜子・葛飾
羽抜鶏高足おろす露けくて　加藤楸邨・雪後の天
羽抜鶏空みし眼もて人をみる　柴田白葉女・月の笛
羽抜鶏の汚れ鶏どもうす紅し　石田波郷・春嵐
羽抜鶏卵の殻を見てゐたり　中尾寿美子・老虎灘
己が白き抜羽眺めて羽抜鶏　野澤節子・未明音

はねかくし【羽隠虫・隠翅虫】

ハネカクシ科の昆虫の総称。体長六～一五ミリ。細長く偏平。前翅の下に後翅を折り畳んで隠す。体は黒色。小昆虫や腐敗物を食べる益虫だが、その一種の青翅蟻形羽隠虫（あおばありがたはねかくし）は体液に毒性があり、人が触れると肌に炎症を起こす。

はぶ【波布・飯匙倩】

クサリヘビ科の毒蛇の一種。沖縄、奄美大島に生息する猛毒の蛇。体長約二メートル。頭部は三角形ですばやい。体色は黄褐色の地に鎖状の暗褐色の斑紋がある。腹部は白色。攻撃性があり、樹上や草叢にひそみ人や獣を噛む。［和名由来］「飯匙倩」は、頭が飯を盛る匙のようであるところから。⇩蛇（へび）［夏］

はまきむし【葉巻虫】

葉を巻いてその中で食害する昆虫の総称。一般にはハマキガ科の葉巻蛾の幼虫をいう。

はまち【魬】

鰤の幼魚をいう。鰤は出世魚で、その成長にしたがって、「つばす→はまち→めじろ→ぶり」〈大阪〉、「もじゃこ→はまち→ぶり→おおいな」〈高知〉などとよばれる。⇩津走（つばす）［夏］、いなだ［夏］、鰤（ぶり）［冬］

はも【鱧】

ハモ科の海水魚。本州中部以南に分布し、水深三〇～九〇メートル前後の海底に生息する。体形は鰻に似て細長く、体長二メートルに達するものもある。背びれがと尻びれが長く、

尾びれまで繋がる。口は大きく鋭い歯をもつ。背面は灰褐色で腹面は銀白色。体は滑らかで鱗はない。夜行性で魚、烏賊・蛸類・甲殻類を捕食する。鱧は骨が硬く小骨が多いため、「鱧の骨切り」という切れ目を入れてから、焼物、汁実などに調理される。関西で夏の料理として特に珍重される。夏祭りの頃が旬で、祭鱧（まつりはも）ともいう。［和名由来］「ハム（食む）」で、鋭い歯で餌を捕食するところから。「ハモチ（歯持ち）」の意からなど。［同義］海鰻（あなご）。⇩鱧の皮（はものかわ）［夏］

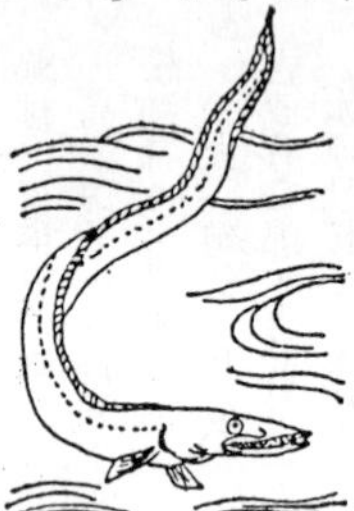
はも［和漢三才図会］

§

飯鮓《いひずし》の鱧《ハモ》なつかしき都かな　其角・五元集

竹の宿昼水鱧を刻みけり　松瀬青々・妻木

はものかわ【鱧の皮】

蒲鉾などの製造などで残った鱧の皮をいう。この皮を刻み、胡瓜などを入れ、二杯酢にして調理される。⇩鱧（はも）［夏］

ばん【鷭】

クイナ科の水鳥。日本全国に分布し、水辺や湿地に生息する。翼長約一七センチ。全体に灰黒色で、頭部は黒色。嘴の基部は赤色。脚は黄緑色で趾は長い。尾を上げて「コロロ・コロロ」と鳴くため「鷭の笑い」といわれる。五〜七月、水辺に営巣し、卵を産む。一一月頃、南へ渡るが、日本に留まる鷭も多い。［同義］川烏・河烏（かわがらす）。［漢名］田鶏、梅首鶏。⇩大鷭（おおばん）［夏］

ばん（左）はまだらしぎ（右）
［頭書増補訓蒙図彙大成］

§

雨催ひ鷭の翅に猶暗し　嘯山・葎亭句集

鷭一羽御狩にもれていく程ぞ　白雄・俳句大観

湖べりへはしれる鷭や滑走路　水原秋桜子・晩華

はんみょう【斑猫】

ハンミョウ科の甲虫類。体長約二センチ。全体に黒色の地に黄・緑・紫の斑が混在する美しい虫。触角が長く、複眼をもち、小昆虫を捕食する。幼虫は土中に生息する。砂地や道路を歩行し、人が近付くと、飛んで少し先に止まり振返る様子を見せるところから、「道教え（みちおしえ）」「道しるべ（みちしるべ）」の別名がある。別科の「豆斑猫（まめはんみょう）」には猛毒があり、発泡剤の原料となる。

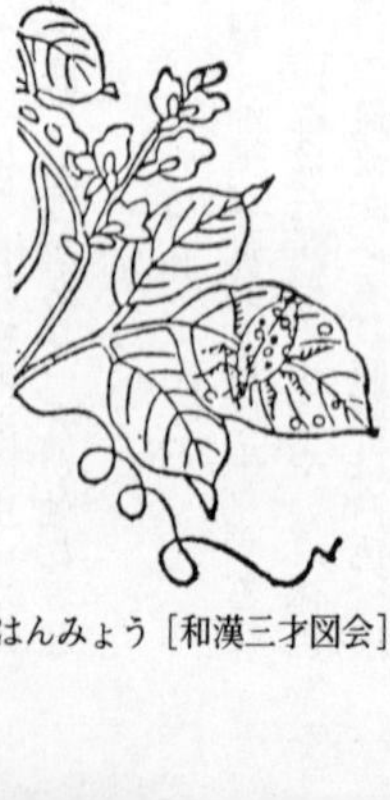
はんみょう［和漢三才図会］

§

南風薔薇《さうび》ゆすれりあるかなく斑猫《はんめやう》飛びて死ぬる夕ぐれ　北原白秋・桐の花

此方へと法《のり》の御《み》山のみちをしへ　高浜虚子・五百句
斑猫の一つ離れぬ茶店哉　松瀬青々・妻木
斑猫や内わにあるく女の旅　中村草田男・来し方行方
　鳴滝といふに一時の宿りを得て
斑猫や松美しく京の終《はて》　石橋秀野・桜濃く
妻子にも後れ斑猫にしたがへり　石田波郷・馬酔木

「ひ」

ひがら【日雀】
シジュウカラ科の鳥。全国に分布し、夏や山地、冬は平地に生息する。翼長約五・八センチ。頭部は藍黒色で喉は白色。背部は青灰色。翼は青黒色で二本の白帯がある。鳴声は四十雀に似て「ツツピンツツピン」と鳴く。［和名由来］ヒンカラ（ヒンと鳴くカラ＝雀の意）よりと──中西悟堂。

ひがら［頭書増補訓蒙図彙大成］

❶四十雀（しじゅうから）［夏］

ひき【蟇・蟾蜍】
蟇（ひきがえる）の別称。❶蟇（ひきがえる）［夏］

§

雨の夜に蟇《ひき》ののどよぶせつなさも安らにききてわれはねむるも　岡麓・涌井
烏羽玉《ぬばたま》の夜のみそかごと悲しむと密《ひそ》かに蟇《ひき》も啼けるならじか　北原白秋・桐の花
這出《はいで》よかひやが下のひきの声　芭蕉・おくのほそ道
垣越《かきこえ》て蟇《ひき》の避行《さけゆく》かやりかな　蕪村・蕪村句集
蟾《（ひき）》 どのの妻や待つらん子鳴くらん　一茶・八番日記
蚊にあけて口許りなり蟇の面　夏目漱石・漱石全集
蟇《ひき》の腹王を呑んだる力かな　幸田露伴・蝸牛庵句集
塔の下蟇出でて九輪睨みけり　河東碧梧桐・碧梧桐句集
大蟇先に在り小蟇後へに高歩み　高浜虚子・虚子百句
我が庵の朽臼蟇を生みにけり　西山泊雲・泊雲
蟇忍ぶ石かげの雨昏みせり　臼田亜浪・旅人
蟇が鳴き寝浅き宵のおぼめけり　臼田亜浪・定本亜浪句集
事無き日偶蟇に対しけり　高田蝶衣・青垣山
蟇の闇叱りに来たる人ありし　長谷川かな女・龍膽
蟇歩く到りつく辺のある如く　中村汀女・汀女句集
蟇鳴いてうたげの前の旅愁あり　水原秋桜子・帰心
蟾蜍《ひき》あるく糞量世にもたくましく　加藤楸邨・山脈
蟇の目に見られてゐしや飢餓地獄　加藤楸邨・野哭
蟇うごく大夕焼の一隅に　加藤楸邨・野哭

来て見れば雌を抱く蟇の黄の濃さよ　石田波郷・惜命
蟇交む岸を屍の通りをり　石田波郷・惜命

ひきがえる【蟇・蟾蜍】
ヒキガエル科の大形の蛙。「ひき」とも略称する。体長八～一五センチ。背部は褐色をおび、腹部は灰白色。体には黒色の雲状の斑紋がある。背部には多数のいぼがあり、乳白色の有毒の粘液をだす。早春の二月頃にいったん冬眠からさめて交尾し、紐状の寒天質の卵塊を生むが、その後ふたたび春眠に入り、初夏になって地上にでてくる。動作は鈍く、昼間は土石の間などにかくれ、夜に活動し、蚊などの小昆虫を捕食する。別名の「蝦蟇」「がまがえる」は想像上の大蛙をもいう。［同義］疣蛙（いぼがえる）、蝦蟇（がま）、がまがえる。⇩蛙（かわず）［春］、蛙（かえる）［春］、蟇穴を出づ（ひきあなをいづ）［春］、谷蟆（たにくぐ）［四季］、蟇（ひき）［夏］

ひきがえる［潜龍堂画譜］

§

見るかぎり青野《あをの》ゆたかに起伏《おきふ》せば水の中にてひきがへる鳴く　斎藤茂吉・遠遊
蛍飛び蟾蜍《かへろ》啼くなりおづおづと忍び逢ふ夜の薄霧の中　北原白秋・桐の花
蟾蜍《ひきがへる》幽霊のごと啼けるあり人よほのかに歩みかへさめ　北原白秋・桐の花
思ふことだまつて居《ゐ》るか蟾《ひきがへる》　曲翠・おらが春
雲を吐く口つきしたり引蟇《ひきがへる》　一茶・おらが春
掃かるゝに猶げそとして蟇　菅原師竹・菅原師竹句集
蟇夕の色にまぎれけり　村上鬼城・鬼城句集
古庭を魔になかへしそ蟇《ひきがへる》　高浜虚子・五百句
蠅のんで色変りけり蟇　高浜虚子・定本虚子全集
ひきがへる咽喉をましろに吾に対す　山口青邨・冬青空
紫陽花に掃き出されし蟇　島村元・島村元句集
ゆく末を行く　太陽と蟇　三橋鷹女・羊歯地獄
蟾蜍長子家去る由もなし　中村草田男・長子
蟇誰かものいへ声かぎり　加藤楸邨・颱風眼

ひくいな【緋水鶏・緋秧鶏】
クイナ科の鳥。夏鳥として東南アジアなどより渡来し、山地や草原の水辺に生息する。体長約二三センチ。後頭部から背部は暗オリーブ色。額から頸・胸・腹部は赤褐色。喉は白色。嘴は緑褐色で脚は赤色。「キョッ・キョッ」と鳴き、その鳴声が戸を叩くように聞こえるため、「水鶏叩く（くいなたたく）」と表現されることが多い。往時は「ひくいな」と「くいな」は区別されないで「くいな」と呼ばれていた。［同義］あかくいな、べにくいな、かねうちとり、かねたたき、かねつき、なますとり、くろどり、なつくいな。⇩水鶏（くいな）［夏］

ひくいな［景年画譜］

ひごい【緋鯉】

コイの一変種。一般に赤色の地にさまざまな色斑紋のある鯉をいう。観賞魚として夏の季語とする。「斑鯉（まだらごい）」「錦鯉（にしきごい）」なども人気のある鑑賞魚である。⬇鯉（こい）［四季］

§

鼻の上に落葉をのせて緋鯉《ひごい》浮く　高浜虚子・五百五十句

ひとりむし【火取虫・灯取虫】

夏の夜、灯火をめざして飛び集まる虫。主に蛾をいう。［同義］灯虫、燭蛾（しょくが）、燈蛾（とうが）、蛾（ひひる）。⬇火蛾（かが）［夏］、夏の虫（なつのむし）［夏］、灯虫（ひむし）［夏］

§

夕立にこまりて来ぬか火とり虫　正秀・初便
電のさそひ出してや火とり虫　丈草・丈草発句集
筆とめて打払ひけり火取虫　闌更・半化坊発句集
筑波根《つくばね》もこえよと投《なげ》つ火とり虫　鳳朗・鳳朗発句集
燈心のしだれ尾白く灯取虫　中川四明・四明句集
荒神や燈明皿の火取虫　角田竹冷・竹冷句鈔
行燈を押し動かすや灯取虫　村上鬼城・鬼城句集
火取虫《ひとりむし》書《ふみ》よむ人の罪深し　正岡子規・子規句集
白や赤や黄や色々の灯取虫《ひとりむし》　正岡子規・子規句集
灯取虫外に出て居る宵の人　尾崎紅葉・紅葉句帳
上人《しょうにん》の俳諧の灯《ひ》や灯取虫《ひとりむし》　高浜虚子・五百句
客去にたるいねざまの灯取虫　小沢碧童・碧童句集
灯取虫にたてられし玻璃戸ありにけり　島田青峰・青峰集
剃刀磨げば火取虫の髭がついてゐて朝　北原白秋・竹林清興
電燈消せば火取虫の翅音ばかりなる　北原白秋・竹林清興
短夜や鏡の下の火取虫　北原白秋・竹林清興
幽冥へおつる音あり灯取虫　飯田蛇笏・山廬集
山風に闇な奪《と》られそ灯取虫　原石鼎・花影
灯取虫毛蟹の殻に影忙し　水原秋桜子・晩華
蒸し暑く日は夜に入りぬ灯取虫　島村元・島村元句集
ぬぎ捨てし客の羽織や灯取虫　島村元・島村元句集

夜雀といふが大きな灯とり虫　中村草田男・長子
灯取虫蚊帳にも入りゐるや否や　石田波郷・惜命
　中山グリル、上京中の三鬼としばしば赴く
かすりとも通ひ馴れにし火取虫　石田波郷・雨覆

ひふぐ【干河豚】

河豚の皮を剥ぎ干したもの。河豚は冬が旬なので、夏は干河豚を賞味する。酒の肴として好まれる。［同義］ほしふぐ。
⇨河豚（ふぐ）［冬］

ひむし【灯虫・火虫】

火取虫のこと。⇨火取虫（ひとりむし）［夏］

§

ひしひしと玻璃戸《はりど》に灯虫《ひむし》湖《うみ》の家　高浜虚子・七百五十句

ひめだか【緋目高】

メダカの飼育一品種。体長二〜三センチ。体色は淡黄赤色。
⇨目高（めだか）［夏］

ひめます【姫鱒】

サケ科の魚類。紅鮭の陸封型。体長約四〇センチ。原産地は北海道の阿寒湖、チミケップ湖。現在は各地に移殖。背面は灰青色、腹面は銀白色。生後四年ほどで成魚となり、湖岸の砂利底に産卵し、その後に死ぬ。釣りの対象魚。芦ノ湖の姫鱒釣は五月に解禁となる。⇨鱒（ます）［春］、虹鱒（にじます）［夏］

ひらまさ【平政】

アジ科の海水魚。琉球列島を除く東北地方以南に分布し、沖合の岩礁域などに生息する。体長八〇〜一〇〇センチ。体は鰤（ぶり）に似る。体側中央を黄色の縦帯がある。夏、美味である。海釣りの対象魚。［同義］しょのこ〈新潟〉、まさ〈東京〉、ひらさ〈広島〉。

ひる【蛭】

ヒル科に属する環形動物の総称。池沼、水田、渓流などに生息する。体長三〜一〇センチ。体は環節からなり、扁平で細長い。体の前後両端にある吸盤で、魚類・貝類・人畜の皮膚に吸着し、血液を吸う。雌雄同体。種類は多い。［同種］縞蛭（しまびる）、馬蛭（うまびる）、山蛭（やまびる）、笄蛭（こうがいびる）、扁蛭（ひらたびる）。

ひる［爾雅音図］

§

吾孫子《あびこ》の古き沼より採《と》りて来し藻草《もくさ》に蛭《ひる》の子が生《うま》れたり　土屋文明・放水路
蛭《ひる》の口処《くちど》をかきて気味よき　芭蕉・猿蓑
葉を落ちて火串に蛭の焦る音　蕪村・新花摘
蛭の口掻ば蟬鳴く木かげ哉　士朗・枇杷園句集
人の世や山は山とて蛭が降る　一茶・七番日記
蓮池や蛭《ひる》游ぎいで、深き水　河東碧梧桐・碧梧桐句集
蛭居らぬ水と定めて掬びけり　高浜虚子・定本虚子全集
蛭泳ぎ濁りと共に流れ去る　篠原温亭・温亭句集

炎帝の下《もと》さはやかに蛭泳ぐ　原石鼎・花影
蛭のゐる処ときけど渉《かちわた》る　星野立子・星野立子集

びんずい【便追】
セキレイ科の鳥。北海道と本州で繁殖する。翼長約八・五センチ。頭・背部は緑褐色の地に褐色の斑がある。胸・腹部は白色で、黒色の斑点がある。夏、山地へ行くと、樹上で尾を上下に振りながら美声で鳴いている。［同義］木雲雀（きひばり）。

§

霧に飛ぶ便追《びんずい》迅し梅雨花野　水原秋桜子・殉教

「ふ」

ふうせんむし【風船虫】
カメムシ目ミズムシ科の水虫の俗称。水田や池沼に生息する水棲昆虫。体長約六ミリ。体はボート形。暗黄色で黒条がある。雄は水中で「プツプツ」と音を発する。

ふくろうのあつもの【梟の羹】
中国の習俗で、五月五日に百官に賜う梟の羹の料理。梟は成長すると母をも喰らう鳥として忌まれ、梟を食べて戒めとした。［同義］梟の炙（ふくろうのあぶりもの）。⇩梟（ふくろう）［冬］

ふそうほたるとなる【腐草為蛍】
往時、蛍は腐った草が化して生まれたものであると言われた。⇩蛍（ほたる）［夏］

§

谷あひの小川の草は短くて蛍の生《あ》れむにほひこそすれ　島木赤彦・柿蔭集
酒は酢に草は蛍となりにけり　一茶・一茶句帖

ぶっぽうそう【仏法僧】
ブッポウソウ科の渡鳥。夏鳥として本州以南に飛来し、山地の森林に生息する。翼長約二〇センチ。頭部と尾羽が黒色で、初列の風切羽の基部は青白色。風切羽の中央に青白色の大きな斑紋がある。その他は美しい青緑色。嘴と脚は赤色。古来、高野山、木曾、日光などの山林で「ぶつ(仏)・ぽう(法)・そう(僧)」と鳴くと言われ、霊鳥とされた。［和名由来］「ぶっぽうそう」と鳴くことからといわれるが、実際は「ギャギャ」と鳴く。「ぶっぽうそう」は木葉木菟の鳴声で、こ

ぶっぽうそう［写生四十八鷹画帖］

の鳴声で、これが混同されたものといわれる。［同義］三宝鳥（さんぽうちょう）、念仏鳥（ねんぶつどり・ねんぶつちょう）。［漢名］山烏、青燕。⇨木葉木菟（このはずく）［夏］

§

高野山《たかのやま》仏法僧の声《こゑ》をこそ待《まつ》べき空に鳴《な》く郭公　三条西実隆・再昌草

仏法僧《ぶつぽうそう》一声を聞かむ福島の町の夜空に黒きは山なり　島木赤彦・柿蔭集

仏法僧《ぶつぽうそう》鳥啼く時おそし谷川の音の響かふ山の夜空に　島木赤彦・柿蔭集

仏法僧光をこひてうつるらむ月さす時に声のするどし　土屋文明・山谷集

啼きゐたる仏法僧が声やめて山鳩が啼くしづけきかな　宮柊二・山西省

杉くらし仏法僧を目のあたり　杉田久女・杉田久女句集

仏法僧青雲杉に湧き湧ける　水原秋桜子・磐梯

ふなずし【鮒鮨・鮒鮓】

源五郎鮒の鱗や内臓、鰓などを取り除いて塩漬けにしたものを、飯と重ねて重石をかけ、発酵させた馴鮨。近江の名産で独特の臭いと酸味がある。⇨鮒（ふな）［四季］、源五郎鮒（げんごろうぶな）［夏］

§

鮒鮓《ふなずし》の便《たより》も遠き夏野哉　蕪村・落日庵句集

鮒《ふな》ずしや彦根《ひこね》の城《しろ》に雲かゝる　蕪村・新花摘

ふなむし【船虫・海蛆】

フナムシ科の節足動物。本州以南に分布し、海岸、海礁に群生し、極めて早く走る。体長約三センチ。体は長卵形で褐色。長い尾肢をもつ。第二触角が長い。石の下などで越冬し、四～五月頃に産卵する。

§

此島に住むべくあらは岩にはふ舟虫だにも吾はなりなむ　伊藤左千夫・伊藤左千夫全短歌

くろぐろと命《いのち》を甲《よろ》ふ船虫《ふなむし》の群《む》れ求食《あさ》るかも朝《あさ》のひかりに　土屋文明・ふゆくさ

朝磯《あさいそ》のあくたにあさるふな虫《むし》の足音《あおと》におぢてざわめき乱《みだ》る　土屋文明・ふゆくさ

桟橋に舟虫散るよ小提灯　内藤鳴雪・鳴雪句集

船虫の這うてぬれたる柱かな　長谷川零余子・雑草

船蟲やたゞあるがまゝの離れ杭　上川井梨葉・梨葉句集

塩田に女丈夫と鬚の船虫と　原コウ子・胡卉

船虫くる遊び女白きあたりより　中村草田男・火の鳥

舟虫や一つの岩が吹かれをり　加藤楸邨・穂高

ぶゆ【蚋・蟆子】

ブユ科の吸血性昆虫の総称。「ぶよ」「ぶと」ともいう。蠅に似て体長三～四ミリ。体は黒褐色、翅は透明。山野の渓流に生息し、人畜の血を吸う。さされると強い痒みがある。幼虫は水生。繭をつくって蛹となり、羽化する。［同種］黄脚蚋（きあしぶゆ）、馬蚋（うまゆ）。

§

ときのまにあまたむらがり寄《よ》る蟆子《ぶと》をただわづらはしとぞわ

れはおもへる　斎藤茂吉・石泉

いきどほりやや和《なご》まむと野の蚋子《ぶと》に血を食《は》ませつつものをこそ思へ　吉井勇・人間経

憎めどもにくめども猶蚋子来るはわれを羅漢と思《も》へばなるべし　吉井勇・玄冬

蚋《ぶと》のさすその跡《あと》ながらなつかしき　嵐雪・其浜ゆふ

苦しさに休めば蚋のたかりけり　闌更・俳句大観

黒塚や蚋旅人を追ひまはる　暁台・暁台句集

飯呼べど来らず蚋《ぶよ》の跡を掻《か》く　正岡子規・子規句集

避暑の宿蚋《ぶと》を怖《おそ》れて戸を出でず　高浜虚子・七百五十句

石に踞して蚋にほくちの定まらず　長谷川零余子・雑草

繋ぎ馬蚋に肉動く腓かな　長谷川零余子・雑草

踝にいつまでまけて蚋のあと　上川井梨葉・梨葉句集

蟆子に血を与へては詩を得て戻る　中村草田男・来し方行方

「へ」

へいけぼたる【平家蛍】

ホタル科の昆虫。日本全土に分布し、水田や池、河川などに生息する。体長七～一〇ミリ。体色は黒色。前背部は紅色で中央に黒色の縦帯がある。夜間に飛行し、断続的に発光する。卵・幼虫・蛹も発光する。源氏蛍よりも小形。⇩蛍（ほたる）［夏］、源氏蛍（げんじぼたる）［夏］

へび【蛇】

ヘビ亜目に属する爬虫類の総称。体は細長く円筒形。瓦状の小鱗に覆われ、四肢は退化してない。口は広く、舌は細長く先が二分する。蛙や鼠などの小動物や小鳥などを捕食する。体をくねらせて進む。小鱗の外皮を年に一度脱皮する。［同義］蛇（くちなわ）、長虫（ながむし）、かがち。［同種］青大将、縞蛇、山棟蛇、地潜り（じむぐり）＝烏蛇（からすへび）、蝮、波布。⇩蛇衣を脱ぐ（へびきぬをぬぐ）［夏］、蛇の衣（へびのきぬ）［夏］、青大将（あおだいしょう）［夏］、縞蛇（しまへび）［夏］、雨傘蛇（あまがさへび）［夏］、蛇（くちなわ）［夏］、里回（さとめぐり）［夏］、波布（はぶ）［夏］、蝮（まむし）［夏］、山棟蛇（やまかがし）［夏］、秋の蛇（あきのへび）［秋］、蛇穴に入る（へびあなにいる）［秋］、蛇穴を出づ（へびあなをいづ）［春］

§

野山はふ蛇の長虫ふたつくひ右も左もゆきかてにする　天田愚庵・愚庵和歌

へび［毛詩品物図攷］

天地の別ちも知らにある、夜を池の蛇は底いでにけむ
　伊藤左千夫・伊藤左千夫全短歌

木《こ》のもとに臥《ふ》せる仏をうちかこみ象蛇どもの泣き居《を》るところ
　正岡子規・子規歌集

臆病か蛇かくさりか知らねどもまつはる故《ゆゑ》に涙こぼるる
　与謝野晶子・夏より秋へ

蛇《へび》を売る家居《いへゐ》のまへにしばらくは立ちをりにけりひそむ蛇《へび》みて
　斎藤茂吉・石泉

半身に赤き痣《あざ》して蛇を噛む人を見しよりわれ病得つ
　石川啄木・明星

生くること何にし優《まさ》る昼を見し蛇ながながと草に居りたり
　宮柊二・藤棚の下の小室

蛙獲し蛇犬蓼に消えにけり　石橋忍月・忍月俳句抄

蛇穴や西日さしこむ二三寸　村上鬼城・鬼城句集

川をわたる小蛇小首のいきり哉　幸田露伴・蝸牛庵句集

草原《くさはら》に蛇ゐる風の吹きにけり　高浜虚子・七百五十句

蛇棲むや朽木の注連の新らしう　巌谷小波・さゞら波

炎天のした蛇は殺されつ光るなり　種田山頭火・層雲

蛇打つて森の暗さを逃れ出し　島田青峰・青峰集

山守の蛇焼く瞳澄みにけり　長谷川零余子・雑草

庭木のぼる蛇見てさわぐ病児かな　杉田久女・杉田久女句集

蛇打たん得物索むる裸かな　島村元・島村元句集

蛇消えし草葉のかげは濃紫　川端茅舎・定本川端茅舎句集

遁走によき距離蛇も吾も遁《に》ぐ　橋本多佳子・海彦

頭《つ》の下《もと》つづくわだかまりこそ蛇の胸　中村草田男・母郷行

横顔上げし蛇《へび》の目空へ気配せし　中村草田男・母郷行

蛇の舌ふたわかれ雲崩れをり　加藤楸邨・野哭

蛇の尾や山坂もの、声ひそめ　石橋秀野・桜濃く

みなそこに珠めいて石蛇わたる　石橋秀野・石橋秀野集

落葉松に雲ゆき径を蛇ゆけり　石田波郷・鶴の眼

蛇を見て光りし眼もちあるく　野澤節子・未明音

へびきぬをぬぐ【蛇衣を脱ぐ】

蛇が一年に一度、上皮を脱皮すること。通常、仲夏の頃、草木の枝などに引っかけてその皮を脱ぐ。⬇蛇（へび）［夏］、蛇の衣（へびのきぬ）［夏］

へびのきぬ【蛇の衣】

蛇が脱皮した上皮をいう。薄く、白色で光沢があり、蛇そのままの形である。［同義］蛇の脱殻・蛇の脱殻（へびのぬけがら）、蛇の蛻（へびのもぬけ）、蛇の殻（へびのから）。⬇蛇衣を脱ぐ（へびきぬをぬぐ）［夏］、蛇（へび）［夏］

§

怖ろしや釣鐘草に蛇の衣　曾北・類題発句集

古婆々がかたにかけたり蛇の衣　一茶・一茶発句集（嘉永版）

法の山や蛇もうき世を捨衣　一茶・おらが春

野茨の花白うして蛇の衣　正岡子規・春夏秋冬

蛇の衣草の雫に染りけり　巌谷小波・さゞら波

幽叢に白く全たき蛇の衣　河東碧梧桐・碧梧桐句集

麦藁《むぎわら》をきのふ積みしが蛇の衣　河東碧梧桐・碧梧桐句集

花光る水際の草や蛇の衣　大須賀乙字・続春夏秋冬

べら【倍良・遍羅】
求仙（きゅうせん）などベラ科の海水魚の総称。沿岸の磯や珊瑚礁に生息する。体長一〇～二〇センチ。横向きで眠ることで知られる。体は美しく雌雄で体色が異なる。明治期まで雌雄が別種と考えられ、雄は「青べら」、雌は「赤べら」と呼ばれた。

「ほ」

ぼうふら【孑孑・孑孒・棒振】
蚊の幼虫。「ぼうふり」ともいう。汚水に生息する。体長約五ミリ。釘形で黒赤色。剛毛があり頭を下にして水面に浮かぶ。有機腐敗物を食べて成長し蛹となり、羽化して蚊となる。[和名由来] 水中で泳ぐさまが棒を振っているようであるところから。[同義] 棒振虫。⬇棒振虫（ぼうふりむし）[夏]、蚊（か）[夏]

§

灰汁《あく》桶の水の上澄《うはず》み幾日《いくか》経《へ》て沸《わ》きにけむかも黒孑孑《ぼうふりこ》　岡麓・庭苔
身やかくて孑孑《ぼうふり》むしの尻かしら　路通・蕉門名家句集
ぼうふりや水の行へのいづこ迄　嵐雪・類題発句集
孑孑やてる日に乾く根なし水　太祇・太祇句選
ぼうふりや蓮の浮葉の露の上　太祇・太祇句選
ぼうふりや昔は誰が水鏡　蝶夢・類題発句集
ぼうふりも降たか雨の溜り水　梅室・梅室家集
孑孑《ぼうふら》の浮いて晴れたる雷雨かな　村上鬼城・鬼城句集
孑孑《ぼうふら》の蚊になる頃や何学士　正岡子規・子規句集
孑孑《ぼうふら》や須磨の宿屋の手水鉢《ちょうずばち》　正岡子規・子規句集
孑孑《ぼうふら》や汲《く》んで幾日の閼伽《あか》の水　正岡子規・子規句集
孑孑《ぼうふら》や天水桶に魚放つ　河東碧梧桐・碧梧桐句集
我思《わがおも》ふまゝに孑孑《ぼうふら》うき沈み　高浜虚子・五百五十句
孑孑の水や清水のどんづまり　籾山柑子・柑子句集
孑孑も呑み居る馬や顔の丈　籾山柑子・柑子句集
孑孑の水に雷とゞろきぬ　青木月斗・時雨

ぼうふりむし【棒振虫】
孑孑の別称。⬇孑孑（ぼうふら）[夏]

§

けふの日も棒ふり虫よ翌《あす》も又　一茶・おらが春

ほおあか【頬赤・頬赤鳥】
ホオジロ科の小鳥。「ほあか」ともいう。日本全土に分布し、山地の草原に生息する。翼長約七・五センチ。頭部は灰色で黒色の縦斑がある。頬は鮮やかな赤褐色。背部は褐色、胸部は白色に黒斑がある。腹部は白色。五～七月の繁殖期、北海道・東北地方や中部の高原地帯で囀りを聞くことができる。[同義] あかしとど。⬇頬白（ほおじろ）[春]

ほしがらす【星鴉】
カラス科の鳥。本州中部以北に分布、高山地に生息するので、夏山で見られる鳥である。翼長約一八センチ。全体に暗赤褐色で白色の斑点が散在する。［同義］岳鴉（たけがらす）。⇩鳥（からす）［四季］

ほたてがい【帆立貝】
イタヤガイ科の二枚貝。寒海性で東北以北に分布し、海底の砂礫に生息する。殻長約二〇センチ。丸扇状で殻頂に耳状の突起がある。左殻は偏平で紫褐色、右殻は白色で膨らむ。貝の内側は白色。殻表に二〇～三〇本ほどの放射状の筋をもつ。両殻を激しく開閉して海水を噴射し、その反動で跳ねるように移動する。七月に漁獲が始まる。美味。形が似ているため板屋貝（いたやがい）と混同されるが、板屋貝より大きい。［同義］海扇（うみおうぎ）。⇩貝（かい）［四季］

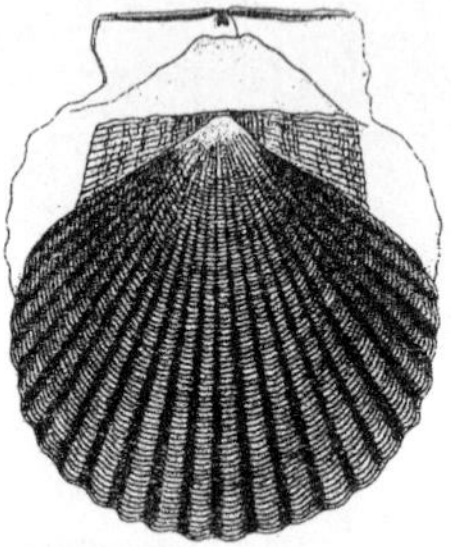
ほたてがい
［日本重要水産動植物之図］

ほたる【蛍】
ホタル科の甲虫の総称。「ほたろ」ともいう。日本では源氏蛍、平家蛍が多く分布し、各地の清流沿いに生息する。体は長楕円形で背は偏平。全体に黒色で、頸が赤色。触角は細長い。腹端に発光器をもち、初夏の宵より夜半にかけて盛んに飛び、緑青色の光を放つ。卵・蛹・幼虫を含め発光する種が多い。成虫の蛍の発光は、雌雄が結び合うための信号と考えられている。万葉集では「蛍なす」として「ほのか」に掛かる枕詞として詠まれ、平安時代になると、恋の燃える思いの比喩として詠まれることが多い。往時より夏の風物詩として蛍狩が盛んに行なわれた。蛍の名所では、その名を冠して宇治蛍、石山蛍、守山蛍などとよんだ。また、蛍の交尾のときに、多くの蛍が群れ飛ぶ情景を「蛍合戦（ほたるがっせん）」とよび、源氏蛍、平家蛍の名称は、この合戦に見立てたものといわれる。京都の宇治では、源頼政の亡霊が蛍に化身して合戦をしているものと言い伝えられている。［和名由来］蛍の発光する状態を「火垂る」「火照る」「星垂る」「火太郎」などと表現したことからと。［同義］知夜虫（よるしるむし）、夏虫（なつむし）。［同種］源氏蛍、平家蛍、姫蛍（ひめぼたる）。⇩源氏蛍（げんじぼたる）［夏］、初蛍（はつほたる）［夏］、平家蛍（へいけぼたる）［夏］、腐草為蛍（ふそうほたるとなる）［夏］、蛍なす（ほたるなす）［四季］、秋の蛍（あきのほたる）［秋］、残る蛍（のこるほたる）［秋］、蛍火（ほたるび）［夏］、蛍狩（ほたるがり）［夏］、蛍見（ほたるみ）［夏］、

ほたる［毛詩品物図攷］

蛍籠（ほたるかご）［夏］

§

音《おと》もせで思《おも》ひにもゆる蛍《ほたる》こそ鳴《な》く虫《むし》よりもあはれなりけれ

源重之・後拾遺和歌集三（夏）

故郷《ふるさと》の庭のさゆりば玉ちりてほたる飛《とび》かふ夏のゆふ暮

藤原良経・南海漁父北山樵客百番歌合

いさり火《び》の昔《むかし》のひかりほのみえて蘆屋《あしや》のさとにとぶ蛍かな

藤原良経・新古今和歌集三（夏）

下くゆるむかひの森の蚊遣《かやり》火に思《おも》ひ燃《も》えそひ行（ゆく）蛍かな

後鳥羽院・遠島御百首

飛《と》ぶ蛍思《ほたるおも》ひのみこそしるべとや暗《くら》き闇《やみ》にももえて行（ゆく）らん

頓阿・頓阿法師詠

飛ぶ蛍《ほたる》かげもかすかになりにけり明《あ》け行（ゆく）空《そら》の星《ほし》のまぎれに

頓阿・頓阿法師詠

滝川や波《なみ》もくだけて石の火のいでける物とちる蛍《ほたる》かな

正徹・永享五年正徹詠草

むかし誰《た》があつめし窓の名残とて茂き草葉にやどる蛍ぞ

幽斎・玄旨百首

行《ゆく》雲もほたるの影もかろげなり来む秋ちかき夕風のそら

賀茂真淵・賀茂翁家集

秋ちかき夕《ゆふべ》の風の雲ゐるまで心かろげにゆく蛍かな

賀茂真淵・賀茂翁家集拾遺

音《ね》になかで身をのみこがす蛍はもけだし吾《わが》ごとも物思ふとか

田安宗武・悠然院様御詠草

繁りおふあしまの池に影見えて蛍とびかふ宵は涼しも

田安宗武・悠然院様御詠草

草むらの底に蛍《ほたる》のかげ見えて露は葉のぼる夕ぐれの庭

松平定信・三草集

くさむらの蛍とならば宵宵に黄金《こがね》の水を妹《いも》たまうてよ

大愚良寛・良寛歌評釈

風わたる水のおもだか影見えて山さはがくれとぶほたるかな

香川景樹・桂園一枝

とぶほたるくらきこのまをいでゝきて中々月にかすかなるかな

大隈言道・草径集

川風にむかふほたるのゆきかねてたゞよふ軒の松のしたかげ

大隈言道・草径集

桂川波の上《うへ》わたる夕風にひかり吹かれて飛ぶほたるかな

与謝野礼厳・礼厳法師歌集

まよひこし蛍とがむな罪をいはば罪はこなたよともし火の影

落合直文・明星

少女等が心うれしも不忍の蓮の水面に蛍放ちぬ。

伊藤左千夫・伊藤左千夫全短歌

夕やみに蓮の葉かをる池のべを蛍も飛ぶかあやにたのしも。

伊藤左千夫・伊藤左千夫全短歌

夜の戸をささぬ伏屋《ふせや》の蚊帳《かや》の上に風吹きわたり蛍《ほたる》飛ぶなり

正岡子規・子規歌集

きのふけふ茂く飛かふ里川の岸辺の蛍今宵からまし

樋口一葉・樋口一葉全集

小夜ふけて桑畑の風の疾《はや》ければ土用螢の光は行くも

島木赤彦・氷魚

たそがれの机のもとに蛍居《ほたるゐ》ぬ旅をはりし三日四日《みかよか》ののち
与謝野晶子・太陽と薔薇
蚕《こ》の部屋《へや》に放《はな》ちし蛍《ほたる》あかねさす昼なりしかば首すぢあかし
斎藤茂吉・赤光
わがいのち闇のそこひに濡れ濡れて蛍のごとく匂ふかなしさ
若山牧水・路上
アーク燈点《とも》れるかげをあるかなし蛍の飛ぶはあはれなるかな
北原白秋・桐の花
浜《はま》の草《くさ》の葉《は》ずゑの蛍《ほたる》、風《かぜ》すずしく、江《え》の島《しま》の方《はう》へ、飛《と》びゆきしかな。
土岐善麿・黄昏に
明日は遠く母のさとべにゆくわれと夕暗にをれば蛍飛びきぬ
三ケ島葭子・定本三ケ島葭子全歌集
はかな言《ごと》云ふ舞姫の手にありて蛍の光いよよ青しも
吉井勇・毒うつぎ
悲しさを生付《うまれつき》たる蛍かな　猿雖・けふの昔
状箱《じやうばこ》を焼捨《やきすて》がたし行《ゆく》蛍　西鶴・蓮実
愚《ぐ》にくらく棘《いばら》をつかむ蛍哉　芭蕉・東日記
己《おの》が火を木々の蛍や花の宿　芭蕉・をのが光
飛《とぶ》蛍消《きえ》て心の行《ゆき》どまり　杉風・百曲
雨水の青《あをき》にやどるほたる哉　荷兮・曠野後集
手《て》のうへにかなしく消《きゆ》る蛍《ほたる》かな　去来・あら野
しばらくは酒のさかなにほたる哉　万子・そこの花
麦跡《むぎあと》の田植《たうゑ》や遅《おそ》き蛍《ほたる》どき　許六・炭俵

秋ちかしほたる引行浪《ひきゆくなみ》の文《もん》　土芳・蓑虫庵集
いひわけのひとつに成《なり》て蛍かな　野紅・続山彦
飛《とぶ》ほたるあるきあるいて篠《しの》の枝　りん女・続有磯海
水汲《みづくみ》に跡《あと》や先《さき》やのほたる哉　乙州・卯辰集
うつす手に光る蛍《ほたる》や指のまた　太祇・太祇句選後編
さびしさや一尺きへてゆく蛍　北枝・卯辰集
田の畝《うね》の豆つたひ行蛍《ゆくほたる》かな　万乎・猿蓑
さし汐《しほ》に雨の細江《ほそえ》のほたる哉　蕪村・落日庵句集
淀舟《よどぶね》の棹《さを》の雫《しづく》もほたるかな　蕪村・夜半叟句集
船頭の夕飯照らす蛍かな　内藤鳴雪・鳴雪句集
さみしさや音なく起つて行く蛍　村上鬼城・鬼城句集
蛍飛ぶ中を夜舟のともし哉　正岡子規・子規句集
蛍飛ぶ背戸の小橋を渡りけり　正岡子規・子規句集
一つすうと座敷を抜る蛍かな　夏目漱石・漱石全集
行く蛍白雲洞の道を照らす　河東碧梧桐・碧梧桐句集
うすものの螢《ほたる》を透《すか》す螢《ほたる》かな　泉鏡花・鏡花句集
苔《こけ》の露十三塚《つゆじふさんづか》の螢《ほたる》かな　泉鏡花・鏡花句集
ゆく螢宿場《ほたるしゆくば》のやみを恋塚《こひづか》へ　泉鏡花・鏡花句集
午《ひる》の螢《ほたる》ゆびわの珠《たま》にすき通《とほ》る　泉鏡花・鏡花句集
流れ来しがツトたち直り螢かな　西山泊雲・泊雲
波に飛ぶ螢《ほたる》を見たり五大堂《ごだいだう》　寺田寅彦・寅日子句集
越中福光旅泊
舞ひ入りし螢いとしむ旅寐かな　臼田亜浪・旅人
新居広やかに垣もせぬ蛍淋しうす　種田山頭火・層雲

ほたるがり［東海道名所図会］

滝霧にまひながれゐるほたるかな　飯田蛇笏・春蘭
あるときは滝壺ひくくほたる舞ふ　飯田蛇笏・春蘭
提灯を螢が襲ふ谷を来《きた》り　原石鼎・花影
瀬をあらび堰《せき》に遊べる螢かな　原石鼎・花影
霧ふいて數の増えたる螢かな　阿部みどり女・陽炎
草に落ちし蛍に伏せし面輪かな　杉田久女・杉田久女句集
螢とび芦よりひくき橋かゝる　水原秋桜子・古鏡
光洩るその手の蛍貰ひけり　中村汀女・薔薇粧ふ
大いなる螢の闇に細き道　星野立子・笹目
螢の国よりありし夜の電話　星野立子・笹目

ほたるかご【蛍籠】

　蛍を捕らえて籠に入れ、その光を楽しむ。⬇蛍（ほたる）［夏］、蛍狩（ほたるがり）［夏］

§

蛍籠手にもちながら夜車に乗る人おほし宇治の山里　落合直文・明星
去年の夏うせし子のことおもひで、かごの蛍をはなちけるかな　落合直文・国文学
次の夜は蛍《ほたる》痩《や》せたり籠《かご》の中　正岡子規・子規句集
螢籠微風の枝にかゝりけり　尾崎紅葉・紅葉句帳
蛍籠広葉の風に明滅す　杉田久女・杉田久女句集
つよき光弱きひかりや螢籠　石田波郷・酒中花以後
螢籠われに安心《あんじん》あらしめよ　石田波郷・酒中花以後

ほたるがり【蛍狩】

　夕暮れより蛍を捕らえて遊ぶこと。籠に入れて持ち帰り、

蛍の光を家でも楽しむ。「ほう、ほう、ほうたるこい」などとよびながら蛍狩をする情景は夏の風物詩の一つである。⬇蛍（ほたる）［夏］、蛍籠（ほたるかご）［夏］、蛍見（ほたるみ）［夏］

§

ほたる狩《がり》川《かは》にゆかむといふ我《われ》を　山路《やまぢ》にさそふ人《ひと》にてありき　石川啄木・一握の砂

蛍狩われを小川に落しけり　夏目漱石・漱石全集

木の形変りし闇《やみ》や蛍狩《ほたるがり》　高浜虚子・六百句

あやめ咲く宿に泊まりて螢狩　高橋淡路女・淡路女百句

走り出て闇やはらかや蛍狩　中村汀女・紅白梅

ほたるび【蛍火】

蛍の光をいう。⬇蛍（ほたる）［夏］

§

蛍火《ほたるび》をひとつ見いでて目守《まも》りしがいざ帰りなむ老《おい》の臥処《ふしど》に　斎藤茂吉・白き山

賊住みし窟《いはや》に近きみちのくの水田の畔《あぜ》に燃ゆるほたる火　木下利玄・銀

蛍火で撫子《なでしこ》見せよしんのやみ　重頼・犬子集

蛍火《ほたるび》で見れ共《ども》長し勢田《せた》の橋　李由・篇突

蛍火やこぽりと音す水の渦　山口青邨・雪国

ほたるみ【蛍見】

蛍を見に行くこと。そのために仕立てる舟を「蛍舟（ほたるぶね）」という。⬇蛍狩（ほたるがり）［夏］、蛍（ほたる）［夏］

§

ほたる見や船頭酔ておぼつかな　芭蕉・猿蓑

ほととぎす【時鳥・不如帰・杜鵑・子規】

ホトトギス科の鳥。五月頃に中国、朝鮮から夏鳥として飛来し、日本で繁殖する。山地の樹林に単独で生息する。翼長約一五センチ。尾羽は長く約一二センチ。郭公、筒鳥によく似ているが、時鳥が一番小さい。頭・背部は灰青色、尾は黒色で白横縞が数個ある。胸部は白色の地に黒縦細斑がある。嘴は細長くわずかに下方に曲がる。脚の指は前後二本（対指足）ずつある。自らは産卵のために巣をつくらず、鶯などの巣に託卵し育雛をさせる。託卵するとき、託卵先の卵を一つくわえて持ち去り、数を合わせる。時鳥の託卵は、古代より知られ、「鶯の　生卵の中に　霍公鳥　独り生れて　己が父に　似ては鳴かず　己が母に　似ては鳴かず…」（万葉集九）と詠まれている。また、鳴声は極めて特徴があり「テッペンカケタカ」「ホッチョンカケタカ」や「キョッキョ・キョキョキョキョキョ」などと聞こえ、昼夜わけへだてなく鳴く。古来、四季を代表する景物とされてきたのは、春の花、秋の月、冬の雪、夏は時鳥である。往時は時鳥の初音を聞きのがすまいと、夜通し起きて待ちわびていたようである。時鳥は春の鶯、秋の雁と共に、詩歌に多く詠まれている夏鳥であり、別名も非常に多い。古歌では、時鳥を「郭公」と表記している歌もある。これは時鳥の姿・形が郭公に良く似ているところから、鳴声の違いがあるにもかかわらず混同されたものである。また、万葉集にのみ時鳥を「霍公鳥」と表記している歌がある。往時、冬の間は山に籠っているものと思われていたため、「山時鳥」といった。［和名由来］「ス」は鳥を表す接尾語で鳴声を「ホトトキ」と聞きとったものとの説あり。漢字名の「杜鵑・不如帰・杜宇・蜀魂・蜀魄・子規」は、中国の蜀の望帝、杜宇が帝位を追われ、時鳥に化して「不如帰」と鳴きながら飛び去ったという伝説に由来するという。子規は「不如帰↓思帰↓子規」と変化したものといわれる―藤堂明保。別名の「四手の田長・死出の田長」は、時鳥が四本の指で枝に止まるところから「四手」、「田長」は田植時に鳴くため、田植を催促するような様子から田長にたとえたものである。また、夜も盛んに鳴くため、「死出の山（黄泉の国）から来る田長」の意などの説がある。［同義］杜鵑（ほととぎす・とけん）、不如帰（ほととぎす・ふじょき）、子規（ほととぎす・しき）、郭公（ほととぎす・かっこう）、蜀魂（ほととぎす・しょくこん）、杜宇（ほととぎす・とう）、子雋（ほととぎす・しかく）、子鵑（ほととぎす・しけん）、杜魂（ほととぎす・とこん）、蜀鳥（ほととぎす・しょくちょう）、鴛鳥（ほととぎす・えんちょう）、謝豹（ほととぎす・しゃひょう）、霍公鳥（ほととぎす・かっこうちょう）、時の鳥（ときのとり）、時つ鳥（ときつとり）、三月過鳥（みつきすごどり）、綱鳥（つなどり）、適鳥（たまさかどり）、百声鳥（ももこえどり）、勧農鳥（かんのうちょう）、四手の田長・死出の田長（しでのたおさ）、田長鳥（たおさどり）、田歌鳥（たうたどり）、早苗鳥（さなえどり）、田中鳥（たなかどり）、沓手鳥・沓手鳥（くつてどり）、童子鳥（うないこどり）、冥途鳥（めいどどり）、無常鳥（むじょうどり）、魂迎鳥（たまむかえどり）、魂つくも鳥（たまつくもどり）、黄昏鳥（たそがれどり）、夕影鳥（ゆうかげどり）、射干玉鳥（ぬばたまどり）、夜直鳥（よただどり）、菖蒲鳥（あやめどり）、卯月鳥（うづきどり）、橘鳥（たちばなどり）、夏雪鳥（なつゆきどり）、妹背鳥（いもせどり）、恋し鳥（こいしどり）、いにしえ恋うる鳥（いにしえこうるとり）、賤鳥（しづどり）、賤子鳥（しづこどり）、常言葉鳥（つねことばどり）。［漢名］杜鵑、不如帰、子規、杜宇、蜀魂、蜀魄。⬇郭公（かっこう）［夏］、初時鳥（はつほととぎす）［夏］、筒鳥（つつどり）［夏］、時鳥の落し文（ほととぎすのおとしぶみ）［夏］、山時鳥（やまほととぎす）［夏］

ほととぎす［日本産物志］

§

古に恋ふらむ鳥は霍公鳥《ほととぎす》けだしや鳴きしわが念《も》へる如《ごと》
額田王・万葉集二

つのさはふ　磐余《いはれ》の道を　朝さらず　行きけむ人の　思ひつつ　通《かよ》ひけまくは　ほととぎす　鳴《な》く五月《さつき》には　菖蒲草《あやめぐさ》…(長歌)
山前王・万葉集三

霍公鳥《ほととぎす》いたくな鳴きそ汝《な》が声を五月《さつき》の玉にあへ貫《ぬ》くまでに
藤原夫人・万葉集八

霍公鳥《ほととぎす》来《き》鳴き響《とよ》もす卯《う》の花の共にや来しと問はましものを
石上堅魚・万葉集八

わが屋前《やど》の花橘を霍公鳥来《き》鳴かず地《つち》に散らしてむとか
大伴家持・万葉集八

鶯《うぐひす》の　生卵《かひこ》の中《なか》に　霍公鳥《ほととぎす》　独り生れて　己《な》が父に　似ては鳴かず　己《な》が母に　似ては鳴かず…(長歌)
作者不詳・万葉集九

藤波の散らまく惜しみ霍公鳥今城《いまき》の岳《をか》を鳴きて越ゆなり
作者不詳・万葉集一〇

旅にして妻恋すらし霍公鳥神名火山にさ夜更《ふ》けて鳴く
作者不詳・万葉集一〇(古歌集)

霍公鳥《ほととぎす》棟《あふち》の枝に行きて居《ゐ》ば花は散らむな珠と見るまで
大伴家持・万葉集一七

五月《さ》来《こ》ば鳴きも古《ふ》りなむ郭公《ほと、ぎす》まだしき程《ほど》の声《こゑ》を聞《き》かばや
伊勢集(伊勢の私家集)

夏山に鳴《(なく)》郭公心あらば物思《おもふ》我にこゑな聞《き》かせそ
よみ人しらず・古今和歌集三(夏)

ほと、ぎすなく声きけばわかれにし古里《ふるさと》さへぞ恋《こひ》しかりける
よみ人しらず・古今和歌集三(夏)

いまさらに山へ帰《かへ》るなほと、ぎすこゑのかぎりはわが宿《やど》になけ
よみ人しらず・古今和歌集三(夏)

五月雨に物思《(おもひ)》をれば郭公夜ふかくなきていづち行《ゆ》くらむ
紀友則・古今和歌集三(夏)

夜やくらき道やまどへるほと、ぎすわが宿《やど》をしも過《す》ぎがてになく
紀友則・古今和歌集三(夏)

来《く》べきほど時すぎぬれや待《ま》ちわびて鳴《な》くなる声《こゑ》の人をとよむる
藤原敏行・古今和歌集一〇(物名)

ほと、ぎす今朝《けさ》なく声《こゑ》におどろけばきみに別《わか》れし時にぞ有《(あり)》ける
紀貫之・古今和歌集一六(哀傷)

去年《こぞ》の夏《なつ》なきふるしてし郭公それかあらぬかこゑのかはらぬ
よみ人しらず・古今和歌集三(夏)

ほと、ぎす夢かうつ、か朝露《あさつゆ》のおきて別《わか》れし暁のこゑ
よみ人しらず・古今和歌集一三(恋三)

郭公《(ほととぎす)》かたらふ声《こゑ》をき、しより葦《あし》の篠屋《しのや》に寝《い》こそ寝《ね》られね
能因集(能因の私家集)

さ夜更《ふ》けて寝覚《ねざ》めざりせば郭公《(ほととぎす)》人づてにこそ聞くべかりけれ
壬生忠見・拾遺和歌集二(夏)

夏の夜の心を知《し》れる郭公《ほと、ぎす》はやも鳴《な》かなん明《あ》けもこそすれ
中務・拾遺和歌集二(夏)

郭公《(ほととぎす)》ひとにかたらぬをりにしも初音《はつね》きくこそかひなかりけれ
山家心中集(西行の私家集)

ほと、ぎす音羽《をとは》の山《やま》のふもとまで尋《たづ》ねし声《こゑ》をこよひ聞《き》くかな
橘成元・金葉和歌集二(夏)

ほとゝぎす声まつほどは片岡《かたをか》のもりのしづくに立《た》ちやぬれまし
紫式部・新古今和歌集三（夏）

ほとゝぎすみ山いづなる初声《はつこゑ》をいづれの宿《やど》のたれかきくらん
弁乳母・新古今和歌集三（夏）

郭公まだうちとけぬ忍《しの》び音《ね》はこぬ人をまつわれのみぞきく
白河院・新古今和歌集三（夏）

二《ふた》声ときかずはいでじ郭公《ほとゝぎす》いく夜明石《よあかし》のとまりなりとも
藤原公通・新古今和歌集三（夏）

きかずともこゝをせにせん郭公《ほとゝぎす》山田の原《はら》の杉《すぎ》のむらだち
西行・新古今和歌集三（夏）

郭公ふかき峰《みね》よりいでにけり外《と》山のすそに声のおちくる
西行・新古今和歌集三（夏）

五月雨《さみだれ》の月はつれなきみ山よりひとりもいづる郭公《ほとゝぎす》かな
藤原定家・新古今和歌集三（夏）

夏草はしげりにけれど郭公《ほとゝぎす》などわが宿《やど》に一声もせぬ
醍醐天皇・新古今和歌集三（夏）

郭公《ほととぎす》一声なきていぬる夜《よ》はいかでか人のいをやすく寝《ぬ》る
大伴家持・新古今和歌集三（夏）

一声はおもひぞあへぬ郭公《ほとゝぎす》たそかれ時の雲のまよひに
八条院高倉・新古今和歌集三（夏）

ほとゝぎす昔《むかし》をかけてしのべとや老《お》いのねざめに一声《ひとこゑ》ぞする
顕昭・新古今和歌集三（夏）

なく声《こゑ》をえやはしのばぬ郭公《ほとゝぎす》初卯《はつう》の花のかげにかくれて
柿本人麻呂・新古今和歌集三（夏）

郭公《ほとゝぎす》はなたちばなの香《か》をとめてなくは昔《むかし》の人やこひしき
よみ人しらず・新古今和歌集三（夏）

郭公《ほとゝぎす》しのぶるものを柏木《かしは》のもりても声のきこえける哉《（かな）》
馬内侍・新古今和歌集一一（恋一）

ほとゝぎすそのかみ山の旅《たび》枕ほのかたらひし空《そら》ぞ忘《わす》れぬ
式子内親王・新古今和歌集一六（雑上）

ほとゝぎす鳴《（なく）》一声も明《（あけ）》やらず猶《（なほ）》夜を残す老のねざめは
藤原為家・中院詠草

むばたまのやみのうつゝの郭公夢にまさらぬ夜半の一声
藤原為家・中院詠草

たちばなのかをれる宿の夕ぐれに二こゑなきてゆくほとゝぎす
賀茂真淵・賀茂翁家集

郭公なく一声にあくるよも老《おい》はいくたびね覚《ざめ》しつらん
小沢蘆庵・六帖詠草

山ふかく尋《たづね》もすべき時鳥人づてにやはきゝてかへらむ
小沢蘆庵・六帖詠草

舟とめていづくときけば磯山の松の梢になくほとゝぎす
小沢蘆庵・六帖詠草

ほとゝぎすやよひくはゝる年なれば卯月《うづき》もおのがさつきとや鳴《なく》
小沢蘆庵・六帖詠草

夏山を越えて鳴くなるほととぎす声のはるけきこのゆふべかな
大愚良寛・良寛歌評釈

青山の木《こ》ぬれたちくき時鳥《ほととぎす》鳴く声聞けば春は過ぎけり
大愚良寛・良寛歌評釈

ほと、ぎすなくねほのかに聞ゆなり遠里《とほざと》をの、松の村立《むらだち》
香川景樹・桂園一枝

こ、にてとおもひてこしを影もなし山河のみのほと、ぎすかな
大隈言道・草径集

やみなれどゆくへさだかに時鳥とほざかりゆくこゑの一すぢ
大隈言道・草径集

世の上のさがなきことを外《よそ》にして杜鵑のみ聞くには如かじ
与謝野礼厳・礼厳法師歌集

我宿を訪ふ人もかな子規独り聴く夜は惜しみこそ聴け
天田愚庵・愚庵和歌

いづかたに早く聞くらむほと、ぎす日暮の里こまごめの里
落合直文・国文学

杜鵑鳴くや五月の鎌倉に蒙古の使者を斬りし時はも
伊藤左千夫・伊藤左千夫全短歌

郭公鳴く方見ればこもりくの二十日の月い野を出にけり
伊藤左千夫・伊藤左千夫全短歌

妹と吾二人なみ居てあくまでに今宵ハきかん鳴け郭公
伊藤左千夫・伊藤左千夫全短歌

をきそちののほりきはまる藪原に青葉にやとり鳴く郭公
伊藤左千夫・伊藤左千夫全短歌

時鳥《ほとゝぎす》鳴きて谷中《やなか》や過ぎぬらし根岸の里にむら雨《さめ》ぞふる
正岡子規・子規歌集

我《われ》病みていの寐《ね》らえぬにほとゝぎす鳴きて過ぎぬか声遠くとも
正岡子規・子規歌集

竜岡《たつをか》に家居る人はほととぎす聞きつといふに我は聞かぬに
正岡子規・子規歌集

ほととぎすつくれる鳥は目に飽けどまことの声は耳に飽かぬかも
正岡子規・子規歌集

逆剥《さかはぎ》に剥《は》ぎてつくれるほととぎす生けるが如し一声《ひとこゑ》もがも
正岡子規・子規歌集

世になべてもらせしものを郭公われにはをしむ初音なるらん
樋口一葉・緑雨筆録「一葉歌集」

ほと、ぎす思はぬ夜半の一声は待ちてきくより嬉しかりけり
樋口一葉・緑雨筆録「一葉歌集」

思ひ寝のゆめかとぞおもふほと、ぎすまちつかれたる夜半の一こゑ
樋口一葉・緑雨筆録「一葉歌集」

しばのとのあけくれなれてきく頃はほと、ぎすともいふ人のなき
樋口一葉・緑雨筆録「一葉歌集」

ほととぎす、都にくだる、一こゑは、月ながらふる、村雨の空。
与謝野寛・東西南北

時鳥夜啼きせざるは五月雨のふりつぐ山の寒きにやあらむ
島木赤彦・太虚集

ほととぎす嵯峨《さが》へは一里京へ三里水の清滝《きよたき》夜の明けやすき
与謝野晶子・乱れ髪

ほととぎす聴《き》きたまひしか聴かざりき水のおとするよき寐覚《ねざめ》かな
与謝野晶子・恋ごろも

ほととぎす、けぢかくもまたふと遠く、山に酔ひたるうつけごころに

ほととぎす／けし［北斎叢画花鳥画譜］

ほととぎす来なくさつきやいよよわが終焉の日のちかづきぬらし　岡稲里・朝夕

わがいのち空にみちゆき傾きぬあなはるかなりほととぎす啼く　田波御白・御白遺稿

ほととぎすしきりに啼きて空青しこころ冷えたる真昼なるかな　若山牧水・独り歌へる

新らしき野菜畑のほととぎす背広着て啼け雨の霽《は》れ間《ま》を　若山牧水・砂丘

あかつきのしばしはいつも山の火の空に見わかずほととぎす鳴く　北原白秋・桐の花

餌《ゑ》にもつかず啼死《なきじに》に死にし杜鵑《ほととぎす》の話をきけばわれも残虐か　土岐善麿・はつ恋

青梅は音して落ちぬほと、ぎす聴くと立つなる二人の影に　土岐善麿・六月

雨ぞらをほととぎす啼《な》き声落つる行手の小野を人は急ぐも　石川啄木・明星

杜鵑《ほととぎす》草黄なるを見れば物干に時雨の雨はぬれつつぞ降る　橋田東声・地懐

つゆ時の何か含めるさび持ちてほととぎす啼く森のおくがに　土屋文明・山谷集

浜松の名にやこたへし郭公《（ほととぎす）》　三条西実隆・再昌草

郭公《（ほととぎす）》鳴《な》くね比《（ころ）》なるみ山かな　三条西実隆・再昌草

秘密する声や真言《しんごん》郭公　貞徳・犬子集

鳥籠《とりかご》の憂目見《うきめみ》つらん郭公《ほととぎす》　季吟・あら野

子規《ほととぎす》田中の藪《やぶ》や足がゝり　猿雖・続有磯海
郭公《ほととぎす》まねくか麦のむら尾花　芭蕉・おくれ双六
田や麦や中にも夏のほとゝぎす　芭蕉・雪満呂気
時鳥《ほととぎす》うらみの瀧のうら表　芭蕉・雪満呂気
ほとゝぎす消行方《きえゆくかた》や嶋一ツ　芭蕉・笈の小文
京にても京なつかしやほとゝぎす　芭蕉・をのが光
ほとゝぎす西行《さいぎやう》ならば歌《うた》よまん　荷兮・春の日
郭公《ほととぎす》背中見てやる麓《ふもと》かな　曲翠・花摘
ほとゝぎす滝よりかみのわたりかな　丈草・猿蓑
ほとゝぎす啼《なく》や湖水《こすい》のさゝ濁《にごり》　丈草・続猿蓑
蜀魄《ほととぎすなか》啼ぬ夜《よ》しろし朝熊山《あさまやま》　支考・続猿蓑
時鳥《ほととぎす》笹《ささ》のそよぎや声のあと　卯七・小柑子
便《たより》せぬ旅や死出路《しでぢ》のほとゝぎす　桃妖・つゆのゝち
ほとゝぎす猪牙《ちよき》の布団《ふとん》の朝じめり　抱一・屠竜之技
説教にけがれた耳を時鳥《ほととぎす》　正岡子規・子規句集
時鳥《ほととぎす》辞世の一句なかりしや　正岡子規・子規句集
湖や湯元へ三里時鳥　夏目漱石・漱石全集
空高く山やゝ青きほとゝぎす　幸田露伴・蝸牛庵句集
時鳥城に五更の鼓を鳴らす　巌谷小波・さゞら波
水晶《すゐしやう》を夜切《よるき》る谷《たに》や時鳥《ほとゝぎす》　泉鏡花・鏡花句集
白山《はくさん》のそのしのゝめやほとゝぎす　泉鏡花・鏡花句集
大富士の稜線の野や時鳥　渡辺水巴・富士
落葉松や雌がこたへし時鳥　渡辺水巴・富士
時鳥女はものゝ文秘めて　長谷川かな女・龍膽
よぢ登る上宮道のほとゝぎす　杉田久女・杉田久女句集
時鳥《ほととぎす》山桑摘《つ》めば朝焼くる　芥川龍之介・我鬼窟句抄
青き霧まぶたにすがし時鳥　水原秋桜子・古鏡
時鳥その垣に鳴き家かたぶく　水原秋桜子・古鏡
蝮出てさけびつゞけぬ時鳥　水原秋桜子・殉教
ほとゝぎす叫びをおのが在処《ありど》とす　橋本多佳子・命終
ほとゝぎす二児の父なる暁《あけ》を啼く　中村草田男・火の鳥
ほとゝぎす砲音谷の如くなり　加藤楸邨・雪後の天
ほととぎす髪まだ黒き峠越え　野澤節子・八朶集

ほととぎすのおとしぶみ【時鳥・不如帰・杜鵑・子規―の落し文】

オトシブミ科の甲虫が巻き込んだ栗、楢、樺などの葉が地上に落ちているものを、時鳥の置いた落し文だとしゃれている呼び名である。⇩落し文（おとしぶみ）［夏］

ほや【海鞘・老海鼠】

原索動物ホヤ綱に属する動物の総称。浅海の岩礁に着生して生息する。体長約一五センチ。体は卵形、外皮はイボ状で淡赤色。単体のものと群生するものがある。厚い被嚢で覆われ、上端に入水孔と出水孔があり、海水を取り入れプランクトンを食べる。酢の物などとして食用となる。［同義］保夜（ほや）。［同種］真海鞘（まぼや）、白海鞘（しろぼや）、赤海鞘（あかぼや）、黒海鞘（くろぼや）、烏海鞘（からすぼや）。

ほや
［日本重要水産動植物之図］

§

ホヤの殻《から》或は見むと橋わたる豊明《とよあか》る我が面《おもて》に向く人もなく　土屋文明・青南集

「ま」

まあじ【真鰺】

アジ科の海水魚。日本各地で通年漁獲されるが、旬は夏である。群れをなす温暖性の回遊魚で、春から夏に北上し、秋から冬に南下する。最も普通に見られるアジのため、単に「鯵」といわれる。体は紡錘形で体長約四〇センチ。背面は暗青色、腹面は銀白色。体側中央に硬い棘のある鱗がある。海釣りの対象魚。［同義］めだま〈東京〉、のどくろ〈神奈川〉。⇩鯵（あじ）［夏］

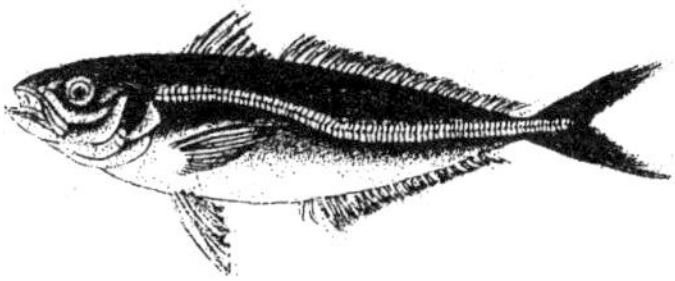
まあじ［日本重要水産動植物之図］

まあなご【真穴子】

アナゴ科の海水魚。一般に「穴子」とよばれる。日本全土に分布し、内湾の砂泥底の穴や海藻中に生息する。体長九〇～一〇〇センチ。体は鰻に似て細長い円筒形。背面は灰白色、腹面は銀白色。側面に二列に白色の小孔が並ぶ。夜間に活動し、小魚や甲殻類などを捕食する。上等な食用魚。夜釣りの対象魚。［和名由来］海底の穴に生息することから「穴魚」の意。「マ（真）」は同類の代表を表す。［同義］はも〈北海道・東北・山陰〉、はかりめ〈東京・神奈川〉、はむ〈富山〉、めばち〈高知〉。⇩穴子（あなご）［夏］

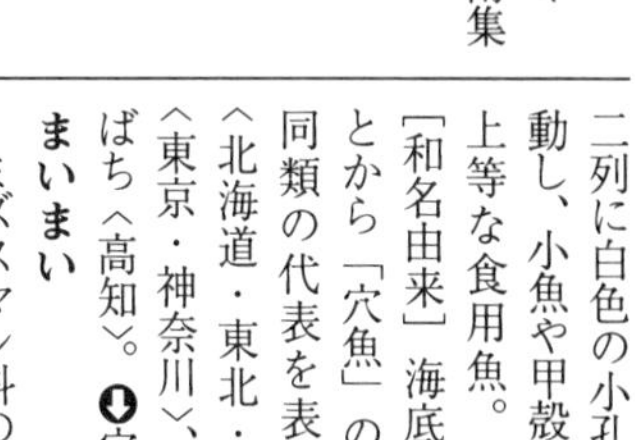
まあなご［日本重要水産動植物之図］

まいまい

ミズスマシ科の甲虫、水澄の別称。⇩水澄（みずすまし）［夏］

§

曇《くもり》映る川に水馬《まひまひ》のしづかなる群りざまを見て帰りきぬ　宮柊二・日本挽歌

まひまひのきりきり澄ます堰口かな　村上鬼城・鬼城句集

まひまひは水に数かくたぐひ哉　正岡子規・子規句集

まひ〳〵の水輪に鐘の響きかな　川端茅舎・定本川端茅舎句集

まひ〳〵や雨後の円光とりもどし　川端茅舎・定本川端茅舎句集

流れ入るや清水鼓虫《まひまひ》よりも舞ふ　中村草田男・母郷行

まくなぎ

「まくなき」ともいう。ヌカカ科の微小昆虫をいう。⇩糠蚊（ぬかか）［夏］

§

蠛蠓《まぐなぎ》や土塀崩れて棕櫚くらき　幸田露伴・蝸牛庵句集

まくなぎや海水浴の仮の宿　松瀬青々・妻木
蠛蠓や海への露路の大曲り　加藤楸邨・雪後の天
蠛蠓や夕焼のこす下駄さげて　加藤楸邨・野哭

まごたろうむし【孫太郎虫】

ヘビトンボ科の昆虫の総称である蛇蜻蛉（へびとんぼ）の幼虫。体長約四～六センチ。やや偏平な円柱形。全体に黒褐色で、三対の胸脚と一対の尻尾をもつ。鎌形の大きな顎で小虫を捕食する。往時、子供の疳の薬として売られていた。

§

まつけむし【松毛虫】

カレハガ科の蛾である松枯葉（まつかれは）の幼虫。松の葉を食害する大きな毛虫である。⇩毛虫（けむし）［夏］

§

松毛虫《まつけむし》はやしを山をくひ進むおと海鳴ときこえしといふ　土岐善麿・六月

まつもむし【松藻虫】

マツモムシ科の水生昆虫。日本全土に分布し、池や沼に生息する。体長一・五センチ内外。腹部を上にして泳ぐ。体は黒色で黄褐色の斑紋がある。稚魚などを捕食する。

まみじろ【眉白】

ヒタキ科の小鳥。夏、北海道、本州の山林で繁殖し、冬、南方に渡る。翼長約一二センチ。雄は全身が黒色。白色の眉斑がある。雌は背部が茶褐色で、腹部は白色。眉斑は黄褐色である。

まむし【蝮】

クサリヘビ科の毒蛇。体長六〇センチ内外。頭は三角形で頸は細い。背部は赤褐色で黒褐色の銭形の斑紋がある。黒焼、蝮酒として強壮の薬用になる。［同義］くちばみ、はみ、たちひ。⇩蛇（へび）［夏］

§

曇天や蝮《まむし》生きをる罎《びん》の中　芥川龍之介・澄江堂句抄
蝮獲て出羽の人々言楽し　水原秋桜子・殉教
僧を訪ふ蝮も出でん夕涼に　中村草田男・火の鳥

まめまわし【豆回・豆廻】

斑鳩の別称。木の実や豆などを口に含んでくるくると回しながら割って食べるところからの呼び名である。⇩斑鳩（いかる）［夏］

§

豆廻し廻しに出たる日向かな　支考・韻塞

まゆ【繭】

季語としては蚕の繭をいう。蚕蛾（かいこが）の孵化後の幼虫が蚕であり、脱皮しながら盛んに桑を食べる。成長し、絹糸腺が発達すると、絹糸を吐き、繭をつくって蛹となる。これが羽化すると蚕蛾となるが、生糸を取るためには乾燥させて蛹を殺し、繭を煮るという作業が六月下旬頃に行われる。⇩蚕の上簇（かいこのあがり）［夏］、蚕繭（かいこまゆ）［夏］、屑繭（くずまゆ）［夏］、樟蚕（くすさん）［夏］、蚕蛾（さんが）［夏］、蚕

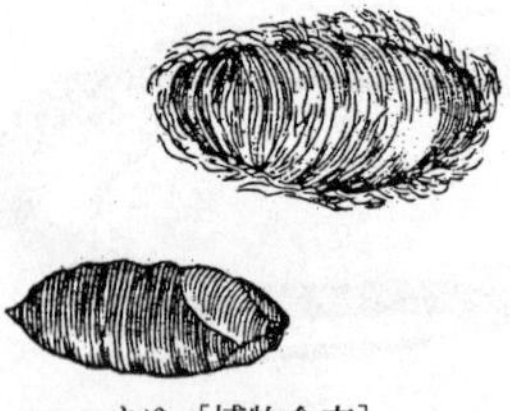

まゆ［博物全志］

（かいこ）［春］、山繭（やままゆ）［夏］、秋繭（あきまゆ）［秋］

§

たらちねの母が養《か》ふ蚕《こ》の繭隠《まよごも》りいぶせくもあるか妹《いも》に逢はずして　作者不詳・万葉集一二

筑波嶺《つくはね》の新桑繭《にひぐはまよ》の衣《きぬ》はあれど君が御衣《みけし》しあやに着欲《きほ》しも　作者不詳・万葉集一四

残されしまぶしかくれの繭《まゆ》黄也　石橋忍月・忍月俳句抄

繭売つてこまぐ〳〵の負債すませけり　西山泊雲・泊雲

山の奥から繭負うて来た　種田山頭火・草木塔

繭を煮る工女美しやぶにらみ　杉田久女・杉田久女句集

まゆのちょう【繭の蝶】

蚕蛾の別称。⇩蚕蛾（さんが）［夏］

「み」

みずがい【水貝・水介】

新鮮な鮑を塩もみして犀の目に切り、冷水に浸し、胡瓜や果物、氷片などをあしらった料理。山葵醤油や生姜酢などで食べる。［同義］生貝（なまがい）。⇩鮑（あわび）［夏］

みずこいどり【水恋鳥・水乞鳥】

カワセミ科の赤翡翠の別称。雨が降り出しそうなときに「キョロロ・キョロロ」と鳴くことからの呼び名である。⇩赤魚狗（あかしょうびん）［夏］

§

夏《なつ》の日《ひ》の燃《も》ゆるわが身《み》のわびしさに水乞鳥《みづこひどり》の音《ね》をのみぞなく　伊勢集（伊勢の私家集）

山ざとは谷《たに》の筧《かけひ》のたへ（え）だへに水恋鳥《どり》のこゑきこゆなり　山家心中集（西行の私家集）

みずすまし【水澄・豉虫】

①ミズスマシ科の甲虫。池沼・小川に生息し、水上を旋回する習性がある。体長五～一〇ミリ。体は紡錘形で背面が隆起し、光沢のある黒色。眼は背と腹にあり、空中と水中を別々に見ることができる。「みずすまし」を、アメンボ科の水黽（あめんぼ）と混同して詠まれることが多いが、別種。［同義］舞舞虫（まいまいむし）、渦虫（うずむし）、かいもちかき。②「水馬」とも書き、水黽のことをいう。例歌・例句は①②の区別なく、「みずすまし」の表現がなされているものを収録している。⇩水黽（あめんぼ）［夏］、まいまい［夏］

§

樹洩《きも》れ日《び》のにじむ野川《のがは》の豉虫《みづすまし》すいとまはればゆらぐ藻《も》の花《はな》　佐佐木信綱・新月

ああ水馬君が落せる髪針《ヘヤピン》のくるめきなせば水面《みのも》せつなき　北原白秋・桐の花

水馬かさなり合うて流れけり　内藤鳴雪・鳴雪句集

水泡を跳り越えけり水馬　村上鬼城・鬼城句集

夕暮の小雨に似たり水すまし　　正岡子規・子規句集
蘆の間の水泡《みなわ》につくや水馬《みづすまし》　　河東碧梧桐・碧梧桐句集
簀《す》の中のゆるき流れや水馬《みずすまし》　　河東碧梧桐・碧梧桐句集
松風に騒ぎとぶなり水馬《みずすまし》　　高浜虚子・五百句
魚鼈《ぎよべつ》居る水を踏まへて水馬《みずすまし》　　高浜虚子・五百句
山裂けて成しける池や水すまし　　寺田寅彦・寅日子句集
　惜別
水馬ひよん〳〵はねて別れけり　　大須賀乙字・乙字俳句集
寂寞と雨を催す水馬　　高田蝶衣・青垣山
一つ来て三つになりぬ水馬　　原石鼎・花影
打ちあけしあとの淋しさ水馬　　阿部みどり女・笹鳴
暮がての光りに増えし水馬　　阿部みどり女・陽炎
水馬ひよいとこまひまひまひ〳〵こ　　宮林菫哉・冬の土
曇天や水馬の水輪たゞ消ゆる　　島村元・島村元句集
野川溢れて夕栄すなり水馬　　水原秋桜子・葛飾
水馬青天井をりん〳〵と　　川端茅舎・定本川端茅舎句集
水馬大法輪を転じけり　　川端茅舎・定本川端茅舎句集
水馬水輪ばかりや松のかげ　　星野立子・鎌倉
輝ける水面《みのも》踏まへて水馬《みづすまし》　　星野立子・星野立子集

みずどりのす【水鳥の巣】

鴨、鴛鴦（おしどり）、鳰などの水鳥がつくる巣。夏、水鳥の多くは葦や蒲、菰などが繁茂する水辺に巣をつくり、産卵し雛を育てる。➡浮巣（うきす）［夏］、鳰の浮巣（におのうきす）［夏］、鴨の巣（かものす）［夏］、水鳥（みずどり）［冬］、鳥の巣（とりのす）［春］

鴨の巣や鯛うく比の堂が浦　　才麿・墨吉物語
　青流亭興行　§

みずなぎどり【水凪鳥・水薙鳥】

ミズナギドリ科の海鳥の総称。繁殖期以外は暖帯海洋上にすむ魚群を追うため、漁獲の目安となる。日本でいちばんよく見るのは大水薙鳥（おおみずなぎどり）で、翼長約三〇センチ。先の曲がった嘴で魚を捕食する。上部は灰黒色、下部は淡灰色。日本近海の孤島の島崖に穴を掘り、産卵する。

みぞごい【溝五位】

サギ科の鳥。夏鳥として本州で繁殖し、冬、南方に渡る。山間の渓流付近に単独で生息する。体長約五〇センチ。頭頂は赤褐色、背部は濃赤栗色で黒色の横斑がある。腹部は淡黄色。夏の繁殖期には「ウォー・ウォー」と呻くような声で鳴く。

みみず【蚯蚓】

ミミズ類に属する環形動物の総称。体は円筒形で多数の体節がある。体長一〇～四〇センチ。体色は暗赤茶色。雌雄同体。土中に生息し、腐葉土の中の植物質を養分にする。［同義］土龍子（みみず）、赤竜（せきりゅう）。［同種］縞蚯蚓（しまみみず）、糸蚯蚓（いとみみず）。➡蚯蚓出づ（みみずいづ）［夏］、蚯蚓鳴く

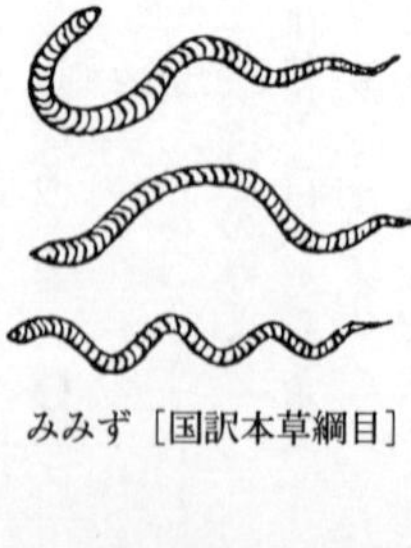
みみず［国訳本草綱目］

（みみずなく）［秋］

大《おほ》きなる蚯蚓《みみず》におどろき、鍬《すき》を投《な》げぬ。わけもなくただ土《つち》を掘《ほ》りしが。　土岐善麿・黄昏に

§

解剖《ふわけ》せし　蚯蚓《みみづ》のいのちもかなしかり　かの校庭《かうてい》の木柵《もくさく》の下《もと》　石川啄木・一握の砂

小蟻どもあかき蚯蚓《みみづ》のなきがらを日に二尺ほど曳《ひ》きて日暮れぬ　石川啄木・明星

コンクリートの白き舗道に梅雨止みをいでし無数のみみず今朝這ふ　宮柊二・忘瓦亭の歌

五月雨《さみだれ》や蚓《みみず》の潜《くぐ》ル鍋《なべ》の底《そこ》　嵐雪・陸奥衛

死《しに》に出《で》て先《まづ》六月の蚓《みみず》かな　怒風・けふの昔

みちのくの蚯蚓短かし山坂勝ち　中村草田男・来し方行方

みみずもいろ土の愉しき朝ぐもり　柴田白葉女・岬の日

みみずいづ【蚯蚓出づ】

二十四節気七十二候の一。四月節の第二候である。およそ新暦五月中旬頃にあたる。蚯蚓が地上を這っているのを見かける頃である。⬇蚯蚓（みみず）［夏］

みやまちょう【深山蝶】

高山蝶の意。季語として、夏の登山で目にするような、高山に生息する蝶類をいう。［同義］高峰蝶（たかみねちょう）。⬇蝶（ちょう）［春］

みんみんぜみ【みんみん蟬】

セミ科の昆虫。日本全土に分布。体長約三・五センチ。体は黒色で緑色の斑紋がある。翅は透明で緑色の翅脈がある。盛夏に「ミーンミーン」と繰り返し鳴く。［同義］みんみん。⬇蟬（せみ）［夏］

§

ひとしきり日のかげ鈍る朝の曇りみんみん蟬の声限り鳴く　三ケ島葭子・定本三ケ島葭子全歌集

この深き靄晴れたらば暑からんあしたゆゆしきみんみんの声　三ケ島葭子・定本三ケ島葭子全歌集

みんみんの鳴けばさびしもわが心きき入りにつつ昔おもほゆ　三ケ島葭子・定本三ケ島葭子全歌集

みん〳〵の啼きやまぬなり雨の信濃　石田波郷・風切

雨つのるみん〳〵啼けよ千曲川　石田波郷・風切

「む～め」

むかしとんぼ【昔蜻蛉】

ムカシトンボ科の昆虫。日本特産の原始的な蜻蛉。生きている化石といわれる。腹長約四センチ。体は黒地に黄色の斑がある。五月頃に成虫となる。⬇蜻蛉（とんぼ）［秋］

むかで【蜈蚣・百足虫】

ムカデ綱のうちゲジ類を除いた節足動物の総称。落葉や石

下などに生息する。体は扁平で頭と胴からなり、多数の環節がある。体長が三〇センチに達するものがある。頭部に一対の触角と大顎をもち、種類によって異なるが二〇対ほどの脚をもつ。第一対の鉤形の脚で毒液を注射し、小昆虫を捕食する。多聞天の使いとされる。俵藤太秀郷の大蜈蚣退治の伝説がある。[同種]赤蜈蚣（あかむかで）、赤頭蜈蚣（あかずむかで）、青頭蜈蚣（あおずむかで）、鳶頭蜈蚣（とびずむかで）。⇩蚰蜒（げじ）[夏]

§

うちひさす都びとよりよしとして深山百足《みやまむかで》に親しみにけり　吉井勇・人間経

百足《むかで》の懼《おそ》る薬《くすり》たきけり　野水・あら野員外

月涼し百足の落る枕もと　之道・藤の実

鶏の二振り三振り百足かな　村上鬼城・鬼城句集

蜈蚣《むかで》ゐてわが庭ながら恐ろしき　高浜虚子・七百五十句

百足虫《むかで》の頭《づ》くだきし鋏まだ手にす　橋本多佳子・海彦

小むかでを搏つたる朱《あけ》の枕かな　日野草城・花氷

むぎうずら【麦鶉】

春の五～八月頃、成長した麦畑の中に巣を作り、雛を育てる鶉をいう。⇩鶉（うずら）[秋]、合生（あいふ）[夏]

§

麦深き径横ぎる鶉かな　沾徳・沾徳句集

麦《むぎ》の穂《ほ》やあびきの汐《しほ》による鶉《うづら》　野坡・菊の道

砂ふるへあさまの砂を麦うづら　白雄・白雄句集

むぎわらだい【麦藁鯛】

瀬戸内海で、六月頃、産卵を終え、外洋に戻る鯛をいう。この時期は麦の収穫の時期にあたるところからの呼び名。⇩鯛（たい）[四季]

むぎわらだこ【麦藁蛸】

六月頃の蛸で、味が良いという。この時期は麦の収穫の時期にあたるところからの呼び名。⇩蛸（たこ）[夏]

むぎわらはぜ【麦藁鯊】

六～七月の鯊。大物が釣れるという。この時期は麦の収穫の時期にあたるところからの呼び名。⇩鯊（はぜ）[秋]

むささび【鼯鼠】

ネズミ目リス科の哺乳類。本州以南に分布し、樹木の空洞などに生息する。肢の間にある皮膜を使い、木から木へ滑空する。体長

むささび［訓蒙図彙］

むささび［北斎画］

約四〇センチ。体は栗鼠（りす）に似る。尾は円柱形。夜行性で、夜に若葉を食べる。［同義］野衾、尾被（おかづき）。⇩野衾（のぶすま）［夏］

§

鼯鼠《むささび》は木末《こぬれ》求むとあしひきの山の猟夫《さつを》にあひにけるかも
志貴皇子・万葉集三

大夫《ますらを》の高円山《たかまとやま》に迫《せ》めたれば里《さと》に下《お》りける鼯鼠《むざさび》そこれ
大伴坂上郎女・万葉集六

三国山木末《こぬれ》に住まふ鼯鼠《むささび》の鳥待つが如《ごと》われ待ち痩《や》せむ
作者不詳・万葉集七

わが山の谷間の花の薄明《うすあか》り雨夜《あまよ》の月にむささびの啼く
与謝野礼厳・礼厳法師歌集

鼯鼠《むささび》の巣ありとわれをあざむきて山に誘ひしかの少女《をとめ》はも
吉井勇・昨日まで

人住まずなりて久しきわが庵は鼯鼠《むささび》の巣となりにけらしも
吉井勇・天彦

大松の木ぬれに夜風どよむ時むささび啼けり竹林院《ちくりんゐん》の庭
中村憲吉・軽雷集

夜の山に鼯《むささび》啼けり錫杖《しやくぢやう》を留《とど》めて我れは聞きにけるかも
中村憲吉・軽雷集

むささびの翔《と》ぶといふなる古杉の繁き露滴《しづく》は芝を枯らしむ
宮柊二・独石馬

むしかがり【虫篝】

夏、作物や果樹に食害を与える害虫を誘い寄せ、焼き殺すための篝火。⇩夏の虫（なつのむし）［夏］

むしはらい【虫払】

夏の土用の頃、書籍や衣類などを日に干し、また風にさらして虫や黴を防ぐこと。［同義］虫干、土用干（どようぼし）。⇩虫干（むしぼし）［夏］

むしぼし【虫干】

夏の土用の頃、書籍や衣類を日に干し、また風にさらして虫や黴を防ぐこと。［同義］虫払（むしはらい）、土用干（どようぼし）。⇩紙魚（しみ）［夏］、虫（むし）［秋］

§

虫干《むしぼし》や甥《をひ》の僧訪《と》ふ東大寺《とうだいじ》
蕪村・蕪村句集

虫干《むしぼし》や朱の色あせし節はかせ
森鷗外・うた日記

虫干やけふは俳書の家集の部
正岡子規・子規句集

虫干やつなぎ合はせし紐の数
杉田久女・杉田久女句集

むろあじ【室鰺】

アジ科の海水魚。本州中部以南の暖海に群生する。体長二五〜四五センチ。丸みのある筒形で、背びれと臀びれの後方に離れたひれをもつ。背面は青緑色、腹面は銀白色。真鯵に似るが、側線の稜鱗が後半部にのみある。多くは「くさや」などの干物や練り製品となる。［同義］あかぜ。⇩鯵（あじ）［夏］

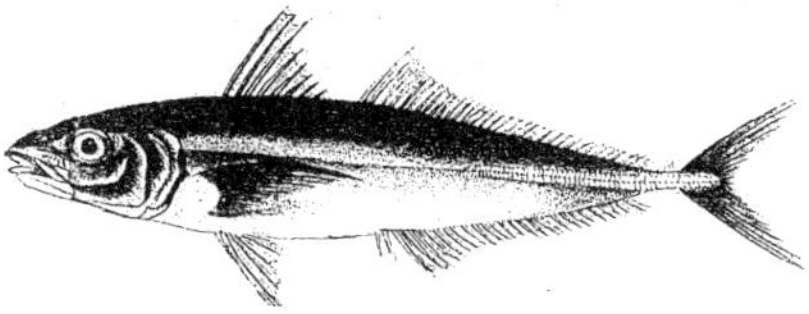

むろあじ［日本重要水産動植物之図］

めじろ【目白・眼白・繍眼児】

メジロ科の小鳥。日本全土に分布し、低地の林に群生する。翼長約六センチ。背部は緑色で腹部にかけて黄白色となる。目の周囲は白色で絹糸様の光沢がある。小昆虫や木の実、椿などの花蜜を好んで食べる。木の枝に何羽もの目白がに押し合い、密着して止まるため、「目白押し」の言葉がある。「ツツチーチー・ツツチーチー」と美声で鳴く。籠鳥として飼育される。［同義］おかまのとり〈千葉〉、はなすい〈鹿児島〉。
［漢名］繍眼児。

§

北の風かすかに吹きて椿の葉枇杷の葉光り繍眼児《めじろ》よく啼く
　若山牧水・山桜の歌

めじろ［写生四十八鷹画帖］

島山に日がさす朝や姥芽樫《うばめがし》をしきりに潜《くぐ》る目白鳥《めじろどり》のこゑ
　中村憲吉・軽雷集

眼白籠抱いて裏山ありきけり　内藤鳴雪・鳴雪句集

三井寺の門にかけたり眼白籠　松瀬青々・妻木

一寸留守目白落しに行かれけん　高浜虚子・定本虚子全集

杉垣《すぎがき》に眼白《めじろ》飼ふ家を覗《のぞ》きけり　寺田寅彦・寅日子句集

目白きき日曜の朝は床にゐむ　加藤楸邨・寒雷

めだか【目高】

メダカ科の淡水魚。本州以南に分布し、湖沼や池、小川などに群生する。日本の淡水魚のうち最小のもの。体長三〜四センチ。目は大きく体は側扁する。背面は淡褐色で、背中線に暗色の縦線がある。腹面は白色。雑食性で藻類や孑孑（ぼうふら）、微塵子（みじんこ）などを食べる。［和名由来］目が大きく特徴があるところから。［同種］緋目高、白目高（しろめだか）。➡緋目高（ひめだか）［夏］

§

小鮒《こぶな》取る童《わらは》べ去りて門川《かどかは》の河骨《かうほね》の花に目高《めだか》群れつつ
　正岡子規・子規歌集

崖下《がけした》の砂利《ざり》の崩《くづ》れの浅間《あさま》には目高《めだか》が浮《う》きて群《む》れ遊《あそ》び居《を》り
　土屋文明・ふゆくさ

菱の中に日向ありけり目高浮く　村上鬼城・鬼城句集

たそがれの細水のぼる目高かな　原石鼎・花影

めじろ／しらうめ［北斎叢画花鳥画譜］

「や」

やご【水蠆】

蜻蛉の類の幼虫。水中にすみ、孑孑や蝌蚪などを捕食する。脱皮をくり返した後、陸に上がって最後の脱皮を行い、成虫になる。［同義］太鼓虫（たいこむし）、やまめ。⬇蜻蛉生る（とんぼうまる）［夏］、蜻蛉（とんぼ）［秋］

やこうちゅう【夜光虫】

ヤコウチュウ科の原生動物。球状で直径一～二ミリ。長い一本の触手をもち、海水中に浮遊する。夜間、波などの刺激で発光する。異常増殖すると赤潮の原因となる。夜、船の水尾や水面に星のような青色の光を放ち、幻想的な景観となる。

§

わだつみは真夜の闇なる夜光虫　鈴木花蓑・鈴木花蓑句集
大島の港はくらし夜光虫　杉田久女・杉田久女句集
夜光虫古鏡の如く漂へる　杉田久女・杉田久女句集
かゝり船見ゆる真闇や夜光虫　水原秋桜子・葛飾
夜光蟲闇より径があらはれ来　加藤楸邨・雪後の天

やすで【馬陸】

ヤスデ綱に属する節足動物の総称。落葉や石の下などに生息する。体は円筒状で体長二～四センチ。一対の触角と各体節に二対の歩脚がある。外敵など物に触れると巻曲して丸くなり臭気を放つ。[同義] 臭虫（くさむし）、円座虫（えんざむし）、銭虫（ぜにむし）、筬虫（おさむし）、雨彦（あまびこ）。[同種] 赤馬陸（あかやすで）、白馬陸（しろやすで）、鳶馬陸（とびやすで）、球馬陸（たまやすで）。

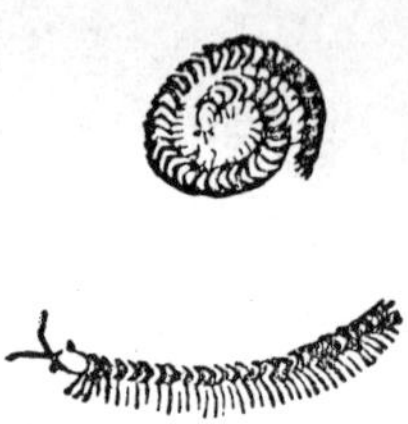
やすで［国訳本草綱目］

やな【魚梁・簗】

川で魚を捕らえる漁具。川を堰き止め、一部を開けて竹で編んだ簀を張り、魚を捕獲する。

やぶか【藪蚊・豹脚蚊】

縞蚊のこと。➡縞蚊（しまか）[夏]、蚊（か）[夏]

§

桜迄《まで》悪く云はする藪《やぶ》蚊哉　一茶・おらが春

老僧の骨刺しに来る藪蚊《やぶか》かな　高浜虚子・五百句

一人つめたくいつまで藪蚊出る事か　尾崎放哉・須磨寺にて

やぶさめ【藪雨】

ヒタキ科の小鳥。夏鳥として北海道・本州で繁殖し、冬、南方に渡る。体長約一〇センチ。背部は暗褐色、胸・腹部は淡黄色。「ジージー」または「シシシ…」と虫のような声で鳴く。[同義] しおさざい、変り鶯（かわりうぐいす）。

やまあり【山蟻】

ヤマアリ亜科の蟻の総称。日本全土に分布し、山地に生息する中形の蟻。体長五～九センチ。[同種] 黒山蟻（くろやまあり）。➡蟻（あり）[夏]

§

山蟻《やまあり》の覆道造《ふくだうつく》る牡丹哉　蕪村・新花摘

山蟻《やまあり》のあからさまなり白牡丹《はくぼたん》　蕪村・新花摘

やまかがし【山楝蛇・赤楝蛇】

ヤマカガシ科の蛇。本州以南に分布。体長一～一・五メートル。背部はオリーブ色で黒色の斑紋が多い。体側には赤色の斑紋がある。[同義] 錦蛇（にしきへび）。➡蛇（へび）[夏]

§

赤楝蛇《やまかがし》みづをわたれるときのまはものより逃《に》げむさまならなくに　斎藤茂吉・石泉

青苔《あをごけ》の庭《には》の日《ひ》ざしに赤楝蛇《やまかがし》いでて舌《した》はく昼《ひる》すぎにけり　土屋文明・ふゆくさ

やまがに【山蟹】

山間の渓流などに生息する沢蟹などの蟹。➡沢蟹（さわがに）[夏]、蟹（かに）[夏]

§

夕立晴れるより山蟹の出てきてあそぶ　種田山頭火・草木塔

山蟹のさばしる赤さ見たりけり　加藤楸邨・穂高

やまがら【山雀】

シジュウカラ科の小鳥。大きさは雀大。日本全土に分布し、山地の林に生息する。翼長約八センチ。頭頂と喉は黒色。額と顔は黄白色。背上部と胸・腹部は茶褐色。翼と尾羽は青灰色。籠鳥として愛玩される。「ツーツーチー」と鳴く。また、さまざまな芸を覚え、往時は、「山雀芝居（やまがらしばい）」として見世物となった。通年見かける鳥だが、囀りをもって夏の季語とする。［同義］山辛・山陵・山柄（やまがら）、やまがらめ、山陵鳥（さんりょうちょう）。

§

やまがら
［頭書増補訓蒙図彙大成］

やまがら［景年画譜］

山がらと雀と二つ今一つ何鳥なれか竹くゞりをる　橘曙覧・春明艸

かや山の夕日なゝめに影おちてほじろ山がら空にむれたつ　佐佐木信綱・思草

山雀の水はありやのたゆたひに雲のゆくへを見失ひつる　服部躬治・迦具土

むら立ちの異木《ことき》に行かず山雀《やまがら》は松の梢にひもすがら啼く　若山牧水・砂丘

山雀《やまがら》の笠に縫《ぬふ》べき草もなし　嵐蘭・俳諧深川

山雀籠《やまがらかご》のかゝる折釘《をれくぎ》　曲翠・俳諧深川

山雀の寐た形《ナリ》見せよ夕日影　野水・彼此集

山雀の戸にも窓にも楢柏　其角・五元集拾遺

山雀の我棚吊るか釘の音　支考・草苅笛

山雀の啼くとき庭を山路かな　支考・国の華

山雀や椢の老木に寐に戻る　蕪村・蕪村句集

山雀《（やまがら）》の輪抜《（わぬけ）》しながらわたりけり　一茶・おらが春

山雀に小さき鐘のかゝりけり　高浜虚子・定本虚子全集

山雀の山を出でたる日和かな　藤野古白・古白遺稿

山雀や蕗生ふ沢を登りつめ　水原秋桜子・古鏡

やまこ【山蚕】

山繭の別称。⇩山繭（やままゆ）［夏］、繭（まゆ）［夏］、蚕（かいこ）［春］

§

櫟原昼暑くして葉にこもる山蚕《やまこ》の秋蚕いまだ稚《をさ》なし　島木赤彦・氷魚

山蚕飼ふくぬぎが原のところどころあたま出す石はみな花崗石《みかげいし》　島木赤彦・氷魚

やませみ【山翡翠・山魚狗】

カワセミ科の鳥。日本全土に分布し、山間の渓流に生息する。日本産翡翠の最大種で、体長約四〇センチ。頭部に冠毛がある。体は全体に黒・白色の鹿子斑があるのが特徴。腹部は白色。水中の魚を捕食する。「ヤマセミ」の名は昭和期に統一されるまでは、赤翡翠（あかしょうびん）、山翡翠（やましょうびん）などに用いられていた名でもある。[同義] 花斑鳥・華斑鳥（かはんちょう）、甲鳥・兜鳥（かぶとどり・かぶとちょう）、鹿の子翡翠（かのこしょうびん）。➡翡翠（かわせみ）[夏]

やませみ［景年画譜］

§

山翡翠《やませみ》や大樺沢《おほかんばざは》荒瀬にて　水原秋桜子・殉教

やまほととぎす【山―時鳥・不如帰・杜鵑・子規】

時鳥は日本へ五月頃飛来してくる夏鳥であるが、往時は冬の間は山に籠っているのだと考えられていたため、「山ほととぎす」と称した。古歌でよく見られる表現である。➡時鳥（ほととぎす）[夏]

§

あしひきの山霍公鳥汝《な》が鳴けば家なる妹《いも》し常に思ほゆ　作者不詳・万葉集八

わが宿《やど》の池の藤波さきにけり山郭公《(ほととぎす)》いつか来《き》なかむ　よみ人しらず・古今和歌集三（夏）

さ月松《(まつ)》山郭公うちはぶき今もなかなむ去年《こぞ》のふる声《ごゑ》　よみ人しらず・古今和歌集三（夏）

いつのまにさ月来《き》ぬ覧《(らむ)》あしひきの山郭公今ぞなくなる　よみ人しらず・古今和歌集三（夏）

暮《く》る、かと見ればあけぬる夏の夜をあかずとやなく山郭公　壬生忠岑・古今和歌集三（夏）

やどの上《うへ》に山ほと、ぎすきなくなり今日《けふ》はあやめの根《ね》のみと思《おも》ふに　実方朝臣集（藤原実方の私家集）

さみだれの晴《は》れ間《ま》もみえぬ雲路《ぢ》より山ほと、ぎす鳴《な》きて過《す》ぐなり　山家心中集（西行の私家集）

山彦《びこ》のこたふる山《やま》のほと、ぎす一声《こゑ》なけば二声《ふたこゑ》ぞきく　能因・詞花和歌集二（夏）

今はとてそむき果《は》てて、し世中《(よのなか)》になにと語《かた》らふ山ほと、ぎす

後鳥羽院・遠島御百首

昔《むかし》おもふ草《くさ》のいほりの夜《よる》の雨になみだなそへそ山郭公

藤原俊成・新古今和歌集三（夏）

一声《こゑ》の行ゑ（へ）やいかに夕闇《やみ》の雲の底なる山郭公（やまほととぎす）

三条西実隆・再昌草

人なみにまつとも我をとひはこじ尋《たづね》てきかむ山ほとゝぎす

小沢蘆庵・六帖詠草

あしひきの国上の山を越え来れば山時鳥をちこちに鳴く

大愚良寛・良寛歌評釈

啼きさして山子規わがここだしのばく知らにいづち行きけん

与謝野礼厳・礼厳法師歌集

み灯霞む鹿苑院の沈《ジン》の香《カ》や山ほととぎす閣《カク》近く鳴く

伊藤左千夫・伊藤左千夫全短歌

ガラス戸におし照る月の清き夜は待たずしもあらず山ほととぎす

正岡子規・子規歌集

思ふどちたづねてみはや野に山に分てもきかぬ山ほとゝぎす

樋口一葉・緑雨筆録「一葉歌集」

一こゑは、松の嵐と、なりにけり。尾上すぎゆく、山ほととぎす。

与謝野寛・東西南北

山の上の躑躅の原は蓊なり山ほととぎす鳴くときにして

島木赤彦・太虚集

をちかたの山ほととぎす波白き海の底にて啼《な》くかとぞ思ふ

与謝野晶子・火の鳥

さみだれは暗きながらに宿駅路《うまやぢ》へこゑきこえくる山ほととぎす

中村憲吉・軽雷集

やままゆ【山繭・天蚕】

日本原産の大型のカイコ蛾、またその幼虫をいう。二対の翅に眼状紋と黒褐色の条がある。幼虫は体長六～八センチで淡緑色。体節に剛毛があり、櫟、楢、栗などの葉を食べ、黄緑色の楕円形の繭をつくる。櫟の葉を食べたものが良質の糸を吐くという。［同義］天蚕（てんさん）、山がいこ（やまがいこ）、山蚕。⬇繭（まゆ）［夏］、山蚕（やまこ）［夏］

§

山繭《やままゆ》を一坪ばかり乾す外は焼杭に似る寺の湯のさま

与謝野晶子・心の遠景

子を持たぬまましき母はわがために永き日あかず山繭を引く

武山英子・傑作歌選第二輯「武山英子」

庭の木に山繭買ひし葉のこぼれ

内藤鳴雪・鳴雪句集

やまめ【山女・山女魚】

サケ科の陸封型の魚。体長約三〇センチ。体色は淡褐色、背面に多数の小斑があり、体側には小判形の黒色の斑紋が並ぶ。近縁種の甘子と似るが、甘子には体側に朱色の斑がある。渓流釣の好対象魚で五～六月が最盛期。［同義］やまべ〈北海道・東北〉、ひらめ・ひらべ〈山陰〉、えのは・まだら〈九州〉。⬇雪代山女（ゆきしろやまめ）［春］、甘子（あまこ）［春］、江鮭（あ

やまめ［日本重要水産動植物之図］

めのうお）［秋］

§

大串に山女魚のしづくなほ滴るる　飯田蛇笏・雲母

やまめ釣るや夏山風に日もすがら　石島雉子郎・雉子郎句集

山女魚釣熊笹葺いて谿ごもり　山口青邨・雪国

山女《やまめ》釣晩涼の火を焚きゐたり　水原秋桜子・葛飾

山女釣来てはプールに泳ぎ出づ　石橋辰之助・山暦

やもり【守宮】

ヤモリ科の爬虫類。本州以南に分布する。体長約一二センチ。蜥蜴（とかげ）に似るが、やや扁平で尾は短い。背部は暗灰色で、不規則な黒帯状の斑紋がある。四肢の指腹には指間鱗があり、壁や天井に吸着することができる。家の床下や壁間などにすみ、夜に活動し、小昆虫を捕食する。［同義］壁虎（やもり）。［和名由来］家を守る「家守（ヤモリ）」の意と。

やもり［和漢三才図会］

§

命かけて壁虎《やもり》殺し、宿婦かな　原石鼎・花影

颱風や守宮は常の壁を守り　篠原鳳作・海の度

颱風や守宮のまなこ澄める夜を　篠原鳳作・海の度

「ゆ～よ」

ゆうぜみ【夕蟬】

夕方に鳴くさまざまな蟬。⬇蟬（せみ）［夏］

よしきり【葦切・葭切・葦雀】

ヒタキ科の鳥の総称。日本には大葦切と小葦切の二種があり、一般には大葦切をいうことが多い。両者とも夏鳥であり、冬、南へ渡る。［同義］葦雀（あしすずめ・よしすずめ）、葦原雀（あしはらすずめ）、葦鶯（あしうぐいす）、おけら〈仙台・福岡・四国〉、ぎょうぎょうし〈島根・四国〉、ぎょぎょし〈長崎・佐賀・福岡〉、けけし〈福井〉、むぎからし〈高知〉。⬇行々子（ぎょうぎょうし）［夏］、大葦切（おおよしきり）［夏］、小葦切（こよしきり）［夏］

よしきり［和漢三才図会］

§

五月雨を朝寝し居れば葦切が声急き鳴くも庭の近くに
伊藤左千夫・伊藤左千夫全短歌

葦切のきよろろと響く近き声蓄へ置かむ器しほしも
伊藤左千夫・伊藤左千夫全短歌

青葉さす槐の枝に身をかくり声は鳴けども見えぬ葦切
伊藤左千夫・伊藤左千夫全短歌

垣外田の蓮の廣田を飛び越えて庭の槐に来鳴く葦切
伊藤左千夫・伊藤左千夫全短歌

荒玉の長き年月住ひ居りあやしこの夏葦切の鳴く
伊藤左千夫・伊藤左千夫全短歌

よしきりの千声百声語れども一人もだせる石仏かな
佐佐木信綱・思草

真菰草風通しよき池の家の晴れのいち日《にち》よしきり鳴くも
島木赤彦・馬鈴薯の花

物おもひ昼寝《ひるい》に入れる夢の人の家をしづかによしきり鳴くも
島木赤彦・馬鈴薯の花

葦切《よしきり》の飛び移り鳴く声きけばわが子らいかにくらしをるらむ
岡麓・涌井

川口《かはぐち》の小島《こじま》に黄《き》ばむ麦《むぎ》の秋葦剖《あきよしきり》などのかなしきるこゑ
岡稲里・早春

明日漕ぐとたのしみて見る沼の面《おも》の闇の深きに行々子《よしきり》の啼く
若山牧水・くろ土

近く来て鳴くやよしきり鳴きやめば影あらずけり飛ぶは見なくに
古泉千樫・青牛集

よしきりはまた啼《な》き出せりほとほとに心をよせて草のしたしき

葦切《よしきり》の啼く堤《つつみ》より下《くだ》り来て赤錆びしレールの二条を跨ぐ
橋田東声・地懐以後

宮柊二・群鶏

よしきりや漸暮れて須磨の浦　蓼太・蓼太句集

葭切や糞舟の犬吼立つる　村上鬼城・定本鬼城句集

葭雀の終日啼いて水長し　尾崎紅葉・紅葉句帳

葭切に臥竜の松の茶店かな　河東碧梧桐・碧梧桐句集

葭切《よしきり》や飼屋近くに墓所選び　河東碧梧桐・碧梧桐句集

葭切の葭を出でざる舞移り　篠原温亭・温亭句集

葭切《よしきり》や畑より高く満てる汐　篠原温亭・温亭句集

葭切や土手の裏にも流れ水　広江八重桜・広江八重桜句集

よしきりの現はれて啼く草嵐　臼田亜浪・定本亜浪句集

葦切やたわゝの芦にあらはれて　鈴木花蓑・鈴木花蓑句集

林ゆき葭切をきけり池やある　鈴木花蓑・鈴木花蓑句集

葭切や晒布《さらし》に重石《おもし》拾ひ置く　高田蝶衣・青垣山

葭切の鳴く風きたり部屋に満つ　水原秋桜子・帰心

葭切や葭にしづみて暮るる家　水原秋桜子・葛飾

葭切のをちの鋭《と》声や朝ぐもり　水原秋桜子・葛飾

葭切の鳴き迫りくる沼の宿　山口青邨・花宰相

葭切《よしきり》や未来永劫こゝは沼　三橋鷹女・白骨

葭切や建てつつ窓を備へつつ　中村草田男・母郷行

葭切の上下に揺れる昼の月　中村草田男・母郷行

葭切のほの白き胸見たりけり　高橋馬相・秋山越

よしごい【葦五位】

サギ科の小形の鳥。翼長約一五センチ。日本全土に分布し、川岸の葦原など、水辺に生息する。雄の頭部は黒色、背部は黄褐色。風切羽と尾は灰黒色。胸・腹部は黄白色。敵が近づくと頸を伸ばし、嘴を直立させる。［同義］さやつきどり、ひめごい。

よしごい［聚鳥画譜］

よたか【夜鷹・蚊母鳥】

ヨタカ科の鳥。アジア東部で繁殖し、日本には夏鳥として飛来する。日本全土の低山に生息する。翼長約二二センチ。頭は扁平で、全体に灰褐色。尾に黒色の横帯があり、雄は先端が白色、雌は白色部がない。嘴は扁平で大きい。夜行性で飛んでいる小昆虫を捕食する。

よたか［爾雅音図］

［同義］怪鴟（よたか）、蚊吸鳥（かすいどり）、吐蚊鳥（とぶんちょう）。［漢名］蚊母鳥、吐母鳥、怪鴟。

§

夜鷹鳴き落葉松の空なほくらし　水原秋桜子・古鏡

薄暮林道

夜鷹鳴くしづけさに蛾はのぼるなり　水原秋桜子・帰心

鳴きいづる夜鷹や霧に暮れそめて　水原秋桜子・殉教

よとうむし【夜盗虫】

夜盗蛾類の幼虫。「やとうむし」「よとう」ともいう。はじめは緑色で、のち褐色となる芋虫。灰黄色の側線と背線がある。昼間は土中に隠れ、夜、白菜やキャベツ、蜿豆（えんどう）、大根などの野菜を食害する。農家では、夜に灯火をもって畑に出て捕殺する。➡根切虫（ねきりむし）［夏］

よぶり【夜振】

夏の夜、川や池、水田などで火を灯し、集まってくる魚をとること。その火を「夜振火（よぶりび）」という。

「ら〜ろ」

らいちょう【雷鳥】

ライチョウ科の鳥。本州中部の日本アルプスの山岳帯に生息する。翼長約二〇センチ。夏羽の頭部・背部・胸・尾羽は黒色で茶色の横斑がある。風切羽・腹部は白色。眼の上に朱色の眉冠がある。雌の夏羽は黒色の部分が褐色に近い。冬羽は全体に白色となり、雪と保護色になる。尾羽は黒色で、雄の眼上には赤い肉冠がある。脚は爪根に至るまで羽毛に覆われる。性格が遅鈍なため、人に容易に捕えられてしまい、絶滅の恐れがあり、特別記念物である。［和名由来］風雨の襲来する前に鳴き交わすため「雷の鳥」といわれたところから。［同義］雷の鳥（らいのとり）、雷鶏（らいけい）、霊鳥（れいちょう）。［漢名］松鶏。

§

小舎《こや》を出て偃松《はひまつ》谷《たに》に雷鳥のあそべる影をわれは見とめし　中村憲吉・軽雷集

雷鳥もわれも吹き来し霧の中　水原秋桜子・葛飾

雷鳥や雨に倦む日をまれに啼く　石橋辰之助・山暦

登山綱《ザイル》干す我を雷鳥おそれざる　石橋辰之助・山暦

らんおう【乱鶯】

春に美しい声で盛んに鳴いた鶯が、夏が近づくにつれて囀りが弱くなる。この夏の季節の鶯をいう。［同義］老鶯、夏鶯（なつうぐいす）、狂鶯（きょうおう）、残鶯（ざんおう）。⬇老鶯（おいうぐいす）［夏］

らんちゅう【蘭鋳・蘭虫】

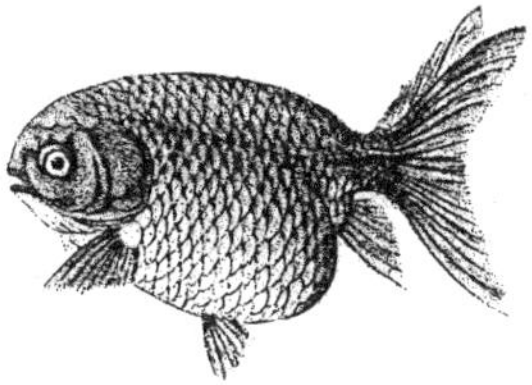

らんちゅう［日本重要水産動植物之図］

金魚の一品種で日本産。頭部に肉瘤をもつ。体は丸形で腹部が膨れ、背びれを欠く。［同義］丸子（まるこ）。⬇金魚（きんぎょ）［夏］

§

いらいらしき心ながらに蘭虫《らんちゅう》を商ふ店の池をわれ見つ　土屋文明・山谷集

りゅうきん【琉金】

金魚の一品種。江戸時代に琉球より渡来。体は短く丸みをおび、腹部が膨れる。尾びれが長く、三つ尾または四つ尾。体色は赤色、また赤白の斑色。⬇金魚（きんぎょ）［夏］、出目金（でめきん）［夏］

りゅうきん［日本重要水産動植物之図］

るりちょう【瑠璃鳥】

ヒタキ科の大瑠璃、小瑠璃の俗称または総称。「るり」ともいう。両鳥とも声、姿ともに美しく、飼鳥となる。⬇大瑠璃（おおるり）［夏］、小瑠璃（こるり）［夏］

§

瑠璃来鳴く畑一境のきよき哉　松瀬青々・倦鳥

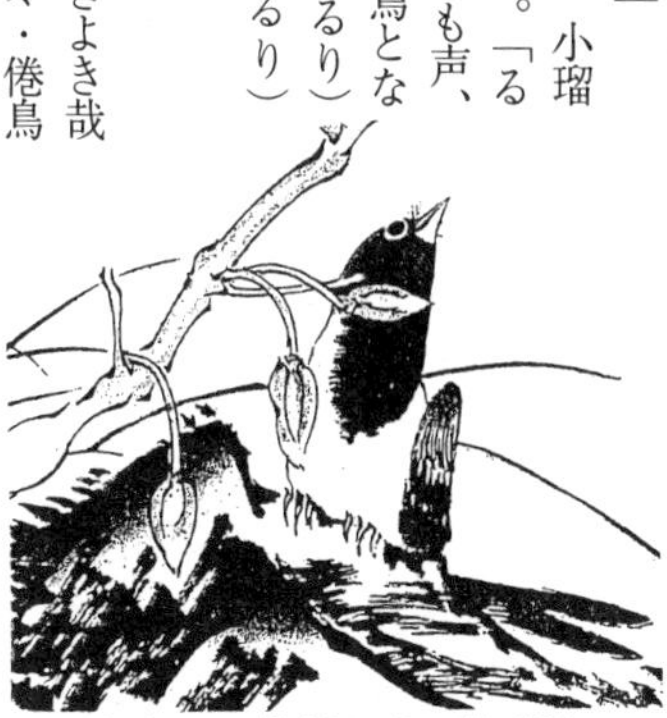

るりちょう［写生四十八鷹画帖］

瑠璃鳥の色残し飛ぶ水の上　長谷川かな女・龍膽
小瑠璃の巣あらずや蕗が葉をかさね　水原秋桜子・古鏡
大瑠璃をきくと岩山をあふぎ立つ　水原秋桜子・古鏡
岩頭に瑠璃《るり》鳥の一羽や滝かゝる　水原秋桜子・殉教

るりびたき【瑠璃鶲】

ヒタキ科の小鳥。北海道と本州の高地で繁殖。冬、本州の低地で越冬する。体長約一五センチ。雄は背・胸部は暗青色、腹部は黄白色。雌は背部が褐色をおびたオリーブ色。六〜八月頃、山地の林で「ヒョロヒョロピョロピョロ」と囀っている。⬇鶲（ひたき）［冬］

ろうおう【老鶯】

囀りの少なくなった夏の鶯をいう。⬇老鶯（おいうぐいす）［夏］、夏鶯（なつうぐいす）［夏］

§

この昼の暗さをたもつわが家に歩みはこびをり老鶯《らうあう》のこゑ　前川佐美雄・天平雲

「わ」

わきん【和金】

金魚の一品種。体形は原種の鮒に似て、体色は赤色または赤と白の斑色。⬇金魚（きんぎょ）［夏］

秋

立秋（八月八日頃）から立冬前日（一一月六日頃）

「あ」

あおげら【緑啄木鳥】

日本特産のキツツキ科の鳥。本州以南の山地や村落部の林に生息する。翼長約一五センチ。背部は暗緑色で、頭・頬には赤斑紋がある。［和名由来］体色が暗緑色の「ケラツツキ（キツツキの古名）」よりと。［同義］あおけらきつつき、やまきつつき、きげら、ちゃげら。⇩啄木鳥（きつつき）［秋］

あおげら［景年画譜］

あおしぎ【青鴫・青鷸】

シギ科の鳥。翼長約一六センチ。背部は褐色で白色の斑点がある。下部は白色の地に淡褐色の斑点がある。冬鳥として日本に渡来する。⇩鴫（しぎ）［秋］

あおまつむし【青松虫】

マツムシ科の昆虫。体長約二一・五センチ。体色は緑色。「リュウリュウ」と鳴く。⇩松虫（まつむし）［秋］

あおむし【青虫】

紋白蝶、条黒白蝶（すじぐろしろちょう）の幼虫。体長約四センチで、体色は青緑色。一般には、蝶・蛾類の幼虫で、体に毛や棘がなく、体色が青緑色のものの総称として使われる。⇩芋虫（いもむし）［秋］、紋白蝶（もんしろちょう）［春］、菜虫（なむし）［秋］

§

吾が庭に群がり湧きし青虫の食ひ尽《つく》す葉に霜や到《いた》らむ

土屋文明・ゆづる葉の下

あがけのたか【網掛の鷹】

幼い鷹が巣立ったところを網で捕え、鷹匠は鷹狩のためにそれを飼い馴らしていくのである。捕えたときの鷹を「網掛の鷹」という。⇩鷹打（たかうち）［秋］、荒鷹（あらたか）［秋］、鷹狩（たかがり）［冬］

あかげら【赤啄木鳥】

キツツキ科の鳥。最も普通に見られる啄木鳥。体長約二四センチ。背部は黒色で、翼は黒地に白色の横縞がある。下腹

あかげら［聚鳥画譜］

部は赤味をおびる。雄の後頭部は鮮赤色。鋭い嘴で樹の幹に穴をあけて昆虫を捕食する。［和名由来］後頭部と下腹部が赤色であるところから「赤いケラ（キツツキの古名）」と。⇩啄木鳥（きつつき）［秋］

あかとんぼ【赤蜻蛉】

猩猩蜻蛉（しょうじょうとんぼ）、夏あかね（なつあかね）、秋茜（あきあかね）など、体色が赤色の小形の蜻蛉の総称。羽化直後は黄色であるが、成長すると赤色になる。［同義］茜蜻蛉（あかねとんぼ）、あかえんば。⇩蜻蛉（とんぼ）［秋］、蜻蛉（あきつ）［秋］

§

けさひらく芙蓉の花にとまりたる赤蜻蛉《あかとんばう》はまだめづらしき　岡麓・湧井

濠《ほり》のうへ四五町がほど石垣をうしろにしたる赤とんぼかな　与謝野晶子・火の鳥

胡桃とりつかれて草に寝てあれば赤とんぼ等が来てものをいふ　若山牧水・路上

火事あとの黒木のみだれ泥水の乱れしうへの赤蜻蛉《あかとんぼ》かな　若山牧水・海の声

盆《ぼん》つれて来たか野道《のみち》の赤蜻蛉《とんぼ》　露川・北国曲

飯遅き旅籠の縁や赤蜻蛉　角田竹冷・竹冷句鈔

大風や石をかゝへる赤蜻蛉　村上鬼城・鬼城句集

子春日《こはるび》や石を噛《か》み居《ゐ》る赤蜻蛉《あかとんぼ》　村上鬼城・鬼城句集

赤蜻蜓《あかとんぼ》飛ぶや平家のちりぢりに　正岡子規・子規句集

赤蜻蛉《あかとんぼ》筑波《つくば》に雲もなかりけり　正岡子規・子規句集

肩に来て人懐かしや赤蜻蛉　夏目漱石・漱石全集

生きて仰ぐ空の高さよ赤蜻蛉　夏目漱石・漱石全集

むれ立ちて穂の飛ぶ草や赤蜻蛉　河東碧梧桐・碧梧桐句集

から松は淋しき木なり赤蜻蛉　河東碧梧桐・碧梧桐句集

赤とんぼ画を鳴く虫の草の上　大谷句仏・我は我

縁に干す蝙蝠傘《かうもりがさ》や赤蜻蛉《あかとんぼ》　寺田寅彦・寅日子句集

漆搔く日和つゞきや赤蜻蛉　大須賀乙字・乙字俳句集

いつも一人で赤とんぼ　種田山頭火・草木塔

赤とんぼ夥しさの首塚ありけり　尾崎放哉・須磨寺にて
赤とんぼ群れとぶ中の遅速かな　高田蝶衣・青垣山
旅いゆくしほからとんぼ赤とんぼ　星野立子・星野立子集

あきあじ【秋鰺】
秋に漁獲される脂の乗った鰺をいう。焼魚として多く賞味される。⬇鰺（あじ）［夏］

あきいわし【秋鰯】
鰯は秋が旬なのでこのようにいう。⬇鰯（いわし）［秋］

§

聞くに声の西南よりや秋鰯　宗因・梅翁宗因発句集

あきがつお【秋鰹】
秋に漁獲される鰹をいう。初夏の初鰹がもてはやされるが、九月頃の鰹はもっとも脂がのっており、濃厚な味わいがする。⬇鰹（かつお）［夏］、初鰹（はつがつお）［夏］

§

内井戸の水にあひけり秋鰹　介我・雑談集
はねる程哀れ也けり秋鰹《あきがつを》　才麿・椎の葉

あきご【秋蚕】
七月下旬から晩秋に飼う蚕。「しゅうさん」ともいう。飼育日数はかからないが、とれる糸は質・量ともに春蚕の劣る。⬇蚕（かいこ）［春］、秋繭（あきまゆ）［秋］

§

母が飼ふ秋蚕《あきご》の匂ひたちまよふ家の片すみに置きぬ机を　若山牧水・みなかみ
月さして秋蚕すみたる飼屋かな　村上鬼城・定本鬼城句集

あきことり【秋小鳥】
秋に渡ってくる小鳥をいう。特に、色彩の美しい鳥をいう表現。⬇色鳥（いろどり）［秋］、小鳥（ことり）［秋］

あきさば【秋鯖】
秋に漁獲される脂の乗った鯖をいう。美味である。⬇鯖（さば）［夏］

あきぜみ【秋蟬】
秋になっても鳴いている蟬。哀れを誘う。⬇秋の蟬（あきのせみ）［秋］、蟬（せみ）［夏］

§

坂むかひ西洋館に灯がともり遠き木立よ秋蟬《あきぜみ》のきこゆ　岡麓・庭苔
百日香《ひゃくじつこう》のしだるる花に縋りつつ秋蟬《あきぜみ》ひとつ暫くを啼く　宮柊二・藤棚の下の小室
秋蟬のひしと身をだく風情かな　飯田蛇笏・山廬集
秋蟬に午後はわびしき雲あかり　飯田蛇笏・春蘭

あきぜみ［毛詩品物図攷］

観潮楼址

秋蟬の上野は暮れて水を打つ　水原秋桜子・帰心

秋蟬や湯気立ちのぼり煮ゆるもの　中村汀女・花影

秋蟬のこゑ澄み透り幾山河　加藤楸邨・寒雷

鳴き立つる秋蟬畠草長けぬ　石橋辰之助・山暦

秋蟬の一縷のこゑの入水かな　野澤節子・駿河蘭

あきつ【秋津・蜻蛉】

蜻蛉（とんぼ）の古名。「あきづ」ともいう。⬇蜻蛉（とんぼ）［秋］、赤蜻蛉（あかとんぼ）［秋］

§

あきづ羽《は》の袖《そで》振る妹を玉くしげ奥に思ふを見たまへわが君
湯原王・万葉集三

旅人のみちゆくかさのうへにさへあなづらはしくゐるあきつ哉
大隈言道・草径集

犬蓼の花さかりなる里川に夕日ながれてあきつ飛ぶなり
落合直文・明星

篙《さ》の上に蜻蛉《あきつ》とまりてあら川の浮間のわたし人かげもなし
佐佐木信綱・思草

あきつとぶ門田のくろの稲掛のかなたに青き小筑波の山
太田水穂・つゆ草

さやかにも田中の路に影うつし蜻蛉《あきつ》遊べり今日我が来れば
太田水穂・土を眺めて

天の川いつ見え初めんあきつなど飛びかふ空の青き夕ぐれ
与謝野晶子・瑠璃光

赤蜻蛉《あかあきつ》風に吹かれて十《とを》あまりまがきの中に渦巻を描く
与謝野晶子・春泥集

唐黍《たうきび》の花の梢にひとつづつ蜻蛉《あきつ》をとめて夕《ゆふ》さりにけり
長塚節・鍼の如く

蜻蛉《あきつ》らはすでに生《うま》れて山べなる赤埴《あかはに》のうへにしばしば止《と》まる
斎藤茂吉・小園

赤蜻蛉《あきつ》むらがり飛べどこのみづに卵うまねばかなしかりけり
斎藤茂吉・赤光

石の上に羽《はね》を平《ひら》めてとまりたる茜《あかね》蜻蛉《あきつ》も物《もの》もふらむか
斎藤茂吉・小園

ただひとつ風にうかびてわが庭に秋の蜻蛉《あきつ》のながれ来にけり
若山牧水・死か芸術か

曇り空の鈍きひかりに飛びかへる蜻蛉《あきつ》は羽見えずからだのみ見ゆ
三ケ島葭子・定本三ケ島葭子全歌集

いくもどりつばさそよがすあきつかな　飯田蛇笏・山廬集

あきつばめ【秋燕】

燕は秋、南方へ渡る。⬇燕（つばめ）［春］、燕帰る（つばめかえる）［秋］、残る燕（のこるつばめ）［秋］

§

秋燕に川浪低うなりにけり　村上鬼城・鬼城句集

頂上や淋しき天と秋燕と　鈴木花蓑・鈴木花蓑句集

秋燕やサガレンへ立つ船もなし　加藤楸邨・野哭

秋燕や靴底に砂欠けつづけ　加藤楸邨・野哭

降りいで丶七日がほどや秋つばめ　石橋秀野・桜濃く

あきのあゆ【秋の鮎】

鮎は春から夏にかけ、川を遡りながら、成長するが、産卵を控える秋の鮎は群をなして上流から中流に向って川を下る。体は衰え、体色も黒みを帯び、中流から下流にかけての瀬で産卵を終えるとほとんどの鮎は死んでしまう。秋の寂しさを感じさせる季題である。⇩錆鮎（さびあゆ）[秋]、渋鮎（しぶあゆ）[秋]、下り鮎（くだりあゆ）[秋]、落鮎（おちあゆ）[秋]、うるか[秋]、鮎（あゆ）[夏]、止まり鮎（とまりあゆ）[冬]

§

住つかぬ淀みや頼む秋の鮎　白雪・誹諧曾我
喰て知る七玉川や鮎の秋　蓼太・蓼太句集
今は身を水に任すや秋の鮎　几董・井華集

あきのうお【秋の魚】
秋に漁獲したり、目にしたりするさまざまな魚をいう。

あきのうかい【秋の鵜飼】
俳句では、鵜飼は夏の季語であるので、秋になっても行われる鵜飼は、とくに「秋」をつけて詠む。[同義]秋の鵜（あきのう）。⇩鵜飼（うかい）[夏]

あきのか【秋の蚊】
蚊は夏に盛んに発生するが、秋にまだいる弱々しい蚊をいう。[同義]別れ蚊（わかれか）、八月蚊（はちがつか）、残る蚊、後れ蚊（おくれか）。⇩蚊（か）[夏]、残る蚊（のこるか）[秋]、溢蚊（あぶれか）[秋]、蚊の名残（かのなごり）[秋]

§

天地《あめつち》のひとつの命《いのち》いま消《き》えぬ、わが手《て》のひらにうたれし秋《あき》の蚊《か》　岡稲里・早春
秋の蚊の耳もとちかくつぶやくにまたとりいでて蟵《かや》を吊らしむ　北原白秋・牡丹の木
一夜《いちや》二夜《にや》秋の蚊《か》居らずなりにけり　正岡子規・子規句集
秋の蚊のよろよろと来て人を刺す　正岡子規・子規句集
秋の蚊の鳴かずなりたる書斎かな　夏目漱石・漱石全集
刺さずんば已まずと誓ふ秋の蚊や　夏目漱石・漱石全集
木犀の香は秋の蚊を近づけず　高浜虚子・六百句
秋の蚊の歩をゆるむれば来り刺す　高浜虚子・六百句
本尊に茶を供ずれば秋蚊出る　高浜虚子・六百五十句
秋の蚊は芙蓉《ふよう》の花のかげよりも　高浜虚子・七百五十句
秋の蚊や吹けば吹かれてまのあたり　飯田蛇笏・山廬集
秋の蚊のあまり白さやこぼれ落つ　長谷川零余子・雑草
秋の蚊の跳ねて飛び去る畳かな　長谷川零余子・雑草
秋の蚊の微塵とびゐる嬉しけれ　長谷川零余子・雑草
錦木の葉にからび飛ぶ秋蚊かな　長谷川零余子・雑草
秋の蚊のほのかに見えてなきにけり　日野草城・花氷
病めるわが血を吸ふ秋の蚊あはれ　日野草城・旦暮
墓堀りと知らずに秋の蚊が縋る　中尾寿美子・草の花

あきのこまひき【秋の駒牽】
往時、宮中で行われた儀式。諸国の牧場から朝廷に貢進された駿馬の天覧儀式である。毎年旧暦の八月に紫宸殿（ししんでん）または仁寿殿（じじゅうでん）で行われ、馬は公卿や馬寮（めりょう）にも分配された。鎌倉時代の頃より信濃国望月の牧場の馬だけとなった。⇩望月の駒（もちづきのこ

ま）［秋］、霧原の駒（きりはらのこま）［秋］、駒迎え（こまむかえ）［秋］、駒（こま）［四季］

§

白河《しらかは》の水《みづ》かふあをの駒牽《こまひき》を波《なみ》の立《た》つとや他所目《よそめ》しつらむ
安法法師集（安法の私家集）

あきのせみ【秋の蟬】

秋になってもまだ鳴いている蟬。秋に生れるつくつく法師などではなく、本来夏鳴く蟬が秋になっても鳴いている哀れさを表現することが多い。［同義］秋蟬（あきぜみ）、残る蟬（のこるせみ）。➡蟬（せみ）［夏］、蜩（ひぐらし）［秋］、つくつく法師（つくつくほうし）［秋］、秋蟬（あきぜみ）［秋］、秋蟬（しゅうぜん）［秋］、ちっち蟬（ちっちぜみ）［秋］、寒蟬（かんぜん）［秋］

§

なみたてる庭の木毎なく蟬も枝がくれする秋のやまかぜ
大隈言道・草径集

ははそ葉を、時雨《しぐれ》のたたく、心地して、秋にまぎるる、蟬のこゑかな。
与謝野寛・東西南北

秋の蟬鳴くをしきけばいき残るいのちひたすらかなしかりけり
岡麓・庭苔

秋の蟬たまたま鳴けり時おそく生れしものが後《あと》にのこるか
岡麓・庭苔

蟬《せみ》一つ樹《き》をば離れて地に落ちぬ風なき秋の静かなるかな
有島武郎・絶筆

秋の蟬うちみだれ鳴く夕山の樹蔭に立てば雲のゆく見ゆ
若山牧水・海の声

下枝にかまへて啼や秋の蟬　路通・浪化上人日記

折釘にかつらや残る秋の蟬　其角・一字幽蘭集

ぬけがらにならびて死《しぬ》る秋《あき》のせみ　丈草・続猿蓑

海士が子の裸乾しけり秋の蟬　村上鬼城・定本鬼城句集

秋の蟬《せみ》子にとらるゝもあはれ也　正岡子規・子規句集

此頃はまばらになりぬ秋の蟬　正岡子規・子規句集

啼《な》きながら蟻《あり》にひかるゝ秋の蟬《せみ》　正岡子規・子規句集

九月蟬椎《しい》伐《き》らばやと思ふかな　正岡子規・子規句集

秋の蟬死度もなき声音哉　夏目漱石・漱石全集

雷に音をひそめたる秋の蟬　高浜虚子・六百五十句

じんじんと鳴き細りをり秋の蟬　高浜虚子・句日記

啼きやめてばた〳〵死ねや秋の蟬　渡辺水巴・水巴句集

秋の蟬よく啼き木瓜は実となりぬ　渡辺水巴・富士

秋の蟬ともしく大嶺雲がくる　飯田蛇笏・春蘭

山路所見
秋の蟬蟹にとられてなきにけり　飯田蛇笏・春蘭

背を前へ押さるるごとし秋の蟬　長谷川かな女・「牟良佐伎」以後

秋の蟬老年壺に生ひ繁る　三橋鷹女・橅

秋の蟬檜山の西日はやあかし　石田波郷・馬酔木

あきのちょう【秋の蝶】

秋の季節の蝶。俳句では、蝶は春の季語なので、秋に見る蝶を区別して「秋の蝶」という。秋の野にもさまざまな花が咲くので、蝶が飛んでいる光景も珍しくない。［同義］老蝶（おいちょう）。⇩蝶（ちょう）［春］、夏の蝶（なつのちょう）［夏］

§

秋風のふきのまにまに翻へるひと羽の蝶を見てぞわが立つ　太田水穂・つゆ草
秋の森に蝶こそ一羽まひ出でたれやがて青葉にとまりてうごかず　若山牧水・秋風の歌
秋の蝶風《かぜ》次第《しだい》なるゆき所　言水・新撰都曲
秋草に何のゆかりぞ黒き蝶《てふ》　万子・卯辰集
薬《やく》園の華にかりねや秋の蝶《てふ》　支考・梟日記
草花の種子《たね》ふり捨《すて》て秋の蝶《てふ》　りん女・水の友
道の辺や馬糞に飛べる秋の蝶　村上鬼城・鬼城句集
何事の心いそぎぞ秋の蝶　正岡子規・子規句集
馬糞に息つく秋の胡蝶かな　正岡子規・子規句集
病む日又簾の隙より秋の蝶　夏目漱石・漱石全集
浦風《うらかぜ》や秋《あき》の蝶《てふ》飛《と》ぶ小松原《こまつばら》　泉鏡花・鏡花句集
秋《あき》の蝶《てふ》さみしさ見《み》れば二《ふた》つかな　泉鏡花・鏡花句集
手を出せばすぐに引かれて秋の蝶　高浜虚子・六百句
秋の蝶山に私を置き去りぬ　阿部みどり女・微風
秋の蝶払へば苔に低く飛ぶ　長谷川かな女・龍膽
秋の蝶死はこはくなしと居士は言ふ　長谷川かな女・牟良佐伎
秋蝶の羽すり切れしうすさかな　杉田久女・杉田久女句集
欠けそめし日にとびかくれ秋の蝶　高橋淡路女・淡路女百句
山毛欅太く白樺稀に秋の蝶　水原秋桜子・殉教
庭下駄の緒に来てとまる秋の蝶　吉屋信子・吉屋信子句集
秋の蝶です　いっぽんの留針です　三橋鷹女・羊歯地獄
秋の蝶黄なり何かを忘れよと　中村汀女・紅白梅
秋蝶よパラナパネマといふ河よ　星野立子・春雷

あきのはえ【秋の蠅】

秋の季節の蠅。俳句では、夏の蠅ほど勢いは感じられない。［同義］残る蠅、後れ蠅（おくればえ）。⇩蠅（はえ）［夏］、残る蠅（のこるはえ）［秋］

§

馬糞《うまくそ》をはなれて石に秋の蠅　正岡子規・子規句集
人もなし駄菓子《だがし》の上の秋の蠅《はえ》　正岡子規・子規句集
秋の蠅二尺のうちを立ち去らず　正岡子規・子規句集
秋の蠅叩《たた》かれやすく成にけり　正岡子規・子規句集
痩馬の尻こそはゆし秋の蠅　夏目漱石・漱石全集
秋の蠅握つて而して放したり　夏目漱石・漱石全集
秋の蠅少しく飛びて歩きけり　高浜虚子・六百句
秋の蠅口のほとりにとまりけり　日野草城・銀
秋の蠅我が頰はなれ土ねぶる　石橋辰之助・山暦

あきのはち【秋の蜂】

俳句では蜂は春の季語なので、秋の季節の蜂は、一般に「秋の蜂」と詠む。秋もさまざまな花が咲くので、蜂が飛び回る光景もよく見られる。⇩蜂（はち）［春］

§

静さや梅の苔吸《こけすふ》秋の蜂《はち》　野坡・百曲
萩にゐて巣にも帰らず秋の蜂　村上鬼城・鬼城句集

秋の蜂巣をすて、飛ぶ迴かかな　飯田蛇笏・雲母
肉血に秋の蜂くるロッヂかな　中村汀女・雑詠選集

あきのへび【秋の蛇】
冬眠のために穴に入る頃の秋の蛇。⬇蛇穴に入る（へびあなにいる）［秋］、蛇（へび）［夏］

§

砂原を蛇のすり行く秋日かな　村上鬼城・鬼城句集
秋の蛇銀婚の夫婦おどろかす　山口青邨・花宰相

あきのほたる【秋の蛍】
初秋まで生き残っている蛍を見かけることがある。弱々しく、飛ぶこともあまりない。［同義］残る蛍、病蛍（やみほたる）。⬇蛍（ほたる）［夏］、残る蛍（のこるほたる）［秋］

§

蛍《ほたる》とぶ野沢にしげる蘆《あし》のねのよなよな下《した》にかよふ秋風　藤原良経・新古今和歌集三（夏）
秋風に歩行《あるい》て逃げる蛍《ほたる》かな　一茶・七番日記
たましひのたとへば秋のほたる哉　飯田蛇笏・雲母

あきまゆ【秋繭】
秋蚕の繭をいう。［同義］秋の繭（あきのまゆ）。⬇秋蚕（あきご）［秋］、繭（まゆ）［夏］

§

秋の繭しろじろ枯れてもがれけり　飯田蛇笏・雲母

あさすず【朝鈴】
コオロギ科の昆虫の草雲雀の別称。［和名由来］夜間から朝にかけての涼しい時間に鳴くことから。⬇草雲雀（くさひばり）［秋］

あしまとい
線虫類線形目の水生線形動物の針金虫の別名。蟷螂（かまきり）の体内に寄生していた針金虫が脱出するところを称して「あしまとい」という。⬇針金虫（はりがねむし）［秋］

あとり【花鶏・獦子鳥】
アトリ科の鳥。体長約一六センチ。嘴は淡黄色。脚は黄赤色。雄の生殖羽は頭・背部が黒色で胸部は褐色。非生殖羽は、雌雄とも頭・背部が灰褐色で胸部は淡色。欧亜大陸北部で繁殖し、秋と冬に大群をなして渡来する。［和名由来］大群で飛

あとり／のいばら／たけ［景年画譜］

来するところから「アットリ（集鳥）」の意—『大言海』。安土桃山時代の『日葡辞書』には「attori」と記されている。［同義］あっとり、うすひきどり、おおめどり、はなとり、おおあとり、こあとり、猟子鳥・臘子鳥・臘嘴鳥・臈觜鳥・認宅鳥（あとり）。［漢名］花鶏。

§

国巡《めぐ》る獦子鳥《あとり》鴨鳧《かまけり》行き廻《めぐ》り帰《かひ》り来《く》までに斎《いは》ひて待たね　刑部虫麿・万葉集二〇

みすずかる信濃《しなの》の獦子鳥《あとり》焼きにけり夜の炉辺《ろへん》に旅を思《も》ひつつ　吉井勇・寒行

小苦きもあはれに木曾の獦子鳥かな　松瀬青々・倦鳥

斯くも来て斯くもとらるゝ獦子鳥かな　松瀬青々・倦鳥

あぶれか【溢蚊】

秋の蚊をいう。『滑稽雑談』に「八月の溢蚊肉を破る…」とある。⬇秋の蚊（あきのか）［秋］

§

あぶれ蚊のほめかぬ壁をたより哉　鬼貫・七車

あまつかり【天津雁】

「天の雁」の意。「つ」は上代の助詞。空を飛ぶ雁をいう。⬇雁（かり）［秋］

あめのうお［日本重要水産動植物之図］

あめのうお【江鮭・鯇】

サケ科の遡河性魚である琵琶鱒のこと。琵琶湖以外の渓流にも生息する。幼魚は甘子と呼ばれる。山女の近似種。［同義］琵琶鱒（びわます）、あめ、あめうお、あめます、みずざけ。⬇甘子（あまご）［夏］、山女（やまめ）［夏］

§

くいてけり猫一口にあめの魚　信徳・隠蓑

瀬田《せた》降《ふつ》て志賀《しが》の夕日《ゆふひ》や江鮭《あめのうを》　蕪村・蕪村句集

月に漕《こ》ぐ呉人《ごひと》はしらじ江鮭《あめのうを》　蕪村・常盤の香

捨るほどとれて又なし江鮭　几董・井華集

江鮭まづ妹が目にうつくしき　松瀬青々・妻木

貢《みつぎ》せぬ国の淋びしき江鮭《あめのうを》　河東碧梧桐・碧梧桐句集

堅田より翁の文や江鮭　河東碧梧桐・碧梧桐句集

あらたか【荒鷹】

鷹狩のためには、巣立ちの鷹を捕えて訓練するが、捕えたばかりで訓練が十分にできていない野生状態の鷹をいう。⬇網掛の鷹（あがけのたか）［秋］、鷹狩（たかがり）［冬］、鷹（たか）［冬］、鷹打（たかうち）［秋］

§

心《こゝろ》こそ恋《こひ》にはかゝれあら鷹《たか》の手にもたまらぬ人のつらさに　二条良基・後普光園院殿御百首

伊《い》予《よ》の国の石槌《いしづち》の山のあら鷹も君が御鳥屋《みとや》に老いにけるかな　正岡子規・子規歌集

あら鷹の瞳や雲の行く所　松瀬青々・妻木

ありあなにいる【蟻穴に入る】

晩秋、冬籠りのために蟻が巣穴に入ること。⬇蟻穴を出づ（ありあなをいづ）［春］

「い」

いしたたき【石叩・石敲】

鶺鴒の別称。［和名由来］尾を絶えず上下に動かす習性から。⬇鶺鴒（せきれい）［秋］

§

いしだたき飛ぶとて裾をこぼれたる白き尾羽《をばね》の水にすゞしき
太田水穂・冬菜

ひたひたと水うちすりてとぶ鳥の鶺鴒《いしたたき》多しこの谷川に
若山牧水・山桜の歌

奔端や又飛び消えし石叩　鈴木花蓑・鈴木花蓑句集

谷底を一つ歩けり石たゝき　原石鼎・花影

いすか【鶍・交喙】

アトリ科の雀よりやや大きい鳥。ヨーロッパ、アジアに広く分布し、日本には寒くなるころに渡来する。翼長約九センチ。雄は暗赤色。雌は黄緑色。背部の翼と尾羽は黒褐色をおびる。上下が食い違う褐色の嘴をもち、松かさなど針葉樹の実をついばむ。［和名由来］嘴が「イスカシ（ねじける）」の意と—『大言海』。［同義］鶍鳥・交喙鳥（いすかどり）。

§

何せんにいすかの嘴は与へける　松瀬青々・倦鳥

いとど【竈馬・蜱】

カマドウマ科の昆虫の竈馬（かまどうま）の別名。夜行性で台所や床下などの暗所に生息する。体長約二センチ。体色は暗褐色。長い触角をもち、背は海老のように曲がる。強

いすか／やまにしきぎ［景年画譜］

いとど［潜龍堂画譜］

大な後脚で跳躍する。翅を持たないので鳴く虫ではないが、「竈馬鳴く（いとどなく）」と詠まれていることも多く、蟋蟀と混同されている。⬇竈馬（かまどうま）［秋］、蟋蟀（こおろぎ）［秋］

§

わが哀慕《あいぼ》雨とふる日に蝗《いとど》死ぬ蟬死ぬとしも暦をつくれ　与謝野晶子・舞姫

ふり灑《そそ》ぐあまつひかりに目《め》の見《み》えぬ黒《くろ》き蝗《いとど》を追《お》ひつめにけり　斎藤茂吉・あらたま

蟋蟀《いとど》ならばひとり鳴きてもありぬべしひとり鳴きても夜は明けぬべし　北原白秋・桐の花

蝗《いとど》鳴く　そのかたはらの石《いし》に踞《きよ》し　泣《な》き笑《わら》ひしてひとり物言《ものい》ふ　石川啄木・一握の砂

語ることすくなく二人寝《ね》ころびて蟋蟀《いとど》がくれば笑ひ合ひにけり　宮柊二・晩夏

海士《あま》の屋《や》は小海老《こえび》にまじるいとゞ哉　芭蕉・猿蓑

喰のこす柚味噌《ゆみそ》のかまのいとゞかな　許六・五老文集

啼《なく》やいとゞ塩にほこりのたまる迄《まで》　越人・猿蓑

精出すや月の名残を啼くいとゞ　正秀・菊の香

いとゞ鳴キ猫の竈《かまど》にねぶる哉《かな》　鬼貫・俳諧大悟物狂

藁焚けば灰によごるる竈馬哉　丈草・藤の実

いとど鳴く地を吹きにけり夜の風　闌更・半化坊発句集

虫いろいろ鳴く夜や宿にいとど飛ぶ　白雄・白雄句集

九月一日大震後の家ぬちにて

壁のくづれいとどが髭を振つてをり　臼田亜浪・旅人

あかつきや蝗《いとど》なきやむ屋根のうら　芥川龍之介・芥川龍之介全集（発句）

脊に腹に竈馬とびつく湯殿かな　川端茅舎・定本川端茅舎句集

夜をかけてわが句売りたるいとゞかな　石田波郷・雨覆

いな【鯔】

鯔の幼魚のこと。鯔は成長にしたがって「おぼこ・すばしり・いなっこ→いな→ぼら→とど」〈東京〉と呼ばれる出世魚である。⬇鯔（ぼら）［秋］

§

夏ばかり居るとふ鳥のいまだゐて白き羽根かはし鯔《いな》の子をとる　若山牧水・くろ土

砂山のかげの入江の花はちすしづけき蔭に鯔《いな》の子のとぶ　若山牧水・くろ土

いなおおせどり【稲負鳥】

呼子鳥、百千鳥と共に古今伝授の三鳥とよばれ、古歌にも多く詠まれる鳥だが、秋に渡来する渡鳥をいうというだけで詳しくはわからない。鶺鴒（せきれい）などの比定説がある。⬇百千鳥（ももちどり）［春］、呼子鳥（よぶこどり）［春］

§

声寒し稲負鳥としておきぬ　松瀬青々・倦鳥

いなご【稲子・蝗・螽】

バッタ科の昆虫。体長約三センチ。体色は緑色。頭は丸く、眼が大きい。翅は淡褐色。後肢が発達して跳躍する。夏から秋にかけて田圃や草原で多く見かける。秋、土中に産卵する。

稲の害虫。食用ともなるので、農家では「稲子捕り（いなごとり）」を行う。炒ってつけ焼にしたり佃煮にしたりする。栄養価の高いたんぱく質食品である。［同義］稲虫（いなむし）、稲子麿（いなごまろ）、さねもり。［同種］はねながいなご、こばねいなご。➡飛蝗（ばった）［秋］、冬の稲子（ふゆのいなご）［冬］

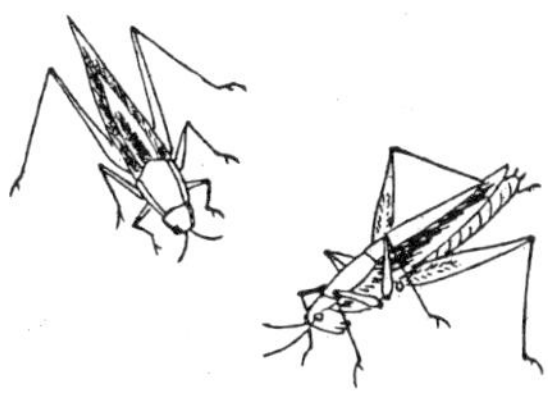
いなご［潜龍堂画譜］

§

いなごとぶ浅茅が下を行《ゆく》水の音おもしろしこゝに暮《くら》さむ　香川景樹・桂園一枝

あき風にかどたのいなごふかれきてをりをりあたるまどのおとかな　大隈言道・草径集

道のべの草にすがれる老蝗何に命をつなぎとめけむ　服部躬治・迦具土

草原は夕陽《せきやう》深し帽ぬげば髪にも青きいなご飛びきたる　若山牧水・死か芸術か

鶏《とり》にやる蝗《いなご》とるとて出でて来し稲田はいまはなかば刈られつ　若山牧水・くろ土

たもちがたきこころとこころ薄ら青き蝗のごとく弾ねてなげくや　北原白秋・桐の花

一穂《ひとほ》なく蝗《いなご》の食ひし粟稈《あはがら》を砂《すな》の上より集めつつ居り　土屋文明・山の間の霧

何も音もなし稲打食ふて螽哉　嵐雪・続虚栗

蘭《らん》に来てかはゆがらるゝ螽《いなご》かな　野紅・砂つばめ

尻飛びに闇の螽や稲の頭《アタマ》　野坡・続寒菊

刈跡の芒にすがる螽かな　蓼太・蓼太句集

蜻蛉に螽飛びかつ朝日かな　几董・井華集

美しき馬鹿女房や螽取　村上鬼城・鬼城句集

刈株に螽《いなご》老い行く日数かな　正岡子規・子規句集

我袖《そで》に来てはね返る螽かな　正岡子規・子規句集

稲刈りて水に飛びこむ螽かな　正岡子規・子規句集

掛稲に螽《いなご》飛びつく夕日かな　正岡子規・子規句集

稲刈りてにぶくなりたる螽《いなご》かな　正岡子規・子規句集

螽《いなご》焼く爺《じい》の話や嘘だらけ　正岡子規・子規句集

螽とる老を見ぬ日のつもりけり　河東碧梧桐・碧梧桐句集

螽《いなご》焼いて夕にくれる翁かな　河東碧梧桐・碧梧桐句集

螽《いなご》とぶ音杼に似て低きかな　高浜虚子・五百句

ふみはづす蝗《いなご》の顔の見ゆるかな　高浜虚子・五百句

かさ〳〵とたまる螽や紙袋　青木月斗・時雨

川へ飛んで暫く泳ぐ螽かな　青木月斗・時雨

朝景の露に沈める稲子哉　青木月斗・時雨

螽盛んに飛んで蜻蛉を驚かす　青木月斗・時雨

水心にもがく蝗や草遠し　長谷川零余子・雑草

初秋の蝗《いなご》つかめば柔かき　芥川龍之介・芥川龍之介全集（発句）

輪塔にすがる蝗や裏おもて　水原秋桜子・殉教

蝗さへほろびし風の沼田《ぬだ》のあと　水原秋桜子・殉教

豊の穂をいだきて蝗人を怖づ　山口青邨・雪国
一つ刺して蝗の茎の大ゆれす　島村元・島村元句集
この頃の憂きこと晴れて蝗捕　星野立子・鎌倉
日の没りの峡田の蝗かぞへきれず　加藤楸邨・野哭

いなごまろ【稲子麿・蝗麿】

精霊飛蝗の別名。または稲の害虫の総称。⬇稲虫（いなむし）［秋］、精霊飛蝗（しょうりょうばった）［秋］

§

や、たくる野べの朝日をよろこびてそゞろ飛《とび》たついなごまろ哉《かな》　橘曙覧・松蘿艸
月よしと小棚《コナギ》をのぼるいなご丸　暁台・暁台句集

いなすずめ【稲雀】

秋、稲の実る頃、また収穫した稲を掛け干す頃、稲田に群がる雀をいう。⬇雀（すずめ）［四季］、入内雀（にゅうないすずめ）［秋］

§

稲雀《いなすずめ》茶の木畠《ばたけ》や逃どころ　芭蕉・西の雲
静《しづか》なる鷺《さぎ》にも恥《はぢ》よ稲雀《いなすずめ》　許六・射水川
弓取て額烏帽子や稲雀　涼菟・山中集
稲雀散行く藪や月の雲　土芳・蓑虫庵集
君が代の千代の数かも稲雀　乙二・松窓乙二発句集
稲雀降りんとするや大うねり　村上鬼城・鬼城句集
雲の如くわきし田面の稲雀　松瀬青々・倦鳥
稲雀遠き踏切のベルが鳴る　山口青邨・夏草
ヘリコプター稲雀より玩具めき　山口青邨・俳句
稲雀上らぬ夕田戻りけり　島村元・島村元句集
夕栄に起ちさゞめけり稲雀　日野草城・花氷

いなむし【稲虫】

稲の害虫の総称。⬇稲子麿（いなごまろ）［秋］

§

くはずとも露なめもせで稲の虫　土芳・蓑虫庵集

いねつきむし【稲春虫】

精霊飛蝗の別名。⬇米搗飛蝗（こめつきばった）［秋］、精霊飛蝗（しょうりょうばった）［秋］

いのしし【猪】

イノシシ科の哺乳類。本州以南に生息する。体長約一メートル。体形は肥満して豚に似る。豚の原種である。背部に黒褐色の剛毛があり、怒るとその毛を逆立て「怒り毛」とよばれる。犬歯が口外に上を向いて突出する。夜行性で雑食。人里にて農作物を荒らすことが多い。猪は冬の狩猟の好獲物であるが、田畑の害獣として秋に人里に現れることが多いため秋の季語とされる。猪の往来する道はほぼ一定しており、その道を猪道（ししみち）という。猪の子は「瓜坊」とよばれる。猪の肉は「山鯨」とも呼ばれ、脂肪に富み、食用となる。［同義］しし、い、いのこ、ふす

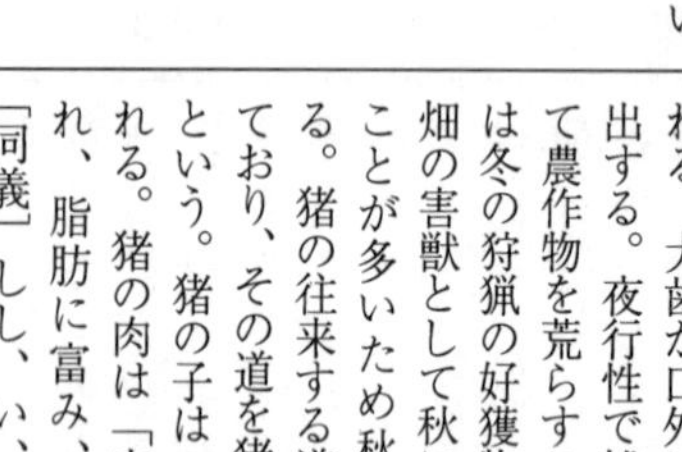
いのしし［明治期挿絵］

い。⬇瓜坊（うりぼう）［秋］、山鯨（やまくじら）［冬］、鹿（しか）［秋］、獣（しし）［秋］、猪肉（ししにく）［秋］

§

手をおひて谷間にくるふいかり猪の牙のひゞきにちるもみぢかな　落合直文・明星

ゐのししはつひにかくれしすそ山の尾花が上に野分《のわき》荒れに荒る　正岡子規・子規歌集

猪《ゐのしし》もともに吹《ふか》るゝ野分かな　芭蕉・江鮭子

猪《ゐのしし》のねに行《ゆく》かたや明《あけ》の月　去来・去来抄

猪《ゐのしし》の吹《ふき》かへさるゝ野分《のわき》かな　正秀・一字幽蘭集

猪《ゐのしし》のみだるゝ形《なり》や月のくも　土芳・蓑虫庵集

猪《ゐのしし》を狩場《かりば》の外《そと》へ追《おひ》にがし　曲翠・続猿蓑

わたり猪《ゐ》の竹の子につく山家《やまが》哉　浪化・続有磯海

稲刈りて猪まつ小屋は荒にけり　松瀬青々・倦鳥

猪《ゐのしゝ》やてんてれつくてんてれつくと　泉鏡花・鏡花句集

猪《ゐのしゝ》の足跡のぞく猟師かな　原石鼎・花影

いぼむしり【疣毟】

蟷螂の別称。［和名由来］この虫で疣をなでると疣がとれるという迷信から。⬇蟷螂（かまきり）［秋］

§

いぼむしり身をさかしまに秋の風　山口青邨・花宰相

火の色に没日の中の蟷螂《いぼむしり》　加藤楸邨・雪後の天

いもむし【芋虫】

蝶や蛾の幼虫で毛のないものの総称。体色は緑・黒・褐色などさまざま。草木の葉を食害して育つ。［同義］とこよむし。⬇柚子坊（ゆずぼう）［秋］、蝶（ちょう）［春］、蛾（が）［夏］、青虫（あおむし）［秋］

§

芋虫をなかに蹴合へる二羽の百舌鳥《もず》の羽根錆びはてて芋虫真青　若山牧水・黒松

芋虫の喰ひ肥けり丸裸　乙州・西の雲

芋虫は芋の戦ぎに見えにけり　太祇・太祇句選後編

芋虫の雨を聴き居る葉裏哉　尾崎紅葉・紅葉句帳

芋虫やのちの揚羽は知らなくに　松瀬青々・倦鳥

芋虫をにくむの辞さへなかりけり　高浜虚子・定本虚子全集

命かけて芋虫憎む女かな　高浜虚子・五百五十句

芋虫ときいて恋さむ蝶もあり　杉田久女・杉田久女句集

芋虫の太りにけりな露の宿　山口青邨・雪国

いろどり【色鳥】

秋に渡来するさまざまな鳥をいう。特に、色彩の美しい鳥をいう。［同義］秋小鳥（あきことり）。⬇小鳥（ことり）［秋］

§

紋がらや或は色鳥あやはどり　宗因・梅翁宗因発句集

色鳥の渡りあふたり旅宿り　園女・小弓誹諧集

鳥に先づ色を添へたる野山哉　浪化・白扇集

色鳥を待つや端居の絵具皿　松瀬青々・松苗

色鳥に乾きてかろし松ふぐり　原石鼎・花影

色鳥はわが読む本にひるがへり　山口青邨・庭にて

色鳥や書斎は書物散らかして　山口青邨・花宰相

色鳥や庭に滝あり紅葉あり　島村元・島村元句集

色鳥に杜の校舎の時の鐘　島村元・島村元句集
色鳥や碧天にあげて煙細し　島村元・島村元句集
色鳥の羽音しぐれのいくうつり　高橋馬相・秋山越

いわし【鰯・鰮】

片口鰯、真鰯などの海水魚の総称。通常はニシン科の海水魚の真鰯をさすことが多い。鰯は水面近くを群れて泳ぐので、大群が押し寄せると海の色もかわる。これを網で引いて漁獲することを「鰯引く（いわしひく）」という。鰯は秋が旬とされる。目刺、干物、油漬、肥料などになる。［和名由来］漁獲してもすぐにいたむことから「ヨハシ（弱し）」の転と。［同義］弱魚、紫（むらさき）。➡秋鰯（あきいわし）［秋］、春鰯（はるいわし）［春］、目刺（めざし）［春］、片口鰯（かたくちいわし）［秋］、真鰯（まいわし）［秋］、宇和鰯（うわいわし）［秋］、小鰯（こいわし）［秋］、鯷（ひしこ）［秋］、潤目鰯（うるめいわし）［冬］

いわし［潜龍堂画譜］

いわし漁［日本山海名産図会］

§

鰯曳く地曳のあみのくりなはの繰言なれや片恋にして　伊藤左千夫・伊藤左千夫全短歌
崎の端《はな》けふはここだく赤錆びて入江は凪ぎぬ鰯寄るとふ　若山牧水・朝の歌
はしけやし鰯の網にかかりたる大鯖の腹のこの青鰯　若山牧水・朝の歌
鰯寄る細江のそらのうちけぶり鳶の群れゐて啼けば悲しき　若山牧水・朝の歌
此浦に花も紅葉も鰯かな　支考・東西夜話
夕焼や鰯《いわし》の網に人だかり　正岡子規・子規句集
残してや家路を急ぐ鰯売　藤野古白・古白遺稿
汐焚くと鰯《いわし》ひくとや須磨の蜑《あま》　河東碧梧桐・碧梧桐句集
鰯引く外浦に出るや芒山《すゝきやま》　河東碧梧桐・碧梧桐句集
誕生日安き鰯を買ひにけり　鈴木花蓑・鈴木花蓑句集
岩にはり付けた鰯がかわいて居る　尾崎放哉・須磨寺にて
鰯買ふや薪を肩に話しつゝ　長谷川零余子・雑草
鰯買ふ一擲銭や酒肆を出て　長谷川零余子・雑草
鰯とれし湾の大松散り敷けり　長谷川零余子・雑草
鰯引き見て居るわれや影法師　原石鼎・花影

「う〜え」

うずら【鶉】

キジ科の鳥。ユーラシアに広く分布。日本では、本州北部の原野で五〜六月頃に繁殖し、冬、中部以南に渡る。体長約二〇センチ、翼長約一〇センチ。体色は赤褐色で、黄白色の縦斑が前後に列をなし、黒斑がある。尾は短い。「グワックルルルル」と高く響く声で鳴き、往時、鳴声を楽しむ鳥として飼育された。秋の狩猟の対象ともなる鳥であるが、古来、草深く荒廃した場所で聞かれる鳴声を秋の寂寥感をかき立てるものとして詠まれてきた鳥である。［和名由来］原野に生息するところから「ウ（草むら）ツラ（群れ）」と—『東雅』。『大言海』には「鳴声か、朝鮮語にもモヅラまたモッチウラァキと云ふ」とある。［同義］小花鳥（こばなどり）、いとら。［漢名］鶉。⬇鶉の巣（うずらのす）［夏］、麦鶉（むぎうずら）［夏］、合生（あいふ）［夏］、鶉鳴く（うずらなく）［四季］、鶉なす（うずらなす）［四季］、小鷹狩（こたかがり）［秋］、片鶉（かたうずら）［秋］、諸鶉（もろうずら）［秋］、鶉の床（うずらのとこ）［秋］、駆鶉（かけうずら）［秋］、鶉合せ（うずらあわせ）［秋］

うずら［聚鳥画譜］

§

ゆきずりの鈴《すゞ》の音《おと》にや群鳥《むらどり》の世をうづらとてなきかくれなむ
実方朝臣集（藤原実方の私家集）

秋風《あきかぜ》に下葉《したば》やさむく散《ち》りぬらん小萩《こはぎ》が原《はら》にうづら鳴《な》くなり
藤原通宗・後拾遺和歌集四（秋上）

うづら鳴《な》く真野《まの》の入江《いりえ》のはまかぜに尾花《おばな》なみよる秋のゆふぐれ
源俊頼・金葉和歌集三（秋）

夕《ゆふ》さればば野辺の秋風身にしみてうづらなくなり深《ふか》草のさと
藤原俊成・千載和歌集四（秋上）

入日《いり》さす麓《ふもと》のお《（を）》ばなうちなびきたが秋風にうづら鳴《な》くらん
源通光・新古今和歌集五（秋下）

秋をへてあはれも露《つゆ》も深草《ふかくさ》のさと訪ふものはうづらなりけり
慈円・新古今和歌集五（秋下）

住《す》みなれしわがふる里《さと》はこのごろや浅茅《あさぢ》が原《はら》にうづら鳴《な》くらん
行尊・新古今和歌集一七（雑中）

うづら鳴《な》く野辺《べ》の浅茅の露の上に床を並《なら》べて月ぞ宿《やど》れる
宗尊親王・文応三百首

霧《きり》たちて鶉《うづら》鳴《な》くなり山城《しろ》の石田《いはた》の小野《をの》の秋《あき》の夕暮《ゆふぐれ》
頓阿・頓阿法師詠

身にぞしむ鶉《うづら》なくまで住《すみ》すてしたがふるさとの野べの秋風　香川景樹・桂園一枝
野分すと人は思はむ鶉鳴く深草のへの風の力を　天田愚庵・愚庵和歌
行きくれし真葛《まくず》が原の風寒み鶉啼《うづらな》くなり人も通はず　正岡子規・子規歌集
此秋はあるじなくして刈入れぬ刈の粟生に鶉なくなり　佐佐木信綱・思草
見る限りの末はきりに成ぬれと《（ど）》鶉のこゑはかくれさ《（ざ）》りけり　樋口一葉・樋口一葉全集
穂すすきの原まひわたるつぶら鳥うづらの鳥は二つならびとべり　若山牧水・山桜の歌
家につづく有明白き萱原に露さはなれや鶉しば啼く　若山牧水・海の声
詰籠《つめこ》でもしくはくはひと鳴《なく》鶉哉《かな》　貞徳・犬子集
長鳴《ながなき》はをのが尾に似ぬ鶉哉《かな》　重頼・犬子集
みつがしら鶉なくなりくわ〳〵くわい〳〵　西鶴・虎渓の橋
鷹の目の今や暮れぬと啼く鶉　芭蕉・流川集
桐の木にうづら鳴《なく》なる塀《へい》の内　芭蕉・猿蓑
粟刈れば野菊が下に啼鶉　許六・正風彦根体
唐網《たうあみ》に袖《そで》ぬれて聞鶉《きくうづら》哉　正秀・流川集
今は昔の秋もなくて
伏見には町屋の裏に鳴鶉　鬼貫・鬼貫句選
森ひとつ笠に着て鳴《なく》うづら哉　露川・東華集

夕くれをおもふまゝにもなくうつら　惟然・泊船集
出合たる心は何と啼く鶉　北枝・中やどり
我数奇の粟津が原や鳴く鶉　支考・草苅笛
粟《あは》の穂《ほ》を見《み》あぐる時《とき》や啼鶉《なくうづら》　支考・続猿蓑
かいすくみいつも寐顔《ねがほ》のうづら哉　琴風・続の原
夕風の引捨を啼く鶉かな　浪化・旅袋
すこし有《ある》茶の木にもどる鶉《うづら》哉　りん女・小柑子
張声や籠の鶉の力足　山店・初便
聞く人の目の色狂ふ鶉かな　千代女・千代尼句集
売られても秋を忘れぬ鶉かな　千代女・千代尼句集
縫物に針のこぼるゝ鶉かな　千代女・千代尼句集
網の目や憂き暁を鳴く鶉　白雄・白雄句集
眼の前に蝶死んで啼く鶉かな　成美・成美家集
鳴け鶉邪魔なら庵もたゝむべき　一茶・旅日記
入相の鐘なき里や鶉鳴く　梅室・梅室家集
日に三度鳴いて鶉の妻恋ふる　菅原師竹・菅原師竹句集
重なるは親子か雨に鳴く鶉　夏目漱石・漱石全集
手を分つ古き都や鶉泣く　夏目漱石・漱石全集
人愁へ鶉しばらく声やみぬ　松瀬青々・妻木
穂の高さ黍《きび》に鶉《うづら》の飛び立ちぬ　河東碧梧桐・碧梧桐句集
栗一つ食み割る音の鶉《うづら》かな　高浜虚子・定本虚子全集
蓼《たで》の穂の風や鶉《うづら》の夜明顔《よあけがほ》　寺田寅彦・寅日子集

うずらあわせ【鶉合せ】

飼育籠に入れた鶉を持ち寄り、鳴声の優劣を競うこと。江戸時代に良く行われた。鶉を入れた飼育籠を「鶉籠（うずら

かご）」という。⬇鶉（うずら）［秋］

うずらのとこ【鶉の床】

鶉のひそんでいる草をいう。⬇鶉（うずら）［秋］

うなぎやな【鰻簗】

一〇月頃、生殖期となった鰻は海に向かって川を下る。そこを捕えるために仕掛ける簗簀を「鰻簗」という。⬇落鰻（おちうなぎ）［秋］

うばしぎ【姥鴫】

山鴫の別称。［和名由来］羽の色が地味なところから。⬇鴫（しぎ）［秋］、山鴫（やましぎ）［秋］

§

跡《あと》にたつは姥鴫《うばしぎ》と云《いふ》鳥なるか　亀洞・卯辰集

うまおいむし【馬追虫】

キリギリス科の昆虫。「うまおい」ともいう。体長約三・五センチ。体色は緑色。頭・背部は褐色。体よりも長い触角・羽根をもつ。秋の夜、灯火をめざして人家に飛んで来る。「スイッチョ・スイッチョ」と鳴く。［和名由来］鳴き声を、馬子が馬を呼ぶ声に見立てたところからと。［同義］すいと、すいと虫（すいとむし）、すいっちょ。⬇虫（むし）［秋］、すいと［秋］、すいっちょ［秋］

§

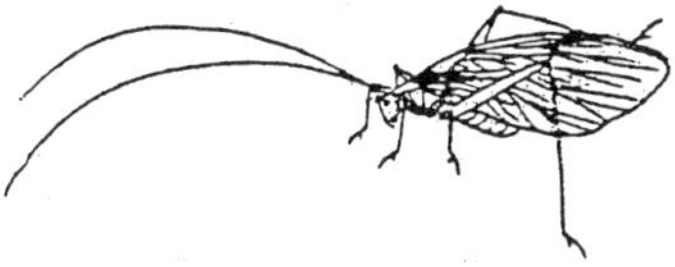

うまおいむし［潜龍堂画譜］

伏菴を人訪ひ来ねば夜昼のわかちを知らに馬追鳴くも　岡麓・湧井

あぢきなし蛾と馬追《うまおひ》を一ときに灯にうちつくる妙高おろし　与謝野晶子・心の遠景

はかなしと馬追虫《うまおひむし》を追ひはなち子は籠《かご》に飼ふ鉄色《かねいろ》の蟬　与謝野晶子・太陽と薔薇

わが昼の雨の中なる百舌《もず》の声こほろぎになれ馬追《うまおひ》になれ　与謝野晶子・晶子新集

馬追虫《うまおひ》の髭《ひげ》のそよろに来る秋はまなこを閉ぢて想ひ見るべし　長塚節・初秋の歌

いつしかに耳に馴れたる馬追虫《うまおひ》のこよひしとどに庭のうちに鳴く　若山牧水・くろ土

ふるさとや馬追鳴ける風の中　水原秋桜子・葛飾

馬追の網戸に青き夜の雷雨　水原秋桜子・帰心

馬追の良夜の藪のあらはなる　中村汀女・花影

馬追や月いよよ照る浮雲に　中村汀女・花影

うまこゆ【馬肥ゆ】

牧草も豊かな秋、馬がたくましく成長すること。「天高く馬肥ゆる秋」といわれる。『漢書』「匈奴伝」の「匈奴は秋に至って、馬肥え弓勁し」に由来。［同義］秋の駒（あきのこま）。⬇馬（うま）［四季］

§

牧の馬肥えにけり早も雪や来ん　高浜虚子・定本虚子全集

馬肥ゆるとはみちのくの野なるべし　山口青邨・ホトトギス

うりぼう【瓜坊】
イノシシ科の哺乳類の猪の子をいう。体の地色が黄色で、数本の黒筋が縦走する。その形態が瓜によく似ているところから「うりぼう」「うりんぼう」とよばれる。➡猪（いのしし）［秋］

§

秋の野に遊ひにゆくと猪の子かふひまり紫をにの家に遊びつ。
伊藤左千夫・伊藤左千夫全短歌

うるか
鮎の腸や卵を塩漬けにした食品。苦味があり、酒の肴として珍重される。鮎の産卵期である秋に作る。➡鮎（あゆ）［夏］、落鮎（おちあゆ）［秋］

うわいわし【宇和鰯】
愛媛県宇和島でとれる鰯。鰓を切取り、塩漬けにしたものは内臓の色で黒色となり、「鰯の黒漬（いわしのくろづけ）」とよばれる。➡鰯（いわし）［秋］

うんか【浮塵子】
ウンカ科の昆虫の総称。体長一〇ミリ以下。管状の口吻で、稲など植物の汁液を吸う害虫。体形は蟬に似る。体は黒色で翅は白色。大群になると雲霞のように見える。［同義］よこばい、ぬかばえ、あわむし、こぬかむし、糠蠅。

えっさい【悦哉】
小形鷹である雀鷂の雄をいう。小鷹狩に用いられる。➡雀鷂（つみ）［秋］、鷹（たか）［冬］、小鷹狩（こたかがり）［秋］、小鷹（こたか）［秋］

えなが【柄長】
エナガ科の鳥。日本全土に分布し、山地の林に群れをなして生息する。精巧な巣をつくる。翼長約六センチ。体は全体に白と黒の斑色で、背部は赤みをおびる。尾は黒色で長く、柄杓を連想させる。秋から冬にかけて、人里近くに下りてくる。［同義］柄長鳥（えながどり）、柄長柄杓（えながひしゃく）、柄びしゃく（えびしゃく）、尾長柄杓（おながひしゃく）。

えんまこおろぎ【閻魔蟋蟀】
コオロギ科の大形の蟋蟀。体長約三センチ。体色は黒褐色で光沢がある。触角は体より長い。雄が美声で「コロコロリー」と鳴く。➡蟋蟀（こおろぎ）［秋］、虫（むし）［秋］

「お」

おおかみのまつり【狼の祭】
二十四節気七十二候の一で、旧暦九月の第一候「狼獣贄」のこと。狼が獣を贄として天を祭るという。［同義］狼獣を祭る（おおかみけものをまつる）。➡狼（おおかみ）［冬］

§

狼の祭か狂ふ牧の駒　太祇・太祇句選後編
狼の祭や猛き心にも　嘯山・葎亭句集

烏来て豺の祭を覗きけり　嘯山・葎亭句集
狼の祭や暁の稲妻す　石井露月・露月句集

おおじがふぐり【螵蛸】

蟷螂の卵塊をいう。晩秋、樹枝などに生みつけられ、黒褐色で色、形とも鼓に似る。［和名由来］「オオジ（祖父）」ガ「フグリ（睾丸）」の意よりと。⇩蟷螂（かまきり）［秋］

おおましこ【大猿子】

アトリ科の鳥。体長約一八センチ。雄は紅色で、頭部から喉は赤味をおびた銀白色。背部に黒褐色の斑がある。雌は背部が灰褐色で、胸部が淡灰色で褐色の斑がある。⇩猿子（ましこ）［秋］

おおもず【大百舌・大鵙】

モズ科の鳥。頭・背は灰色、腹は白色。日本には稀に冬鳥として渡来する。［漢名］寒露。⇩百舌（もず）［秋］

おかめこおろぎ【阿亀蟋蟀】

蟋蟀の一種。体長約一・五センチ。体は黒褐色。［和名由来］顔部の切断したような偏平な形態を「おかめ」の面に見立てたところから。⇩蟋蟀（こおろぎ）［秋］

おごしのかも【尾越の鴨】

山の稜線を越えて渡って来る鴨をいう。鴨はかなり高い空を飛んで渡って来る。⇩初鴨（はつがも）［秋］、鴨（かも）［冬］

§

我庵を尾越の鴨のこしにけり　松瀬青々・妻木

おじか【牡鹿】

牡の鹿。交尾期の秋になると、牝鹿を求めて「ピーッ」と長鳴きする。また、牝鹿をめぐって堅牢な角で激しく争う。［同義］小牡鹿。⇩鹿（しか）［秋］、小牡鹿（さおしか）［秋］、鹿の角切（しかのつのきり）［秋］、妻恋う鹿（つまこうしか）［秋］、牝鹿（めじか）［秋］

§

後夜《ごや》の鐘《かね》三笠の山に月出《い》でて南大門《なんだいもん》前《ぜん》雄鹿《をじか》群れて行く　正岡子規・子規歌集
雨降る天城《あまぎ》の山の篠原に立てる牡鹿《をじか》を君見たりてふ　若山牧水・黒松
たびびとの眼にさびしくも、森かげの、九月の日ぐれ、をじかの飛べる。　土岐善麿・不平なく
道筋《すぢ》を我《わが》ものにして男鹿《をじか》哉　りん女・紫藤井発句集
岩高く見たり牡鹿の角二尺　夏目漱石・漱石全集

おちあゆ【落鮎】

産卵を控え、流れに乗って川を下る鮎をいう。鮎は中流から下流にかけての瀬に九～一〇月頃に産卵する。鮎が下り始めると川に簗を設けて、この落鮎を漁獲する。これを「下り簗（くだりやな）」という。雌は卵をもっていて珍重される。⇩鮎（あゆ）［夏］、下り鮎（くだりあゆ）［秋］、秋の鮎（あきのあゆ）［秋］、錆鮎（さびあゆ）［秋］、渋鮎（しぶあゆ）［秋］、うるか［秋］

§

たそがれの小暗き闇に時雨降り簗にしらじら落つる鮎おほし

かの瀬々を鮎《あゆ》はひといきに落ちゆかむ冷えつつくだるこの夜の雨に　若山牧水・山桜の歌
　木俣修・冬暦

落行《おちゆく》は爰《ここ》やうき世のさがの鮎　重頼・犬子集
石焼や落鮎則ち那須野川　言水・言水句集
落鮎《おちあゆ》のあがきの水やうさか川　涼菟・鵜坂の杖
奥山の梢や黄ばむ鳴鹿《ナルカ》鮎　句空・柞原
落鮎や一夜高瀬の波の音　北枝・干網集
鮎落《おち》て宮木《みやぎ》とゞまる麓かな　蕪村・蕪村遺稿
落鮎や潮の闇に沈むまで　暁台・暁台句集
落鮎の哀れや一二三の簗　白雄・白雄句集
落鮎や畠も浸たす雨の暮　几董・井華集

おちあゆの簗漁［日本山海名産図会］

腹見する鮎の弱りや逆落し　梅室・梅室家集
落鮎に水摩《す》つて行く投網かな　村上鬼城・鬼城句集
落ち尽すまで食ふ鮎や隠れ里　岡本癖三酔・癖三酔句集
落鮎や空山萌えてよどみたり　芝不器男・不器男句集
鮎落ちて水もめぐらぬ巌かな　芝不器男・不器男句集
落鮎に星曼陀羅の深夜かな　加藤楸邨・雪後の天

おちうなぎ【落鰻】
一〇月頃、産卵のために川を下り、海に向かう鰻をいう。［同義］下り鰻（くだりうなぎ）。⬇鰻（うなぎ）［夏］、鰻簗（うなぎやな）［秋］

おちだい【落鯛】
秋、深場に移動する鯛をいう。鯛は水温が上がる春から秋にかけて、岸近くの水深三〇〜一〇〇メートルほどのところまで上ってくるが、水温が下がる秋に再び沖の深場に移動する。⬇鯛（たい）［四季］

おちぶな【落鮒】
晩秋、池や川の深みに集まる鮒。動きも鈍くなる。［同義］秋の鮒（あきのふな）。⬇寒鮒（かんぶな）［冬］、鮒（ふな）［四季］

おとり【囮】
季語としては、小鳥を捕らえるための囮の鳥をいう。囮を使っ

おとり［和漢三才図会］

て、小鳥を霞網に誘う。⇩小鳥網（ことりあみ）［秋］、小鳥狩（ことりがり）［秋］

§

縫はれたる眼つむりてゐし囮かな　中村汀女・春雪
塚の空あはれに鳴ける囮かな　加藤楸邨・寒雷
囮籠しづかなる日が移るのみ　加藤楸邨・寒雷

おにやんま【鬼蜻蜓】
日本最大の蜻蛉。全長約一〇センチ。体は黒色と黄色の縞模様。⇩蜻蛉（とんぼ）［秋］、やんま［秋］

おぼこ
鯔の幼魚。⇩鯔（ぼら）［秋］

おんぶばった【負んぶ飛蝗】
バッタの一種。体色は緑色または褐色。雌は体長約四センチ。雄は雌より小さい。夏から秋にかけて草地などで見かける。［和名由来］雄が雌の背に乗っていることが多く、その姿からこの名がある。⇩飛蝗（ばった）［秋］

「か」

か【鹿】
鹿（しか）のこと。⇩鹿（しか）［秋］

§

秋さらば今も見るごと妻恋ひに鹿《か》鳴かむ山そ高野原《たかのはら》の上《うへ》　長皇子・万葉集一

かけうずら【駆鶉】
馬上で鷹を使い、鶉を捕る鷹狩の猟法をいう。⇩鶉（うずら）［秋］、小鷹狩（こたかがり）［秋］

かけす【懸巣】
カラス科の鳥。翼長約一八センチ。全体に葡萄色で、翼に黒・白・藍色の混じる横斑がある。頭部には黒色の縦斑がある。尾は黒色で長い。低山の林や高原に生息するが、秋には

かけす［景年画譜］

平野に下りてくる。物音や他の動物の鳴声を巧みに真似る。［同義］樫鳥・橿鳥（かしどり）。⬇樫鳥（かしどり）［秋］

§

かし鳥の来鳴くといふはここにゐて今日もわがきく懸巣《かけす》のことか
岡麓・湧井

かけす鳴けば山越す頃と思はれよ　乙二・松窓乙二発句集

懸巣なく高野の杉の或る木かな　籾山柑子・柑子句集

懸巣をり嘴あけて鳴くあからさま　水原秋桜子・帰心

懸巣鳴きこれや鐘釣の温泉なりける　水原秋桜子・帰心

かげろう【蜉蝣・蜻蛉】

①カゲロウ目の昆虫の総称。夏から初秋にかけ、水辺に飛ぶ。体色は淡黄色で長い二〜三本の尾毛をもつ。体も羽も弱々しく、羽化し、産卵した後、数時間で死ぬ。そのため古来「はかなさ」の譬えとして表現された。幼虫は水生で、二〜三年で羽化して成虫になる。［和名由来］生存期間が短かく、飛ぶさまが陽炎がゆらめくようであるところからと。［同義］白露虫（しらつゆむし）、正雪蜻蛉（しょうせつとんぼ）。②蜻蛉（とんぼ）の古名。⬇蜻蛉（とんぼ）［秋］

§

夕暮《ゆふぐれ》に命《いのち》かけたるかげろふのありやあらずや問《と》ふもはかなし
よみ人しらず・新古今和歌集十三（恋三）

世の中はいづれにめをもとめがたき空に乱るゝ秋のかげろふ
大隈言道・草径集

かげろふのはねづくろひもすゞしきにちがやが末をすぐる秋風
大隈言道・草径集

しづかなる吾《われ》の臥処《ふしど》にうす青き草かげろふは飛びて来《き》にけり
斎藤茂吉・つゆじも

うすばかげろふ翅《はね》重ねてもうすき影　山口青邨・夏草

うすばかげろふ灯をはなれゆく紋白く　山口青邨・夏草

月に飛び月の色なり草かげろうふ　中村草田男・長子

かささぎ【鵲】

カラス科の鳩大の鳥。翼長約二〇センチ。全体に光沢のある黒色で、肩・胸・腰部が白色をおびる。尾は体より長く黒緑色。日本へは、秀吉の朝鮮半島出兵の際に持ち込まれたとされ、北九州に多く生息する。古代の和歌に詠まれた鵲は、漢詩に詠まれた鵲から想像したものと思われる。古代中国では、鵲が鳴くと吉兆と見なされ、「喜鵲」といって、漢詩や絵画の題材となっているものが多く見られる。秋の鳥とする特性はないが、牽牛と織姫が会う時に、鵲が天の川に翼で橋をかけ、牽牛を渡したという七夕伝説によって秋の季語とされる。［和名由来］朝鮮の鵲の古名「カサ（カシ）」と漢名の「鵲（サキ）」の音より—『大言海』。［同義］かち烏（かちがらす）、唐烏（とうがらす）、高麗烏（こうらいがらす）、朝鮮烏（ちょうせんがらす）、筑後烏（ちくごがらす）、肥前烏（ひぜんがらす）。［漢名］鵲、喜鵲。⬇鵲の橋（かささぎのはし）［秋］、鵲の巣（かささぎのす）［春］、鵲始巣（かささぎはじめてすくう）［冬］、かち烏（かちがらす）［秋］

§

かさゝぎの雲のかけはし秋くれて夜半《よは》には霜やさえわたるらん
寂蓮・新古今和歌集五（秋下）

三崎《さんさき》に君が御魂《みたま》を弔《とむら》へば　鵲《かささぎ》立ちて北に向きて飛ぶ
正岡子規・子規歌集

しら樺《かば》の折木《をれき》を秋の雨うてば山どよみしてかささぎの鳴く
与謝野晶子・舞姫

上野《うへの》なる動物園にかささぎは肉食《く》ひゐたりくれなゐの肉を
斎藤茂吉・赤光

中海《ちゅうかい》の蓮《はちす》は枯れぬほうほうと葦《あし》の白花《しらはな》飛べる　鵲《かささぎ》
斎藤茂吉・連山

この国の山低うして四方《よも》の空はるかなりけり　鵲《かささぎ》の啼く
若山牧水・黒松

わが連れし犬に戯るるかささぎの声はしどろに乱れたるなり
若山牧水・黒松

かささぎ／かじのき［景年画譜］

鵲《かささぎ》の丸太《まるた》の先にあまの川　其角・五元集

鵲《かささぎ》や尾上《をのへ》の杉を橋ばしら　浪化・射水川

鵲は魂の緒の母の使かな　山口青邨・雪国

鵲と生国おなじ哀れかな　中尾寿美子・舞童台

かささぎのはし【鵲の橋】

七夕の伝説。七夕の夜、鵲が翼を連ねて天の川に橋をかけ、牽牛はその上を渡って織姫に逢いに行くという。［同義］星の橋（ほしのはし）、行合の橋（ゆきあいのはし）、寄羽の橋（よりはのはし）、天の小夜橋（あまのさよばし）。➡鵲（かささぎ）［秋］

§

かささぎ［毛詩品物図攷］

たなばたに契《ちぎ》るその夜《よ》は遠《とを》くともふみみきといへかさゝぎの橋《はし》
実方朝臣集（藤原実方の私家集）

今日《けふ》なれど天《あま》の羽衣《はごろも》着られねば渡《わた》りづらふかさゝぎの橋《はし》
四条宮下野集（四条宮下野の私家集）

かさゝぎのわたすやいづこ夕霜の雲ゐに白《しろ》き峰の 梯《かけはし》
藤原家隆・家隆卿百番自歌合

天の川この水上か 鵲《かさゝぎ》のわたすやいづこ宇治の橋《はし》守
正徹・永享九年正徹詠草

天つ星の幸までしるかこよひことにかさゝぎさわぎ橋渡すとか
田安宗武・悠然院様御詠草

鵲《かささぎ》の橋の下から来る風か 木因・既望

鵲《かささぎ》のはね橋ならむ天の川 越人・庭竈集

かじか【鰍】

カジカ科の淡水魚。美味である。本州の水の澄んだ河川の上・中流域に生息する。体長約一五センチ。体形は沙魚（はぜ）に似る。鱗はなく、滑らかな体表をもち、背部に雲形の斑紋がある。水生昆虫や甲殻を捕食する。三～六月に産卵し、雄は孵化するまで卵を守る。秋の季語とされるのは「鰍」という字体からと言われている。また、古来、夜鳴くと言われているが、これは蛙の河鹿と混同したものである。［同義］川鰍（かわかじか）、石伏・石斑魚（いしぶし）、川おこぜ（かわおこぜ）、霰魚（あられうお）。⬇河鹿（かじか）［夏］

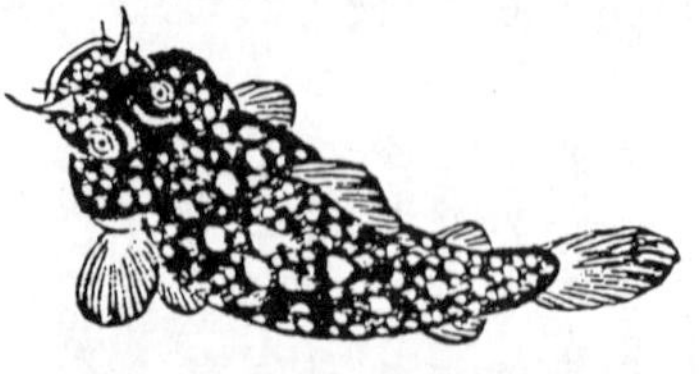
かじか（あられうお）［日本山海名産図会］

§

男《をとこ》の児魚籃《こびく》のかじかをつまみあげわれに見せけりものもいはずに
岡麓・涌井

淵尻の浅みの岩に出でてをる鰍《かじか》のすがた静かなるかも
若山牧水・山桜の歌

かゞり火にかじかや浪の下むせび 芭蕉・東西夜話

棹もちて走るはみんな鰍捕 原石鼎・花影

かしどり【樫鳥・橿鳥】

懸巣の別称。［和名由来］樫の実を好んで食べるから。⬇懸巣（かけす）［秋］

§

吾宿《わがやど》のそがひに立《たて》るかしの木にかしどり来なく比《ころ》ははや来ぬ
田安宗武・悠然院様御詠草

はにわ造《つく》る 翁《おきな》嫗《おうな》ら、香具山《かぐやま》のさむき夕日《ゆふひ》に樫鳥《かしどり》の鳴く
佐佐木信綱・新月

きりくもの濛濛《もうもう》として暗《くら》き日《ひ》を山《やま》にときどきかし鳥《どり》が啼《な》く
岡稲里・早春

啼く声の鋭かれども鈍鳥《のろどり》の樫鳥とべり秋の日向《ひなた》に
若山牧水・渓谷集

窓さきの樫に来て啼く樫鳥の口籠《くごも》り声はわれを呼ぶごとし
若山牧水・くろ土

樫鳥のつばさ美し庭さきの青樫のあひをしばしばも飛ぶ
若山牧水・くろ土

樫鳥のしきりに鳴きし利き声はいつの頃よりかきかなくなれり　土屋文明・山谷集
樫鳥に杖を投たる麓かな　其角・句兄弟
枝ひくく橿鳥とまる泉かな　飯田蛇笏・春蘭
かし鳥や彼の早口の法師来る　高田蝶衣・青垣山
橿鳥《かしどり》や登りなやめる幾曲り　水原秋桜子・帰心

かじょなく【歌女鳴く】
「蚯蚓鳴く」に同じ。⇩蚯蚓鳴く（みみずなく）［秋］

§

歌女鳴や坎として老の缶撃つ　松瀬青々・宝船

かしらだか【頭高】
ホオジロ科の小鳥。ユーラシア北部で繁殖し、秋、日本に飛来する。翼長約七・五センチ。頭頂と頬は黒色。喉・腹部は白色。胸部は栗色。［和名由来］興奮すると頭上の羽冠を逆立てるところから。

かたうずら【片鶉】
雌雄が相添わないで離れている鶉をいう。⇩鶉（うずら）［秋］

かたくちいわし【片口鰯】
カタクチイワシ科の海水魚。日本全土に分布し、沿岸域に群生する。体長一〇～一五センチ。背面は暗青色、腹面は銀白色。体側に銀白色の帯がある。下顎が短い。稚魚・幼魚は「しらす」とよばれる。［和名由来］下顎が短く片口のように見えるところから。［同義］片口（かたくち）、背黒鰯（せぐろいわし）、鯷鰯（ひしこいわし）。⇩鰯（いわし）［秋］、鯷（ひしこ）［秋］、鯷漬（ひしこづけ）［秋］

かちがらす【かち烏】
鵲の別称。［和名由来］戦勝を予告する鳥の意。⇩鵲（かささぎ）［秋］

§

南風《みなみかぜ》吹く日の櫨にかち烏鳴く声聞けばここは柳川　宮柊二・独石馬

がちゃがちゃ
轡虫の別称。⇩轡虫（くつわむし）［秋］

§

がちゃがちゃがちゃがちゃ鳴くよりほかない　種田山頭火・草木塔
がちゃ〳〵や月光掬ふ芝の上　渡辺水巴・水巴句集

かなかな
蜩の別称。［和名由来］鳴き声「カナカナ」から。⇩蜩（ひぐらし）［秋］

§

赤倉や山にひろがる雲を切る鋏刀《はさみ》をつかふかなかなの蟬《せみ》　与謝野晶子・草の夢
てらてらと夕日さし入り、幹赤き松原のおくに蜩《かなかな》が啼く　岡稲里・朝夕
なにものにか遂《お》はるるごとくやるせなき心《こころ》となりぬかなかな啼《な》けば　岡稲里・早春
蜩《かなかな》のまぢかくに鳴くあかつきを衰へはててひとり臥《ふ》し居《を》り　斎藤茂吉・赤光

かなしきは気まぐれごころ宵のまに朝の風たち蜩《かなかな》の啼く　北原白秋・桐の花
曇り日の桐の梢に飛び来り蜩《かなかな》鳴けば人の恋しき　北原白秋・桐の花
この年もかなかな蟬のなきそめて夏の盛りとはやなれるなり　三ケ島葭子・定本三ケ島葭子全歌集
かなかな蟬しきりに鳴きて夏深し雲夕焼けて棚引きにけり　三ケ島葭子・定本三ケ島葭子全歌集
いそいでもどるかなかなかなかな　種田山頭火・草木塔
かなかなの鳴きうつりけり夜明雲　飯田蛇笏・山廬集
出水川かな〳〵鳴いて日当りぬ　原石鼎・花影
かな〳〵や紫金ちらして飛びうつり　原石鼎・花影
かなかなや峡残光の露天碁に　中村草田男・母郷行
かな〳〵にまだ暁けやらぬ手足なり　高橋馬相・秋山越
かな〳〵やどの顔ももの言はでゆく　石橋秀野・桜濃く
かなかなや童の乳のをんなめき　石田波郷・雨覆
かなかなの森出づ流れ何の香ぞ　石田波郷・雨覆
かなかなに母子の蜩のすきとほり　石田波郷・鶴の眼

かねたたき【鉦叩】
　コオロギ科の昆虫。雄は体長約一センチ。体は黒褐色で、翅は雄にだけあるが、前翅のみ。触角は長く体の約二倍。一対の長尾毛をもつ。雄は秋に「チンチン」と鳴く。

かのなごり【蚊の名残】
　秋になってもまだ蚊がいる状態をいう。➡残る蚊（のこるか）［秋］、秋の蚊（あきのか）［秋］

かびや【鹿火屋】
　田畑を荒らしにくる猪や鹿を追い払うために、火を焚く小屋のこと。➡鹿垣（ししがき）［秋］、獣（しし）［秋］

かまきり【蟷螂・螳螂・鎌切】
　カマキリ目の大形昆虫の総称。温帯産のものは、体色は緑色または褐色。鎌状の前脚で他の虫を捕らえて食べる。鎌状の前脚は「蟷螂の斧」といわれる。頭は三角形で大きな複眼をもつ。前胸が長く腹部が肥大している。触角は短く糸状。交尾中または交尾後に雌が雄を食べることがある。晩秋、樹枝に卵を産みつける。最初は泡状であるが、後に堅くなる灰褐色の卵塊で、「おおじがふぐり」といわれる。［同義］蠅取虫（はえとりむし）、疣虫（いぼむし）、疣毟、疣じり（いぼじり）、疣つり虫（いぼつりむし）、斧虫（おのむし）、蟷螂（とうろう）、かまぎっちょう、拝み太郎（おがみたろう）。➡蟷螂生る（かまきりうまる）［夏］、蟷螂（とうろう）［秋］、疣毟（いぼむしり）［秋］、螵蛸（おおじがふぐり）［秋］、蟷螂枯る（かまきりかる）［冬］

§

寺なかのともりし白き電燈に蟷螂《かまきり》とべり羽《はね》をひろげて　斎藤茂吉・ともしび

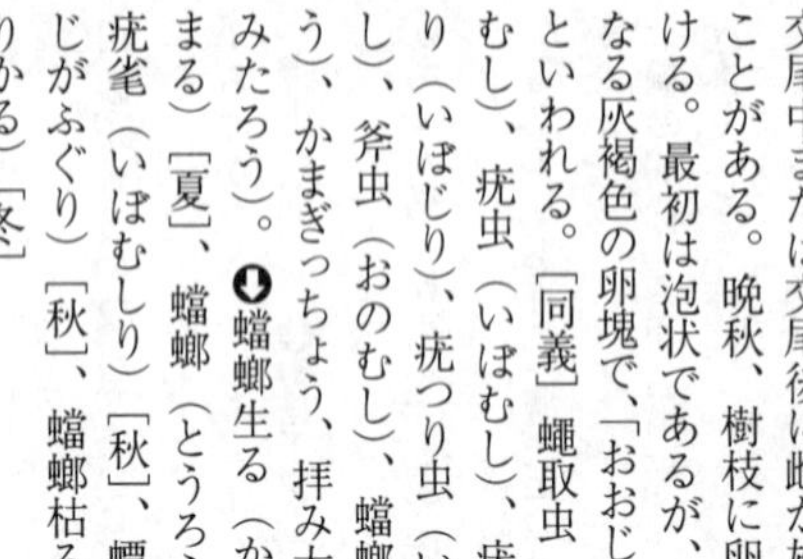
かまきり［明治期挿絵］

うつせみのわが息息《そくそく》を見むものは窓《まど》にのぼれる蟷螂《かまきり》ひとつ　斎藤茂吉・小園

そと来てはいつよりここに見守れるあやしきまみのにくき蟷螂《かまきり》　九条武子・薫染

おとろへしかまきり一つ朝光《あさかげ》の軌条のうへを越えんとしをり　宮柊二・小紺珠

庭の上《へ》に狭霧は立ちてこの夕べ蟷螂《かまきり》しきり部屋の中に入る　宮柊二・小紺珠

蟷螂《かまきり》や一葉に乗《のっ》て船ゆるぎ　野紅・後れ馳

蟷螂の鎌を立るも力味とや　鬼貫・七車

蟷螂《かまきり》の横に来る間を御構《かまふ》な　百里・のぼり鶴

蟷螂や露引きこぼす萩の枝　北枝・卯辰集

蟷螂が片手かけたり釣鐘に　一茶・七番日記

蟷螂が態々罷出候　一茶・七番日記

蟷螂の真青に垣の雨晴る、　内藤鳴雪・鳴雪句集

蟷螂の腰折れて葛の裏吹けり　石橋忍月・忍月俳句抄

蟷螂の何拝み居る垣穂かな　石橋忍月・忍月俳句抄

蟷螂に負けて吼立つ小犬かな　村上鬼城・鬼城句集

蟷螂のさりとては又推参な　夏目漱石・漱石全集

夕栄に草の蟷螂からみつく　野田別天楼・雁来紅

蟷螂《かまきり》のほむらさめたる芙蓉《ふよう》かな　河東碧梧桐・碧梧桐句集

蟷螂に隠元採る手控へけり　西山泊雲・泊雲

産んだまま死んでゐるかよかまきりよ　種田山頭火・草木塔

蟷螂の横に倒れて死にゐたり　原石鼎・花影

つるみつめて蟷螂雄《おす》をはみにけり　宮林菫哉・冬の土

落葉飛び螳螂も高く翔けわたる　水原秋桜子・帰心

蟷螂の山畑飛べる雨後の月　水原秋桜子・晩華

日がのぼり露のかまきり躍り出づ　山口青邨・雪国

貧婪の蟷螂腹をむらさきに　山口青邨・花宰相

蟷螂の斧をしづかにしづかに振る　山口青邨・花宰相

蟷螂の眼の秋や青二点　島村元・島村元句集

悴みて蟷螂あゆむペンの先　加藤楸邨・穂高

蟷螂斧をあげ流れ去り明るき野　加藤楸邨・野哭

蟷螂の尻つぶされて斧ふる天　加藤楸邨・野哭

三時打つ蟷螂軒をわたるかな　加藤楸邨・野哭

蟷螂のはたとまどひし月下かな　加藤楸邨・雪後の天

蟷螂の地をはへば地に怒りけり　石橋秀野・桜濃く

木がくれて蟷螂《かまきり》蟬を食ひ了へぬ　石橋秀野・石橋秀野集

蟷螂の青き目のうちより視らる　野澤節子・未明音

かまどうま【竈馬】

カマドウマ科の昆虫。夜行性で台所や床下などの暗所に生息する。体長約二センチ。体色は暗褐色。長い触角をもち、背は海老のように曲がり、強大な後脚で跳躍する。「いとど」と詠まれることが多い。翅を持たないので鳴く虫ではないが、江戸時代を通じて、秋に鳴く虫の一つとして扱われていた。［和名由来］竈の近くで見

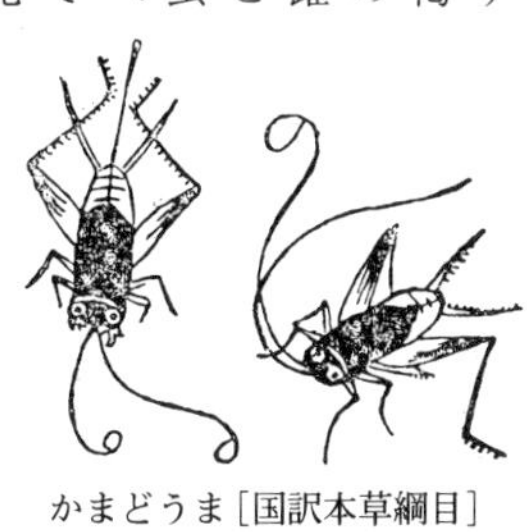

かまどうま［国訳本草綱目］

られる虫であるところから。［同義］かまどむし、かまご、いとど、えびこおろぎ、おかまこおろぎ、えんのしたこおろぎ、おさるこおろぎ、はだかこおろぎ、いいぎり。⬇竈馬（いとど）［秋］

からすみ【鱲子】

鯔、鯛、鰆などの卵巣を塩漬けにして乾燥した食品。鯔を材料としたものが一級品とされる。長崎の名産である。⬇鯔（ぼら）［秋］

かり【雁・鴈】

「がん」のこと。「かり」はガン類の古名。ガン類とはガンカモ科の中の大型の水鳥の総称である。真雁、菱食などがいる。秋、越冬のため、日本に飛来する。整然と列をなして渡ってくる雁の様子は「雁の列（かりのつら）」「雁の棹（かりのさお）」「雁の文字（かりのもじ）」「雁行（がんこう）」といったことばで表現される。雁は霊鳥とされ、その鳴声は賞美された。［和名由来］「カリカリ」という鳴声から。［同義］雁金、二季鳥（ふたきどり・にきどり）、片糸鳥（かたいとどり）、沼太郎（ぬまたろう）。［漢名］鴈。⬇帰る雁（かえるかり）［春］、帰雁（きがん）［春］、天津雁（あまつかり）［秋］、雁渡る（かりわたる）［秋］、雁の使（かりのつかい）［秋］、雁（がん）［秋］、雁金（かりがね）［秋］、初雁（はつかり）［秋］、真雁（まがん）［秋］、雁鳴く（かりなく）［秋］、菱食（ひしくい）［秋］、病雁（びょうがん）［秋］、落雁（らくがん）［秋］、寒雁（かんがん）［冬］、冬の雁（ふゆのかり）［冬］、春の雁（はるのかり）［春］、残る雁（のこるかり）［春］

§

朝《あした》には海辺《うみべ》に漁《あさり》し夕されば倭《やまと》へ越ゆる雁《かり》し羨《とも》しも
膳王・万葉集六

白雲に羽《はね》うちかはしとぶ雁《かり》のかずさへ見ゆる秋のよの月
よみ人しらず・古今和歌集四（秋上）

なきわたる雁《かり》の涙やおちつらむ物思《（おもふ）》宿《やど》のはぎのうへのつゆ
よみ人しらず・古今和歌集四（秋上）

さ夜ふかき雲居《くもゐ》に雁《かり》も音《おと》すなり我《（われ）》ひとりやは旅《たび》の空《そら》なる
源雅光・千載和歌集八（羇旅）

野辺染《そ》むる雁の涙《なみだ》は色もなし物思ふ露のおきの里には
後鳥羽院・遠島御百首

雁《かり》のくる伏見《ふしみ》の小田《をだ》に夢さめてねぬよの庵《いほ》に月をみるかな
慈円・新古今和歌集四（秋上）

むら雲や雁の羽風《はかぜ》にはれぬらん声きく空《そら》にすめる月かげ
朝恵・新古今和歌集五（秋下）

人はこで風のけしきも更《ふ》けぬるにあはれに雁のを《（お）》とづれてゆく
西行・新古今和歌集一三（恋三）

うき中は秋霧がくれなく雁の声のみきゝて見るよしもなし
小沢蘆庵・六帖詠草

命あらば秋こん雁を聞《きく》たびに鳴《なき》て別《わかれ》しけふやしのばん
小沢蘆庵・六帖詠草

うちむれてさわぎたてども小田の鴈行方《ゆくかた》見ればつらも乱れず
大隈言道・草径集

月やよけむ雁やよけむと眺めつゝ千葉が起れる海山おもほゆ
伊藤左千夫・伊藤左千夫全短歌

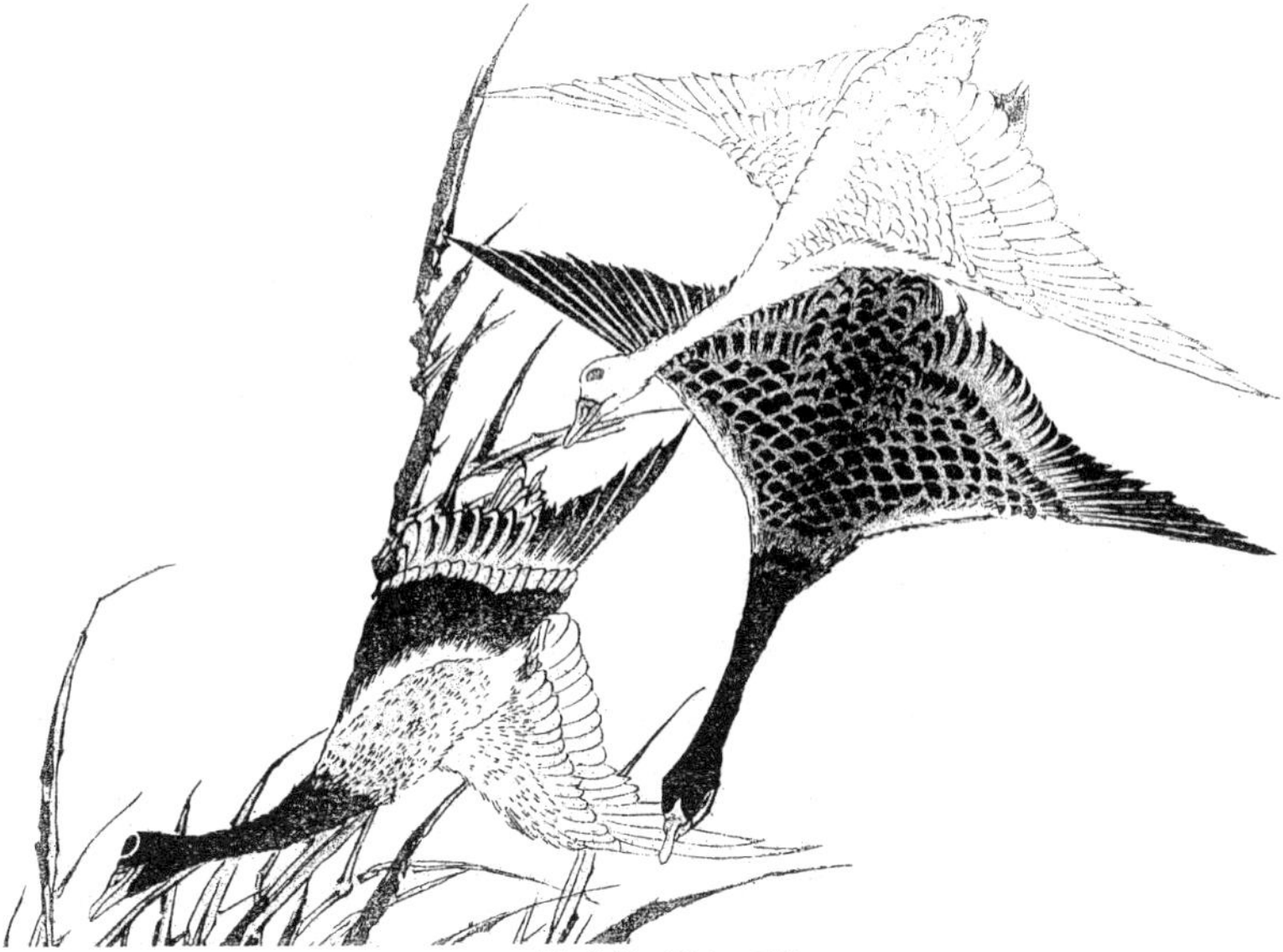

かり［北斎叢画花鳥画譜］

わたの原光にさはるものもなし遠くはろけく雁の過ぎつる　島木赤彦・太虚集

山さへも見えずなりつる海《わた》なかに心こほしく雁の行く見ゆ　島木赤彦・太虚集

秋の川雁《かり》の声ほど濁りたり染屋の横を流れて来れば　与謝野晶子・心の遠景

ドウナウの岸の葦《あし》むらまだ去らぬ雁《かり》のたむろも平安《やすらぎ》にして　斎藤茂吉・遍歴

このわれをあはれめ夜の空わたる雁は灯はきえなむとする　前田夕暮・収穫

わが柩おくらるる夜にあらじかとふとおもはれつ雁をききけり　田波御白・御白遺稿

さ夜更けと月はいよいよ澄みぬべし空高く雁の鳴きゆくを聞けり　三ケ島葭子・定本三ケ島葭子全歌集

つらなめて雁ゆきにけりそのこゑのはろばろしさに心は揺ぐ　宮柊二・日本挽歌

最愛《いとほし》き子も旅させよ秋の鴈　重頼・犬子集

紀《き》の路《ぢ》にも下《お》りず夜《よ》を行《ゆく》鴈《かり》ひとつ　蕪村・蕪村句集

雁《かり》ひとつさをの雫《しづく》となりにけり　士朗・枇杷園句集

月のある夜を唐めきて鴈の行　乙二・斧の柄

けふからは日本の雁ぞ楽(らく)に寝よ　一茶・迹祭

足もとに雁聞く雨の峠かな　内藤鳴雪・鳴雪句集

かりそめの病、雁聞く夜となりて　石橋忍月・忍月俳句抄

雁ぢやとて鳴ぬものかは妻ぢやもの　夏目漱石・漱石全集

たゞ一羽来る夜ありけり月の雁　夏目漱石・漱石全集

夕雁や物荷ひ行く肩の上　夏目漱石・漱石全集
雨となりぬ雁声昨夜低かりし　正岡子規・子規句集
雁落て伏見の小家寝たりけり　松瀬青々・妻木
園の菊葉広に雁の糞白し　河東碧梧桐・碧梧桐句集
小波の如くに雁の遠くなる　阿部みどり女・笹鳴
玄海の濤のくらさや雁叫ぶ　杉田久女・杉田久女句集
耕人に雁歩むなり禁猟地　杉田久女・杉田久女句集
遠天を雁行く脈をとられをり　石田波郷・惜命

かりがね【雁金・雁が音】

雁の鳴声をいう。雁の鳴声はとくに賞美されたので、転じて雁そのものもいうようになった。また、雁の一種に、動物学者によって「カリガネ」と命名された真雁より小形の雁がある。この小形の雁は「カリカリ」と鳴く。「グワーン・グワーン」と鳴くのは真雁である。⬇雁（かり）［秋］、雁（がん）［秋］、真雁（まがん）［秋］、雁鳴く（かりなく）［秋］

かりがね［明治期挿絵］

§

今朝《けさ》の朝明雁《あさけかり》が音《ね》聞きつ春日山黄葉《かすがやまもみち》にけらしわが情痛《こころいた》し　穂積皇子・万葉集八
今朝《けさ》の朝明《あさけ》雁が音寒く聞きしなべ野辺の浅茅《あさぢ》そ色づきにける　聖武天皇・万葉集八
聞きつやと妹が問はせる雁が音《ね》はまことも遠く雲隠《くもがく》るなり　大伴家持・万葉集八
燕来《く》る時になりぬと雁がねは本郷《くに》思ひつつ雲隠《がく》り鳴く　大伴家持・万葉集一九
さ夜中《なか》と夜《よ》はふけぬらし雁《かり》が音《ね》のきこゆる空《そら》に月わたるみゆ　よみ人しらず・古今和歌集四（秋上）
春霞かすみて去《い》にしかりがねは今ぞなくなる秋霧《ぎり》のうへに　よみ人しらず・古今和歌集四（秋上）
山端《やまのは》のとよはた雲にうちなびき夕日のうへをわたるかりがね　香川景樹・桂園一枝
雁がねの聞ゆるたびに見やれども玉章《たまづさ》かけて来たれるはなし　橘曙覧・襁褓艸
いささめの雲隠れとは思へども見えねばさびし秋のかりがね　与謝野礼厳・礼厳法師歌集
酒醒《さ》む夜半《よは》のともし火風吹きて雁《かり》が音《ね》低し雨になるらん　正岡子規・子規歌集
新室《にひむろ》に歌よみをれば棟《むね》近く雁《かり》がね啼《な》きて茶は冷えにけり　正岡子規・子規歌集
霧こめて雁がね寒し君とわが別れし夜半に似たる夜半かな　佐佐木信綱・思草
よき月に心残してねしわれの小夜床にしてかりがね聞くは　三ケ島葭子・定本三ケ島葭子全歌集
かりがねは空ゆくわれら林ゆく寂しかりけるわが秋もゆく　吉井勇・酒ほがひ

鴈《かり》がねや琵《び》琶《は》の天柱《てんじゆ》をねぢる音　越人・猫の耳
雁《かり》がねの竿《さを》に成《なる》時猶《なほ》さびし　去来・渡鳥集
かりがねの斜に渡る帆綱かな　夏目漱石・漱石全集
かりがねや閨の灯を消す静心　日野草城・花氷

かりなく【雁鳴く・雁啼く】

往時、雁は霊鳥とされ、人々は上空を鳴き過ぎていくその声を賞美し、聞き入った。⬇雁（かり）［秋］、雁が音（かりがね）［秋］

§

葦辺《あしべ》なる荻《をぎ》の葉さやぎ秋風の吹き来《く》るなへに雁鳴き渡る　作者不詳・万葉集一〇
烏羽《からすば》に書《か》くたまづさの心ちして雁《かり》なきわたる夕闇《ゆふやみ》の空《そら》　山家心中集（西行の私家集）
見わたせばほのへきりあふさくら田へ雁鳴《なき》わたる秋のゆふぐれ　賀茂真淵・賀茂翁家集
露さむき門田《かどた》のをしね月照《てり》て雁なきわたる秋のよなよな　賀茂真淵・賀茂翁家集
淡路の海朝霧ふかし磯崎を漕ぎ廻《た》みくれば雁ぞ鳴くなる　与謝野礼厳・礼厳法師歌集
契リニシ橋ノタモトニ人マツト吾居ル空ヲ雁鳴キワタル　伊藤左千夫・伊藤左千夫全短歌
森蔭になり行く雁の鳴く音かな　河東碧梧桐・碧梧桐句集
雁鳴くや明治の洋燈磨かれて　水原秋桜子・殉教

かりのつかい【雁の使】

中国前漢の時代、匈奴に捕らえられた蘇武が雁に思いを託した故事から、手紙のことをこのようにいうことがある。［同義］雁の文（かりのふみ）、雁の便（かりのたより）、雁の玉章（かりのたまずさ）。⬇雁（かり）［秋］

かりわたる【雁渡る】

秋、越冬のため、雁が寒地より飛来することをいう。春には再び北方へ帰る。⬇雁（かり）［秋］、帰る雁（かえるかり）［春］

§

雁わたる夜空《よぞら》あかるしここにして三国《みくに》はいづら秋の風吹く　前田夕暮・収穫
陸を恋ふる訛《だみ》声人や雁渡る　石橋忍月・忍月俳句抄
汐の瀬を舸子に聞く夜や雁渡る　石橋忍月・忍月俳句抄
聖鐘の鳴りやみて雁わたりけり　水原秋桜子・殉教
さびしさを日日のいのちぞ雁わたる　橋本多佳子・信濃
嫁ぐとは親捨つることか雁渡る　中村汀女・薔薇粧ふ
久しくて次なる雁の鳴き渡る　中村汀女・花影
雁渡る月の稲田の眩しさを　中村汀女・花影

かわらばった【河原飛蝗】

バッタの一種。河原などに生息する。体長約四センチ。体色は砂礫色。後翅は広げると空色。⬇飛蝗（ばった）［秋］

がん【雁・鴈】

真雁、菱食、白雁など、

がん［和漢三才図会］

ガンカモ科の水鳥のガン類の総称。和歌・俳句では「かり」「かりがね」として詠まれることが多い。［和名由来］真雁の「グヮーン・グヮーン」という鳴声を、漢名の「鴈」の字音にあてたものと━『日本古語大辞典』。［漢名］鴈。⬇雁（かり）［秋］、真雁（まがん）［秋］、菱食（ひしくい）［秋］、寒雁（かんがん）［冬］、白雁（はくがん）［秋］

かんぜん【寒蟬】

「かんぜみ」ともいう。つくつく法師または蜩といった、秋の末に鳴く蟬。⬇つくつく法師（つくつくほうし）［秋］、蜩（ひぐらし）［秋］

§

寒蟬《かんせん》は鳴《な》きそめにけりなりはひのしげく明《あ》けくれて幾日《いくひ》か経《へ》たる
斎藤茂吉・あらたま

寒蟬は長くは鳴かず真日なかにただひときはの声透るなり
土田耕平・青杉

風後《かざあと》のしらけし園に日はありて寒蟬《かんせん》はもはらしくしくと啼けり
宮柊二・群鶏

かんたん【邯鄲】

カンタン科の昆虫。体は鈴虫に似る。体長一・三センチ内外。体は淡緑色。触角は糸状で長く体の約三倍。前翅は半透明、後翅はたたまれ、尾状。夏から晩秋、草むらに生息し「ルルルル」と美しい声で鳴く。

§

月消《け》ぬる邯鄲それのごとく鳴く　山口青邨・雪国

「き」

きえん【帰燕】

秋、南方へ渡っていく燕をいう。⬇燕帰る（つばめかえる）［秋］

§

ゆく雲にしばらくひそむ帰燕かな　飯田蛇笏・山廬集

ぎぎ【義義】

ギギ科の淡水魚。本州中部以西と四国、九州に分布し、水の澄んだ湖沼、河川の中・下流域に生息する。体長一五〜二五センチ。体は鯰形で、体表は滑らかで灰褐色をおび、暗色の不規則な斑紋がある。釣りの対象魚。髭は八本ある。背びれと胸びれに毒のある棘をもつ。胸びれの棘でギイギイと音をたてることから。［同義］ぎぎう、はげぎぎ、ぎんぎ〈奈良・滋賀〉、ぐぐ〈高知〉。

§

あやまりてぎゞうおさゆる鱅哉《かじかかな》　嵐蘭・猿蓑

きくすいかみきり【菊吸天牛】

カミキリムシ科の昆虫。成虫は菊の茎を噛み、その中に産卵するので、菊は茎が折れて枯れてしまう。体長約九ミリ。

体は円筒形で藍黒色。前胸部の背面中央に橙赤色の斑紋がある。[同義] 菊吸（きくすい）、菊吸虫（きくすいむし）、菊牛（きくうし）、菊虎（きくとら）。

きくすいむし【菊吸虫】

菊吸天牛の別名。⇩菊吸天牛（きくすいかみきり）[秋]

きせきれい【黄鶺鴒】

セキレイ科の小鳥。雀ほどの大きさ。日本全土に分布する。翼長約八センチ。背部は灰色で、胸・腹部は鮮やかな黄色。雄の喉は、夏は白色で、冬は黒色となる。雌は黒色。尾を上下に振る習性がある。⇩鶺鴒（せきれい）[秋]

§

われを慕ふ少女あはれや黄鶺鴒《きせきれい》　高浜虚子・六百五十句

峡の田の苗代に下りつ黄鶺鴒　水原秋桜子・古鏡

黄鶺鴒飛ぶ瀬を竹の皮走り　川端茅舎・定本川端茅舎句集

きつつき【啄木鳥】

キツツキ科の鳥の総称。森林に生息する。樹幹中の昆虫を捕食するため、また巣穴をつくるため、樹幹を穿つのに適した鋭い嘴をもつ。樹幹に垂直にとまれるように、体を支える強い尾羽をもち、四趾のうちの二趾は前方に、二趾は後方に向いた、鋭い鉤爪をもつ。全体に、雄は頭部に鮮やかな赤斑がある。キツツキ科のほとんどの鳥が留鳥であるが、秋、落葉した林で樹を穿つ音やその姿が目立つことから、秋の季語とされたと思われる。[同義] 寺啄（てらつつき）、けらつつき、けら、番匠鳥（ばんじょうどり・たくみどり）。[同種] 赤啄木鳥、緑啄木鳥、山啄木鳥（やまげら）、熊啄木鳥（くまげら）。⇩緑啄木鳥（あおげら）[夏]、赤啄木鳥（あかげら）[夏]

§

啄木鳥《きつつき》の木つつき了《お》へて去りし時黄なる夕日に音《ね》を絶ちしとき　北原白秋・桐の花

ほ、けては藪かげめぐる啄木鳥《きつつき》のみにくきがごと我は痩せにき　石川啄木・明星

樗《あふち》の木ふと物いひぬ啄木鳥《きつつき》よさはな啄《つつ》きそ我《われ》の臍《へそ》の辺　石川啄木・明星

啄木鳥《きつつき》ぞ来てとまりたるあとさきも見わかぬひろき森の冬木に　若山牧水・くろ土

白木《しらき》なす枯木が原のうへにまふ鷹ひとつ居りてきつつきは啼く　若山牧水・山桜の歌

きつつき／いちょう［景年画譜］

木啄《きつつき》の杜をつゝく住居《すまひ》かな　曲翠・花摘
啄木鳥の入まはりけり藪の松　丈草・有磯海
啄木鳥の夜遊びがてら渡りけり　丈草・誹諧曾我
啄木鳥のたちはに近き梢かな　丈草・小弓誹諧集
啄木鳥の音や銀杏の散がてら　支考・草苅笛
木つゝきのつゝき登るや蔦《つた》の間《あひ》　浪化・柿表紙
啄木鳥や隣の松へ猿すべり　北枝・草苅笛
啄木鳥や応と言はせる蔦の門　也有・蘿葉集
啄木鳥のながめて通る蘇鉄かな　諸九尼・諸九尼句集
手斧打つ音も木深し啄木鳥　蕪村・発句題苑集
啄木鳥や何の味ある山木原　闌更・半化坊発句集
木啄《(きつつき)》のやめて 聞《(きく)》かよ夕木魚《(もくぎよ)》　一茶・おらが春
いかなれば鳴より肥し啄木鳥　梅室・梅室家集
啄木は秋に赤みのなつかしく　松瀬青々・倦鳥
啄木鳥《きつゝき》や山下り勝の庵の主　河東碧梧桐・碧梧桐句集
啄木鳥《きつゝき》や行者の道の岩伝ひ　河東碧梧桐・碧梧桐句集
ひとりきいてゐてきつつき　種田山頭火・草木塔
啄木鳥に木深くも日の澄めるかな　島田青峰・青峰集
こもり音に啄木鳥叩くまた叩く　原石鼎・花影
啄木鳥の羽美しくうつりけり　原石鼎・花影
啄木鳥にさめたる暁《あけ》の木精かな　水原秋桜子・葛飾
　榛名火口原
啄木鳥や湖の光がくる林　加藤楸邨・寒雷
啄木鳥のひたにむねうつこの一日　加藤楸邨・寒雷

きりぎりす【螽斯・蟋蟀】
キリギリス科の昆虫。体長約四センチ。体は飛蝗（ばった）に似るが、体より長い触角をもつ。体色は緑色または褐色。成虫は七月頃から草叢に出現し、雄は「チョンギース・チョンギース」と鳴く。但し、平安時代に「きりぎりす」と言われていたのは今のコオロギのことで、キリギリスは「はたおりむし」と言われていた。それより以前は秋に鳴く虫を区別なく「こおろぎ」と称していたようである。このようなことから古歌・古句では「きりぎりす」「こおろぎ」が混同されて詠まれることが多かった。➡機織虫（はたおりむし）［秋］、蟋蟀（こおろぎ）［秋］

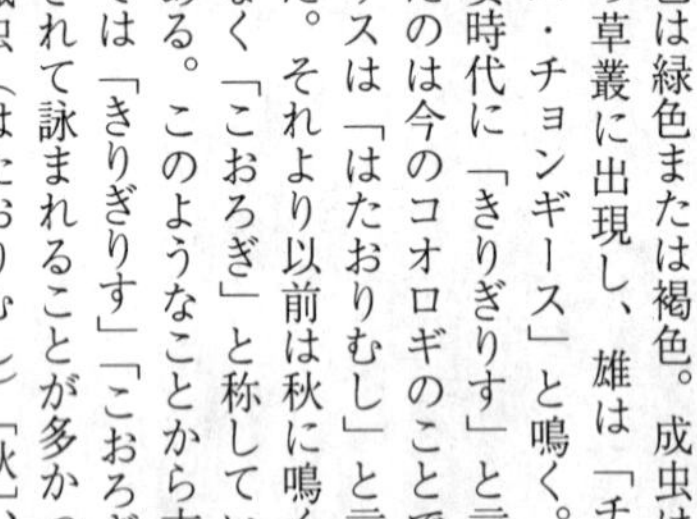
きりぎりす［北斎画］

§

秋萩《あきはぎ》も色づきぬればきりぎりすわが寝《ね》ぬごとや夜《よる》はかなしき
よみ人しらず・古今和歌集四（秋上）
もろともになきてとゞめよきりぎりす秋の別《わか》れはおしく《(を)》やはあらぬ
藤原兼茂・古今和歌集八（離別）
秋は来《き》ぬ今や籬《まがき》のきりぎりす夜《よ》な夜な鳴《な》かむ風のさむさに
よみ人しらず・古今和歌集一〇（物名）
秋風の吹《(ふき)》くる宵《よひ》は蛬《(きりぎりす)》草の根《ね》ごとに声乱《こゑみだ》れけり
紀貫之・後撰和歌集五（秋上）

わがごとくもの思《おも》ふべしきりぎりす寝《ぬ》とも聞《きこ》えでよもすがら鳴《な》く
安法法師集（安法の私家集）

なけやなけ 蓬《よもぎ》が杣《そま》 のきりぎりす過ぎゆく秋はげにぞかなしき
曾祢好忠・後拾遺和歌集四（秋上）

ひとりねの友《とも》とはならできりぎりすなくねをきけばもの 思《(おもひ)》そふ
山家心中集（西行の私家集）

露しげき野辺《のべ》にならひてきりぎりすわが手枕《たまくら》の下《した》に鳴《な》くなり
待賢門院堀河・金葉和歌集三（秋）

よもすがら鳴《な》くや浅茅《あさぢ》の 蛬《(きりぎりす)》 はかなく暮《く》るゝ秋を惜しみて
後鳥羽院・遠島御百首

きりぎりす夜寒《よさむ》に秋のなるまゝによは《(わ)》るか声のとを《(ほ)》ざかりゆく
西行・新古今和歌集五（秋下）

きりぎりすなくや霜夜《しもよ》のさむしろに衣かたしき独《ひと》りかもねん
藤原良経・新古今和歌集五（秋下）

かなしさは秋の嵯峨《さが》野のきりぎりすなを《(ほ)》 古里《ふるさと》に音《ね》をやなくらん
藤原実定・新古今和歌集八（哀傷）

いでしやとおどろきおきて月みれば枕のかげによるきりぎりす
大隈言道・草径集

あなかましかまのしりへのきりぎりすよなべのつゞりさせとなく也《なり》
香川景樹・桂園一枝

露の野に啼くきりぎりすきりきりと管《くだ》 巻くもあり機織るもあり
与謝野礼厳・礼厳法師歌集

わびしらに啼くや雨夜のきりぎりす薄《うすあか》 明りなる月や恋しき
与謝野礼厳・礼厳法師歌集

あらぬ世の名はこほろぎよ蟋蟀《きりぎりす》 ゆふべ築泥《ついぢ》の穴いでてなく
森鷗外・うた日記

うからやから皆にがしやりて独居る水つく庵に鳴くきりぎりす
伊藤左千夫・伊藤左千夫全短歌

壁の内に入てなくらんきりきり《(ぎり)》 すまくらに声の近つ《(づ)》 きにけり
樋口一葉・樋口一葉全集

月清み寐がてにをればわが蚊帳の裾にきて鳴くきりきりす哉
服部躬治・迦具土

蜂蜜《はちみつ》の青める玻璃《はり》のうつはより初秋きたりきりぎりす鳴く
与謝野晶子・春泥集

白銀《しろがね》の鍼《はり》打つごときりぎりす幾夜はへなば涼しかるらむ
長塚節・鍼の如く

オチャード牧草に寝てゐる私を錯覚させる枕もとのきりぎりすのこゑ
前田夕暮・水源地帯

八月の白日《まひる》　肺療院にきりぎりす　きりぎりすとなく　きりぎりす
田波御白・御白遺稿

昼寐《ひるい》よりわれは覚《めざ》めてアパアトのいづくの部屋かきりぎりす鳴く
佐藤佐太郎・歩道

白髪《しらが》ぬく枕の下《した》やきりぎりす
芭蕉・泊船集

淋しさや釘にかけたるきりぎりす
芭蕉・草庵集

床《とこ》に来て鼾《いびき》に入《いる》やきりぎりす
芭蕉・こがらし

むざんやな甲《かぶと》 の下のきりぎりす
芭蕉・おくのほそ道

蟀《きりぎりす》　桜の紅葉《もみぢ》皆ちりて
之道・あめ子

澄む月や髭をたてたるきりぎりす　其角・其角発句集
伽《とぎ》に鳴く跡《あと》やまくらの蟋蟀《きりぎりす》　露川・西国集
塚に添《そ》ふて年寄る声や蛩《きりぎりす》　野坡・野坡吟草
灰汁桶《あくをけ》の雫《しづく》やみけりきりぎりす　凡兆・猿蓑
月の夜や石に出て鳴くきりぎりす　千代女・千代尼句集
夕月や流れ残りのきりぎりす　一茶・文化句帖
暁や厨子《ずし》を飛び出るきりぎりす　正岡子規・子規句集
夜をこめて麦つく音やきりぎりす　正岡子規・子規句集
通夜僧の経の絶間やきりぎりす　夏目漱石・漱石全集
薬煮る鍋《なべ》の下よりきりぎりす　寺田寅彦・寅日子句集
夜の町のとある暗がりきりぎりす　臼田亜浪・旅人
　川中島長谷寺の泊りに
きりぎりす夜の遠山となりゆくや　臼田亜浪・旅人
銭おとす枯竹筒やきりぎりす　芥川龍之介・ひとまところ
煎薬《せんやく》の煙をいとへきりぎりす　芥川龍之介・ひとまところ
朝刊のつめたさ螽斯《ぎす》が歩み寄る　橋本多佳子・信濃
鳴き始む籠につかまりきりぎりす　中村汀女・花影
籠少しのぼりて鳴きぬきりぎりす　中村汀女・花影
古籠に飼はれて青しきりぎりす　日野草城・花氷
きりぎりす時を刻みて限りなし　中村草田男・火の鳥
海に向くきりぎりす籠夕日さす　加藤楸邨・野哭
くらがりの又降りいだすきりぎりす　石田波郷・雨覆
家を出て飲めばそゞろやきりぎりす　石田波郷・雨覆
哄ひゐるこころの底のきりぎりす　野澤節子・未明音

きりはらのこま【霧原の駒】

往時、旧暦八月に朝廷に献上した馬のことをいう。霧原は「桐原」「切原」とも書き、信濃国の馬の産地である。貢進された御料馬を馬寮が近江国の逢坂関まで迎えに行くのである。⬇秋の駒牽（あきのこまひき）［秋］、駒迎（こまむかえ）［秋］

§

相坂《あふさか》の関の岩角《いはかど》踏みならし山立《た》ち出《い》づる桐原《きりはら》の駒《こま》　藤原高遠・拾遺和歌集三（秋）

ぎんやんま【銀蜻蜓】

ヤンマ科の大形の蜻蛉。夏から秋、池や沼、川などの近くで見かける。体長約七センチ。体は黄緑色で美しい。腹部の基部に青帯がある。⬇蜻蛉（とんぼ）［秋］、やんま［秋］

「く」

くさひばり【草雲雀】

コオロギ科の昆虫。本州以南に分布する。体長約七ミリ。体色は黄褐色で、触角が体より長い。八月頃に現れ、「フィリリリ・フィリリリ」と美しい声で鳴く。関東では「草雲雀」といい、関西では「朝鈴」とよばれることが多い。⬇朝鈴（あさすず）［秋］

くだりあゆ【下り鮎】

産卵を控え、川を下る鮎をいう。落鮎のこと。⬇秋の鮎（あきのあゆ）［秋］、落鮎（おちあゆ）［秋］、鮎（あゆ）［夏］

§

死ぬ事と知らで下るや瀬々の鮎　去来・続有磯海
増水や茨にさゝる下り鮎　梅室・梅室家集
下り鮎一聯過ぎぬ薊かげ　川端茅舎・定本川端茅舎句集
くだり鮎骨美しく食べにけり　加藤知世子・夢たがへ

くだりうなぎ【下り鰻】

秋、産卵のため、川を下って海に向かう鰻をいう。⬇落鰻（おちうなぎ）［秋］

くつわむし【轡虫】

キリギリス科の昆虫。体長約三センチ。体は緑色または褐色。体よりも長い糸状の触角をもつ。雄は翅脈の隆起を摩擦して「ガチャガチャ」と大きな音で鳴く。［同義］がちゃがちゃ、紡績娘（ぼうせきむすめ）⬇がちゃがちゃ［秋］

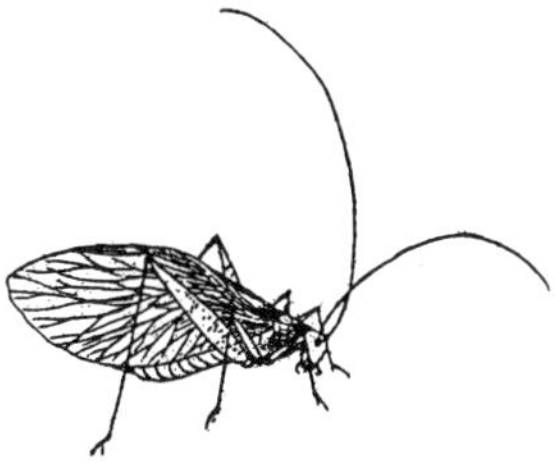
くつわむし［潜龍堂画譜］

§

かなしければ昼と夜とのけぢめなしくつわ虫鳴く蜩《かなかな》の鳴く　北原白秋・桐の花
露萩《つゆはぎ》もおる、斗《はかり》に轡虫《くつわむし》　越人・藤の実
逢坂で聞ばや駒の轡虫　支考・射水川
我がちにいとゞはいとゞ轡虫　乙州・猿丸宮集
城内に踏まぬ庭あり轡虫　太祇・太祇句選
轡虫すはやと絶ぬ笛の音　夏目漱石・漱石全集
松の月暗し暗しと轡虫《くつわむし》　高浜虚子・五百五十句
轡虫雨夜重ねてこゑ遠き　水原秋桜子・晩華
轡虫雨の宵寝の耳はなれ　水原秋桜子・残鐘
月明き祭もすぎぬ轡虫　水原秋桜子・帰心
篝火に近く鳴きゐるくつわむし　山口青邨・雪国
くつわ虫女の星のカシオペア　中村草田男・母郷行
現存の人住んで闇くつわ虫　中村草田男・母郷行
轡虫彼岸の月をあびながら　高橋馬相・秋山越

くまくりだなをかく【熊栗棚を掻く】

熊が栗をとるために、山中の栗の木の梢に折った枝を敷き並べ、棚のような足場をつくることをいう。これを「熊館（くまだち）」「熊の棚（くまのたな）」「栗棚」などという。⬇熊（くま）［冬］

§

栗架を熊は見ねども深山かな　松瀬青々・倦鳥
熊館《ダチ》を樵夫道者と尋ねよる　松瀬青々・倦鳥
熊館の百歩に山花路を成す　松瀬青々・倦鳥

くりむし【栗虫】

ゾウムシ科の栗鴫象虫（くりしぎぞうむし）の幼虫。体長約一〇ミリ。栗の中で孵化し、栗を食べる害虫。茹栗などを食べるときに見かける。［同義］栗の鴫虫（くりのしぎむし）。

§

日蝕《につしよく》の日に喰入《くひいる》や栗《くり》の虫　李由・韻塞
栗の虫髣髴として仏かな　吉武月二郎・吉武月二郎句集

「け」

けら【螻蛄】
ケラ科の昆虫。土中に生息する。体長約三センチ。体形は蟋蟀（こおろぎ）に似る。土中を掘り進むのに適した大きな前肢をもつ。農作物を食害する。昼は土中に生息し、夜によく灯火に飛んで来る。また、秋の夜に涼しい声で鳴く。往時、「蚯蚓鳴く」と言われたが、実際は、この螻蛄の鳴声と考えられる。また、螻蛄は五能（飛ぶ、木登り、泳ぐ、穴掘り、走る）あって一芸をなさずといわれ、稚拙な芸を「螻蛄の芸（けらのげい）」「螻蛄才（けらざい）」と譬えられる。［同義］螻蛄（おけら）。➡螻蛄鳴く（けらなく）［秋］、蚯蚓鳴く（みみずなく）［秋］

けら［爾雅音図］

§
秋《あき》の灯《ひ》に螻蛄《けら》は入《い》り来《き》ぬ、雨《あめ》ざはり常《つね》する君《きみ》は明日《あす》も来《き》まさじ　佐佐木信綱・新月
雨のふる夜《よる》のたたみの湿《しと》れるに螻蛄《けら》這ひいでて隅にかくれぬ　岡麓・湧井
雨あがり夕べひとしほ明るけばはや土を這ふ螻蛄《けら》がま近き　前川佐美雄・天平雲
露の瀬にかゝりて螻蛄のながれけり　飯田蛇笏・雲母
天日に農婦聳えて螻蛄泳ぐ　石田波郷・馬酔木
土くれの乱礁の間螻蛄泳ぐ　石田波郷・馬酔木

けらなく【螻蛄鳴く】
ケラ科の昆虫の螻蛄が夜に涼しい声で鳴くこと。往時、「蚯蚓鳴く」といわれた鳴声は、この螻蛄の鳴声と考えられる。➡蚯蚓鳴く（みみずなく）［秋］、地虫鳴く（じむしなく）［秋］

§
螻蛄鳴くと目鼻ありあり風化仏　加藤知世子・太麻由良

「こ」

こいわし【小鰯】
鯷鰯（ひしこいわし）などの小さな鰯をいう。➡鰯（いわ

し）［秋］、鯷（ひしこ）［秋］

§

小鰯や一口茄子藤の門　其角・類柑子

水際《みなぎは》光《ひか》る浜《はま》の小鰯《こいわし》　惟然・続猿蓑

小鰯をうり歩きけり須磨の里　松瀬青々・妻木

こうちょう【候鳥】

渡鳥のこと。⇩渡鳥（わたりどり）［秋］

§

北ぐにの海岸沿ひを渡るとふ候鳥はこれの園に憩ふや　宮柊二・独石馬

こおろぎ【蟋蟀・蛬・蛼】

コオロギ科の昆虫の総称。種類が多い。体長約一～三センチ。体色は黒褐色。体より長い触角をもつ。二対の翅と一対の尾毛をもっているが、飛ばずに長い後肢で跳ねる。初秋から晩秋にかけて鳴いているのは雄で、右前翅と左前翅を擦り合わせて音をだす。「リリリ」と聞きなされる鳴声が多いが、閻魔蟋蟀は「コロコロ」と鳴く。往時、「こおろぎ」は今のキリギリスやカマドウマなどをもさし、古歌・古句では混同されて多く詠まれた。［同義］ころころ、ちちろ虫、ちんちろ、ちちろ、いとじ、綴虫（つづりむし）、筆津虫（ふでつむし）。［同種］つづれさせ蟋蟀（つづれさせこおろぎ）＝姫蟋蟀（ひめこおろぎ）・大和蟋蟀（やまとこおろぎ）、三角蟋蟀（みつかどこおろぎ）、閻魔蟋蟀＝油蟋蟀（あぶらこおろぎ）、阿亀蟋蟀。⇩竈馬（いとど）［秋］、閻魔蟋蟀（えんまこおろぎ）［秋］、阿亀蟋蟀（おかめこおろぎ）［秋］、螽斯（きりぎりす）［秋］、ちちろ虫（ちちろむし）［秋］

こおろぎ［毛詩品物図攷］

§

夕月夜《ゆふづくよ》心もしのに白露の置くこの庭に蟋蟀鳴くも　湯原王・万葉集八

庭草に村雨《むらさめ》ふりて蟋蟀の鳴く声聞けば秋づきにけり　作者不詳・万葉集一〇

蟋蟀《こほろぎ》のわが床《とこ》の辺に鳴きつつもとな起《お》き居つつ君に恋ふるに寝《い》ねかてなくに　作者不詳・万葉集一〇

こほろぎの鳴《なく》やあがたのわが宿に月かげ清しとふ人もがも　賀茂真淵・賀茂翁家集

こほろぎのまちよろこべる長月《ながつき》のきよき月夜はふけずもあらなん　賀茂真淵・賀茂翁家集

ふぢばかま尾花折りそへ帰る野のうしろに啼ける蟋蟀《こほろぎ》のこゑ　与謝野礼巌・礼巌法師歌集

置く霜の下に消え入るこほろきの声を寝覚に聞けば悲しも　天田愚庵・愚庵和歌

秋風の吹き初めしより草の庵に蟋蟀来なき寐心のよき　天田愚庵・愚庵和歌

前栽《せんざい》のゆふべこほろぎ何を音《ね》になく女郎花《をみなへし》君あらぬまに枯れなんとなく
森鷗外・うた日記

有明の月のかけさす狭庭辺の野菊かもとにこほろぎのなく
伊藤左千夫・伊藤左千夫全短歌

しどろもどろ草のなきから伏しみだるくだつ畑にこほろぎの鳴く
伊藤左千夫・伊藤左千夫全短歌

こほろぎも庭草花も常末に帰らぬ人を恋ふるものかも
伊藤左千夫・伊藤左千夫全短歌

うたげはて丶花の燈火皆きえてをぐらき庭のこほろぎの声
佐佐木信綱・思草

片すみにおしよせられし墓石のくづれし中にこほろぎの鳴く
佐佐木信綱・思草

おもしろがり子ども止《や》めず湯のはたの石を動かせば出でくる蛩《こほろぎ》
島木赤彦・氷魚

戸を閉《さ》さで灯影《ひかげ》のとどく草むらに蟋蟀《こほろぎ》鳴けりこの二夜《ふたよ》三夜《みよ》
島木赤彦・柿蔭集

蟋蟀はいまだなくねの弱々《よわよわ》し秋の夜ふけのふしどにぞきく
岡麓・庭苔

ひとりこそ胸はやすけれ声たかくえんま蟋蟀鳴く夜来れり
岡麓・庭苔

こほろぎのこほろぎ恋ひて音をつくしすだくさま見ゆ露草のかげ
窪田空穂・まひる野

こほろぎが清く寂しく鳴き出でぬ雲の中なる奥山にして

地震《なゐ》の夜半人に親しきこほろぎのよそげに鳴くも寂しかりけり
与謝野晶子・瑠璃光

花ぐさの原のいづくに金の家銀の家すや月夜こほろぎ
与謝野晶子・瑠璃光

辣薤《おほみら》のさびしき花に霜ふりてくれ行く秋のこほろぎのこゑ
与謝野晶子・常夏

此の宵はこほろぎ近し厨《くりや》なる笊《ざる》の菜などに居てか鳴くらむ
長塚節・秋冬雑咏

こほろぎの遠《とほ》ざかる音《ね》をあはれとも知《し》らざるうちに霜《しも》みえにけり
長塚節・鍼の如く

畑《はた》ゆけばしんしんと光《ひかり》降《ふ》りしきり黒《くろ》き蟋蟀《こほろぎ》の目《め》のみえぬころ
岡稲里・早春

こほろぎよ無智の女のかなしみに添うてねやどに夜もすがら啼け
斎藤茂吉・あらたま

つかれたる皮膚《ひふ》にしづかにこほろぎのねのひびくなり独りねの夜
前田夕暮・陰影

こほろぎのしとどに鳴ける真夜中に喰ふ梨の実のつゆは垂りつつ
前田夕暮・収穫

夜のふけをぬるきこの湯にひたりつつ出でかねてをればこほろぎ聞ゆ
若山牧水・くろ土

一日《いちにち》の子守《こもり》につかれて、うとりとする夜《よ》のやはらかさ。こほろぎのなく。
若山牧水・山桜の歌

土岐善麿・黄昏に

ひと緒琴《をごと》ひくきしらべの沁みぬるやと思ひききぬ壁のこほろぎ　石川啄木・小天地

高草にわが背うづまる夕原のいたるところにこほろぎ鳴くも　三ケ島葭子・定本三ケ島葭子全歌集

こほろぎの鳴く音し聞けば草の葉に夜露はすでにおきにけらしも　三ケ島葭子・定本三ケ島葭子全歌集

こほろぎは夕餉なかばに鳴きいでぬ暖かき飯をわれは喰《た》べをり　三ケ島葭子・三ケ島葭子歌集

枯松葉やはらにふめばどこやらに蟋蟀らしもなきやみにけり　九条武子・薫染

夜学《やがく》よりつかれかへりて尿《いばり》する垣根《かきね》のもとの夜夜《よよ》のこほろぎ　土屋文明・ふゆくさ

さむくなる夜《よ》さりにきけば床下《ゆかした》に二つ寄るらし蟋蟀《こほろぎ》のこゑ　土田耕平・一塊

雨晴れの土に沁み入る日の光うつらかに聞くこほろぎの声　土田耕平・青杉

こほろぎの鳴く声とみにひそまりて庭の茂みに雨か降るらし　土田耕平・青杉

いちはやく蟋蟀《こほろぎ》のなく裏庭は夕あかりしてしづかなるとき　佐藤佐太郎・歩道

わが住みし山寺《さんじ》の縁に脱ぎ棄てし君が草履にこほろぎの鳴く　吉井勇・酒ほがひ

猫に喰はれしを蛬の妻はすだくらん　其角・虚栗

蛼《こほろぎ》のこゝろもとなし寒《かん》のうち　露川・記念題

こほろぎやあら砥すゑたる井戸の端　遅望・後れ馳

蛼や相如《さうじよ》が絃《げん》の切るゝ時　蕪村・蕪村遺稿

懸井やこほろぎこぞる風だまり　白雄・白雄句集

やあしばらく蛼《（こほろぎ）》だまれ初時雨《（しぐれ）》　一茶・七番日記

こほろぎや物音絶えし台所　正岡子規・子規句集

こうろげの飛ぶや木魚の声の下　夏目漱石・漱石全集

張まぜの屏風になくや蟋蟀　夏目漱石・漱石全集

蛼よ秋ぢや鳴かうが鳴くまいが　夏目漱石・漱石全集

こほろぎや塗師の紙帳の暗き裾　幸田露伴・蝸牛庵句集

こほろぎに鳴かれてばかり　種田山頭火・草木塔

みごもつてよろめいてこほろぎかよ　種田山頭火・草木塔

こほろぎばかりとなりつつ鳴いてをるぞもよ　宮林菫哉・冬の土

こほろぎや鼾静かに看護人　杉田久女・杉田久女句集

蟋蟀も来鳴きて黙す四壁かな　杉田久女・杉田久女句集

こほろぎや寄席の楽屋の独り酒　水原秋桜子・殉教

たゝみおく羽織は黒し蟋蟀も　山口青邨・花宰相

こほろぎの木のかげよりおなじ顔　山口青邨・花宰相

わが机古しこほろぎ来て遊ぶ　山口青邨・花宰相

隣のカンカチ団子屋にて串を作り居るさまに

こほろぎや竹割る音の壁隣り　富田木歩・木歩句集

茄子ひけば蟋蟀こぼれこぼれけり　横光利一・横光利一句集

あたたかい雨ですえんま蟋蟀です　三橋鷹女・向日葵

鳴く音あり蟋蟀くゞり出くゞり入り　中村草田男・万緑

こほろぎや底あたたかき膝枕　日野草城・旦暮

こほろぎが密々鳴きて眠れざる　日野草城・銀

こほろぎや右の肺葉穴だらけ　日野草城・銀

蟋蟀に覚めしや胸の手をほどく　石田波郷・風切

こたか【小鷹】

隼（はやぶさ）や鷂、雀鷂など小鷹狩に用いる小形の鷹をいう。⬇小鷹狩（こたかがり）［秋］、鷹（たか）［冬］、雀鷂（つみ）［秋］、悦哉（えっさい）［秋］、鷂（はいたか）［秋］、兄鷂（このり）［秋］、差羽（さしば）［秋］

こたかがり【小鷹狩】

訓練した小形の鷹を使って、鶉や雲雀などの秋の小鳥を獲ること。これに対し、大鷹を使って鶴、鴨、雁、鷺などを獲物とするのは、冬に行われる鷹狩である。［同義］初鳥狩、初鷹（はつたか）。⬇鶉（うずら）［秋］、駆鶉（かけうずら）［秋］、初鳥狩（はつとがり）［秋］、小鷹（こたか）［秋］、鷹（たか）［冬］、鷹狩（たかがり）［冬］

ことり【小鳥】

秋に、渡ってくるさまざまな鳥や、山地から低地や里に降りてくる鳥をいう。［同義］小鳥渡る（ことりわたる）、小鳥来る（ことりくる）。⬇秋小鳥（あきことり）［秋］、色鳥（いろどり）［秋］

§

空澄める初冬《ショトウ》の庭に吾立つと小鳥が来鳴く篠の小藪に　伊藤左千夫・伊藤左千夫全短歌

赤羅ひく朝の湯の山目にあかす耳にもあかず小鳥しきなく　伊藤左千夫・伊藤左千夫全短歌

やせ松の松かさたたく小鳥らの嘴寒からんこの朝の霜に

枯草にかしら埋めて恐怖《おそれ》をば忘れむとすや悲しき小鳥　島木赤彦・馬鈴薯の花

木の根にうづくまるわれを石かとも見て怖《お》ぢざらむこの小鳥啼く　前田夕暮・収穫

啼きすます小鳥は一羽あたりの木ひかりしづまり小鳥は一羽　若山牧水・くろ土

愁《うれ》ひある少年《せうねん》の眼《め》に羨《うらや》みき小鳥《ことり》の飛《と》ぶを飛《と》びてうたふを　石川啄木・一握の砂

公園《こうゑん》の木《こ》の間《ま》に小鳥《ことり》あそべるをながめてしばし憩《いこ》ひけるかな　石川啄木・一握の砂

ことりあみ【小鳥網】

山の頂や山中の小高いところに張る小鳥を捕らえるための網。細い糸でつくられているので「かすみ」「霞網（かすみあみ）」ともよばれる。⬇小鳥狩（ことりがり）［秋］、囮（おとり）［秋］

§

小鳥網かけいためたる梢かな　吉武月二郎・吉武月二郎句集

ことりがり【小鳥狩】

小鳥網で小鳥を狩猟すること。現在は禁止されている猟法である。⬇小鳥網（ことりあみ）［秋］、囮（おとり）［秋］

このしろ【鮗・鰶】

コノシロ科の海水魚。本州中部以南に分布し、沿岸から浅海域に生息する。体長約二五センチ。背面は青黒色で、淡褐色の縦斑がある。腹面は銀白色。背びれの後部が糸状に長く突出する。体長一〇センチ程度のものは「小鰭」とよばれ、鮨種となる。腹面が裂けやすく、江戸時代では「切腹魚」と言われ、忌み嫌われた。出世魚で、幼魚より「じゃこ・しんこ→こはだ→このしろ」〈東京〉、「ちりめんじゃこ→こべら→ひらご」〈高知〉などとよばれる。海釣りの対象魚。秋が旬である。［和名由来］焼くと屍臭がするので「コノカワリ・コノシロ（子の代）」としたことより。➡小鰭（こはだ）［秋］、鰶（つなし）［秋］

このり【兄鷂】
鷂の雄をいう。［和名由来］小鷹狩に用いられるため「小鳥に乗り懸くる意にもあるか」と—『大言海』。➡小鷹（こたか）［秋］、鷂（はいたか）［秋］、はし鷹（はしたか）［冬］

こはだ【小鰭】
コノシロ科の海水魚の鰶の別名。出世魚で、成長にしたがって「じゃこ・しんこ→こはだ→このしろ」とよばれる。➡小鰭の粟漬（こはだのあわづけ）［新年］、鰶（このしろ）［秋］

こまむかえ【駒迎え】
往時、毎年旧暦の八月に諸国の牧場から朝廷に貢進される御料馬を、馬寮が近江国の逢坂関まで迎えに行くこと。➡秋の駒牽（あきのこまひき）［秋］

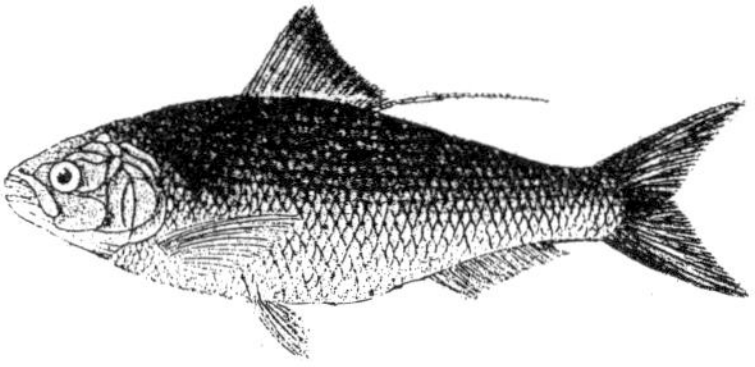
このしろ［日本重要水産動植物之図］

§
桟《かけはし》や先《まづ》おもひいづ馬むかへ　芭蕉・更科紀行
箱根路《はこねぢ》や曾我殿原《そがとのばら》の駒迎《こまむかへ》　涼菟・誹諧曾我
逢坂《あふさか》に今も煮売《にうり》や駒迎《こまむかへ》　露川・船庫集
駒迎《こまむかへ》ことにゆゝしや額白《ひたひじろ》　蕪村・蕪村句集

こめつきばった【米搗飛蝗・米搗蝗】
精霊飛蝗の別名。［和名由来］後脚をそろえて持つと、伸びたり屈んだり米を搗くような動作をするところから。［同義］稲春虫。➡稲春虫（いねつきむし）［秋］、精霊飛蝗（しょうりょうばった）［秋］

「さ」

さおしか【小牡鹿・小男鹿】
雄の鹿。「小（さ）」は接頭語。➡鹿（しか）［秋］、牡鹿（おじか）［秋］

§
さ男鹿《をしか》の鳴くなる山を越え行かむ日だにや君にはた逢はざらむ　作者不詳・万葉集六
わが岡《をか》にさ男鹿来鳴く初萩《はつはぎ》の花嬬問《はなづま》ひに来《き》鳴くさ男鹿　大伴旅人・万葉集八

さを鹿の伏《ふ》すや草群《くさむら》見えずとも児《こ》ろが金門《かなと》よ行かくし良《え》しも
作者不詳・万葉集一四
かねてより心ぞいとゞ澄《す》みのぼる月待《ま》つ峰《みね》のさ牡鹿《をしか》のこゑ
山家心中集（西行の私家集）
思《おも》ふこと有明《ありあけ》がたの月影《かげ》にあはれをそふるさを鹿《しか》の声《こゑ》
皇后宮右衛門佐・金葉和歌集三（秋）
さを鹿《しか》のあさたつ野辺の秋萩《はぎ》にたまとみるまでを《（お）》けるしら露《つゆ》
大伴家持・新古今和歌集四（秋上）
さを鹿《しか》のいる野《の》のすゝきはつお《（を）》花いつしかいもが手枕《たまくら》にせん
柿本人麻呂・新古今和歌集四（秋上）
お《（を）》ぎの葉にふけばあらしの秋なるを待《ま》ちけるよはのさを鹿の声
藤原良経・新古今和歌集四（秋上）
野分《わき》せし小野《をの》の草《くさ》ぶしあれはててみ山にふかきさを鹿《しか》の声
寂蓮・新古今和歌集五（秋下）
み山べの松のこずゑをわたるなりあらしに宿《やど》すさを鹿《しか》の声
惟明親王・新古今和歌集五（秋下）
さをしかのつまどふよひの岡のべに真萩《まはぎ》かたしきひとりかもねん
賀茂真淵・賀茂翁家集
さをしかのたちのゝ原に秋くれて今いく夜とかつまを恋ふらん
賀茂真淵・賀茂翁家集
さをしかの啼《なき》てかれにし朝《あした》より雪のみつもるしがらきの里
香川景樹・桂園一枝
声きけばあはれせまりてさ男鹿は角《つの》あるものと思はれぬかな
与謝野礼厳・礼厳法師歌集

人伝にきくたもあわれ棹鹿の深山のおくの月に鳴声
伊藤左千夫・伊藤左千夫全短歌
小男鹿《さをしか》や岩に踏張《ふんば》る雲の透《す》キ
去来・白馬
小男鹿《さをしか》やかしらかたげて滝《たき》の音
浪化・渡鳥集

さかどり【坂鳥】
渡りの季節、朝になると渡鳥の群れが、前夜ねぐらにした地を飛びたち、山を越え、他の地へと移って行く。「坂を越える鳥」の意で、これを「坂鳥」という。⇩坂鳥の（さかどりの）［四季］、渡鳥（わたりどり）［秋］

さけ【鮭】
サケ科の遡河性魚。北海道から九州の日本海側の河川、関東以北の太平洋側の河川に回帰する。体長六〇～一〇〇センチ。背面は暗青色、腹面は銀白色。生殖期の雄の吻と下顎はのびて湾曲し「鮭の鼻曲り」とよばれる。孵化後、満二～四年で成熟し、八～一月頃に生まれた川に戻り、産卵してその一生を終える。産卵する時期の鮭には赤紫色の斑紋が現れる。川を遡る直前が最も美味といわれる。肉は淡紅色。塩漬けにした卵巣は「筋子（すじこ）」として珍重される。［和名由来］アイヌ語の夏の食物の意の「サク・イベ」からと。また、アイヌでは鮭を「カムイ（神）チェプ（魚）」と呼んで畏敬した。［同義］しゃけ、あきあじ。⇩初鮭（はつざけ）［秋］、鮭颪（さけおろし）［秋］、

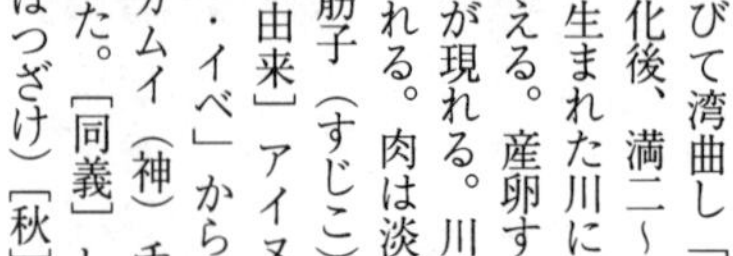
さけ［博物全志］

筋子（すじこ）［秋］、氷頭鱠（ひずなます）［秋］、乾鮭（からざけ）［冬］、塩鮭（しおざけ）［冬］、干鮭（ほしさけ）［冬］、鰤（はららご）［秋］

§

きく添《そ》ふやまた重箱《ぢゆうばこ》に鮭《さけ》の魚　嵐雪・のぼり鶴
みちのくの鮭とレンブラント解剖の図と　山口青邨・雪国

さけおろし【鮭颪】
東北地方で鮭漁をする時分に吹く野分をいう。⇩鮭（さけ）［秋］

さしさば【刺鯖】
背開きにした鯖を塩漬けにし、二尾を刺し連ねて一刺としたもの。旧暦七月の盆に、健在する両親に盆の供養として贈る風習がある。⇩鯖（さば）［夏］

さしば【鸇・差羽】
ワシタカ科の鳥。小鷹狩に用いられた。南方より夏鳥として飛来し、本州以南の標高一〇〇〇メートル以下の山麓や平地の森林地帯に多く生息する。秋に大群をなして渡っていくので有名。翼長約三二センチ。背部は褐色。

さしば［毛詩品物図攷］

頬は灰色で白色の眉斑がある。尾羽に黒色の横紋があり、胸部には赤褐色の横紋がある。小鳥、蛇、蛙、蜥蜴などを捕食する。「ピックウィー」と鳴く。江戸時代では羽色で「あかさしば」と「あをさしば」を区別した。［漢名］鸇、海東青、晨風。⇩小鷹（こたか）［秋］、小鷹狩（こたかがり）［秋］

さびあゆ【錆鮎】
産卵を控え、衰弱し、体色が黒ずんだ秋の鮎をいう。［同義］渋鮎。⇩秋の鮎（あきのあゆ）［秋］、渋鮎（しぶあゆ）［秋］、落鮎（おちあゆ）［秋］、鮎（あゆ）［夏］

§

哀《あはれ》且《（カツ）》市《いち》たつ鮎《あゆ》の暮のさび　杉風・虚栗
水音も鮎《あゆ》さびけりな山里は　嵐雪・杜撰集
秋ふかき川瀬の鮎はさび果《はて》て　徳元・犬子集
新月の光めく鮎寂びしけれ　渡辺水巴・富士
鮎寂びて簗はうづまく霧の中　水原秋桜子・晩華
錆鮎やすでに霜ふる笹のいろ　加藤楸邨・雪後の天

さるざけ【猿酒】
秋の山中で、猿が木の実などを樹木や岩の窪みに置き、それが自然に発酵したものだという。［同義］ましら酒（ましらざけ）。⇩猿（さる）［四季］

§

猿酒のこと細々と古随筆　青木月斗・時雨

さんま【秋刀魚】
サンマ科の海水魚。日本各地の外洋の表層近くを群泳する。体長約四〇センチ。体は細長くやや平板で刀形。背面は青藍色、腹面は銀白色。体側に銀白色の太い線が走る。秋も深まり、茨城県の沖合まで南下してくるものが脂肪が多く、最も美味とされる。［和名由来］体が細長い魚の意で「狭真魚」よりと。「秋刀魚」は秋が旬で、体が刀状であるところから。［同義］さいら、さえら〈関西〉、のそざより。

§

宵早く片づけそむる店先の秋刀魚は雨にたたかれてをり　三ケ島葭子・定本三ケ島葭子全歌集

選鉱のひと日《ひ》了《を》へ来し婦《をみな》らの塩秋刀魚《さんま》買ふ灯《ひ》ともる店に　木俣修・歯車

口《くち》細き秋刀魚《さんま》を下《さ》げて夜の痛き風に逆《さから》ふわが息の緒や　宮柊二・小紺珠

飯熱く下魚ながらも秋刀魚かな　籾山柑子・柑子句集

怒り頭を離れず秋刀魚焼きけぶらし　三橋鷹女・魚の鰭

じゅんじゅんと秋刀魚の焼かれからぶ音　三橋鷹女・魚の鰭

秋刀魚焼く丸く小さき眼は憎まず　三橋鷹女・魚の鰭

秋刀魚青銀《せいぎん》妊婦財布の紐解きつつ　中村草田男・母郷行

目の涯の松揺れやまぬ秋刀魚焼　加藤楸邨・雪後の天

屋根の間に富士の暮れゐし秋刀魚焼　加藤楸邨・雪後の天

星降るや秋刀魚の脂燃えたぎる　石橋秀野・桜濃く

ひとり焼く秋刀魚はげしきけむりあぐ　片山桃史・北方兵団

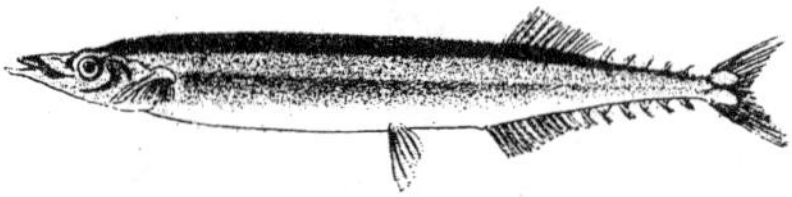

さんま［日本重要水産動植物之図］

おのれ焼きにがき秋刀魚ぞひとり喰ふ　片山桃史・北方兵団

松籟や秋刀魚の秋も了りけり　石田波郷・風切

風の日や風吹きすさぶ秋刀魚の値　石田波郷・雨覆

「し」

しいら【鱰】

シイラ科の海水魚。世界の暖海に分布。体長約一・五メートル。体は背面が青黄色で、腹面が淡黄色。雄の前頭部は突出して角張っている。数百尾で海の表層部を群泳し、飛魚類など表層の魚を捕食する。海釣りの対象魚。［同義］九萬疋（くまびき）。

しおからとんぼ【塩辛蜻蛉】

トンボ科の昆虫。腹長約五センチ。雄の成虫は背上部は灰青色で、端部は黒色。雌は黄色で、「麦藁蜻蛉（むぎわらとんぼ）」ともいわれる。［和名由来］塩が吹いたように見えるところから。➡蜻蛉（とんぼ）［夏］

しか【鹿】

シカ科の哺乳類の総称。日本では、普通は日本鹿（にほんじか）をさし、肩高約九〇センチ。体色は、夏は赤褐色で白色の斑紋があり、冬は灰褐色で、尻部以外は無斑となる。雄は頭上に枝のある角をもつ。角は春に生え、夏に伸び、秋に堅牢となり、冬に脱落する。鹿の交尾期は秋で、相手を求めて「ピーッ、ピーッ」と哀愁をおびた声で鳴きかわす。鹿は古来、神聖視され、上代の神話では神が鹿に化身して現れる例も多い。奈良の春日神社や安芸の厳島神社、山城の大原野神社では、鹿は神鹿とされている。古歌では、鹿といえば雄鹿をいい、雌鹿は女鹿（めが）といって区別をした。また、鹿と猪をともに「しし」といい、前者を「いのしし」、後者を「かのしし」と呼んだ。「しし」は「ししじもの」と詠まれて「這う」「伏す」に掛かる。古歌では、鹿の鳴声に妻や恋人を思う気持ちを詠み込むもの、秋の季節の哀感を詠むもの、また、鹿を紅葉や萩と共に詠むものが多い。［同義］かせぎ、すがる、すずか（牝鹿に比定）、紅葉鳥（もみじどり）。⬇牡鹿（おじか）［秋］、小牡鹿（さおしか）［秋］、鹿の声（しかのこえ）［秋］、鹿鳴く（しかなく）［秋］、妻恋う鹿（つまこうしか）［秋］、鹿笛（しかぶえ）［秋］、鹿の角落つ（しかのつのおつ）［春］、鹿の袋角（しかのふくろづの）［夏］、鹿の角切（しかのつのきり）［秋］、孕鹿（はらみじか）［春］、春の鹿（はるのしか）［春］、鹿子（かこ）［四季］、鹿の子（かのこ）［夏］、鹿の子（しかのこ）［夏］、夏の鹿（なつのしか）［夏］、鹿（か）［秋］、獣（しし）［秋］、鹿垣（ししがき）［秋］、すがる［秋］、冬の鹿（ふゆのしか）［冬］、牝鹿（めじか）［秋］

しか［動物訓蒙］

§

いづくかにか鹿の初音《はつね》は聞《きこ》ゆらん萩《はぎ》の下葉《したば》の見《み》まくほしきに
　安法法師集（安法の私家集）

小山田《をだ》の庵《いほ》ちかくなく鹿《しか》の音《ね》におどろかされておどろかすかな
　西行・新古今和歌集五（秋下）

鹿もや、恋のさかりとなりぬらし野べのこはぎの色まさり行《ゆく》
　賀茂真淵・賀茂翁家集

ねつゞきに過行《すぎゆく》鹿のかずみゆるあなたおもては月やいづらむ
　大隈言道・草径集

ことしおひの、べのをしかの角さへも枝さすばかりなれる野べかな
　大隈言道・草径集

宮島の紅葉が谷は秋闌《た》けて紅葉蹈み分け鹿の来る見ゆ
　正岡子規・子規歌集

奈良の町に老いたる鹿のあはれかな恋にはうとく豆腐糟《から》喰ひに来る
　正岡子規・子規歌集

羨《とも》しさよ百山千山《ももやまちやま》わけ行ききあそべる鹿をいまだわが見ず
　若山牧水・黒松

馴鹿の氷を渡りゆくときは部落の恋も悲しかるべし
　土岐善麿・六月

ひさしぶりに、しづかな心になりたるかな、みちばたの鹿の

背を撫でてみる。

下りきつつ薄のかげにとまりたる鹿の目見《まみ》こそやさしかりしか　土岐善麿・不平なく

古泉千樫・青牛集

山びとの　言ひ行くことのかそけさよ。きその夜、鹿の　峰をわたりし　釈迢空・水の上

鹿の角先一節《まづひとふし》のわかれかな　芭蕉・笈の小文

二俣《ふたまた》にわかれ初《そめ》けり鹿の角《つの》　芭蕉・韻塞

臥処《ふしど》かや小萩《こはぎ》にもる、鹿《しか》の角《つの》　去来・有磯海

鹿の血に幕《まく》汚したる狩場《かりば》哉　許六・目団扇

鹿《しか》の目の朝日にむかふ高根《たかね》かな　李由・白扇集

妻と寐る鹿《しか》を月見の片隣《かたどなり》　野坡・八景集

何事か嬉《うれ》しき鹿《しか》の急《いそ》ぎ哉　百里・或時集

妻と寐るその夜は鹿に紅葉《もみぢ》哉　支考・草苅笛

宵闇や鹿に行きあふ奈良の町　内藤鳴雪・鳴雪句集

鹿聞いて淋《さび》しき奈良の宿屋哉　正岡子規・子規句集

厠より鹿と覚しや鼻の息　夏目漱石・漱石全集

寄りくるや豆腐の糟に奈良の鹿　夏目漱石・漱石全集

山門や月に立つたる鹿の角　夏目漱石・漱石全集

鹿の妻尾上の芒みだしけり　松瀬青々・妻木

鹿を呼ぶ頃の汐照り神凪《かんな》ぎに　河東碧梧桐・碧梧桐句集

老鹿の眼のただふくむ涙かな　飯田蛇笏・山廬集

老鹿の毛のふさ〳〵とちりもなし　原石鼎・花影

楼門の扉に老鹿は美しき　原石鼎・花影

鹿苑に御仏の顔せる鹿の　長谷川かな女・雨月

女《め》の鹿は驚きやすし吾のみかは　橋本多佳子・紅絲

息あらき雄鹿が立つは切なけれ　橋本多佳子・紅絲

雄鹿の前吾もあらあらしき息す　橋本多佳子・紅絲

寝姿の夫《つま》恋ふ鹿か後肢抱き　橋本多佳子・紅絲

しかなく【鹿鳴く・鹿啼く】

鹿は、交尾期の秋になると、相手を求めて「ピーッ、ピーッ」と哀愁をおびた声で鳴きかわす。古歌では、鹿の鳴声に妻や恋人への思いを詠み込む場合が多い。⇩鹿の声（しかのこえ）［秋］、鹿（しか）［秋］

§

夕されば小倉《をぐら》の山に鳴く鹿は今夜《こよひ》は鳴かずい寝《ね》にけらしも　岡本天皇・万葉集八

夕されば小倉《をぐら》の山に臥《ふ》す鹿は今夜《こよひ》は鳴かず寝《い》ねにけらしも　雄略天皇・万葉集九

秋はぎにうらびれ居《を》ればあしひきの山下《した》とよみ鹿のなくらむ　よみ人しらず・古今和歌集四（秋上）

小倉《をぐら》山みね立《た》ちならし鳴《な》く鹿《しか》の経《へ》にけむ秋をしる人ぞなき　紀貫之・古今和歌集一〇（物名）

夜《よ》を残《のこ》す寝覚《ねざめ》にきくぞあはれなる夢野《ゆめの》の鹿《しか》もかくや鳴《な》きけん　山家心中集（西行の私家集）

下紅葉《したもみぢ》かつちる山の夕時雨《ゆふしぐれ》ぬれてやひとり鹿のなくらん　藤原家隆・新古今和歌集五（秋下）

なく鹿《しか》の声《こゑ》にめざめてしのぶかな見はてぬ夢の秋の思《おもひ》を　慈円・新古今和歌集五（秋下）

寝覚《ねざ》めしてひさしくなりぬ秋の夜はあけやしぬらん鹿ぞなくなる
源道済・新古今和歌集五（秋下）
さらぬたに秋の夕のひさしきに哀そへつ、さをしかのなく
大塚楠緒子・千代田歌集
びいと啼尻声《なくしりごゑ》悲し夜の鹿　芭蕉・杉風宛書簡
壁《かべ》に身を摺《すり》て鳴《なき》けん雨の鹿　介我・渡鳥
鹿啼《なき》ては、その木末《こずゑ》あれにけり　蕪村・蕪村句集
鹿鳴くや味噌搗き終へし夜の更けて　中川四明・四明句集
鹿鳴くや若狭魚荷の泊り客　中川四明・四明句集
ともし火や鹿鳴くあとの神の杜《もり》　正岡子規・子規句集
老と見ゆる鹿が鳴きけりまのあたり　河東碧梧桐・碧梧桐句集

しかのこえ【鹿の声】
鹿の交尾期は秋であり、この季節になると、相手を求めて「ピーッ、ピーッ」と哀愁をおびた声で鳴く。⇩鹿鳴く（しかなく）［秋］、鹿（しか）［秋］

§

夕《ゆふ》づくよをぐらの山になく鹿《しか》の声《こゑ》のうちにや秋は暮《く》るらむ
紀貫之・古今和歌集五（秋下）
はれやらぬ深山《みやま》の霧《きり》のたえだえにほのかに鹿《しか》のこえ《（ゑ）》きこゆなり
山家心中集（西行の私家集）
湊川《みなとがは》夜ぶねこぎいづる追風《おひ》に鹿《しか》の声さへ瀬戸《せと》わたるなり
道因・千載和歌集五（秋下）
もみぢばのはる、木ずゑに風きえて鹿《しか》ごゑすさむ秋の暮かな
慈円・南海漁父北山樵客百番歌合
さ夜ふけて聞けば高嶺《たかね》にさを鹿の声のかぎりをふりたてて鳴く
大愚良寛・良寛歌評釈
この頃のねざめに聞けばたかさごの峰《を》の上《へ》にひびくさを鹿の声
大愚良寛・良寛歌評釈
めづらしときくさをしかのこゑ毎に末わびしらになるぞ悲しき
大隈言道・草径集
しほひたるすざきの程も見えぬ夜にとほくもゆけるさをしかの声
大隈言道・草径集
春日野《かすがの》の神のともし火《び》影見えてをちこちに鳴くさを鹿の声
正岡子規・子規歌集
とも寐せし木萩が原の朝ぎりにかへさやまよふさをしかのこゑ
樋口一葉・緑雨筆録「一葉歌集」
二声をつづけてあとをなかぬとふその鹿の声をわれもききたし
若山牧水・山桜の歌
鹿のこゑをはじめて聞けり、家づとの、手にうす寒きたそがれの路。
土岐善麿・不平なく
鹿の声跡《あと》はしぐれて明にけり　涼菟・一幅半
折あしく門《かど》こそ叩《たた》け鹿の声　蕪村・蕪村句集
痩せながら出る月影や鹿の声　井上井月・井月の句集
神に灯をあげて戻れば鹿の声　正岡子規・子規句集
行燈に奈良の心地や鹿の声　夏目漱石・漱石全集
蕎麦太きもてなし振や鹿の声　夏目漱石・漱石全集

しかのつのきり【鹿の角切】
毎年秋、奈良の春日神社で行われる、神の使いとされる鹿の角切をいう。鹿の角は夏に伸び、秋に堅牢となり、交尾期

を迎えた牡鹿は、牝をめぐって激しく争う。このため江戸時代より、人への被害をさけるために角切が行われた。単に、「角切（つのきり）」ともいう。⬇鹿の角落つ（しかのつのおつ）［春］、鹿の袋角（しかのふくろづの）［夏］、鹿（しか）［秋］、落し角（おとしづの）［春］

しかぶえ【鹿笛】

　捕獲のため、牡鹿の鳴声に似せた音で、牡鹿を呼び寄せる笛。竹や鹿角に鹿の皮を張って作られる。［同義］ししぶえ。⬇鹿（しか）［秋］　§

鹿笛《ししぶえ》やはやす狸《たぬき》のはらつゞみ　徳元・犬子集

しぎ【鴫・鷸】

　シギ科の鳥の総称。夏にシベリアで繁殖し、秋、越冬のため南半球へ渡るが、その途中、日本にも立ち寄る。千鳥に似て嘴・脚が長い。千鳥の趾は三本だが、鴫の趾は四本。湿地や湖沼、砂浜で、甲殻類や貝類を捕食する。［和名由来］「サヤギ（騒ぎ）」（鴫の羽掻からと）よりと―『大言海』。「鴫」は国字で「田鳥」の合字。［同義］羽掻鳥（はねかきどり）。［同種］田鴫、大地鴫、青鴫、山鴫＝姥鴫、磯鴫（いそしぎ）、小鴫（こしぎ）。［漢名］鷸、水札子。⬇戻り鴫（もどりしぎ）［春］、青鴫（あおしぎ）［秋］、大地鴫（おおじしぎ）［夏］、姥鴫（うばしぎ）［秋］、山鴫（やましぎ）［秋］、鴫の羽盛（しぎのはもり）［秋］、田鴫（たしぎ）［秋］、玉鴫（たましぎ）［秋］　§

さ夜ふけて物ぞかなしき塩釜《しほがま》はも、はがきする鴫《しぎ》の羽風に
　能因集（能因の私家集）

鴫《しぎ》の伏《ふ》す刈田《かりた》に立《た》てる稲茎《いなくき》のいなとは人《ひと》のいはずもあらなん
　藤原顕季・後拾遺和歌集一一（恋二）

こゝろなき身にもあはれは知《し》られけり鴫立《しぎた》つ沢《さは》の秋の夕暮《ぐれ》
　山家心中集（西行の私家集）

わが門《ゝど》のを《（お）》くての引板《ひた》にを《（お）》どろきてむろの刈田《かりた》に鴫《しぎ》ぞたつなる
　源兼昌・千載和歌集五（秋下）

草枕涙かきあへぬ寝覚哉《（ねざめかな）》鴫《（しぎ）》の羽を《（お）》とに夢をのこして
　慈円・南海漁父北山樵客百番歌合

心からしばしとつゝむものからに鴫《しぎ》の羽掻《はねが》きつらきけさかな
　赤染衛門・新古今和歌集一三（恋三）

を山田の稲葉の露やふかゝらむたちゆく鴫の羽おもけなり
　大塚楠緒子・千代田歌集

黄昏の霧たちこむる秋の田のくらきが方へ鴫《しぎ》鳴きわたる
　長塚節・晩秋雑詠

夕照るや落葉つもれる峡《かひ》の田の畔《くろ》のほそみち行けば鴫立つ
　若山牧水・朝の歌

刈あとや早稲かた〳〵の鴫《しぎ》の声　芭蕉・笈日記

鴫《しぎ》まつ黒にきてあそぶ也《なり》　桃隣・炭俵

嘴《くちばし》に引倒《ひきたふ》されな土堤《どて》の鴫《しぎ》　野紅・泊船集

牛叱る声に鴫たつゆふべかな　支考・枇杷園随筆

鴫立《しぎたち》て秋天《しうてん》ひきゝながめ哉　蕪村・蕪村句集

立鴫とさし向ひたる仏哉　一茶・七番日記

しぎ［聚鳥画譜］

けぶり立ち鴫立ち人も立ちにけり　一茶・七番日記
野径十歩我に鴫立つ夕かな　内藤鳴雪・鳴雪句集
鴫《しぎ》立つて我れ来しはうへ飛びにけり　村上鬼城・鬼城句集
鴫立つや礎残る事五十　夏目漱石・漱石全集
銃の音鴫《しぎ》と小鳥と立ちにけり　河東碧梧桐・碧梧桐句集
鴫《しぎ》打ちの煙飛びけり江の日和　河東碧梧桐・碧梧桐句集
鴫飛んで路《みち》夕陽の村に入る　寺田寅彦・寅日子句集

しぎのはもり【鴫の羽盛】

調理した鴫の羽や頭部などで鴫の姿を再現し、その背の上に焼いた肉を盛付ける料理。⬇鴫（しぎ）［秋］

しし【獣・猪・鹿】

野獣。特に猪や鹿のこと。前者を「いのしし」、後者を「かのしし」といって区別した。⬇鹿（しか）［秋］、猪（いのしし）［秋］、鹿垣（ししがき）［秋］、猪狩（ししがり）［冬］

§

春日野《かすがの》に粟《あは》蒔けりせば鹿待《ししま》ちに継ぎて行かましを社《やしろ》し留《とど》むる　佐伯赤麿・万葉集三
猪《しし》食つて山便りせん鎌倉へ　原石鼎・花影
銃口《つつぐち》や猪《しし》一茎の草による　原石鼎・花影
猪村に猪食べて秋爽かに　原コウ子・胡色以後
猪解いて藁苞として提げにけり　高橋馬相・秋山越
撃たれたる猪うつしみの眼を持てり　高橋馬相・秋山越

ししがき【鹿垣】

鹿を田畑に入れないために、枝付きの木で作った垣根。⬇鹿（しか）［秋］、獣（しし）［秋］、鹿火屋（かびや）［秋］

ししにく【猪肉】
秋から冬に狩猟した猪の肉。猪の肉は脂肪に富んで好まれる。⬇猪（いのしし）［秋］、山鯨（やまくじら）［冬］

§

丹波より小包にして猪の肉　　青木月斗・時雨

しぶあゆ【渋鮎】
秋、産卵を控えた鮎の体は衰え、背が黒ずんでくる。これを「渋鮎」「錆鮎」という。⬇錆鮎（さびあゆ）［秋］、落鮎（おちあゆ）［秋］、鮎（あゆ）［夏］、秋の鮎（あきのあゆ）［秋］

§

哀れ且《カツ》市立つ鮎の暮の渋《サビ》　　杉風・虚栗
水音も鮎渋びけりな山里は　　嵐雪・杜撰集
一年セの鮎も渋びけり鈴鹿川　　鬼貫・鬼貫句選
渋鮎を炙り過たる山家かな　　几董・井華集
吉野鮎渋れば渋をはやさる、　　一茶・一茶句帖
人ならば四十盛りぞ鮎さびる　　一茶・九番日記
見るうちに鮎のさびるや市の雨　　梅室・梅室家集
瀬の音や渋鮎淵を出る兼る　　夏目漱石・漱石全集
塩焼や鮎に渋びたる好みあり　　夏目漱石・漱石全集
渋鮎や石払ひしに出水して　　河東碧梧桐・碧梧桐句集

じむしなく【地虫鳴く】
秋の夜、土中から虫の鳴声が聞こえることをいう。⬇螻蛄鳴く（けらなく）［秋］、蚯蚓鳴く（みみずなく）［秋］、地虫穴を出づ（じむしあなをいづ）［春］、地虫（じむし）［四季］、宿毛虫（すくもむし）［秋］

§

地虫啼く外は野分の月夜なり　　臼田亜浪・旅人
地虫なくや月蝕の夜と思ほえず　　石橋秀野・桜濃く

しめ【鴲】
アトリ科の鳥。夏、ユーラシア、北海道で繁殖し、秋に南下する。体長約二〇センチ。背部は灰褐色。喉は黒色。胸・腹部は淡灰褐色。嘴は太く、夏は鉛色で、冬は肉色。風切羽は黒色で白色の斑がある。［同義］比米（ひめ）、比米鳥（ひめどり）。［漢名］鉄嘴。

しゃこ【鷓鴣】
キジ科の鳥の一属の総称。鶉よりやや大きな鳥。中国南部、北アメリカなどに生息。漢詩に多く詠まれる。

§

書生来て鳥屋に鷓鴣を尋ねけり　　嘯山・俳諧古選

しゅうぜん【秋蟬】
秋の蟬。⬇秋の蟬（あきのせみ）［秋］

§

秋蟬《しうぜん》の虚《カラ》に声《こゑ》きくしづかさは　　野水・冬の日

じゅずかけばと【数珠掛鳩】
ハト科の飼鳥。翼長約一六センチ。頭・腹部は灰白色。背部・尾は灰褐色。秋、「ポーオー・ポーオー」とよく鳴く。［和名由来］後頭部に黒色の半輪環があり、数珠を懸けているように見えるところから。［同義］時計鳩（とけいばと）。［漢名］斑鳩、祝鳩。

じゅずかけばと［聚鳥画譜］

脅え易き目と見て去るに啼き出でて数珠掛鳩《じゅずかけばと》の声とほる園　宮柊二・藤棚の下の小室

§

何胡麻に珠数かけ鳩の鳴くやらん　北原白秋・竹林清興

しょうりょうばった【精霊飛蝗】

バッタ科の昆虫。体が細長く、頭の先まで細く尖っている。緑色または淡褐色。大きいものでは体長九センチにも達する。雄よりも雌の方が大きい。雄は飛ぶときに翅で「キチキチ」と音をたてる。秋の草原でよく見られる。［同義］きちきちばった。⬇稲子麿（いなごまろ）［秋］、米搗飛蝗（こめつきばった）［秋］、稲春虫（いねつきむし）［秋］、飛蝗（ばった）［秋］

しろはら【白腹】

ヒタキ科ツグミ亜科の鳥。中国東北部などで繁殖し、秋に飛来する冬鳥。翼長約一三センチ。体は鶫に似る。雄は頭が灰黒色、翼と尾羽は黒褐色。腹部は白色。［和名由来］腹部が白色であるところからと。⬇鶫（つぐみ）［秋］

「す」

すいっちょ

馬追虫の別称。⬇馬追虫（うまおいむし）［秋］

§

おびただしき蚤に心はいらだてり蚊帳のあたりにすいっちょ鳴きいづ　三ケ島葭子・定本三ケ島葭子全歌集

スイッチヨと鳴くはたしかに蓮の中　高浜虚子・定本虚子全集

すいっちよの髭ふりて夜のふかむらし　加藤楸邨・雪後の天

すいと

馬追虫の別称。⬇馬追虫（うまおいむし）［秋］

§

ひややかに洋燈のもとの薬瓶にすいと虫なく夜ふけにけり　土田耕平・青杉

すがる

鹿の別称。⇩鹿（しか）［秋］

§

すがる鳴《な》く夜を先二夜《まづふたよ》三夜《みよ》　才麿・椎の葉

すくもむし【宿毛虫】

土中にすむ虫をいう。地虫。⇩地虫鳴く（じむしなく）［秋］、地虫（じむし）［四季］

§

古りし宿毛虫焼く火をかゝげけり　水原秋桜子・葛飾

すじこ【筋子】

鮭の卵巣を塩漬けにしたもの。「すずこ」ともいう。成熟した卵をばらばらにしたものは「いくら」という。⇩鮞（はららご）［秋］

すずき【鱸】

スズキ科の海水魚。北海道南部以南に分布し、沿岸の岩礁帯に生息する。体長約一メートル。体は紡錘形で細長い。背面は灰青色、腹面は銀白色。幼魚には黒褐色の小斑紋が散在する。出世魚で幼魚から「こっぱ→はくら→せいご→ふっこ→ちゅうはん→すずき」とよばれる。海産の魚だが、春・夏は汽水域や河川でも見かけ、晩秋の産卵期には河口付近の深場にきている。味が良いのは夏から初秋にかけて。よく釣れるのは秋である。［和名由来］「進くの活用の進きの義か」―『大言海』。⇩鱸釣（すずきつり）［秋］、鮬（せいご）［秋］、ふっこ［秋］、落鱸（おちすずき）［冬］

すくもむし［和漢三才図会］

すずき［日本重要水産動植物之図］

§

打擢《うちがい》に鱸《すずき》はねたり淵《ふち》の色　其角・五元集

さちほこに笹を噛ます鱸哉　其角・類柑子

しらぎくやまた歯に冷《ひや》す生鱸《いきすずき》　野坡・野坡吟草

百日の鯉切尽きて鱸かな　蕪村・蕪村句集

かゝる日に貰ひ鱸や生腐り　召波・春泥発句集

鱸提げて酒屋を叩く月夜かな　内藤鳴雪・鳴雪句集

打網の龍頭に跳る鱸《すずき》かな　村上鬼城・鬼城句集

籠《かご》あけて雑魚《ざこ》にまじりし鱸《すずき》哉　正岡子規・子規句集

貧厨《ひんちゅう》の光を生ず鱸《すずき》哉　正岡子規・子規句集

宍道湖

鱸《すずき》肥えてかたぶく埒《らち》の水際《みぎは》かな　広江八重桜・広江八重桜集

舟板に撲たれ横ふ鱸かな　楠目橙黄子・同人句集

鱸《すずき》巨き背鰭を摧《くだ》き上りけり　山口青邨・雪国

すずきつり【鱸釣】

鱸は四季を通して釣れる魚だが、盛夏から秋にかけての時期に最もよく釣れる。⇩鱸（すずき）［秋］

§

荒栲《あらたへ》の藤江の浦に鱸《すずき》釣る泉郎《あま》とか見らむ旅行くわれを
柿本人麻呂・万葉集三

鱸《すずき》取る海人《あま》の燈火《ともしび》外《よそ》にだに見ぬ人ゆゑに恋ふるこのころ
作者不詳・万葉集一一

つる針《はり》に老も腰のす鱸《すずき》哉　路通・一の木戸下

気遣《づか》ふ《(う)》て渡る灘《(ナダメ)》や鱸釣《すずきつり》　去来・誹諧曾我

鮬《セイゴ》釣比《つるころ》も有《ある》らし鱸《すずき》つり　半残・猿蓑

むら雲や雨は手に来る鱸釣《すずきつり》　野坡・桜苗

釣上ぐる鱸や闇に太刀の影　支考・山琴集

釣上《つりあげ》し鱸《すずき》の巨口玉《きよこうたま》や吐《はく》　蕪村・安永五年句稿

鱸釣《つり》て後めたさよ浪の月　蕪村・夜半叟句集

鱸釣つて舟を蘆間や秋の空　夏目漱石・漱石全集

すずむし【鈴虫】

　コオロギ科の昆虫。体長約二〇ミリ。体形は卵形で平たく、体色は暗褐色。触角は細く長い。雄は翅を擦り合わせて「リーン・リーン」と美しい声で鳴く。平安時代に「すずむし」といわれていたのは今の松虫で、「まつむし」といわれていたのが今の鈴虫だったという。古歌では、「鈴を振る」意から「経る」「降る」に掛けて詠まれるものが多い。➡松虫（まつむし）［秋］

すずむし［和漢三才図会］

§

鈴虫に劣《おと》らぬ音《ね》こそ泣《な》かれけれ昔の秋を思《(おもひ)》やりつゝ
藤原実頼・後撰和歌集一八（雑四）

いかでかは音《(ね)》のたえざらん鈴虫のうき世にふるはくるしき物を
公任集（藤原公任の私家集）

万代《(よろづよ)》の秋をこめたる宿なればたづねてすめる鈴虫のこゑ
公任集（藤原公任の私家集）

年毎にとこめづらなる鈴虫のふりてもふりぬ声ぞ聞ゆる
公任集（藤原公任の私家集）

いづこにも草の枕を鈴虫《すゞむし》はこゝを旅《たび》とも思はざらなん
伊勢・拾遺和歌集三（秋）

年経《としへ》ぬる秋にもあかず鈴虫《すゞむし》のふりゆくまゝに声《こゑ》のまされば
藤原公任・後拾遺和歌集四（秋上）

ふるさとにかはらざりけり鈴虫《すゞむし》の鳴海《なるみ》の野べのゆふぐれのこゑ
橘為仲・詞花和歌集三（秋）

あさぢばらひとつになれる虫のねにふりはなれても鈴虫の鳴
大隈言道・草径集

馬市によき馬かひてかへるさの野路おもしろき鈴虫の声
佐佐木信綱・思草

鈴虫がいつこほろぎに変りけん少しものなどわれ思ひけん
与謝野晶子・瑠璃光

今宵よりわれに飼はるる鈴虫の籠を手に取りて顔よせて見る
武山英子・傑作歌選第二輯「武山英子」

なけこほろぎなけすずむし夜はふけぬ投げたる身をば秋よさいなめ
田波御白・御白遺稿

なきなきて籠のすずむしなき死にぬくろきちひさきかはゆき
すずむし　田波御白・御白遺稿

しのびかに遊女が飼へるすず虫を殺してひとりかへる朝明け
若山牧水・死か芸術か

朝顔を紅《あか》く小さしと見つるいのち消えむとぞする鳴け鳴け鈴虫
北原白秋・桐の花

鈴虫は夜ごとに泣けど月明き今宵はことに声すみてきこゆ
三ケ島葭子・定本三ケ島葭子全歌集

こほろぎの声しげきここのくさむらにただ一つゐる鈴虫のこゑ
三ケ島葭子・定本三ケ島葭子全歌集

夜の汽車ひびきとほれど鳴き止まずくさむら暗く鈴虫のこゑ
三ケ島葭子・定本三ケ島葭子全歌集

鈴虫の声にまじらぬなまり哉《かな》　貞徳・犬子集
鈴虫《すず》の声に照《てり》わる月夜哉　荷兮・小弓誹諧集
鈴虫《すずむし》や松明《たいまつ》さきへ荷《にな》はせて　其角・五元集
鈴虫の啼そろひたる千草かな　桃妖・有磯海
風さはる小松鈴虫糸鹿山　秋の坊・草苅笛
鈴虫や手洗ひするも蒔絵物　暁台・暁台句集
世がよしや虫も鈴ふり機を織る　一茶・七番日記
よい世とや虫が鈴ふり蔦が舞ふ　一茶・七番日記
飼ひ置きし鈴虫死で庵淋し　正岡子規・子規句集
鈴虫を聴《き》く庭下駄《にわげた》の揃《そろ》へあり　高浜虚子・六百句
鈴虫や一人生き残る疫痢の子　長谷川零余子・雑草
鈴虫のいつか遠のく眠りかな　阿部みどり女・雪嶺
鈴虫や浄土に案内の鈴を振れ　阿部みどり女・雪嶺
耳鳴りの中に鈴虫澄みにけり　石田波郷・酒中花以後

すずめはまぐりとなる【雀蛤となる】

旧暦九月節の第二候（十月一二日頃にあたる）に雀が蛤になるという荒唐無稽な話からきた季語。『年浪草』に「…爵入大水為蛤…」とある。ただし蛤が春の季題であるために、春の季語と混同されている場合が多い。⬇雀（すずめ）［四季］、蛤（はまぐり）［春］

§

蛤の姿も見えず稲雀　李由・韻塞
蛤はまだ雀で遊ぶ汐干哉　乙由・麦林集
蛤になつてもまけな江戸雀　一茶・句帖
蛤とならう雀かよう飛ばず　角田竹冷・竹冷句鈔
雀蛤となるべきちぎりもぎりかな　河東碧梧桐・碧梧桐句集

すばしり【洲走】

鯔の稚魚。⬇鯔（ぼら）［秋］

「せ」

せいご【鮬】

鱸の若魚。鱸は出世魚で、幼魚から「こっぱ→はくら→せ

いご→ふっこ→ちゅうはん→すずき」とよばれる。⬇鱸（すずき）［秋］

§

鮬《セイゴ》釣比《つるころ》も有《ある》らし鱸《すずき》つり　半残・猿蓑

水さめて鮬《セイゴ》飛びけり靄の月　菅原師竹・菅原師竹句集

せいれい【蜻蛉】

蜻蛉（とんぼ）の別称。⬇蜻蛉（とんぼ）［秋］

§

蜻蛉《せいれい》をおさへむとする女の手わかき女の手のなつかしさ　前田夕暮・収穫

曇る日の芝の上とぶ蜻蛉《せいれい》の細きは魂《たま》か逝きたる母の　宮柊二・忘瓦亭の歌

せきれい【鶺鴒】

セキレイ科の鳥の総称。翼長八～九・五センチ。共通して尾・嘴が長い。尾を常に上下に動かす習性がある。背黒鶺鴒は、顔・喉・背部が黒色で、腹部は白色。黄鶺鴒は、腹部は黄色。白鶺鴒は、顔・腹部が白色。［同義］鶺鴒（つつ）、石叩・石敲（いしたたき）、庭叩子（にわたたき）、妹背鳥（いもせどり）、河原雀（かわらすずめ）、浜雀（はますずめ）、麦蒔鳥（むぎまきどり）、嫁鳥（とつぎどり）、嫁教鳥（とつぎおしえどり）、恋教鳥（こいおしえどり）、稲負鳥（いなおおせどり）。［同種］背黒鶺鴒（せぐろせきれい）、黄鶺鴒、白鶺鴒（はくせきれい）＝薄墨鶺鴒（うすずみせいきれい）。［漢名］鶺鴒、脊令。⬇石叩（いしたたき）［秋］、黄鶺鴒（きせきれい）［秋］

§

鶺鴒の来鳴く此頃藪柑子はや色つかね冬のかまへに　伊藤左千夫・伊藤左千夫全短歌

あわ雪の消えて僅かに潤ほへる青き飛石に鶺鴒か来し　伊藤左千夫・伊藤左千夫全短歌

せきれいは尾を振るゆゑに曇りふかき川原の石に見えて啼き居り　島木赤彦・氷魚

青垣の彼所《かしこ》に巣くひ棲み居りと嫂《あね》は指ざす飛ぶ鶺鴒《せきれい》に　太田水穂・土を眺めて

なぎさにて鶺鴒羽《せきれいはね》を上ぐる時まろく光ると思ひかけきや　与謝野晶子・冬柏亭集

鶺鴒の朝啼さむき砂川の、水たえだえに蓼のはなさく　岡稲里・朝夕

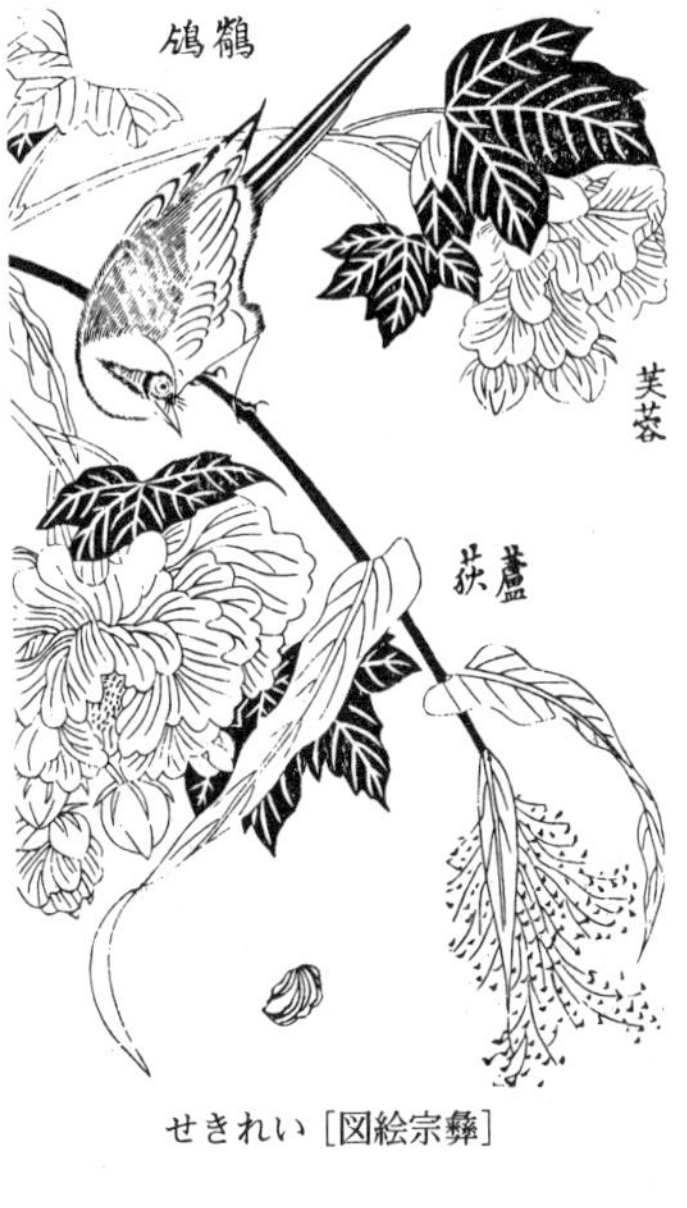

せきれい［図絵宗彝］

飛沫《しぶき》よりさらに身かろくとびかひて鶺鴒《せきれい》はあそぶ朝の渓間に
若山牧水・くろ土

松山の秋の峡間《はざま》に降り来れば水の音《ね》ほそしせきれいの飛ぶ
若山牧水・路上

石の上を鶺鴒飛びぬ秋ふかみ流るる水は澄みて底みゆ
三ケ島葭子・定本三ケ島葭子全歌集

石に来てあからさまなる尾をうごかす川鶺鴒《かはせきれい》のかなしかりけり
中村憲吉・しがらみ

道したに波のしぶくぞしたしけれ鶺鴒《せきれい》のとぶ赤岩のむれ
中村憲吉・軽雷集

可憐にて動く尾の影本堂に鶺鴒一羽上《のぼ》りて遊ぶ
宮柊二・忘瓦亭の歌

世の中は鶺鴒の尾の隙もなし　凡兆・猿蓑
鶺鴒や潮来教へて岩伝ひ　蓼太・蓼太句集
鶺鴒の寒さもて来や蔵の陰　道彦・蔦本集
せきれいや水裂けて飛ぶ石の上　村上鬼城・鬼城句集
鶺鴒《せきれい》よこの笠叩《たた》くことなかれ　正岡子規・子規句集
鶺鴒《せきれい》や水痩《や》せて石あらはるゝ　正岡子規・子規句集
鶺鴒や小松の枝に白き糞　夏目漱石・漱石全集
鶺鴒や屋根に石置く筏小屋　巌谷小波・さゞら波
鶺鴒や銭とる滝に人もなく　巌谷小波・さゞら波
鳴《な》かでたゞ鶺鴒《せきれい》居るや石《いし》の上《うへ》　泉鏡花・鏡花句集
せきれいに夕あかりして山泉　飯田蛇笏・山廬集
鶺鴒やきのふも居りし石の上　籾山柑子・柑子句集
鶺鴒に障子洗ひのなほ去らず　杉田久女・杉田久女句集
鶺鴒の庭歩みしが吾も歩む　山口青邨・花宰相
妻恋ひの鶺鴒に月雲を割る　原コウ子・胡色以後
岩跳ぶ鶺鴒砂地にはまま下駄の跡　中村草田男・母郷行
伝説《つたへ》に古き鳥の鶺鴒古き国　中村草田男・母郷行
鶺鴒を忘るともなく見失ふ　星野立子・鎌倉
鶺鴒や巌をかぞへてありしとき　加藤楸邨・雪後の天

せんにゅう【仙入】

ヒタキ科ウグイス亜科の一属の総称。翼長五～九センチ。背部は帯赤褐色で尾は楔状。空中で良くさえずる。秋、北海道・本州を通過して、南へ渡ってゆく。［同義］仙遊鳥（せんゆうとり）。

せんにゅう／ちゃのはな［景年画譜］

「た〜ち」

たかうち【鷹打】

鷹狩の鷹を捕獲すること。夏に孵化した鷹の雛鳥は、八〜九月になると巣を離れ、自分で餌をとりに出る。その巣の近くに網を張り、死んだ鳥を餌にして捕らえるのである。⇩網掛の鷹（あがけのたか）［秋］、鷹狩（たかがり）［冬］、鷹打所（たかうちどころ）［秋］、荒鷹（あらたか）［秋］

たかうちどころ【鷹打所】

鷹打をする所。⇩鷹打（たかうち）［秋］

たかのとやで【鷹の塒出】

夏の末、鷹は羽毛が抜け変わるので塒（鳥屋）籠りをするが、完全に抜け変わって塒から出てくるのは旧暦七月の頃であり、これを「鷹の塒出」という。塒とは、鷹匠が鷹を飼い馴らすための小屋である。羽を新しくした鷹は特に勢いがあり、これを「鳥屋勝（とやまさり）」という。また、一歳の鷹の羽毛が抜け変わることを「片鳥屋（かたとや）」といい、二歳の鷹を「両鳥屋（りょうとや）」、三歳を「両片鴘（もろかたかえり）」という。⇩鷹（たか）［冬］、鷹の塒入（たかのとやいり）［夏］

§

鳥の威を塒出の鷹に見たりけり　松瀬青々・倦鳥

たかのやまわかれ【鷹の山別れ】

秋の頃、鷹の雛が育ち、巣立ちをして親鳥から離れること。鷹は山麓の樹上に巣をつくることが多い。⇩鷹（たか）［冬］

§

峯こえて樛《つが》多きがけの岨道《そはみち》に山別れする鷹を見るかな　正岡子規・子規歌集

山霊雲を餞る鷹の別哉　尾崎紅葉・俳諧新潮

たしぎ【田鴫】

シギ科の鳥。冬鳥としてユーラシア大陸より飛来し、沢地や水田に生息する。翼長約一三センチ。全体に茶褐色で腹部は白色。顔には黒褐色の過眼線がある。嘴は長い。人が近づくと「ジュッ」と鳴いて素早く飛び立つ。代表的な猟鳥。［同義］保登鴫（ぼとしぎ）。⇩鴫（しぎ）［秋］

たちうお【太刀魚】

タチウオ科の海水魚。「たちのうお」ともいう。北海道以南に分布し、大陸棚から内湾に生息する。体長約一・五メートル。体は太刀形で長く側扁する。体色は銀白色。体表面の銀色のグアニン箔は模造真珠の原料となる。海釣りの対象魚。漁期は六〜一〇月頃。［和名由来］体形が

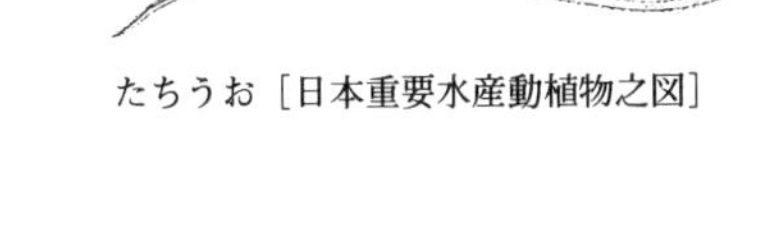

たちうお［日本重要水産動植物之図］

太刀に似ているところから。頭を上にして立ち泳ぎをするところから―『新釈魚名考』。［同義］だつ〈秋田〉、はくなぎ〈宮城〉、たちいお〈愛媛〉、たちぬいゆ〈沖縄〉。

§

海士人《あまびと》の取《とる》や鮊魚《たちうを》かぶと貝　重頼・犬子集

太刀魚をぬたにすべくも習ひけり　松瀬青々・倦鳥

たましぎ【玉鴫】

タマシギ科の鳥。日本全土の水田や湿原に生息し、冬、東南アジアに渡る。翼長約一三センチ。雄の頭は黒褐色、背部は灰褐色、腹部は白色。雌は雄より鮮やか。一雌多雄で雄が抱卵、育雛をする。⇩鴫（しぎ）［秋］

「ち」

ちちろむし【ちちろ虫】

蟋蟀の別称。⇩蟋蟀（こおろぎ）［秋］

§

一万歩歩き回《まは》りて戻り来し玄関暗くちちろ啼くなり　宮柊二・独石馬

弱き名を誰に貰ふてち、ろ虫　松瀬青々・倦鳥

魔がさすといふ野日高しち、ろ虫　河東碧梧桐・碧梧桐句集

うすれ消ゆ壁画の箔やち、ろ虫　長谷川かな女・龍膽

粥す、る匙の重さやち、ろ虫　杉田久女・杉田久女句集

夫をまつ料理も冷えぬち、ろ虫　杉田久女・杉田久女句集補遺

たのしさはふえし蔵書にち、ろ虫　水原秋桜子・葛飾

ち、ろ虫鳴けば国都をさびしうす　山口青邨・雪国

颱風が外《そ》れてくれたるちちろ虫　日野草城・銀

われは仰向きちちろ虫は俯向きに　日野草城・銀

更けしラヂオ低くすちちろ虫よりも　日野草城・銀

ひと寝《い》ねしのちの月夜やちちろ虫　日野草城・銀

をちこちにみなちがふ音のちちろ虫　日野草城・銀

酔ざめの水のうまさよち、ろ虫　日野草城・花氷

闇にして地の刻《とき》移るちちろ虫　日野草城・旦暮

ちっちぜみ【ちっち蟬】

セミ科の小形の蟬。本州以北に分布。体長約二センチ。体は全体に黒褐色で、背部中央に暗黄色の斑紋がある。翅は透明。秋、「チッチッチッ」と弱い声で鳴く。⇩蟬（せみ）［夏］、秋の蟬（あきのせみ）［秋］

ちゃたてむし【茶立虫・茶柱虫】

チャタテ目に属する昆虫の総称。体長一～八ミリ。体は蟻巻（ありまき）に似る。体色は褐色で、翅は透明で黒褐色の紋がある。一対の長い触角をもつ。樹の幹や朽葉に群生し、菌類を食べる。［和名由来］秋の夜などに障子にとまって、障子を噛む微音を、茶を立てる音に見立てたところから。［同義］小豆洗い（あずきあらい）、隠座頭（かくれざとう）。［同種］黒髭茶立（くろひげちゃたて）、丸茶立（まるちゃたて）。

§

夜長さや所も変へず茶立虫　白雄・白雄句集

茶立蟲弁慶水はこゝと啼く　高浜虚子・定本虚子全集

うたゝ寝のさめて火もなし茶立虫　高田蝶衣・青垣山

此部屋に幾年ぶりぞ茶たて虫　中村草田男・長子

茶柱虫《ちゃたてむし》障子の月光雪のごと　加藤楸邨・穂高

茶立虫障子は今年貼りかへず　加藤楸邨・雪後の天

茶立虫の忘れきつたる音なりけり　加藤楸邨・雪後の天

ベートーベン終りさみしき茶立虫　加藤知世子・頰杖

「つ」

つきのうさぎ【月の兎】

月にすんでいるという兎のこと。⇩兎（うさぎ）［冬］

§

天筆《てんぴつ》といふもや月の兎の毛　貞徳・犬子集

つきのかえる【月の蟾】

月にすんでいるという蛙。⇩蛙（かえる）［春］

§

雲は蛇呑《のみ》こむ月の蛙かな　貞徳・犬子集

つくつくほうし【つくつく法師・寒蟬】

セミ科の昆虫。「つくつくぼうし」ともいう。晩夏（七〜一〇月頃）に鳴く。体長約三センチ。体色は暗黄緑色で黒斑がある。翅は透明で褐色の翅脈がある。［和名由来］鳴声の「ツクツクホーシ・オーシーツクツク」より。［同義］法師蟬、筑紫恋（つくしこいし）、おしいつくつく。⇩法師蟬（ほうしぜみ）［秋］、蟬（せみ）［夏］、秋の蟬（あきのせみ）［秋］、寒蟬（かんぜん）［秋］、秋蟬（しゅうぜん）［秋］

つくつくほうし
［和漢三才図会］

§

松風の読経の声にきこえしはつくつくほうしなけばなりけり　小沢蘆庵・六帖詠草

秋の日のつくつく法師鳴きしきり鳴き詰めやがてその声は止む　三ケ島葭子・定本三ケ島葭子全歌集

油蟬しきりなるなかに一つ二つつくつくほふし声のすみたる　土屋文明・山谷集

つくつくぼうし鳴いてつくつくぼうし　種田山頭火・草木塔

繰言《くりごと》のつく〳〵法師殺しに出る　三橋鷹女・白骨

残る蟬つく〳〵法師ばかりかな　星野立子・鎌倉

つぐみ【鶇】

ヒタキ科の渡鳥。シベリアで繁殖し、秋に飛来し耕地などに生息する。翼長約一三センチ。背部は暗褐色、顔には黄白色の眉斑がある。翼は黒褐色で羽縁は赤褐色。腹部は黄白色に黒褐色の斑紋がある。［同義］つぐ、つぎめ、つむぎ、つづみ、てうま、しないとり。［同種］黒鶫（くろつぐみ）、赤腹、白腹、虎鶫。［漢名］鶫。⬇赤腹（あかはら）［夏］、白腹（しろはら）［秋］、虎鶫（とらつぐみ）［夏］

§

鶫《つぐみ》来てそよごの雪を散らしけり心に触るるものの静けさ　島木赤彦・太虚集

かへらぬ夢悲しむ如くたえず啼く湖《うみ》近き山の黒つぐみ鳥　前田夕暮・陰影

私の体のなかで啼くものがある、鶫だ、外は夜あけだ　前田夕暮・水源地帯

つぐみ［景年画譜］

悲し小禽《ことり》つぐみがとはに閉ぢし眼《め》に天《あま》のさ霧《ぎり》は触れむとすらむ　新井洸・微明

鵯《ひよ》ひとつ鶫《つぐみ》ここのつとりどりの鳥のあはひにもみぢ葉を敷けり　若山牧水・くろ土

黒つぐみ霧に声澄む月寒《つきさつぷ》　水原秋桜子・晩華

黒つぐみ巣作るこゑか懺悔室　水原秋桜子・殉教

鶫飛び雲脱げる山脱がぬ山　水原秋桜子・殉教

日輝きはつしとかゝる鶫らし　星野立子・鎌倉

おくれくる鶫のこゑも別れかな　石田波郷・風切

つなし【鰶】

鮗の幼魚をいう。⬇鮗（このしろ）［秋］

§

…その秀《ほ》つ鷹は　松田江の　浜行き暮し　鰶《つなし》取る　氷見《ひみ》の江過ぎて　多古《たこ》の島…（長歌）　大伴家持・万葉集一七

つばめかえる【燕帰る】

春に飛来した燕が巣をつくり、雛を育て終え、秋、再び南方に渡ること。［同義］去ぬ燕（いぬつばめ）、秋燕（あきつばめ）、帰る燕（かえるつばめ）。⬇燕（つばめ）［春］、秋燕（あきつばめ）［秋］、帰燕（きえん）［秋］、残る燕（のこるつばめ）［秋］

§

燕のかへり道あり洞の雨　嵐雪・杜撰集

燕も御寺の鼓かへりうて　其角・曠野

馬かりて燕追行く別れかな　北枝・卯辰集

燕飛ぶや二渡と再び来ぬふりに　一茶・七番日記
又お世話になりまするとや鳴く燕　一茶・七番日記
帰燕いづくにか帰る草茫々　夏目漱石・漱石全集
やがて帰る燕に妻のやさしさよ　山口青邨・雪国
ひたすらに飯炊く燕帰る日も　三橋鷹女・魚の鰭
帰燕の後祈りに似たることもなし　加藤楸邨・野哭
飢せまる日もかぎりなき帰燕かな　加藤楸邨・野哭

つまこうしか【妻恋う鹿】

秋の交尾期に牡鹿を呼び求める牡鹿をいう。「ピーッ・ピーッ」と哀調をおびた長く高い声で鳴く。⬇鹿（しか）［秋］、牡鹿（おじか）［秋］

§

この頃の秋の朝明《あさけ》に霧隠《きりがく》り妻呼ぶ雄鹿《しか》の声のさやけさ
作者不詳・万葉集一〇

さを鹿《しか》の妻《つま》よぶ声もいかなれやゆふべはわきてかなしかるらん
藤原脩範・千載和歌集五（秋下）

つまこふる鹿の音《ね》きこゆ今もかも真野の萩原咲立《さきたち》ぬらむ
田安宗武・悠然院様御詠草

つみ【雀鷂】

鷹の一種。鳩よりも小さいが、自分より大きな鳥でも攻撃し、捕食する。背面は灰黒色、腹面は白色。雌は雄より大きい。雄を「悦哉」と呼ぶこともある。小鷹狩に用いる。⬇小鷹（こたか）［秋］、悦哉（えっさい）［秋］

「と」

とうろう【蟷螂】

カマキリの漢名。⬇蟷螂（かまきり）［秋］

§

さかしげに君が文をばおさへたり柏の葉より青き蟷螂《たうらう》
与謝野晶子・太陽と薔薇

こちたかる丹塗《にぬり》の箱の後ろより蟷螂《たうらう》いでぬ役者のやうに
与謝野晶子・瑠璃光

生き残りゐし蟷螂《たうらう》のおとろへをこの夜炉の辺《へ》に見るがあはれさ
吉井勇・天彦

蟷螂《たうらう》が誰をあてどに鎌立《たて》て　鬼貫・俳諧大悟物狂
蟷螂《たうらう》や露ひきこぼす萩の枝《えだ》　北枝・卯辰集
蟷螂《（たうらう）》や五分の魂《（たましひ）》是《（これ）》見よと　一茶・おらが春
蟷螂《たうらう》の乱を好むにしもあらず　寺田寅彦・寅日子句集

とき【鴇・朱鷺】

トキ科の鳥。「とう」「つき」ともいう。東アジアに分布。日本では、かつて中国地方・北陸・関東以北に広く生息したが、現在は絶滅。体長約四〇センチ。体色は全体に白色で、顔は皮膚が露出して赤色。脚は赤黒色。風切羽と尾羽の基部は淡紅色で、とき色といわれる。後頭部に冠毛がある。嘴は長大で下向きに曲がる。［同義］桃花鳥（とうかちょう・つき・つく）。［漢名］朱鷺、紅鶴。

とのさまばった【殿様飛蝗】

バッタ科の昆虫。大形で、体長六〜八センチ。頭部は丸く、体も肥っており、緑色もしくは茶褐色である。イネ科などの植物を食害する。➡飛蝗（ばった）［秋］

とりおどし【鳥威し】

実りの秋、作物を守るために、田畑に人を模した人形を立て、鳥を威すこと。［同義］案山子（かかし）。

とりぐも【鳥雲】

秋、さまざまな渡鳥が、空を覆う雲のように、北方より群をなして飛来するさまをいう。➡鳥曇（とりぐもり）［春］、渡鳥（わたりどり）［秋］

とりわたる【鳥渡る】

秋、さまざまな渡鳥が、北方から日本へ飛来する。➡渡鳥（わたりどり）［秋］

§

鳥渡り去るや蜜柑の山仕事　岡本癖三酔・癖三酔句集

舟に乗れば水平らかや鳥渡る　島田青峰・青峰集

耿として廃屋の上を鳥渡んぬ　北原白秋・竹林清興

木屋町

鳥渡るをみなあるじの露地ばかり　石橋秀野・桜濃く

とんぼ【蜻蛉・蜻蜓】

トンボ目に属する昆虫の総称である。「えんば」「やんま」「かげろう」ともいう。体は細長く、腹部は円筒形。二対の翅で飛翔する。頭部には大きな複眼と短い触角がある。発達した口器があり、小昆虫を捕食する。［同義］せいれい、秋津。［同種］糸蜻蛉（いととんぼ）＝燈心蜻蛉（とうしんとんぼ）、赤蜻蛉、秋茜（あきあかね）、深山茜（みやまあかね）、鬼蜻蜓、銀蜻蜓、塩辛蜻蛉、麦藁蜻蛉、猩猩蜻蛉（しょうじょうとんぼ）、御歯黒蜻蛉。➡糸蜻蛉（いととんぼ）［夏］、御歯黒蜻蛉（おはぐろとんぼ）［夏］、川蜻蛉（かわとんぼ）［夏］、早苗蜻蛉（さなえとんぼ）［夏］、蜻蛉（せいれい）［秋］、水蠆（やご）［夏］、蜻蛉生る（とんぼうまる）［夏］、昔蜻蛉（むかしとんぼ）［夏］、秋津（あきつ）［秋］、赤蜻蛉（あかとんぼ）［秋］、やんま［秋］、鬼蜻蜓（おにやんま）［秋］、蜉蝣（かげろう）［秋］、銀蜻蜓（ぎんやんま）［秋］、塩辛蜻蛉（しおからとんぼ）［秋］、麦藁蜻蛉（むぎわらとんぼ）［秋］

とんぼ［明治期挿絵］

§

蓮《はす》がたのうつはのへりに付けそへし蜻蛉《とんぼ》の尻を曲げて手となす　正岡子規・子規歌集

をさな子は蟬とりあきてとんぼつり夏のやすみ日過《す》ぎにけるかも　岡麓・庭苔

君きぬと五《いつ》つの指にたくはへしとんぼはなちぬ秋の夕ぐれ　与謝野晶子・佐保姫
目の前に蘭陵王《らんりようわう》を舞ふ蜻蛉《とんぼ》いみじく清く日の暮れて行く　与謝野晶子・太陽と薔薇
蜻蛉来て蘆のうら葉のいづれにかとまらむとするほどのたゆたひ　田波御白・御白遺稿
草場には蜻蛉《とんぼ》群れ立ち火のごとし逢はでやみなむ我ならずけり　北原白秋・桐の花
金魚草にトンボとまりて金《きん》の眼を日にまはす時ドンのとゞろく　木下利玄・銀
この朝の雲ゆきけはし一匹のとんぼしきりに輪を描きをり　三ケ島葭子・定本三ケ島葭子全歌集
蜻蛉《とんぼう》のゆかば又来《こ》ん身の軽《かる》さ　露川・北国曲
ちれば出てみだれ蜻蛉《とんばう》ちり柳　土芳・蓑虫庵集
蜻蛉《とんばう》のあたまにとまる日向《ひなた》かな　支考・浮世の北
蜻蜓《とんばう》の秋をかざすや羽《はね》の上　吾仲・草苅笛
とんぼ(ば)うや御室《おむろ》の御所《ごしよ》の青だ、み　りん女・紫藤井発句集
日は斜《ななめ》関屋《せきや》の鎗《やり》にとんぼかな　蕪村・蕪村句集
蜻蛉や村なつかしき壁《かべ》の色《いろ》　蕪村・落日庵句集
御祭の赤い出立(でたち)の蜻蛉(とんぼ)哉　一茶・七番日記
便腹《べんぷく》を曝《さら》せばとまる蜻蜓《とんぼ》かな　森鷗外・うた日記
大空を乗つて大山蜻蛉かな　村上鬼城・鬼城句集
堀割を四角に返す蜻蛉哉　正岡子規・子規句集
竹竿のさきに夕日の蜻蛉《とんぼ》かな　正岡子規・子規句集
蜻蛉や杭を離る、事二寸　夏目漱石・漱石全集

つるんだる蜻蛉飛ぶなり水の上　夏目漱石・漱石全集
屋根葺の笠に蜻蜓の眠かな　幸田露伴・蝸牛庵句集
蜻蛉《とんばう》や屋根で飯食ふ水の村　巌谷小波・さゞら波
蜻蛉や西日静かに稲筵《いなむしろ》　河東碧梧桐・碧梧桐句集
舟遊ぶ飛騨古川や夕蜻蛉　河東碧梧桐・碧梧桐句集
待つ人に裾野にあへり夕蜻蛉　河東碧梧桐・碧梧桐句集
行燈《あんどん》にかねつけとんぼ来《きた》りけり　泉鏡花・鏡花句集
蜻蛉《とんばう》は亡くなり終《おわ》んぬ鶏頭花《けいとうか》　高浜虚子・五百句
蜻蛉や逆落し来る潮の上　西山泊雲・泊雲句集
夕凪《ゆふなぎ》の草に寐《ね》に来る蜻蛉《とんぼ》かな　寺田寅彦・寅日子句集
釣橋《つりばし》の下は空《そら》なる蜻蛉《とんぼ》哉　寺田寅彦・寅日子句集
庭向きに格子戸がある蜻蛉哉　小沢碧童・碧童句集
暁のはや雲路ゆく蜻蛉かな　鈴木花蓑・鈴木花蓑句集
笠にとんぼをとまらせてあるく　種田山頭火・草木塔
華厳大滝蜻蛉は柵に眠りけり　渡辺水巴・富士
とんぼが淋しい机にとまりに来てくれた　尾崎放哉・小豆島にて
萱の秀に蜻蛉とまらんとする耀きなる　北原白秋・竹林清興
朝涼やとうすみとんぼ真一文字　原石鼎・花影
屋根石に四山濃くすむ蜻蛉かな　杉田久女・杉田久女句集
九輪車湖の蜻蛉の来ては去る　水原秋桜子・殉教
大空を飛ぶ蜻蛉のみな交む　山口青邨・花宰相
蜻蛉生れ覚めざめる脚を動かしぬ　中村汀女・花影
とどまればあたりにふゆる蜻蛉かな　中村汀女・汀女句集
過ぎる蜻蛉の眼よりも青き魚棲めり　中村草田男・母郷行
峡深き没日蜻蛉のとべるのみ　加藤楸邨・寒雷

「な〜の」

なむし【菜虫】
野菜などにつくさまざまな虫の俗称。代表的なものとして、紋白蝶の幼虫があるが、「菜の青虫（なのあおむし）」ともいわれている。⬇青虫（あおむし）［秋］
§
胡蝶《こてふ》にもならで秋ふる菜虫《なむし》哉　芭蕉・をのが光

にゅうないすずめ【入内雀】
スズメ目ハタオリドリ科の小鳥。本州中部以北で繁殖する。秋、雀に交じって水田や田畑で稲などを食害する。体長約一五センチ。雀に似るが、頭部には黒斑がない。背部は赤栗色で黒色の縦斑がある。⬇雀（すずめ）［四季］、稲雀（いなすずめ）［秋］

にゅうないすずめ［景年画譜］

のこるか【残る蚊】
秋になってもまだいる蚊をいう。［同義］蚊の名残（かのなごり）。⬇秋の蚊（あきのか）［秋］、蚊（か）［夏］
§
蚊屋《かや》とりて後残《あとのこ》る蚊《か》の一しきり　許六・五老文集
豹と呼んで大いなる蚊の残りたる　内藤鳴雪・鳴雪句集

のこるつばめ【残る燕】
秋になっても、南へ渡らずに残っている燕をいう。⬇秋燕（あきつばめ）［秋］、燕帰る（つばめかえる）［秋］、通し燕（とおしつばめ）［冬］
§
秋風や残る燕のひらめかす　野紅・泊船集

のこるはえ【残る蝿】
秋になってもまだ飛んでいる蝿。蝿は夏が盛りであり、秋が深まるにつれて数も減り、弱々しくなっていく。⬇秋の蝿（あきのはえ）［秋］、蝿（はえ）［夏］

のこるほたる【残る蛍】
初秋、まだ生き残っている蛍を見かけることがある。弱々しい。⬇秋の蛍（あきのほたる）［秋］、蛍（ほたる）［夏］

「は」

はいたか【鷂】
ワシタカ科の鳥。日本全土に分布し、山地の森林に生息し、小鳥などを捕食する。雌は雄よりも大形。雄は小形で「このり」とよばれる。往時、小鷹狩に用いられた。翼長二〇～二五センチ。雄は背部が暗青灰色、雌は灰褐色。腹部は白色で褐色の横斑がある。［同義］小鷹（こたか）、鷂（はしばみ）、鴛鴦鷹（おしたか）。［漢名］鶻。➡小鷹（こたか）［秋］、小鷹狩（こたかがり）［秋］、兄鷂（このり）［秋］、はし鷹（はしたか）［冬］

はいたか［和漢三才図会］

はくがん【白雁】

カモ科の渡鳥。北極圏で繁殖し、冬、まれに渡来する。翼長約四五〇センチ。体色は全体に白色で、翼の初風切が黒色。嘴と脚は淡赤褐色。➡雁（がん）［秋］

はぜ【鯊・沙魚・蝦虎魚】

ハゼ科の魚の総称。海水・汽水・淡水の砂泥底に生息する。体長二〇センチ以下。体形は円筒形。左右の腹びれは癒合して吸盤となり、尾びれは扇形。体色は灰黄色で、体側に暗色のかすかな斑がある。冬には沖の深場に移動する。種類が多く、日本で代表的なものは真鯊（まはぜ）。秋の釣魚。➡鯊釣（はぜつり）［秋］、子持鯊（こもちはぜ）［春］、鮔（ごり）［夏］、麦藁鯊（むぎわらはぜ）［夏］

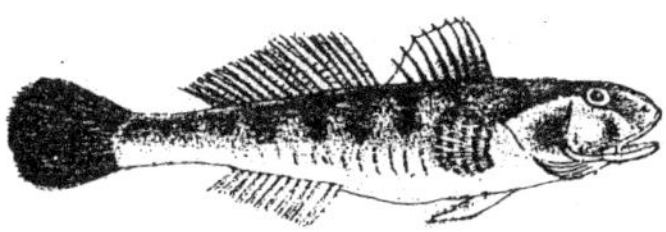

はぜ［日本重要水産動植物之図］

§

沙魚飛んで船に食たくゆふべかな　才麿・吐綬雞
川はぜや十に足《た》さる、海老《えび》の中　野坡・菊の道
烹《に》る事《こと》をゆるしてはぜを放《はなち》ける　杜国・冬の日
鯊を煮る小家や桃の昔顔　蕪村・月並発句帖
一日干す軒ばの鯊や菊の宿　松瀬青々・妻木
友鯊《ともはぜ》のつぎ食ふ汐になりけり　河東碧梧桐・碧梧桐句集
渡舟しまひて鯊焼く軒の煙かな　島田青峰・青峰集
藻に埋もるゝ石あればよる鯊太し　島田青峰・青峰集
役者つれて遊ぶ二階や鯊の潮　長谷川かな女・龍膽
鯊待つや空高々と舟の中　長谷川かな女・龍膽
鯊の汐高々と橋架りけり　長谷川かな女・龍膽
松島の鯊の貌見て旅了る　山口青邨・夏草
秩父丸鯊のうしほに聳えたり　日野草城・青芝
たら〳〵と洲崎の灯あり鯊の潮　石田波郷・馬酔木

はぜつり【鯊釣】

秋、川の下流、汽水域で鯊を釣ること。簡単に釣り上げられるため、多くの人が釣場に出向き、秋の風物詩となる。➡鯊（はぜ）［秋］

§

沙魚釣《つ》るや水村山郭酒旗の風　嵐雪・虚栗
はぜ釣や角前髪《すみまへがみ》の上手がほ　文考・梟日記
沙魚釣《はぜつり》の小舟《こぶね》漕《こぐ》なる窓の前　蕪村・蕪村句集
沙魚《はぜ》釣りの大加賀帰る月夜哉　正岡子規・子規句集
引汐や沙魚《はぜ》釣り繞《めぐ》る阜頭《はと》の先　正岡子規・子規句集

沙魚釣のこゝらあたりや垂れて見る　篠原温亭・温亭句集
海底に珊瑚《さんご》花咲く鯊《はぜ》を釣る　高浜虚子・六百五十句
必ずしも鯊《はぜ》を釣らんとにはあらず　高浜虚子・五百五十句
荷船にも釣る人ありて鯊《はぜ》の潮　高浜虚子・五百五十句
はぜ釣の小舟にさへも酔ひ心地　青木月斗・時雨
沙魚釣るや噂に高き江の娼家　長谷川零余子・雑草
沙魚釣にがぐ〳〵な艫を侘びにけり　籾山柑子・柑子句集
頤を垂れて沙魚釣る翁かな　籾山柑子・柑子句集
鯊釣や不二暮れそめて手を洗ふ　水原秋桜子・葛飾

はぜ釣［摂津名所図会］

上京
焼跡に鯊釣りゐたる憂かりけり　石田波郷・雨覆

はたおりむし【機織虫】
螽斯の異称。［和名由来］「チョンギース」という鳴声を機の音に聞きなしたところから。［同義］機織女（はたおりめ）、機織る虫（はたおるむし）。➡螽斯（きりぎりす）［秋］

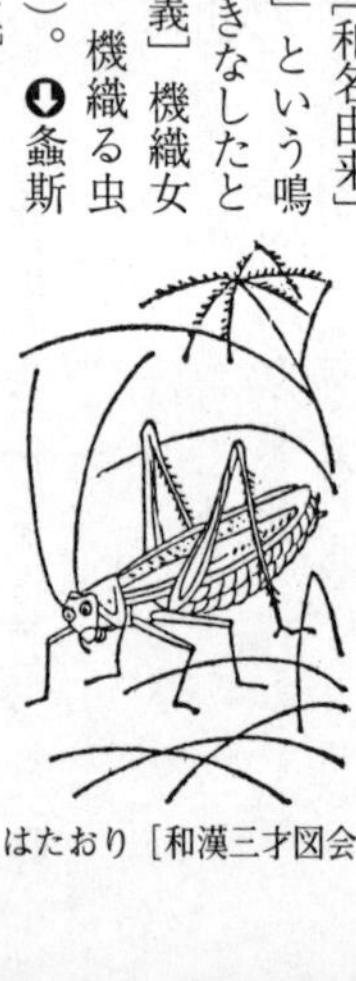
はたおり［和漢三才図会］

§

秋来《く》ればはたを《（お）》る虫のあるなへに唐錦《からにしき》にも見ゆる野辺《のべ》哉《（かな）》　紀貫之・拾遺和歌集三（秋）
ハタオリモオリワヅラヒテキコユナリ草葉《クサバ》ノウヘモウキ世《ヨ》ナラメヤ　明恵・明恵上人歌集
まことにもはたお《織》るむしぞはたおりめはてにそへたる声のをさ音　大隈言道・草径集
はたはたと茅萱《ちがや》が原の日あたりに機織虫は音たててとぶ　若山牧水・山桜の歌
ひやびやと夜ふけにけりわが宿の障子に居鳴くはたおりの声　土田耕平・青杉
はたおりや壁に来て鳴く夜は月夜　風麦・猿蓑
はたおりや姉の宵寐を誘る時　也有・蘿葉集
はたおりや夜なべする灯を取に来る　也有・蘿葉集
機織虫《はたおり》の鳴き響きつつ飛びにけり　高浜虚子・六百句

はちのこ【蜂の子】

地中に巣をつくる地蜂の子をいう。秋の夜に、火薬で地中を爆破して巣を取り出し、蜂の子を甘露煮にして食べる。信州名物。⬇蜂（はち）［春］

§

巣つくる蜂の子をいのり呼　蕪村・桃李の巻

信濃は蜂の子を食用とする

眼がのぞく秋の蜂の子売られけり　加藤知世子・夢たがへ

はつがも【初鴨】

その秋に、初めて飛来する鴨をいう。「はつかも」ともいう。⬇尾越の鴨（おごしのかも）［秋］、鴨（かも）［冬］

§

初鴨や穂高の霧に池移り　水原秋桜子・玄魚

初鴨の四五羽に足らず池ひろし　水原秋桜子・古鏡

はつかり【初雁】

その年の秋に、初めて北方より飛来してきた雁をいう。⬇雁（かり）［秋］

§

待《ま》つ人にあらぬものからはつかりの今朝《けさ》なく声《こゑ》のめづらしき哉《かな》　在原元方・古今和歌集四（秋上）

秋風にはつかりが音《ね》ぞきこゆなる誰《た》が玉章《たまづさ》をかけて来《き》つらむ　紀友則・古今和歌集四（秋上）

初雁《はつかり》のはつかに声《こゑ》をきゝしより中空《なかぞら》にのみ物を思《おもふ》哉　凡河内躬恒・古今和歌集一一（恋歌）

思《おもひ》いでて恋《こひ》しき時は初雁《はつかり》のなきてわたると人知《し》るらめや　大伴黒主・古今和歌集一四（恋歌）

初雁《はつかり》のなきこそわたれ世中《よのなか》の人の心の秋し憂《う》ければ　紀貫之・古今和歌集一五（恋歌）

初雁《はつかり》の羽《は》風すゞしくなるなへにたれか旅寝《たびね》の衣かへさぬ　凡河内躬恒・新古今和歌集五（秋下）

横《よこ》雲の風にわかるゝしのゝめに山とびこゆる初雁《はつかり》の声　西行・新古今和歌集五（秋下）

草《くさ》まくらゆふべの空《そら》を人とはばなきてもつげよ初雁《はつかり》のこゑ　藤原秀能・新古今和歌集一〇（羇旅）

初雁《はつかり》のはつかに聞《き》きしことつても雲路《ぢ》に絶《た》えてわぶる比《ころ》かな　源高明・新古今和歌集一五（恋歌）

からろとる大河のべのすゞしさは初雁《はつかり》が音《ね》も聞《きく》ばかりなる　賀茂真淵・賀茂翁家集

そらせまくみゆるいち路はみるたびに過ぬるあとのはつかりのこゑ　大隈言道・草径集

なれもまたおなじ旅路の空ならしなく音かなしき初かりの声　樋口一葉・緑雨筆録「一葉歌集」

はしちかく針の手とめて仰ぎ見ぬこの夕ぐれのはつ雁のこゑ　武山英子・傑作歌選第二輯「武山英子」

いと高き窓に住まばや初雁のこゑをさやかに先づ聞かむため　石川啄木・明星

初雁《はつかり》や夜《よる》は目の行く物の隅《すみ》　太祇・太祇句選

はつ雁《かり》のおのが空問ふ夕ぐれや　士朗・枇杷園句集

初雁にわが家月番の札掛けて

その戦時中、隣組組織されて、月ごとに交代のその当番「月番」という札を門に掲げしなり。東京より鎌倉に戦時下疎開、大佛うらの隣組。

吉屋信子・吉屋信子句集

はつざけ【初鮭】
その秋、初めて漁獲した鮭をいう。⇩鮭（さけ）［秋］
§
初鮭《はつざけ》や市中《しちゆう》を通る浅野川　涼菟・山中集
初鮭や陸《くが》にまどへる人の足　其角・菊の道
初鮭や網代の霧の晴間より　支考・夏衣
初鮭や包めば戦ぐ芒の穂　乙二・斧の柄
初鮭やほのかに明けの信濃川　井上井月・井月の句集

ばった【飛蝗・蝗】
バッタ科に属する昆虫の総称。「螇蚸」とも書く。体形は一般に細長く、前翅は狭長で、後翅は扇状。頭部の両側に眼があり、触角は短い。幼虫・成虫ともに植物の葉を食害する。種類が多い。［同義］はたはた、はたた、ばた。⇩稲子（いなご）［秋］、殿様飛蝗（とのさまばった）［秋］、負んぶ飛蝗（おんぶばった）［秋］、河原飛蝗（かわらばった）［秋］、精霊飛蝗（しょうりょうばった）［秋］

はたはた（ばった）［毛詩品物図攷］

うつせみの世《よ》の生物《いきもの》にちかづけり山の螇蚸《ばった》の草に見えをり　宮柊二・晩夏
§
ばった虫ばたりばたりが一芸か　一茶・一茶句帖
はたはたに若き女の細みかな　松瀬青々・倦鳥
帰ることをいやがる犬やばつたとる　長谷川零余子・雑草
ばつた追ひつ、行くあとさきや大原道　長谷川かな女・龍膽
弥撒の堂露のはたはた越えゆくよ　水原秋桜子・残鐘
からかさにばつたを入れて長い人生　三橋鷹女・橅
はたはたや退路絶たれて道初まる　中村草田男・来し方行方
天翔るハタ〳〵の音《と》を掌にとらな　篠原鳳作・海の度
秋天に投げてハタ〳〵放ちけり　篠原鳳作・海の度
螇蚸《はたはた》のあがりて関のさまもなし　加藤楸邨・寒雷

はつとがり【初鷹狩・初鳥狩】
秋に初めて行なわれる鷹狩。［同義］小鷹狩。⇩小鷹狩（こたかがり）［秋］、鷹狩（たかがり）［冬］、鷹野始（たかのはじめ）［新年］
§
石瀬野《いはせの》に秋萩凌《しの》ぎ馬並《な》めて初鷹狩《はつとがり》だに為《せ》ずや別れむ　大伴家持・万葉集一九

はとふく【鳩吹く】
両手を組合せ、親指と親指との間に孔をつくり、吹き鳴らして鳩の鳴声を出すこと。元来の目的は鳩や鷹を呼び寄せて獲るためとも、鹿狩の際の合図のためともいわれる。⇩鳩

（はと）［四季］、鹿（しか）［秋］

§

法師にもあはず鳩吹《はとふく》男かな　言水・新撰都曲
さびしさは鳩吹習《はとふきなら》ふたどり哉　野水・続虚栗
山もとや鳩吹く声の消えて行　正岡子規・子規句集

はなさきがに【花咲蟹】
タラバガニ科の甲殻類。北海道北部に分布。成長と共に浅場から深場に移動する。甲長約一五センチ。甲殻は逆心臓形で暗紫褐色。ハサミは赤褐色。脚は太く短い。一〇～一一月頃よく獲れる。［同義］花咲（はなさき）。⇩蟹（かに）［夏］

はなちどり【放鳥】
仲秋の日に神社や仏寺で行われる放生会において、山林に放たれる鳥をいう。

はららご【鮞】
魚類、特に鮭の産出前の卵をいう。一尾の腹には透明の紅黄色の卵が、三～四千粒ある。川を遡る前だと卵は薄い膜に包まれて塊になっている。これを「筋子」といい、塩漬などにして珍重する。［同義］筋子、すずこ、甘子（あまこ）。⇩鮭（さけ）［秋］、筋子（すじこ）［秋］

§

幼子《をさなご》は鮭《さけ》のはらごのひと粒をまなこつむりて呑《の》みくだしたり　木俣修・冬暦

はりがねむし【針金虫】
ハリガネムシ目に属する水生線形動物の一群。体は針金状で細長く、体長九〇センチに達するものがある。体色は淡黒色。幼虫は水生昆虫に寄生し、その水生昆虫を捕食した蟷螂（かまきり）などの体内で成虫となる。その後脱出して淡水中に帰り、以降は寄生せずに自由生活を営む。［同義］線虫（せんむし）。⇩あしまとい［秋］

「ひ」

ひいらぎ【柊】
ヒイラギ科の海水魚。本州中部以南に分布し、内湾から河口域の砂泥底に生息する。体長一〇～一五センチ。全体に薄銀色で、発光バクテリアとの共生による発光器をもつ。一〇月頃よく釣れる。［和名由来］ひれが棘状で柊の棘に見立てたもの。

ひぐらし【蜩・茅蜩】
セミ科の昆虫。体長約四センチ。翅は透明で体より長く、前翅は長楕円形で、後翅は小さく、ほぼ三角形。体色は栗褐色で緑色または黒色の斑紋がある。朝や夕方に「カ

ひぐらし［和漢三才図会］

ナカナ・カナカナ」と鳴く。六月末頃から鳴声が聞かれるが、鳴声の涼しさから秋の季語とされている。［和名由来］夕立雲で薄暗くなったときなど、夕方と間違えて鳴くところから。［同義］日暮（ひぐらし）、かなかな。⬇蟬（せみ）［夏］、初蜩（はつひぐらし）［夏］、かなかな［秋］、秋の蟬（あきのせみ）［秋］、寒蟬（かんぜん）［冬］

§

隠《こも》りのみ居《を》ればいぶせみ慰《なぐさ》むと出で立ち聞けば来鳴く晩蟬《ひぐらし》
大伴家持・万葉集八

黙然《もだ》もあらむ時も鳴かなむ晩蟬《ひぐらし》のもの思ふ時に鳴きつつもとな
作者不詳・万葉集一〇

夕さればひぐらし来鳴《きな》く生駒山《いこまやま》越えてそ吾《あ》が来る妹《いも》が目を欲《ほ》り
秦間満・万葉集一五

晩蟬《ひぐらし》の鳴きぬる時は女郎花咲きたる野辺を行きつつ見べし
秦八千島・万葉集一七

ひぐらしのなきつるなへに日はくれぬと思ふは山の陰《かげ》にぞありける
よみ人しらず・古今和歌集四（秋上）

ひぐらしのなく山ざとの夕暮《ゆふぐれ》は風よりほかに訪《と》ふ人もなし
よみ人しらず・古今和歌集四（秋下）

来《こ》めやとは思物《おもふもの》からひぐらしのなくゆふぐれは立《た》ち待《ま》たれつゝ
よみ人しらず・古今和歌集十五（恋五）

秋風の草葉そよぎて吹《ふ》くなへにほのかにしつるひぐらしの声《こゑ》
よみ人しらず・後撰和歌集五（秋上）

ひぐらしの声もいとなく聞《き》こゆるは秋夕暮《ゆふぐれ》になればなりけり
紀貫之・後撰和歌集七（秋下）

葉《は》を繁《しげ》み外山《とやま》の影《かげ》やまがふらむ明《あ》くるも知《し》らぬひぐらしのこゑ
実方朝臣集（藤原実方の私家集）

ほのぼのにひぐらしの音《ね》ぞきこゆなるこやあけぐれと人はいふらむ
実方朝臣集（藤原実方の私家集）

庭草にむらさめ降《ふ》りてひぐらしの鳴《な》く声《こゑ》聞《き》けば秋は来《き》にけり
柿本人麻呂・拾遺和歌集一七（雑秋）

あさぼらけひぐらしの声聞《こゑきこ》ゆなりこや明《あ》けぐれと人の言《い》ふらん
藤原済時・拾遺和歌集八（雑上）

蜩《ひぐらし》の声《こゑ》ばかりする柴《しば》の戸《と》は入日《いりひ》のさすにまかせてぞ見る
藤原顕季・金葉和歌集九（雑上）

松風《まつかぜ》のを《（お）》とあはれなるやまざとにさびしさそふる日ぐらしのこゑ
山家心中集（西行の私家集）

山ざとはさびしかりけりこがらしのふく夕《ゆふ》ぐれのひぐらしの声
藤原仲実・千載和歌集五（秋下）

は、そ原時雨《（しぐれ）》ぬほどの秋なれやゆふ露すゞし日ぐらしのこゑ
藤原良経・南海漁父北山樵客百番歌合

ひぐらしのなく夕暮《ゆふぐれ》ぞうかりけるいつもつきせぬ思《（おもひ）》なれども
藤原長能・新古今和歌集四（秋上）

松虫もまだをと《（お）》づれぬあさぢふの野中の杜《（もり）》の日ぐらしのこゑ
藤原家隆・家隆卿百番自歌合

人はこで風のみ秋の山里《ざと》にさぞ日ぐらしのねはなかれける
藤原為家・中院愚草

わが待ちし秋は来にけりたかさごの峰《を》の上《へ》に響くひぐらしの声
大愚良寛・良寛歌評釈

山かげの瀧の音《と》きよし蜩《ひぐらし》の啼くこゑ聞けば秋ちかづきぬ
与謝野礼厳・礼厳法師歌集

草の花さきて匂へど蜩《ひぐらし》は来啼けど野辺はさびしくなりぬ
与謝野礼厳・礼厳法師歌集

あかねさす西日は照れどひぐらしの鳴き虫山に雨かゝる見ゆ
伊藤左千夫・伊藤左千夫全短歌

椎《しひ》の樹に蜩《ひぐらし》鳴きて夕日影ななめに照すきちかうの花
正岡子規・子規歌集

わが憩《いこ》ふうしろの森に日は落ちてあたまの上に蜩《ひぐらし》の啼く
正岡子規・子規歌集

日く《(ぐ)》らしの鳴ねすゝ《(ゞ)》しく聞ゆ也　夕立すき《(ぎ)》し野路の松原
樋口一葉・樋口一葉全集

雨雲《あまぐも》り暗くなりたる森の中に蜩《ひぐらし》鳴けば日暮かと思ふ
島木赤彦・氷魚

夕ぐれのすずしさ早し山畑をめぐる林の蜩のこゑ
島木赤彦・太虚集

ひぐらしの声の残るを岩山の夜のしづくと思ひけるかな
与謝野晶子・太陽と薔薇

風邪ひきてわれも熱あり母の臥すかたへにをれば蜩《ひぐらし》のなく
岡麓・庭苔

日ぐらしの女めくこそ悲しけれ青桐の幹抱《だ》きしめて鳴く
与謝野晶子・晶子新集

わだかまりしおもひやうやう消えゆきしうしろに啼ける蜩のこゑ
武山英子・傑作歌選第二輯「武山英子」

ふるへつつ夜《よ》あけんとする青白《あをじろ》き林《はやし》のなかにひぐらしがなく
岡稲里・早春

蜩《ひぐらし》は一《ひと》とき鳴《な》けり去年《こぞ》ここに聞《き》きけむがごとこゑのかなしき
斎藤茂吉・あらたま

ひぐらしは山の奥がに鳴き居《を》りて近くは鳴かず日照《ひて》る近山《ちかやま》
斎藤茂吉・つゆじも

ひぐらしに驚かされてひともとの野木の梢を茫然とみる
前田夕暮・陰影

蜩《ひぐらし》の鳴くゆふぐれの旅籠屋《はたごや》に煙草ほろにがく喫《す》ひてをるなり
若山牧水・山桜の歌

わがこころ青みゆくかも夕山の木の間ひぐらし声断たなくに
若山牧水・砂丘

一つ鳴くこゑ止めばまた一つ鳴く悲しみ尽きぬ山の蜩
三ケ島葭子・定本三ケ島葭子全歌集

むしあつく曇り迫れる夕空にすがしく透る蜩のこゑ
三ケ島葭子・定本三ケ島葭子全歌集

一つ鳴けばまた一つ鳴き夕暮るる空にひととき鳴き交ふひぐらし
三ケ島葭子・定本三ケ島葭子全歌集

ひぐらしのなく声さやかにきこえけり暁《あけ》の高野原汽車走りつつ
古泉千樫・青牛集

かた造る人ひたすらにかたつくるアトリエの午後のひぐらしの声
九条武子・薫染

ひぐらしを一《ひと》とき急《せ》きて鳴かしめしばかりに谷の雨すぎにけり
中村憲吉・軽雷集

慌しく蜩鳴けり目のもとに暮れ沈みゆく山の谷あひ　土田耕平・青杉

木下道すでにかげりて蜩の声あわただし独り歩むに　土田耕平・青杉

わが家《いへ》の少年詩人午前四時のひぐらしをききてふたたび眠る　木俣修・去年今年

九十九谷《くじふくたに》見おろしをりぬ折々に茅蜩《ひぐらし》の啼くこの山のうへ　佐藤佐太郎・歩道

身にちかく青き立木《たちき》に茅蜩《ひぐらし》の夕べするどく鳴きいでにけり　宮柊二・群鶏

日ぐらしや急に明るき湖《（うみ）》の方　一茶・日記断篇

蜩《ひぐらし》に黄葉村舎となりにけり　村上鬼城・鬼城句集

蜩や夕日の坐敷十の影　正岡子規・子規句集

蜩や乗あひ舟のかしましき　正岡子規・子規句集

蜩の二十五年もむかし哉　正岡子規・子規句集

書に倦《う》むや蜩《ひぐらし》鳴て飯遅し　正岡子規・子規句集

蜩や道程《みちのり》を聞く二里三里　河東碧梧桐・碧梧桐句集

潮満ちきつてなくはひぐらし　尾崎放哉・須磨寺にて

蜩や斜めさがりの照りかへし　北原白秋・竹林清興

蜩や浪もきこゆる一の谷　高田蝶衣・青垣山

蜩やひとり茶粥をあたゝむる　高田蝶衣・青垣山

蜩や蒼茫として夕茜　原石鼎・花影

ひぐらしのやむや浅黄に日の暮れて　原石鼎・「花影」以後

ひぐらしのきそへるあたり館のあと　水原秋桜子・古鏡

河口湖

蜩や島陰の舟の生む水輪　島村元・島村元句集

蜩に十日の月のひかりそむ　川端茅舎・川端茅舎句集

蜩や風呂わき来れば人にすすむ　横光利一・横光利一句集

蜩や暗しと思ふ厨ごと　中村汀女・汀女句集

蜩の声山林に奥まりつゝ　中村草田男・万緑

旧友Fの好意にて、夫人及びその女俳友と共に、名勝面河に遊ぶことを得たり。

ひぐらしや故山深きへ探《さぐ》り入り　中村草田男・母郷行

峡《かひ》の蜩物語忘《ばう》じ墓忘じ　中村草田男・母郷行

蜩や凝念の闇うちひびき　加藤楸邨・寒雷

蜩や凝念ほぐれ夕焼けたり　加藤楸邨・寒雷

ああ蜩わが念ふときこゑおこる　加藤楸邨・寒雷

蜩のマツカリ岳を目にさめき　加藤楸邨・野哭

蜩や大き炉に湯をたぎらせり　高橋馬相・秋山越

幾刻ぞ朝蜩に軍馬ゆく　石田波郷・風切

蜩や百年松のままでゐる　中尾寿美子・新座

ひしくい【菱食・鴻】

ガンカモ科の鳥。ユーラシア大陸北部で繁殖し、冬鳥として飛来し、海浜・湖沼に生息する。体長約八〇センチ。頭・頸・背部は暗黄褐色。胸・腹部は淡褐色で腹下は白

ひしくい［訓蒙図彙］

色。翼は黒褐色。主に菱、真菰などの水生植物を食べる。［同義］うかり、沼太郎（ぬまたろう）、大雁（おおかり）。⬇雁（かり）［秋］、雁（がん）［秋］

ひしこ【鯷】

鯷鰯（ひしこいわし）の略で、片口鰯のこと。⬇片口鰯（かたくちいわし）［秋］、小鰯（こいわし）［秋］、鰯（いわし）［秋］、鯷漬（ひしこづけ）［秋］、目刺（めざし）［春］、田作（たづくり）［新年］

§

港まで押し入る渦や鯷《しこ》跳べる　水原秋桜子・殉教

ひしこ［大日本名産図会］

ひしこづけ【鯷漬】

小形の片口鰯の塩漬。⬇鯷（ひしこ）［秋］、片口鰯（かたくちいわし）［秋］

ひずなます【氷頭鱠】

鮭の頭に中にある白色半透明の軟骨を薄切りにして、おろし大根で和えた膾。⬇鮭（さけ）［秋］

ひよ【鵯】

鵯（ひよどり）の別称。⬇鵯（ひよどり）［秋］

§

霧下《お》りて久しとぞ思ふわが庭の庭木に鵯《ひよ》のゐる声聞けば　島木赤彦・柿蔭集

我《わが》なりを見かけて鵯《ひよ》のなくらしき　正岡子規・子規句集

鵯の尾のずぶぬれてとぶ雨水かな　原石鼎・「花影」以後

濤声をつらぬく鵯や日の出待つ　水原秋桜子・晩華

鵯鳴くや鎌倉厨子の内くらく　水原秋桜子・殉教

竹の穂を掴みゆらぎて鵯鳴けり　水原秋桜子・殉教

波群れて日の出を待てり鵯《ひよ》のこゑ　水原秋桜子・帰心

汝鵯梅擬の実喰ひつくす　山口青邨・花宰相

百草図いや暗くして鵯鳴けり　加藤楸邨・寒雷

びょうがん【病雁】

病んでいる雁。弱っている雁。⬇雁（かり）［秋］

§

よひよひの露ひえまさるこの原に病雁《やむかり》おちてしばしだに居《ゐ》よ　斎藤茂吉・たかはら

病鴈《びやうがん》の夜さむに落《おち》て旅ね哉　芭蕉・猿蓑

ひよどり【鵯・白頭鳥】

ヒヨドリ科に属する鳥。「ひえどり」「ひよ」ともいう。日本全土に分布し、山地の林で繁殖し、秋、群れをなして市街地に飛んでくる。翼長約一二センチ。体色は全体に青灰色で、頭の羽毛は先端が立つ。耳羽と頬は栗色。胸部には白色の小斑が散在する。鳴声は喧しく「ピーヨ・ピーヨ」と鳴く。八手や南天など植物の果実や花蜜・昆虫を主に食べる。⬇鵯（ひよ）［秋］

§

小山田稲城はなれぬ稗鳥《ひえどり》を吹きおどろかす引板《ひだ》の夕風　与謝野礼厳・礼厳法師歌集

干網のかげ隈おほき夕庭に茶の花あさる鵯鳥の声　服部躬治・迦具土

鵯《ひよ》どりの鳴声まねる横顔の寂しさ見たり野に寝そべりて　太田水穂・冬菜

なほざりに過《すご》す日おほく秋ふけて鵯《ひよどり》来鳴く声せはしなさ　岡麓・庭苔

ひよ鳥がついばむ柑子悲しけれ心肝《こころぎも》などあるならねども　与謝野晶子・草と月光

鵯《ひえどり》のひびく樹の間ゆ横ざまに見れども青き秋の空よろし　長塚節・秋雑詠

茫然《ぼうぜん》とこの日《ひ》もすぎぬ、うすき日《ひ》にひよどりが来《き》て啼《な》きしばかりに　岡稲里・早春

家をゆすり吹くこがらしのをちかたに啼く鵯鳥の声みだれたり　若山牧水・くろ土

ひよどり／なんてん［景年画譜］

鵯《ひよどり》の鳴く声たかき山のみち落葉のなかにりんだう花咲く　三ケ島葭子・定本三ケ島葭子全歌集

しっとりと梅雨にぬれたる椎の葉にだまり飛びつくひよ鳥一羽　古泉千樫・青牛集

冬枯の野面はだらに日影さしたまさかに飛ぶ鵯鳥のこゑ　土田耕平・青杉

吹きとよむ野分榛原ひよどりの飛びたつ声はなほ悲しけれ　土田耕平・青杉

鵯《ひよどり》に立《たち》別れゆく行脚坊《あんぎゃばう》　正秀・藤の実

花吸《すふ》と鳴《なく》鵯《ひよどり》のひよひよと　曲翠・俳諧深川

鵯《ひよどり》の声は紛《まぎ》れぬ森の中　野紅・続別座敷

鵯や赤子の頬を吸ふ時に　其角・三河小町

鵯《ひよどり》もよるや木陰《こかげ》の菊ばたけ　卯七・柿表紙

鵯の雲や渡りて日和山　支考・東西夜話

鵯のこぼし去《さり》ぬる実《み》のあかき　蕪村・蕪村遺稿

鵯や藪を徹して夕日影　角田竹冷・竹冷句鈔

鵯《ひよどり》の声ばかり也《なり》箱根山　正岡子規・子規句集

鵯《ひよどり》の木の間伝ひて現れず　高浜虚子・七百五十句

鵯の大きな口に鳴きにけり　星野立子・立子句集

鵯や靴を脱ぎける足の冷え　加藤楸邨・野哭

ひわ【鶸】

アトリ科の小鳥の一部をさす。ふつう、真鶸、紅鶸などをいう。日本では北海道で繁殖し、冬鳥として全国に飛来するものが多い。村落近くに群をなしてすむ。［同種］真鶸＝唐鶸

（からひわ）、河原鶸、小河原鶸（こかわらひわ）、紅鶸。［漢名］金翅、金翅雀。⇩河原鶸（かわらひわ）［春］、真鶸（まひわ）［秋］、紅鶸（べにひわ）［秋］

§

花ちれるふぢながくきをす、ひわのいたはめつ、もその実はむしも　田安宗武・悠然院様御詠草

さまざまの鳥おもしろき夕花にまたくは、りぬひわの一むら　大隈言道・草径集

啼きすぎしは鶸《ひは》の声なり廂《ひさし》うつ雨あたたかきその軒さきを　若山牧水・黒松

秋たけぬ。荒涼《スヾロサム》さを　戸によれば、枯れ野におつる　鶸《ヒワ》のひとむれ　釈迢空・海山のあひだ

べにひわ／ふよう［景年画譜］

さわさわに鶸《ひわ》の一群《ひとむれ》天《あま》がけり向きかふる時こもごも光る　土屋文明・山の間の霧

空の哀れ一口づ、や鶸小雀　一笑・西の雲

町中や往来覚えて鶸小雀　野坡・初便

鶸渡る空や寺子の起時分　浪化・風月藻

筆結が障子にかけつ鶸の籠　松瀬青々・妻木

鶸ないてこずゑの風にかすみけり　飯田蛇笏・春蘭

鶸の影すぎしと思ふ霧ふかし　水原秋桜子・馬酔木

山畑にむれたつ鶸を見て登る　水原秋桜子・馬酔木

羽ばたきの間遠に悲し網の鶸　星野立子・鎌倉

「ふ〜へ」

ふっこ

鱸の若魚をいう。⇩鱸（すずき）［秋］

へこきむし【屁こき虫】

放屁虫の別称。⇩放屁虫（へひりむし）［秋］

§

此秋も鳴そこなふて屁こき虫　乙州・俳諧勧進牒

べにひわ【紅鶸】

アトリ科の小鳥。冬鳥としてユーラシア大陸より飛来し、

山地の森林に生息する。体長約一四センチ。額は赤色で、胸・腹部は白色の美しい鳥。背部は灰色で、褐色の縦斑があり、翼には二条の白帯がある。雄の胸部は赤色。『本朝食鑑』に「額（ぬか）一種色赤くして鮮明なる者を照額（てりぬか）と称す」とあり、この照額は雄の紅鶸と比定される。［同義］ぬかとり、ぬか。⬇鶸（ひわ）［秋］

べにましこ【紅猿子】

アトリ科の小鳥。雀より小さい。雄は背・翼は褐色、全体は薔薇色をした美しい鳥で、「照猿子（てりましこ）」と呼ばれる。雌は淡褐色。北方で繁殖し、秋に「フィーフィー」と鳴く。⬇猿子（ましこ）［秋］

へびあなにいる【蛇穴に入る】

蛇が冬眠のため穴に入ることをいい、俳句では秋の季語となる。⬇蛇穴を出づ（へびあなをいづ）［春］、秋の蛇（あきのへび）［秋］、蛇（へび）［夏］

§

草を出でて穴にかくるる蛇のおもかげさむきあきのかぜかな　太田水穂・つゆ艸
ふゆ籠《ごも》る蛇《へび》と蛙《かはづ》や穴隣《あなどなり》　野紅・鯰橋
それぞれに片付顔や蛇の穴　浪化・浪化上人発句集
世の中を這入かねてや蛇の穴　惟然・韻塞
普陀落や蛇も御法の穴に入る　一茶・一茶句帖
それなりに成仏いたせ穴の蛇　一茶・一茶句帖
蛇入るなそこは邪見の人の穴　一茶・一茶句帖
野良の蛇入るや鼠の明穴に　一茶・一茶句帖
蛇穴や西日さしこむ二三寸　村上鬼城・定本鬼城句集
蛇穴に入る時曼珠沙華赤し　正岡子規・子規句集
蛇穴に入りて女の胸やすし　松瀬青々・妻木
草を打ち蛇をして穴に入らしめぬ　石井露月・露月句集
其糞奇也蛇穴に入らんとす　石井露月・露月句集
蛇は穴に風落々と鳴にけり　石井露月・露月句集
蛇穴に入らんとす蘇鉄日当りて　大谷句仏・我は我

へひりむし【放屁虫】

三井寺塵芥虫（みいでらごみむし）の別名。オサムシ科の甲虫。体長約一・五センチ。体色は黄色で翅に二つの黒色の斑がある。触角は長く糸状。外敵に襲われると肛門腺から悪臭のあるガスを放つ。［同義］屁こき虫、へっぴり虫（へっぴりむし）、気虫（きむし）。⬇屁こき虫（へこきむし）［秋］

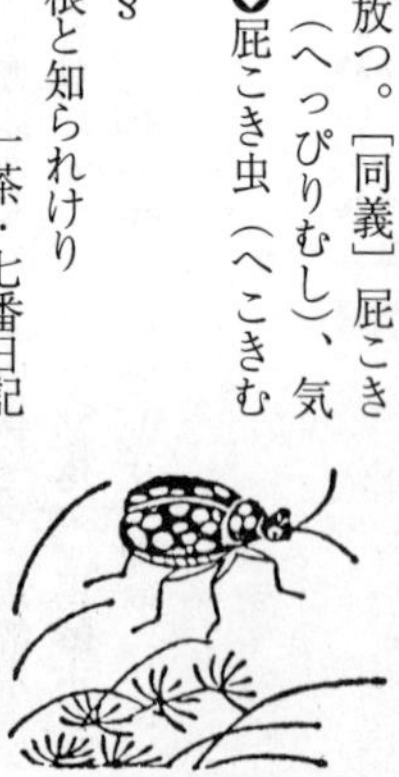

へひりむし［和漢三才図会］

§

屁ひり虫爺が垣根と知られけり　一茶・七番日記
屁ひり虫人になすつた面つきぞ　一茶・七番日記
虫の屁を指して笑ひ仏哉　一茶・おらが春
おれよりは遥上手よ屁ひり虫　一茶・一茶句帖
屁ひり虫は智なり蟷螂は勇なり　内藤鳴雪・鳴雪句集
屁放虫を掻き出したる小犬かな　村上鬼城・鬼城句集
放屁蟲貯へもなく放ちけり　相島虚吼・雑詠選集
放屁蟲俗論党を憎みけり　高浜虚子・定本虚子全集

屁ひり蟲防空壕に落ちこめり　広江八重桜・広江八重桜集
しんがりは鞠躬如たり放屁虫　川端茅舎・定本川端茅舎句集
放屁虫ヱホバは善《よし》と観《み》たまへり　川端茅舎・川端茅舎句集
放屁虫かなしき刹那々々かな　川端茅舎・川端茅舎句集
放屁してしまへばのろき屁ひり虫　加藤知世子・冬萌

「ほ」

ほうしぜみ【法師蟬】

つくつく法師のこと。⇩つくつく法師（つくつくほうし）［秋］、蟬（せみ）［夏］

§

漁船《れふせん》の器械の音に法師蟬《ほふしぜみ》与《くみ》して鳴けり富士消えてのち　与謝野晶子・冬柏亭集
うとうとと汽車にねむればときをりに法師蟬きこゆ山北あたり　若山牧水・山桜の歌
相模野に歌ひてあれば吾《あ》もやがて法師蟬ともならむとすらむ　吉井勇・人間経
秋風にふえてはへるや法師蟬《ほうしぜみ》　高浜虚子・五百句
水に映る松には見えず法師蟬　渡辺水巴・富士
稿のべて仮寝暮れゆく法師蟬　水原秋桜子・帰心
法師蟬鳴く新学期始まれり　水原秋桜子・葛飾
法師蟬鳴く短さよふと暮るゝ　山口青邨・雪国
法師蟬厨子は灯りておはしけり　五十崎古郷・五十崎古郷句集
法師蟬しみ〴〵耳のうしろかな　川端茅舎・定本川端茅舎句集
帰り路はわが夕影や法師蟬　中村汀女・春雪
その後の月日たのまず法師蟬　中村汀女・花影
　八月一日　別府丹生家に滞在　夫人と松浦氏と
　温泉巡りす
湯煙の中なる蟬に法師蟬　中村汀女・花影
法師蟬きのふ聴きそめけふも鳴く　日野草城・銀
法師蟬の初蟬なれや鳴きをはる　中村草田男・長子
父を訪ひて来しならなくに法師蟬　中村草田男・火の鳥
うちまもる母のまろ寝や法師蟬　芝不器男・不器男句集
相逢ふははじめて法師蟬の森　星野立子・星野立子集
法師蟬朝より飢のいき〱と　石田波郷・風切
夢の酒一碗に覚め法師蟬　石田波郷・酒中花以後

ぼら【鯔・鰡】

ボラ科の海水魚。北海道以南に分布し、沿岸、河口の淡水域に生息する。体長約八〇センチ。体は細長く円筒形。背面は灰青色、腹面は銀白色。空中に飛ぶ習性がある。雑食性で海底の小動物や海藻を泥ごと食べる。出世魚で、幼魚

ぼら［和漢三才図会］

から「おぼこ・すばしり・いなっこ→いな→ぼら→とど」とよばれる。九月頃からが泥臭さがなくなり、美味となる。卵巣を塩漬けにしたものを「からすみ」とよび、珍重する。海釣りの対象魚。［和名由来］「ボラ」は掘るの意で、海底を掘って餌を食べることからと。［同義］名吉（なよし）、口女（くちめ）。⬇鯔（いな）［秋］、おぼこ［秋］、鱲子（からすみ）［秋］、洲走（すばしり）［秋］、寒鯔（かんぼら）［冬］

§

土臭《くさ》き鯔《ぼら》にはあらずけふの月　嵐雪・玄峰集
鯔《ぼら》のとぶ汐高浜辺月今宵　石橋忍月・忍月俳句抄
鯔の飛ぶ江尻の汐の高さかな　河東碧梧桐・碧梧桐句集
建網の十日の月や鯔《ぼら》の飛ぶ　河東碧梧桐・碧梧桐句集
鯔釣に波の曙うまれけり　水原秋桜子・葛飾
水天に閃く鯔か与田の浦　川端茅舎・定本川端茅舎句集

「ま」

まいわし【真鰯】
ニシン科の海水魚。日本全土に分布。回遊魚で春から夏に北上し、秋から冬に南下する。体長約二〇センチ。鰯類の代表種で、単に「鰯」といわれる。体は円筒形で、背面は暗青色、腹面は銀白色。体側に黒色の小点が数個並ぶ。稚魚は「ましらす」「しらす」とよばれる。［同義］ひらいわし〈宮城〉、ななつぼし〈兵庫〉、ひらご〈高知〉、おらしゃ〈広島〉。⬇鰯（いわし）［秋］

まがん【真雁】
ガンカモ科の鳥。雁の中の代表種。「まがり」ともいう。日本には冬鳥としてユーラシア・北アメリカより秋に飛来し、全国の水田や湖沼、海岸などに生息する。「グヮーン・グヮーン」と鳴く。体長約七〇センチ。頭・背部は暗褐色。前額に白色部がある。腹部は白地に黒斑がある。幼鳥には黒斑がない。嘴は桃色で基部が白色。［同義］成鳥—くろはら、幼鳥—しろはら。［漢名］泰雁。⬇雁（かり）［秋］、雁（がん）［秋］、雁金（かりがね）［秋］

ましこ【猿子・猿子鳥】
アトリ科のマシコ類の小鳥の総称。「ましこどり」ともいう。いずれも頭部・顔面は赤を基調とした色で、美しい鳥である。多くは冬鳥として飛来し、耕地や林などに生息する。［同義］増子鳥（ましこどり）。［同種］紅猿子、大猿子。［和名由来］羽の色が鮮やかな赤色で猿の肌に似ているところからと。⬇紅猿子（べにましこ）［秋］、大猿子（おおましこ）［秋］

ましこ［聚鳥画譜］

まつむし【松虫】

マツムシ科の昆虫。本州以南の草原に多く生息する。体長約二・五センチ。体は全体に淡褐色で腹部は黄色。頭・胸部に濃褐色の帯がある。長い触角をもつ。「チンチロリン・チンチロリン」と鳴く。秋に鳴虫として飼育される。平安時代の歌に詠まれる「松虫」は、現在の鈴虫をさし、「鈴虫」と詠まれているものは現在の松虫をさすと比定される。また、「待つ」を掛けて詠まれることが多い。［同義］ちんちろ、ちんちろりん。➡鈴虫（すずむし）［秋］、青松虫（あおまつむし）［夏］

まつむし［和漢三才図会］

§

松虫《むし》も鳴《な》きやみぬなる秋《あき》の野に誰《たれ》よぶとてか花見《み》にも来《こ》む
伊勢集（伊勢の私家集）

秋の野ゝに道もまどひぬ松虫の声《こゑ》する方に宿《やど》やからまし
よみ人しらず・古今和歌集四（秋上）

君しのぶ草にやつるゝふるさとは松虫の音《ね》ぞかなしかりける
よみ人しらず・古今和歌集四（秋上）

まつ虫《むし》の声《こゑ》もきこえぬ野辺《のべ》にくる人もあらじに夜《よ》さへふけにき
一条摂政御集（藤原伊尹の私家集）

来《こ》むといひし程《ほど》や過《す》ぎぬる秋の野ゝに誰松虫ぞ声《こゑ》のかなしき
紀貫之・後撰和歌集五（秋上）

松虫の初声《はつこゑ》さそふ秋風は音羽山《をとは》より吹《ふ》きそめにけり
よみ人しらず・後撰和歌集五（秋上）

松虫の音を尋《（たづね）》てやほりつらんのどけくみゆる秋の花かな
公任集（藤原公任の私家集）

契剣《（ちぎりけん）》程や過《（すぎ）》ぬる秋の野ゝに人松虫の声の絶《た》えせぬ
よみ人しらず・拾遺和歌集三（秋）

秋風の吹《ふ》きよるごとに刈萱《かるかや》の下《した》に乱《みだ》るゝまつ虫《むし》のこゑ
四条宮下野集（四条宮下野の私家集）

忘《わす》れじのちぎりうらむる故郷の心《こゝろ》もしらぬ松虫の声
藤原定家・定家卿百番自歌合

松《マツ》ムシノチトセゾトイフコヱキクモイマイクバクノ秋ノスへ《（ヱ）》マデ
明恵・明恵上人歌集

あともなき庭の浅茅《あさぢ》にむすぼゝれ露《つゆ》のそこなる松むしの声《こゑ》
式子内親王・新古今和歌集五（秋下）

ねざめする袖さへさむく秋の夜《よ》のあらしふくなり松虫《むし》の声《こゑ》
大江嘉言・新古今和歌集五（秋下）

こぬ人を秋のけしきやふけぬらん恨《うら》みによは《（わ）》る松虫《むし》のこゑ
寂蓮・新古今和歌集一四（恋四）

しめを《（お）》きていまやと思《おも》ふ秋山のよもぎがもとに松虫《まつむし》のなく
藤原俊成・新古今和歌集一六（雑上）

つれもなき名《な》のみ残《のこ》りて松虫《まつむし》の鳴《な》くねはやがて霜枯《が》れにけり
一条良基・後普光園院殿御百首

こゝに聞《き》く恨《（うらみ）》やあさき野辺《べ》の露さぞおく山の松虫《むし》の声
後柏原天皇・内裏着到百首

声をのみ友と聞《きき》つるまつむしの身の行《ゆく》へにもたぐふ秋かな
香川景樹・桂園一枝

穂のきみがにくみをやめていますこし我をよく画かせ庭の松虫
伊藤左千夫・伊藤左千夫全短歌

よもすか《(が)》ら鳴あかすらん松虫乃や《(ど)》とりあらわに村雨のふる
樋口一葉・樋口一葉全集

夕月夜、野を分け行けば、葛の葉の、高きあたりに、松虫のなく。
与謝野寛・東西南北

草に棄てし西瓜の種が隠《こも》りなく松虫きこゆ海の鳴る夜に
長塚節・鍼の如く

親のため盆《ぼに》する宵の松虫はわが待つ魂の声かとぞ聞く
与謝野礼厳・礼厳法師歌集

まつむしのりんともいはず黒茶碗《くろちやわん》　嵐雪・安達太郎根
松虫の中や夜食の茶碗五器　許六・五老井発句集
松虫も馴れて歌ふや手杵臼　卓袋・続有磯海
松虫の音も細呂木や灯《ひ》の明リ　涼菟・山中集
まくり手に松虫探す浅茅哉　其角・句兄弟
松むしや礒山陰《いそやまかげ》を暮廻《まは》す　浪化・そこの花
松虫の待たぬ夜もなし松の露　北枝・草刈笛
松虫の啼く夜は松の匂ひかな　沙明・西華集
草枯て人にはくずの松虫よ　几董・井華集
松虫や風の吹く夜は土の中　巣兆・曾波可理
松虫に恋しき人の書斎かな　高浜虚子・五百句
松虫の物語あり虫すだく　高浜虚子・七百五十句
松虫鈴虫水の音夜もすがらたえず　種田山頭火・層雲
松虫は畑へだつなり虫時雨　水原秋桜子・殉教

まひわ【真鶸】

アトリ科の小鳥。翼長約七センチ。北海道以北で繁殖し、本州以南に冬鳥として飛来し、山間部から平野まで広く生息する。雄は頭頂が黒色で喉に黒褐色の斑がある。背部は暗黄緑色、胸部は黄色、腹部は白色。雄は全体に灰色をおびる。
[漢名] 金翅、金糸雀。⇩鶸（ひわ）[秋]

まひわ［景年画譜］

「み」

みのむし【蓑虫】　ミノガ科の昆虫の幼虫。樹皮や葉を綴り合わせた長さ約二五ミリほどの細長い筒をつくり、その中に生息し、夜間に樹上を移動する。体長約一五ミリ。体は赤黒色で胸部の皮膚が硬い。蓑の中で蛹となり、羽化して成虫の蓑蛾（みのが）となる。雌は羽化しても蓑の中にいる。往時より、蓑虫は鳴くとされており、「蓑虫鳴く（みのむしなく）」という秋の季語もあるが、実際は鳴く虫ではない。［同義］鬼の子（おにのこ）、鬼の捨子（おにのすてご）、木樵虫（きこりむし）、無親子（おやなしご）、みなしご。

§

みのむしは軒に杪に見え乍《ながら》なくといふことをき〻しばかりぞ　大隈言道・草径集

みのむし［和漢三才図会］

はせをの発句ゑりつけし石おもに蓑虫三つ四つはいつきてあり　伊藤左千夫・伊藤左千夫全短歌

裏庭の梅の元枝の青しのは葉は散りにけり蓑虫を置て　伊藤左千夫・伊藤左千夫全短歌

蓑虫は己《おの》を守ると枝に垂り垂りも垂りけり地につくまでに　島木赤彦・太虚集

蓑虫《みのむし》を柴刈をする虫かとてあさましがりしわが少女《をとめ》の日　与謝野晶子・太陽と薔薇

月に照る湖上の波の中に居て蓑虫に似ぬ灯も置かぬ船　与謝野晶子・草と月光

あなあはれいつかとなりの楢の葉に這ひもうつれる蓑虫の子よ　若山牧水・路上

家を出《いで》てや身をらくにせん
蓑虫《みのむし》は古木《こぼく》の枝にぶらめきて　重頼・犬子集

蓑虫《みのむし》の音《ね》を聞《きき》に来《コ》よ艸《くさ》の庵《いほ》　芭蕉・続虚栗

みのむしや常のなりにて涅槃像《ねはんざう》　野水・猿蓑

みの虫《むし》や形《なり》に似合《にあひ》し月《つき》の影《かげ》　杜若・続猿蓑

みのむしや秋ひだるしと鳴なめり　蕪村・蕪村句集

みのむしや柿の葉寒く雨のふる　乙二・松窓乙二発句集

紫蘇の実を干せば蓑虫這ひ出けり　菅原師竹・菅原師竹句集

みの虫やはらはら散つて李の木　村上鬼城・鬼城句集

蓑虫のなくや長夜の明けかねて　夏目漱石・漱石全集

蓑虫の木瓜《ぼけ》は枯木になりにけり　河東碧梧桐・碧梧桐句集

蓑蟲の父よと鳴きて母もなし　高浜虚子・五百句

壁虎《はへとりくも》の簑虫ゆする今朝の秋　広江八重桜・広江八重桜集
蓑虫や蝸廬を幾度かふる我　大須賀乙字・乙字俳句集
干綿に蓑虫まろび出でにけり　小沢碧童・碧童句集
うごいてみのむしだつたよ　種田山頭火・草木塔
蓑蟲や足袋穿けば子もはきたがり　渡辺水巴・水巴句集
蓑虫の枝日々にほそみけり　飯田蛇笏・春蘭
　草庵即事　一句
干し蚊帳に蓑虫移りゐたりけり　原石鼎・花影
蓑虫の躍るがごとくうつりけり　原石鼎・花影
蓑虫の枝の高さよ夕明り　水原秋桜子・葛飾
蓑虫の蓑は文殻もてつづれ　山口青邨・冬青空
蓑虫の相逢ふ日なし二つゐて　三橋鷹女・白骨
白樺に蓑蟲こゝに人住める　中村草田男・来し方行方
蓑虫の鳥啄ばまぬいのちかな　芝不器男・定本芝不器男句集
蓑虫の大きな一葉まとひをり　星野立子・鎌倉
蓑虫は月の夜毎を信じゐる　高橋馬相・秋山越
妻籠に蓑虫の音をきく日かな　石田波郷・風切
糸長き蓑虫安静時間過ぐ　石田波郷・惜命

みみずなく【蚯蚓鳴く・蚯蚓啼く】

夜間、また雨後や曇日に、地面より「ジー」と切れ目なく鳴き声が聞こえることを、古来「蚯蚓鳴く」と言って、往時は蚯蚓が鳴くと思われていた。白拍子など歌を生業とする芸人が、美声になると信じて、蚯蚓を煎じて飲んだという。ただし、蚯蚓には発生器がなく、実際には螻蛄の鳴声である。

［同義］歌女鳴く。➡蚯蚓（みみず）［夏］、螻蛄（けら）［秋］、螻蛄鳴く（けらなく）［秋］、地虫鳴く（じむしなく）［秋］、歌女鳴く（かじょなく）［秋］

§

此釜の煮えをしきけば秋の夜の蚯蚓が鳴くに似てを偲はゆ　伊藤左千夫・伊藤左千夫全短歌
蚯蚓《みみず》鳴く土の曇りや深《ふ》けぬらし一人ごころの歩みに耽る　島木赤彦・氷魚
ひさびさに母にまゐらす消息も蚯蚓の鳴く音《ね》聴きつつぞ書く　吉井勇・天彦

露と波とに蚯蚓鳴らん芥川　才麿・東日記
里の子や蚯蚓の唄に笛を吹く　一茶・新集
うそ寒や蚯蚓《（みみず）》の歌も一《（ひとよ）》夜づつ　一茶・八番日記
蚯蚓《みゝず》鳴いて夜半の月落つ手水鉢《てうづばち》　河東碧梧桐・碧梧桐句集
三味線をひくも淋しや蚯蚓なく　高浜虚子・定本虚子全集
蓙《ござ》ひえて蚯蚓《みみず》鳴き出す別れかな　寺田寅彦・寅日子句集
飯盗む狐か蚯蚓鳴き止みぬ　羅蘇山人・蘇山人俳句集
えさ籠に明日をもしらで蚯蚓鳴く　羅蘇山人・蘇山人俳句集
　寝ねんとすればたま〳〵乳のあたり痛みけるに
鳴く蚯蚓肺と覚ゆる痛みどこ　富田木歩・木歩句集
蚯蚓鳴く御像は盲させ給ふ　川端茅舎・定本川端茅舎句集
蚯蚓鳴く人の子寝まる草の庵　川端茅舎・定本川端茅舎句集
蚯蚓鳴くうはの空踏む闇路かな　川端茅舎・定本川端茅舎句集
蚯蚓鳴く六波羅蜜寺しんのやみ　川端茅舎・定本川端茅舎句集
蚯蚓なくあたりへこゞみあるきする　中村草田男・長子

みみず鳴くそを聞く顔を怖る、か　石田波郷・雨覆
蚯蚓鳴く疲れて怒ることもなし　石田波郷・惜命

「む〜め」

むぎわらとんぼ【麦藁蜻蛉】
塩辛蜻蛉の雌。⇩塩辛蜻蛉（しおからとんぼ）［秋］

むくどり【椋鳥】
ムクドリ科の鳥。日本全土に分布し、農村や市街地に群生する。騒がしく鳴く。翼長約一三センチ。頭・背部と尾は黒褐色で、上尾の先と尾先が白色、頭上にも白色の羽を混在する。胸部は褐色、腹部は白色。嘴と脚は黄橙。地中の虫や蜘蛛などを捕食する。［和名由来］椋の木の実を好んで食べるところから。［同義］椋（むく）、白頭翁（はうとうおう）。
§

むくどり［聚鳥画譜］

かもくさの咲《さけ》る岡べにむくどりのむれてあさるは何うるとかも　田安宗武・悠然院様御詠草
椋鳥《むくどり》に逐はれし雀あつまりて夜すがら啼けり町なかの森に　島木赤彦・氷魚
椋鳥は杜の木間《このま》にむらがりて鳴きしが往《い》にき夕日残れり　岡麓・湧井
椋鳥《むくどり》や梢《こずゑ》によする波の音　支考・国の華
網もれの椋鳥網に飛び戻る　菅原師竹・菅原師竹句集
椋鳥や草の戸を越す朝嵐　村上鬼城・鬼城句集
椋鳥や人は渡舟を待つ上を　巌谷小波・さゞら波
椋鳥のかぶさり飛べる小家かな　高浜虚子・定本虚子全集
椋鳥や梢にあふれ飛ぶ四五羽　水原秋桜子・葛飾
高わたる椋鳥村をかへりみず　五十崎古郷・五十崎古郷句集
跫音のとまるを椋鳥のおそれけり　中村草田男・長子

むし【虫】
人、獣類、鳥類、魚介類などを除く昆虫類一般をいう。俳句では、秋に鳴くさまざまな虫の総称をいい、秋の季語となる。⇩虫鳴く（むしなく）［秋］、虫の声（むしのこえ）［秋］、虫の音（むしのね）［秋］、虫時雨（むししぐれ）［秋］、虫籠（むしかご）［秋］、虫売（むしうり）［秋］、虫合せ（むしあわせ）［秋］、虫聞き（むしきき）［秋］、虫選び（むしえらび）［秋］、夏の虫（なつのむし）［夏］、虫干（むしぼし）［夏］、竈馬（いとど）［秋］、馬追虫（うまおいむし）［秋］、閻魔蟋蟀（えんまこおろぎ）［秋］、がちゃがちゃ［秋］、轡虫（くつ

わむし）［秋］、阿亀蟋蟀（おかめこおろぎ）［秋］、鉦叩（かねたたき）［秋］、邯鄲（かんたん）［秋］、螽斯（きりぎりす）［秋］、蟋蟀（こおろぎ）［秋］、機織虫（はたおりむし）［秋］、すいと［秋］、鈴虫（すずむし）［秋］、ちちろ虫（ちちろむし）［秋］、虫螻（むしけら）［四季］、藻に住む虫の音に鳴く（もにすむむしのねになく）［秋］、残る虫（のこるむし）［冬］

§

風寒《さみ》み鳴《な》く秋虫の涙こそ草葉《くさは》色どる露《つゆ》と置《を》くらめ
よみ人しらず・後撰和歌集五（秋上）

ふかくとも露をばしのべ浅茅原《あさぢはら》霜夜もちかき秋虫の声
三条西実隆・内裏着到百首

秋もやや衣手寒くなりにけりつづれさせてふ虫の告ぐれば
大愚良寛・良寛歌評釈

虫避《むしよ》くと牀《ゆか》をはなれて衣櫃《きぬびつ》の上にぬる夜は身じろきもせず
森鷗外・うた日記

物皆の動をとぢし水の夜やいや寒む寒むに秋の虫鳴く
伊藤左千夫・伊藤左千夫全短歌

垣の外《と》の崖は雑草《あらくさ》生ひ茂り夜な夜な虫のあつまりどころ
岡麓・庭苔

秋の夜のひえびえとする草にゐて鳴くなる虫は侶《とも》をよするか
岡麓・庭苔

この秋はかそけき虫のなくねにも季節《とき》のうつるをひたにかなしむ
岡麓・庭苔

洲《す》に光る虫あり青き糸ひきぬ君と相見る高草の中
前田夕暮・収穫

岩手山《いはてやま》　秋《あき》はふもとの三方《さんぼう》の　野《の》に満《み》つる虫《むし》を何《なに》と聴《き》くらむ
石川啄木・一握の砂

山風にふきちらされて又も寄るちひさき虫はかなしかりけり
九条武子・薫染

虫共《ども》のちから付《つき》たる彼岸《ひがん》哉
杉風・玉まつり

虫遠近病む夜ぞ静なる心
夏目漱石・漱石全集

歌膝《うたひざ》を組み直しけり虫の宿
高浜虚子・六百句

何虫ぞ今宵《こよひ》も簀戸《すど》に来て鳴くは
寺田寅彦・寅日子句集

提燈の遅る、闇や虫の原
青木月斗・時雨

然も虫の競へる夜の豪雨かな
青木月斗・時雨

海しめやかに満ち足れば諸虫の闇
種田山頭火・層雲

虫をきく月の衣手ほのしめり
杉田久女・杉田久女句集

虫の宿あかつきの灯を漏らしけり
五十崎古郷・五十崎古郷句集

うれしくて何か悲しや虫しぐれ
星野立子・鎌倉

虫しぐれひと戦をならふ野に
加藤楸邨・寒雷

ひとつづつ鳴きやむ虫のゆくへかな
加藤楸邨・雪後の天

晩餉の灯そのま、虫を呼ぶ灯なり
石橋辰之助・山暦

むしあわせ【虫合せ】
秋の虫を持ち寄り、鳴声の善し悪しを競うこと。➡虫（むし）［秋］

むしうり【虫売】
夜店などで秋の虫を売ること、また虫を売る人。➡虫（むし）［秋］

§

虫売《むしうり》のかごとがましき朝寝《あさね》哉　蕪村・蕪村句集
大橋の袂小暗く虫を売る　巌谷小波・さゞら波

むしえらび【虫選び】
往時、秋に殿上人が嵯峨野などの京都郊外にでて、秋の鳴く虫を捕え、籠に入れて宮中に献上したことをいう。［同義］虫狩（むしがり）、虫吹く（むしふく）。⇩虫（むし）［秋］

むしおくり【虫送り】
七～八月頃、農民達が稲の害虫駆除を氏神に祈願して、鉦太鼓をうち鳴らし、松明を連ねて田を巡って害虫を追い払う行事。［同義］田虫送（たむしおくり）、稲虫送る（いなむしおくる・いねむしおくる）、田畑虫送（たはたむしおくり）。

むしおくり［養蚕秘録］

むしかご【虫籠】
姿や声を観賞するために、虫を飼育する竹製などの籠。［同義］虫屋（むしや）。⇩虫（むし）［秋］
§
虫籠をしめし歩みぬ萩の露　杉田久女・杉田久女句集

むしきき【虫聞】
秋の虫の音を聞くために出掛けたり、集まったりすること。⇩虫（むし）［秋］

むししぐれ【虫時雨】
秋のさまざまな虫が鳴き立てているのを、時雨の音にたとえた表現。⇩虫（むし）［秋］
§
秋は虫を聞《きく》や時雨《しぐれ》のちんちろり　貞徳・犬子集

むしなく【虫鳴く・虫啼く】
秋、さまざまな虫が鳴くこと。⇩虫（むし）［秋］
§
命《いのち》とて露《つゆ》をたのむに難《かた》ければ物わびしらに鳴《な》く野《の》べの虫《むし》　在原滋春・古今和歌集一〇（物名）
分《わ》けて入《い》る袖《そで》にあはれをかけよとて露《つゆ》けき庭《には》に虫《むし》さへぞ啼《な》く　山家心中集（西行の私家集）
アハレシレトワレヲス、ムル夜《ヨ》ハナレヤ松《マツ》ノアラシモ虫《ムシ》ノナクネモ　明恵・明恵上人歌集
故郷《ふるさと》の一むら薄《すすき》いかばかりしげき野原と虫《むし》の鳴《なく》らん　後鳥羽院・遠島御百首

命《いのち》あらばいかさまにせむ世を知《し》らぬ虫《むし》だに秋《あき》は鳴《な》きにこそ鳴《な》け
和泉式部・千載和歌集一七（雑中）

このゆふべ秋は来ぬらしわが宿の草のま垣に虫の鳴くなる
大愚良寛・良寛歌評釈

夕月夜、風もよろしき、園の内に、始めて虫の、鳴くを聞くかも、
伊藤左千夫・伊藤左千夫全短歌

久方の夜寒の月に鳴く虫に悲しきこゝろ忍びかねつも
伊藤左千夫・伊藤左千夫全短歌

山にしてはや秋らしく鳴く虫を抱きてやりたき宵ごころかな
島木赤彦・馬鈴薯の花

巴里《パリイ》にて虫啼《な》かぬ夜をわびしやと思ひしことを病みておもへる
与謝野晶子・火の鳥

物思ふ耳に折ふし入り来れば虫むらむらに鳴くここちする
与謝野晶子・心の遠景

外廊下《そとらうか》、柱《はしら》によれば虫《むし》なきて颯《さつ》とこころをひたす夜《よ》のいろ
岡稲里・早春

飛ぶかげのをりをり見えて萱原の垂穂が原に虫の鳴くなり
若山牧水・山桜の歌

何処《いづく》やらむかすかに虫《むし》のなくごとき　こころ細《ぼそ》さを　今日《けふ》も
おぼゆる
石川啄木・一握の砂

庭荒れてちちろちちろと虫鳴けば酔ひつつぞおもふ落魄の歌
吉井勇・人間経

虫啼《なく》や我《われ》も此世の申《まうし》を《（お）》き
正秀・水の友

虫鳴くや庵《いほ》の樹と見ゆ寺の杉　河東碧梧桐・碧梧桐句集
虫なくや一雨降りし薄月夜　小沢碧童・碧童句集
ほろ〳〵と虫なけばこそひる深し　宮林菫哉・冬の土
虫なくや出しては縫はぬ針包　長谷川かな女・龍膽
虫なくや帯に手さして倚り柱　杉田久女・杉田久女句集
虫鳴けりそのしづけさにまかりいづ　水原秋桜子・古鏡
樋のほとり虫鳴き温泉灯を消しぬ　水原秋桜子・古鏡

むしのこえ【虫の声】

秋のさまざまな虫の鳴声。⬇虫（むし）［秋］

§

をみなへし野辺のふるさと思《おも》ひいでて宿《やど》りし虫の声やこひしき
藤原元真・新古今和歌集四（秋上）

宵のまに置《を》くなる野辺《のべ》の露《つゆ》よりもなを《（ほ）》こそしげき虫《むし》の声《こゑ》かな
二条良基・後普光園院殿御百首

わが待ちし秋は来ぬらしこのゆふべ草むらごとに虫の声する
大愚良寛・良寛歌評釈

秋草のあはれにほふ花のもとに住むほどなれや虫のこゑごゑ
伊藤左千夫・伊藤左千夫全短歌

かなしみをまぎらすものときのふまでわが知らざりし虫のこゑごゑ
三ケ島葭子・定本三ケ島葭子全歌集

夕空は澄みてまさをし風をもつもろこしの葉に鳴く虫のこゑ
石井直三郎・青樹

浅茅生《あさぢふ》やまくり手おろす虫の声《こゑ》　去来・西の雲
皆光る雨夜《あまよ》のほしや虫の声　野坡・野坡吟草

此比《このごろ》は浪《なみ》に馴《なれ》たり虫の声　百里・渡鳥

飯買ひにどこまで行こぞ虫の声　幸田露伴・蝸牛庵句集

温泉《ゆ》烟《けむり》に灯ほのかや虫の声　河東碧梧桐・碧梧桐句集

罨法の薬にしみる虫の声　横光利一・横光利一句集

むしのね【虫の音】

秋のさまざまな虫の鳴声。⇩虫（むし）［秋］

§

わがためにくる秋にしもあらなくに虫の音《ね》きけばまづぞかなしき

よみ人しらず・古今和歌集四（秋上）

君《きみ》がうへ《(ゑ)》し一群《ひとむら》す、き虫《むし》のねのしげき野辺《のべ》ともなりにけるかな

御春有助・古今和歌集一六（哀傷）

虫の音はこの秋しもぞ鳴《(なき)》まさるわかれの遠く成《(なる)》心ちして

藤原知陰・金葉和歌集（補遺）

花《はな》をこそ野辺《のべ》のものとは見《み》に来《き》つれ暮《く》るれば虫《むし》の音《ね》をも聞《き》きけり

山家心中集（西行の私家集）

虫《むし》のねに露《つゆ》けかるべき袂《たもと》かはあやしやこ、ろもの思《(おもふ)》べし

山家心中集（西行の私家集）

虫《むし》の音《ね》もまだうちとけぬ草《くさ》むらに秋《あき》をかねてもむすぶ露かな

曾祢好忠・詞花和歌集二（夏）

虫ノネモセキカネテコソキコユナレスギユク秋《アキ》ノスヘ《(ヱ)》ヲヲ《(オ)》モヘバ

明恵・明恵上人歌集

虫《むし》のねは浅茅《あさぢ》がもとにうづもれて秋《あき》はすえ《(ゑ)》葉《ば》の色にぞ有《(あり)》ける

寂蓮・千載和歌集五（秋下）

いかなれば涙《なみだ》をからぬ虫の音もさのみ枕《まくら》の下に鳴《(なく)》らん

慶運・慶運百首

むしの音《ね》もながき夜《よ》あかぬふるさとになを《(ほ)》思《おも》ひそふ松風ぞふく

藤原家隆・新古今和歌集五（秋下）

袖ぬらす萩のうはばのつゆばかり昔《むかし》わすれぬ虫《むし》の音《ね》ぞする

藤原忠実・新古今和歌集八（哀傷）

むしのねの近き夜半《よは》かな枕とて草はむすばぬ旅ねなれ共《ども》

香川景樹・桂園一枝

こ、よりは車かへして虫の音をき、つ、ゆかむ岡ごえの道

落合直文・国文学

山深み世に遠けれや虫のねも数多は鳴かづ月はさせども

伊藤左千夫・伊藤左千夫全短歌

虫のねも千草の花もうら枯し末野にひとりすめる月哉

樋口一葉・樋口一葉全集

むらぎもの心澄みゆけばこの真昼鳴く虫の音も遠きに似たり

島木赤彦・太虚集

此夜半の暗きに啼ける虫の音《ね》のほのけき聞くになき子しぬばゆ

太田水穂・土を眺めて

秋の夜に君を思へば虫の音の波やはらかに寄るまくらかな

与謝野晶子・流星の道

夜ふかく鳴く虫の音は生死《いきしに》の彼岸にありて聴くべかりけり

吉井勇・玄冬

さみしさに窓あけて見ぬ虫の声

村上鬼城・鬼城句集

虫の音に浮き沈みする庵かな

高浜虚子・七百五十句

めじか【牝鹿】

牝の鹿。⇩牡鹿（おじか）［秋］、鹿（しか）［秋］

§

声合《こゑあは》す築地《ついぢ》のうちの女鹿《めじか》かな　正秀・ねなし草

「も」

もず【百舌・鵙】

モズ科の雲雀（ひばり）大の小鳥。日本全土に分布。春から夏に低山で繁殖し、秋から冬に平野や山村などに移る。冬に南方に渡るものもある。翼長約一〇センチ。雄の頭部は栗色で、顔の眉斑は白色で、黒色の斑紋（過眼線）が眼部を通過する。翼は黒色で中央に白色の斑紋がある。背部と尾は灰褐色。腹部は白色。雌は過眼線が褐色で、腹部が淡褐色。「キーイ・キーイ」と鋭い声で鳴く。嘴は鋭く鈎曲しており、昆虫や蛙などを補食する。［同義］伯労鳥（もず）。［同種］赤百舌（あかもず）、稚児百舌（ちごもず）＝縞百舌（しまもず）。［漢名］鵙、伯労。➡大百舌（おおもず）［秋］、百舌落し（もずおとし）［秋］、百舌鳴く（もずなく）［秋］、百舌の草茎（もずのくさぐき）［秋］、百舌の速贄（もずのはやにえ）［秋］

§

きゝしらぬ人もあらましさまざまの鳥がねまぬるもずのそらねを　大隈言道・草径集

旅籠屋の軒の榎に目じるしの笠かけをれば鵙の声する　服部躬治・迦具土

安曇野に常喚《つねよ》びて棲《す》む鵙の声この頃きくに雛の巣立か　岡麓・湧井

和泉《いづみ》は百舌鳥《もず》の耳原《みみはら》耳原のみささぎのうへにしげる杉むら　長塚節・西遊歌

鵙《もず》のこゑ透《とほ》りてひびく秋の空にとがりて白き乗鞍を見し　長塚節・乗鞍岳を憶う

芋虫をなかに蹴合へる二羽の百舌鳥《もず》の羽根錆びはてて芋虫真青　若山牧水・黒松

秋はいま百舌鳥の鋭声のかなしきにけふも幾度地震ゆりにけり　三ケ島葭子・定本三ケ島葭子全歌集

うす暗き室にこもりてひねもすなりをりをりかなし百舌鳥のさへづり　三ケ島葭子・定本三ケ島葭子全歌集

万葉の植物《しょくぶつ》の考《かう》読み居れば秋空たかく百舌鳥の鳴くこゑ　吉井勇・風雪

百舌鳥《もず》のゐる野中《のなか》の杭《くひ》よ十月《かんなづき》　嵐蘭・猿蓑

踏《ふみ》はづす枝のもどりや鵙《もず》の声　野紅・柿表紙

順検《じゅんけん》に問《とは》ずがたりや百舌《もず》の声　其角・五元集

朝意地《いぢ》や一葉喰《くひ》切ル鵙《もず》の声　野坡・野坡吟草

駕籠《かご》の戸に山まづうれし鵙《もず》の声　支考・梟日記

雀かたよる百舌鳥《もず》の一声《ひとこゑ》　智月・猿蓑

村祭鵙取る人の余所心　内藤鳴雪・鳴雪句集

秋の山鵙の高音と尖りけり　石橋忍月・忍月俳句抄

もず／はぎ［聚鳥画譜］

鵙の尾に度るや風の蕭々と　尾崎紅葉・紅葉句帳
裏座敷林に近き百舌の声　夏目漱石・漱石全集
芋の葉のずんとさけたかもずの声　幸田露伴・蝸牛庵句集
おのが子のやけどをしたか鵙の声　幸田露伴・蝸牛庵句集
朝鵙《あさもず》に掃除夕鵙に掃除かな　高浜虚子・五百五十句
大石《おほいし》の浪宅跡や百舌鳥《もず》の声　寺田寅彦・寅日子句集
鵙止めり首相放送野にきこゆ　渡辺水巴・富士
きのふ降りけふ澄み晴れし松の百舌鳥　水原秋桜子・古鏡
残照や島には島の百舌鳥鳴ける　水原秋桜子・殉教
夕鵙のたけりて門を横ぎれり　山口青邨・雪国
　終戦を迎へて
飯のかほり口辺にあり鵙高音　原コウ子・昼顔
露の玉大きうなりぬ鵙猛る　川端茅舎・川端茅舎句集
雨濡れの鵙の頭《づ》平ら日が乗れる　中村草田男・母郷行
鵙の目の対へる畑の一ト火燃ゆ　中村草田男・長子
夕鵙のうしろ髪引き鳴きわたる　星野立子・立子句集
鵙《もず》の晴疲れしときはわがまゝに　星野立子・星野立子集
鵙高音ふたゝび三たび鵙高音　星野立子・星野立子集
鵙たけるロダンの一刀われにほし　加藤楸邨・野哭
鵙の天まつくらなりし鳴咽かな　加藤楸邨・雪後の天
鵙ゆきて稲田の幣にとまりけり　石田波郷・鶴の眼
病床にわれは顔上ぐ百舌鳥叫ぶ　石田波郷・酒中花以後

もずおとし【百舌落し・鵙落し】

百舌の狩猟法。眼を塞いだ百舌を囮にして木に止まらせ、そこに寄って来た百舌を黐竿などで捕らえる。⇩百舌（もず）

［秋］
§
鬼貫も歌よみにけり鵙落し　召波・春泥発句集
野に近き根岸の庭や鵙落し　正岡子規・子規句集

もずなく【百舌鳴く・鵙啼く】

秋になると百舌は山から下りてきて、「キイキイ」と鋭い声で鳴く。⇩百舌（もず）［秋］

§
秋の野の尾花が末《うれ》に鳴く百舌鳥《もず》の声聞くらむか片《かた》聞く吾妹《わぎも》
作者不詳・万葉集一〇
あかねさす夕日かけ落ち蕎麦畑のあぜのくぬ木を百舌鳴きうつる。
伊藤左千夫・伊藤左千夫全短歌
百舌《もず》が鳴《な》く、又鳴《またな》く、二人歩《ふたりある》くのが羨《うらや》ましうて鳴《な》くか、又鳴《またな》く
佐佐木信綱・新月
あさしばし曇る日癖《ひぐせ》の昼晴れてこのごろたのし百舌鳥の高啼
太田水穂・冬菜
はなれ居る子どもこふしも百舌鳥《もず》なきて今朝は寒けくそら晴れにけり
岡麓・庭苔
落葉松《からまつ》の渓《たに》に鵙《もず》鳴く浅山ゆ見し乗鞍は天《あめ》にはるかなりき
長塚節・乗鞍岳を憶う
をちこちに百舌鳥《もず》啼きかはし垂穂田の田づらは露に伏し白みたり
若山牧水・山桜の歌
百舌啼けば紺の腹掛新らしきわかき大工も涙ながしぬ
北原白秋・桐の花
百舌が来てしきり鳴くけさの明るさに熱いでぬ間を爪きりてまし
九条武子・薫染
草の戸に時雨る日なりききとして百舌鳥啼きすぐる声の悲しさ
土田耕平・青杉

鵙啼《もずない》て一霜《しも》をまつ晩田《おくだ》哉　浪化・柿表紙
百舌鳥《もず》なくや入日さし込む女松原《めまつばら》　凡兆・猿蓑
鵙《（もず）》鳴《（なく）》や赤子の頬《（ほほ）》をすふ時に　其角・おらが春
鵙《もず》鳴くや大百姓の門構　村上鬼城・鬼城句集
鵙啼《もずな》くや一番高い木のさきに　正岡子規・子規句集
気短に鵙啼《もずな》き立つる日和哉　正岡子規・子規句集
百舌鳥鳴くや醍醐の道の菊の村　河東碧梧桐・碧梧桐句集
鵙《もず》なくや大工飯食《だいくめしく》ふ下屋敷《しもやしき》　泉鏡花・鏡花句集
百舌鳥啼いて身の捨てどころなし　種田山頭火・草木塔
鵙鳴くや施米の籾を磨る籔に　北原白秋・竹林清興
森の雲鵙の鳴く音とうごきけり　飯田蛇笏・山廬集
百舌鳴くや苔深くさす枝の影　杉田久女・杉田久女句集補遺
鳴き猛る鵙《もず》におどろく木の葉かな　日野草城・旦暮
鵙来鳴く榛にそこはか雕りにけり　芝不器男・不器男句集
鵙鳴いて柿の木を見ず駒場町　石田波郷・風切

もずのくさぐき【百舌の草茎・鵙の草茎】

元来、「草ぐき」とは草にくぐるという意であるが、例に挙げた万葉集の古歌において、俳人たちはこの語に「草茎」の字をあて、「百舌の早贄」のことであると誤解した。以降その意で秋の季語として定着している。⇩百舌の早贄（はやにえ）［秋］、百舌（もず）［秋］

春されば百舌鳥《もず》の草潜《くさぐ》き見えずともわれは見やらむ君が辺《あたり》をば
作者不詳・万葉集一〇

§

草茎に鵙の心は知られけり　野坡・菊の道
草茎を失う鵙の高音かな　蕪村・新五子稿
日のさして鵙の贄見る葉裏哉　闌更・半化坊発句集

もずのはやにえ【百舌の早贄・鵙の早贄】

百舌は虫や蛙などを捕え、木の枝などに刺して置くことがある。これを「百舌の早贄」という。［同義］百舌の贄（もずのにえ）、百舌の磔刑餌（もずのはりつけえ）。⬇百舌（もず）［秋］、百舌の草茎（もずのくさぐき）［秋］

§

もず［写生四十八鷹画帖］

榛の木の花咲く頃を野らの木に鵙《もず》の速贄《はやにへ》はやかかり見ゆ　長塚節・榛の木の花
茨の実の赤き目あてや鵙の贄　菅原師竹・菅原師竹句集
末枯る丶径の茱萸に百舌鳥の贄　石橋忍月・忍月俳句抄
葉白く変る草あり百舌鳥の贄《にへ》　河東碧梧桐・碧梧桐句集

もちづきのこま【望月の駒】

信濃国の望月の牧場の馬をいう。往時、毎年旧暦の八月にこの牧場から御料馬が朝廷に貢進された。諸国からの貢上馬はあったが、信濃の望月の駒が最も名高かった。⬇秋の駒牽（あきこまひき）［秋］

§

相坂《あふさか》の関の清水《し》に影見えて今や引《ひ》くらん望月《もち》の駒《こま》　紀貫之・拾遺和歌集三（秋）
東路《あづまぢ》をはるかにいづる望月《もちづき》のこまにこよひや逢坂《あふさか》の関《せき》　源仲正・金葉和歌集三（秋）
嵯峨《さが》の山千代《ちよ》のふる道《みち》あととめてまた露《つゆ》わくる望月《もち》の駒《こま》　藤原定家・新古今和歌集一七（雑中）
幾里《いくさと》か露けきのべに宿《やど》かりし光ともなふ望月の駒　藤原定家・定家卿百番自歌合
望月の御牧《みまき》の駒は今もかもきりをわけてやあまのぼるらむ　田安宗武・悠然院様御詠草

もにすむむしのねになく【藻に住む虫の音に鳴く】

往時は海藻にすむ虫も秋になると鳴くといわれていた。空想的な季語である。⬇割殻（われから）［秋］、虫（むし）［秋］

§
折々や藻になく虫の声沈む　闌更・新五子稿

もみじぶな【紅葉鮒】
晩秋、鰭が紅色になった源五郎鮒。源五郎鮒は琵琶湖産のものが名高い。⇩源五郎鮒（げんごろうぶな）［夏］
§
山海の珍物《ちんぶつ》なれやもみぢ鮒　貞徳・犬子集
此度はぬたに取あへよ紅葉鮒　重頼・毛吹草
あらめ橋か丶る所や紅葉鮒　宗因・梅翁宗因発句集
まな箸の中の間く〴〵れ紅葉鮒　宗因・梅翁宗因発句集
塩鯖と何れか動く紅葉鮒　鬼貫・鬼貫句選
紅葉鮒是にもおかし錦織寺　嘯山・葎亭句集
紅葉鮒色とり〴〵に重の物　高浜虚子・定本虚子全集

もろうずら【諸鶉】
相寄り添う雌雄の鶉をいう。⇩鶉（うずら）［秋］

「や〜よ」

やましぎ【山鴫・山鷸】
シギ科の鳥。日本では北海道、本州で繁殖し、他の地方へは冬鳥として渡来する。雑木林などに生息する。体長約三〇センチ。頭部は角張り、頭頂後部は淡褐色で、三本の黒褐色の横帯がある。顔は灰白色で眼を横断する黒色の過眼線がある。背部は全体に赤褐色。腹部は淡黄色で波形斑紋がある。［同義］姥鴫。保登鴫（ぼとしぎ・ほとしぎ）。⇩鴫（しぎ）［秋］、姥鴫（うばしぎ）［秋］

うばしぎ（やましぎ）［日本産物志］

やんま
蜻蛉のなかでも銀蜻蜓、鬼蜻蜓など大形ものを総称する。［同義］蜻蜓（せいてい）。⇩蜻蛉（とんぼ）［秋］、鬼蜻蜓（おにやんま）［秋］、銀蜻蜓（ぎんやんま）［秋］
§
本堂《ほんだう》の明《あか》きにひとつ飛び来たるやんまは向《む》きを変へしときのま　斎藤茂吉・石泉
露草に黒蜻蛉《きやんま》翅開く時を見ぬ　原石鼎・花影
日を怖れて得たる黒蜻蛉《きやんま》の紫金かや　原石鼎・花影
清流に黒蜻蛉《きやんま》の羽や神尊と　原石鼎・花影

ゆずぼう【柚子坊】
柚子や枳殻、山椒などの葉を食害する、黒揚羽蝶や揚羽の

幼虫。⇩黒揚羽蝶（くろあげは）［春］、揚羽蝶（あげはちょう）［春］、芋虫（いもむし）［秋］

よこばい【横這】

ヨコバイ上科に属する昆虫の総称。体長三～一三ミリ。体は鮮緑色で浮塵子（うんか）に似る。蟹のように横に這う。稲の若葉などの汁液を吸う害虫。［同義］よこぶよ。

「ら～わ」

らくがん【落雁】

空から舞い降りてくる雁をいう。⇩雁（かり）［秋］、雁（がん）［秋］

§

らくがんの中に苦《くるし》や番の鳥　重頼・犬子集

わかれがらす【別れ烏】

成長した烏の雛は、旧暦七月になると巣を離れて去るという。［同義］七月の別れ烏。⇩烏（からす）［四季］

わたりどり【渡鳥】

繁殖地と非繁殖地（越冬地など）との間を毎年定期的に往復する鳥。「候鳥」ともいう。俳句では、秋に北方から飛来したり、群をなして移動したりするさまざまな鳥をさし、秋の季語となっている。［同義］候鳥、鳥渡る、鳥来る（とりくる）、朝鳥渡る（あさどりわたる）。⇩候鳥（こうちょう）［秋］、坂鳥（さかどり）［秋］、鳥雲（とりぐも）［秋］、鳥渡る（とりわたる）［秋］

§

渡り鳥とほ行く空は雪しろき山立ち並び重《かさ》なりあへり　島木赤彦・氷魚

山深き湖水の空の渡り鳥群れて渡れど音こそなけれ　島木赤彦・氷魚

日にかゝる雲やしばしのわたりどり　芭蕉・渡鳥集

故郷《ふるさと》も今はかり寝や渡鳥《わたりどり》　去来・けふの昔

たそがれや雀《すずめ》もつれて渡り鳥　牡年・渡鳥集

一羽《ひとはね》にかはすや峯《みね》の渡鳥　卯七・渡鳥集

わたり鳥こゝをせにせん寺林《てらばやし》　蕪村・蕪村句集

暁の燈台消えて渡り鳥　藤野古白・古白遺稿

鳥海を肩ぬぎし雲や渡り鳥　河東碧梧桐・碧梧桐句集

大風に傷みし樹々や渡り鳥　河東碧梧桐・碧梧桐句集

屠所の花卉冷気にみだれわたり鳥　飯田蛇笏・春蘭

萎えて咲きし熱帯草や渡り鳥　長谷川零余子・雑草

夜の明けて我もうれしや渡鳥　高田蝶衣・青垣山

波しづか大うねりして渡り鳥　水原秋桜子・殉教

渡り鳥赤城も見ゆる雲間より　水原秋桜子・葛飾

渡り鳥空の色めきまだ覚めず　中村汀女・紅白梅

物を干す白き腕や渡り鳥　日野草城・花氷

渡り鳥がうがうと風明るくて　加藤楸邨・雪後の天

われから【割殻】

例歌に挙げた古今集の歌に基づいた季語である。虫の名「われから」と「我から」を掛けて詠んでいるが、「われから」が実際にはどんな虫であるのかは分からない。藻に付いた小貝だとか、小虫や小蝦であるとかさまざまにいわれている。古歌では季節を問わず恋の歌に詠まれる題材だが、俳句では藻にすむ虫が鳴くということで秋の季語になっている。現在動物学上では、ヨコエビ目ワレカラ亜目の甲殻類にその名が与えられている。海藻などに付着して生息する。当然ながら鳴くことはない。空想から生まれた季語である。［同義］藻に鳴く虫（もになくむし）、藻に住む虫（もにすむむし）。➡藻に住む虫の音に鳴く（もにすむむしのねになく）［秋］

§

あまの刈《か》る藻《も》にすむ虫《むし》の我からと音《ね》をこそなかめ世をばうら見じ

藤原直子・古今和歌集一五（恋五）

冬

立冬（一一月七日頃）から立春前日（二月三日頃）

「あ」

あいさ【秋沙】
ガンカモ科アイサ属の鳥の総称。古名「あきさ」という。一一～一二月頃、冬鳥として北アジアより飛来し、江湾や湖沼などに生息する。体は鴨に似る。遊泳、潜水が巧みで魚を捕食する。嘴が細長く先端が鉤状に曲がる。[和名由来]『大言海』によると、秋に飛来するところから「アキサ（秋早）」。室町期より「アイサ」とよばれるようになった。[同義]秋沙鴨（あいさがも）。[同種]海秋沙（うみあいさ）、川秋沙（かわあいさ）、巫女秋沙（みこあいさ）。⬇鴨（かも）[冬]

§

山の際《ま》に渡る秋沙《あきさ》のゆきて居《ゐ》むその川の瀬に波立つなゆめ
作者不詳・万葉集七

あかがい【赤貝】
フネガイ科の二枚貝。北海道南部以南に分布し、内湾の泥砂底に生息する。貝殻は心臓形。殻長七～一二センチ。隆起した放射筋（四二～四三条）をもつ。暗褐色の殻皮で覆われる。肉は赤味をおび美味。刺身、酢の物、和え物などとして生食される。冬のものが旬とされる。[和名由来]肉が赤味をおび、貝殻を割ると赤い血がでるところから。[同義]蚶（きさ）、蚶貝（きさがい）、血貝（ちがい）、ほんあか、ほんだま。⬇貝（かい）[四季]

あかぎつね【赤狐】
毛色が茶・赤褐色の狐。⬇狐（きつね）[冬]

あかめふぐ【赤目河豚】
フグ科の海水魚。日本特産の河豚で本州の太平洋側に分布する。体長一〇～三〇センチ。背面は赤褐色で小斑が散在する。毒性が強いが、身と白子は食用となる。[和名由来]目が赤色であるところから。[同義]めあか〈和歌山〉、あかめ〈高知〉。⬇河豚（ふぐ）[冬]

あしがも【葦鴨】
鴨のこと。鴨は河川・湖沼など、葦の多く繁るところに生息することからの別称である。鴨の種類ではない。古歌では、鴨は水に浮いたまま寝るところか

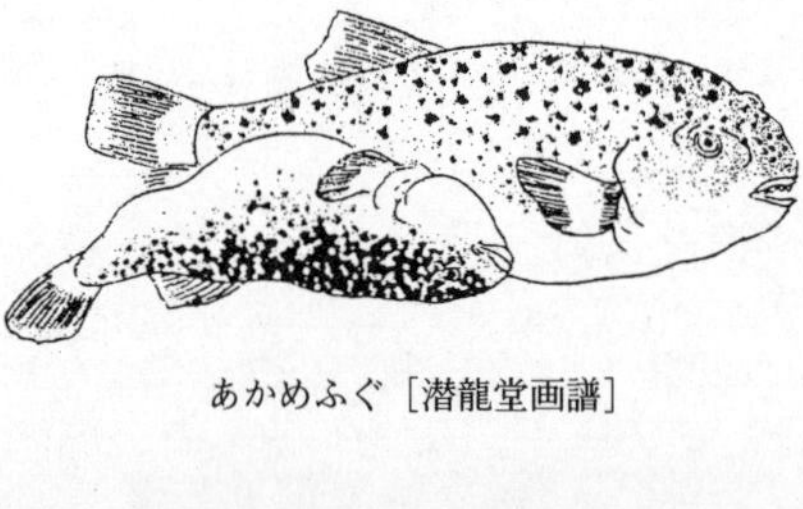
あかめふぐ［潜龍堂画譜］

あしがも［楳嶺百鳥画譜］

ら「浮寝す」に「憂き寝す」を掛けて詠まれることが多い。⇩鴨（かも）［冬］、葦鴨（よしがも）［冬］、浮寝鳥（うきねどり）［冬］

§

葦鴨《あしがも》の多集《すだ》く池水溢《あふ》るとも儲溝《まけみぞ》の方《へ》にわれ越えめやも

作者不詳・万葉集一一

葦鴨《あしがも》のさはぐ（わ）入江白浪の知《し》らずや人をかく恋ひむとは

よみ人しらず・古今和歌集一一（恋一）

冬の池の水に流《なが》る、葦鴨《あしかも》のうき寝《ね》ながらに幾夜《いくよ》へぬらん

よみ人しらず・後撰和歌集八（冬）

池水や氷とくらむ葦鴨《あしがも》の夜深《ぶか》く声《こゑ》のさはぐ（わ）なる哉《かな》

橘行頼・拾遺和歌集四（冬）

難波潟《なにはがた》いり江《え》をめぐるあしがものたまもの舟《ふね》にうきねすらしも

藤原顕輔・千載和歌集六（冬）

あじがも【䳑鴨・味鴨】

ガンカモ科の巴鴨の別称。「あじ」ともいう。⇩巴鴨（ともえがも）［冬］、鴨（かも）［冬］、あじむら［冬］

§

あぢの住む渚沙《すさ》の入江の荒磯松《ありそまつ》吾《あ》を待つ児らはただ一人のみ

作者不詳・万葉集一一

味鳧《あぢ》の住む須沙《すさ》の入江の隠沼《こもりぬ》のあな息《いき》づかし見ず久にして

万葉集一四（東歌）

味鳧《あぢかも》のうかべる見れば湖《みづうみ》のこほりはいまだ張りつめぬらし

岡麓・庭苔

あじむら

味鴨の群の意。味鴨とは巴鴨の別称である。⇩巴鴨（ともえがも）［冬］、鴨（かも）［冬］、味鴨（あじがも）［冬］

§

…奥辺《おきべ》は　鴨妻《つま》呼ばひ　辺《へ》つ方《へ》に　あぢむら騒き　百磯城《ももしき》の…（長歌）

鴨足人・万葉集三

山の端《は》にあぢ群《むら》騒き行くなれどわれはさぶしゑ君にしあらねば

崗本天皇・万葉集四

冬さればいふし乱る、あしむらにあぢむらさわぎあさりするめり

田安宗武・悠然院様御詠草

あなぐま【穴熊】

①イタチ科の動物。本州以南の山地に分布し、穴を掘って生息する。顔は熊に似る。頭胴の長さは約五〇センチ。体の上面は灰褐色で、胸部と四肢は黒褐色。冬季は上面の毛が白味をおびる。昆虫、蚯蚓、芋、甘藷などを食べる。「むじな」ともいわれ、狸と混同されることが多い。［同義］あなほり、ささぐま、まみ、まみだぬき、むじな、もじな。②熊は冬季に冬眠のため穴に入る。この熊を「穴熊」と称する。⇩熊穴に入る（くまあなにいる）［冬］、熊（くま）［冬］、狢（むじな）［冬］

§

をりのうちにねふ（ぶ）れるミれは（ば）あな熊のあなおそろしきけものともなし

樋口一葉・樋口一葉全集

穴熊《あなぐま》の道踏《ふみ》ぬけて月見かな　　怒風・田植諷

あまだい【甘鯛】

アマダイ科の赤甘鯛（あかあまだい）、白甘鯛（しろあまだい）、黄甘鯛（きあまだい）の総称。一般には赤甘鯛をさすことが多い。赤甘鯛は本州中部以南に分布し、海底の砂泥に穴を掘って生息する。体長約三五センチ。体は赤色をおびる。眼の後方下に銀白色の逆三角形斑がある。冬が旬とされる。美味。海釣りの対象魚。

あら【鯍】

スズキ科の海水魚。北海道以南の暖海に分布し、深海の岩礁に生息する。体長約一メートル。背面は紫色をおびた灰色で、腹面は銀白色。頭・口が大きい。幼魚の体側には暗色の三本の縦帯がある。体形が鱸（すずき）に似ているところから沖鱸（おきすずき）ともよばれる。冬季のものが美味とされ、ちゃんこ鍋の具材として名高い。海釣の対象魚。［同義］おおがしら〈神奈川〉、ほた〈大阪・和歌山・高知〉、沖鱸（おきすずき）〈高知〉、やなせ〈山口〉。

あらわし【荒鷲】

荒々しい鷲。➡鷲（わし）［冬］

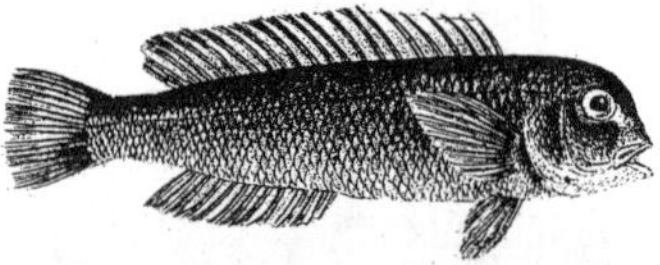

あまだい［日本重要水産動植物之図］

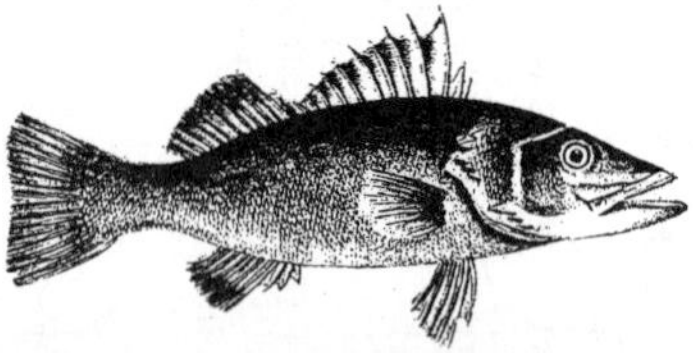

あら［日本重要水産動植物之図］

§

いそ松をとびはなれたるあら鷲のゆくへに見ゆる蝦夷の遠山　落合直文・明星

荒鷲《あらわし》は羽《は》うちて過《す》ぎぬ星《ほし》ひとつ暮《く》れゆく秋《あき》の空守《そらまも》りをり　佐佐木信綱・新月

あら鷲の、冬ごもりする、うつぼ木も、あやふきばかり、ふれる雪かな。　与謝野寛・東西南北

あんこう【鮟鱇】

アンコウ科の海水魚のキアンコウとクツアンコウの総称。北海道以南に分布し、水深三〇〜五〇〇メートルの海藻のある海底に生息する。体長一メートル内外。体は平たく褐色、頭・口が著しく大きい。頭部にある触手状の棘を擬餌として魚を誘い、捕食する。肉、内臓ともに美味で、冬、鍋物などにして食べる。鱗がないため、ぬるぬるしてつかみにくいので、口に鈎をつけて吊り、そのまま切っていく。これを「鮟鱇の吊し切り（あんこうのつるしぎり）」という。［和名由来］動作が遅いため暗愚魚（アングウオ）の音便より―『新釈魚名考』。［同義］あんごう、琵琶魚（びわぎ

あんこう［日本重要水産動植物之図］

よ)。⬇鮟鱇鍋(あんこうなべ)[冬]、鮟鱇汁(あんこうじる)[冬]

§

鮟鱇をふりさけ見れば厨かな　其角・五元集拾遺
人中の鮟鱇と我れを罵りぬ　中川四明・四明句集
鮟鱇の口から下がる臓腑かな　内藤鳴雪・鳴雪句集
鮟鱇の愚にして咎はなかりけり　村上鬼城・鬼城句集
鮟鱇の口にはら〳〵しぐれけり　藤井紫影・新俳句
鮟鱇や長安市上酒家の軒　松瀬青々・妻木
鮟鱇やかげ膳据ゑて猪口一つ　飯田蛇笏・山廬集
鮟鱇や鼠小僧を泊めし家　長谷川かな女・龍膽
鮟鱇の骨まで凍ててぶちきらる　加藤楸邨・起伏

あんこうじる【鮟鱇汁】
鮟鱇を具にした味噌汁。⬇鮟鱇(あんこう)[冬]

§

君を呼ぶ内証《ないしょ》話《ばなし》や鮟鱇汁《あんこうじる》　正岡子規・子規句集

あんこうなべ【鮟鱇鍋】
鮟鱇の肉や肝を、豆腐、葱などとともに煮ながら食べる料理。ちり鍋にすることが多い。⬇鮟鱇(あんこう)[冬]

§

梅幸を楽屋に訪へばあんこ鍋　中川四明・四明句集
傾城《けいせい》を買ひに往《ゆ》く夜や鮟鱇鍋　正岡子規・子規句集
鮟鱇ありと答へて鍋の仕度かな　正岡子規・子規句集
鮟鱇や小光が鍋にちんちろり　夏目漱石・漱石全集
山鳥の尾の長酒や鮟鱇鍋　籾山柑子・柑子句集
十能に飯の引火や鮟鱇鍋　籾山柑子・柑子句集

「い」

いさざ【魦】
ハゼ科の淡水魚。琵琶湖を主産地とする。体長約六センチ。体色は淡褐色で褐色の斑点がある。昼間は深場に群生し、夜間に浅場に浮上する。動物プランクトンを食べる。冬に多く漁獲され、春、飴煮にされる。[同義]いさだ。

§

時雨きや並びかねたる魦ふね　千那・猿蓑
江の水を鮨に押出すいさゝかな　尚白・忘梅
いささ舟比良の初雪孕み来し　松瀬青々・妻木

いさざ[日本産物志]

いさな【鯨・勇魚】
鯨(くじら)の古名。⬇鯨(くじら)[冬]、鯨取(いさなとり)[冬]

§

もり刺さん勇魚《いさな》の十が一ほどの小舟を荒き海の雨突く　与謝野晶子・草と月光

いさなとり【鯨・鯨魚・勇魚—取】

捕鯨のこと。和歌では「海」「浜」「灘」にかかる枕詞となる。➡捕鯨（ほげい）［冬］、鯨（いさな）［冬］、鯨（くじら）［冬］

熊野浦のいさなとり［西国三十三所名所図会］

§

…鯨魚取《いさなと》り 海辺《うみべ》を指して 和多津《にきたづ》の 荒磯《ありそ》の上に か青なる 玉藻《たまも》沖つ藻 朝羽《あさは》振る…（長歌）　柿本人麻呂・万葉集二

鯨魚取《いさなと》り 淡海《あふみ》の海《うみ》を 沖放《さ》けて 漕《こ》ぎ来る船 辺《へ》付きて 漕ぎ来る船 沖つ櫂《かい》 いたくな撥《は》ねそ 辺《へ》つ櫂 いたくな撥ねそ 若草の 夫《つま》と 思ふ鳥立つ（長歌）　倭大后・万葉集二

いそちどり【磯千鳥・磯鵆】

磯辺にいる千鳥。［同義］磯鳴鳥（いそなどり）。➡千鳥（ちどり）［冬］

§

あまのいへにかひなづけたるものならであされる門のいそちどり哉　大隈言道・草径集

磯《いそ》ちどり足をぬらして遊びけり　蕪村・明和五年句稿

いたち【鼬・鼬鼠】

イタチ科の動物食獣。体長は、雄は約四〇センチ、雌は約三〇センチ。体は赤褐色で細長い。水辺を好み、潜水・遊泳が巧み。夜間、鼠、鶏などを捕えて吸血する。敵に追い詰められると肛門腺から「鼬の最後っ屁」といわれる悪臭を放つ。鼬

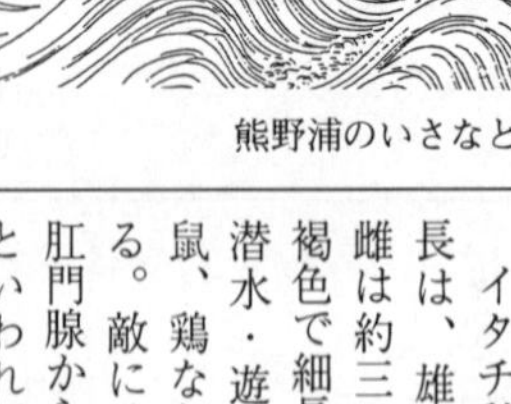

いたち［和漢三才図会］

は人家近くにすみ、野鼠や家鼠を捕えるので有益であるが、冬になると鳥小屋などを襲うことになる。これを防ぐという目的と、防寒用の毛皮をとる目的で、農家では罠を仕掛けて鼬を獲る。⇩鼬罠（いたちわな）［冬］

§

いたち計《ばかり》やすめる古宮《ふるみや》　貞徳・犬子集
古庭の雪間をはしる鼬《いたち》かな　正岡子規・子規句集
水仙に鼬《いたち》とぶなり雪舟寺　広江八重桜・広江八重桜集
凩《こがらし》や鳶にとびつく野の鼬《いたち》　広江八重桜・広江八重桜集

いたちわな【鼬罠】

鼬を捕らえる罠。竹製の筒の中に針金仕掛けのバネがあり、筒の中の餌を鼬がくわえると、その首が締められる仕掛けになっている。⇩鼬（いたち）［冬］

いてちょう【凍蝶】

冬、凍てついたように動かない蝶をいう。⇩冬の蝶（ふゆのちょう）［冬］、蝶（ちょう）［春］

§

凍蝶《いてちょう》の蛾眉《がび》衰へずあはれなり　高浜虚子・六百五十句
凍蝶《いてちょう》の己《おの》が魂追うて飛ぶ　高浜虚子・五百句
凍蝶はあぢさゐの花の一片よ　青木月斗・時雨
凍蝶に指ふるるまでちかづきぬ　橋本多佳子・紅絲
凍蝶のきりきりのぼる虚空かな　橋本多佳子・紅絲
凍蝶を容《い》れて十指をさしあはす　橋本多佳子・紅絲
凍蝶にかゞみ疲れて立上る　星野立子・鎌倉
凍蝶や妻を愛さざる如病み臥す　石田波郷・惜命
凍蝶のふと翅つかふ白昼夢　野澤節子・飛泉

いてづる【凍鶴】

冬の寒さの中、長い脚で立ち、凍てついたように動かない鶴をいう。⇩霜の鶴（しものつる）［冬］、鶴渡る（つるわたる）［冬］、鶴（つる）［四季］

§

凍鶴《いてづる》の首を伸《のば》して丈《たけ》高き　高浜虚子・五百五十句
欠びして又寐る鶴の凍てにけり　青木月斗・時雨
凍鶴をいとしみ星よ疾く光れ　長谷川零余子・雑草
凍鶴や等しく書かぬ文の敵　中村草田男・長子
凍鶴《いてづる》に忽然と日の流れけり　石橋秀野・石橋秀野集

いてばえ【凍蠅】

冬に生き残って、凍てついたように動かない蠅をいう。⇩冬の蠅（ふゆのはえ）［冬］

いとよりだい【糸撚鯛・糸縒鯛】

イトヨリダイ科の海水魚。「いとより」ともいう。冬に美味。千葉県以南に分布し、水深四〇〜一〇〇メートルの海底に生息する。体長約五〇センチ。背面は赤黄色で、体側に六本の黄色の縦線がある。尾びれの先端が糸状にのびる。［和名由来］

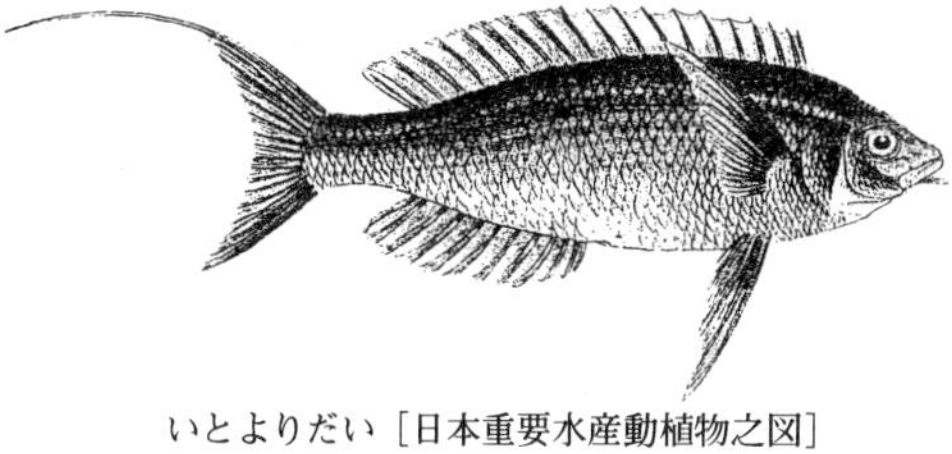

いとよりだい［日本重要水産動植物之図］

糸状に伸びる尾の先端が、泳ぐとき旋回するように見えることからと。

いぬぞり【犬橇】
犬にひかせて走る橇。橇は雪国では冬の重要な交通機関である。⬇犬（いぬ）［四季］、馬橇（ばそり）［冬］

いぬわし【犬鷲】
ワシタカ科の大形の鳥。翼長約六〇センチ。頭部から頸へ黄赤色の長羽がある。背部は濃褐色。脚部は羽毛に包まれる。高山帯に生息し、兎、雷鳥などの小動物を捕食する。冬、平野に下りてくる。［同義］くまわし、くろわし。⬇鷲（わし）［冬］

いぬわし［景年画譜］

いるか【海豚】
鯨の仲間であるハクジラ類の小形種の総称。体長一～五メートル。体形は長紡錘形。口部が嘴のように長くのびる。通常、三角形の背びれをもつ。体色は藍黒色。海洋を群泳する。好奇心が強く、しばしば船と伴走する。水族館などで芸をするものの多くは「坂東海豚（ばんどういるか）」である。⬇鯨（くじら）［冬］

§

曲《くね》り入り海豚《いるか》ふたたび背を見せず黒髪ならば悲しからまし　与謝野晶子・山のしづく

噴煙を知らねば海豚群れ遊ぶ　篠原鳳作・海の度

「う～え」

うきねどり【浮寝鳥】
水に浮かんで寝る水鳥をいう。古歌では「浮寝」に「憂き寝」をかけ、涙に濡れて寝る身のたとえに使われることもある。⬇水鳥（みずどり）［冬］、葦鴨（あしがも）［冬］

§

かへりさすつばさに霜やおもるらんうき寝の鳥の夢さますこゑ　心敬・寛正百首

流れあさる舟皆下りつ浮寝鳥　河東碧梧桐・碧梧桐句集
内浦になだらかな島や浮寝鳥　河東碧梧桐・碧梧桐句集
爛々《らんらん》と暁《あけ》の明星浮寝鳥《うきねどり》　高浜虚子・五百五十句
凪寒むの丘に漁守るや浮寝鳥　石橋忍月・忍月俳句抄
かすかにも芝掃く音や浮寐鳥　渡辺水巴・富士
湖高く飛んでしまひぬ浮寝鳥　吉武月二郎・吉武月二郎句集
林間の瀬に吹きよりて浮寝鳥　飯田蛇笏・春蘭
江の空の水より淡し浮寐鳥　石島雉子郎・雉子郎句集
浮寝鳥一羽さめゐてゆらぐ水　水原秋桜子・葛飾
燦爛と波荒る丶なり浮寝鳥　芝不器男・定本芝不器男句集
この旅の思ひ出波の浮寐鳥　星野立子・笹目
浮寝鳥みてをり余生おもひをり　柴田白葉女・月の笛

うさぎ【兎】

ウサギ科の哺乳類の総称。耳が長く、前脚が短く後脚が長い。長い髭があり、上顎の門歯が二対ある。ペットとしても好まれる動物だが、狩猟の対象として冬の季語となる。肉は食用となり、毛は筆の材料、毛皮は防寒具になる。➡兎狩（うさぎがり）［冬］、兎汁（うさぎじる）［冬］、野兎（のうさぎ）［冬］

うさぎ［明治期挿絵］

§

等夜《とや》の野に兎狙《をさぎねら》はりをさをさも寝なへ児《こ》ゆゑに母に嘖《ころ》はえ　作者不詳・万葉集一四
磚瓦《かはら》もて小窓ふたげるこやの雨に女子《をみなご》訴《うた》へうさぎうま鳴く　森鷗外・うた日記
真澄鏡とぎしこゝろは秋の毛の兎の毛のさきの塵もとめなく　伊藤左千夫・伊藤左千夫全短歌
幼児の心とほれる片語に兎の毛の末の塵も覚えず　伊藤左千夫・伊藤左千夫全短歌
義仲《よしなか》が兎を狩りて遊びけん木曾の深山《みやま》は檜《ひのき》生ひたり　正岡子規・子規歌集
霜枯《しもがれ》の垣根に赤き木《こ》の実《み》は何《な》ぞ雪ふらば雪の兎の眼《まなこ》にはめな　正岡子規・子規歌集
傷《て》を負ひて穴に脱《のが》れし子兎のまたも月夜を忍び出でにけり　窪田空穂・まひる野
草《くさ》の上《うへ》にまるまるとして飼《か》はれたる兎《うさぎ》の冬《ふゆ》のぬくみをおもふ　岡稲里・早春
夜ふけの厨のうさぎの股《もも》をさきとりて火にあぶるとき、きたれる狐独　若山牧水・みなかみ
つみわたに兎《うさぎ》の耳をひきたてよ　其角・五元集
五十歩の兎追《おは》ゆる時雨哉　千那・孤松
冬山の監視所に来し兎哉　青木月斗・時雨
兎落つ雪まみれにて陰《ほと》赤く　加藤知世子・朱鷺

うさぎがり【兎狩】
兎を狩猟すること。俳句では、冬、雪の中での狩猟が冬の季語となる。「兎網（うさぎあみ）」で捕らえることが多い。⇩兎（うさぎ）［冬］

§

わな見にとまだきに行けばおほいなる兎かかり居りわれを見て啼く
若山牧水・みなかみ

わな張りしは椿のかげにありにけりうさぎかかりて椿散り居り
若山牧水・みなかみ

渤海に傾ける野の兎狩　石田波郷・病雁

うさぎじる【兎汁】
兎の肉を料理した汁物。⇩兎（うさぎ）［冬］

§

人参の朱がもりもりと兎汁　日野草城・旦暮

うみすずめ【海雀】
ウミスズメ科の海鳥。翼長約一四センチ。背部は灰黒色。頭部・頸・尾は黒色。胸部・腹部は白色。冬、全国の海上に出現し、魚群を追って群集するので、出漁の目標とされる。［同義］海千鳥（うみちどり）。

うらちどり【浦千鳥・浦鵆】
海辺や水辺にいる千鳥。⇩千鳥（ちどり）［冬］

§

有明の月をかたみの浦千鳥妻《うらちどりつま》もつれなく別《（わかれ）》てや鳴《な》く
藤原雅親・宝徳二年十一月仙洞歌合

つれも無妻をこひてか浦千鳥　月にしは《（ば）》なく声そ《（ぞ）》身にしむ
樋口一葉・樋口一葉全集

初雪や亭主《ていしゅ》ぶりする浦鵆《うらちどり》　正秀・水の友

塵浜《ちりはま》にた丶ぬ日《ひ》もなし浦鵆《うらちどり》　句空・続猿蓑

うるめいわし【潤目鰯】
ウルメイワシ科の海水魚。瀬戸内海を除く本州以南に分布。体長約二〇センチ。体形は真鰯に似るが，小型で鱗が小さくやや細長い。背面は暗青色で腹面は銀白色。群をなして回遊する。眼は大きく、透明で厚い油瞼があり、潤んでみえる。脂肪が少なく、多くは乾魚になる。冬によく乾いたものが出まわる。［和名由来］眼が潤んでみえるところから。［同義］潤目（うるめ）、まなごいわし〈秋田〉、めぶといわし〈新潟〉。⇩鰯（いわし）［秋］

§

灰うちた丶くうるめ一枚　凡兆・猿蓑

深草

うるめやく雀が宿は古りにけり　松瀬青々・妻木

汁鍋を下してうるめ炙りけり　青木月斗・時雨

おおかみ【狼】
日本産は明治期に絶滅。イヌ科の肉食獣。冬、積雪の多いところでは人や家畜を襲う。体長約一メートル。

おおかみ［毛詩品物図攷］

犬に似て体は痩せ、体色は褐色または赤褐色で、耳は小さく、口は大きく広く裂ける。［同義］山犬。⬇狼の祭（おおかみのまつり）［秋］、山犬（やまいぬ）［冬］、送り狼（おくりおおかみ）［冬］

§

賤《しづ》が家《や》の小衾《をぶすま》薄く夢さめて檐端《のきば》の山に狼《おほかみ》の啼く　正岡子規・子規歌集

狼《おほかみ》の来るといふ夜《よ》を鎖《とざ》したる山本村は旅籠屋《はたごや》もなし　正岡子規・子規歌集

夕されば狼《おほかみ》吠ゆる深山路《みやまぢ》に手のひら程の楓《かへで》散るなり　正岡子規・子規歌集

狼の声ものすこ《(こ)》き山のはにさえこそのほ《(ぼ)》れ冬のよの月　樋口一葉・樋口一葉全集

狼《おほかみ》の子をはやしけり麻《あさ》の中　許六・正風彦根体

狼の声そろふなり雪のくれ　丈草・芭蕉庵小文庫

狼《(おほかみ)》は糞《(くそ)》ばかりでも寒《(さむさ)》かな　一茶・おらが春

牛小舎に狼のつく鉄砲かな　村上鬼城・鬼城句集

狼に帯の火曳きし野越かな　大須賀乙字・乙字俳句集

おおこのはずく【大木葉木菟】

フクロウ科の鳥。最もよくいる木菟。夜間「ポウッポウッ」と鳴く。⬇木菟（みみずく）［冬］

おおたか【大鷹】

ワシタカ科の鳥。背部は黒灰色、腹部は白地に灰色の横縞と縦縞がある。古来、鷹狩に使われた。留鳥であるが、鷹狩をもって冬の季語とされる。［同義］蒼鷹（あおたか）。⬇鷹（たか）［冬］、鷹狩（たかがり）［冬］

おおわし【大鷲】

タカ科の巨大な鷲。シベリア東部で繁殖し、日本には冬に渡来する。体長約九五センチ。体色は全体に黒褐色で、肩・尾羽・腿は白色。魚類を主食とする。⬇鷲（わし）［冬］

§

大鷲の爪あげて貌かきむしる　加藤楸邨・野哭

おくりおおかみ【送り狼】

狼は夜の山道で、旅人の後を尾行し、隙をうかがって襲いかかってくると言われた。⬇狼（おおかみ）［冬］

おこぜ【䲢・虎魚】

カサゴ科の海水魚。一般には鬼虎魚（おにおこぜ）をいう。本州中部以南に分布し、近海の岩礁に生息する。鬼虎魚は体長約二〇センチ。奇怪な外貌で、鱗はなく、目は頭上にある。口は大きく斜め上に開く。背びれに棘が連なり、毒をもつ。夜行性で昼間は砂中にいる。美味。一般に夏が旬で、東京では吸物にするが、大阪では冬にちり鍋にして食べるため、夏の季語とも冬の季語ともされる。［和名由来］姿形が「オコ（痴）」である魚で「ゼ」は魚名語尾。背びれの棘を矛に見立て「ホコセ（矛背）」からと。⬇䲢（おこぜ）［夏］

おし【鴛・鴛鴦】

鴛鴦（おしどり）の別称。⬇鴛鴦（おしどり）［冬］

§

夜を寒《さむ》み寝覚《ねざ》めて聞《き》けば鴛《をし》ぞ鳴《な》く払《(はらひ)》もあへず霜や置《を》くらん　よみ人しらず・後撰和歌集八（冬）

夕《ゆふ》されば寝《ね》にゆく鴛鴦《をし》のひとりして妻恋《つまこ》ひすなる声《こゑ》のかなしさ
藤原冬嗣・後撰和歌集二〇（慶賀哀傷）

飛《と》びかよふ鴛鴦《をし》の羽風《はかぜ》の寒《さむ》ければ池の氷ぞさえまさりける
紀友則・拾遺和歌集四（冬）

番《つが》はねどうつれるかげをともにして鴛鴦《をし》すみけりな山がはの水
山家心中集（西行の私家集）

さむしろに思《おも》ひこそやれ笹《さゝ》の葉にさゆる霜《しも》夜の鴛《をし》のひとり寝《ね》
藤原顕季・金葉和歌集四（冬）

このごろの鴛《をし》のうきねぞあはれなるうわ(は)毛《げ》の霜《しも》よしたのこほりよ
崇徳院・千載和歌集六（冬）

水のうゑ(へ)にうき寝《ね》をしてぞ思ひ知《し》るかゝれば鴛《をし》も鳴《な》くにぞありける
和泉式部・千載和歌集八（羇旅）

さえまさる夜半《よは》とやわきて思ふらんともねの鴛鴦《をし》のさは(わ)ぐ羽風を
慶運・慶運百首

はかなしやさてもいく夜《よ》かゆく水に数《かず》かきわぶる鴛鴦《をし》のひとり寝《ね》
藤原雅経・新古今和歌集六（冬）

霜《しも》氷心もとけぬ冬の池《いけ》に夜《よ》ふけてぞなく鴛鴦《をし》の一声
藤原元真・新古今和歌集一一（恋一）

岩たゝむ池の心は絵にもはたうつさまほしき鴛(をし)の一連(ひとつら)
幽斎・玄旨百首

ひとりすむをしかとみれば汀なる芦のはかげに妻もありけり
大隈言道・草径集

ひそかなる小池を鴛の寝床哉
尚白・孤松

おしどり［北斎叢画花鳥画譜］

鴛《をし》の羽《は》の影や氷の薄《うす》みどり　野紅・松のなみ
降たらぬほとや鴛見の池の雪　支考・蓮二吟集
身をよせし人の別れや鴛《をし》の声　りん女・紫藤井発句
里過て古江に鴛を見付たり　蕪村・蕪村句集
有明やをしの浮寐のあからさま　内藤鳴雪・春夏秋冬
美しきほど哀れなりはなれ鴛　村上鬼城・鬼城句集
迷ひ出でし誰《た》が別荘の鴛《おし》一羽　正岡子規・子規句集
鴛鴦の胸石暖き夕日かな　籾山柑子・柑子句集
をしの目は妬みをもたず円《つぶら》なり　青木月斗・時雨
鴛鴦進むやしざるが如く筑波山　鈴木花蓑・鈴木花蓑句集
水ひろき方へと鴛鴦の進みけり　鈴木花蓑・鈴木花蓑句集
さゞなみの音たつらしも鴛鴦眠る　渡辺水巴・富士
水づく枝を鴛鴦のすぎつつ底明り　飯田蛇笏・春蘭
山川をながるる鴛鴦に松すぎぬ　飯田蛇笏・春蘭
鴛鴦飼うて朧に住むや草館　長谷川零余子・雑草
鴛鴦浮くや雌やゝに雄に隠れがち　原石鼎・花影
早も小雪かゝりし水や鴛鴦の沓　原石鼎・「花影」以後
鴛鴦の沓女は穿くか小料理屋　山口青邨・夏草
鴛鴦二つ夜々蒼空をゆめみけり　三橋鷹女・向日葵

おしがも【鴛鴦鴨】

鴛鴦のこと。➡鴛鴦（おしどり）［冬］

§

をし 鴨《がも》の 契《ちぎり》 もはかな川の瀬の玉藻の 床《とこ》 になびく心は　後柏原天皇・内裏着到百首

おしどり／うめ［景年画譜］

おしどり【鴛鴦】 ガンカモ科の水鳥。「おし」ともいう。東アジア・日本全土に分布し、水辺の山林や森林に生息する。翼長約二三センチ。雄の冬羽は美しく、緑色の冠毛と、翼には銀杏葉の形に似た橙色の「思羽（おもいは）」「剣羽（つるぎは）」がある。脚は赤色。背部はオリーブ色で、胸部は紫色。雌には冠毛がなく、全体に地味な暗褐色。雌雄相寄り添うところから、仲の良い夫婦の譬えとされる。春・夏は山間の渓流や湖に生息し、秋になると平地の池沼や湖、川などに移り、越冬する。また、古歌では、水面に「浮き寝」をするので「憂き寝」と掛けて詠まれることが多い。また、雌雄相寄り添う鴛鴦は「共寝」をしなければならないのに「ひとり寝」をせざるを得ない、寂しく侘しい境遇を嘆く題材として詠まれることが多い。［和名由来］「雌雄相愛（おし）」より—『大言海』。［同義］鴛・鴦・鴛鴦（おし）、鴛鴦鴨。［漢名］鴛鴦。⬇鴛鴦（おし）［冬］、鴛鴦鴨（おしがも）［冬］、鴛鴦涼し（おしすずし）［夏］、夏の鴛鴦（なつのおし）［夏］、鴨（かも）［冬］

おしどり［聚鳥画譜］

§

妹《いも》に恋ひ寝《い》ねぬ朝明《あさけ》に鴛鴦《をしどり》のここゆ渡るは妹が使か
万葉集一一（柿本人麻呂歌集）

磯の浦に常喚《よ》び来《き》棲《す》む鴛鴦《をしどり》の惜しき吾《あ》が身は君がまにまに
大原今城・万葉集二〇

池にすむ名《な》をゝしどりの水を浅《あさ》みかくるとすれどあらはれにけり
よみ人しらず・古今和歌集一三（恋三）

隠沼《かくれぬ》に住《す》む鴛鴦《をしどり》の声絶《こゑた》えず鳴《な》けどかひなき物にぞ有《（あり）》ける
藤原師輔・後撰和歌集一一（恋三）

はらふべき友《とも》まどはせる鴛鴦《をしどり》も夜半《よは》にやなげくけさの朝霜《あさしも》
実方朝臣集（藤原実方の私家集）

波枕《なみまくら》いかにうき寝《ね》をさだむらんこほります田《だ》の池《いけ》の鴛鴦《をしどり》
前斎宮内侍・金葉和歌集四（冬）

をしどりのうきねの床《とこ》やあれぬらんつらゝゐにけり昆陽《こや》の池水
藤原経房・千載和歌集六（冬）

をし鳥《どり》の床《とこ》もさだめぬ浮《う》き寝《ね》して枕ながるゝ冬の池水《いけみづ》
頓阿・頓阿法師詠

妹《いも》とわれ寝がほならべて鴛鴦《をしどり》の浮きゐる池の雪を見る哉《かな》
橘曙覧・松蘿艸

大椋《おほくら》の池にうかるる鴛鴦《をしどり》のをしき月日をいたづらに経ぬ
与謝野礼厳・礼厳法師歌集

をし鳥の上毛の霜やいかならん はらふか夜半に池の水おと
樋口一葉・樋口一葉全集

をし鳥の鳴こゑ更て聞ゆ也 こほりやすらむ庭の池水
樋口一葉・樋口一葉全集

鴛や国師の沓も錦革　蕪村・落日庵句集
鴛鴦や風を避けたる杭の間　籾山柑子・柑子句集
鴛鴦や松ケ枝高く居静まり　川端茅舎・俳句文学全集
鴛鴦の水古鏡のごとく夕づきぬ　高橋淡路女・淡路女百句

おじろわし【尾白鷲】
ワシタカ科の鳥。日本では北海道で繁殖し、冬になると本州へ渡来する。海岸に生息し、主に魚を捕食する。体長約九〇センチ。体は褐色。尾羽は成長と共に白色となり、老鷲は純白となる。⇩鷲（わし）［冬］

おちぎす【落鱚】
水温が下がり、深場の砂泥に移動する鱚をいう。⇩鱚（きす）［夏］、鱚釣（きすづり）［夏］

おちすずき【落鱸】
水温が下がり、深場の砂泥に移動する鱸をいう。この頃の卵をもって肥えている鱸を「太腹鱸（ふとはらすずき）」「はらふと」という。⇩鱸（すずき）［秋］

「か」

かいつぶり【鸊鷉・鳰】
カイツブリ科の水鳥。「かいつむり」「にお」ともいう。日本全土の湖沼・河川に生息する。翼長約一〇センチ。夏羽は、頭・背部が黒褐色。喉・頚は淡栗色で腹部は灰白色。冬羽は全体に淡い。趾に膜があり、水掻きの働きをする。潜水が巧みで、小魚などを捕食する。木の枝や葦、水草などを使って浮巣をつくる。秋・冬には海岸にすむものもあるが、営巣はすべて淡水域である。［和名由来］「掻きつ潜（むぐ）りつの約か、或は、づぶりは水に没する音か」—『大言海』。［同義］鳰（にお）、鳰鳥（におどり）、息長鳥（しながどり）、一丁潜り（いっちょうむぐり）、八丁潜り（はっちょうむぐり）、八尺鳥（やさかどり）、みほとり。⇩鳰（にお）［冬］、鳰の浮巣（におのうきす）［夏］、息長鳥（しながどり）［四季］、八尺鳥（やさかどり）［四季］

§

かいつぶり／まこも［景年画譜］

ばんの鳥かいつむりの鳥の啼声のをりをり聞ゆ船とめてをれば　若山牧水・黒松

かくれけり師走の海のかいつぶり　芭蕉・色杉原

かひつぶり浮出まで見て過ぬ　暁台・暁台句集

野の池や氷らぬかたにかいつぶり　几董・井華集

一つ行きてつづく声なし鳰　渡辺水巴・水巴句集

古利根や家鴨とあそぶかいつむり　水原秋桜子・葛飾

木枯や潮さからふかいつぶり　石橋秀野・桜濃く

かいやき【貝焼】

帆立貝などの貝を鍋がわりにして、魚介類の鋤焼をする料理。⬇貝（かい）［四季］

かき【牡蠣】

かき
［日本重要水産動植物之図］

イタボガキ科の二枚貝の総称。殻形は不規則な長三角形。左殻で岩礁に付着する。殻の表面には板状の成長脈があり、黄白色で紫色の縞がある。五～八月頃に産卵する。肉は灰色で栄養に富む。日本では真牡蠣（まがき）が養殖される。食べる時期としては、英語の月名にRが入っている月、すなわち九～四月とされ、特に冬が旬とされる。鍋物、酢の物、フライなど調理方法は多い。貝殻からとる貝灰は薬用や鳥餌になる。［和名由来］「カキカヒ（掻貝）」の意。「カ」は貝、「キ」は付着するの意など。［同義］牡蠣（ぼれい）、石花（かき）。［同種］真牡蠣（まがき）、板甫牡蠣（いたぼがき）。⬇牡蠣鍋（かきなべ）［冬］、牡蠣船（かきぶね）［冬］、牡蠣飯（かきめし）［冬］

§

牡蠣《かき》くだく人の十人《とたり》も並べるは夢想兵衛《むさうびやうゑ》のものがたりめく　与謝野晶子・佐保姫

霜降れば牡蠣《かき》の殻よりあはれなる姿となりぬよろづの落葉　与謝野晶子・流星の道

こゝろよき飢をそそりて新らしき牡蠣《かき》ぞにほへる初秋のあさ　前田夕暮・陰影

こもり居の夜のしづけさいささかの酒を酌むべう牡蠣を煮るかな　吉井勇・遠天

夕《ゆふ》さむき潮《しほ》に浸《ひた》りて吾《わ》が拾《ひろ》ふ牡蠣《かき》にも海苔《のり》のつきてゐるかも　土屋文明・ふゆくさ

蛎《かき》よりは海苔《のり》をば老《おい》の売《うり》もせで　芭蕉・続虚栗

たまはるや石花《カキ》にかしこしひねり文　嵐雪・玄峰集

蛎《かき》むきや我には見えぬ水鏡　其角・五元集拾遺

煎蠣に土器とりし采女かな　召波・春泥発句集

煎蠣の跡しら雪となりにけり　暁台・暁台句集

いり蠣に軒の松風奪ふなり　暁台・暁台句集

から蠣の潮にもどるひとつかな　白雄・白雄句集

牡蠣《かき》の苞《つと》窓より受けて発車かな　森鷗外・うた日記

蠣苞《かきつと》にうれしき冬のたよりかな　村上鬼城・鬼城句集

妹《いも》がりや荒れし垣根の蠣《かき》の殻　正岡子規・子規句集

岩にたゞ果敢なき蠣の思ひ哉　夏目漱石・漱石全集

牡蠣《かき》殻《がら》や磯に久しき岩一つ　河東碧梧桐・碧梧桐句集
みじか日の蠣のスープあつい　北原白秋・竹林清興
酔いよ、廻りて鍋の牡蠣固し　長谷川零余子・雑草
巌壁にとりつく牡蠣の力かな　長谷川零余子・雑草
　厳島にて
酢牡蠣あり旅の句しるすお砂焼　水原秋桜子・蓬壺
松島の松に雪ふり牡蠣育つ　山口青邨・夏草
教へ児を悼むや星出で牡蠣を食べ　中村草田男・万緑
だまり食ふひとりの夕餉牡蠣をあまさず　加藤楸邨・寒雷
牡蠣フライひとの別れに隣りたる　加藤楸邨・野哭
牡蠣の酢に和解の心曇るなり　石田波郷・雨覆
牡蠣食へり重たき肩を起しては　石田波郷・胸形変

かきなべ【牡蠣鍋】
牡蠣の鍋料理。⬇牡蠣（かき）［冬］

§

牡蠣鍋の葱の切つ先そろひけり　水原秋桜子・晩華

かきぶね【牡蠣船】
牡蠣料理をだす屋形船。広島が発祥とされ、大阪で盛んとなった。⬇牡蠣（かき）［冬］

§

牡蠣船に大阪一の艶話かな　河東碧梧桐・碧梧桐句集
牡蠣船に頭低めて這入りけり　篠原温亭・温亭句集
牡蠣舟も早仕舞して風寒き　青木月斗・時雨
かき舟がゆら〳〵ゆれぬ酒廻る　青木月斗・時雨
牡蠣船や障子のひまの雨の橋　杉田久女・杉田久女句集
牡蠣船に上げ潮暗く流れけり　杉田久女・杉田久女句集

かきめし【牡蠣飯】
牡蠣のむき身を混ぜて炊いた飯。また、牡蠣を煮出汁と共に炊き上げて飯にかけたもの。⬇牡蠣（かき）［冬］

§

牡蠣飯の釜画きたる行燈かな　内藤鳴雪・鳴雪句集

かくぶつ【杜父魚】
カジカ科の淡水魚の鎌切の別名。⬇鎌切（かまきり）［冬］

§

杜父魚のえもの少き翁哉　蕪村・蕪村句集
魚だなやかくぶつばかり藁敷て　梅室・梅室家集
杜父魚や流る、芦に流れ寄り　高田蝶衣・青垣山

かささぎはじめてすくう【鵲始巣】
鵲は一二月頃に巣を作りだす。九州に多く見られる。⬇鵲（かささぎ）［秋］、鵲の巣（かささぎのす）［春］

§

かささぎの巣をこそはこべ老の道　乙二・斧の柄

かじき【梶木・旗魚】
マカジキ科とメカジキ科の海水魚の総称。鮪に似ている

かじき［西遊旅譚］

が別の科である。回遊魚で、日本には黒潮に乗って夏に現れ、秋に南下する。体長約二メートル。体は紡錘形。上顎が鋭く剣状に突き出る。下顎も嘴状。背面は濃青色、腹面は銀白色。第一背びれが非常に高い。体側にコバルト色の横縞がある。マカジキ、メカジキの旬は冬。［同義］梶木鮪（かじきまぐろ）。⇩鮪（まぐろ）［冬］

§

餌《ゑさ》まけば群りきたる鋭《と》き魚のかぢき鮪を突きめぐるとふ　若山牧水・渓谷集

かじけねこ【かじけ猫】

こごえている猫のこと。猫は寒がりだと言われている。冬、日向や炬燵の中、生暖かい竈の中などで暖をとる猫を「灰猫（はいねこ）」「竈猫（かまどねこ）」「炬燵猫（こたつねこ）」「へっつい猫（へっついねこ）」などといった。⇩猫（ねこ）［四季］

§

しろたへの鞠のごとくに竈猫　飯田蛇笏・雲母

かながしら【金頭・火魚・方頭魚】

ホウボウ科の海水魚。深海魚であり、旬は冬。北海道南部以南に分布し、海底の砂底に生息する。体長約三〇センチ。頭は角張り、棘がある。体色は赤色。［和名由来］頭部が角張り、かたいところから。

かまいたち【鎌鼬】

物には触れていないのに、寒風が吹いた際、鋭利な鎌で切られたように体に切傷が生じる現象をいう。古来、この現象を「鎌鼬」という妖怪の仕業とし、この名がある。越後の七不思議とされる。これは空気中に一時的に真空が生じ、人体の一部がこの真空に触れたとき、体内外の気圧の差で切傷ができるものと説明されている。［同義］鼬風（いたちかぜ）。

かまきり【鎌切】

カジカ科の淡水魚。太平洋側は神奈川県相模川、日本海側は秋田県雄物川以南の河川に分布。福井県九頭竜川の名産。体長約三〇センチ。背面は灰褐色、腹面は白色。体側に四本の黒帯がある。十一～二月に川を下り、河口域で産卵したのち死ぬ。川を下る際、水面に浮かび、霰に腹を打たせるといい、「あられがこ」「霰魚（あられうお）」ともいわれる。稚魚は春に海から川を遡上する。［同義］杜父魚（かくぶつ）、鮎掛（あゆかけ）。⇩杜父魚（かくぶつ）［冬］

かまきりかる【蟷螂・螳螂・鎌切―枯る】

交尾を終えた蟷螂の雌は、雄を食べてしまうが、生き残った雌の体も次第に枯葉色に変化していく。このことをいう。［同義］枯蟷螂（かれとうろう）。⇩蟷螂（かまきり）［秋］

かも【鴨・鳧】

雁や白鳥の仲間を除いたカモ科の比較的小形の水鳥の総称。日本では、秋に寒地より群をなして飛来し、湖沼・河川に生息し、春に帰っていく。雁に似るが、雌雄異色で首は比較的短い。水掻きが発達していて泳ぎがうまい。肉は美味で食用に捕獲される。古歌では「かま」「かまめ」とも詠まれた。鴨は種類が多いが、往時より比較的区別されており、単に「鴨」という場合は真鴨をいうことが多く、小鴨は「たかべ」、巴鴨

かも［景年画譜］

は「あじ」、鴛鴦は「おし」、秋沙（あいさ）は「あきさ」とよばれていた。［和名由来］「ウカブ（浮ぶ）↓ウカム↓カム↓カモ」―『大言海』。「ガン（雁）↓カム↓カモ」―『日本古語大辞典』。［同義］青羽鳥（あおはとり）。［漢名］梟、野鴨、野鶩。⬇引鴨（ひきがも）［春］、鴨帰る（かもかえる）［春］、鴨涼し（かもすずし）［夏］、鴨の子（かものこ）［夏］、軽鴨（かるがも）［夏］、軽鴨の子（かるがものこ）［夏］、鴨の巣（かものす）［夏］、通し鴨（とおしがも）［夏］、夏の鴨（なつのかも）［夏］、尾越の鴨（おごしのかも）［秋］、初鴨（はつがも）［秋］、葦鴨（あしがも）［冬］、葦鴨（よしがも）［冬］、あじむら［冬］、真鴨（まがも）［冬］、小鴨（こがも）［冬］、鈴鴨（すずがも）［冬］、巴鴨（ともえがも）［冬］、味鴨（あじがも）［冬］、秋沙（あいさ）［冬］、鴛鴦（おしどり）［冬］、水鴨なす（みかもなす）［四季］

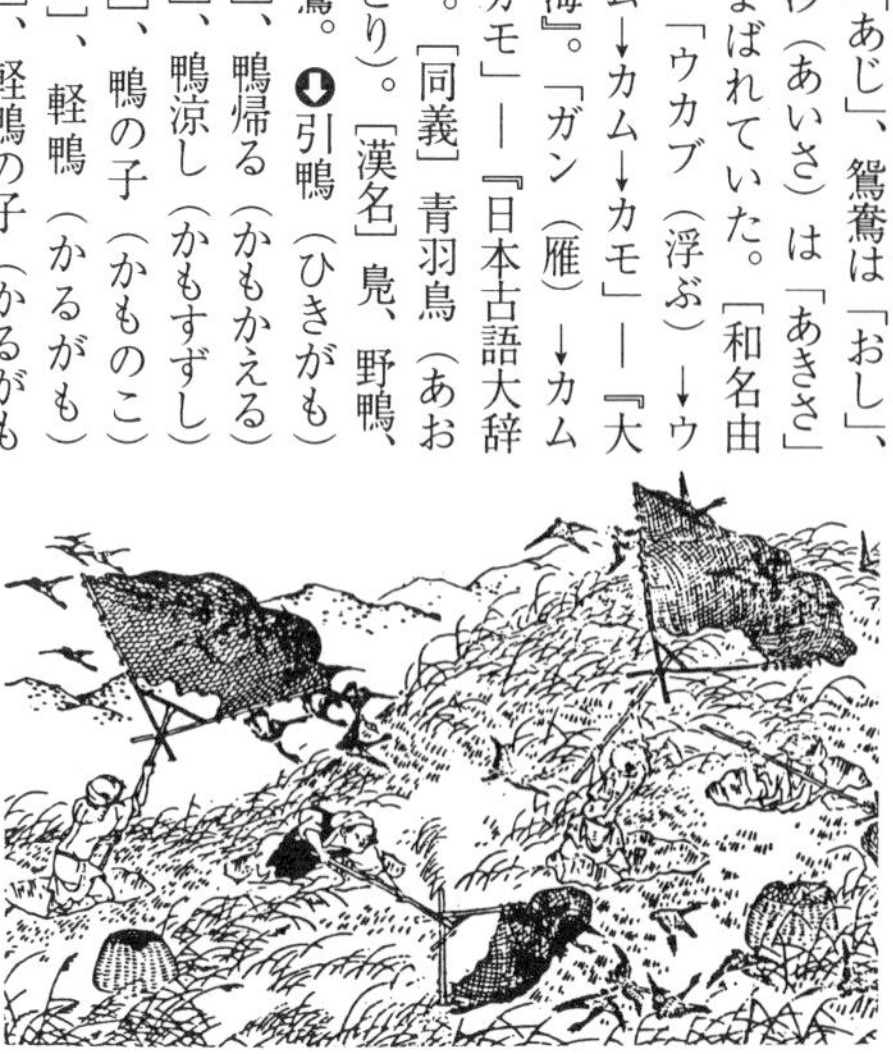

かも漁［日本山海名産図会］

§

葦辺《あしべ》行く鴨《かも》の羽《は》がひに霜降りて寒き夕べは大和《やまと》し思ほゆ
志貴皇子・万葉集一

吉野なる夏実《なつみ》の河の川淀《かはよど》に鴨《かも》そ鳴くなる山陰《かげ》にして
湯原王・万葉集三

鴨鳥《かもとり》の遊ぶこの池に木《こ》の葉落ちて浮かべる心わが思《も》はなくに
丹波大女娘子・万葉集四

外《よそ》にゐて恋ひつつあらずは君が家の池に住むとふ鴨《かも》にあらましを
大伴坂上郎女・万葉集四

水鳥の鴨の住む池の下樋無《したひな》みいぶせき君を今日見つるかも
作者不詳・万葉集一一

吾妹子《わぎもこ》に恋ふれにかあらむ沖に住む鴨の浮寝《うきね》の安けくもなき
作者不詳・万葉集一一

葦《あし》の葉に夕霧立ちて鴨が音《ね》の寒き夕《ゆふべ》し汝《な》をば偲《しの》はむ
作者不詳・万葉集一四

水《みづ》の上《うへ》にうきたる鴨《かも》のあともなきおぼつかなさを嘆《なげ》くころかな
一条摂政御集（藤原伊尹の私家集）

真薦刈《まこもか》る堀《ほり》江に浮《う》きて寝《ぬ》る鴨《かも》の今夜《こよひ》の霜にいかにわぶらん
よみ人しらず・後撰和歌集八（冬）

見るまゝに冬はきにけり鴨《かも》のゐる入江《いりえ》のみぎはうすごほりつゝ
式子内親王・新古今和歌集六（冬）

水鳥の鴨《かも》のうき寝《ね》のうきながら浪のまくらにいく夜《よ》ねぬらん
河内・新古今和歌集六（冬）

ゆふされば渚《なぎさ》にすめる鴨すらも羽がひかはして寝《ぬ》るてふものを
大愚良寛・良寛歌評釈

あしひきの山田の田居に鳴く鴨の声きく時ぞ冬は来にける
大愚良寛・良寛歌評釈

あしひきの山田の畔《くろ》に鳴く鴨の声聞く時ぞ秋は暮れけり
大愚良寛・良寛歌評釈

おもしろく波にうかべるあし鴨はおのれ舟なるこゝちとぞみる
大隈言道・草径集

けさみれば汀の鴨の身づからもおきならべたる友ねぶりかな
大隈言道・草径集

小雨ふる椎の若葉の枝下ゆ見おろす池に鴨か遊へり
伊藤左千夫・伊藤左千夫全短歌

吹おろす北風さむき山河にひとりねに行鴨も有けり
樋口一葉・樋口一葉全集

鴨《かも》の群羽音《むれはおと》はげしく海《うみ》にゆく林《はやし》のうへの有明《ありあけ》の月《つき》
佐佐木信綱・新月

冬の湖《うみ》の時照《ときて》りすればここだくも鴨の首見ゆ波のあひだゆ
島木赤彦・柿蔭集

うすら氷《ひ》に小鴨ねむれりさざれ波よする日なたの方《かた》へは行かで
岡麓・庭苔

お堀ばた向ひの土手のすぐ下の木にのぼりをり水禽《みづとり》鴨が
岡麓・庭苔

水枯れて金錆《かなさび》のごと鴨《かも》のゐる城の濠《ほり》よりのぼりくる風
与謝野晶子・火の鳥

山の木に風騒ぎつつ山かげの沼の広みに鴨のあそべり
若山牧水・山桜の歌

夜のひかりかそけき濠に鴨小鴨列をつくりて泳ぎをり見ゆ
古泉千樫・青牛集

鴨《かも》は皆水をあがりて居並べり今日《けふ》も夕《ゆふべ》となりにけらしも　半田良平・旦暮

くされ沼《ぬま》の潟《かた》にあさり居鳴《ゐな》く鴨《かも》の声《こゑ》を遠《とほ》くに歩《あゆ》むわれかも　土屋文明・ふゆくさ

海くれて鴨のこゑほのかに白し　芭蕉・甲子吟行

鴨《かも》おりて水まであゆむ氷かな　嵐雪・続阿波手集

鴨《かも》一羽帯《はおび》にはさむやとしの市　涼菟・皮籠摺

明方《あけがた》や城をとりまく鴨《かも》の声　許六・韻塞

かも河の鴨《かも》を鉄輪《かなわ》に雪見かな　其角・五元集

雪ぞらや河内《かはち》の海の鴨《かも》の声　野坡・野坡吟草

菅《すげ》かれて喰《くひ》物清し鴨《かも》の声　野坡・野坡吟草

鴨《かも》なくや名をい丶当《あて》し闇《やみ》の友　野坡・野坡吟草

撃柝に鴨起つ城の大手かな　内藤鳴雪・鳴雪句集

海近し寐鴨をうちし筒の音　夏目漱石・漱石全集

夜更《ふ》けたり何にさわだつ鴨《かも》の声　正岡子規・子規句集

鴨啼《かもな》くや上野は闇《やみ》に横《よこた》はる　正岡子規・子規句集

望む松凍《い》てつく星や鴨の鳴く　河東碧梧桐・碧梧桐句集

石垣に鴨吹きよせる嵐かな　河東碧梧桐・碧梧桐句集

鴨《かも》の中の一つの鴨を見てゐたり　高浜虚子・五百五十句

風浪の鴨たち直り〳〵　鈴木花蓑・鈴木花蓑句集

雪空ゆるがして鴨らが白みゆく海へ　種田山頭火・層雲

鴨料る庖丁鋭く血を恋へり　杉田久女・杉田久女句集補遺

荒海の鴨が翔け来る潟の上　水原秋桜子・古鏡

鴨翔けて河口に搏てる波に消ゆ　水原秋桜子・古鏡

日輪がゆれて浮寝の鴨まぶし　水原秋桜子・古鏡

礁めぐる光はうかぶ鴨ならむ　水原秋桜子・殉教

みちのくの雪沼そこの鴨なりと　山口青邨・花宰相

横縞の紺に白添ふ鴨の翅　山口青邨・花宰相

鴨の胸老女の如き小紋着て　山口青邨・花宰相

鴨下りる水音を聞く火桶かな　山口青邨・雪国

空にひびく波や見張りの鴨の首　原コウ子・胡色以後

湖北に寝てなほ北空の鴨のこゑ　橋本多佳子・命終

鴨翔たばわれ白髪の媼とならむ　三橋鷹女・羊歯地獄

小閑充実鴨くさきまで鴨の群　中村草田男・母郷行

鴨なけり枯穂の金がひた眩し　加藤楸邨・寒雷

冬日没る何に立ちさわぐ瀬瀬の鴨　加藤楸邨・寒雷

降る雪にさめて羽ばたく鴨のあり　加藤楸邨・寒雷

かもしか【羚羊・氈鹿】

ウシ科の動物。日本特産で特別天然記念物。本州以南の山岳地帯に単独で生息する。体長一～一・二メートル。雌雄とも短い角をもつ。背部は黒灰色で腹部は白色。冬の早朝、高い岩上や絶壁の頂上に現れ、数時間起立しているという。以前は毛で毛氈（もうせん）を織った。［和名由来］氈

かもしか［日本産物志］

（かも）を織る材料となったことからと。［同義］かもしし、にくしし、くらしし、あおじし。

§

炉のほとり羆《ひぐま》われ敷くとらに在る羚羊《かもしか》に在る山荘の客
与謝野晶子・山のしづく

羚羊《かもしか》のかなしくも山に啼ける日に孤《ひと》りの宿は　閉ぢられにけり。
石原純・靉日

秋されば　羚羊は山に猟《か》られけり。山に宿るひとの帰りいぬる日。
石原純・靉日

羚羊《かもしか》のかよふ荒沢枯れて見ゆ　水原秋桜子・帰心

からざけ【乾鮭】

漁獲した鮭の腸を取り去り、素乾にしたもの。年末年始の贈答によく用いられた。［同義］干鮭。⇩鮭（さけ）［秋］、塩鮭（しおざけ）［冬］、干鮭（ほしさけ）［冬］

§

乾鮭《カラザケ》のさがり　しみゝに暗き軒　銭よみわたし、大みそかなる
釈迢空・海やまのあひだ

から鮭も空也《くうや》の痩《やせ》も寒《かん》の内　芭蕉・猿蓑

雪の朝独《あさひと》リ干鮭《からさけ》を噛《カミ》得タリ　芭蕉・東日記

から鮭《ざけ》の目づらも見えず舟の雪　正秀・有磯海

乾鮭の片荷《かたに》や小野《をの》の炭俵《すみだはら》　蕪村・蕪村遺稿

乾鮭の歯や柊の白き花　岡本癖三酔・癖三酔句集

乾鮭に貧を思はず愚を思ふ　小沢碧童・碧童句集

乾鮭を提げて話すや風の中　原月舟・月舟俳句集

粉雪散る引窓しめぬ乾鮭に　杉田久女・杉田久女句集補遺

乾鮭を切りては粕につゝみけり　水原秋桜子・晩華

かわちどり【川千鳥】

川辺にいる千鳥をいう。⇩千鳥（ちどり）［冬］

§

老《おい》の浪よるの寝《ね》覚にこと問へばもろき涙の河千鳥哉《かな》
藤原持為・宝徳二年十一月仙洞歌合

ゆく人のちかづくまゝにまたゝちていや川のぼる川ちどりかな
大隈言道・草径集

縁きりて帰る夜更けぬ川千鳥　尾崎紅葉・紅葉句帳

かんいか【寒烏賊】

寒中に漁獲する烏賊で、針烏賊（はりいか）、槍烏賊（やりいか）などがある。⇩烏賊（いか）［夏］

かわちどり［景年画譜］

かんえん【寒猿】
猿の発情期は一二〜二月の冬期で、この頃の猿は顔・尻が赤色になり、哀切をおびたかん高い声で叫ぶことが多い。漢詩によく詠まれる。⇩猿（さる）［四季］

かんがらす【寒烏・寒鴉】
寒中の烏をいう。朝方、森林を群で飛び出し、四散して餌を集め、夕方にまた群れ帰る習性がある。冬、雪深い寒地では、黒い烏は一段と目立つ存在である。⇩烏（からす）［四季］、寒禽（かんきん）［冬］

§

雪曇り身の上を啼鴉哉　丈草・幻の庵
貧をかこつ隣同士の寒鴉《かんがらす》　正岡子規・子規句集
羽ひらきたるまま流れ寒鴉　高浜虚子・五百五十句
清浄の空や一羽の寒鴉　高浜虚子・五百五十句
我行けば枝一つ下り寒鴉　高浜虚子・六百五十句
畦とんで数へ紛れぬ寒鴉　西山泊雲・泊雲
寒烏胡麻まきしよに畠在所　青木月斗・時雨
寺畠や犬と游べる寒烏　青木月斗・時雨
しばらくは寒鴉ゆく空となる　五十崎古郷・五十崎古郷句集
寒鴉《かんがらす》 破船にあまた沖へ啼く　中村草田男・火の鳥
寒鴉己が影の上におりたちぬ　芝不器男・定本芝不器男句集
人たちて寒烏ゐて景動かず　星野立子・鎌倉
寒鴉翔てば水の面ひゞきけり　高橋馬相・秋山越

かんがん【寒雁】
冬、寒気の厳しい気候のなかで、湖沼や河川に生息する雁をいう。［同義］冬の雁。⇩冬の雁（ふゆのかり）［冬］、雁（かり）［冬］、雁（がん）［冬］

§

野空ゆく寒雁をまつ水はあり　臼田亜浪・定本亜浪句集
寒雁の声岬風に消えにけり　大須賀乙字・炬火
寒雁のつぶらかな声地に墜ちず　飯田蛇笏・雲母
月面に寒雁の翳《えい》かゝりけり　原石鼎・「花影」以後
寒雁のほろりとなくや藁砧　原石鼎・「花影」以後
淋しさの一生《ひとよ》病みつつ寒の雁　野澤節子・駿河蘭

かんきん【寒禽】
冬の寒さにかじかんだように見える鳥。［同義］冬の鳥（ふゆのとり）、かじけ鳥（かじけどり）。⇩寒雀（かんすずめ）［冬］、寒烏（かんがらす）［冬］

かんくどり【寒苦鳥】
インドの大雪山に生息するという想像上の鳥。「かんくちょう」ともいう。仏教の経文にある鳥で、経文に、この鳥は巣をつくらず、夜になると「寒苦身責む、夜明くれば巣を造らん」というが、朝になると「今日死することをしらず、また明日をしらず、何が故に巣を造りて、無常身を安穏にせざる」といってなまけるという。仏教では、この鳥を衆生の懈怠で本来の成道を求めないことにたとえる。［同義］雪山鳥（せつざんちょう）。

§

寒苦鳥明日餌つかふとぞ鳴けり　其角・五元集拾遺
かんこ鳥は賢にして賤し寒苦鳥　蕪村・蕪村句集

寒苦鳥の声に脉見る山路哉　鬼貫・野梅集
寒苦鳥破レ草鞋に鳴きにけり　松瀬青々・妻木
貧しさや火宅の冬の寒苦鳥　松瀬青々・妻木

かんけん【寒犬】
冬の犬。➡犬（いぬ）［四季］

かんごい【寒鯉】
冬の寒中の鯉。食用の鯉は寒中のものが最も美味とされる。
［同義］凍鯉（いてごい）。➡鯉（こい）［四季］

§

寒鯉《かんごい》の一擲《いってき》したる力かな　高浜虚子・六百句
寒鯉の美しくしてひとつ澄めり　水原秋桜子・秋苑
寒鯉を見るやうすうすと群なせる　水原秋桜子・古鏡
寒鯉の白さきだちて朱が追へる　水原秋桜子・古鏡
寒鯉の紺の尾鰭をひろげけり　山口青邨・花宰相
しばし見てあれば寒鯉の文様《あや》変る　山口青邨・花宰相
寒鯉の模様ほのぼの障子閉づ　山口青邨・花宰相
をろがむや寒鯉の背がはしりたり　加藤楸邨・雪後の天
寒鯉を裂くや刃づたふ重き力　加藤楸邨・起伏

かんすずめ【寒雀】
冬の寒中の雀。雀は冬になると食物も少なくなり、より一層人家の真近に来て、食物をあさるようになり、身近な鳥となる。また、寒中の雀は美味で滋養になるといわれる。➡寒禽（かんきん）［冬］、雀（すずめ）［四季］

§

まろまろと首《くび》をすぼめて寒雀《かんすずめ》霜ふり松の枝《えだ》にとまるも　岡麓・庭苔
米倉《こめぐら》の小窓《をど》の霞《かすみ》網に追ひとりし寒《かん》のすずめをあまた括《くく》りぬ　中村憲吉・しがらみ
朝茶のむうちは居よかし冬雀　乙二・斧の柄
枯枝に足ふみかへぬ寒雀　村上鬼城・鬼城句集
寒雀吹矢削れば手の冷ゆる　巌谷小波・さゞら波
倉庫の扉うち開きあり寒雀　高浜虚子・六百句
寒雀竹動かして集まれり　篠原温亭・温亭句集
選句しつつ火種なくしぬ寒雀　渡辺水巴・水巴句集
寒雀日さすほづ枝を争ふや　高田蝶衣・青垣山
寒雀鶏の餌に来て声もなし　上川井梨葉・梨葉句集
けふの糧に幸足る汝や寒雀　杉田久女・杉田久女句集
とび下りて弾みやまずよ寒雀　川端茅舎・俳句文学全集
細枝にとびおもりたる寒雀　高橋淡路女・淡路女百句
寒雀遠くは飛ばぬ日向かな　日野草城・花氷
古下駄は音も立たずよ寒雀　中村草田男・長子
寒雀露路の旭がはずみ出づ　加藤楸邨・寒雷
わがための一日だになし寒雀　加藤楸邨・野哭
寒雀人前ばかり何を言ふ　加藤楸邨・野哭
いからねば一日はながし寒雀　加藤楸邨・雪後の天
熱き茶を飲んで用なし寒雀　石田波郷・風切
ふところに砂糖は買へり寒雀　石田波郷・風切
眼があへば翔つ生《き》一本寒雀　中尾寿美子・狩立

物にみなはじめと終り寒雀　中尾寿美子・新座

かんだい【寒鯛】
深場に生息する冬の鯛。この時期の鯛が最も美味で旬とされる。⇩鯛（たい）［四季］

かんぶな【寒鮒】
冬の寒中に漁獲される鮒。冬の鮒はとくに美味であるとされる。冬の間、鮒は深場でじっとしている。［同義］こごり鮒（こごりぶな）。⇩鮒の巣離れ（ふなのすばなれ）［春］、落鮒（おちぶな）［秋］

§

寒鮒《かんぶな》の肉を乏しみ箸をもて梳《す》きつつ食らふ楽しかりけり　島木赤彦・柿蔭集

寒鮒の頭も骨も噛《か》みにける昔思へば衰へにけり　島木赤彦・柿蔭集

そゝくさと街は師走の雪ぐもり寒鮒うりの声とほりゆく　太田水穂・冬菜

寒鮒を突いてひねもす波の上　村上鬼城・鬼城句集

藪の池寒鮒釣のはやあらず　高浜虚子・五百句

生きてしづかな寒鮒もろた　種田山頭火・草木塔

寒鮒を汲み上げて井の底くらし　杉田久女・杉田久女句集補遺

寒鮒の釣れて水垢もとのまゝ　水原秋桜子・葛飾

寒鮒を焼けば山国夕焼色　山口青邨・庭にて

もてなさる焼きし寒鮒さらに煮て　中村草田男・来し方行方

寒鮒が釣れて東京の見ゆる畦　加藤楸邨・寒雷

かんぶり【寒鰤】
冬の寒中に漁獲される鰤。寒中の鰤が最も美味とされる。⇩鰤（ぶり）［冬］

かんぼら【寒鯔】
冬の寒中に漁獲される鯔。冬の鯔は脂肪が眼に集まってよく見えなくなるため、動きが鈍くなり、擬餌でも容易に釣れるようになる。味もよく、この時期の鯔が旬とされる。大形のものは「日出鯔（ひのでぼら）」とよばれる。⇩鯔（ぼら）［秋］

かんやつめ【寒八目】
冬の寒中に漁獲される八目鰻。寒中の八目鰻が最も美味とされる。⇩八目鰻（やつめうなぎ）［冬］

「き」

きくいただき【菊戴】
ヒタキ科の小鳥。目白よりやや小形の鳥。高山地帯の針葉樹林帯で繁殖し、晩秋から冬に低地の針葉樹林などに生息する。雄鳥の頭頂の黄色面に橙黄色の部分があり、菊の花のように見える。背部は暗緑色。［和名由来］頭部の羽毛の体色が菊の花に似ているところから。［同義］松毟鳥、松くぐり（ま

つくぐり)、戴勝鳥（たいしょうちょう）。⇩松雀鳥（まつむしり）［冬］

§

菅笠の菊いたゞきや旅姿　乙由・麦林集

きくいただき／おしろいばな［景年画譜］

きたきつね【北狐】
狐の亜種。北海道に生息する。体長約七〇センチ。尾長約四〇センチ。背部は橙褐色。前後の脚の前面は黒色。⇩狐（きつね）［冬］

きつね【狐】
イヌ科の哺乳類。古歌では「きつ」ともいう。犬に似るが、体は細身で口・耳ともに長く、尾は太い。体色は多くは赤黄色。山野に穴を掘って住む。野鼠や兎などの小動物を食べる。冬とった毛皮が最良とされる。稲荷神の使いとして、古来、また人を騙す動物として、古来、馴染みの深い動物である。⇩赤狐（あかぎつね）［冬］、北狐（きたきつね）［冬］、銀狐（ぎんきつね）［冬］、狐火（きつねび）［冬］、狐罠（きつねわな）［冬］、狐舞（きつねまい）［新年］、狐付（きつねつき）［四季］

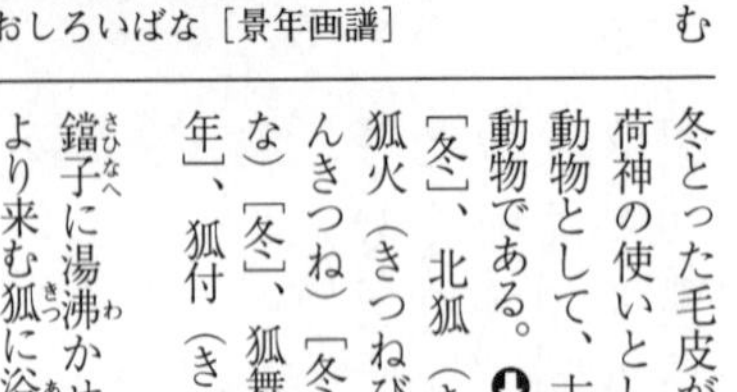
きつね［毛詩品物図攷］

§

鐺子《さひなへ》に湯沸《わ》かせ子ども櫟津《いちひつ》の檜橋《ひはし》より来む狐《きつ》に浴《あ》むさむ　長意吉麿・万葉集一六

月くらくあられみだれてふる寺の寒き垣ねにきつね鳴《なく》なり　小沢蘆庵・六帖詠草

ともすれば犬におはる、野狐のかへりみるまもなき世しらずて　大隈言道・草径集

遠ざかる狐《きつね》の声のあはれにも谷にしみいる山彦《やまびこ》となる　土屋文明・自流泉

はつむまに狐のそりし頭《あたま》哉　芭蕉・末若葉

茶ばかりと狐《きつねなくなり》啼也枯す、き　涼菟・皮籠摺

狐《きつね》ゆく跡《あと》は霜《しも》ふる氷かな　牧童・卯辰集

女狐《めぎつね》の深き恨みを見返りて　蕪村・桃李の巻

襟巻《えりまき》の狐《きつね》の顔は別に在《あ》り　高浜虚子・五百句

すつくと狐すつくと狐日に並ぶ　中村草田男・万緑

湯田中に泊る、雪崩つづく
子守唄そこに狐がうづくまり　橋本多佳子・海彦
われに向く狐が細し入日光　橋本多佳子・海彦
狐臭燦《さん》狐にはまる鉄格子　橋本多佳子・海彦
地を掘り掘る狐隠せしもの失ひ　橋本多佳子・海彦
霧月夜狐があそぶ光のみ　橋本多佳子・信濃
昼餐どき毛皮の狐憂き睡り　石田波郷・鶴の眼

きつねび【狐火】
山野に見える燐火のこと。空気中で燐化水素が燃える状態といわれる。俗信では、狐が吐く気、または狐が携える人骨の燃える火などといわれた。往時、大晦日には王子稲荷に関八州の狐が集まるため、狐火が現れるといわれていた。このことから「狐火」が冬の季語とされている。⇩狐（きつね）
[冬]
燐火《きつねび》や今朝《けさ》は霜《しも》をくかれ蓬《よもぎ》　§　牧童・卯辰集
狐火やころりころりと牛車　吉武月二郎・吉武月二郎句集
狐火におとなしく怖き父と寂し　杉田久女・杉田久女句集補遺
狐火のほと〱いうて灯るかも　星野立子・鎌倉

きつねわな【狐罠】
冬、餌を求めて鶏小屋を襲いにやってくる狐を獲るための罠。毛皮も防寒用として売れる。⇩狐（きつね）[冬]

きれんじゃく【黄連雀】
レンジャク科の美しい鳥。体長約二〇センチ。頭上に羽冠をもつ。体は葡萄褐色。尾の先端部は黄色。シベリアで繁殖し、冬、日本へ渡ってくる。⇩連雀（れんじゃく）[冬]

ぎんぎつね【銀狐】
黒色の中に白毛が交じり、銀色に見える狐。寒帯で毛皮用に飼養される。　§　⇩狐（きつね）[冬]
黒き瞳と深き眼窩に銀狐　竹下しづの女・颯
首に捲く銀狐は愛し手を垂る、　杉田久女・杉田久女句集

きんこ【金海鼠】
ナマコ類の一つ。生殖腺の黄色の海鼠。宮城県金華山以北に分布。体長約二〇センチ。体は灰褐色で、長い楕円形。体前端に樹枝状の触手がある。食材、漢方薬の材料となる。冬が旬である。[和名由来] 黄色の生殖腺を砂金を含んでいると見立てたところから。[同義] ふじこ。⇩海鼠（なまこ）[冬]

きんめだい【金目鯛】
キンメダイ科の海水魚。本州以南に分布し、若魚は浅場に生息し、成長と共に深場に移動する。体長約六〇センチ。体は全体に紅色で、腹面は銀白色。猫の眼に似た大きな黄眼をもつ。尾びれは大きく二叉。夜行性。漁獲期は九～四月で冬が旬。[和名由来] 眼に光があたると金色に輝くところから。[同義] まきんめ〈神奈川〉、あこうだい〈佐渡〉。⇩鯛（たい）[四季]

きんめだい［日本重要水産動植物之図］

「く〜こ」

くぐい【鵠】
白鳥の古称。[和名由来] 白鳥の鳴声で、クク（鳴声）、ヒ（鳥を呼ぶ）の意―『東雅』。[漢名] 鵠、天鵞。⬇白鳥（はくちょう）[冬]

§

鵠《くぐひ》は白く鴉《からす》は黒き涼しさよ　芥川龍之介・我鬼窟句抄

くじら【鯨】
クジラ目の大形の海獣の総称。現存する動物の最大のものを含む。体長五〜三〇メートル内外。体は魚類に似て水中生活に適応する。皮膚は平滑で厚く、その下に厚い脂肪層がある。後肢はなく、前肢は鰭状。尾は水平で尾鰭状。眼は細く、頭上にある鼻孔より空気を吸い、呼吸をするとき、霧のように噴出する。俗に「鯨の潮吹き」という。種類は多い。寒帯動物であり、日本近海に現れるのは仲春にかけて。冬は捕鯨が盛んであった。[和名由来] 諸説あり。「クロシラ（黒白）」の約で、皮の外側が黒く内側が白いところから。また、「クシシラ（大獣）」からで、「ク」は大の意、「シシ」は獣の意、「ラ」は接尾語と。[同義] 鯨・勇魚（いさな）。[同種] 抹香鯨、座頭鯨、長須鯨、白長須鯨（しろながすくじら）、鰯鯨（いわしくじら）、背美鯨（せみくじら）。⬇鯨汁（くじらじる）[冬]、鯨鍋（くじらなべ）[冬]、皮鯨（かわくじら）[夏]、塩鯨（しおくじら）[夏]、鯨（いさな）[冬]、捕鯨（ほげい）[冬]、鯨取（いさなとり）[冬]、海豚（いるか）[冬]、抹香鯨（まっこうくじら）[冬]、座頭鯨（ざとうくじら）[冬]、長須鯨（ながすくじら）[冬]

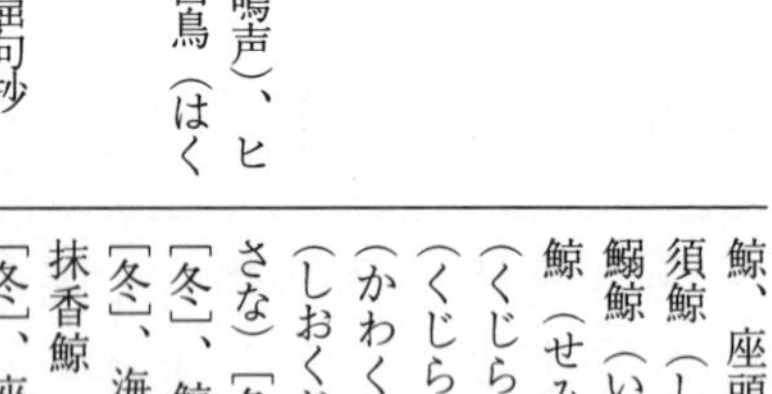
紀州太地のくじら漁［日本永代蔵］

§

鯨《くぢら》よる島をば過《（すぎ）》つ君ゆへ《（ゑ）》や虎臥《ふ》す野をも分《（わけ）》て帰《かへ》らん　三条西実隆・再昌草

鯨よる熊野の浦に舟うけて漕きてし来れは那智の瀧見ゆ　天田愚庵・愚庵和歌

鯨船鯨えずして帰りたる浦間さびしき夕汐ぐもり　伊藤左千夫・伊藤左千夫全短歌

船一つ南の雲の内に消えて鯨志ほ吹く真くま野の海　佐佐木信綱・思草

沖空に虹がわいて、紫がかった雨あがりの海から、鯨が黒く頭を出ゐる

前田夕暮・水源地帯

北《きた》の海鯨《うみくぢら》追《お》ふ子等《こら》大《おほ》いなる流氷《りうひよう》来《く》るを見《み》ては喜《よろこ》ぶ　石川啄木・釧路新聞

松浦《まつら》いはしや多き此《この》海　沖みれば鯨のたつる塩けぶり　重頼・犬子集

森こそ神の御座所《ござどころ》なれ　鯨つく伊勢の海づら船見えて　重頼・犬子集

筵《むしろ》片荷に鯨《くぢら》さげゆく　嵐蘭・俳諧深川

あら海や鯨《くぢら》の帰る身づくろひ　正秀・水の友

船繋《ふねつな》ぐうら門《もん》高しはつ鯨《くぢら》　野坡・野坡吟草

弥陀仏や鯨よる浦に立玉ふ　蕪村・落日庵句集

鯨売市に刀を鼓《なら》しけり　蕪村・蕪村句集

暁や鯨の吼るしもの海　暁台・暁台句集

曳き上げし鯨の上に五六人　内藤鳴雪・鳴雪句集

鯨つく漁父ともならで坊主哉　正岡子規・子規句集

凩に鯨潮吹く平戸かな　夏目漱石・漱石全集

浦人や鯨の油幾日汲む　河東碧梧桐・碧梧桐句集

大鯨黄なる西日に曝しけり　松瀬青々・妻木

牛に乗つて鯨見るなり佐渡の浦　藤野古白・古白遺稿

鯨売りて定る業もなかりけり　長谷川零余子・国民俳句

鯨とれて婦《をんな》等絹を買ひにけり　高田蝶衣・青垣山

なつかしや山人の目に鯨売　原石鼎・花影

草山や沖の鯨を見にのぼる　原月舟・月舟俳句集

海峡ほそく凪ぎて鯨のよく通る　水原秋桜子・葛飾

貧厨に鯨肉《くじら》配給雪が降る　山口青邨・花宰相

雪しんしん鯨肉配給と呼ばはる、　山口青邨・花宰相

鯨肉配給交番の灯ははやともる　山口青邨・花宰相

くじらじる【鯨汁】

鯨の肉をいれた汁物。⇩鯨（くじら）［冬］

§

水菜《みづな》に鯨《くぢら》まじる惣汁《そうじる》　野坡・炭俵

お長屋の老人会や鯨汁　正岡子規・子規句集

くじらなべ【鯨鍋】

鯨の肉を鍋で煮ながら食べる料理。すきやき風に煮る。冬、ことに賞美する。⇩鯨（くじら）［冬］

くま【熊】

クマ科の哺乳類の総称。雑食性で果実や小動物などを食べる。冬は岩穴などに籠り、冬眠状態となる。日本には「月輪熊」「羆」の二種。［同種］月輪熊、羆、白熊。⇩熊穴に入る（くまあなにいる）［冬］、穴熊（あなぐま）［冬］、月輪熊（つきのわぐま）［冬］、羆（ひぐま）［冬］、熊突（くまつき）［冬］、白熊（しろくま）［冬］、熊穴を出づ（くまあなをい

くま［毛詩品物図攷］

づ）［春］、熊栗棚を掻く（くまくりだなをかく）［秋］

§

荒熊の住むとふ山の師歯迫山《しはせやま》責めて問ふとも汝《な》が名は告《の》らじ
作者不詳・万葉集一一

熊《くま》のすむ苔《こけ》の岩山《いはやま》を《(お)》そろしみむべなりけりな人もかよはぬ
山家心中集（西行の私家集）

かしこしと人はいへともその熊のかきに籠りて雄たけひもせす
天田愚庵・愚庵和歌

君によりて初めて聞きぬ石狩に熊のむれ見し木がらしの歌
与謝野寛・紫

山の笹熊のうしろに鳴る如く我が分けてこし後《うしろ》にぞ鳴る
与謝野晶子・心の遠景

熊の子の夜深くほゆる声ききて樺皮の灯はかかげたりけむ
土岐善麿・六月

あら熊が身ぶるひをする雪の中　貞徳・犬子集

初雪に熊の出《いで》たる海辺《うみべ》哉　不玉・俳諧勧進牒

熊の子の如く着せたる風邪かな　杉田久女・杉田久女句集

鹿熊のわれも仲間よ雪の道　正秀・青筵

くまあなにいる【熊穴に入る】

冬、冬眠のために熊が穴に入ること。⇩熊穴を出づ（くまあなをいづ）［春］、熊（くま）［冬］、穴熊（あなぐま）［冬］

くまたか【熊鷹】

ワシタカ科の大形の鳥。日本全土に分布。翼長約五〇センチ。頭部は黒色、背部は暗褐色。頭部の羽は長く冠毛状。喉と胸部は白地に黒褐色の斑紋が散在する。尾羽には黒帯があり鷹斑状となる。野兎、雉、山鳥などを捕食する。［同義］角鷹（くまたか）。⇩鷹（たか）［冬］、鷲（わし）［冬］

くまつき【熊突】

冬、冬眠中の熊を起こし、穴居より誘いだして突き捕えること。⇩熊（くま）［冬］

§

はち巻や穴熊うちの九寸五分　史邦・芭蕉庵小文庫

こがも【小鴨】

カモ科の小形の鳥。ユーラシア大陸・北アメリカで繁殖し、日本には冬鳥として渡来する。日本でも一部は繁殖する。翼長約一八センチ。雄は頭部が栗色で、眼から頸に白縁のついた緑色の帯がある。雌は暗褐色。捕獲されて食用となる。古名「沈鳧（たかべ）」。［漢名］刀鴨、冠鴨。⇩鴨（かも）［冬］

§

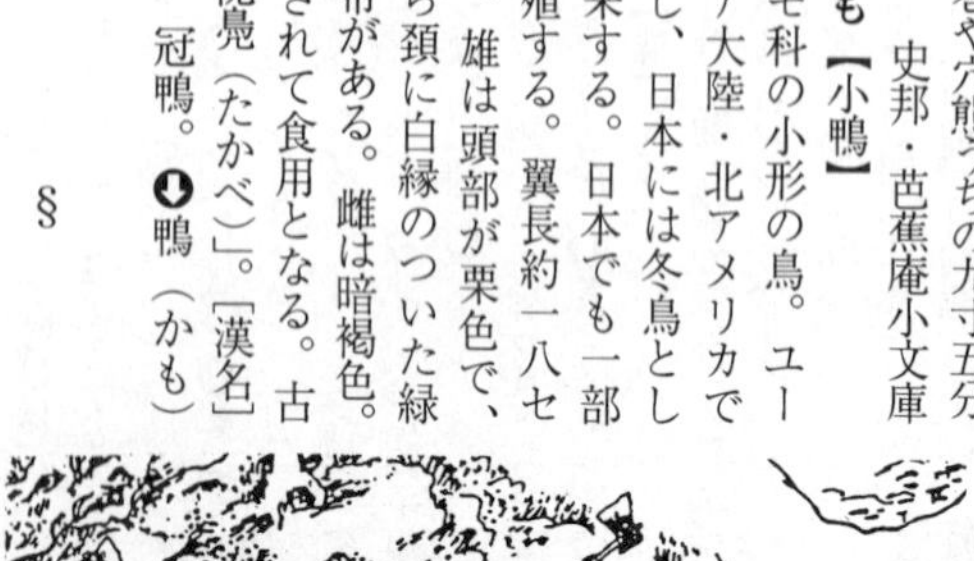
くまつき［日本山海名産図会］

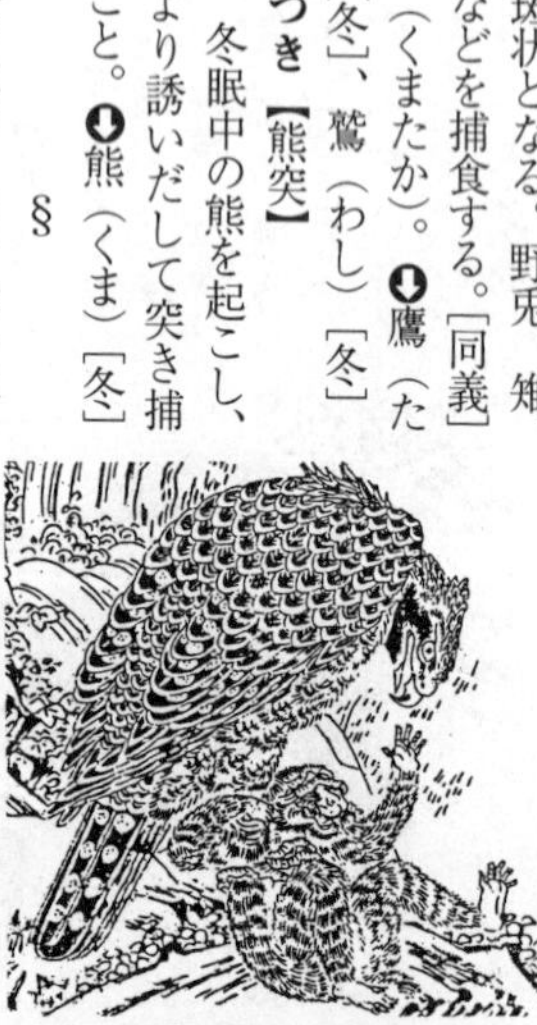
くまたか［頭書増補訓蒙図彙大成］

人漕《こ》がずあらくも著《しる》し潜《かづ》きする鴦《をし》とたかべと船の上《へ》に住む
鴨足人・万葉集三

高山にたかべさ渡り高高《たかたか》にわが待つ君を待ち出《で》てむかも
作者不詳・万葉集一一

沖に住も小鴨《をかも》のもころ八尺鳥《やさかどり》息づく妹《いも》を置きて来《き》のかも
作者不詳・万葉集一四

かれ芦《あし》にかいくれ見えぬ小鴨《こがも》かな　露川・蓑笠
水底《みなそこ》を見て来た顔の小鴨《こがも》かな　丈草・丈草発句集
内濠《うちぼり》に小鴨のたまる日向哉　正岡子規・子規句集
冬籠盥《たらい》になる、小鴨哉　正岡子規・子規句集
枯蓮を被むつて浮きし小鴨哉　夏目漱石・漱石全集

このわた【海鼠腸】
海鼠の腸を塩辛にした食品。➡海鼠（なまこ）［冬］

§

さすらひの果のわび居の夜の灯かげ海鼠腸《このわた》酒に紫朝おもふに
吉井勇・遠天

こまい【氷下魚・氷魚】
タラ科の海水魚。日本海北部、北海道東部に分布し、水深一〇〇メートルくらいの海底層に生息する。体長約三〇センチ。体色は全体に灰褐色で、背面に暗色の不規則な斑紋がある。冬、海面の氷に穴をあけた釣りが有名。［和名由来］「コマイ」は同種の鱈よりも小さな魚の意。「氷下魚」の字は氷結した海面を割って漁獲するところから。

「さ」

ささなき【笹鳴】
冬季の鶯の、まだ十分ではない鳴声をいう。➡鶯（うぐいす）［春］、冬の鶯（ふゆのうぐいす）［冬］

§

鶯の子は子なりけり三右衛門　其角・五元集拾遺
笹鳴も手持ぶさたの垣根哉　一茶・七番日記
鶯や黄色な声で親をよぶ　一茶・発句題叢
笹鳴が聞きたくなれば帰り来よ　石橋忍月・忍月俳句抄
笹鳴のひところゐありぬ那須の牧　渡辺水巴・富士
さゝ鳴は止みぬ大詔渙発す　渡辺水巴・富士
笹鳴きちやつちやと暮れた　北原白秋・竹林清興
さゝ啼のとぶ金色や夕日笹　原石鼎・花影
笹鳴や隠密の声しきりなる　川端茅舎・俳句文学全集
ささ鳴きの枝うつりゆく夕ごころ　横光利一・横光利一句集
笹鳴や水のゆふぐれおのづから　日野草城・青芝
笹鳴や熱燗を過せし朝の酒　日野草城・花氷
笹鳴《ささなき》や手沢出でたる桐火鉢　日野草城・花氷
笹鳴の突ともう起きねばならぬ　星野立子・星野立子集

笹鳴や海への道のひくれどき　加藤楸邨・雪後の天
笹鳴やほとほと燃ゆる火山岩　加藤楸邨・雪後の天
笹鳴は汀に濡る丶ほど近し　高橋馬相・秋山越
木の影も笹鳴も午後人恋し　石田波郷・風切
新古今和歌集のふと笹鳴けり　中尾寿美子・新座

ざざむし【ざざ虫】
長野県伊那地方の方言で、川螻蛄（かわげら）、飛螻蛄（とびげら）の幼虫などをさす。佃煮などにして食用となる。

ざとうくじら【座頭鯨】
ナガスクジラ科のヒゲクジラ。ずんぐりした体形で、体長約一五メートル。背部は黒色。白斑をもつものもある。胸びれが長大である。⇩鯨（くじら）［冬］

さめ【鮫】
軟骨魚類の総称（エイ類、ギンザメ類を除く）。体は円錐形。体色は灰色のものが多い。皮膚は歯状鱗で覆われ、体の両側には鰓孔が五個ずつある。口は横向きに大きく開き、鋭い歯をもつ。尾びれは半月形。繁殖は卵生、卵胎生、胎生がある。人間に危害を加える種もある。魚市場にでるものの多くは「葭切鮫（よしきりざめ）」で、蒲鉾などの材料になる。大型のものを「鱶」という。大形の猛魚として冬の季語である。⇩鱶（ふか）［冬］

さめ［訓蒙図彙］

ふなびとら鮫など雪にかき下ろす　加藤楸邨・寒雷

§

さよちどり【小夜千鳥】
夜中に鳴く千鳥。⇩千鳥（ちどり）［冬］

§

さ夜《よ》千鳥《ちどり》声こそちかくなるみ潟《がた》かたぶく月に潮《しほ》やみつらん
　藤原秀能・新古今和歌集六（冬）
さよ千鳥浪をしきつの衣手《で》にうらぶれて鳴《な》く暁の声《こゑ》
　松本宗継・宝徳二年十一月仙洞歌合
加茂人《かもびと》の火を燧《キル》音や小夜鵆《さよちどり》　蕪村・蕪村句集
小夜《さよ》千鳥《ちどり》加茂川越《こゆ》る貸蒲団《かしぶとん》　無腸・無腸句集
茶碗酒といふものうまし小夜千鳥　尾崎紅葉・紅葉句帳

「し」

しおざけ【塩鮭】
塩漬にした鮭。歳暮の贈答品としてよく用いられる品である。上等の塩を用いたものを「新巻・荒巻（あらまき）」といい、普通の塩を用いたものを「塩引（しおびき）」という。⇩乾鮭（からざけ）［冬］、鮭（さけ）［秋］

夕餉にと塩鮭焼ける杉の葉のにほひ寒けき渓ぞひの宿
　　　　　　　　　　　　　　　　若山牧水・渓谷集
§
酔ひがたく寒き夜かも塩鮭をひとり焼きつつものをこそ思へ
　　　　　　　　　　　　　　　　吉井勇・風雪
孤独《こどく》なる姿惜しみて吊し経《へ》し塩鮭も今日ひきおろすかな
　　　　　　　　　　　　　　　　宮柊二・小紺珠
鮭積んで千歳飛び出す航空機
　一月六日、時の産経新聞社長水野成夫氏より吉例の北海道空輸の新巻、数の子を贈らる。礼状にしるす。
　　　　　　　　　　　　　　　　吉屋信子・吉屋信子句集

ししがり【猪狩・鹿狩・獣狩】
　山野にすむ猪や鹿などの獣を銃や罠で捕獲すること。多人数で追い出して狩ることが多い。⇩獣（しし）［秋］

シシャモ【柳葉魚】
　キュウリウオ科の海水魚。北海道太平洋岸に分布し、沿岸の水深二〇～三〇メートル付近に生息する。体長約一五センチ。体は公魚（わかさぎ）に似る。背面は暗黄色、腹面は銀白色。雄は産卵期に黒みをおびる。産卵期は一〇～一一月で、深夜、川を遡上し、砂礫底に卵を生みつける。卵をもった雌は「子持シシャモ」として賞味される。［和名由来］アイヌ語「スサム」の転で「シシャモ」。形が柳の葉に似ることから、また柳の葉がシシャモに変身したというアイヌ伝説から「柳葉魚」と。

しまふくろう【島梟】
　日本に生息する梟で最大のもの。北海道の森林に生息する。体長約七〇センチ。体は灰褐色で黒褐色の縦斑がある。眼が黄色で、耳状に見える耳羽をもつ。［漢名］島梟。⇩梟（ふくろう）［冬］

しものつる【霜の鶴】
　霜降る夜、寒さに耐える鶴をいう。［同義］霜夜の鶴（しものつる）。⇩凍鶴（いてづる）［冬］、鶴（つる）［四季］
§
霜の鶴土にふとん被されず　　其角・五元集
丹頂の頭巾似あはむ霜の鶴　　几董・井華集

じょうびたき【尉鶲】
　ヒタキ科の小鳥。晩秋、日本全土に飛来し、越冬する。冬、田畑や林で多く見られる。翼長約七センチ。雄は頭部が灰色、顔は黒色。腹部は赤褐色。翼は黒色の翼に白色の大きな斑紋があるところから、「紋付鳥（もんつきどり）」ともよばれる。⇩鶲（ひたき）［冬］

しらうおはつあみ【白魚初網】
　白魚漁が始まりだす一二月初旬に、初めて白魚網をおろすことをいう。⇩白魚（しらうお）［春］

しろくま【白熊】
　北極熊の別名。北極海周辺に分布し、海辺の洞穴や岩間などに生息する。体長二・四～三メートル。全身に白毛が密生し、巧みに泳ぐ。海豹（あざらし）などの獣や魚、鳥などを捕食する。⇩熊（くま）［冬］

§
白熊の毛皮にうつる煖炉の火　山口青邨・雪国

「す」

すけとうだら【介党鱈】
　タラ科の海水魚。北太平洋と日本海に分布。体長約六〇センチ。背面は褐色、腹面は白色。体側に二本の黒褐色の縦帯がある。下顎が上顎より長い。用途は真鱈と同じで、肉はすり身にされ、かまぼこの原料などになる。卵巣は塩漬にされ、「鱈子（たらこ）」として賞味される。秋から冬にかけてが最も美味。［同義］佐渡鱈（すけとうだら）、助惣鱈・助宗鱈（すけそうだら）、明太・明太魚（めんたい）。⬇鱈（たら）［冬］

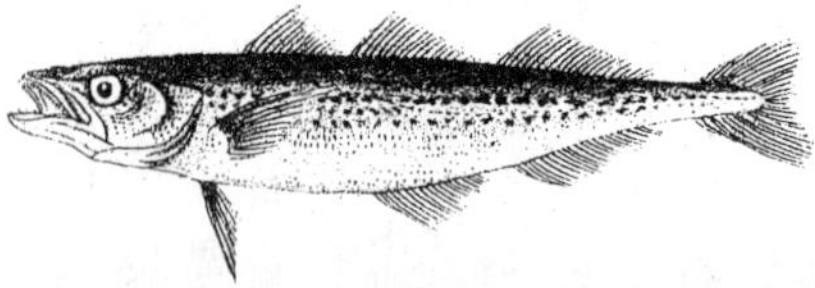
すけとうだら［日本重要水産動植物之図］

すずがも【鈴鴨】
　海鴨の一種。翼長約二〇センチ。雄の体色は灰色で、頭・胸部は光沢のある緑黒色。雌は全体に褐色で、嘴の基部に白色帯がある。北方で繁殖し、秋、日本に渡来し、越冬する。⬇鴨（かも）［冬］

§
鈴鴨《すずかも》の声ふり渡る月寒し　嵐雪・続の原

すなまこ【酢海鼠】
　生の海鼠を薄く切り、三杯酢に浸し、山葵を添えた膾物。酒の肴として珍重される。⬇海鼠（なまこ）［冬］

ずわいがに【ずわい蟹】
　クモガニ科の大形の蟹。日本周辺の寒海の深場に生息し、冬、浅場に移動する。甲は丸みのある三角形で、脚が長い。雄の甲幅は約一三センチで、雌は約半分。体色は暗褐色で、茹でると淡橙色になる。冬が旬。美味。［同義］越前蟹（えちぜんがに）〈福井・石川〉、松葉蟹（まつばがに）〈鳥取〉。⬇蟹（かに）［夏］

「た」

たいやき【鯛焼】
　鯛の形をした鉄の型に水で溶いた小麦粉を流し込み、小豆餡をつめて焼きあげた菓子。熱いうちに食べる冬の菓子である。⬇鯛（たい）［四季］

たか【鷹】

ワシタカ科に属する小形・中形の鳥類の総称。大形のものは鷲という。タカ類はワシ類に比べて尾と脚が長い。体色は暗褐色。嘴は鋭く曲り、脚には大きな鉤爪があり、小形の鳥獣を捕食する。種類が多い。古来鷹狩に用いられたのは主に大鷹や隼であった。鷹は雌の方が雄よりも大きいため、鷹狩では雌が珍重される。［同義］くち、畏鳥（かしこどり）、木居鳥（こいどり）。⇩鷹狩（たかがり）［冬］、暖め鳥（ぬくめどり）［冬］、はし鷹（はしたか）［冬］、大鷹（おおたか）［冬］、若鷹（わかたか）［冬］、熊鷹（くまたか）［冬］、鷲（わし）［冬］、白尾の鷹（しらおのたか）［春］、継尾の鷹（つぎおのたか）［春］、鷹化して鳩となる（たかかしてはとなる）［春］、鷹の塒入（たかのとやいり）［夏］、荒鷹（あらたか）［秋］、小鷹（こたか）［秋］、小鷹狩（こたかがり）［秋］、鷹の塒出（たかのとやで）［秋］、鷹の山別れ（たかのやまわかれ）［秋］

たか［景年画譜］

§

矢形尾《やかたを》の鷹を手に据《す》ゑ三島野に猟《か》らぬ日まねく月そ経にける　大伴家持・万葉集一七

夕《ゆふ》まぐれ山《やま》かたつきてたつ鳥《とり》の羽《は》を《(お)》とに鷹《たか》をあはせつるかな　源俊頼・千載和歌集六（冬）

たつ鳥に手《(た)》ばなす鷹のとびよるや妻心みし翅《(つばさ)》なるらむ　幽斎・玄旨百首

ふる雪のしらふの鷹を手にすゑてむさしの、原に出《いで》にける哉《かな》　賀茂真淵・賀茂翁家集

とぶたかのひと羽二羽のはぶきにもゆくすゑやすくみゆる乏しさ　大隈言道・草径集

紫のゆるしの総《ふさ》をほだしにて老い行く鷹の羽ばたきもせず　正岡子規・子規歌集

真白斑《ましらふ》の鷹ひきすゑてもの、ふの狩にと出《いづ》る冬は来にけり　香川景樹・桂園一枝

鴨のゐる中つ洲あたり雲はれて夕日の中に鷹おろしくる　服部躬治・迦具土

ましぐらにまひくだり来てものを追ふ鷹あらはなり枯木が原に　若山牧水・山桜の歌

老松の風にまぎれず啼く鷹の声かなしけれ風白き峰に　若山牧水・砂丘

雪山の八重山とよみ風たちて鷹はななめに下りけるかも　古泉千樫・青牛集

鷹一つ見付《みつけ》てうれしいらご崎　芭蕉・笈の小文

夢よりも現《うつつ》の鷹ぞ頼母《たのも》しき　芭蕉・鵲尾冠

有明《ありあけ》を待《まち》うかべてや鷹《たか》の羽《はね》　野紅・三日歌仙

茂《しげ》り行《ゆく》その奥ふかし鷹《たか》の声　露川・桃盗人

鳥がくれ返し羽強し一つ鷹《たか》　野坡・野坡吟草

鷹《たか》二つ、と這入《はひる》や椎《しひ》ばやし　りん女・紫藤井発句集

物云ふて拳の鷹をなぐさめつ　蕪村・落日庵句集

落し来る鷹にこぼるゝ松葉哉　白雄・白雄句集

鷹鳴くや朝日のとどく峰の松　井上井月・井月の句集

鷹のつらきびしく老いて哀れなり　村上鬼城・定本鬼城句集

炭売の鷹括し来る城下哉　夏目漱石・漱石全集

鷹に遠く逃げて藁屋の雀かな　河東碧梧桐・碧梧桐句集

鷹飛ぶや峰の雪踏む旅の者　石井露月・露月句集

遠山の雪光るなり鷹のとぶ　青木月斗・時雨

鷹一点雪山眠り深き哉　青木月斗・時雨

鷹の眼に雪の山川うつる也　青木月斗・時雨

鷹舞へり雪の山々慴伏す　鈴木花蓑・鈴木花蓑句集

鷹舞うて音なき後山ただ聳ゆ　飯田蛇笏・椿花集

岩に立ちて鷹見失へる怒濤かな　長谷川零余子・雑草

浪にもまる、草を見てあれば鷹現はる、　長谷川零余子・雑草

や、ぬるむ雨をよぎりし鷹一つ　原石鼎・「花影」以後

鷹の影岨を落ちゆき与瀬《よせ》遠し　水原秋桜子・帰心

雲海や鷹のまひゐる嶺ひとつ　水原秋桜子・葛飾

鷹日和枯木白樺ともなく朴ともなく　島村元・島村元句集

鷹晴れや簾褪せたる山の駕　島村元・島村元句集

鷹老いぬ夜明は常に頭上より　三橋鷹女・羊歯地獄

巌頭のなぞへどまりに光る鷹　中村草田男・万緑

噴煙の吹きもたふれず鷹澄める　篠原鳳作・海の度

鷹翔りきびしく畦は凍てにける　加藤楸邨・寒雷

鷹翔り師走の天ぞひかりける　加藤楸邨・寒雷

鷹翔り青天雪を降らしける　加藤楸邨・寒雷

鷹翔りきびしく畦は凍てにける　加藤楸邨・寒雷

鷹翔てば畦しんしんとしたがへり　加藤楸邨・寒雷

鷹現れていまぞさやけし八ケ嶽　石田波郷・風切

たかがり【鷹狩】

飼い馴らした鷹を放って野鳥や小獣を捕らえさせる狩猟をいう。鷹狩に用いられるのは主に大鷹や隼で、鶴、雁、雉子などを獲物とした。鷹狩は、古代に高麗より伝来し、貴族や武人の冬の遊びとして行われた。江戸時代には専用の鷹野で将軍や大名が盛んに鷹狩をした。明治時代に宮内省式部職の所轄となって保存されたが、第二次大戦後衰えた。[同義] 鷹猟（たかりょう）、放鷹（ほうよう）。➡鷹（たか）[冬]、大鷹（おおたか）[冬]、はし鷹（はしたか）[冬]、隼（はやぶさ）[冬]、鷹渡る（たかわたる）[冬]、鷹匠（たかじょう）[冬]、鳴鳥狩（ないとがり）[春]、網掛の鷹（あがけのたか）[秋]、荒鷹（あらたか）[秋]、鷹打（たかうち）[秋]、小鷹

たかがり［東海道名所図会］

狩（こたかがり）［秋］、初鷹狩（はつとがり）［秋］、鷹野始（たかのはじめ）［新年］

§

梓弓《あづさゆみ》末の原野《はらの》に鷹狩《とがり》する君が弓弦《ゆづる》の絶えむと思へや
作者不詳・万葉集一一

一夜《ひとよ》をば忍ぶの鷹の狩《かり》衣日も夕《ゆふ》こりの山さむくとも
三条西実隆・内裏着到百首

真白斑《ましらふ》の鷹ひきすゑてもの、ふの狩にと出《いづ》る冬は来にけり
香川景樹・桂園一枝

鷹狩《たかがり》や侍衆《さむらひしゆう》の蓑《みの》の雪　卯七・西華集

鷹の眼や鳥によせ行袖がくれ　太祇・太祇句選

鷹狩や宮司は今日も案内役　井上井月・井月の句集

鷹狩や予陽《よよう》の太守武《ぶ》を好む　正岡子規・子規句集

鷹狩や時雨にあひし鷹のつら　夏目漱石・漱石全集

鷹《たか》の目の佇《たたず》む人に向はざる　高浜虚子・五百句

たかじょう【鷹匠】

鷹を飼い馴らし、鷹狩を行う役目の者。⇩鷹狩（たかがり）［冬］

§

紅《くれなゐ》の大緒《おほを》につなぐ鷹匠《たかじやう》の拳《こぶし》をはなれ鷹飛ばんとす
正岡子規・子規歌集

たかわたる【鷹渡る】

夏鳥として飛来した差羽（さしば）などの鷹が冬、南方に渡ること。⇩鷹（たか）［冬］

§

珍らしき鷹わたらぬか対馬舟　其角・五元集
渡りかけて鷹舞ふ阿波の鳴門かな　正岡子規・子規句集

たげり【田計里・田鳧】

チドリ科の鳥。ユーラシア大陸より冬鳥として飛来し、水田・湿地に生息する。翼長約二三センチ。頭頂に長い黒色の羽冠がある。背部は金属光沢のある緑色。胸・腹部は白色。⇩鳧（けり）［夏］

たごがえる【たご蛙】

赤蛙の一種。寒中、雪の中で鳴く。越冬の穴の中で雄が雌を求めて鳴く。⇩蛙（かえる）［春］

たぬき【狸・貍】

イヌ科の哺乳類。東アジアに分布し、山地・草原に穴居する。夜行性で雑食。体長約六〇センチ。体色は一般に黄褐色で、肩・腹・四肢は黒褐色。尾はずんぐりとして約一五センチ。穴熊と混同され、「狢」と呼ばれることも多い。毛皮は防寒具、毛は毛筆などになる。⇩狸汁（たぬきじる）［冬］、狢（むじな）［冬］

§

寒々としめりもつ土間《どま》に筵《むしろ》しく取りにじりたる狸《たぬき》横《よこた》へて　土屋文明・自流泉
初雪に売られて通る狸《たぬき》哉　蘆本・皮籠摺
薄《うす》雪の磯《いそ》にはんべる狸《たぬき》哉　蘆本・東華集

たぬき［博物図］

大雪が狸の穴を埋めけり　青木月斗・時雨
子狸も親に似てゐるふぐり哉　青木月斗・時雨
鞠のごとく狸おちけり射とめたる　原石鼎・花影
山宿へことづかりたる狸かな　原石鼎・花影

たぬきじる【狸汁】

狸の肉と牛蒡、里芋、大根、葱などの冬の野菜を味噌または醤油と共に煮込んだ汁料理。冬の狸の肉は脂肪に富み、美味という。⇩狸（たぬき）［冬］

§

寒菊は白き一輪狸汁　山口青邨・雪国
髪そめて妻のあはれや狸汁　石橋秀野・桜濃く

たひばり【田雲雀】

雲雀に似たセキレイ科の小鳥。シベリアで繁殖し、冬鳥として渡来する。翼長約九センチ。背部は褐色、腹部は淡褐色。胸部に黒色の縦斑がある。［同義］犬雲雀（いぬひばり）、畦雲雀（あぜひばり）、溝雲雀（みぞひばり）、土雲雀（つちひばり）。

たら【鱈・大口魚】

タラ科の海水魚の総称。一般的に「真鱈（まだら）」をいうことが多い。体は細長い円筒形。尾は側扁する。口が大きく強い歯をもつ。背鰭は三基、尻鰭は二

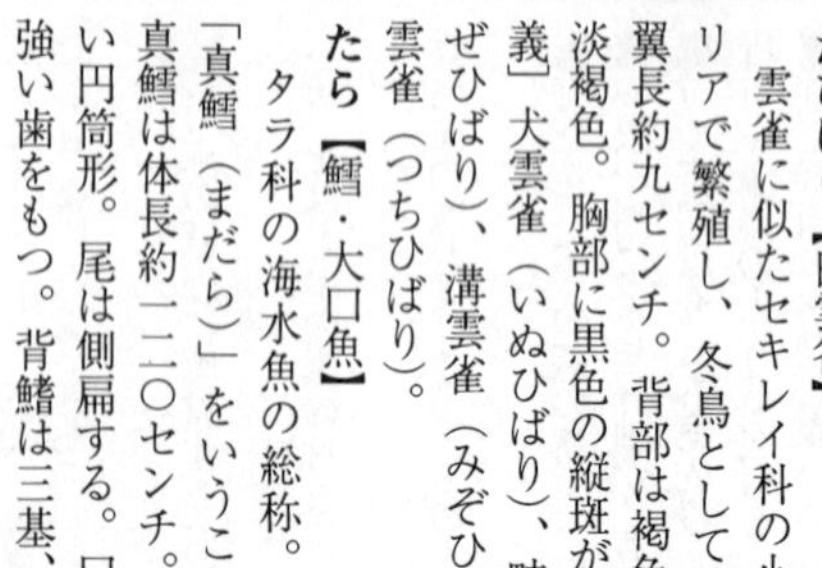
たら［明治期挿絵］

基。背面は褐色で腹面は白色。肝臓からは肝油をとる。卵巣を塩漬けにしたものを「鱈子（たらこ）」「もみじ子」という。精巣の白子を「雲腸（くもわた）」という。⬇鱈汁（たらじる）[冬]、干鱈（ひだら）[春]、介党鱈（すけとうだら）[冬]

§

測量の糸に針がねを結びつけ沢庵を餌《えさ》に大鱈を釣る　土岐善麿・六月

仙台の冬の夜市《よいち》をふたりゆき塩辛き鱈《たら》買ひし思ほゆ　木俣修・流砂

比良《ひら》の雪生鱈来《なまだらく》べきあした哉　正秀・己が光

鱈舟の中に艦見ゆ港かな　長谷川零余子・国民俳句

たらじる【鱈汁】

鱈を入れた味噌汁などの汁物をいう。⬇鱈（たら）[冬]

§

鱈汁《たらじる》のみを尋《たづぬ》れば昆布計《こぶばかり》　貞徳・犬子集

鱈汁《たらじる》をついで巌（イハホ）に落るなる　嵐雪・玄峰集

鱈汁《たらじる》や人のこゝろのくどからず　涼菟・皮籠摺

鱈汁や雪折見する貝柄杓　牧童・加賀染

鱈汁や胡椒吹行朝かな　舎羅・柴橋

ちどり【千鳥・鵆】

チドリ科の小形の鳥の総称。一般に頭・背部と嘴は青黒色、腹部は白色。目の縁に黒色の条紋がある。嘴は短くその先端は丸みを帯びる。足指は三本で後指を欠く。冬に湖沼、川、海の上を群れて飛ぶ。その鳴声は哀調をおび、万葉集では鳴声が多く詠まれる。古歌の「千鳥」には、小形の鴫類の磯鴫（いそしぎ）、黄足鴫（きあししぎ）などが含まれていると考えられる。[和名由来] 数多く群をなして飛ぶところから。[同種] 小千鳥（こちどり）、桑鳲千鳥（いかるちどり）、白千鳥（しろちどり）、目大千鳥（めだいちどり）。[漢名] 信鳥、呼潮。⬇浦千鳥（うらちどり）[冬]、川千鳥（かわちどり）[冬]、磯千鳥（いそちどり）[冬]、夕千鳥（ゆうちどり）[冬]、小夜千鳥（さよちどり）[冬]、村千鳥（むらちどり）[冬]、浜千鳥（はまちどり）[冬]、友千鳥（ともちどり）[冬]、夕波千鳥（ゆうなみちどり）[冬]、百千鳥（ももちどり）[春]

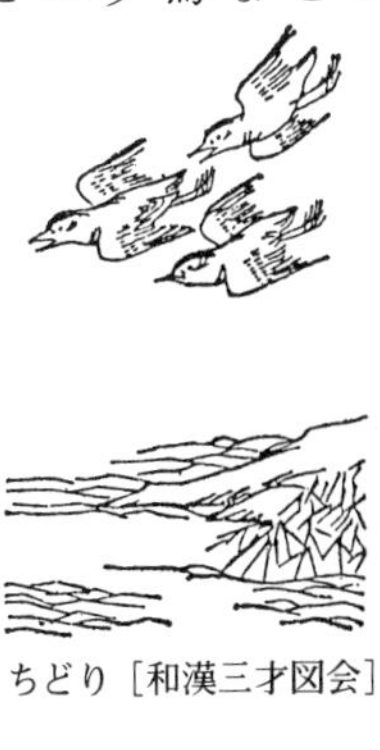

ちどり［和漢三才図会］

§

わが背子が古家《ふるへ》の里の明日香《あすか》には千鳥鳴くなり島待ちかねて　長屋王・万葉集三

さ夜中に友呼ぶ千鳥もの思ふとわびをる時に鳴きつつもとな　大神女郎・万葉集四

千鳥鳴くみ吉野川の川音《かはと》なす止《や》む時無しに思ほゆる君　作者不詳・万葉集六

ぬばたまの夜《よ》の更《ふ》けゆけば久木生《ひさきお》ふる清き川原に千鳥しば鳴く　山部赤人・万葉集六

佐保川にさ驟《ばし》る千鳥夜更《よぐた》ちて汝《な》が声聞けば寝《い》ねがてなくに　作者不詳・万葉集七

夜ぐたちに寝覚めて居《を》れば川瀬尋《と》め情《こころ》もしのに鳴く千鳥かも
大伴家持・万葉集一九

しほの山さしでの磯《いそ》にすむ千鳥君《きみ》が御世《みよ》をば八千世《やちよ》とぞなく
よみ人しらず・古今和歌集七（賀）

淡路島《あはぢしま》瀬戸《せと》の潮干《しほひ》の夕ぐれに須磨《すま》より通《かよ》ふ千鳥《ちどり》なくなり
山家心中集（西行の私家集）

月も出《（いで）》ぬうら風かよふ高砂の松にこたへて千鳥なくなり
慈円・南海漁父北山樵客百番歌合

うばたまの夜《よ》のふけゆけばひさぎおふる清《きよ》き河原《かはら》に千鳥《ちどり》なく也《（なり）》
山部赤人・新古今和歌集六（冬）

風ふけばよそになるみのかた思《おも》ひおもはぬ浪になく千鳥《ちどり》かな
藤原季能・新古今和歌集六（冬）

かまくらのよるの山おろしさむければみなのせがはに千鳥なくなり
賀茂真淵・賀茂翁家集

ゆふさればうなかみがたのおきつかぜ雲ゐに吹《ふき》て千どりなくなり
賀茂真淵・賀茂翁家集

おやとこのわかちもなしに終夜《よもすがら》ひなのこゑしてなくちどり哉
大隈言道・草径集

やらがさきいづれば向ふしほ風に入江のごともゆくちどり哉
大隈言道・草径集

いくたびか影失しなひしとぶちどり身を、れかへる波の紛《まぎれ》に
大隈言道・草径集

裾花の夕河波に鳴く千鳥ほのけき魂のありか知れとや
太田水穂・冬菜

草庵のこほろぎよりもしはがれし加茂川千鳥一羽のみ鳴く
与謝野晶子・朱葉集

友一人客房に入り休む間に千鳥しば啼き山暮れて行く
与謝野晶子・草と月光

冬《ふゆ》の海《うみ》、白《しろ》く光《ひか》りて、暮《く》れぬらむ。ひさしく聞《き》かずよ、千鳥《ちどり》のこゑを。
土岐善麿・黄昏に

まひわたる千鳥が群は浪のうへに低くつづきて夕日さしたり
若山牧水・くろ土

満潮《みちしほ》のいまか極みに来にけらし千鳥とび去りて浪ただに立つ
若山牧水・朝の歌

さざれ波ほのかに白くつづきたる夕闇の浜に千鳥なくなり
若山牧水・黒松

いさり火のひとつだになき冬の海や渚は暮れて千鳥なくなり
若山牧水・黒松

しらしらと氷《こほり》かがやき 千鳥《ちどり》なく 釧路《くしろ》の海《うみ》の冬《ふゆ》の月《つき》かな
石川啄木・一握の砂

冬《ふゆ》の磯氷《いそごほ》れる砂《すな》をふみゆけば千鳥《ちどり》なくなり月落《つきお》つる時《とき》
石川啄木・釧路新聞

あかときの干潟にのこる潮《しほ》みづに千鳥のをりて物しづかなる
中村憲吉・軽雷集

舟《ふね》にたく火《ひ》に声《こゑ》たつる鵆哉《ちどりかな》
亀洞・あら野

千鳥立更行初夜《ちどりたちふけゆくしよや》の日枝《ひえ》おろし
芭蕉・伊賀産湯

闇の夜や巣をまどはしてなく鵆《ちどり》
芭蕉・猿蓑

ほしざきの闇をみよとや啼《なく》ちどり
芭蕉・笈の小文

衛来《ちどりこ》い川千鳥こい大晦日《おほみそか》　木因・おきなぐさ
いつ迄《まで》か雪にまぶれて鳴《なく》千鳥　千那・猿蓑
千《ち》どり啼《なく》一夜《ひとよ》一夜《ひとよ》に寒うなり　野坡・炭俵
闇《やみ》に逢《あふ》人の別や鳴《なく》千鳥　りん女・紫藤井発句集
こぼれては風拾ひ行衛《ゆくちどり》かな　千代女・千代尼発句集
粥たくや手に取るやうに鳴く千鳥　井上井月・井月の句集
夢に鳴く八島屏風の千鳥かな　内藤鳴雪・鳴雪句集
上げ汐の千住《せんじゅ》を越ゆる千鳥かな　正岡子規・子規句集
船火事や数をつくして鳴く千鳥　夏目漱石・漱石全集
燈台に双棲の君や鳴く千鳥　河東碧梧桐・碧梧桐句集俊寛
鳥叫《とりさけ》びて千鳥《ちどり》を起《おこ》す遣手《やりて》かな　泉鏡花・鏡花句集
山川の高波にとぶ千鳥かな　西山泊雲・泊雲
浦富士は夜天に見えて鳴く千鳥　鈴木花蓑・鈴木花蓑句集
朽舟を引きあげこぼつ千鳥かな　長谷川零余子・雑草
俊寛の枕ながるる千鳥かな　飯田蛇笏・山廬集
ありあけの月をこぼるるちどりかな　飯田蛇笏・山廬集
お浜離宮の松を縫ひとぶ千鳥かな　原月舟・月舟俳句集
潮鳴のせまるや千鳥潟に来る　水原秋桜子・古鏡
見えずなる千鳥はやさし返し来る　中村汀女・花影
走り寄り二羽となりたる千鳥かな　中村汀女・花影
酔ひ足りて心閑かや遠千鳥　日野草城・花氷
千鳥鳴いて雲に隠るゝ北斗かな　日野草城・花氷
見失ひつゝも千鳥のあとを追ふ　星野立子・鎌倉

「つ」

つきのわぐま【月輪熊】

クマ科の哺乳類。日本では本州、九州、四国の森林にすむ。体長約一・四メートル。全身黒色で、胸に三日月形の白斑がある。雑食性。寒い地方では、冬眠をする。⇩熊（くま）[冬]

§

月のわのくまとなるともよの人のはら黒きにはならはさ《(ざ)》らなむ　樋口一葉・樋口一葉全集

つく【木兎】

木菟（みみずく）の別称。⇩木菟（みみずく）[冬]

§

護国寺の木群《こむれ》をふかみ日暮るれば木兎《つく》啼く聞ゆこの街の中へ　島木赤彦・氷魚
小春日や木兎《つく》をとめたる竹の枝　芥川龍之介・芥川龍之介全集（発句）

つるわたる【鶴渡る】

鍋鶴（なべづる）、真鶴などの鶴が、一一月頃に飛来すること。[同義] 鶴来る（つるきたる）、渡鶴（わたりづる）。⇩初鶴（はつづる）[冬]、凍鶴（いてづる）[冬]、霜の鶴（しも

のつる）［冬］、真鶴（まなづる）［冬］、鶴（つる）［四季］

§

白妙のゆき間ゆいて、羽根をなみうみとひわたる鶴もありけり
伊藤左千夫・伊藤左千夫全短歌

鳴渡る鶴《つる》の高さよ霜の月　卯七・渡鳥集

「て〜と」

てん【貂・黄鼬】

イタチ科の哺乳類。本州以南に分布し、森林に生息する。雄は冬は人里近くにも来る。雌はやや体長約四五センチ。毛色が黄色の黄貂小さい。（きてん）、暗褐色の煤貂（すすてん）がいる。上質の毛皮がとれる。

てん［和漢三才図会］

とおしつばめ【通し燕】

病気などで秋に南方に帰らず、冬も日本で過ごす燕。また、気温が高く餌が多い場所や、人の世話で越冬する燕。［同義］越冬燕（えっとうつばめ）、残り燕（のこりつばめ）。➡残る燕（のこるつばめ）［秋］、燕（つばめ）［春］

どじょうほる【泥鰌掘る】

冬、泥中にもぐって冬眠している泥鰌を捕ること。泥鰌は泥下一〇〜三〇センチに寄り集まって冬眠する。➡泥鰌（どじょう）［四季］、泥鰌汁（どじょうじる）［夏］、泥鰌鍋（どじょうなべ）［夏］

§

風につぶやきつぶやき泥鰌掘る男あり　種田山頭火・層雲

ふりいでし雪や忽然わく泥鰌　石橋秀野・桜濃く

とまりあゆ【止まり鮎】

産卵後も川にとどまり、越年する鮎をいう。ふつう鮎は稚魚期を海で過ごした後、春に川を遡上し急流に生息、秋に産卵して海に下り、一年でその一生を終える。［同義］通し鮎（とおしあゆ）。➡秋の鮎（あきのあゆ）［秋］、鮎（あゆ）［夏］

ともえがも【巴鴨】

ガンカモ科の鳥。全長約四〇センチ。雄の顔に、淡褐色と緑色からなる巴形の斑紋がある。日本には冬鳥として全国に渡来

ともえがも［聚鳥画譜］

する。［同義］味鴨。⇩あじむら［冬］、鴨（かも）［冬］、味鴨（あじがも）［冬］

ともちどり【友千鳥・友鵆】

群れている千鳥。［同義］群千鳥・群鵆（むれちどり）。⇩千鳥（ちどり）［冬］

§

鳴《な》けや鳴《な》けなれぞせめては友千鳥ひとり寝《ね》覚の浦のとまやに　尭孝・宝徳二年十一月仙洞歌合

冬くればいとあさ《浅》びたる川中の水尾《みを》わたりするともちどりかな　大隈言道・草径集

風あらく向《むかふ》波路も友ちどりともあはせたるちからにぞゆく　大隈言道・草径集

立波の立《たち》のさわぎに友ちどり雲井にたかくあぐる一群《ムラ》　大隈言道・草径集

あら磯《いそ》やはしり馴《なれ》たる友鵆《ともちどり》　去来・猿蓑

とらふぐ【虎河豚】

マフグ科の海水魚。北海道南部以南の太平洋、日本海西部に分布。全長約七〇センチ。背面は黒褐色、腹面は白色。体側の胸びれの後方に白色の縁取りのある黒色の大斑紋がある。肝臓と卵巣には猛毒がある。関門海峡や瀬戸内海のものが有名。⇩河豚（ふぐ）［冬］

「な」

ながすくじら【長須鯨・長箆鯨】

ナガスクジラ科の髭鯨。体長二〇メートルに達する。背面は黒色で腹面は白色。喉部に多数の皺がある。⇩鯨（くじら）［冬］

なまこ【海鼠・生子】

棘皮動物ナマコ綱に属する海生動物の総称。一般には、「真海鼠（まなまこ）」や「金海鼠」をいう。浅海の岩礁に生息する。体は柔らかく円筒状。真海鼠は体長二〇～三〇センチ。全体に褐色で斑紋の種類によって赤海鼠（あかなまこ）、青海鼠（あおなまこ）などとよばれる。背面には肉質状の突起がある。腹面には三列の管足がある。皮下には微細な骨片が多数ある。口は体の先端にあり、周囲に触角をもつ。生食されるほか、乾燥したものは「海参（いりこ）」「俵子（たわらご）」「とうらご」として中国料理

なまこ［植物知新］

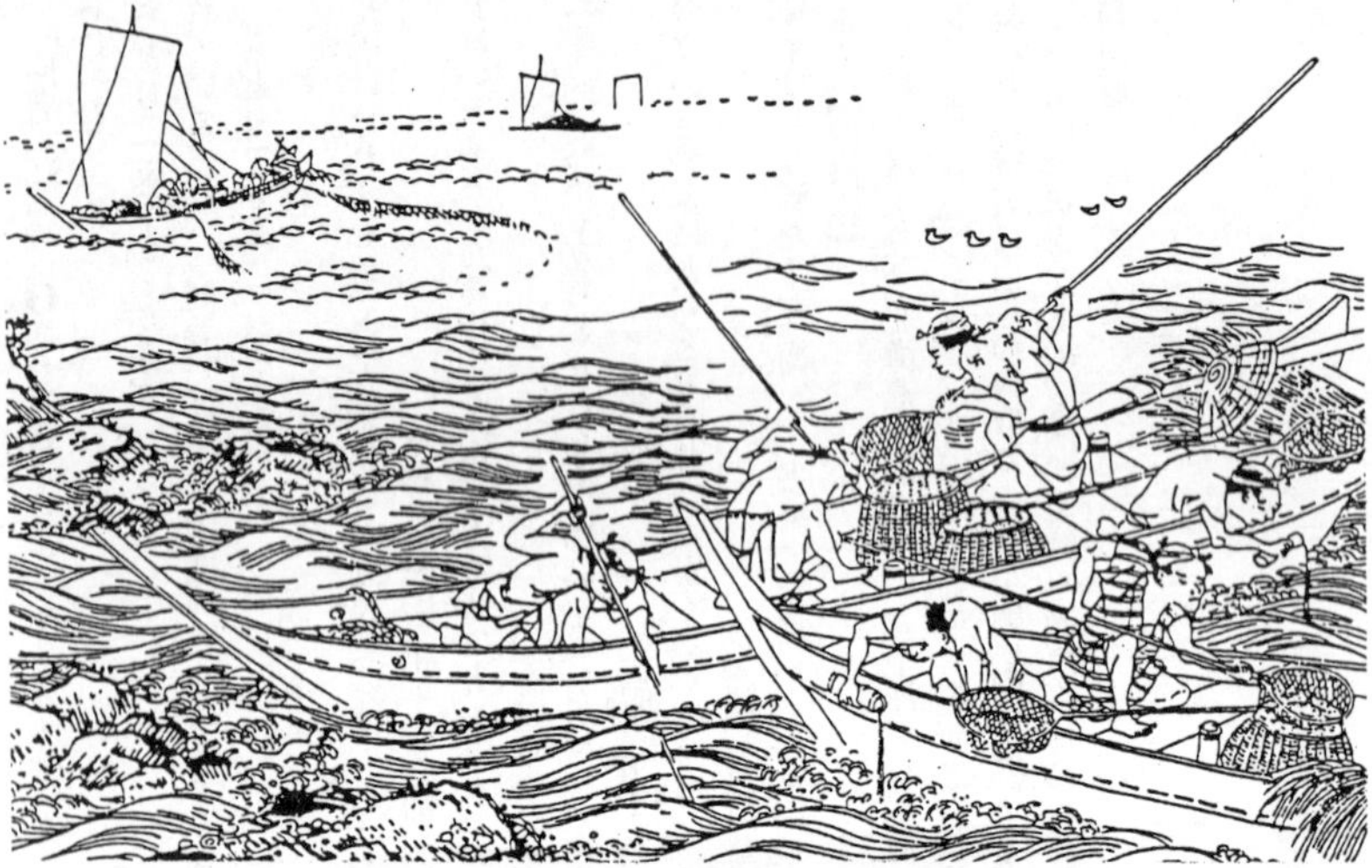

讃州小豆島のなまこ漁［日本山海名産図会］

の食材となる。⇩金海鼠（きんこ）［冬］、海鼠腸（このわた）［冬］、酢海鼠（すなまこ）［冬］

§

いきながら一つに氷《こほ》る海鼠《なまこ》哉　芭蕉・続別座敷
海しらぬ山賎《やまがつ》や海鼠《なまこ》やく夕《ゆふ》べ　嵐蘭・武蔵曲
尾頭《をかしら》のこゝろもとなき海鼠《なまこ》哉《かな》　去来・猿蓑
海鼠喰《なまこくふ》はきたないものかお僧達《そうたち》　嵐雪・其袋
草臥《くたびれ》の鳴戸越《なるとこえ》たる生海鼠《なまこ》哉　露川・桃盗人
生海鼠《なまこ》かな夜が明《あけ》たやら暮《くれ》たやら　露川・船庫集
腹たてる人にぬめくるなまこ哉　支考・草苅笛
やゝありて酒をもて来る生海鼠哉　牧童・草苅笛
なまこにも鍼こゝろむる書生哉　蕪村・蕪村遺稿
在五中将年男の画に
昔男海鼠のやうにおはしけむ　大江丸・はいかい袋
天冴えて海鼠かゝれり網雫　菅原師竹・菅原師竹句集
不周山崩れて海鼠残りけり　石橋忍月・忍月俳句抄
市の灯に寒き海鼠のぬめりかな　村上鬼城・鬼城句集
天地《あめつち》を我が産み顔の海鼠《なまこ》かな　正岡子規・子規句集
古往今来切つて血の出ぬ海鼠かな　夏目漱石・漱石全集
何の故に恐縮したる生海鼠哉　夏目漱石・漱石全集
千百里漂ひ来る海鼠かな　河東碧梧桐・碧梧桐句集
人間の海鼠《なまこ》となりて冬籠《ふゆごも》る　寺田寅彦・春夏秋冬
海鼠汝れも身をちゞめたる寒さかな　島田青峰・青峰集
大海鼠引つかけて立ちし舳かな　島田青峰・青峰集
すきものの歯のきこきこと海鼠たぶ　飯田蛇笏・雲母

讃州小豆島のなまこづくり［日本山海名産図会］

山一つ海鼠の海とへだちけり　原石鼎・花影

海鼠売る桶重ねたり橋の雪　長谷川かな女・龍膽

底岩に幾つとまれる海鼠かな　島村元・島村元句集

古びたる舟板に置く海鼠かな　日野草城・花氷

「に〜の」

にお【鳰】

カイツブリ科の水鳥の鳰（かいつぶり）の別名。潜水が巧みな水鳥である。［同義］鳰鳥（におどり）。⬇鳰（かいつぶり）［冬］、浮巣（うきす）［夏］、鳰の浮巣（におのうきす）［夏］、鳰鳥の（におどりの）［四季］

§

冬の池に住《す》む鳰鳥《にほどり》のつれもなくそこにかよふと人にしらすな

凡河内躬恒・古今和歌集一三（恋三）

冬の池に住《す》む鳰鳥《にほどり》のつれもなく下《した》に通《かよ》はむ人に知《し》らすな

よみ人しらず・後撰和歌集八（冬）

にお［頭書増補訓蒙図彙大成］

浮《う》き沈《しづ》み淵瀬《ふちせ》に騒《さは》ぐ鳰鳥《にほどり》はそこものどかにあらじとぞ思《おもふ》
敦慶親王・後撰和歌集一四（恋六）

鳰鳥《にほどり》の氷の関に閉《と》ぢられて玉藻《も》の宿《やど》を離《か》れやしぬ覧《らん》
曾祢好忠・拾遺和歌集一七（雑秋）

鳰《にほ》どりのかくれもはてぬさゞれ水下にかよはむみちだにもなし
藤原良経・南海漁父北山樵客百番歌合

池水の鳰《にほ》のかよひぢ絶《た》えしより浪《なみ》やこほりのしたくゞるらむ
頓阿・頓阿法師詠

うかびいでゝしぐれにぬるゝ鳰鳥の雨よぎがほにしづむなる哉
大隈言道・草径集

むらしぐれ過行あとの追風にきこえてさむし鳰の一声
大隈言道・草径集

夕やみは四方をつつみて関口《せきぐち》の小橋のあたり鳰鳥《にほどり》の鳴く
伊藤左千夫・伊藤左千夫全短歌

さみたれのふるから暮るゝはつす田に鳰かあらずか鳥のなくかも
伊藤左千夫・伊藤左千夫全短歌

川風に堤の野菊花ゆれてさむき朝なり鳰鳥《にほどり》のなく
木下利玄・銀

水のおもに照る月かげの寒ければこよひしきりに鳰《にほ》ぞ鳴くなる
石井直三郎・青樹

城の町かすかに鳰《にほ》のこゑはして雪のひと夜の朝明けんとす
木俣修・去年今年

湖や渺々《びょうびょう》として鳰《にお》一つ　正岡子規・子規句集

浮き沈む鳰《にお》の波紋の絶間《たえま》なく　高浜虚子・六百句

吹雪して鳰鳴き鳰のとびにけり　青木月斗・時雨

沈めば沈み浮めば浮み鳰二つ　鈴木花蓑・鈴木花蓑句集

風浪やとばしりあげて沈む鳰　鈴木花蓑・鈴木花蓑句集

風の鳰きほひなきつゝ進みけり　原石鼎・花影

水かぶりたかぶりをどり鳰しばし　原石鼎・花影

潮に映る十字架《クルス》の前に浮ぶ鳰　水原秋桜子・殉教

網打つや鳰水走るみぎひだり　水原秋桜子・古鏡

ゆる〳〵と鳰を見て行く遅刻かな　島村元・島村元句集

氷る池に鳰遙かなる晨かな　島村元・島村元句集

鳰のこゑ日輪に触り野を衝ける　三橋鷹女・向日葵

漣のひかり凍てつつ鳰棲めり　三橋鷹女・向日葵

鳰沈みわれも何かを失ひし　中村汀女・紅白梅

静かなる鳰の古江に桶の波　星野立子・鎌倉

風波のしばらく鳰をかい抱き　星野立子・鎌倉

鳰ひとつ消えて冬田の夜が来たる　加藤楸邨・寒雷

鳰を見ぬ国としきけばはろけしや　加藤楸邨・寒雷

めをと鳰玉のごとくに身を流す　加藤知世子・夢たがへ

焼工場年逝く鳰をたゞよはす　石田波郷・雨覆

ぬくめどり【暖め鳥】

冬の夜に、鷹や隼は捕えた小鳥で足を暖め、翌朝それを逃がしてやるという。また、その日は小鳥が逃げていった方へ行って鳥をとることはないといわれている。これを「暖め鳥」という。➡鷹（たか）［冬］、隼（はやぶさ）［冬］

§

人はしらじ実に此道のぬくめ鳥　惟然・惟然坊句集

転寐や禿引よせぬくめ鳥　許六・白陀羅尼
又逢はぬ別をいかにぬくめ鳥　也有・蘿葉集
ある時は一はい鷺やぬくめ鳥　蓼太・蓼太句集
爪たてぬ心もあはれぬくめ鳥　蓼太・蓼太句集
右になし左りにすらんぬくめ鳥　白雄・白雄句集
暖め鳥同士が何か咄すぞよ　一茶・七番日記
遙かなる行方の冴やぬくめ鳥　松瀬青々・妻木

のうさぎ【野兎】
野生の兎の総称。または本州以南に分布する野生の兎の種をいう。体長四〇～七〇センチ。体色は全体に茶褐色で、耳の先端部分が黒色。越後兎（えちごうさぎ）など寒い地方のものは、冬には耳の黒色部分を除き白毛となる。⬇兎（うさぎ）［冬］

のこるつばめ【残る燕】
秋になっても、南へ渡らずに残っている燕をいう。⬇秋燕（あきつばめ）［秋］、燕帰る（つばめかえる）［秋］、通し燕（とおしつばめ）［冬］

§

秋風や残る燕のひらめかす　野紅・泊船集

のこるむし【残る虫】
初冬、たよりなげに鳴く秋の虫の生き残り。［同義］冬の虫（ふゆのむし）、虫老ゆ（むしおゆ）、虫嗄れる（むしかれる）。⬇虫（むし）［秋］

「は～ひ」

はくちょう【白鳥・鵠】
ガンカモ科の大形の水鳥。ユーラシア大陸北部で繁殖し、冬、日本に飛来する。小白鳥は体長約一二〇センチ。大白鳥は体長約一四〇センチ。全身純白の美しい鳥。眼先の皮膚は黄色。嘴の先端、脚は黒色。青森県小湊、新潟県瓢湖の飛来地は天然記念物。［同義］白鳥（しらとり）、白鳳（はくほう）、鵠（はくちょう）、大白鳥（おおはくちょう・こう）。［同種］小白鳥（こはくちょう）、大白鳥（おおはくちょう・こう）。［漢名］鵠、天鵞。⬇白鳥帰る（はくちょうかえる）［春］、白鳥（しらとり）［四季］、鵠（くぐい）［冬］、水鳥（みずとり）［冬］

§

雪厚く二月に降りてさまざまの白鳥《はくてう》の倚《よ》る南方《なんぱう》のやま　与謝野晶子・深林の香
一夜吾に近寝《ちかね》の白鳥ゐてこゑす　橋本多佳子・命終
白鳥といふ一巨花を水に置く　中村草田男・来し方行方
一白鳥自ら波立てて身を濯ぐ　中村草田男・来し方行方
白鳥の浮寝のまはり氷らざり　加藤知世子・頬杖

はこふぐ【箱河豚】　ハコフグ科の海水魚。本州中部以南に分布し、沿岸の岩礁域に生息する。体長約四〇センチ。体は箱状で、横断面は四角形。尾部以外が硬い甲で覆われる。黄褐色の地に白色の斑紋が散在する。身や内臓には毒がなく、食用となる。［和名由来］体形が箱状であるところから。➡河豚（ふぐ）［冬］

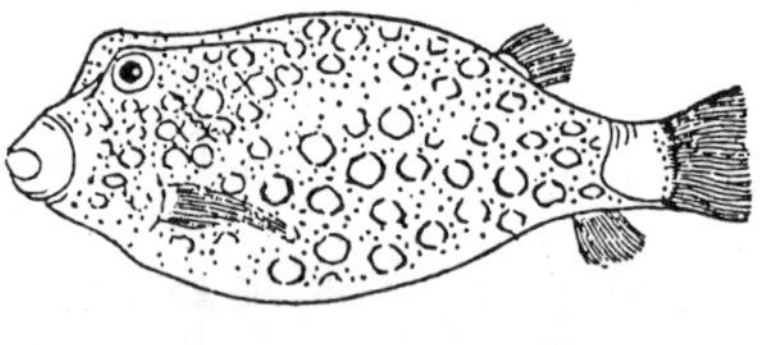
はこふぐ［大和本草］

はしたか【はし鷹・鷂】　鷂（はいたか）の雌をいう。小形の鷹だが雄よりは大きく、鷹狩にも使われた。➡鷂（はいたか）［秋］、兄鷂（このり）［秋］、鷹（たか）［冬］、鷹狩（たかがり）［冬］

§

はしたかのをき餌《ゑ》にせんとかまへたる
鼠《ねずみ》とるべく　を《(お)》しあゆかすな
藤原輔相・拾遺和歌集七（物名）

鷂《はしたか》のとかへる山の椎柴《しゐしば》の葉《は》がへはすとも君《きみ》はかへせじ
よみ人しらず・拾遺和歌集一九（雑恋）

はし鷹《たか》の白斑《しらふ》に色《いろ》やまがふらんとがへる山《やま》に霰《あられ》ふるらし
大江匡房・金葉和歌集四（冬部）

はし鷹《たか》をとり飼《か》ふ沢《さは》に影《かげ》見ればわが身もともにとやがへりせり
源俊頼・金葉和歌集四（冬部）

はし鷹《たか》のとかへる山路《(やまぢ)》越《(こえ)》かねてつれなき色の　限《(かぎり)》をぞ見る
藤原定家・定家卿百番自歌合

ふる雪《ゆき》に行《(ゆく)》方《え》も見《み》えずはし鷹《たか》の尾《を》ぶさの鈴《すゞ》のおとばかりして
隆源・千載和歌集六（冬歌）

はし鷹《たか》の野守《もり》の鏡《かゞみ》えてしかな思《おも》ひ思《おも》はずよそながら見ん
よみ人しらず・新古今和歌集一五（恋歌）

はし鷹《たか》のとやまの月のいづるまでふもとの野辺を狩りくらしつゝ
頓阿・頓阿法師詠

はしたかの巣《す》より出《(いで)》にし人ぞある殺《ころ》す心をなにをしふらん
心敬・寛正百首

はし鷹《たか》のつかれの鳥を待《(まつ)》空に立《(たつ)》や夕《(ゆふべ)》の風のはげしさ
冷泉政為・内裏着到百首

はし鷹《たか》の木居する木々も紅葉してとかへる毎ににしきちりこふ
樋口一葉・樋口一葉全集

蜂のごと寄るはし鷹の見ゆるなり山荘の下《もと》森厚くして
与謝野晶子・冬柏亭集

目の下の谿のふかきをくだりゆく　鷂《はしだか》一羽寂しく澄みて
宮柊二・山西省

はし鷹《たか》や跡も尋《たづ》ぬる智仁勇
才麿・椎の葉

はし鷹《だか》の　拳《こぶし》はなれぬ嵐かな
正岡子規・子規句集

はしたか［頭書増補訓蒙図彙大成］

ばそり【馬橇】
馬にひかせる橇。⇩馬（うま）［四季］、犬橇（いぬぞり）［冬］

はたはた【鰰・鱩・燭魚】
ハタハタ科の海水魚。北日本の深海の砂泥底に生息する。細長形で体長約一五センチ。鱗や側線がない。背面は黄褐色で不規則な斑紋がある。腹面は白色。一一〜一月、産卵のため沿岸に群游する頃に漁獲される。この鰰漁の季節になると雷鳴が多くなるので「雷魚（かみなりうお）」ともよばれる。鰰を料理する「塩汁鍋（しょっつるなべ）」は秋田の名物である。［同義］雷魚（かみなりうお）、沖鰺（おきあじ）。

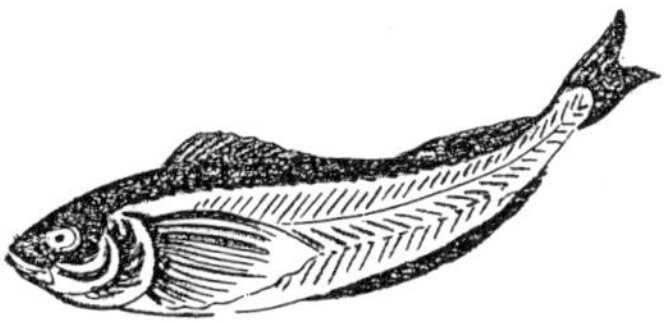
はたはた［奥民図彙］

§

鰰《はたはた》を吊《つ》り干す軒に夕しばし潮《うしほ》の照りの寒くかがやく
木俣修・流砂

はつづる【初鶴】
その冬、最初に飛来してくる鶴。⇩鶴渡る（つるわたる）［冬］、鶴（つる）［四季］

はつぶり【初鰤】
一二月初旬頃に初めて漁獲した鰤。出世魚として歳暮の贈答品に使われる。⇩鰤（ぶり）［冬］

はまちどり【浜千鳥】
浜辺に生息する千鳥。和歌では、浜千鳥の後に「あと」「あとなし」「行方もしらぬ」と詠む。また、浜千鳥が砂地に残す足跡を筆跡や手紙に見立て、千鳥が砂浜を「踏みそむ」を「文初む」に掛ける。⇩千鳥（ちどり）［冬］

§

たちかへりふみゆかざらば浜千鳥《まちどり》跡《あと》見《み》つとだに君言《い》はましや
伊勢集（伊勢の私家集）

なだの海《うみ》の清《きよ》き渚《なぎさ》に浜千鳥《はまちどり》ふみおくあとを波《なみ》や消《け》つらん
伊勢集（伊勢の私家集）

わすられむ時偲《しの》べとぞ浜ちどりゆくゑ《(へ)》も知らぬ跡《あと》をとゞむる
よみ人しらず・古今和歌集一八（雑下）

跡見れば心なぐさの浜千鳥《はまちどり》今は声こそ聞《き》かまほしけれ
よみ人しらず・後撰和歌集一〇（恋二）

浜千鳥かひなかりけりつれもなき人《ひと》のあたりは鳴《な》きわたれども
よみ人しらず・後撰和歌集一五（雑一）

逢《あ》ふことはいつとなぎさの浜千鳥波《はまちどりなみ》のたちゐにねをのみぞ鳴《な》く
源雅定・金葉和歌集七（恋上）

浦風にふきあげの浜《はま》のはま千鳥《ちどり》浪たちくらし夜はになくなり
祐子内親王家紀伊・新古今和歌集六（冬）

こととへよ思《(おもひ)》おきつの浜千鳥《はまちどり》なくなくいでしあとの月かげ
藤原定家・新古今和歌集一〇（羇旅）

浜千鳥《はまちどり》ふみを《(お)》く跡《あと》のつもりなばかひある浦《うら》にあはざらめやは
後白河院・新古今和歌集一八（雑下）

浜千鳥昔《はまちどりむかし》の跡《あと》を尋ねても猶《(なほ)》道知《し》らぬ和歌《わか》の浦波《うらなみ》
宗尊親王・文応三百首

さそひても友やこぬみの浜《はま》千鳥うらむる声《こゑ》の有明の空
　藤原公綱・宝徳二年十一月仙洞歌合
何を啼闇《なくやみ》のうつ、の浜《はま》千鳥　不玉・継尾集
葬《さう》の火をたよりに寄るや浜千鳥《はまちどり》　李由・篇突

はやぶさ【隼・鶻】

タカ目ハヤブサ科の鳥類。全世界に分布する。雄は体長約五〇センチ。雌は約三〇センチ。背部は青灰色、腹部は黄白色。頭頂、眼の周囲が黒色。成鳥は胸部に灰黒色の横斑がある。幼鳥は縦斑。鴫、鴨、鳩などの鳥を捕食する。古代より鷹狩に用いられた。［同義］朝風・晨風（あさかぜ）。［漢名］隼・鶻。⇩鷹狩（たかがり）［冬］、暖め鳥（ぬくめどり）［冬］

はやぶさ［毛詩品物図攷］

§

はやぶさの尻《しり》つまげたる白尾哉　野水・阿蘿野
隼の物食ふ音や小夜嵐　内藤鳴雪・鳴雪句集

ひお【氷魚】

鮎の稚魚で、孵化後一～二ヶ月頃のもの。「ひうお」「ひおのいお」「こおりのいお」ともいう。晩秋から冬にかけて漁獲される琵琶湖産の氷魚が有名。半透明で、長さ二センチ程度。古代、朝廷から「氷魚の使い」がでて、貢納させるなど珍重された。古歌では、「氷魚」に「日を」を掛けたり、網代に「寄る」氷魚に、「夜」を掛けて詠まれた。［和名由来］体色が氷のように透き通っているところから。⇩鮎（あゆ）［夏］

§

わが背子が犢鼻《たふさき》にする円石《つぶれし》の吉野の山に氷魚《ひを》そさがれる　安倍子祖父・万葉集一六
宇治川《うぢがは》の網代《あじろ》の氷魚《ひを》もこの秋はあみだ仏《ほとけ》に寄るとこそ聞《き》け　実方朝臣集（藤原実方の私家集）
月影の田上河《たなかみ》に清《きよ》ければ網代に氷魚のよるも見えけり　清原元輔・拾遺和歌集一七（雑秋）
いかで猶《なほ》網代《あじろ》の氷魚に事問《と》はむ何《なに》によりてか我を訪《と》はぬと　藤原修理・拾遺和歌集一七（雑秋）
網代木《あじろぎ》に紅葉《もみぢ》こきまぜ寄《よ》る氷魚《ひを》は錦《にしき》を洗ふ心地こそすれ　橘義通・後拾遺和歌集六（冬）
秋《あき》ふかみもみぢおちしく網代《あじろ》木は氷魚《ひを》のよるさへあかくみえけり　藤原惟成・詞花和歌集三（秋）
よる氷魚の数を見よとか宇治川の瀬々の網代にてらす月影　樋口一葉・樋口一葉全集
氷魚くへば瀬々の網代木見たきかな　松瀬青々・松苗

ひぐま【羆】

クマ科の哺乳類。北アメリカなどに分布し、日本では北海道に生息。体長二メートル前後。体色は赤褐色。性格は勇猛で、泳ぎ、木登りとも巧み。［同義］赤熊（あかぐま）。⇩熊

ひたき［北斎叢画花鳥画譜］

（くま）［冬］

ひたき【鶲】

ヒタキ科に属する鮫鶲や黄鶲などと、ツグミ科に属する野鶲や尉鶲などの総称。冬の季語としては冬鳥である尉鶲をいう。［和名由来］「ヒーッヒーッカッカッ」という鳴声が火打石をたたく音に似ているところから。［同義］火焚鳥（ひたきどり）。［同種］黄鶲、尉鶲、瑠璃鶲、野鶲、鮫鶲。

⬇鮫鶲（さめびたき）［夏］、黄鶲（きびたき）［夏］、野鶲（のびたき）［夏］、瑠璃鶲（るりびたき）［夏］、尉鶲（じょうびたき）［冬］

§

残菊のしどろのかげにとぎれては、またほそやかに鶲《ひたき》なくなり　岡稲里・朝夕

枯芝に垂りたる梅の錆枝《さびえだ》にひたき啼きゐて冬晴の風　若山牧水・山桜の歌

年ごとに時としなればわが庭に来啼くひたきの声のしたしさ　若山牧水・黒松

柿の葉の落葉のもみぢ色あせず明るき庭にひたき啼くなり　若山牧水・黒松

行きずりの小松が中に鳴きうつる鶲《ひたき》見いでてひそかにあゆむ　木下利玄・紅玉

日照雨《そばえ》する京のわびゐの夕庭の山茶花に来る鳥は鶲《ひたき》か　吉井勇・天彦

余の鳥の先へ渡して鶲かな　乙由・麦林集

梅あるが故に客も来鶲《ひたき》も来　高浜虚子・七百五十句

ひるがへるより木がくれし鶲かな　鈴木花蓑・鈴木花蓑句集
病めば鶲がそこらまで　種田山頭火・草木塔
山柴におのれとくるふ鶲かな　飯田蛇笏・山廬集
鶲来て色つくりたる枯木かな　原石鼎・花影
鶲とんで色ひゞき逃げし枯木かな　原石鼎・花影
妻出づるやひたき騒げる冬の庭　原石鼎・「花影」以後
鶲来てけさもわが目に作礼而去　川端茅舎・定本川端茅舎句集
鶲《ひたき》来てこの家にやがて華燭の典　三橋鷹女・白骨
昨日より朝ながかりし鶲かな　加藤楸邨・雪後の天
武蔵野の林の朝は鶲より　加藤楸邨・寒雷
落葉ふるその寂しさは鶲かな　加藤楸邨・穂高

ひらめ【鮃・平目・比目魚】
ヒラメ科の海水魚。日本全土に分布し、海底の砂泥底に生息する。体長約八〇センチ。体は長楕円形で、両眼が体の左側にある。眼のある面は褐色で黒褐色の斑点があり、環境に応じて体色を変化させる。眼のない面は白色。海釣りの対象魚。冬から早春にかけてが美味である。［和名由来］偏平な魚の意。「比目魚」は両眼が並んでいるところから。［同義］めびき〈富山〉、おおばす〈三重〉。
§
年の瀬《せ》や比目《ひらめ》呑鵜《のむう》の物思ひ　其角・五元集

ひらめ［潜龍堂画譜］

ひれんじゃく【緋連雀】
レンジャク科の小鳥。体長約一八センチ。頭部の羽冠、葡萄褐色の背面は黄連雀に似るが、尾の端は紅色である。東南シベリアで繁殖し、日本で越冬する。⇩連雀（れんじゃく）［冬］

びんなが【鬢長】
サバ科の海水魚。日本近海の暖流域に生息する。体長約一・二メートル。鮪（まぐろ）に似ているが、胸びれは非常に長い。背面は黒藍色。腹面は銀白色。肉は白みをおびシーチキンとして缶詰になる。［同義］鬢長鮪（びんながまぐろ）、蜻蛉鮪（とんぼしび）。⇩鮪（まぐろ）［冬］

「ふ〜ほ」

ふか【鱶】
大形の鮫をいう。⇩鮫（さめ）［冬］
§
静かなる相模《さがみ》の海の底にさへ鱶棲《ふかす》むと云ふなほよりがたし　与謝野晶子・佐保姫

ふぐ【河豚・鰒】
フグ科および近縁の海水魚の総称。体は一般に長卵形。腹びれはなく、背びれは小さい。鱗はなく小棘で覆われる。肉食性で鋭い歯をもつ。外敵にあうと威嚇するために食道にある袋を膨らませるものが多い。卵巣・肝臓・腸などに猛毒のテトロドトキシンをもつものが多いが、身は淡白で、河豚刺、河豚鮨、河豚ちり、河豚汁などに料理される。味ももちろんだが、スリルも味わえる魚として、往時から賞味されてきた。旬は一一～二月頃。それ以降の河豚は毒が強くなるといわれる。［和名由来］一説に朝鮮語で河豚を「ポク」といい「ポク→ホク→フク→フグ」と。［同義］ふぐと、ふくと、ふくべ。［同種］真河豚（まふぐ）、赤目河豚（あかめふぐ）、虎河豚、箱河豚、針千本（はりせんぼん）。⬇河豚汁（ふぐじる）［冬］、河豚鍋（ふぐなべ）［冬］、河豚ちり（ふぐちり）［冬］、河豚釣（ふぐつり）［冬］、河豚魚（ふぐと）［冬］、菜種河豚（なたねふぐ）［春］、彼岸河豚（ひがんふぐ）［春］、河豚供養（ふぐくよう）［春］、干河豚（ひふぐ）［夏］、赤目河豚（あかめふぐ）［冬］、虎河豚（とらふぐ）［冬］、箱河豚（はこふぐ）［冬］

§

思ふ事とげず増荒夫何せむに命ほりせむいざくはな河豚　伊藤左千夫・伊藤左千夫全短歌

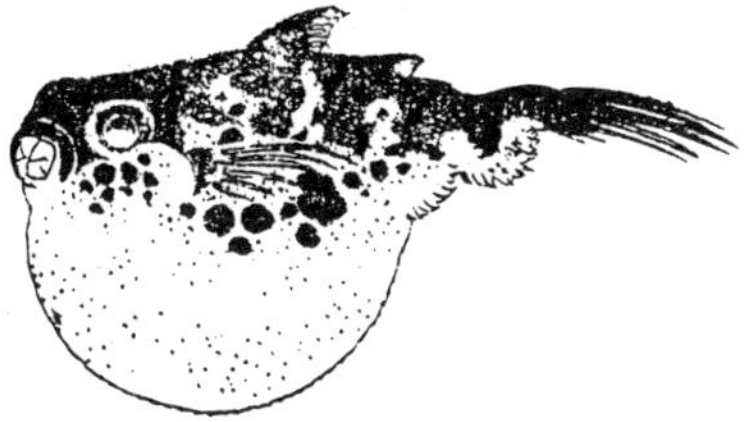

ふぐ［北斎画］

片恋に死なむ名は惜し河豚くひて死なば死なゝむ死ぬるともよし　伊藤左千夫・伊藤左千夫全短歌

綿津見の鰒《ふぐ》ら白《まう》さく己腹《おのはら》を己れ患へず人の腹をうれふ　島木赤彦・太虚集

ひたぶるに河豚《ふぐ》はふくれて水《みづ》のうへありのままなる命死《いのちし》にゐる　斎藤茂吉・あらたま

乳緑《にゅうりょく》のびろうどの河豚《ふぐ》責めふくらし昨日《きのふ》も男涙ながしき　北原白秋・桐の花

河豚《ふぐ》喰《くふ》て死なぬ心のうつゝ哉　不玉・継尾集

河豚《ふぐ》のやうに腹を立《たた》するあげ麸《ふ》哉　嵐雪・銭龍賦

初雪や河豚《ふぐ》で死《しに》たる人の塚《つか》　許六・青莚

河魨《ふぐ》洗《あら》ふ水のにごりや下河原《しもかはら》　其角・五元集

両の手に河豚《ふぐ》ぶらさげる雪吹《ふぶき》哉　卯七・鳥の道

洗ひすごせる河魨《ふぐ》は味《あぢ》なき　北枝・卯辰集

河豚《ふぐ》の文天雪降ると物しけり　河東碧梧桐・碧梧桐句集

沖荒れに虎河豚売れてしまひけり　角田竹冷・竹冷句鈔

生々とまだ干ぬ墨や河豚の文　菅原師竹・菅原師竹句集

将門と純友と河豚《ふぐ》の誓かな　村上鬼城・鬼城句集

鮟鱇鍋河豚の苦説《くぜつ》もなかりけり　正岡子規・子規句集

涅槃像鰒に死なざる本意なさよ　夏目漱石・漱石全集

物言はで腹ふくれたる河豚かな　夏目漱石・漱石全集

子を持つて河豚の仲間をはづれけり　幸田露伴・蝸牛庵句集

おとろへや河豚食ひよどむ四十より　幸田露伴・蝸牛庵句集

衰への夢に河豚を見たりけり　松瀬青々・妻木

魚店の灯に照られ居る河豚の面　佐藤紅緑・新俳句

家の内に丁稚が一人河豚の毒　小沢碧童・碧童句集
ふぐ食ふてわかるる人の孤影かな　飯田蛇笏・雲母
河豚の文僧合点して返しけり　長谷川零余子・雑草
大河豚の腹横たへし俎上かな　杉田久女・杉田久女句集補遺
　偶感
河豚の味すぐ尻馬を言ひにけり　高田蝶衣・青垣山
河豚買ふ銭貸したるが知れにけり　高田蝶衣・青垣山
衝立の金おとろへぬ河豚の宿　楠目橙黄子・黄圃
銀座うらとある小路の河豚の宿　高橋淡路女・淡路女百句
河豚の中の一つが泣きぬくらき雪　原コウ子・胡弃
河豚《ふぐ》を剥ぐ男や道にうづくまる　橋本多佳子・紅絲
河豚の血のしばし流水にまじらざる　橋本多佳子・紅絲
男の子われ河豚に賭けたる命かな　日野草城・花氷
ふくらみの怒りぶりよき河豚を買ふ　加藤知世子・頬杖

ふぐじる【河豚汁】

河豚の肉を入れた味噌汁。河豚の身を血の気がなくなるまで何度も水洗いし、切り身にして塩を加えた酒に漬け、薄味噌汁で煮た料理。⬇河豚（ふぐ）［冬］

§

櫂の実の一人はくはず友皆と喰はゞくはなむもとなふぐ汁　伊藤左千夫・伊藤左千夫全短歌
あら何《なん》ともなやきのふは過《すぎ》てふくと汁《じる》　芭蕉・江戸三吟
河豚汁《ふぐじる》はよろこぶ人を殺《ころし》けり　曲翠・藤の実
人妻は大根《おほね》ばかりをふぐと汁　其角・五元集
ふぐ汁の我活《われい》キている寝覚《ねざめ》哉　蕪村・其雪影
ふぐと汁ひとり喰《くら》ふに是非はなし　白雄・白雄句集
鰒汁江戸芸人のなれの果　中川四明・四明句集
河豚汁や門に彳む最明寺　内藤鳴雪・鳴雪句集
鰒《ふぐと》汁《じる》一休《いつきゆう》去つて僧もなし　正岡子規・子規句集
河豚汁や死んだ夢見る夜もあり　夏目漱石・漱石全集
死を誘ふ女の文やふくと汁　松瀬青々・妻木
めら〳〵と燃ゆる火急や河豚汁　石井露月・露月句集
やごとなき人の所望やふぐと汁　青木月斗・時雨

ふぐちり【河豚ちり】

河豚の肉を刺身のようにして熱湯の中で引き回し、肉のしまったところであげ、酢味噌、薄醤油などにつけて食べる料理。［同義］河豚鍋。⬇河豚（ふぐ）［冬］、河豚鍋（ふぐなべ）［冬］

ふぐつり【河豚釣】

河豚は寒中が美味とされる。⬇河豚（ふぐ）［冬］

§

あそび来《き》ぬ鯸釣《ふぐつり》かねて七里《しちり》迄　芭蕉・皺筥物語
鰒《ふぐ》つりや今も阿漕《あこぎ》が浦《うら》の波　涼菟・一幅半
鶚《みさご》の巣見えて河豚釣る岩間かな　河東碧梧桐・碧梧桐句集
河豚釣のおどろく波の波止にたつ　水原秋桜子・蓬壺

ふぐと【河豚魚】

河豚の別称。⬇河豚（ふぐ）［冬］

ふぐなべ【河豚鍋】

河豚の鍋料理。⬇河豚ちり（ふぐちり）［冬］、河豚（ふぐ

［冬］

窓に迫る巨船あり河豚鍋の宿　§　種田山頭火・層雲

河豚鍋や明日は怒濤の釣の宿　水原秋桜子・晩華

ふくろう【梟】

一般的に、フクロウ科の鳥のなかで、耳羽のあるものを「みみずく」、ないものを「ふくろう」と大まかに総称しているが、分類学上の区別ではない。梟は日本全土に分布し、森林の木の洞に生息する。体長約五〇センチ。顔は灰白色で額は褐色。嘴は黄色。背部は灰褐色の地に黒色の縦斑がある。腹部は灰褐色の地に黒色の斑が散在する。夜行性で小動物、鳥類を捕食する。「ふくろ」ともいう。［同義］母喰鳥（ははくいどり）、五郎助（ごろすけ）、ねことり〈茨城〉、とりおい〈福岡〉。［漢名］梟。⇩木菟（みみずく）［冬］、島梟（しまふくろう）［冬］、梟の羹（ふくろうのあつもの）［夏］

ふくろう［毛詩品物図攷］

§

いとながき日をねくらして梟のねざめにぞなく夕ぐれのこゑ　大隈言道・草径集

ふくろふの糊すりおけと呼ぶ声に衣ときはなち妹《いも》は夜ふかす　橘曙覧・松藾艸

武蔵野の冬枯《ふゆがれ》芒《すすき》婆々《ばば》に化《ば》けず梟《ふくろふ》に化けて人に売られけり　正岡子規・子規歌集

ふくろふの鳴こゑすこ《(こ)》く聞えつゝ森の木のまに更し月かな　樋口一葉・樋口一葉全集

こゝに来よ安きふしどをあたへむと闇によぶらむ梟の声　佐佐木信綱・思草

人にいはぬ心がかりの事ありてやすいしせぬにふくろが鳴くも　岡麓・湧井

梟はいまか眼玉《めだま》を開くらむごろすけほうほうごろすけほうほう　北原白秋・桐の花

森の辺ゆ梟鳴けり夕ぐれの風はかすかに麦生をわたる　三ケ島葭子・定本三ケ島葭子全歌集

雨近げにかぐろき雲の走る夜をうしろの山のふくろふの声　九条武子・薫染

夜《よる》ふけて事《こと》なきからに爪《つめ》きれる吾《われ》を驚《おどろ》かし梟《ふくろふ》の啼《な》く
土屋文明・ふゆくさ

梟《ふくろふ》やおのれ闇くて見ぬ日影　其角・庭竈集
梟よ松なき市の夕あらし　其角・五元集
梟《ふくろふ》の看坊《かんばう》がほや冬の梅　露川・国の華
梟《ふくろふ》とたづねかねてやわたり鳥　支考・国の華
姥巫女《うばみこ》が梟《ふくろふ》抱《だ》いて通《とほ》りけり　泉鏡花・鏡花句集
山の宿梟啼いてめし遅し　高浜虚子・定本虚子全集
山番の戸の籠に飼ふ梟かな　岡本癖三酔・癖三酔句集
梟《ふくろふ》が来ては古戸に目をつける　広江八重桜・広江八重桜集
梟の片目してゐる朝日哉　青木月斗・時雨
三日月に鳴く梟や吉田山　青木月斗・時雨
ふくろうはふくろうでわたしはわたしでねむれない
種田山頭火・草木塔
鉄皿に葉巻のけむり梟の夜　飯田蛇笏・雲母
梟淋し人の如くに瞑《つぶ》る時　原石鼎・花影
梟や唾のみくだす童の目　加藤楸邨・野哭
梟の憤りし貌ぞ観られゐる　加藤楸邨・寒雷
梟のまばたきひとつ貰ひしよ　中尾寿美子・新座

ぶだい【武鯛】

ブダイ科の海水魚。本州中部以南に分布し、沿岸の岩礁域に生息する。体長約四〇センチ。体は楕円形に近く、背面は褐色、腹面は淡緑色。雄は青みが強く、雌は赤みが強い。磯釣りの対象魚。舞鯛・不鯛（ぶだい）ともいう。［和名由来］外貌が鎧を着た武士を連想させることから。また、鯛より醜いことから「不鯛・醜鯛（ぶだい）」の意と。

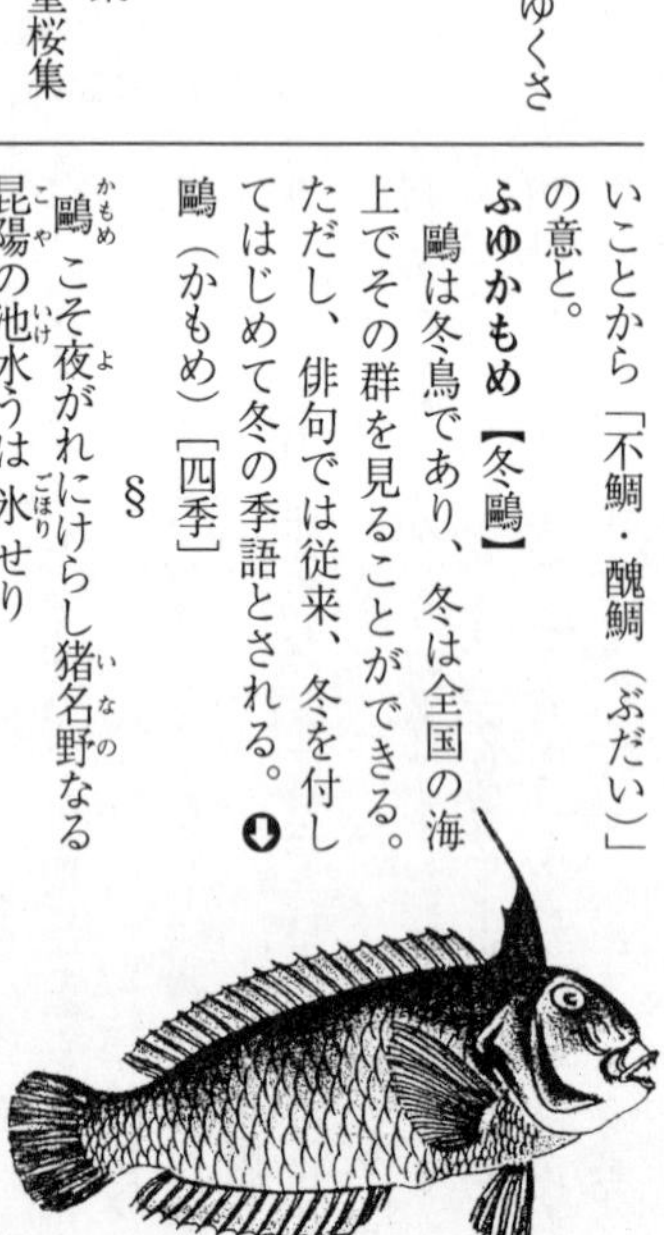

ぶだい［日本重要水産動植物之図］

ふゆかもめ【冬鷗】

鷗は冬鳥であり、冬は全国の海上でその群を見ることができる。ただし、俳句では従来、冬を付してはじめて冬の季語とされる。⇩鷗（かもめ）［四季］

§

鷗《かもめ》こそ夜《よ》がれにけらし猪名野《いなの》なる昆陽《こや》の池《いけ》水うは氷《ごほり》せり
長算・後拾遺和歌集六（冬）
冬鷗生に家なし死に墓なし　加藤楸邨・野哭

ふゆのあぶ【冬の虻】

冬になっても生き残っている虻。⇩虻（あぶ）［春］

ふゆのいなご【冬の稲子・冬の蝗】

冬になっても生き残っている稲子。⇩稲子（いなご）［秋］

ふゆのうぐいす【冬の鶯】

冬、鶯は餌を求めて人里に飛来する。俳句では一般に、まだ鳴声が十分でない鶯の子をいう。［同義］冬鶯（ふゆうぐいす）。⇩鶯（うぐいす）［春］、笹鳴（ささなき）［冬］

§

わが窓のガラスにとどく竹柏《なぎ》の枝にゐてあそべるは冬の鶯
若山牧水・黒松
冬の鶯これの厨に入りてをりて皿に糞《ふん》して逃げゆきにけり

若山牧水・黒松
うぐひすや何ごそつかす藪の霜　蕪村・から檜葉
冬鶯むかし王維が垣根哉　蕪村・から檜葉
冬鶯蕪村が辞世口吟む　青木月斗・時雨
芦花公園にて
芦花先生冬鶯と遊べる日　山口青邨・冬青空

ふゆのか【冬の蚊】

冬になっても生き残っている蚊。⇩蚊（か）[夏]

ふゆのかり【冬の雁】

枯れはてた風景のなかで、冬を過ごしている雁をいう。「ふゆのがん」ともいう。[同義] 寒雁。⇩雁（かり）[秋]、寒雁（かんがん）[冬]

§

蜆《しゞみ》かく舟も見えずよ冬の雁　河東碧梧桐・碧梧桐句集
伊勢の田の芥に下りて冬の雁　河東碧梧桐・続春夏秋冬
冬の雁並みゆく翳のひくまりし　飯田蛇笏・椿花集
冬の雁轆轤の立つる音とまがふ　水原秋桜子・古鏡
冬の雁鳴きすぎ轆轤とゞまらず　水原秋桜子・古鏡
紙屑を火鉢に焚くや冬の雁　加藤楸邨・野哭
掌をみつつさびしくなりぬ冬の雁　加藤楸邨・野哭

ふゆのしか【冬の鹿】

冬の季節の鹿。冬の鹿は雌雄が群棲する。夏の鹿は栗色で、鮮やかな白斑があるが、冬の鹿は毛が密生して灰褐色になる。

⇩鹿（しか）[秋]

§

きのふ見し木下もさらずゆきの鹿　暁台・暁台句集
人をさへなつかしげなり雪の鹿　暁台・暁台句集

ふゆのちょう【冬の蝶】

冬季まで生き残っている蝶。あまり飛びまわることはない。⇩凍蝶（いてちょう）[冬]、蝶（ちょう）[春]

§

冬の蝶さてもちひさくなりつるよ　北原白秋・竹林清興
北上の空へ必死の冬の蝶　阿部みどり女・微風
冬の蝶見てあはれなること多く　山口青邨・庭にて
被害妄想者そこらを散歩冬の蝶　山口青邨・夏草
あふれいづる涙冬蝶ふためき飛び　橋本多佳子・紅絲
冬の蝶魂抜けて飛び廻る　星野立子・笹目
籬ともおどろとも見ゆ冬の蝶　高橋馬相・秋山越
伊香保
たゝなづく山々越後冬の蝶　石橋秀野・桜濃く
冬の蝶カリエスの腰日浴びをり　石田波郷・惜命

ふゆのとり【冬の鳥】

冬の季節に見るさまざまな鳥をいう。渡鳥の冬鳥に限らない。⇩鳥（とり）[四季]

ふゆののみ【冬の蚤】

暖かい冬の日に畳の中などから出て来る蚤。⇩蚤（のみ）[夏]

ふゆのはえ【冬の蠅】

冬の季節まで生き残っている蠅。⇩蠅（はえ）[夏]、凍蠅（いてばえ）[冬]

つきつめて思ふは苦し庭おもて沈丁に寄る冬の蠅あり　宮柊二・群鶏

§

綿帽子《わたぼし》の糊《のり》をちからや冬の蠅《はへ》　許六・韻塞
憎まれてながらふる人冬の蠅　其角・五元集
日影もる壁に動くや冬の蠅　闌更・半化坊発句集
摺墨の香は忘れずよ冬の蠅　白雄・白雄句集
冬の蠅貧女が髪にむすぼる、　白雄・白雄句集
家の蠅凍て死たる骸もなし　白雄・白雄句集
冬の蠅知足庵主の横臥哉　石橋忍月・忍月俳句抄
我病みて冬の蠅にも劣りけり　正岡子規・子規句集
うとましや世にながらへて冬の蠅　正岡子規・子規句集
枯菊に冬の蠅居て庭掃除　松瀬青々・春夏秋冬
冬の蠅臼ひく上をまはりけり　坂本四方太・改造文学全集
山笹《やまざさ》をたばねて打《う》つや冬《ふゆ》の蠅《はへ》　泉鏡花・鏡花句集
二三匹ゐて親しさや冬の蠅　高浜虚子・定本虚子全集
すがりゐて草と枯れゆく冬の蠅　臼田亜浪・定本亜浪句集
冬の蠅二つになりぬあたたかし　臼田亜浪・旅人
冬の蠅ほとけをさがす臥戸かな　飯田蛇笏・山廬集
冬の蠅しづかなりわが膚を踏み　日野草城・旦暮
入日をろがむ窓辺に冬の蠅一つ　原石鼎・「花影」以後
文字の上意味の上をば冬の蠅　中村草田男・銀河依然
　病中
あけくれの布団重たし冬の蠅　石橋秀野・桜濃く

ふゆのはち【冬の蜂】
冬の季節に生き残っている蜂。➡蜂（はち）［春］

§

冬蜂の死にどころなく歩きけり　村上鬼城・鬼城句集
我作る菜に死にてあり冬の蜂　杉田久女・杉田久女句集
冬蜂は死ぬなり地軸しづかにて　加藤楸邨・野哭
冬蜂のあゆむにかさん時もなし　加藤楸邨・野哭
巣ごもりの冬蜂尻が入りきれず　加藤知世子・太麻由良

ぶり【鰤】
アジ科の海水魚。回遊魚。日本各地の沿岸から朝鮮半島に分布する。体長約一メートル。体は紡錘形で、背面は暗青褐色、腹面は銀白色。体側中央に淡黄色の縦帯がある。春から夏に日本列島を北上し、秋から冬に南下する。出世魚で、幼魚より「わかし→いなだ→わらさ→ぶり」〈東京〉、「つばす→はまち→めじろ→ぶり」〈大阪〉、「つばえそ→ふくらぎ→ぶり（さんか）」〈富山〉、「もじゃこ→はまち→ぶり→おおいな」〈高知〉などとよばれる。寒中に漁獲したものが旬で「寒鰤」とよばれ、賞味される。海釣りの対象魚。［和名由来］「鰤」という漢字は師走の頃に漁獲されるものが旬とされることから、魚偏に師走の「師」と付したものと。➡初鰤

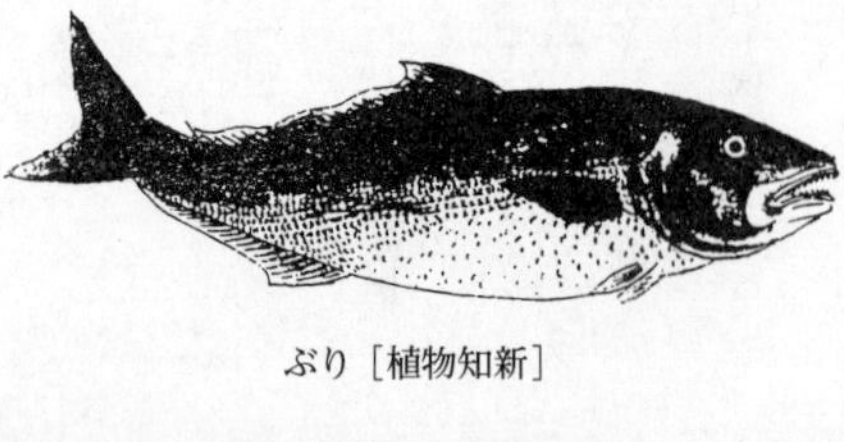

ぶり［植物知新］

丹後のぶり追網漁［日本山海名産図会］

丹後のぶり立網漁［日本山海名産図会］

(はつぶり)[冬]、鰤網(ぶりあみ)[冬]、いなだ[夏]、津走(つばす)[夏]、魬(はまち)[夏]、寒鰤(かんぶり)[冬]

§

年の夜のぶりや鰯や三の膳　去来・己が光
鰤鱈《ぶりたら》の大津どまりや明日《あす》は春　涼菟・草刈笛
鰤《ぶり》をきる大晦日《おほつごもり》や仏《ほとけ》の日　許六・五老文集
場《には》にかさなる鰤《ぶり》の桶漬《をけづけ》　正秀・俳諧深川
鰤《ぶり》の尾《を》を提《さげ》て立《たち》けり年の暮　正秀・白馬
鰤荷ふ中間殿にかくれけり　其角・五元集
大食のむかしがたりや鰤の前　太祇・太祇句選
めでたしな御子達からの台の鰤　召波・春泥発句集
ほとくとも見えねと鰤の俵縄　惟然・後れ馳
寝て起て鰤売声を淋しさの果　才麿・おくれ双六

ぶりあみ【鰤網】

鰤を漁獲する建網。大謀網(たいぼうあみ)ともいわれる。広い範囲に張廻らせ、見張舟の指示に従って漁がされる。⇩鰤(ぶり)[冬]

§

鰤網《ぶりあみ》を見《み》に行《ゆ》く舟《ふね》に女等《をんなら》もごちやごちやまじる伊豆《いづ》の春《はる》の日《ひ》　岡稲里・早春

ほうぼう【魴鮄　竹麦魚】

ホウボウ科の海水魚。北海道南部以南に分布し、海底の砂底に生息する。春から夏に北上し、冬に南下する。体長約四〇センチ。頭部は四角でかたく、大きな胸びれをもつ。背面は紫赤色。腹面は青緑色で鮮やかな小斑点がある。胸びれの下に鰭(ひれ)が変化した三本の指状物があり、これで海底を歩行し、砂泥中の甲殻類を捕食する。一二〜四月が旬とされる。白身で淡白な味である。[和名由来]ホホホネウオ(頬骨魚)の意から。頭部が四角であることから「方頭・方帽」の意からなど。

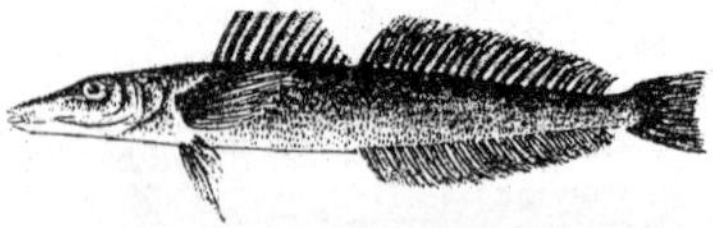
ほうぼう［日本重要水産動植物之図］

§

恋知らぬ処女子《をとめご》ゆゑに恋ひわづらひ魴鮄《ほうぼう》の骨焼きて籠《こも》りしを　土屋文明・青南集

ほげい【捕鯨】

鯨を捕獲すること。鯨は、秋の半ば頃から春にかけて日本近海に出没し、この時期、捕鯨が盛んに行われた。古来、捕鯨には網取法、突取法がある。網取法は、数十の船で鯨を網の中に追込み、一番銛、二番銛、三番銛で仕留めるもの。突取法は、三〜五艘の漁船を一隊として編成し、銛で突きとるもの。[同義]鯨突き(くじらつき)、勇魚取。⇩勇魚取(いさなとり)[冬]、鯨(くじら)[冬]

ほしさけ【干鮭・乾鮭】

乾鮭(からざけ)に同じ。⇩乾鮭(からざけ)[冬]

§

乾鮭《ほしざけ》に目鼻つけたる御姿《おんすがた》　正岡子規・子規句集
乾鮭や灯まつ間の土間厨　石橋秀野・桜濃く

ほっきがい【北寄貝】

バカガイ科の二枚貝。姥貝（うばがい）の別名。本州中部以北に分布し、浅海の砂底に生息する。殻長約一〇センチ。丸みのある三角形。殻は重厚で黄褐色の殻皮で覆われる。食用。漁期は一二～四月。［和名由来］強い北風で海岸に打ち寄せられることがあるためと。［同義］姥貝（うばがい）。⇩貝（かい）［四季］

「ま」

まがも【真鴨】

ガンカモ科の鳥。冬鳥としてユーラシア・北アメリカより飛来し、湖沼や港湾などに生息する。体長約六〇センチ。雄は頭・頸部が光沢のある緑色で、頸には白色の首輪がある。背部は暗褐色、胸部は栗色、腹部は灰白色。嘴は緑黄色で、脚は橙黄色。［同義］青頸・青首（あおくび）。［漢名］緑頭。⇩鴨（かも）［冬］

あおくび（まがも）［聚鳥画譜］

§

まを薦《ごも》の節《ふ》の間近《まちか》くて逢はなへば沖つ真鴨《まかも》の嘆《なげ》きぞ吾《あ》がする
作者不詳・万葉集一四

寒む寒むと起きいでし門《かど》に郵便屋来りておきぬ一羽の真鴨を
若山牧水・白梅集

まぐろ【鮪】

サバ科マグロ属の総称。「しび」ともいう。遠洋性回遊魚。体長約三メートル。体は紡錘形。背面は青黒色、腹面は灰白色。鮪という場合、一般に黒鮪（くろまぐろ）をさすことが

紀伊国木本湊で漁獲された「しび」［西国三十三所名所図会］

多い。他のものに比べ、肉の赤みが強い。冬に美味。［同種］黒鮪、黄肌（きはだ）、鬢長、目撥（めばち）。⬇めじ［春］、黄肌鮪（きわだまぐろ）［夏］、梶木（かじき）［冬］、鬢長（びんなが）［冬］

§

六尺の鮪《まぐろ》の箱に釘するはなにならねども胸さわぐかな
与謝野晶子・冬柏亭集

餌まけば深きより出でて尾鰭うち鮪は群れてうちどよむとふ
若山牧水・渓谷集

鮪つきて船には満たせ風を強み三日四日沖に居る日ありといふ
若山牧水・渓谷集

親方の顔に日のさす鮪売　上川井梨葉・愛吟

まっこうくじら【抹香鯨】

ハクジラ類の中で最大の鯨。前頭部が大きく、体長二〇メートル内外。下顎に円錐形の歯が二〇〜二五対ある。脳の中にある油は優良で、鯨脳油として時計油などに珍重された。また、腸に生じる龍涎香（りゅうぜんこう）は貴重な香料の原料となる。⬇鯨（くじら）［冬］

まつむしり【松雀鳥】

菊戴の別称。⬇菊戴（きくいただき）［冬］

§

飛でまたみどりに入るや松むしり　惟然・惟然坊句集

まながつお【真魚鰹・鯧】

マナガツオ科の外洋性の海水魚。体長約六〇センチ。体は丸みのある菱形。体色は青みのある銀白色。口は小さい。背

まぐろ大敷網漁［日本山海名産図会］

びれの先端は鎌のように尖る。西日本の海に多く、大阪では一二〜二月を旬としている。味噌漬、刺身などにして食べる。〔同義〕ぎんだい〈富山〉、めんな〈岡山〉、まながた〈長崎・熊本〉。

まなづる【真名鶴・真鶴】

ツル科の鳥。アジア北東部で繁殖し、日本には越冬のため飛来する。体長約一二〇センチ。背・腹部は灰色で、脚は暗赤褐色。顔は皮膚が露出して赤色。嘴は黄緑色。飛来地の鹿児島県出水市は特別天然記念物。〔同義〕まなとり、なべづる、ねずみつる。⬇鶴渡る（つるわたる）〔冬〕、鶴（つる）〔四季〕

§

さなみ立《たつ》水田にたてる真鶴《まなづる》のおし羽もさむくあたる朝風
　大隈言道・草径集

うちわたす干潟のくまの岩のうへに真鶴《まなづる》たてり波あがる岩に
　若山牧水・黒松

「み〜む」

みずとり【水鳥】

水上に遊泳する鳥の総称。「みずどり」ともいう。俳句では秋に渡来し、春帰るものが多いことから、冬の季語となる。鴨、鴛鴦、鳰などの水鳥が、川や湖などで浮かんでいたり、潜ったり、飛び立ったりしている冬の光景が見られる。〔同義〕浮寝鳥、水禽（すいきん）。⬇水鳥の巣（みずどりのす）〔夏〕、浮寝鳥（うきねどり）〔冬〕、鳰（かいつぶり）〔冬〕、秋沙（あいさ）〔冬〕、葦鴨（あしがも）〔冬〕、あじむら〔冬〕、鴛鴦（おしどり）〔冬〕、鳰（にお）〔冬〕、鴨（かも）〔冬〕、巴鴨（ともえがも）〔冬〕、鈴鴨（すずがも）〔冬〕、小鴨（こがも）〔冬〕、葦鴨（よしがも）〔冬〕、白鳥（はくちょう）〔冬〕、海鳥（うみどり）〔四季〕

§

水鳥の立たむよそひに妹のらに物いはず来《き》にて思ひかねつも
　作者不詳・万葉集一四

冬の池の氷り行《ゆく》らん水鳥の夜ふかくさは《わ》ぐ声聞ゆ也
　公任集（藤原公任の私家集）

たちよればすゞしかりけり水鳥のあお《を》ばの山の松の夕《ゆふ》風
　藤原光範・新古今和歌集七（賀）

水とりのつばさの霜をはらふまにうきねの床やかつ氷るらん
　小沢蘆庵・六帖詠草

うかびいで、見てはかづけど水鳥のしづめるまにもかはる世の中
　大隈言道・草径集

はつしぐれ今ぞふりいづる水鳥のとも《友》ぐる《狂》ひするおきの波間に
　大隈言道・草径集

よべ一夜《ひとよ》浮寝《うきね》をしけむ水鳥の群《む》れゐる湖《うみ》の岸は凍れり
　島木赤彦・柿蔭集

水鳥のあやふくあゆむ藪かげに止《や》みたる雪はうすく光れり　若山牧水・くろ土

小野、古江を尋て

水鳥のをしえ顔也なかれ芦　涼菟・皮籠摺

水鳥のおもたく見えて浮にけり　鬼貫・鬼貫句選

水鳥の波に鼻つく眠かな　乙州・孤松

水鳥や丸雪《あられ》玉取《だまとる》池の中　りん女・紫藤井発句集

水鳥や挑灯《てうちん》遠き西《にし》の京《きやう》　蕪村・落日庵句集

水鳥や枯木の中に駕《かご》二挺《にちやう》　蕪村・蕪村句集

水鳥のどちへも行ず暮にけり　一茶・享和句帖

火事跡や水鳥遊ぶ池の中　内藤鳴雪・鳴雪句集

うたかたは水鳥の胸に別れ消ゆ　石橋忍月・忍月俳句抄

水鳥に舂《うす》づく日ざし移《うつ》ろへり　石橋忍月・忍月俳句抄

水鳥《みづとり》や閉塞船の艫《とも》にうく　森鷗外・うた日記

水鳥の胸突く浪の白さかな　村上鬼城・鬼城句集

水鳥や菜屑《なくず》につれて二間程《にけんほど》　正岡子規・子規句集

不忍《しのばず》や水鳥の夢夜半の三昧　河東碧梧桐・碧梧桐句集

水鳥の夜半の羽音やあまたたび　高浜虚子・五百句

水鳥の声のかたまり暮天冴ゆ　高田蝶衣・青垣山

水鳥に枯蓮皆折る、氷かな　杉田久女・杉田久女句集補遺

防波堤水鳥の波おこるのみ　水原秋桜子・古鏡

水鳥の水搔の裏見せとほる　山口青邨・夏草

水鳥や明日は〳〵と人のいふ　星野立子・句日記Ⅱ

覚めやすくおどろきやすき水鳥ら　柴田白葉女・月の笛

水鳥のしづかに己が身を流す　柴田白葉女・遠い橋

みそさざい【鷦鷯】

ミソサザイ科の小鳥。翼長約五センチ。日本全土に分布し、山間の水辺に生息する。体は全体に焦茶色で、背・尾部に黒褐色の横斑がある。腹部は灰褐色で黒褐色の斑がある。きわめて敏捷で昆虫を捕食する。冬は人家の近くに現れ、高い声で「チョロロロ・チョロロロ」と鳴く。苔を利用して横に出入口のある丸巣をつくる。［和名由来］奈良時代の古名「ささき・さざき→さざい→みそさんざい→みそさざい」よりと。「ささ」は小さいの意で「き」は鳥を示す接尾語。「みぞさんざい」は溝（水辺）に住む「さざい」の意と。別名の「巧婦鳥（たくみどり）」は苔をつかって作られた巣が巧みに見えたことから。［同義］三十三才（みそさざい）、さざい、ささき、

みそさざい［景年画譜］

しょうりょう、巧婦鳥。［漢名］鷦鷯、巧婦、桃雀。

§

ながしべにさゝきが啼《なき》つわぎもこよ摺きし味噌を内にいらさね
田安宗武・悠然院様御詠草

まどにきてすがるさゝぎもゆくりなくまどひがほなるこがらしの風
大隈言道・草径集

みそさざいまれに来てなく裏町のさぶらひやしき雪ふりにけり
太田水穂・つゆ草

みそさざいひそむが如く家ちかく来《く》るのみにして雪つもりけり
斎藤茂吉・白き山

路ひとつほそくとほれる松原の此処の深きにみそさざい啼けり
若山牧水・黒松

真冬啼くひたきみそさざいいづれみな人里になきて声の錆びたる
若山牧水・黒松

如月《きさらぎ》や電車に遠き山の手のからたち垣に三十三才《みそさざい》鳴く
木下利玄・銀

笹垣のとちらに啼そみそさゝゐ　去来・草苅笛

みそさゞゐ《(い)》馬の背中やつたひ道　万子・草苅笛

夕暮の篠のそよぎやみそさゞゐ　蓼太・蓼太句集

袂まで来て帰けりみそさゞゐ　青蘿・青蘿発句集

みそさざいちつといふても日の暮れる　一茶・文化句帖

三十三才網干す下を友ありき　内藤鳴雪・鳴雪句集

掛け干しに馬の薬や三十三才　菅原師竹・菅原師竹句集

割木積んで下部いにけり三十三才《みそさざい》　石橋忍月・忍月俳句抄

菜屑など散らかしておけば鷦鷯《みそさざい》　正岡子規・子規句集

みそさゞい炭ひく足に来りけり　松瀬青々・妻木

あか棚をつたひありきや鷦鷯　松瀬青々・妻木

桑老木倒れしもあり三十三歳　河東碧梧桐・碧梧桐句集

山越しに窟《いはや》のあるや三十三歳《みそさゞい》　河東碧梧桐・碧梧桐句集

干笊の動いてゐるは三十三才　高浜虚子・六百句

藁灰の風立つ庭や三十三才　大須賀乙字・乙字俳句集

ひっそり暮らせばみそさざい　種田山頭火・草木塔

庭におく深雪の石にみそさざい　飯田蛇笏・椿花集

崖よりもまれにはひかり鷦鷯　加藤楸邨・雪後の天

みみずく【木菟】

フクロウ科の鳥のうち、頭部に冠羽の一種の耳羽をもつものの俗称。一般に梟よりも小形。［同義］つく、づく。［同種］青葉木菟、木葉木菟（このはずく）、大木葉木菟。［漢名］木

みみずく［景年］

莵、角鴟、猫頭鷹。⇩青葉木莵（あおばずく）［夏］、大木葉木莵（おおこのはずく）［冬］、梟（ふくろう）［冬］、木莵（つく）［冬］

§

みゝづくは眠る処《ところ》をさゝれけり　半残・猿蓑
木兎《みみづく》の耳学問や事始《ことはじめ》　土芳・蓑虫庵集
みゝづくの頭巾は人に縫せけり　其角・五元集
木兎《みみづく》やさあらば能《のう》のあひ語《がた》り　露川・国の華
木莵の目たゝきしげき落葉哉　乙由・麦林集
みゝづくやうき耳ありと山の奥　也有・蘿葉集
木莵なくや人の人とる家ありと　一茶・旅日記
代々や木莵になじめる寺男　角田竹冷・竹冷句鈔
木莵《みみづく》の赤い頭巾をかぶりたる　寺田寅彦・寅日子句集
木兎のほうと追はれて逃げにけり　村上鬼城・鬼城句集
木莵に似た僧ばかり山の寺　岡本癖三酔・癖三酔句集
木莵なくや剃りたての頭つゝみ寝る　高田蝶衣・青垣山
木莵さびし人の如くに眠るとき　原石鼎・雑詠選集
木莵なくや月の大路に轍あと　原石鼎・花影
青天に飼はれて淋し木莵の耳　原石鼎・花影
みみづくが両眼抜きに来る刻か　三橋鷹女・白骨
木莵は呼ぶ父は頭黒うして逝けりし　中村草田男・火の島
団欒にも倦みけん木莵をまねびけり　芝不器男・定本芝不器男句集
籠の木莵嘴音たてるばかりなり　高橋馬相・秋山越
虫の楽遠木莵は台詞めく　石田波郷・惜命

みやこどり【都鳥】

「都鳥」といえば左に挙げる在原業平の歌が有名であり、隅田川を飛んでいる風景が連想される。歌や俳句で詠まれる「都鳥」とは百合鷗（ゆりかもめ）の雅称。百合鷗はカモメ科の小形の渡鳥で、日本には冬鳥として秋に飛来し、湖沼、河川に生息する。翼長約三〇センチ。体は白色で嘴・脚は暗赤色。冬羽は背部と羽は淡青灰色で、耳羽は褐色。その他白色。チドリ科にも鳥類学上の和名をミヤコドリという鳥がいるが、別種である。⇩鷗（かもめ）［四季］、冬鷗（ふゆかもめ）［冬］

§

船競《ふなぎほ》ふ堀江の川の水際《みなきは》に来居《きゐ》つつ鳴くは都鳥かも　大伴家持・万葉集二〇
名にし負《お》はばいざ事とはむ宮こ鳥わが思《おも》ふ人はありやなしやと

みやこどり（下）しゃくなぎ（上）
［頭書増補訓蒙図彙大成］

在原業平・伊勢物語（九）

嘴《はし》と足《あし》と赤きといひし業平《なりひら》の昔おもほゆる都鳥かも　正岡子規・子規歌集

塩にしてもいざことづてん都鳥　芭蕉・江戸十歌仙

泰里が東武に帰を送る

嵯峨寒しいざ先くだれ都鳥　蕪村・蕪村句集

家に答ふ声とも聞けり都鳥　暁台・暁台句集

都鳥の我を呼ぶかも松の奥　暁台・暁台句集

我舟におもて合せよ都どり　几董・井華集

都鳥なるれば波の鷗かな　乙二・斧の柄

都鳥飛んで一字を画《えが》きけり　高浜虚子・六百句

煤けたる都鳥とぶ隅田川　高浜虚子・六百句

川の面にこころ遊びて都鳥　高浜虚子・六百句

都鳥汝も赤きもの欲るや　山口青邨・庭にて

隅田川風景（五句）

焼け残る橋鉄の橋都鳥　山口青邨・花宰相

都鳥いつも飛びをり孤窓《ひとつまど》　山口青邨・花宰相

飛び来り飛び去り白き都鳥　山口青邨・花宰相

都鳥より白きものなにもなし　山口青邨・花宰相

都鳥水兵白き帽子載せ　山口青邨・花宰相

わが波の一つ一つに都鳥　中村汀女・花影

都鳥飛ぶ橋梁の鉄の弧を　中村汀女・花影

都鳥とらへし波に浮びけり　中村汀女・花影

みるくい【水松食・海松食】

バカガイ科の二枚貝。日本全土に分布し、内湾の浅場の砂泥底に生息する。殻長約一三センチ。横長の卵形。殻表は暗褐色、内面は白色。殻の後端が大きく開口し、黒皮に包まれた太く長い水管をだす。鮨種など食用になる。冬から春にかけて旬である。［和名由来］殻に海藻の海松が付着していることが多いところから。［同義］水松貝・海松貝（みるがい）。⬇貝（かい）［四季］

むじな【狢・貉】

①イタチ科の動物である穴熊の別称。②狸を穴熊と混同し、「狢」と呼ぶこともある。⬇穴熊（あなぐま）［冬］、狸（たぬき）［冬］

むつ【鯥】

ムツ科の海水魚。北海道南部以南に分布し、養魚は浅場に、成魚は深場の岩礁域に生息する。体長約六〇センチ。体は紡錘形。養魚

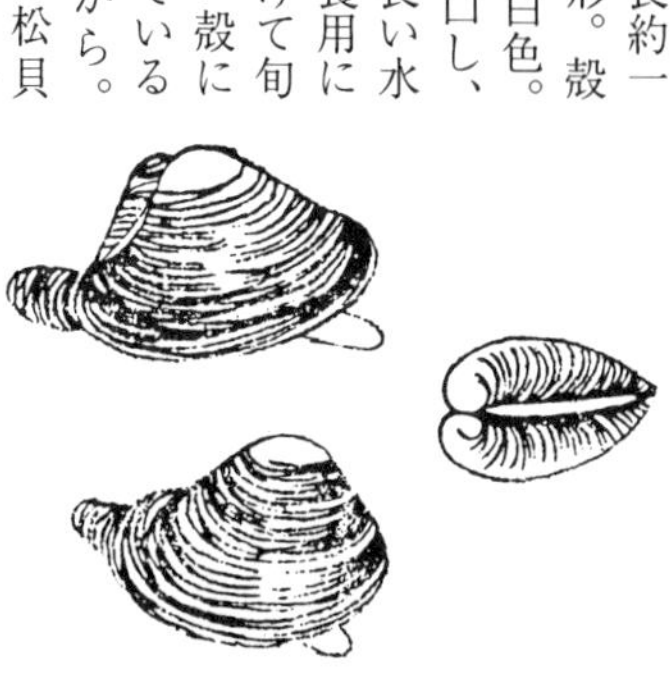

みるくい［頭書増補訓蒙図彙大成］

むじな［毛詩品物図攷］

は黄赤褐色、成魚は紫黒色。冬が旬である。江戸時代、仙台の伊達家が陸奥守（むつのかみ）であったので、「むつ」の名をさけ、「ろく」として「ろくのうお」ともよんだ。海釣りの対象魚。［同義］ろくのうお〈宮城〉、つのくち〈神奈川〉、もつ〈愛媛・高知〉、めばり〈長崎〉。

むらちどり【群千鳥・村千鳥】
群れている千鳥。⇩千鳥（ちどり）［冬］

§

風さゆるとしまが磯《いそ》のむら千鳥《ちどり》たちゐは浪の心なりけり
正三位季経・新古今和歌集六（冬）

むらちどりつばさほそめて向へどもそなたへやらぬのこのうら風
大隈言道・草径集

沖津波今やよすらん村千鳥　浦わ近くも鳴渡りけり
樋口一葉・樋口一葉全集

浦風《うらかぜ》や巴《ともゑ》をくづすむら衛《ちどり》
曾良・猿蓑

群千鳥渚に下りてより見えず
阿部みどり女・光陰

「や〜れ」

やつめうなぎ【八目鰻】
ヤツメウナギ科の魚類の総称。またはその一種である川八目（かわやつめ）をいう。川八目は体長約六〇センチ。体形は鰻に似る。胸びれと腹びれがない。眼の後方に七個の鰓孔が並ぶ。口は吸盤状で、他魚に寄生して吸血する。川で孵化した幼魚は海に下り、約五年後に、産卵のために河川を遡上する。食用・薬用となり、とくに鳥眼に有効という。［同義］八目（やつめ）。［同種］川八目、砂八目（すなやつめ）。⇩鰻（うなぎ）［夏］、寒八目（かんやつめ）［冬］

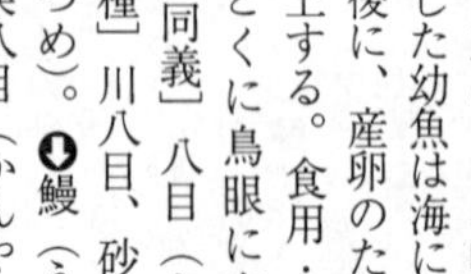

やつめうなぎ［和漢三才図会］

やまいぬ【山犬】
すでに絶滅しているが、日本産の狼の別称である。⇩狼（おおかみ）［冬］

§

山犬を馬が嗅《かぎ》出す霜夜哉　其角・五元集

やまくじら【山鯨】
猪の肉の別称。脂肪に富む。寒中、滋養のため、味噌煮などにして食べる。薬食の一つである。［同義］猪の肉（ししのにく）。⇩猪（いのしし）［秋］、猪肉（ししにく）［秋］

ゆうちどり【夕千鳥】
夕方の千鳥。夕方に飛び立つ千鳥。⇩千鳥（ちどり）［冬］

§

かき馴らす塩田ひろし夕千鳥　杉田久女・杉田久女句集

ゆうなみちどり【夕波千鳥・夕波衛】

夕波の上を飛びたわむれる千鳥。⇩千鳥（ちどり）［冬］

§

淡海《あふみ》の海《うみ》夕波千鳥汝《な》が鳴けば情《こころ》もしのに古《いにしへ》思ほゆ
柿本人麻呂・万葉集三

立《た》つと見《み》し夕なみ千鳥かへるらし有明の月の落《お》ち潮《しほ》に鳴《な》く
藤原雅世・宝徳二年十一月仙洞歌合

けふの日も夕なみちどり音《ね》に鳴《なき》てたちもかへらぬ昔をぞおもふ
小沢蘆庵・六帖詠草

かきろひの夕波千鳥しは鳴きて梅なほ早し鎌倉の里
伊藤左千夫・伊藤左千夫全短歌

ゆきどり【雪鳥】
雪の中にいる鳥。雪の中で寒さにかじかんでいたり、餌を求めていたりする。［同義］凍鳥（いてどり）、かじけ鳥（かじけどり）。⇩鳥（とり）［四季］

よしがも【葦鴨】
ガンカモ科の鳥。中形の美しい鴨で全長五〇センチ。日本では北海道で繁殖し、その他の地へは冬鳥として渡来する。雄は頭部に羽冠をもち、翼の風切羽は長く鎌状になっているため、蓑を着ているように見える。［同義］蓑鴨（みのがも）、蓑よし（みのよし）。⇩鴨（かも）［冬］、葦鴨（あしがも）［冬］

れんじゃく【連雀】
レンジャク科の小鳥の総称。日本へは「緋連雀（ひれんじゃく）」「黄連雀」が冬に群をなして渡ってくる。緋連雀は体長約一八センチ。頭部に冠毛がある。背部は葡萄褐色で、尾の先端が紅色。黄連雀は、緋連雀と似るが、緋連雀よりも少し大きく、尾の先端は黄色。両鳥とも木の実などを食べる。寄生木の実を好んで食べるため「寄生鳥」、未消化の木の実を尻からぶらさげて飛ぶところから「尻腐」などの名でも呼ばれる。［和名由来］「常に山林に棲み　飛集して群をなす　故に連雀となす」―『本朝食鑑』。［同義］寄生鳥（ほやどり）、唐雀（からすずめ）、尻鎖・尻腐（しりくさり）。⇩黄連雀（きれんじゃく）［冬］、緋連雀（ひれんじゃく）［冬］

れんじゃく［写生四十八鷹画帖］

§

連雀の尾はむつかし、鳥の形《ナリ》　土芳・蓑虫庵集
連雀や独しだる、松の中　蓼太・蓼太句集

「わ」

わかたか【若鷹】
鷹狩用の鷹で一歳の鷹をいう。［漢名］黄鷹。⇩鷹（たか）

［冬］

§

若鷹の涙はらりと雲韻《ひび》く　日野草城・旦暮

わし【鷲】

ワシタカ科の大形の鳥の総称。翼長六〇～八〇センチ。雄大な翼をもち、尾は短い。太い脚をもち、爪・嘴は曲がり、鋭い眼をもつ。性格は勇猛で鳥や獣を捕食する。［同種］犬鷲、尾白鷲、大鷲。⬇鷲の巣（わしのす）［春］、犬鷲（いぬわし）［冬］、大鷲（おおわし）［冬］、尾白鷲（おじろわし）［冬］、熊鷹（くまたか）［冬］、荒鷲（あらわし）［冬］

§

鷲《わし》の住む　筑波の山の　裳羽服津《もはきつ》の　その津の上に　率《あども》ひて…（長歌）　万葉集九（高橋虫麿歌集）

わし［聚鳥画譜］

筑波嶺にかか鳴く鷲《わし》の音《ね》のみをか鳴き渡りなむ逢ふとは無しに　作者不詳・万葉集一四

渋谿《しぶたに》の二上《ふたがみ》山に鷲そ子産《こむ》とふ翳《さしは》にも君がみために鷲そ子産《こむ》とふ　作者不詳・万葉集一六

けうときは鷲《わし》の栖《すみか》や雲の峰　祐甫・炭俵

鷲《わし》の子や野分《のわき》にふとる有《あり》そ海　去来・有磯海

目を奪ひ命を奪ふ諾《だく》と鷲《わし》　高浜虚子・六百五十句

大空をたゞ見てをりぬ檻の鷲　高浜虚子・定本虚子全集

黒鞄重たし檻の鷲羽搏つ　加藤楸邨・寒雷

わたむし【綿虫】

アブラムシ科の微小昆虫のうち、白色の綿状の分泌物を出すものの総称。体長約二ミリ。晩秋から冬に、綿が舞うように飛ぶ。［同義］雪虫（ゆきむし）、雪蛍（ゆきぼたる）、雪婆（ゆきばんば）、白粉婆（しろこばば）。⬇雪虫（ゆきむし）［春］

§

綿虫やむらさき澄める仔牛の眼　水原秋桜子・帰心

綿虫がのぼりて伊豆の山枯るる　水原秋桜子・帰心

綿虫のうかびて蜜柑なほ青し　水原秋桜子・帰心

天暮るる綿虫が地に着くまでに　橋本多佳子・海彦

綿虫を見るまでこころつかれたり　加藤楸邨・雪後の天

綿虫やそこは屍の出でゆく門　石田波郷・惜命

新年

新年に関するもの

「あ行」

いせえび【伊勢海老・伊勢蝦】

イセエビ科の大形の海老。太平洋側の岸に近い岩礁に多く生息する。雄の体長は約三〇センチ。雌は雄よりも小形。甲殻は円筒状で堅く、頭・胸部に大小多数の棘をもつ。体色は濃赤褐色。二対の触角と五対の歩脚をもち、ハサミはない。第二触角は体より長くなる。産卵期は五～九月。縁起物として、新年の蓬莱台の飾り物や祝儀の膳に多く使われる。[和名由来] 伊勢湾で多く漁獲されたところから。[同義] 鎌倉海老（かまくらえび）。⬇飾海老（かざりえび）[新年]、海老（えび）[四季]

いせえび［日本山海名産図会］

§

いせにあれば伊勢の海老をとねもころに送りこしけむ事も偲ばゆ
伊藤左千夫・伊藤左千夫全短歌

伊勢海老の其身を飾る目出度さよ　大谷句仏・縣葵

伊勢海老や四海の春を家の内　吉田冬葉・獺祭

うそかえ【鷽替】

太宰府の天満宮で一月七日に、東京の亀戸天満宮で一月二五日に行われる神事。参詣者が木製の鷽を持って集まり、交換し合ったり、買い替えたりする。凶事がうそになり、吉事と取り換える意味の神事である。元来、この鷽は防火のまじないとして神棚にまつるものである。⬇鷽（うそ）[春]

うまのりぞめ【馬騎初】

新年に初めて馬に乗る儀式。江戸時代では新年の五日に行われた。[同義] 騎馬・騎馬初（きばはじめ）、馬場始・馬場初（ばばはじめ）、騎始・騎初（のりぞめ・のりはじめ）、初騎（はつのり）。⬇馬（うま）[四季]

§

初乗や由井《ゆい》の渚《なぎさ》を駒並《こまな》めて　高浜虚子・五百五十句

おしあゆ【押鮎】

鮎を塩押しにしたもの。鮎は春より一年で成長するところから、「年の魚（としのうお）」ともいい、新年の嘉祝の料理に用いられる。⬇鮎（あゆ）[夏]

§

はしたかのをき餌《ゑ》にせんとかまへたるを《（お）》しあゆかすな鼠《ねずみ》とるべく
藤原輔相・拾遺和歌集七（物名）

「か行」

かけだい【懸鯛・掛鯛】
元日、二匹の小鯛の二尾を藁で結び、歯朶などを挿して、竈や門松に懸ける習俗。これを六月一日に食べると邪気をはらうことができるという。［同義］睨鯛（にらみだい）、包尾の鯛（つつみおのたい）。⇩鯛（たい）［四季］

かざりうま【飾馬】
新年の初荷を運ぶ馬。美しく飾りたてられている。［同義］初荷馬（はつにうま）。⇩馬（うま）［四季］

かざりえび【飾海老】
新年、鏡餅や蓬莱台、注連飾などに飾られた伊勢海老などの海老。茹でた海老を腰の曲がった老人に見立て、長寿の願いを込めて飾る。⇩伊勢海老（いせえび）［新年］、海老（えび）［四季］

かずのこ【数の子・鯑】
鰊の卵巣を塩漬け、または乾燥した食品。「数の子」を「多子」の子孫繁栄の意として、新年や婚礼時には祝いの食品とされた。［和名由来］鰊をさすアイヌ語「カド」の子の意。⇩数の子作る（かずのこつくる）［春］、鰊（にしん）［春］

かわずかりのしんじ【蛙狩の神事】
正月元旦、長野県の諏訪神社で行われるその年の豊年を祈る神事。御手洗川の氷を破り、蛙二匹を捕らえて、神社でこの蛙を弓で射る。⇩蛙（かわず）［春］

きつねまい【狐舞】
門付けの一種。往時、京都にみられた芸人で、正月に狐面をかぶり「福の神のお見舞い」といいながら町内を巡り歩いたという。「稲荷山の白狐」ともいう。⇩狐（きつね）［冬］

こはだのあわづけ【小鰭の粟漬】
関東の正月料理。蒸した粟を冷ました後、柚の皮の細切と唐辛子の輪切を混ぜこむ。背開きにして甘酢を振り掛けた小鰭にこれをちらし、三～四日漬けてから食べる。⇩小鰭（こはだ）［秋］

「さ～な行」

さるひき【猿曳】
猿廻しのこと。⇩猿廻し（さるまわし）［新年］

§

やしなふもやしなはる丶も猿曳のいづれか殊に哀なるべき
佐佐木信綱・思草

猿引《さるひき》は猿の小袖をきぬた哉　芭蕉・続有磯海
猿曳《さるひき》や猿に着せたる晴小袖《はれこそで》　正岡子規・子規句集
猿曳の猿を抱いたる日暮かな　尾崎紅葉・紅葉句帳

さるまわし【猿廻し】
新年、家々をまわり、猿に芸をさせて金銭をもらう芸人。猿は厩の安全を守ると言われ、馬を飼う家では猿廻しを招き、一年の無事を祈ったという。[同義] 猿曳、猿使い（さるつかい）。⬇猿曳（さるひき）[新年]、舞猿（まいざる）[新年]

§

老猿をかざり立てたり猿まはし　村上鬼城・鬼城句集

すわりだい【据り鯛】
元日の食膳に鯛を供えること。⬇鯛（たい）[四季]

たかのはじめ【鷹野始】
正月四日、徳川将軍がはじめて鷹狩をすることをいう。[同義] 遠御成始（とおおなりはじめ）。⬇鷹狩（たかがり）[冬]、初鷹狩（はつとがり）[秋]

たかがり［絵本世都濃登起］

たづくり【田作】
鯷を素干しにした食品。昔、田の肥料としたことからの名である。「五万米（ごまめ）」ともいう。五穀豊穣を祈念し、新年の嘉祝に食される。武家では「小殿原（ことのはら）」といわれた。⬇鯷（ひしこ）[秋]

にしざかな【螺肴】
田螺の肉を煮たもの。新年に多くつくられる料理。⬇田螺（たにし）[春]

のしあわび【熨斗鮑】
鮑の肉を薄く長く剥いで引き伸ばし、干したもの。長熨斗、打熨斗など、新年を祝う蓬莱台の飾りに用いられる。近年では、祝意をあらわす進物などにも添えられる。[同義] 薄鮑（うすあわび）。⬇鮑（あわび）[夏]

「は行」

ばくまくら【貘枕】
正月二日の夜、貘を描いた紙を枕の下に敷いて寝ることをいう。ここでいう貘は悪夢を食べてくれるという中国の想像上の動物。この貘枕で寝ると悪夢を見ないという。[同義] 貘の札（ばくのふだ）。⬇貘（ばく）[四季]

貘枕わりなきなかのおとろへず　飯田蛇笏・春蘭

§

はつがらす【初烏・初鴉】

元日に見る、または聞く烏をいう。➡烏（からす）［四季］

§

己が羽の文字もよめたり初烏　蕪村・津守舟
黒きもの又常盤なり初烏　蓼太・蓼太句集
いつはともあれ初烏初烏　大江丸・俳ざんげ
一声の姿も見たし初鴉　蒼虬・蒼虬翁発句集
吾こゝろわれにある時初烏　梅室・梅室家集
我庵は上野に近く初鴉　内藤鳴雪・鳴雪句集
除夜の灯の峰に残りて初烏　中川四明・四明句集
今日は起きて聞くものにせん初鴉　角田竹冷・竹冷句鈔
浴みして伊豆に旅人や初鴉　角田竹冷・竹冷句鈔
初鴉東の方を新枕　夏目漱石・漱石全集
初鴉廓の夜明もただならず　高浜虚子・定本虚子全集
飯入れて櫃《ひつ》あたゝかし初鴉《はつがらす》　広江八重桜・広江八重桜集
初鴉白玉《しらたま》椿活ける手の凍え　渡辺水巴・水巴句集
霜の大木《おほき》に映る竈火や初鴉　原石鼎・花影
いさゝかの水仕のこすや初鴉　石橋秀野・桜濃く

からす［毛詩品物図攷］

初鴉石鎚のある方なれど　石田波郷・酒中花以後
初烏望遠鏡は許しをり　石田波郷・酒中花以後

はつこえ【初声】

新年の朝早くに囀りはじめるさまざまな鳥の声をいう。

はつすずめ【初雀】

元日に見る、または聞く雀をいう。➡雀（すずめ）［四季］

§

初雀翅ひろげて降りけり　村上鬼城・定本鬼城句集
初雀廷尉が門の寂として　安藤橡面坊・最新二万句
九族の囀り尽きじ初雀　松瀬青々・妻木
夢殿の救世《ぐせ》の御前や初雀　松瀬青々・松苗
寝埃がついてをるらん初雀　広江八重桜・広江八重桜集
初雀三つほど東本願寺　広江八重桜・広江八重桜集
初雀円ひろがりて五羽こぼれ　中村汀女・花影
そこらぢゅう子供遊びて初雀　石橋秀野・桜濃く
初雀すでにまぎるゝ瀬音かな　石橋秀野・桜濃く

はつとり【初鶏】

元日の暁に初めて鳴く鶏。古来、元日を祝うめでたい声とされ、元日を「鶏旦（けいたん）」ともいう。➡鶏（にわとり）［四季］、鶏（とり）［四季］

§

初鶏のあした〳〵や無尽蔵　舎羅・千鳥掛
初鶏や又市に住甲斐ひとつ　蓼太・蓼太句集
寝おくれて初鶏聞くや拍子抜け　内藤鳴雪・鳴雪俳句集
初鶏や村情尚在りこのわたり　中川四明・四明句集

初鶏に夜を守る析の声遠し　安藤橡面坊・深山柴
初鶏や大仏前の古き家　松瀬青々・妻木
初鶏や金に戻りし金の精　石井露月・露月句集
初鶏に鋤鍬ばらの控へたり　石井露月・露月句集
初鶏や動きそめたる山かづら　高浜虚子・五百句
初鶏や又物音の途絶えたる　高浜虚子・定本虚子全集
初鶏や霜雪の如淑気満つ　大谷句仏・我は我
初鶏や庫裡の大爐の火明りに　臼田亜浪・炬火
初鶏や蒸籠重ねの宵のま、　大須賀乙字・乙字句集
初鶏に早も初灯穂清めけり　大須賀乙字・乙字句集
初鶏や皆潔斎の湯を了へつ　高田蝶衣・青垣山
初鶏や火を得し太古あらとふと　高田蝶衣・青垣山
初鶏にこたふる鶏も遠からぬ　阿部みどり女・笹鳴
初鶏や夜の名残り吠ゆ愚か犬　中村草田男・銀河依然

はつはと【初鳩】
元日に初めて見る鳩を愛でていう。⬇鳩（はと）［四季］

「ま・や行」

まいざる【舞猿】
猿廻しが連れている芸をする猿。⬇猿廻し（さるまわし）［新年］、猿（さる）［四季］

§

獅子がしらかつぎて舞ふや老猿の老たる業も哀なりけり　佐佐木信綱・思草
猿の来て踊るころより元日のこころやうやくもの足らぬかな　与謝野晶子・太陽と薔薇
遠き代の安倍《アベ》の童子《ドウジ》のふるごとを　猿はをどれり。年のはじめに　釈迢空・海山のあひだ

もぐらうち【土龍打・土竜打】
正月一四日に行う豊年を祈る行事。「うごろもちうち」ともいう。藁を堅く縛った棒で、地面を叩きながら囃し立て、田畑を荒らす土龍を追い払うまじない。関西では、土龍は海鼠（なまこ）を嫌うと言われており、「土龍は内にか、とらがどん（海鼠のこと）のお見舞いじゃ」と囃し立てる。［同義］土龍送り・土竜送り（もぐらおくり）、土龍追・土竜追（もぐらおい）。⬇土龍（もぐら）［四季］、うごろもち［四季］

§

土竜打ってコツと捨てたる海鼠かな　菅原師竹・菅原師竹句集

よめがきみ【嫁が君】
鼠のこと。正月の三が日に用いられる忌言葉。⬇鼠（ねずみ）［四季］

§

あくる夜も仄に嬉しよめか君　其角・七瀬川
何くはぬ顔して覗け嫁が君　井上井月・井月の句集
嫁が君几帳の裾にかくれ顔　中川四明・四明句集

嫁が君冠おいたる枕もと　中川四明・四明句集

どこからか日のさす閨や嫁が君　村上鬼城・定本鬼城句集

音さやに家一とめぐり嫁が君　中村草田男・万緑

ぬば玉の閨かいまみぬ嫁が君　芝不器男・不器男句集

四季

四季を通して

「あ」

あさがらす【朝烏・朝鴉】

夜明けに鳴く烏。明け方の烏。⬇烏（からす）［四季］

§

朝鴉《あさからす》早くな鳴きそわが背子《せこ》が朝明の姿見れば悲しも

作者不詳・万葉集一二

みじか夜のはかなさつげて鳴《なく》そらのをりあはれなる朝がらす哉《かな》

賀茂真淵・賀茂翁家集

あしたづ【葦鶴・葦田鶴】

葦の生えている水辺にいる鶴をいう。⬇田鶴（たづ）［四季］、鶴（つる）［四季］

§

君に恋ひいたも為便《すべ》無み蘆鶴《あしたづ》の哭《ね》のみし泣かゆ朝夕《あさよひ》にして

余明軍・万葉集三

草香江《くさかえ》の入江に求食《あさ》る葦鶴《あしたづ》のあなたづたづし友無しにして

大伴旅人・万葉集四

湯の原に鳴く葦鶴《あしたづ》はわがごとく妹《いも》に恋ふれや時わかず鳴く

大伴旅人・万葉集六

葦鶴《あしたづ》のさわく入江の白菅《しらすげ》の知らせむためと言痛《こちた》かるかも

作者不詳・万葉集一一

わすらる、時しなければ葦鶴《あしたづ》の思《おも》ひみだれて音《ね》をのみぞなく

よみ人しらず・古今和歌集一一（恋一）

住の江の松ほど久《ひさ》になりぬれば葦鶴《あしたづ》のねになかぬ日はなし

兼覧王・古今和歌集一五（恋五）

葦鶴《あしたづ》のひとりを《お》くれてなく声《こゑ》は雲のうへまで聞《きこ》え継《つ》がなむ

大江千里・古今和歌集一八（雑下）

葦鶴《あしたづ》のたてる川《かは》べをふく風に寄《よ》せてかへらぬ浪かとぞ見る

紀貫之・古今和歌集一七（雑上）

むかしみし雲ゐをこひて蘆鶴《あしたづ》の沢辺《さはべ》に鳴《な》くやわが身なるらん

藤原公重・詞花和歌集一〇（雑一〇）

さよふけて声さへさむき蘆鶴《あしたづ》はいくへの霜かを《お》きまさるらん

藤原道信・新古今和歌集六（冬）

難波潟潮干《なにはがたしほひ》にあさるあしたづも月かたぶけば声のうらむる

俊恵・新古今和歌集一六（雑上）

あしたづは霞《かすみ》を分《わ》けて帰《かへ》るなりまよひし雲路《ぢ》けふや晴《は》るべき

藤原定長・千載和歌集一七（雑中）

寐鳥うつ夜はの火音におどろきて空に乱る、あしたづのこゑ

大隈言道・草径集

あひる【鶩・家鴨】

カモ科の家禽。真鴨（まがも）の飼養品種。別に南アメリカ原産の鴨の一種のバリケンがあり、江戸時代に渡来、広東家鴨（かんとんあひる）ともよばれた。［漢名］鴨、鶩、家鳧、舒鳧。

§

げんげんの花咲く原のかたはら
に家鴨《あひる》飼ひたるきたなき池あり
正岡子規・子規歌集

さびしさに池のあひるに餌をや
りて空を眺むる夕まぐれかな
佐佐木信綱・思草

冬青《もち》の木の下べに泳ぎゆく家鴨《あひる》
白く輝くばかりなるかも
島木赤彦・氷魚

瀬をなして水は流るれ然れども
白き家鴨《あひる》の動かす水見ゆ
島木赤彦・氷魚

あけて見る小窓のそとは冬田なり荒るる湖《うみ》より家鴨歩み来《く》
島木赤彦・太虚集

相依りて寝並《ねなら》ぶものかはしけやし家鴨《あひる》の雛《ひな》に親はあらなくに
島木赤彦・太虚集

いかにして家鴨《あひる》は啼くや暗き町この冬の夜をくくみごゑして
前田夕暮・収穫

あかあかと鶩《あひる》卵を置いてゆく草場のかげの夏の日の恋
北原白秋・桐の花

丘の間にこもれる池も亡き人にかけて恋ひ来つ家鴨《あひる》浮べり
土屋文明・続青南集

春雨や家鴨《（あひる）》よちよち門《（かど）》歩き
一茶・文化句帖

背戸あけて家鴨《あひる》よびこむしぐれ哉
正岡子規・子規句集

あひる［明治期挿絵］

冬川の菜屑啄《ついば》む家鴨《あひる》かな
正岡子規・子規句集

雨の家鴨《あひる》柳の下につどひけり
寺田寅彦・寅日子句集

あほうがらす【阿呆烏・阿房烏】
烏を卑下していうことば。➡烏（からす）［四季］
§
愚なり阿呆烏の啼くよりもわがかなしみをひとに語るは
若山牧水・独り歌へる

あめうし【黄牛】
飴色の牛。上等な牛とされた。
§
青空のもとに露けき黍畑《きみばた》やあさひ浴《あ》み立つ黄牛《あめうし》ひとつ
森鷗外・うた日記

あらごま【荒駒】
人が乗り馴らしていない馬。荒々しい馬。あばれ馬。➡駒（こま）［四季］
§
丈夫はほろ引き流し荒駒のあし毛の駒に乗りつ、そ行く
天田愚庵・愚庵和歌

白金のくつわかませて荒駒をうち並め来たる増荒夫の伴
伊藤左千夫・伊藤左千夫全短歌

あわびたま【鮑珠・鰒珠】
鮑から採れる真珠。古代の真珠は阿古屋貝（あこやがい）から採れるものではなく、鮑から採れるものが一般的であった。➡鮑（あわび）［夏］
§

…淡路の　野島《のしま》の海人《あま》の　海《わた》の底　奥《おき》つ海石《いくり》に　鰒珠《あはびたま》　さはに潜《かづ》き出《で》　船並《な》めて　仕へまつるし　貴しみれば（長歌）
山部赤人・万葉集六

伊勢の海の白水郎《あま》の島津が鰒玉《あはびたま》取りて後《のち》もか恋の繁けむ
作者不詳・万葉集七

沖つ島い行き渡りて潜《かづ》くちふ鰒珠《あはびたま》もが包みて遣《や》らむ
大伴家持・万葉集一八

「い」

いお【魚】
魚（さかな）のこと。⇩魚（さかな）［四季］

§

春《はる》くればあぢか潟《がた》のみひとかたに浮《う》くてふ魚《いを》の名《な》こそお《（を）》しけれ
大江匡房・詞花和歌集九（雑上）

魚《いを》は獲《え》ぬ波さへた、ぬ河づらに舟並《なめ》て遊ぶ心たのしも
田安宗武・悠然院様御詠草

凩《こがらし》に鰓吹《えらふか》る、や鉤《かぎ》の魚《いを》　蕪村・蕪村句集

いしがめ【石亀・水亀】
イシガメ目の亀。淡水産の最も普通に見られる亀。日本特産種で本州以南に分布し、池や川に生息する。甲長一三～一八センチ。背甲は黄褐色で腹甲は黒みをおびる。六月頃に産卵し、幼い亀は銭亀とよばれる。甲に緑藻のついたものは蓑亀（みのがめ）とよばれ、古来、尊重されている。水中や土中で冬眠する。⇩亀（かめ）［四季］、亀の子（かめのこ）［夏］、銭亀（ぜにがめ）［夏］

§

石亀《いしがめ》の生《う》める卵をくちなはが待ちわびながら呑《の》むとこそ聞け
斎藤茂吉・たかはら

いぬ【犬・狗】
イヌ科の哺乳類。最も古くからの家畜。嗅覚と聴覚にすぐれ、狩猟犬、番犬、闘犬、盲導犬、愛玩犬などがあり、品種も多様。⇩犬橇（いぬぞり）［冬］、寒犬（かんけん）［冬］、小犬（こいぬ）［四季］、猛犬（もうけん）［四季］、犬ころ（いぬころ）［四季］、犬子（えのこ）［四季］

いぬ［明治期挿絵］

§

垣越ゆる犬呼びこして鳥狩《とがり》する君青山のしげき山辺に馬息《やす》め君
作者不詳・万葉集七（旋頭歌）

里の犬の声のみ月の空に澄《すみ》て人はしづまる宇治の山陰
小沢蘆庵・六帖詠草

朝戸あけて哀《あはれ》とぞみしひとたびの飯《いひ》のめぐみをしたひくる犬
森鷗外・うた日記

雪の戸をさせば妻問《つまど》ふ恋犬のよすがら鳴きてひとを寐させぬ
森鷗外・うた日記

月更《ふ》くる忍《しのぶ》が岡《をか》に犬吠《ほ》えて桜の影を踏む人もなし
正岡子規・子規歌集

犬の子に懼るる心さらになし懐のなかに眼をあきあはれ
島木赤彦・氷魚

犬の子と我子の顔と七つ八つかたへにならべ乳《ちち》売る女
与謝野晶子・夏より秋へ

わが家《や》の犬初めて孕みおびただしき子を生みにけり十《とを》あまりひとつ
若山牧水・黒松

かろやかに駈けぬけゆきてふりかへりわれに見入れる犬のひとみよ
若山牧水・黒松

宿なしの犬と主《ぬし》ある犬どちのあそびざまおのづむきむきにして
若山牧水・黒松

犬の舌真あかし荒き石浜の冬のひなたに物はめる見れば
若山牧水・黒松

路傍《みちばた》に犬《いぬ》ながながと呿呷《あくび》しぬ　われも真似《まね》しぬ　うらやましさに
石川啄木・一握の砂

われ饑《う》ゑてある日《ひ》に　細《ほそ》き尾《を》を掉《ふ》りて饑《う》ゑて我《われ》を見《み》る犬《いぬ》の面《つら》よし
石川啄木・一握の砂

餌《エ》に満《タ》りて、　ゆるぎあるける　犬のよさ。大白犬《オホシロ》に　生れざりけり
釈迢空・春のことぶれ

舌《した》出して犬は樹蔭《こかげ》に転《ころ》び居《を》り人を待てれば日の永《なが》きかも

わが前を歩める犬のふぐり赤しつめたからむとふと思ひたり
岩谷莫哀・春の反逆

犬とともに走れる吾子のうしろ影薄に消えぬ泣かまほしけれ
吉井勇・人間経

梅雨あけの雷《らい》とどろけり痩犬《やせいぬ》のあなはげしくは吠え立てにける
前川佐美雄・天平雲

はらわたを絞りて犬が糞《ふん》するを見つつ立ちをり心弱く吾れ
宮柊二・晩夏

行雲《ゆくくも》や犬の欠尿《かけばり》むらしぐれ　芭蕉・六百番発句合

僕《ぼく》が雪夜《せつや》犬を枕のはし寝哉　杉風・虚栗

乞食《こつじき》の犬抱《だい》て寝るしも夜哉　許六・正風彦根体

商人《あきんど》を吼《ほえ》る犬ありもゝの花　蕪村・安永二年句稿

遅き日や土に腹つく犬の伸び　嘯山・葎亭句集

冬の夜や哭《こく》におどろく犬の声　森鷗外・うた日記

犬吠《ほえ》て里遠からず冬木立　正岡子規・子規句集

冬枯や巡査に吠ゆる里の犬　正岡子規・子規句集

柿落ちて犬吠《ほ》ゆる奈良の横町かな　正岡子規・子規句集

犬の子の草に寐《い》ねたる熱さ哉　正岡子規・子規句集

犬の舌赤く伸びたり水温《ぬる》む　高浜虚子・七百五十句

いつもつながれてほえるほかない犬です　種田山頭火・草木塔

のら犬の背の毛の秋風に立つさへ　尾崎放哉・須磨寺にて

犬屹《きつ》と遠ちの枯野の犬を見る　阿部みどり女・笹鳴

花畠に糞する犬を憎みけり　杉田久女・杉田久女句集

秋の日や啼き疲れ寝し縛り犬　杉田久女・杉田久女句集

片足あげて木戸押す犬に秋の雨　杉田久女・杉田久女句集

花吹雪犬をつないで外出かな　杉田久女・杉田久女句集補遺

雪の原犬沈没し躍り出《い》づ　川端茅舎・華厳

朝寒の撫づれば犬の咽喉ぼとけ　中村草田男・万緑

春陰や犬はひもじき眼をもてる　石橋秀野・桜濃く

いぬころ【犬ころ・狗ころ】

犬の子、小犬。「ころ」は接尾語。[同義]いぬっころ。⬇犬（いぬ）[四季]、小犬（こいぬ）[四季]、犬子（えのこ）[四季]

§

石井辺の秋海棠に犬ころが遊べるよしも画にやかくべき。　伊藤左千夫・伊藤左千夫全短歌

犬ころが越後獅子《ゑちごじし》よりあざやかに舞ふとて二人てのひらを打つ　与謝野晶子・晶子新集

狗《いぬころ》に爰《ここ》へ来《こ》よとや蟬《せみ》の声　一茶・おらが春

「う」

うお【魚】

魚類の総称。一般に、硬骨魚、軟骨魚などに大別される。⬇魚氷に上る（うおひにのぼる）[春]、魚（さかな）[四季]、塩魚（しおうお）[四季]

§

志賀の浦に漁《いざり》する海人《あま》家人《いへびと》の待ち恋ふらむに明《あか》し釣《つ》る魚《うを》　作者不詳・万葉集一五

かずしらぬうをのいのちはいたの上のかたなのあとにしるしぬる哉　大隈言道・草径集

きりふりの瀧の岩つぼいや広み水ゆるやかに魚あそぶみゆ　伊藤左千夫・伊藤左千夫全短歌

もみぢばのちりて浮べる水海の浅瀬に魚のむれ遊ぶみゆ。　伊藤左千夫・伊藤左千夫全短歌

夕《ゆふ》ほろほろ赤罌粟の花はこぼるれば死なせし魚に念仏まうす　島木赤彦・切火

わが家の池の底ひに冬久し沈める魚の動くことなし　島木赤彦・氷魚

氷切りて漁《と》りたる魚は生きてあり山の我が家《や》にくばりて持《も》て来《く》　島木赤彦・氷魚

むらさきの魚《うを》あざやかに鰭《ひれ》振りて海より来しと君を思ひぬ　与謝野晶子・火の鳥

吊橋《つりばし》に月を見る夜はをかしけれ波のうねりに乗る魚のごと　与謝野晶子・太陽と薔薇

砂のごとちひさき魚のかず知れず泳ぎてぞをる川口の汐に　若山牧水・くろ土

流れ寄る水泡《みなわ》うづまき過ぎゆけど静かなるかも岩蔭の魚は　若山牧水・くろ土

この岩の苔の乾きのぬくときに寝てをれば見ゆ淵にあそぶ魚

若山牧水・山桜の歌

樫の実の落ちて沈める淵の底に影を落して小魚あそべり
若山牧水・くろ土

流送汐《ダラじほ》にゆふ餉《げ》の魚《うを》や釣るならむ筏はなるる独木舟《くりぶね》ひとつ
土岐善麿・六月

大海に跳れる青き大き魚の幾万年のいのちを思ふ
石川啄木・日記（明治四十一年日誌）

さ夜ふかく匂《にほ》ひ湧きたつ池の魚《うを》の生きのいのちのかなしかりけり
小泉千樫・屋上の土

雪ふかく山なか三里隔《へ》し町ゆ魚売《うをう》りに来《こ》むみち絶えにけり
中村憲吉・軽雷集

行《ゆく》はるや鳥啼《とりなき》うをの目は泪《なみだ》　芭蕉・おくのほそ道
ふくかぜの中をうを飛御祓《とぶみそぎ》かな　芭蕉・真蹟
魚鳥《うをとり》の心はしらず年わすれ　芭蕉・流川集
魚の骨しはぶる迄の老《おい》を見て　芭蕉・猿蓑
しのゝめや鵜《う》をのがれたる魚浅し　蕪村・蕪村句集
足跡《あしあと》にひそむ魚あり落し水　蕪村・落日庵句集
古井戸や蚊に飛ぶ魚《うを》の音くらし　蕪村・蕪村句集
初汐に追《おは》れてのぼる小魚《こうを》哉　蕪村・蕪村句集
かなしさに魚喰《く》ふ秋のゆふべ哉《かな》　几董・井華集
落《おと》し水魚《うを》も古郷《こきやう》へもどる哉《かな》　一茶・一茶句集
山の井の魚浅く落葉沈みけり　正岡子規・子規句集
涼しさや夕汐満ちて魚躍《おど》る　正岡子規・子規句集
絵《え》の嶋《しま》や薫風《くんぷう》魚の新しき　正岡子規・子規句集

うぐい【石斑魚】

コイ科の魚。沖縄を除く日本全土に分布し、河川から内湾までに生息する。降海型と陸封型がある。降海型は体長五〇センチに達し、陸封型は体長約三〇センチ。背面は暗青褐色、腹面は銀灰色。腹面に黄緑色の縦縞がある。産卵期には、雄の腹面に赤色の縦線が生じる。雑食で昆虫や小魚、藻などを食べる。釣りの対象魚。［和名由来］「ウッグヒ（空食）」の意。「ウグイ（鵜が食う魚）」の意。「ウクイ（浮魚）」の意など。［同義］赤腹（あかはら）、赤魚（あかうお）、いだ、はや、まるた。⇩桜石斑魚（さくらうぐい）［春］、鯇（はえ）［春］

うぐい［日本重要水産動植物之図］

§

瀬々走るやまめうぐひのうろくづの美しき春の山ざくら花
若山牧水・山桜の歌

伝へ来て玉の泉の清ければ楽しくゆき交《か》ふ今年子のうぐひ
土屋文明・続青南集

鮎川や網の目のうぐひ疎んぜり　石橋忍月・忍月俳句抄
夕焼やうぐひ飛出る水五寸　村上鬼城・鬼城句集
梅雨の瀬やうぐひ渦巻く幾ところ　水原秋桜子・殉教

うごろもち

土龍の別称。⇩土龍（もぐら）［四季］

§

明《あけ》ぼのやすみれかたぶく土龍《うごろもち》　凡兆・蕉門名家句集

うし【牛】

ウシ科の哺乳類。一般には家畜の牛をいう。草食。通常、和牛は黒色。朝鮮牛は赤褐色。古くから農耕、車ひきなどに用いられた。乳・肉は食用、皮・骨・角もさまざまに使われる。現在では、乳用種（ホルスタインなど）、肉用種（ヘレフォードなど）、乳肉兼用種（シンメンタールなど）、役用種に大別される。⬇牛車（うしぐるま）［四季］、牛蠅（うしばえ）［夏］、牛冷やす（うしひやす）［夏］、牛飼（うしかい）［四季］、特牛（こといのうし）［四季］、雌牛（めうし）［四季］

うし［絵本士農工商］

§

…東《ひむかし》の　中の門《みかど》ゆ　参納《まゐ》り来《き》て　命《みこと》受くれば　馬にこそ　絆《ふもだし》掛くもの　牛にこそ　鼻縄はくれ…（長歌）

作者不詳・万葉集一六

を田かへす牛のからすきからきよにつながる、身もうしのからすき

小沢蘆庵・六帖詠草

しぶしぶにまが引《ひく》をだのことひうしうたれぬ先にあゆめと思へど

大隈言道・草径集

闇ながら夜はふけにつゝ水の上にたすけ呼ぶこゑ牛叫ぶこゑ

伊藤左千夫・伊藤左千夫全短歌

青柳のなひく春野に草はみて群れ居る牛を神を思はん

伊藤左千夫・伊藤左千夫全短歌

搾りたる乳飲ましむと吾来れば慕ひあがくもあはれ牛の児

伊藤左千夫・伊藤左千夫全短歌

牛の児に吾手をやればしが乳房すゝるさまにし手をすゝるかも

伊藤左千夫・伊藤左千夫全短歌

児牛らをませよ放てば尻尾立て庭を輪なりにしばし飛ぶかも

伊藤左千夫・伊藤左千夫全短歌

親牛の乳をしぼらんと朝行けば飢《う》ゑて人呼ぶ牛の子あはれ

正岡子規・子規歌集

歌がたり夜はふけにけり立川《たてかは》の君が庵《いほり》に牛の乳取る頃

正岡子規・子規歌集

スパニアのますらたけりをけだものの牛と闘《たたか》ふますらたけりを

正岡子規・子規歌集

牛むれて帰る夏野の夕ばえのかがやく色をたくみにかきぬ

正岡子規・子規歌集

牛を割《さ》き葱《ねぎ》を煮あつきもてなしを喜び居ると妻の君にいへ

正岡子規・子規歌集

牛を追ひ牛を追ひつゝこの野べにわが世の半はや過にけり

佐佐木信綱・思草

古株のやなぎの下をはるのみづ臥牛立つ牛尾をばふる牛

青山霞村・池塘集

みづの後の日を暖かみ庭隅の柵に繋げり汚《よご》れたる牛を　島木赤彦・氷魚

海の上《うへ》てりかへす日はまともなり尻尾ふりをる窪田《くぼた》黒牛　岡麓・庭苔

梅雨《つゆ》の雨ゆふべ降りいでつ早苗田のむかうの家の牛のながなき　岡麓・湧井

牛ありぬ韮山川《にらやまがは》の芹《せり》のいろすでに山より青きあさ瀬に　与謝野晶子・草の夢

牛の声ききつつ牛の夢を見ぬものを忘るる山のしるしに　与謝野晶子・流星の道

牛の群《むれ》彼等生くれど争ひを知らず食《は》めるは大阿蘇の草　与謝野晶子・草と月光

牛の背に畠つものをば負《お》はしめぬ浦上人《うらかみびと》は世の唄《うた》うたはず　斎藤茂吉・つゆじも

わたつみに向ひてゐたる乳牛《ちちうし》が前脚《まへあしを》折りてひざまづく見ゆ　斎藤茂吉・霜

こなたみつつそのまま街のくらやみに没《ぼつ》しゆきける黒き牛の顔　前田夕暮・収穫

疲れた体から何か引出されるものがある、曇天の牛の声　前田夕暮・水源地帯

音をたてて私の指さきを吸ふ犢牛《こうし》のぬれた鼻さきのいとしさ　前田夕暮・水源地帯

つかれたる牛《うし》の涎《よだれ》はたらたらと千万年も尽きざる如し　石川啄木・敷島

炎天の下《もと》わが前を大いなる靴《くつ》ただ一つ牛《うし》のごと行く　石川啄木・明星

柵によりて弟の話聞きてをり牧場に牛の眠れる白夜　三ケ島葭子・定本三ケ島葭子全歌集

月の下に牛は眠れり畑中の牧場をめぐり桐の木育てり　三ケ島葭子・定本三ケ島葭子全歌集

ひとすぢに心《しん》澄みきたり涙しぬあらしの中に牛なくきけば　半田良平・野づかさ

こころさへ夕べはむなし栂の尾の黄葉の谷に牛の鳴くこゑ　中村憲吉・軽雷集

川端に牛と馬とがつながれて牛と馬とが風に吹かるる　中村三郎・中村三郎歌集

わが前ににれがむ牛は藁するゑは薄《うす》きを食《は》めり寒くおもほゆ　前川佐美雄・天平雲

浜出しの牛に俵をはこぶ也　芭蕉・続猿蓑

うしの跡とぶらふ草の夕ぐれに　芭蕉・冬の日

年もはや牛の尾程《ほど》の便《たよ》りかな　去来・元禄戊寅歳旦牒

初空や烏《からす》をのするうしの鞍《くら》　嵐雪・杜撰集

馬《うま》はぬれ牛《うし》は夕日《ゆふひ》の村《むら》しぐれ　杜国・春の日

日の岡やこがれて暑き牛の舌《した》　正秀・猿蓑

匂《にほ》ふらし梅さく里の牛の角《つの》　句空・卯辰集

涼《すず》しさよ牛《うし》の尾振《をふり》て川《かは》の中《なか》　万乎・続猿蓑

春風や牛に引かれて善光寺　一茶・七番日記

涼しさや子をよぶ牛も川の中　正岡子規・子規句集

牛部屋のかこひと見ゆれさゝげ垣　正岡子規・子規句集
夏草に延びてからまる牛の舌　高浜虚子・六百句

うしかい【牛飼】
牛を飼う人。牛車を引く人。牛つかい。牛使童の略。⇩牛（うし）［四季］

§

牛飼が歌詠む時に世の中のあらたしき歌大いに起る
伊藤左千夫・伊藤左千夫全短歌
牛飼か家居はとちて春雨のおくのさしきに人あるらしも
伊藤左千夫・伊藤左千夫全短歌
春やまのはなも宜けども夏山のみどりをこのむ牛飼われは
伊藤左千夫・伊藤左千夫全短歌
茶博士《ちゃはかせ》をいやしき人と牛飼をたふとき業《なり》と知る時花咲く
正岡子規・子規歌集
牛かひにいざこと問はん此《こ》のほとりに世をのがれたる翁《おきな》ありやと
正岡子規・子規歌集
下涼み牛飼牛を放ちつゝ
正岡子規・子規句集

うしぐるま【牛車】
①牛がひく荷車のこと。②牛にひかせる乗用の車。平安時代の貴人が用いた。「ぎっしゃ」「ぎゅうしゃ」ともいう。

うしぐるま［絵本士農工商］

§

春樵《はるこ》りの柴積《しばつ》み車牛《ぐるまうし》よは《(わ)》み誰《た》がふるさとの垣根《かきね》しめしぞ
実方朝臣集（藤原実方の私家集）
牛車《うしぐるま》のつりし重《おも》み軋《きし》みゆくにつぶれてめりこむ道路の砂利音《じゃりおと》
木下利玄・一路
七夕や賀茂《かも》川わたる牛ぐるま　嵐雪・杜撰集
短夜や逢阪《おうさか》こゆる牛車　正岡子規・子規句集
夏川や随身《ずいじん》さきへ牛車　正岡子規・子規句集
争へる牛車も宮も春がすみ　杉田久女・杉田久女句集補遺

うずらなく【鶉鳴く】
鶉は草深く古ぼけたところで鳴くことから、「古し」「古家」「故りにし郷」に掛かる枕詞とされる。⇩鶉（うずら）［秋］

§

うづら鳴く故《ふ》りにし郷《さと》ゆ思へども何そも妹に逢ふ縁《よし》も無き
大伴家持・万葉集四
鶉《うづら》鳴く古《ふ》りにし郷《さと》この秋萩を思ふ人どち相見つるかも
作者不詳・万葉集八
鶉鳴《うづらな》く賤屋《しづや》にを《(お)》ふる玉小菅《たまこすげ》かりにのみ来《き》て帰《かへ》る君《きみ》かな
藤原道経・千載和歌集一四（恋四）

うずらなす【鶉なす】
鶉は同じ所を這い回る習性があるので、「いはいもとほり」に掛かる枕詞とされる。「い」は接頭辞。⇩鶉（うずら）［秋］

§

…狩路《かりぢ》の小野《をの》に　猪鹿《しし》こそば　い匍《は》ひ拝《をろが》め　鶉《うづら》こそ　い匍

ひ廻《もと》ほれ　猪鹿《しし》じもの　い匍ひ拝《をろが》み　鶉なす…
柿本人麻呂・万葉集三

うそ【獺】

獺（かわうそ）の別称。➡獺（かわうそ）［四季］

§

青淵《せいゑん》に獺《うそ》の飛込《とびこむ》水の音　曾良・卯辰集

別れては獺《うそ》としれども若衆也　鬼貫・俳諧大悟物狂

獺《うそ》にもとられず小鮎釣り来し夫をかし
杉田久女・杉田久女句集

うつせがい【虚貝】

海浜に打ち寄せられた中身のない空の貝殻をいう。➡貝（かい）［四季］

§

住吉《すみのえ》の浜に寄るとふうつせ貝実《かひみ》なき言《こと》以《も》ちわれ恋ひめやも
作者不詳・万葉集一一

うま【馬】

ウマ科の草食動物。アジア、ヨーロッパ原産。体高約一六〇センチ内外。長い顔とたてがみをもち、単蹄で走力に優れ、古くより家畜として飼育された。➡春の駒（はるのこま）［春］、馬の子（うまのこ）［春］、孕み馬（はらみうま）［春］、勝馬（かちうま）［夏］、競馬（くらべうま）［夏］、馬市（うまいち）［四季］、馬肥ゆる（うまこゆる）［秋］、馬橇（ばそり）［冬］、馬騎初（うまのりぞめ）［新年］、秋の駒牽（あきのこまひき）［秋］、飾馬（かざりうま）［新年］、竜の馬（たつのうま）［四季］、裸馬（はだかうま）［四季］、馬方（うまかた）［四季］、塞翁が馬（さいおうがうま）［四季］、馬子（まご）［四季］、駒（こま）［四季］、馬糞（ばふん）［四季］、天馬（てんば）［四季］、馬車（ばしゃ）［四季］、落馬（らくば）［四季］、軍馬（ぐんば）［四季］

うま［毛詩品物図攷］

§

見まく欲《ほ》りわがする君もあらなくになにしか来けむ馬疲るるに
大来皇女・万葉集二

馬ないたく打ちてな行きそ日《け》ならべて見てもわが行く志賀にあらなくに
刑部垂麿・万葉集三

千鳥鳴く佐保の河門《かはと》の清き瀬を馬うち渡し何時か通はむ
大伴家持・万葉集四

馬の歩《あゆ》み押さへ止《とど》めよ住吉の岸の黄土《はにふ》ににほひて行かむ
安倍豊継・万葉集六

馬並《な》めてみ吉野川を見まく欲《ほ》りうち越え来てそ瀧に遊びつる
作者不詳・万葉集七

左檜《さひ》の隈《くま》檜の隈川に馬駐《とど》め馬に水飲《か》へわれ外《よそ》に見む
作者不詳・万葉集一二

衣手《ころもで》葦毛の馬の嘶《いば》え声 情《こころ》あれかも常ゆ異《け》に鳴く
万葉集一三（挽歌）

柵越《くへご》しに麦食《は》む小馬《こうま》のはつはつに相見し子らしあやに愛《かな》しも
作者不詳・万葉集一四

牧の馬蹴あげ荒るれど益荒男は手綱たぎつつ鞍無しに乗る
与謝野礼厳・礼厳法師歌集

いたづらに夕《ゆふべ》とどろく虎《とら》の門吾背《もんわがせ》の乗らすあをうまの来《こ》ぬ
森鷗外・うた日記

頬《ほ》を舐《な》むる春のやは風わが馬の蹄《ひづめ》のちりを横さまに吹く
森鷗外・うた日記

別レイテ、セトノ板橋フミナラス馬ノ足《ア》ノ音《ト》ヲ妹キクランカ
伊藤左千夫・伊藤左千夫全短歌

畑並みのそばの花むら遠白く曾具辺の森に馬つなぐ見ゆ。
伊藤左千夫・伊藤左千夫全短歌

いねかてに耳澄みくれば庭近く馬がゐば喰む音能く聞ゆ
伊藤左千夫・伊藤左千夫全短歌

日は落ちぬ雨はふりいでぬ風呂《ふろ》たきて妻待つらんぞ馬うちて行け
正岡子規・子規歌集

宇治川の早瀬よこぎるいけじきの馬の立髪《たてがみ》浪こえにけり
正岡子規・子規歌集

谿の橋をりをり馬行き見ゆれども栗落すほかの物音もなし
島木赤彦・氷魚

湖《うみ》のなかに馬曳き入るる真裸のひとは手綱を引《ひっ》張りてをり
島木赤彦・氷魚

栗の穂に夕日のいろのあかあかと馬のいなゝく声きこゆなり
太田水穂・冬菜

雪の日の門《かど》の口より見ゆるなり黒くめでたき馬の前脚《まへあし》
与謝野晶子・舞ごろも

塩くづの洞門のみちなかばにて馬はいななく海潮音に
与謝野晶子・草の夢

あかつきに馬悲しめりしら露の厩《うまや》の軒に散れるなるべし
与謝野晶子・深林の香

蓬平《よもぎひら》 見る世界いとおほいなり初島などは鹿毛《かげ》の痩《やせ》うま
与謝野晶子・深林の香

あさましく並木の道を馳せ行くや二月の末の瘠馬《やせうま》の風
与謝野晶子・草と月光

しんしんと雪《ゆき》ふるなかにたたずめる馬《うま》の眼《まなこ》はまたたきにけり
斎藤茂吉・あらたま

わがままは狂へる馬のすがたしきつかれて今は横はるかな
若山牧水・路上

ひつそりと馬乗り入るる津軽野の五所川原町《ごしょがはらまち》は雪小止《ゆきをや》みせり
若山牧水・朝の歌

かうしては居《を》られずと思ひ　立《た》ちにしが　戸外《おもて》に馬《うま》の　嘶《いな》きしまで
石川啄木・一握の砂

我《われ》と共《とも》に　栗毛《くりげ》の仔馬《こうま》走《はし》らせし　母《はは》の無《な》き子《こ》の　盗癖《ぬすみぐせ》かな
石川啄木・一握の砂

桶にのこる馬のかひばを手にとれば馬のにほひのまがなしきかも
古泉千樫・青牛集

門《かど》みちに仔馬あそべり親馬もしづかに立てり綱はつながず

古泉千樫・青牛集

厩《うまや》にはひれば厩《うまや》に親しくて仔馬は乳《ちち》をすこし飲むらし
古泉千樫・青牛集

道に死ぬる馬は、仏となりにけり。行きとゞまらむ旅ならなくに
釈迢空・海山のあひだ

人も　馬も　道ゆきつかれ死に、けり。旅寝かさなるほどのかそけさ
釈迢空・海山のあひだ

朝ぎりに荷積《にづみ》ひさしき馬ぐるま馬のたてがみ霜おきにけり
中村憲吉・軽雷集

首筋《くびすぢ》を流《なが》るる雨《あめ》におどろきてからだ動《うご》かす馬《うま》いとけなし
土屋文明・ふゆくさ

うつそ身の馬は尾を振る風のなか馬は寂しもただに尾をふる
中村三郎・中村三郎歌集

さまざまに見る夢ありてそのひとつ馬の　蹄《ひづめ》を洗ひやりゐき
宮柊二・多くの夜の歌

あし毛馬に鳥毛《とりげ》よろひを打《うち》きせて
徳元・犬子集

馬ぼくぼく我《われ》をゑに見る夏野哉
芭蕉・水の友

蚤虱《しらみ》　馬の尿《ばり》する枕もと
芭蕉・おくのほそ道

馬に寝て残夢月遠《つきとほ》し茶のけぶり
芭蕉・甲子吟行

はねあひて牧《まき》にまじらぬ里《さと》の馬《うま》
嵐雪・あら野員外

萱原《かやはら》や枯《かれ》かげろひて馬の陰嚢（キン）
嵐雪・銭龍賦

楽《たのしみ》よ馬も蟬《せみ》きく木陰《こかげ》哉
万子・稲筵

川霧《かはぎり》や馬と人との足ばかり
許六・五老文集

一夜《いちや》かる宿《やど》は馬《うま》かふ寺《てら》なれや
野水・冬の日

雪の夜や閑《しづか》に馬の伏《ふ》せ起《おこ》し
涼菟・中やどり

馬老《おい》ぬ灯篭使《とうろつかひ》の道しるべ
其角・五元集

木《こ》がらしや晩鐘《いりあひ》ひとつ馬十疋《とひき》
楚常・卯辰集

子馬付駄賃《つけだちん》かはゆし五月闇《さつきやみ》
百里・みづひらめ

朝霞《がす》み峠《たうげ》を越《こゆ》る馬の息
浪化・壬申日記

初雪の見事や馬の鼻ばしら
利牛・炭俵

馬かりて燕《つばめ》追行《おひゆく》わかれかな
北枝・卯辰集

夕霧や馬の覚《おぼえ》し橋の穴
一茶・八番日記

起重機や馬吊《つ》り上ぐる春の舟
森鷗外・うた日記

ことことと前搔《か》く馬や朝寒み
森鷗外・うた日記

痩馬《やせうま》のあはれ機嫌《きげん》や秋高し
村上鬼城・鬼城句集

やせ馬の尻ならべたるあつさ哉
正岡子規・子規句集

涼しさや馬も海向く淡井阪《あわいざか》
正岡子規・子規句集

馬ひとり木槿《むくげ》にそふて曲りけり
正岡子規・子規句集

馬も居らず駕《かご》にもあはず秋の暮
正岡子規・子規句集

秋高く魯西亜《ロシア》の馬の寒げなり
正岡子規・子規句集

馬の尾の折々動く柳哉
正岡子規・子規句集

馬の尻雪吹きつけてあはれなり
正岡子規・子規句集

凩《こがらし》に吹き落されな馬の尻
正岡子規・子規句集

馬の尻に行きあたりけり年の市
正岡子規・子規句集

夕立や並んでさわぐ馬の尻
正岡子規・子規句集

板橋へ荷馬のつゞく師走《しわす》哉
正岡子規・子規句集

鞍《くら》とれば寒き姿や馬の尻《しり》
河東碧梧桐・春夏秋冬（冬）

びつしより濡れて代搔く馬は叱られてばかり
種田山頭火・草木塔

うまいち［東海道名所図会］

秋風や石積んだ馬の動かざる　阿部みどり女・笹鳴
香煙に真菰の馬は倒れける　山口青邨・雪国
野あやめのなびけば駈くる仔馬あり　水原秋桜子・晩華
露の仔馬たてがみ豊か振り分けに　中村草田男・万緑
馬は未明の泉のむ鈴りんりんと　加藤知世子・朱鷺
もう冬の昏さで馬がわれを見る　中尾寿美子・狩立

うまいち【馬市】
馬を売買するための市。鎌倉時代以降、馬の需要が増え、発展した。⬇馬（うま）［四季］

§

馬市《うまいち》の中にあやしや角頭巾《つのづきん》　許六・忘梅

うまかた【馬方】
馬を引き、荷物や客を運ぶことを仕事とする人。［同義］馬追（うまおい）、馬子。⬇馬（うま）［四季］、馬子（まご）［四季］

§

馬かたはしらじしぐれの大井川　芭蕉・泊船集
馬かたの胸髭《むなひげ》あつき山路《やまぢ》かな　涼菟・川籠摺

うみどり【海鳥】
海辺や海上に飛んでいる鳥や海面に浮かんでいる鳥をいう。⬇水鳥（みずどり）［冬］、鳥（とり）［四季］

§

恋ふる子等かなしき旅に出づる日の船をかこみて海鳥の啼く　若山牧水・別離
日光のかげのごとくにちらちらと海鳥あまたむれとべるかな

海鳥の風にさからふ一ならび一羽くづれてみなくづれたり　若山牧水・みなかみ
山かげの入江の隈《くま》のひとところに今朝も来て居る海鳥の声　若山牧水・山桜の歌
若山牧水・黒松

うろくず【鱗】
鱗（うろこ）。または魚のこと。⬇魚（さかな）［四季］
§
あめふれば池のみな口ならべてもよろこびがほにうかぶうろくづ　大隈言道・草径集
冬の日の光とほれる池の底に泥をかうむりて動かぬうろくづ　島木赤彦・氷魚
旅路より都に入れば竜宮の魚《うろ》くづのごと人のうつくし　与謝野晶子・太陽と薔薇

「え～お」

えのこ【犬子・犬児・狗】
犬の子。子犬。「えのころ」ともいう。⬇犬（いぬ）［四季］、犬ころ（いぬころ）［四季］
§
ゑのころは何の心もなかりけりなにのこゝろかありとたづねむ　香川景樹・桂園一枝

えび【海老・蝦】
エビ目イセエビ亜目の甲殻類の総称。車海老（くるまえび）などの遊泳類と、伊勢海老などの歩行類に大別される。［同義］海の翁（うみのおきな）。⬇伊勢海老（いせえび）［新年］、桜蝦（さくらえび）［春］、手長蝦（てながえび）［夏］、飾海老（かざりえび）［新年］
§
十六夜《いざよひ》や海老《えび》煎《い》る程の宵《よひ》の闇　芭蕉・笈日記
みちのくのけふ関越《こえ》ん箱の海老《えび》　杉風・炭俵
海老売のおかしき顔も今日は来《こ》ず　之道・あめ子
みじか夜の浮藻《うきも》うごかす小蝦《こえび》かな　松瀬青々・鳥の巣

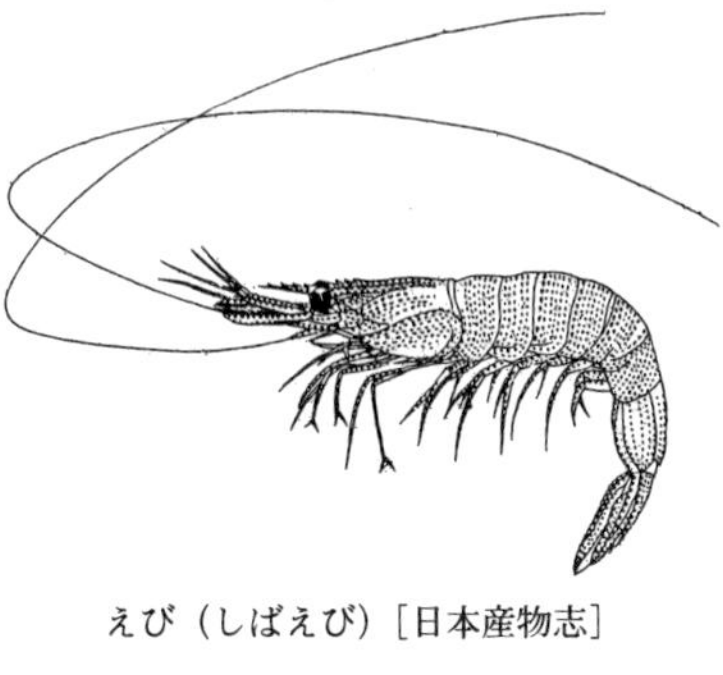
えび（しばえび）［日本産物志］

えんこう【猿猴】
猿類の総称。⬇猿（さる）［四季］
§
猿猴《ゑんこう》や木実《このみ》ばかりをひろふ覧《らん》　重頼・犬子集
屋根葺《ふき》の手は猿猴《ゑんかう》のさくら哉　野坡・野坡吟草

猿猴《ゑんこう》の手をはなれてや峰《みね》の月　　支考・西華集

おうむ【鸚鵡】

オウム目に属する大形の鳥の総称。熱帯に分布し、森林地帯に生息する。頭部に羽冠があり、尾は短い。体が白色の種類が多い。嘴は著しく湾曲する。観賞用だけではなく、物まねが巧みなため、飼鳥として人気がある。

おうむ［景年画譜］

§

妹が家の軒の鸚鵡もわれを見て名をよぶまでになりにけるかな　落合直文・明星

美人問へば鸚鵡《あうむ》答へず鸚鵡問へば美人答へず春の日暮れぬ　正岡子規・子規歌集

腹だたし人の憂も知らぬげに籠の鸚鵡の独ものがたる　佐佐木信綱・思草

わがおもひ鸚鵡《あうむ》に秘めてうぐひすにそぞろささやく連翹《れんげう》の雨　与謝野寛・紫

紗の蚊屋や鸚鵡身じろぐ月の楼　幸田露伴・蝸牛庵句集

鸚鵡二羽うつうつねむる青嵐　加藤楸邨・穂高

おおとり【大鳥】

鶴などの大きな鳥。「大鳥の」で「はがひ（羽交）」に掛かる枕詞となる。

§

…大鳥の　羽易《はがひ》の山に　わが恋ふる　妹は座《いま》すと　人の言へば…（長歌）　柿本人麻呂・万葉集二

風待ちてたやすく起たぬ大鳥の羽づくろひすとまる岩かど　森鷗外・うた日記

おかめいんこ【阿亀鸚哥】

顔が黄色で頰に赤色の円斑のある鸚哥（いんこ）。オーストラリアに多く生息する。体長約三〇センチ。頭部に黄色の羽冠をもつ。性格はおとなしく飼鳥となる。

§

七月やおかめ鸚哥《いんこ》の啼き叫ぶ妾宅の屋根の草に雨ふる　北原白秋・桐の花

おなが【尾長】

カラス科の鳥。本州以南に分布し、低山や人家近辺の樹林に生息する。群棲し、大声で鳴く。翼長約一四センチ。尾は淡青色で長く約二〇センチ。頭部は黒色で背部は灰色。腹部は灰白色。尾は灰青色。［同義］尾長鳥（おながどり）、坂鳥（さかどり・さかとり）。

§

尾長鳥石磨るごとき音《ね》には啼き山風強みとびあへぬかも　若山牧水・砂丘

啼く声のみにくかれども尾長鳥をりをり啼きて遊ぶ美し　若山牧水・黒松

うつつなく遊ぶさまかも尾長鳥あらはに柿の若葉にはをる　若山牧水・黒松

斯くばかり馴れて遊べる美しさ尾長の鳥を山にかへすな　若山牧水・黒松

尾長一群《をながひとむれ》去りたる後《のち》に起《お》きいでて昨日《きのふ》より温かしと思ふ楽しも　土屋文明・山の間の霧

天日《てんじつ》のあな旺《さか》んなる夏の日に尾長《をなが》のともら樹《き》をおりるはや　前川佐美雄・天平雲

樹《き》の中に只青柳《ただあをやぎ》の尾長鳥《をながどり》　鬼貫・俳諧大悟物狂

声猛き尾長の鳥や枇杷に来し　菅原師竹・菅原師竹句集

尾長《をなが》等とわれに木の芽の朝しばし　加藤楸邨・穂高

紅白の梅の真昼の尾長鳥　中村汀女・花影

おなが／さかき［景年画譜］

「か」

かい【貝】

「介」ともいう。一般に貝殻をもつ軟体動物の通称をいう。学問上の分類では、貝殻をもたない軟体動物の烏賊・蛸なども含む。⬇浅蜊（あさり）［春］、胎貝（いがい）［春］、貝寄風（かいよせ）［春］、烏貝（からすがい）［春］、細螺（きさご）［春］、桜貝（さくらがい）［春］、栄螺（さざえ）［春］、潮吹（しおふき）［春］、蜆（しじみ）［春］、忘貝（わすれがい）［四季］、法螺貝（ほらがい）［四季］、簾貝（すだれがい）［春］、月日貝（つきひがい）［春］、常節（とこぶし）［春］、蜷（にな）［春］、蛤（はまぐり）［春］、恋忘貝（こいわすれがい）［四季］、馬蛤貝（まてがい）［春］、帆立貝（ほたてがい）［夏］、鮑（あわび）［夏］、土用蜆（どようしじみ）［夏］、長螺（ながにし）［夏］、虚貝（うつせがい）［四季］、水貝（みずがい）［夏］、赤貝（あかがい）［冬］、

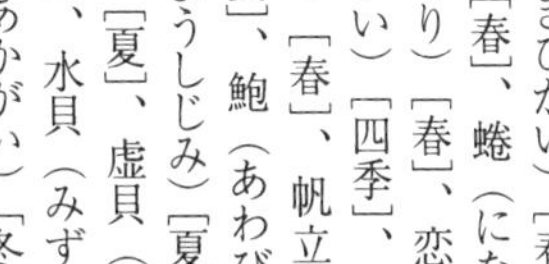
かい［明治期挿絵］

貝焼（かいやき）［秋］、北寄貝（ほっきがい）［冬］、水松食（みるくい）［冬］、熨斗鮑（のしあわび）［新年］

§

今日今日《けふけふ》とわが待つ君は石川の貝に交《まじ》りてありといはずやも
依羅娘子・万葉集二

手にとりてむなしとすつるうつせ貝みな世中はかく社在《こそあり》けれ
大隈言道・草径集

ぬぎすて、貝ひろひをる少女子が駒下駄ちかく汐みちてきぬ
落合直文・明星

家にまつ妹しもなくはあまの子にたくひて吾も貝採らましを
伊藤左千夫・伊藤左千夫全短歌

荒波の矢刺が浦は都べに拾ひてゆかむ貝も玉もなし。
伊藤左千夫・伊藤左千夫全短歌

貝拾ふ子等も帰りぬ夕霞《ゆふがすみ》鶴飛びわたる住吉《すみよし》の方《かた》に
正岡子規・子規歌集

汐干潟木履女もいつのまか跣足になって貝ひらひゆく
青山霞村・池塘集

名も知らぬ貝なりながら拾ひとりてわがものとすればめぐし美し
服部躬治・迦具土

磯に居て貝のたぐひに人の身も流れ寄りつる心地こそすれ
与謝野晶子・草の夢

うす紅《べに》の楕円の貝を七つ八《や》つてのひらに載せものを思へる
与謝野晶子・佐保姫

くれなゐの貝は寄らなく磯の藻の黒きばかりに秋更《ふ》けにけり
若山牧水・朝の歌

海女《あま》の群からすのごときなかにゐて貝を買ふなりわが恋人は
若山牧水・別離

春雨や小礒《こいそ》の小貝ぬるゝほど
蕪村・蕪村句集

桶の貝に潮くみて来ぬ春の川　杉田久女・杉田久女句集補遺

かこ【鹿子】

鹿の愛称。または鹿の子。⇩鹿（しか）［秋］、鹿の子（かのこ）［夏］

§

名児《なご》の海を朝漕《こ》ぎ来《く》れば海中《わたなか》に鹿児《かこ》そ鳴くなるあはれその鹿児《かこ》
作者不詳・万葉集七

がちょう【鵞鳥】

カモ科の家禽。雁の飼育変種。食肉用、愛玩用に飼育される。灰色雁（はいいろがん）を原種とするヨーロッパ系と酒面雁・酒頬雁（さかつらがん）を原種とする中国系の二つに分類される。羽色が白色または灰褐色。

§

鵝の鳥を我がうつくしみ今日もかも池のへさらす見つゝ暮しつ
天田愚庵・愚庵和歌

木蓮を石矢《いしや》のやうにおとす風折から園に鵞鳥《がてう》あらはる
与謝野晶子・緑階春雨

きまぐれに白《しろ》き鵞鳥《がてう》も飼《か》はまほし青柳《あをやぎ》うごく疏水《そすゐ》のほとり
岡稲里・早春

首たかくあげては春のそらあふぎかなしげに啼く一羽の鵝鳥
若山牧水・独り歌へる

朝あけの堀におりたる鵞鳥のむれ真菰の葉をばしきり折り咬む
古泉千樫・青牛集

蒸《む》しながら暗くなりたる巷《ちまた》来つ塀《へい》のうちにて鵞鳥《がてう》なく声
佐藤佐太郎・歩道

朝寒の池に浮《うか》べる鵞鳥《がてう》かな
寺田寅彦・寅日子句集

がちょう［景年画譜］

かつおぶし【鰹節】

「かつぶし」ともいう。おろした鰹の身を茹で、乾燥させた後、黴付けをほどこした食品。削って調味料としたり料理にかけたりする。⇩鰹（かつお）［夏］

§

歯固《はがため》や伊勢の太夫の鰹《かつを》ぶし
露川・元禄百人一句

春雷のうてば松魚節《かつぶし》折れちまふ
杉田久女・杉田久女句集補遺

カナリア【canaria・金糸雀】

アトリ科の鳥。翼長約七センチ。羽色は黄色・黄褐色のものが多い。愛玩用の飼鳥。江戸時代中期に移入される。

§

雨乾《かわ》く薄紅梅の夕日影又照り返すカナリヤの籠
正岡子規・子規歌集

カナリヤの囀《さへづ》り高し鳥彼れも人わが如く晴を喜ぶ
正岡子規・子規歌集

カナリヤのつがひは逃げしとやの内に鶸《ひは》のつがひを飼へど子生まず
正岡子規・子規歌集

霜下りてカナリアの菜のやはらかし
阿部みどり女・微風

カナリア［聚鳥画譜］

かめ【亀】

爬虫類カメ目の動物の総称。背・腹部に硬い甲をもつ。背部は半円球に近い丸みがあり、腹部は偏平。背・腹の甲は側面でつながる箱状で、頭・尾・脚が出入りする穴をもつ。歯はない。海水産、淡水産があり、水中や陸上に生息し、魚貝や植物を食べる。水辺の砂地に穴を掘り、産卵する。⬇亀鳴く（かめなく）［春］、海亀（うみがめ）［夏］、亀の子（かめのこ）［夏］、銭亀（ぜにがめ）［夏］、石亀（いしがめ）［夏］、鼈（すっぽん）［四季］、泥亀（どろがめ）［四季］、胴亀（どうがめ）［四季］

§

…わが身ひとりそ　ちはやぶる　神にもな負《おほ》せ　卜部《うらべ》坐《ま》せ
亀もな焼きそ　恋ひしくに…（長歌）
作者不詳・万葉集一六

玉《たま》だれのこがめやいづらこよろぎの磯《いそ》の浪わけおきに出《い》でにけり
藤原敏行・古今和歌集一七（雑上）

御社《みやしろ》の藤の花房長き日をはりこづくりの亀が首ふる
正岡子規・子規歌集

万代のよはひもしるし池のおもにむれて遊べる亀のすがたは
樋口一葉・緑雨筆録「一葉歌集」

やさしきは花くはへたる池の亀《かめ》　言水・新撰都曲

大亀《おほがめ》の耳穴寒し洞《ほら》の月　許六・国の華

さはさはとはちすをゆする池の亀　鬼貫・俳諧大悟物狂

亀《かめ》の甲烹《かふに》らるゝ時は鳴《なき》もせず　乙州・ひさご

かめ［毛詩品物図攷］

泥に尾を引《ひく》亀のやすさよ　樗良・此ほとり

萍《うきくさ》の中に動くや亀の首　正岡子規・子規句集

沈黙の池に亀一つ浮き上る　尾崎放哉・須磨寺にて

かもめ【鷗】

カモメ科の鳥の総称。鷗（かもめ）、背黒鷗（せぐろかもめ）、百合鷗（ゆりかもめ）、海猫（うみねこ）など。鷗は翼長約三五センチ。背部と翼は淡灰色、胸・腹部は白色。幼鳥には褐色の小斑点が散在する。江戸時代には、一般に海に生息するものを「うみかもめ」とし、川に生息するものを「ゆりかもめ」とした。［同義］かごめ〈高知〉、しおこいどり〈愛媛〉、ねこさぎ〈滋賀〉、ねことり〈長崎・佐賀〉、はまねこ〈東京・神奈川〉。［漢名］鷗、海鷗、江鷗。⬇冬鷗（ふゆかもめ）［冬］、都鳥（みやこどり）［冬］

§

かもめ鳴《な》く入江に潮《しほ》の満《み》つなへに芦《あし》のうら葉を洗《あら》ふ白《しら》浪
後鳥羽院・遠島御百首

かもめゐる藤江《ふぢえ》の浦《うら》の沖《おき》つ洲《す》に夜舟《よぶね》いざよふ月のさやけさ
藤原顕仲・新古今和歌集一六（雑上）

かもめ［楳嶺百鳥画譜］

塵の世の夢やかけてもなぎさ行《ゆ》く水の鷗の浮《う》き寝《ね》ながらに
三条西実隆・再昌草

もののふが太刀《たち》沈めにし鎌倉の稲村が崎に鷗《かもめ》飛ぶなり
正岡子規・子規歌集

二つ三つ鷗あそびて日は高し沈みし船の帆ばしらの上に
佐佐木信綱・思草

ひまもなくかもめ飛ぶなり楼船にあるここちする階上の客
与謝野晶子・草の夢

限りなく水青くして洲の白くかもめの白し宇治橋のもと
与謝野晶子・心の遠景

なみのうへにみをなぐばかりうち入《いれ》てやがて静にうく鳧《カモメ》哉
大隈言道・草径集

君《きみ》が家《いへ》に飼《か》はるるかもめ夜《よ》をさむみ啼《な》くとや北《きた》の青《あお》き海恋《うみこ》ひ
岡稲里・早春

鷗啼き鷗啼きして暮れて行く海をみてあり別れし人は
前田夕暮・収穫

かもめかもめ青海を行く一羽の鳥そのすがたおもひ吸ふ煙草かな
若山牧水・死か芸術か

人のなかに鷗むれとび鷗のなかに網引《あびき》するこゑ漁士少女《あまをとめ》ども
中村憲吉・軽雷集

水寒く寝入《ねいり》かねたるかもめかな
芭蕉・あつめ句

あながちに鵜《う》とせりあはぬかもめ哉《かな》
尚白・猿蓑

布頭巾《ぬのづきん》舳先《へさき》にたちて鷗《かもめ》かな
涼菟・皮籠摺

塩汲《しほくみ》の猪首《ゐくび》も波のかもめかな
其角・五元集

風やみて秋の鷗《かもめ》の尻《しり》さがり
利牛・炭俵

日に駕《の》つて海立つ春の鷗かな
幸田露伴・蝸牛庵句集

春潮に群れ飛ぶ鷗縦横に
杉田久女・杉田久女句集

此の荒磯《ありそ》千鳥を絶す群ら鷗
中村草田男・火の鳥

からす【烏・鴉】

カラス科のカラス属の鳥の総称。体長五〇センチ内外。雌雄とも黒色。嘴が太く、頑丈な脚をもつ。雑食性。日本では嘴太烏（はしぶとがらす）、嘴細烏（はしぼそがらす）が主で、人家の近くに生息する。［和名由来］体色の「クロシ（黒し）」から—『日本釈名』。鳴声から—『雅言音声考』。［同義］ひもす鳥（ひもすどり）、大軽率鳥（おおおそどり）。［漢名］烏、鴉、烏鴉、慈烏、孝烏。⬇烏の巣（からすのす）［春］、烏の子（からすのこ）［夏］、星鴉（ほしがらす）［夏］、別れ烏（わかれがらす）［秋］、寒烏（かんがらす）［冬］、初烏（はつがらす）［新年］、朝烏（あさがらす）［四季］、群烏（むらがらす）［四季］、夕烏（ゆうがらす）［四季］、阿呆烏（あほがらす）［四季］

§

鴉《からす》とふ大軽率鳥《おほをそどり》の真実《まさで》にも来まさぬ君を児ろ来《く》とそ鳴く
作者不詳・万葉集一四

婆羅門《ばらもん》の作れる小田を喫《は》む烏瞼《まなぶた》腫れて幡幢《はたほこ》に居り
高宮王・万葉集一六

つらしとてさてはよも我山烏《やまがらす》かしらは白《しろ》くなる世なりとも
安性・千載和歌集一六（雑下）

もの、ねはとほきまされり烏すらはるかにきけばをかしかりけり
小沢蘆庵・六帖詠草
小雨ふる春の夕の山がらすぬれてねにゆく声ぞ淋しき
小沢蘆庵・六帖詠草
くる春をまつのとぼその明《あけ》ぐれにとほ山からす一声のそら
小沢蘆庵・六帖詠草
とびにぐるつばさだのみの山烏人あなづりのわざのみぞする
大隈言道・草径集
蓮葉の田の面かすめる夕暮をからす鳴過ぐ五月雨の空
伊藤左千夫・伊藤左千夫全短歌
天飛ぶやねぐらに帰る伴烏見るに得堪へぬ思ぞ吾する
伊藤左千夫・伊藤左千夫全短歌
伴烏帰へる日くれゆ晩稲田の夜刈をすとや諏訪の里人
伊藤左千夫・伊藤左千夫全短歌
物干《ものほし》に来居《きゐ》る鴉《からす》はガラス戸の内に文《ふみ》書く我見て鳴くか
正岡子規・子規歌集
聖霊《しやうりやう》の供物《くもつ》を捨つる裏戸口芋《いも》の畠《はたけ》に鴉《からす》鳴くなり
正岡子規・子規歌集
樹の上に鴉は鳴けり上野山土にあまねく霜ふる時か
島木赤彦・氷魚
屋根のうへに赤き柿の果鴉来て啄《く》はぬは山の木《こ》の実《み》多けむ
島木赤彦・氷魚
いづくにかこの日は暮れむ大空の風に逆らひて飛ぶ鴉あはれ
島木赤彦・太虚集
くぬぎ葉のもみぢ素枯《すが》るる空さむし山の鴉の疾《はや》くし飛ぶも

島木赤彦・氷魚
時晴《ときば》れのまた雲動く曇《くも》り朝時雨がらすの鳴きかはす声
岡麓・庭苔
板の橋足らぬ半《なかば》を秋の水踏みて越ゆれば山烏逃ぐ
与謝野晶子・心の遠景
鴉《からす》ども落日《らくじつ》の火が残したる炭のここちに身じろがぬかな
与謝野晶子・心の遠景
いり海の渚につづくひろきみち、鴉おりあゆむ。朝の湿めりに。
石原純・靉日
ひさかたのしぐれふりくる空《そら》さびし土《つち》に下《お》りたちて鴉《からす》は啼《な》くも
斎藤茂吉・あらたま
月夜鴉啼きつれ越ゆる草山の古りたる鐘に月かたむきぬ
前田夕暮・収穫
荒海のゆふ風寒くなりにけり中洲にむれて鴉は翔《と》ばぬ
土岐善麿・六月
嘴太鴉《はしぶとがらす》啼くこゑ聞けば死体さへ名さへのこさず死にゆきしもの
土岐善麿・六月
蛇もいま地《つち》にひそめる日なかどき真黒がらすのやまずしも啼く
若山牧水・砂丘
秋《あき》の空廓寥《そらくわくれう》として影《かげ》もなし　あまりにさびし　烏《からす》など飛《と》べ
石川啄木・一握の砂
雪やみて空なほ晴れずさむざむとまひる鴉の鳴きさわぐなり
三ケ島葭子・定本三ケ島葭子全歌集
ゆう〱と一羽のからす飛び来り大阪の空にゆるら飛び去る
九条武子・薫染

からす／まつ［景年画譜］

山鴉《やまがらす》ころころのどをならしつゝ梢になけりこれは朴《ほゝ》の木　木下利玄・紅玉

うら山の冬木のあひの雪のうへに鴉《からす》啼きつどふ雨ふるらしも　中村憲吉・しがらみ

かれ朶《えだ》に烏《からす》のとまりけり秋《あき》の暮《くれ》　芭蕉・あら野

十夜過《じふやすぎ》て林に眠る烏哉《からすかな》　調和・花見車

草臥《くたびれ》て烏行《からすゆく》なり雪ぐもり　路通・俳諧勧進牒

花暮てとぼけ烏《がらす》の芝《しば》うつり　土芳・蓑虫庵集

雪曇《ゆきぐもり》身の上を啼《な》く烏《からす》かな　丈草・丈草発句集

春《はる》のからすの畠《はたけ》ほる声《こゑ》　沾圃・続猿蓑

苗代《なはしろ》を見てゐる森の烏《からす》哉　支考・続五論

なつがらす熟柿《じゆくし》の秋が恋しいか　支考・百鴉

おもしろや白き烏《からす》の雪あそび　りん女・紫藤井発句集

冬川にむさきもの啄《は》む烏哉《からすかな》　几董・井華集

啼《なく》烏我もきのふの我ならず　几董・此ほとり

けろりくわんとして烏《(からす)》と柳哉　一茶・一茶発句集（文政版）

草むらに落つる野分の鴉《からす》哉　正岡子規・子規句集

冬枯に犬の追ひ出す烏《からす》哉　正岡子規・子規句集

祇園《ぎおん》の鴉《からす》愚庵の棗《なつめ》くひに来る　正岡子規・子規句集

行水《ぎようずい》の女にほれる烏《からす》かな　高浜虚子・五百句

風の中からかあかあ鴉　種田山頭火・草木塔

烏啼いてわたしも一人　種田山頭火・草木塔

鵠《くぐひ》は白く鴉《からす》は黒き涼しさよ　芥川龍之介・我鬼窟句抄

かれい【鰈】

カレイ目カレイ科の鰈の総称。世界各地の寒帯から温帯に分布し、沿岸の砂泥底に生息する。体は側扁し、上面は褐色で環境に応じて体色を変えることが多い。下面は白色。両眼は体の右側にある。［同種］真鰈（まがれい）、真子鰈（まこがれい）、石鰈（いしかれい）。➡城下鰈（しろしたがれい）［夏］、干鰈（ほしがれい）［春］

§

わが鉤《はり》にかかり来たれる魚《うを》のおもみかれひはちひさし底砂をすりて　土岐善麿・六月

われこの日銭《ひぜに》をもち居《を》るうれしさに買《か》ひて参《まゐ》らすうごく鰈《かれひ》を　土屋文明・ふゆくさ

むしりくふ鰈《かれひ》のはらを打返《うちかへ》し　徳元・犬子集

春愁

春昼に耐へてましろき鰈を焼く　三橋鷹女・向日葵

雪をよぶ片身の白き生き鰈　三橋鷹女・羊歯地獄

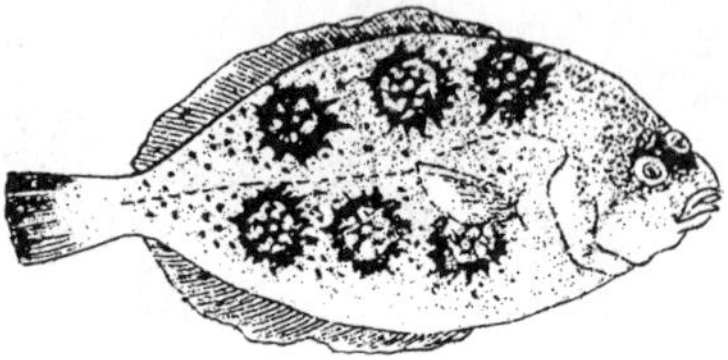

かれい［潜龍堂画譜］

かわうそ【獺・川獺】

イタチ科の動物食獣。日本では特別記念物の日本獺（にほんかわうそ）が生存しているといわれる。体長五〇～九五センチ。水辺に生息する。体は茶褐色で、鼬（いたち）に似る。五〇センチほどの長い尾をもつ。夜行性で魚や蟹、蛙などを捕食する。古来の俗説で、人の言葉を話し、人を水中に引きずり込むという。［同義］うそ、おそ、かわおそ。➡獺（うそ）［四季］、獺魚を祭る（かわうそうおをまつる）［春］

§

獺《かはうそ》の背兀《せなかはげ》たりはな筏《いかだ》　桃隣・花見車

かわうそ［博物図］

「き～く」

きつねつき【狐付・狐憑】

人が狐の霊にとりつかれたという一種の精神錯乱。狐の霊にとりつかれた人。➡狐（きつね）［冬］

§

みじか夜や金《かね》も落《おと》さぬ狐《きつね》つき　蕪村・落日庵句集

きゅうかんちょう【九官鳥】

ムクドリ科の鳥。ヒマラヤからインドシナに分布。翼長約一六センチ。全体に光沢のある黒色。嘴は橙色で、足は黄色。巧みに人の言葉をまね、飼鳥として輸入される。［和名由来］江戸時代に、中国人の九官が伝えたところから。［同義］九官

（きゅうかん）。

九官鳥のなく声さびし昼日中こがれて歩く吾の心に　§

松倉米吉・松倉米吉歌集

きりん【麒麟】

①キリン科の哺乳類。アフリカのサハラ以南に分布する。脚・首ともに長く、頭頂まで高さ約六メートルある。丈は陸生動物の中で最高。雌雄ともに短い角をもつ。②聖人の出現する兆しとして現れるという中国の想像上の動物。体は鹿、尾は牛、蹄は馬に似て、背毛は五彩で頭に角をもつ。雄を「麒」、雌を「麟」とよぶ。❶竜（りゅう）［四季］、鳳凰（ほうおう）［四季］

九官鳥（左）駒鳥（右）［頭書増補訓蒙図彙大成］

白蘭《びゃくらん》の園に麒麟《きりん》を放つ日もののはかなき歎《なげ》きをぞする　§

与謝野晶子・佐保姫

きりん①［動物訓蒙］

きりん②［頭書増補訓蒙図彙大成］

くじやく【孔雀】

大型で華麗なキジ科の鳥の総称。インド、東南アジアに分布。雄は尾の基部にある上尾筒（じょうびとう）の羽毛が長く、扇状に広げると美しい。全体に光沢のある青緑色。インド孔雀は先端が青緑色の扇を半開きにした冠羽をもつ。［同義］たまとり。［同種］インド孔雀＝鳳凰孔雀、真孔雀（まくじゃく）。　§

海棠《かいだう》の花さく庭の檻《をり》の内に孔雀《くじやく》の鳥の雌雄《めを》を飼ひたり

正岡子規・子規歌集

春の夜の衣桁《いかう》に掛けし錦襴《きんらん》のぬひの孔雀《くじやく》を照すともし火
正岡子規・子規歌集

ついばみて孔雀は殿《との》にのぼりけり紅き牡丹の尺ばかりなる
与謝野寛・紫

さみどりの園《その》の若草《わかくさ》君《きみ》ふめば孔雀《くじやく》のむれも随《したが》ひにける
佐佐木信綱・新月

くじゃく［潜龍堂画譜］

春の日となりて暮れまし緑金《りよくこん》の孔雀《くじやく》の羽となりて散らまし
与謝野晶子・春泥集

孔雀の尾ひろがるごとくあてやかに春の初めとなりにけるかな
与謝野晶子・太陽と薔薇

吉野よりやや花あかき梅の咲き孔雀《くじやく》飼はるる水口《みなくち》の山
与謝野晶子・山のしづく

尾羽《をばね》張る白き孔雀もきようとして野菜啄《つつ》けり来て見つつ憂《う》し
北原白秋・桐の花

はかなくもかたみとなれるもののごと孔雀の羽を手にとりて愛づ
三ケ島葭子・定本三ケ島葭子全歌集

白孔雀《しらくじやく》街なかの家に飼はれをり春の日ぐれのにぶき音して
佐藤佐太郎・歩道

寒き日のわれの周《めぐ》りに冠毛《かむりけ》を風にそよがせ孔雀来遊《きあそ》ぶ
宮柊二・独石馬

春風に尾をひろげたる孔雀《くじやく》哉
正岡子規・子規句集

師走閑に羽つくろへる孔雀かな
原石鼎・花影

くろひょう【黒豹】

ネコ科の動物で体色が黒色、または黒褐色の豹。マレー半島、インド、エチオピアに生息する。夜行性の猛獣。

§

八層《はつそう》の高きに屋上庭園《をくじやうていゑん》ありて黒豹《くろへう》のあゆむを人らたのしむ
斎藤茂吉・石泉

ひとときの憩《いこひ》のごとく黒豹《くろへう》が高き鉄梁《てつりやう》のうへに居りけり
佐藤佐太郎・歩道

くじゃく［ヨンストン動物図説］

ぐんば【軍馬】

軍用の馬。⇩馬（うま）［四季］

§

行軍の馬のにほひは夕まけてこの宿駅路《うまやぢ》にいまだ残れり　中村憲吉・しがらみ

くろぐろと動く軍馬の背の並び夜《よる》の広場はゆゆしく闌《た》けぬ　木俣修・高志

車輌ひく馬に添ひ歩む兵隊が寒夜《さむよ》の舗道《ほどう》に歌ひ出《いだ》しぬ　木俣修・高志

炎天の軍馬とまるや尻光る　加藤楸邨・穂高

幾刻ぞ朝蜩に軍馬ゆく　石田波郷・風切

「け」

けもの【獣】

「けだもの」ともいう。全身が毛で覆われた哺乳類の動物、とくに野生の動物をいう。

§

上野山夕こえ来れば森暗みけだもの吠ゆるけだものの園《その》　正岡子規・子規歌集

けだものの病めるがごとくしづやかに運命《さだめ》のあとに従ひて行く　若山牧水・独り歌へる

けだものはその死処とこしへにひとに見せずと聞きつたへけり　若山牧水・独り歌へる

山奥にひとり獣の死ぬよりさびしからずや恋の終りは　若山牧水・独り歌へる

動物園のけものの匂ひするなかを歩むわが背の秋の日かげよ　若山牧水・死か芸術か

獣あり混沌として黄に濁る世界のはてをしたひ歩める　若山牧水・路上

心《こころ》より今日《けふ》は逃《にげ》げ去《さ》れり　病《やまひ》ある獣《けもの》のごとき　不平《ふへい》逃《に》げ去《さ》れり　石川啄木・一握の砂

血を見ずば飽《あ》くを知らざる獣《けだもの》の本性《ほんじやう》をもて神を崇《あが》めむ
石川啄木・明星

菅笠《すげがさ》の馬上はいづれ獣《けもの》がり
涼菟・皮籠摺

獣《けだもの》の鼾《いびき》聞ゆる朝寒み
正岡子規・子規句集

「こ」

こい【鯉】

コイ科の淡水魚。ユーラシア大陸原産。日本全土に分布し、湖沼、河川の中・下流域に生息する。体長六〇～八〇センチ。体長一メートルに達するものもある。体は鮒に似る。鱗は円状で側線上に三三～三六枚ある。上顎に二対の髭がある。雑食性で貝類を好む。観賞用に緋鯉（ひごい）、錦鯉（にしきごい）などがある。［和名由来］雌雄相寄添うことから「コイ（恋）」、体が肥えているところから「コエ（肥え）」の意と。「鯉」の字は、鱗を三六枚と数え、三六町が一里なので「魚」に「里」を付したものと。⇩緋鯉（ひごい）［夏］、寒鯉（かんごい）［冬］、鯉濃（こいこく）［四季］

こい［毛詩品物図攷］

§

ちとせ川きしの柳のかげしめてたがすなどれる子ごもりの鯉
大隈言道・草径集

おもしろくふるむらさめやうれしけむ頭《かしら》いで、もうかぶ淀鯉
大隈言道・草径集

鯉にとてなげ入れし麩の力にもたちわかれたる浮草の花
落合直文・国文学

神崎の裏辺の淀に獲たるちふ三尺の鯉を輪にきりて煮し
伊藤左千夫・伊藤左千夫全短歌

朝日さす小池の氷半《なか》ば解けて尾をふる鯉《こひ》のうれしくもあるか
正岡子規・子規歌集

梅雨ばれのうす日かげさす池の面《おも》に鯉は大きく顎《あぎと》ひらけり
岡麓・庭苔

卵《こ》産むとき近づきぬらし池岸に尻尾をあげて鯛の泳《およ》げる
岡麓・庭苔

山国に住みてたまたま池鯉のあぎとふ見ればゆたにあらましを
岡麓・湧井

味噌焼にやがては飽きつ二年子《にねんご》の鯉の塩焼うまかりにけり
若山牧水・黒松

なるほどうまきこの鯉佐久の鯉ほどほどに喰はばなほうまからむ
若山牧水・黒松

網の中に一たび跳ねし大き鯉しづかなるかもか黒に光り

古泉千樫・青牛集

鯉鮒《こいふな》も青葉につくか城の陰《かげ》　正秀・句兄弟

辻《つじ》うりの鯉《こひ》一はねや初あらし　野坡・野坡吟草

鯉はねて月のさゞ波つくりけり　正岡子規・子規句集

夕立にうたる丶鯉のかしらかな　正岡子規・子規句集

水冴えてカーヴす鯉の白々と　渡辺水巴・富士

泳ぎ来る鯉にさゞなみ凍るかも　渡辺水巴・富士

精進おちの生鯉料理る筧かな　杉田久女・杉田久女句集

秋風や秤《はかり》にか丶る鯉の丈《たけ》　芥川龍之介・ひとまところ

こいこく【鯉濃】

鯉を筒切りにして煮込む赤味噌汁をいう。鯉の濃漿（こくしょう）の意である。⇩鯉（こい）［四季］

§

鯉こくにあらひにあきて焼かせたる鯉の味噌焼うまかりにけり　若山牧水・黒松

ごいさぎ【五位鷺】

サギ科の中形の鳥。日本全土に分布し、樹林に生息する。翼長約二七センチ。頭・背部は緑黒色。翼・尾は灰色。後頭部に二〜三本の細長い白色の飾羽がある。胸・腹部は白色。嘴は黒く、脚は暗黄色。水田や沼などで小魚、蛙などを捕食する。［和名由来］後醍醐天皇が神泉苑の御宴の時、この鳥に五位の位を授けたという故事による―『平家物語』。幼鳥を星五位（ほしごい）という。［同義］五位（ごい）、夜烏・夜鴉（よがらす）、くらいのとり、せぐろごい、なべさぎ、なべかぶり。⇩鷺（さぎ）［四季］

§

古寺のかきほの杉に夕さればさはにすだけりごゐさぎはこれ　田安宗武・悠然院様御詠草

城山に五位鷺《ごゐさぎ》の出て啼く日ぐれ旅の歌会《かくわい》をこの閣に終《を》ふ　中村憲吉・軽雷集

去年の記憶すでにおぼろなり松が枝にとまる五位鷺多からなくに　土屋文明・山谷集

五位鷺《ごゐさぎ》は群れをりしかど笹むらにさまざまにして或は飛びき　佐藤佐太郎・歩道

いなづまや闇《やみ》の方行五位《かたゆくごゐ》の声　芭蕉・続猿蓑

五位啼《なき》て秋や暮こむ垣の内　士芳・蓑虫庵集

月清し水より立《たち》て五位《ごゐ》の声　野坡・野坡吟草

ごいさぎ／ぎょりゅう［景年画譜］

崎風《さきかぜ》はすぐれて涼し五位《ごゐ》の声　智月・炭俵
五位鷺の森さわがしき良夜かな　水原秋桜子・葛飾
五位鳴ける声はや月を遠くしぬ　山口青邨・花宰相
十六夜の雲深ければ五位わたる　山口青邨・花宰相
五位鷺に安居の月ののこりけり　五十崎古郷・五十崎古郷句集
五位鷺に樗の月はかたむきぬ　五十崎古郷・五十崎古郷句集

こいぬ【小犬・子犬・仔犬】

犬の子ども。⬇犬（いぬ）[四季]、犬ころ（いぬころ）[四季]

§

朝もよし木には彫れとも犬の子の呼は、寄り来む捲尾ふりつゝ　天田愚庵・愚庵和歌
朗らかなる眼《まなこ》をあきて仔犬は見る光りのほかに見るものはなし　島木赤彦・氷魚
生けるもの我が子愛《かな》しみ別るればその親犬も仔犬も知らず　島木赤彦・氷魚
つれだちて橋の袂のそよ風に仔犬も顔をあげて涼める　太田水穂・冬菜
雀とると飽かぬ仔犬がたくらみの小走りをかし梅雨の晴間を　若山牧水・山桜の歌
わが小犬あそびどころとあそびをる庭の芝生にわれも出でたり　若山牧水・山桜の歌
草わかば黄なる小犬の飛び跳《は》ねて走り去りけり微風《そよかぜ》の中　北原白秋・桐の花

こいわすれがい【恋忘貝】

持つと恋の苦しさを忘れることができるという貝。⬇忘貝（わすれがい）[四季]

§

暇《いとま》あらば拾《ひり》ひに行かむ住吉の岸に寄るとふ恋忘貝《こひわすれがひ》　作者不詳・万葉集七
手に取るがからに忘ると磯人《あま》のいひし恋忘貝《こひわすれがひ》言《こと》にしありけり　作者不詳・万葉集七

こざる【小猿・子猿】

猿の子ども。⬇猿（さる）[四季]

§

世の人は四国猿とぞ笑ふなる四国の猿の子猿ぞわれは　正岡子規・子規歌集
かたくまの子猿《こざる》や柿《かき》の下紅葉《したもみぢ》　涼菟・山中集

ことといのうし【特牛・牡牛】

大形で重荷に耐える運搬に適した牡牛をいう。「こというし」ともいう。⬇牛（うし）[四季]

§

吾妹子《わぎもこ》が額《ぬか》に生《お》ひたる双六《すぐろく》の牡牛《ことひのうし》の鞍の上の瘡《かさ》　作者不詳・万葉集一六

こま【駒】

馬の別称。馬の子。乗用の馬。⬇馬（うま）[四季]、荒駒（あらごま）[四季]、春の駒（はるのこま）[春]、秋の駒牽（あきのこまひき）[秋]

§
青駒の足掻《あがき》を早み雲居《くもゐ》にそ妹があたりを過ぎて来にける
柿本人麻呂・万葉集一一

赤駒の越ゆる馬柵《うませ》の結びてし妹が情《こころ》は疑ひも無し
聖武天皇・万葉集四

武庫川《むこがは》の水脈《みを》を早みか赤駒の足掻《あが》く激《たぎち》に濡れにけるかも
作者不詳・万葉集七

遠くありて雲居に見ゆる妹《いも》が家に早く至らむ歩め黒駒
万葉集七（柿本人麻呂歌集）

左《さ》檜《ひ》の隈《くま》檜の隈川に馬駐《とど》め馬に水飲《か》へわれ外《よそ》に見む
作者不詳・万葉集一二

赤駒《ごま》を　厩《うまや》に立《た》て　黒駒《くろこま》を　厩に立てて　其《そ》を飼ひ　わが行くが如《ごと》思ひ夫《つま》　心に乗りて…（長歌）
作者不詳・万葉集一三

春の野に草食《は》む駒の口やまず吾《あ》を偲《しの》ふらむ家の児ろはも
作者不詳・万葉集一四

駒並《こまな》めていざ見にゆかむ古里《ふるさと》は雪とのみこそ花はちるらめ
よみ人しらず・古今和歌集二（春下）

大荒木《おほあらき》の森《もり》の下草《したくさ》老《お》いぬれば駒《こま》もすさめず刈《か》る人もなし
よみ人しらず・古今和歌集一七（雑上）

誓《ちか》はれし賀茂《かも》の河原に駒とめてしばし水かへ影をだに見む
藤原敦忠母・後撰和歌集一六（雑二）

君がためなつけし駒ぞみちのくのあさかの沼《ぬま》にあれて見えしを
能因集（能因の私家集）

蘆のやのこやのわたりに日はくれぬいづちゆくらん駒に任《まか》せて
能因集（能因の私家集）

わが宿《やど》の門田の稲《いね》も刈《か》り架《か》けてかへらん駒《こま》のためと待《ま》つらん
安法法師集（安法の私家集）

難波江《なにはえ》の葦《あし》のはな毛《げ》のまじれるは津《つ》の国《くに》がひの駒《こま》にやあるらん
恵慶・拾遺和歌集九（雑下）

引《ひ》く駒《こま》の数《かず》よりほかに見《み》えつるは関《せき》の清水《しみづ》の影《かげ》にぞありける
四条宮下野集（四条宮下野の私家集）

野辺《のべ》ごとにあれたる駒《こま》を主《ぬし》なくてたなびき籠《こ》むる春霞《はるがすみ》かな
四条宮下野集（四条宮下野の私家集）

野飼《のが》はねどあれゆく駒《こま》をいかゞせん森《もり》の下草《したくさ》さかりならねば
相模・後拾遺和歌集一五（雑一）

駒並《こまな》めていさ見《み》にゆかむ立田川《たつたがは》白波《しらなみ》寄《よ》する岸《きし》のあたりを
源雅重・千載和歌集一八（雑下）

我《わ》が駒《こま》をしばしとかるか山城《しろ》の木幡《こはた》の里《さと》にありと答《こた》え《(へ)》よ
源俊頼・千載和歌集一八（雑下）

駒《こま》とめてなを《(ほ)》水かはんやまぶきの花の露《つゆ》そふ井手《で》の玉河
藤原俊成・新古今和歌集二（春下）

駒《こま》とめて袖うちはらふかげもなしさののわたりの雪の夕暮《ゆふぐれ》
藤原定家・新古今和歌集六（冬）

あたらしき年《とし》やわが身をとめくらん隙《ひま》ゆく駒《こま》に道《みち》をまかせて
藤原隆季・新古今和歌集六（冬）

道のべの草の青葉《あを》に駒とめてなを《(ほ)》故郷をかへりみるかな
藤原成範・新古今和歌集一〇（羇旅）

駒並《な》べてなを《(ほ)》いそがなむ東路《あづまぢ》の野路《のぢ》の行末《すゑ》まだ暮《く》れぬまに
二条良基・後普光園院殿御百首

しなのなる大野の御牧《みまき》春去《さ》れば草もゆらし駒いさむ也《なり》
田安宗武・悠然院様御詠草

春さめのはれ行《ゆく》からに笠原の露うちゝらし駒あるゝかも
田安宗武・悠然院様御詠草

乗《のる》駒もふまじとや思ふちる花の陰ゆく道は過《すぎ》がてにする
小沢蘆庵・六帖詠草

野べとほくかげかさなりて行駒は道をれてこそかずも見えけれ
大隈言道・草径集

隠沼《かくれぬ》にふみこみし足えもぬかで草はむ駒《こま》をにくみけるかな
森鷗外・うた日記

青駒のくつわならへて盆良夫やあかきもゆたに花を見るかも
伊藤左千夫・伊藤左千夫全短歌

黒駒に蹄打ち替へ朝狩の門の石橋鉄《てつ》の火に鳴る
伊藤左千夫・伊藤左千夫全短歌

足ひ（び）きの山の甲斐より出る駒もけふははゑあるむらさきの庭
樋口一葉・樋口一葉全集

木戸しめて又たどりゆく牧場道春日うらゝに駒むれ遊ぶ
佐佐木信綱・思草

汝《な》が為にまぐさとゝのへわが為に夕けたきてあらむ急げ我駒
佐佐木信綱・思草

ひろ前《まへ》の神事《しんじ》のさなか垣外《かきと》なる駒いななけり厳《いつ》かしきかも
木下利玄・一路

村村の家の若子《わくご》がひく駒《こま》のいななきよろし朝のはやきに
橋田東声・地懐

鞍置《おけ》る三歳駒に秋の来て
芭蕉・ひさご

白雨《ゆふだち》やその黒かりし駒《こま》のつや
介我・雑談集

§

こまいぬ【狛犬】

神社の門前や拝殿の前に魔除けや守護のために置かれる一対の獅子に似た獣の像。高麗から渡来した高麗犬（こまいぬ）の意といわれる。

大き湖《うみ》まもらす神仙《かみ》にさもらへるこま犬なせりむかへる二嶋
佐佐木信綱・遊清吟藻

§

「さ」

さいおうがうま【塞翁が馬】

「人間万事塞翁が馬」の略。『准南子』「人間訓」にある故事。塞翁の馬が逃げてしまったが、駿馬を連れて戻ってきた。塞翁の息子は喜んでその馬に乗ったものの、落馬して怪我をしてしまう。しかし、そのため戦争に行くことはなく、長生きすることになった。幸不幸が転々としたことから、人間の運命は測り難いことのたとえとして用いられる。⇩馬（うま）

[四季]

§

定めなき世は塞翁《さいをう》が馬なれや我《われ》病ひありて歌学び得つ　正岡子規・子規歌集

さかどりの【坂鳥の】
「朝越ゆ」に掛かる枕詞。⇩坂鳥（さかどり）［秋］

§

…真木《まき》立つ　荒山道を　石《いは》が根　禁樹《さへき》おしなべ　坂鳥の　朝越えまして…（長歌）　柿本人麻呂・万葉集一

さかな【魚】
魚類の総称。⇩魚（うお）［四季］、魚（いお）［四季］、鱗（うろくず）［四季］、雑魚（ざこ）［四季］、遊魚（ゆうぎょ）［四季］

§

一ぴきの赤き魚《さかな》を吾《あ》が提げて芒の中の暮れ早みかも　島木赤彦・切火

海ひろに濁りて死魚ぞただよへるそが中にみゆ君が亡骸《なきがら》　前田夕暮・収穫

月の夜の岬に群れて死魚積める帆前船《ほまへせん》をば待てる商人《あきうど》　若山牧水・死か芸術か

月蒼く海のはてより出でむとす死魚売る声をしばしとどめよ　若山牧水・死か芸術か

明易《あけやす》き水に大魚の行き来かな　芥川龍之介・芥川龍之介句集

さぎ【鷺】
サギ科の鳥の総称。体形は鶴に似てやや小さい。翼長約一三〜四六センチ。足・頸・嘴が長い。飛翔時には首を縮める。樹上に巣をつくる。［和名由来］「声騒ぐ」から—『東雅』。白羽のサヤケキ（鮮明）の意—『大言海』。［同種］大鷺（だいさぎ）、中鷺（ちゅうさぎ）、小鷺（こさぎ）、青鷺、五位鷺（ごいさぎ）、天鷺（あまさぎ）。［漢名］白鷺、雪客、春鋤。⇩鷺の巣（さぎのす）［春］、青鷺（あおさぎ）［夏］、白鷺（しらさぎ）［四季］、五位鷺（ごいさぎ）［四季］

さぎ［毛詩品物図攷］

§

お（を）りかくる浪のたつかとみゆるかな洲崎《すさき》にきゐる鷺《さぎ》の群鳥《むらどり》　山家心中集（西行の私家集）

鷺《さぎ》のゐる松原《まつばら》いかに騒《さは》ぐらんしらげはうたて里響《さとひよ》むなり　和泉式部・金葉和歌集九（雑上）

名《な》にしを（お）はば常《つね》はゆるぎの森《もり》にしもいかでか鷺《さぎ》の寝《い》はやすく寝《ね》る　登蓮・千載和歌集一八（雑下）

足なへの病《やまひ》いゆてふ伊予《いよ》の湯に飛びても行かな鷺《さぎ》にあらませば　正岡子規・子規歌集

久方《ひさかた》の星の光の清き夜にそことも知らず鷺《さぎ》鳴きわたる　正岡子規・子規歌集

この宿の垂水《たるみ》の岩に立ちすくむ鷺《さぎ》のねむりの寂しき一日
太田水穂・冬菜
くろ髪も鷺《さぎ》のかしらになしはてぬ雪の奥にて朝湯の立てば
与謝野晶子・心の遠景
おもふことありとしもなき春の夜を鷺よいづくへ音をたてわたる
前田夕暮・収穫
雨ふれば人のとほらぬ畷《なはて》みち青田の中に白さぎゐるも
三ケ島葭子・定本三ケ島葭子全歌集
鷺の群渡りをへたる野の上はただうすうすに青き雪照《ゆきでり》
木俣修・高志

はねは皆むしれる鷺の毛やきして　貞徳・犬子集
蓮池《はすいけ》に鷺《さぎ》の子《こ》遊《あそ》ぶ夕《ゆふ》ま暮《ぐれ》　杜国・冬の日
目前《もくぜん》に杖《つゑ》つく鷺《さぎ》や柳かげ　嵐雪・岨の古畑
月雪にうるまぬ鷺《さぎ》のひかりかな　許六・五老文集
さぎの子の親には似るな鰌好《どぢやうずき》　吾仲・草苅笛
夏山《なつやま》や京尽《きやうつく》し飛鷺《とぶさぎ》ひとつ　蕪村・新花摘
鷺《さぎ》下《お》りて苗代時《なえしろどき》の寒哉　正岡子規・子規句集
御庭池川せみ去つて鷺《さぎ》来る　正岡子規・子規句集
緑蔭に主鷺《あるじさぎ》追ふ手をあげて　高浜虚子・六百句
露雲の野にうかぶより鷺わたる　飯田蛇笏・椿花集
泥鰌とる鷺のむらがる初時雨　飯田蛇笏・椿花集
網打ちて枯芦の鷺をおどろかす　水原秋桜子・古鏡
舗道さへ夕べは凍てて鷺去りぬ　加藤楸邨・寒雷
苑枯れて光透りぬ鷺の天
冬深し　加藤楸邨・寒雷

ざこ【雑魚】

入りまじったさまざまな魚。小魚。⇩魚（さかな）［四季］

§

手繰網《たぐりあみ》たぐりて曳きて得し魚は皿ひとさらの美しき雑魚《ざこ》
若山牧水・黒松
この沼にとりたる雑魚《ざこ》の味よろし渡しの小屋に茶をのみて居り
古泉千樫・青牛集
上げ潮におさるゝ雑魚蘆の角　杉田久女・杉田久女句集

ささがに【細蟹】

蜘蛛の別名。「細蟹の」で「蜘蛛」「い」「いと」に掛かる枕詞となる。［和名由来］蜘蛛の形が小さい蟹に似ているところから。⇩蜘蛛（くも）［夏］

§

しらつゆを珠《たま》に貫《ぬ》くとやさゝがにの花にも葉《は》にも糸《いと》を皆《みな》へし
紀友則・古今和歌集一〇（物名）
今《いま》しはと侘《わ》びにし物をさゝがにの衣に掛《か》かりわれを頼《たの》むる
よみ人しらず・古今和歌集一五（恋五）
わが背子《せこ》が来《く》べきよひ也《なり》さゝがにの蜘蛛《くも》の振舞《ふるま》ひかねてしるしも
衣通姫・古今和歌集一四（墨滅）
さゝがにのいとにかゝれる白露はあれたる宿のたますだれ哉《かな》
能因集（能因の私家集）
山川《やまがは》の岩間《いはま》に巣《す》がくさゝがにの糸《いと》こそ絶《た》えね人しよらねば
四条宮下野集（四条宮下野の私家集）
さゝがにのいづこに人をありとだに心ぼそくも知《し》らでふるかな
清原元輔・後拾遺和歌集一四（恋四）

さゝがにの糸引《いとひ》きかくる草むらにはたを《(お)》る虫《むし》の声聞《こゑきこ》ゆなり
源顕仲母・金葉和歌集三（秋）

蜘蛛《さゝがに》の糸《いと》のとぢめやあだならんほころびわたる藤袴《ふぢばかま》かな
源顕仲・金葉和歌集三（秋）

さゝがにの空《そら》にすかくもおなじことまたき宿《やど》にもいく代《よ》かは経《へ》ん
遍昭・新古今和歌集一八（雑下）

蜘蛛《ささがに》の絲にかかりて黄ばみけり秋の形見の楢《なら》の一つ葉
与謝野礼巌・礼巌法師歌集

降るままに柳をつたふ春雨のしづくの珠を蜘蛛《ささがに》の貫《ぬ》く
与謝野礼巌・礼巌法師歌集

さゝがにの壁に凝る夜や弥生尽
芝不器男・不器男句集

さばえなす【五月蠅なす】

「騒ぐ」「荒ぶ」に掛かる枕詞となる。⬇五月蠅（さばえ）［夏］、蝿（はえ）［夏］

§

…万代《よろづよ》に　かくしもがもと　憑《たの》めりし　皇子《みこ》の御門《みかど》の　五月蠅《さばへ》なす　騒く舎人《とねり》は…（長歌）
大伴家持・万葉集三

さる【猿】

ヒトを除く霊長類の総称。

さる［明治期挿絵］

日本猿（にっぽんざる）は本州以南に分布し、深山に群棲する。餌を求めて人里に降り、田畑を荒らすことがある。体長約七〇センチ。体色は茶褐色で尾は短い。顔と尻だこは赤みをおびる。頬には食物をためる袋がある。⬇呼子鳥（よぶこどり）［春］、猿酒（さるざけ）［秋］、寒猿（かんえん）［冬］、猿廻（さるまわし）［新年］、舞猿（まいざる）［新年］、猿曳（さるひき）［新年］、猿猴（えんこう）［四季］、子猿（こざる）［四季］、猿（ましら）［四季］

§

あな醜賢《みにくさか》しらをすと酒飲まぬ人をよく見れば猿にかも似る
大伴旅人・万葉集三

カラス河ニサルノキ、メクヲ《(オ)》トキクモコ、ロスムニハ悉曇ノ字母
明恵・明恵上人歌集

おのがゐる枝のゆらぎに身をはねてとほき杪にわたる山ざる
大隈言道・草径集

身一つも世はうし苦し手を合す猿を見るにも涙こぼれぬ
与謝野礼巌・礼巌法師歌集

奥山の峯の紅葉《もみぢ》に日は暮れていづくとも知らず猿啼《な》く聞ゆ
正岡子規・子規歌集

よの中は梢をつたふ山さ《(ざ)》るの身のかろきこそ安けかりけれ
樋口一葉・樋口一葉全集

手を廻し子猿背《せな》掻くに母の猿その毛掻き分け見てはやりつも
太田水穂・土を眺めて

秋の入日猿がわらへばわれ笑ふとなりの知らぬ人もわらへる
若山牧水・死か芸術か

時雨《しぐれ》降《ふ》るごとき音《おと》して　木伝《こづた》ひぬ　人《ひと》によく似《に》し森《もり》の猿《さる》ども
石川啄木・一握の砂
猿を聞人捨子《きくひとすてご》に秋の風いかに　芭蕉・甲子吟行
初しぐれ猿も小蓑《こみの》をほしげ也　芭蕉・猿蓑
さる引《ひき》の猿と世を経《ふ》る秋の月　芭蕉・猿蓑
若葉より烏《からす》にすごし猿の声　介我・若葉合
秋風や猿も梢の小いさかひ　正秀・喪の名残
膝立《ひざたて》て蚤取猿《のみとるさる》や岩《いは》の上　涼菟・山中集
雪の峰猿《みねさる》も五誡《かい》を持《たもち》けり　涼菟・山中集
月澄《すむ》や楼《ろう》にあつまる猿《さる》の声《こえ》　涼菟・山中集
秋悲《かな》し目に手を当《あて》て猿《さる》の声　涼菟・山中集
はいかいは真ツかう赤しさるの尻《しり》　涼菟・三疋猿
猿の来て屋根かきちらす木葉《このは》哉　曲翠・誹諧曾我
腸《はらわた》を塩にさけぶや雪の猿《さる》　其角・五元集拾遺
声かれて猿《さる》の歯白し岑《みね》の月　其角・五元集
あきの日や猿《さる》一つれの山のはし　楚常・卯辰集
橋の人月見る是《これ》や木曾の猿《さる》　破笠・続虚栗
末枯《うらがれ》に千疋《せんびき》づれや猿《さる》の色　浪化・麻生
月取《とら》んといつまで猿の水鏡《みづかがみ》　桃妖・山中集
落栗《おちぐり》や小僧先《こぞうさき》だつ猿《さる》の声　桃妖・草苅笛
壬生寺の猿うらみ啼《な》けおぼろ月　蕪村・夜半叟句集
長き夜を月取る猿の思案哉　正岡子規・子規句集
柿熟す愚庵に猿も弟子もなし　正岡子規・子規句集
備後帝釈峡にて
猿の声霧の香寒き泊りかな　臼田亜浪・旅人

日比谷にて（以下二句、同前文）
人去つて猿臀《しり》を搔く夕立雲　原石鼎・花影
夕立めく空見つ猿奴またゝきつ　原石鼎・花影
柿の蔕猿の白歯をこぼれけり　原石鼎・花影
日のさせば巌に猿集《よ》る師走かな　原石鼎・花影

「し」

しおうお【塩魚】
塩漬けにした魚。⇩魚（うお）［四季］
§
塩鯛の歯ぐきも寒し魚の店《たな》　芭蕉・鷹獅子集
塩魚《しほうを》の歯にはさかふや秋の暮　荷兮・猿蓑
塩《しほ》うをの裏ほす日也《なり》衣がへ　嵐雪・炭俵
舟よせて塩魚《しほうを》買ふや岸《きし》の梅　蕪村・連句会草稿

しし［絵本江戸絵簾屏風］

しし【獅子】

①ライオン（lion）。②一対の狛犬の口のあいた方のもの。③獅子舞の略。④舞楽、能の舞事の一つ。

§

いかめしき古き建物荒れはてて月夜に獅子《しし》の壇のぼるところ　正岡子規・子規歌集

田楽《でんがく》の笛ひゆうと鳴り深山《しんざん》に獅子の入るなる夕月夜かな　与謝野晶子・心の遠景

美くしき夕月篝火《かがり》わが前のをどりの獅子の金色《こんじき》の角《つの》　与謝野晶子・心の遠景

山なかに心かなしみてわが落す涙を舐《な》むる獅子《しし》さへもなし　斎藤茂吉・暁紅

蝶《てふ》しるや獅子《しし》はけもの、君也《なり》と　其角・五元集

白ら息籠《ご》り滑らかなりき獅子の舌　中村草田男・万緑

しちめんちょう【七面鳥】

キジ科の食肉用に飼育される鳥。食肉用に飼育される。クリスマスの料理に用いられる。頭部に肉疣があり、上顎に肉垂がある。［同義］カラクン鳥・唐国鳥（からくんちょう）。

しちめんちょう［ヨンストン動物図説］

§

七面鳥《しちめんてう》ひとつひたぶるに膨《ふく》れつつ我《われ》のまともに居《ゐ》たるたまゆら　斎藤茂吉・あらたま

七面鳥冬日の中にわらひけり　原石鼎・「花影」以後

七面鳥叫ぶ土曜の夕べ寒く　中村草田男・火の鳥

しながどり【息長鳥】

①「猪名（いな）」「安房（あは）」に掛かる枕詞。②鳰の別名。水鳥の総称ともいわれる。また、「尻長鳥」の意で、尾長鳥とする説もある。⬇鳰（かいつぶり）［冬］

§

しなが鳥猪名野《ゐなの》を来《く》れば有間山夕霧《ありまやまゆふぎり》立ちぬ宿《やどり》は無くて　作者不詳・万葉集七

しなが鳥猪名山響《ゐなやまとよ》に行く水の名のみ縁《よ》さえし隠妻《こもりづま》はも　作者不詳・万葉集一一

あまざかるひなにおほかるしながどり長き此夜を独りかぬらむ　田安宗武・悠然院様御詠草

しび

万葉集の時代の「しび」は、鮪（まぐろ）、目撥（めばち）、鬢長（びんなが）などのシビ科、鯖（さば）、鰆（さわら）などのサバ科、真旗魚（まかじき）、眼梶木（めかじき）などのカジキ科の魚の総称である。

§

…大海《おふみ》の原　荒栲《あらたへ》の　藤井の浦に　鮪《しび》釣ると　海人船《あまぶね》散動《さわ》き　塩焼くと…（長歌）

鮪《しび》衝《つ》くと海人《あま》の燭《とも》せる漁火《いさりび》のほにか出でなむわが下思《したも》ひを　山部赤人・万葉集六
大伴家持・万葉集一九

じむし【地虫】

土中にすむ虫の総称。またはコガネムシ科とクワガタムシ科の昆虫の幼虫をいう。体は円筒形。体色は大部分が白色で、頭部は赤茶色で尾端が灰黒色。土中に生息し、植物の茎根を食害する。［同義］根切虫（ねきりむし）、入道虫（にゅうどうむし）。⬇宿毛虫（すくもむし）［秋］、地虫鳴く（じむしなく）［秋］、地虫穴を出づ（じむしあなをいづ）［春］

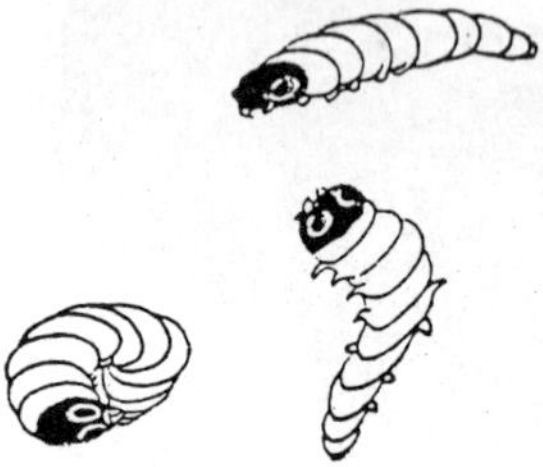

じむし（すくもむし）［毛詩品物図攷］

§

山岸に、昼を　地虫《ヂ》の鳴き満ちて、このしづけさに　身はつかれたり
釈迢空・海山のあひだ

このごろの夜を啼く何の地虫ぞも月ほそりゆく梅雨にむかひて
前川佐美雄・天平雲

シャモ【軍鶏】

鶏の一品種。江戸時代にシャム（タイ）から輸入された闘鶏・愛玩・食用の鶏。［同義］しゃむ。

§

なにとなく軍鶏《しやも》の啼く夜の月あかりいぶかしみつつ立てる女か
北原白秋・桐の花

八方を睨める軍鶏や芋畑　川端茅舎・川端茅舎句集

しらさぎ【白鷺】

大鷺（だいさぎ）、中鷺（ちゅうさぎ）、小鷺（こさぎ）などサギ科の白色の鳥の総称。［同義］白鳥（しらとり）。［漢名］白鷺。雪客。⬇鷺（さぎ）［四季］

§

池神《いけがみ》の力士舞《りきしまひ》かも白鷺《しらさぎ》の桙《ほこ》啄《く》ひ持ちて飛びわたるらむ
長意吉麿・万葉集一六

遠《をち》かたの川べに見えししらさぎもねぐらにかへる秋の夕ぐれ
小沢蘆庵・六帖詠草

夏の夜の紫玉《しぎよく》の中にやすらへり白鷺《しらさぎ》のごと美くしき月
与謝野晶子・瑠璃光

山房のうへ雲うごき白鷺に似る淡月《うすづき》の見えがくれする
与謝野晶子・山のしづく

大杉のうへに巣くへる白鷺《しらさぎ》の杉の秀《ほ》に立つを見れば清《きよ》しも
斎藤茂吉・たかはら

水ゆけり水のみぎはの竹なかに白鷺啼けり見そなはせ神
若山牧水・海の声

此処はなほうす闇ながら朝空を輝きてゆく白鷺一羽
若山牧水・さびしき樹木

白鷺《しらさぎ》は翁《をきな》さびたる「夕ぐれ」が弓の逸箭《それや》と渚《なぎさ》に下《を》りぬ
石川啄木・小天地

雨ふれば人のとほらぬ畷《なはて》みち青田の中に白さぎゐるも
三ケ島葭子・定本三ケ島葭子全歌集

うち晴るる雪の野に舞ふ白鷺の羽のひかりは天《あめ》にまぎれぬ
木俣修・高志

白鷺《しらさぎ》の傷癒《いや》したる遠つ伝説《つたへ》思ひしのびて二夜宿りつ
宮柊二・忘瓦亭の歌

しら鷺《さぎ》や青《あを》くもならず黴雨《つゆ》の中《うち》　不玉・続猿蓑

白鷺《しらさぎ》や夕立《ゆふだち》ぬけて松のうへ　卯七・西華集

白鷺《しらさぎ》のみの毛の露《つゆ》や今朝《けさ》の秋　りん女・紫藤井発句集

しら鷺の舞ひ〳〵霞む田の面哉　幸田露伴・蝸牛庵句集

秋の田を刈るや白鷺人に近く　山口青邨・雪国

白鷺の白きが寂し巣ごもれば　加藤楸邨・寒雷

しらさぎ／はす［景年画譜］

白鷺は幾霜を経てこゑ透る　加藤楸邨・寒雷

白鷺を遊ばせゐるや田草取　石田波郷・風切

しらとり【白鳥】

白色の羽をもつ鳥。また、白鳥（はくちょう）のこと。⬇

白鳥（はくちょう）［冬］

§

白鳥のとば山松になびく雲ひと羽ばかりもすゑにおくれて
大隈言道・草径集

水だまり五月《さつき》の雨にくだけたる薔薇を浮けたり白鳥《しらとり》のごと
与謝野晶子・朱葉集

白鳥が生みたるもののここちして朝夕めづる水仙の花
与謝野晶子・花草の夢

白鳥《しらとり》はかなしからずや空の青海のあをにも染まずただよふ
若山牧水・海の声

青潮や白鳥《しらとり》群るる鳴門海《なるとなみ》君とうかびぬ黄金《こがね》の帆して
石川啄木・小天地

「す」

すがる【蜾蠃】

似我蜂の古称。似我蜂は腰がくびれているので、腰細の美女の形容に詠まれる。

§

…周淮《すゑ》の珠名《たまな》は　胸別《むなわけ》の　ゆたけき吾妹《わぎも》　腰細の　蜾蠃娘子《すがるをとめ》の　その姿《かほ》の　端正《きらきら》しきに　花の如《ごと》　咲《ゑ》みて立てれば…

作者不詳・万葉集九

すずめ【雀】

ハタオリドリ科の鳥。日本全土に分布し、人家の付近に生息する。翼長約七センチ。頭・背部は赤褐色で、背部に黒色の斑がある。喉は黒色で、腹部は灰白色。［和名由来］シュシュ（鳴声）と、メ（群）からと―『雅言音声考』。［漢名］瓦雀、喜雀、麻雀（老鳥をいう）、黄雀（若鳥をいう）。⬇雀の子（すずめのこ）［春］、親雀（おやすずめ）［春］、雀の巣（すずめのす）［春］、群雀（むらすずめ）［四季］、孕雀（はらみすずめ）［春］、春の雀（はるのすずめ）［春］、雀の擔桶（すずめのたご）［夏］、稲雀（いなすずめ）［秋］、雀蛤となる（すずめはまぐりとなる）［秋］、入内雀（にゅうないすずめ）［秋］、寒雀（かんすずめ）［冬］、初雀（はつすずめ）［新年］

§

竹の霜うちとけ顔に頭三つ集めてかたる友すゞめかな

橘曙覧・春明艸

すずめ［聚鳥画譜］

わが巣にと雀のはこぶ鳥の羽をかろくもさそふ軒のはる風

落合直文・国文学

朝日影雪に照りそふやれ窓のさうじの外に雀《すゞめ》しばなく

森鷗外・うた日記

飼ひおきし籠《かご》の雀を放《はな》ちやれば連翹《れんげう》散りて日落ちんとす

正岡子規・子規歌集

いたつきの閨《ねや》のガラス戸影透きて小松の枝に雀飛ぶ見ゆ

正岡子規・子規歌集

下総《しもふさ》の結城《ゆふき》の小田《をだ》の田雀《たすずめ》は友うしなひてさぶしらに啼《な》く

正岡子規・子規歌集

山の湯に雀の居りて朝夕に餌《ゑ》を拾ふこそやさしかりけれ

島木赤彦・柿蔭集

桐の木に大らかにして伸びし枝雀並びてふくらむ朝日に

島木赤彦・氷魚

雪白き屋根にあたりて此朝《あした》雀の声のかそけき聞ゆ

太田水穂・土を眺めて

百羽ほど覆面《ふくめん》をして近づけるすずめを見たり急行列車

与謝野晶子・深林の香

人の家にさへづる雀ガラス戸の外《そと》に来て鳴け病む人のために

長塚節・根岸庵

散りたまる樋《とひ》の桜のまひ立つや雀たはむれ其処にあそぶに

若山牧水・山桜の歌

ふと思《おも》ふ　ふるさとにゐて日毎《ひごと》聴《き》きし雀《すずめ》の鳴《な》くを　三年《みとせ》聴《き》かざり

石川啄木・一握の砂

年始客帰りしあとのしづけさに庭の雀のちちと鳴きをり

三ケ島葭子・定本三ケ島葭子全歌集

たたずめば濠の土手の青草に羽音ひそかに雀おり来る　古泉千樫・青牛集

一合《いちがふ》の酒《さけ》に酔《ゑ》ひ痴《し》れて、床《とこ》に入《い》りし、そのあくる朝《あさ》の、雀《すずめ》のこゑかな。　土岐善麿・黄昏に

若竹《わかたけ》のうらふみたる、雀《すずめ》かな　亀洞・春の日

菜畑に花見顔《はなみがほ》なる雀かな　芭蕉・其便

花にあそぶ虻《あぶ》なくらひそ友雀《ともすずめ》　芭蕉・続の原

桃の木へ雀《すずめ》吐出す鬼瓦《おにがはら》　鬼貫・仏兄七久留万

麦《むぎ》の穂《ほ》に来るや雀《すずめ》の夫婦連《めをとづれ》　野坡・裸麦

日を荷《にな》ふ雪の雀《すずめ》の背中《せなか》哉　りん女・芭蕉盥

はるさめのあがるや軒になく雀　羽紅・猿蓑

子の口に餌《え》をふくめたる雀哉　正岡子規・子規句集

南天《なんてん》に雪吹きつけて雀《すずめ》鳴く　正岡子規・子規句集

神前に遊ぶ雀も出雲がほ　杉田久女・杉田久女句集

唐棕櫚《たうしゆろ》の下葉にのれる雀かな　芥川龍之介・芥川龍之介全集（発句）

あかざの実食べに来てゐる雀かな　山口青邨・雪国

遠く鼓ケ浦を想ふ

雀の巣かの紅絲をまじへをらむ　橋本多佳子・紅絲

炎天の城や雀の嘴《はし》光る　中村草田男・長子

露暗しむらがり醒めし藪雀　中村草田男・長子

すっぽん【鼈】

爬虫類カメ目に属する動物。本州以南に分布し、河川・池などに生息する。背甲の中央は硬く周辺は柔らかい。甲長約三〇センチ。背甲は緑褐色で、腹甲は黄白色。口は尖り、物を良く噛む。肉は美味で、血は滋養に良いといわれ、珍重される。［同義］泥亀、川亀（かわがめ）。⬇亀（かめ）［四季］、泥亀（どろがめ）［四季］、胴亀（どうがめ）［四季］

すっぽん［和漢三才図会］

§

池のすぽんの甲《かふ》のはげたり　北枝・卯辰集

すつぽんも時や作らん春の月　一茶・おらが春

「せ〜そ」

せみのは【蟬の羽】

蟬の羽根のような薄い衣をいう。［同義］蟬の羽衣（せみのはごろも）。⬇蟬（せみ）［夏］

§

蟬の羽《は》の夜《よる》の衣はうすけれど移《うつ》り香《が》こくもにほひぬる哉《かな》　紀友則・古今和歌集一七（雑上）

せみの羽《は》のひとへに薄《うす》き夏衣なればよりなむ物にやはあらぬ
凡河内躬恒・古今和歌集一九（雑体）

鳴《な》く声《こゑ》はまだ聞《き》かねども蝉《せみ》の羽《は》の薄《うす》き衣はたちぞ着《き》てける
大中臣能宣・拾遺和歌集二（夏）

ひとへなる蝉《せみ》の羽衣《(はごろも)》夏《なつ》はなを《(ほ)》うすしといへどあつくも有哉《(あるかな)》
能因集（能因の私家集）

ぞう【象】

ゾウ目に属する哺乳類。熱帯の林中に生息する。インド象とアフリカ象の二種がある。陸生哺乳動物の最大種。体高三メートル位。鼻は上唇と共に円筒状で長い。上顎に二門歯が長く伸び、牙状となる。これを象牙という。草食。［同義］きさ。

§

木《こ》のもとに臥《ふ》せる仏をうちかこみ象蛇どもの泣き居《を》るところ
正岡子規・子規歌集

あたたかや鼻巻き上る象の芸　上野動物園
吉屋信子・吉屋信子句集

ぞう［ヨンストン動物図説］

「た」

たい【鯛】

タイ科の海水魚の総称。温・熱帯の沿岸から岩礁域に広く生息する。体長三〇～六〇センチ前後のものが多い。体は楕円形で側扁し、体色は紅色。真鯛（まだい）のことを単に鯛ともいう。めでたい魚として、祝事の席に尾頭付きで饗される。➡桜鯛（さくらだい）［春］、鯛網（たいあみ）［春］、浮鯛（うきだい）［春］、石鯛（いしだい）［夏］、黒鯛（くろだい）［夏］、麦藁鯛（むぎわらだい）［夏］、落鯛（おちだい）［秋］、寒鯛（かんだい）［冬］、金目鯛（きんめだい）［冬］、鯛焼（たいやき）［冬］、懸鯛（かけだい）［新年］、据り鯛（すわりだい）［新年］

§

醤酢《ひしほす》に蒜《ひる》搗《つ》き合《か》てて鯛願ふわれにな見せそ水葱《なぎ》の羹《あつもの》
長意吉麿・万葉集一六

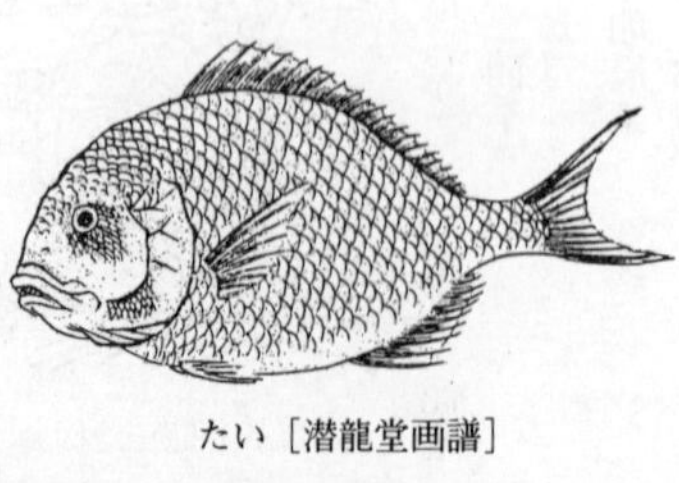

たい［潜龍堂画譜］

嵐ふく闇のいさり火乱れつつ黒戸の沖に鯛《たひ》釣るらんか　正岡子規・子規歌集

法師らが食《た》うべし鯛の骨は刺し腹のそこ痛み人に言はずあはれ　島木赤彦・太虚集

さわだちて餌《ゑ》を襲ひくる大き鯛《たひ》近く触るるを荒鰭《あらびれ》に刺す　大熊長次郎・真木

小鯛《こだひ》さす柳涼しや海士《あま》がつま　芭蕉・曾良書留

鯛《たひ》は花は江戸に生れてけふの月　其角・五元集拾遺

鯛《たい》もなし柚味噌《ゆみそ》淋しき膳《ぜん》の上　正岡子規・子規句集

病人に鯛《たい》の見舞や五月雨　正岡子規・子規句集

鯛鮓《たいずし》や一門三十五六人　正岡子規・子規句集

全快祝の鯛の眼玉をほじつて食べる　大橋裸木・人間を彫る

鯛を料るに俎せまき師走かな　杉田久女・杉田久女句集補遺

鯛ひとつ投げて躍れる冬すゝき　水原秋桜子・晩華

だちょう【駝鳥】

ダチョウ科の鳥。現存する最も大形の鳥。高さ約二・五メートル。頭部は小さく嘴は扁平。頸は長い。翼は小さく飛翔できない。二本の強い脚で早く走る。翼と尾は雄が白色で、雌は灰褐色。一雄多雌で、雄が抱卵する。

だちょう［博物図］

§

かつてより羽白曝《しろざ》れて駝鳥《だてう》をり暑き光にいでて歩きつ　佐藤佐太郎・歩道

たつ【竜・龍】

竜（りゅう）のこと。⬇竜（りゅう）［四季］

§

金色《こんじき》の龍《たつ》の鱗《うろこ》か笛の音のしみいる波にうきてはしづむ　森鷗外・うた日記

八代《やち》ひろの淵の深きに住む竜《たつ》の頤《おとがひ》にある玉の如き子や　正岡子規・子規歌集

たづ【鶴・田鶴】

鶴（つる）の別称。鶴の雅語であり、詩歌では多く用いられる。また往時「たづ」と呼ばれていたものには鶴に似た大きな鳥、白鳥や鸛（こうのとり）などが含まれていたともいわれる ― 東光治『続万葉動物考』。平安時代以降になると中国の影響で「松」「亀」と共に詠まれる慶賀歌があらわれてくる。⬇鶴（つる）［四季］、田鶴群（たづむら）［四季］、葦鶴（あしたづ）［四季］

§

旅にして物恋《ものこほ》しきに鶴《たづ》が声《ね》も聞えざりせば恋ひて死なまし　高安大島・万葉集一

つる［訓蒙図彙］

大和恋ひ眠《い》の寝《ね》らえぬに情《こころ》　なくこの渚崎廻《すざきみ》に鶴《たづ》鳴くべしや
忍坂部乙麿・万葉集一

桜田へ鶴《たづ》鳴き渡る年魚市潟《あゆちがた》潮干《しほひ》にけらし鶴鳴き渡る
高市黒人・万葉集三

葦《あし》べには鶴《たづ》が音《ね》鳴きて　湖《みなと》　風寒く吹くらむ津乎《つを》の崎《さき》はも
若湯座王・万葉集三

若の浦に潮満ち来れば潟《かた》を無み葦辺《あしべ》をさして鶴《たづ》鳴き渡る
山部赤人・万葉集六

子らがあらば二人聞かむを沖つ渚《す》に鳴くなる鶴《たづ》の　暁《あかとき》　の声
守部王・万葉集六

難波潟《なにはがた》潮干に立ちて見わたせば淡路の島に鶴《たづ》渡る見ゆ
作者不詳・万葉集七

今夜《こよひ》の　暁《あかとき》　降《くた》ち鳴く鶴《たづ》の思ひは過ぎず恋こそまされ
作者不詳・万葉集一〇

昨夜《きそ》こそは児ろとさ寝しか雲の上《うへ》ゆ鳴き行く鶴《たづ》のま遠《とほ》く思ほゆ
作者不詳・万葉集一四

鶴《たづ》が鳴き葦辺をさして飛び渡るあなたづたづし独りさ寝《ぬ》れば
丹比大夫・万葉集一五

ぬばたまの夜は明《あ》けぬらし多麻《たま》の浦に求食《あさり》する鶴《たづ》鳴き渡るなり
作者不詳・万葉集一五

きみを思《おも》ひおきつの浜《はま》になく鶴《たづ》のたづね来《く》ればぞありとだに聞《き》く
藤原忠房・古今和歌集一七（雑上）

夕《ゆふ》されば佐保《さほ》の河辺《かはべ》にゐる鶴《たづ》のひとり寝《ね》がたき音《ね》をもなくかな
伊勢集（伊勢の私家集）

大空《おほぞら》にむれたる鶴《たづ》のさしながら　思《おもふ》　心のありげなる　哉《かな》
伊勢・拾遺和歌集五（賀）

千《ち》とせふる松が崎《さき》にはむれゐつゝ鶴《たづ》さへあそぶ心あるらし
清原元輔・拾遺和歌集一〇（神楽）

夕月夜《ゆふづくよ》　入江に塩や満《み》ちぬらん芦のうら葉の鶴《たづ》の諸《もろ》声
後鳥羽院・遠島御百首

幾千代《いくちよ》と限《かぎ》らぬ鶴《たづ》の声《こゑ》すなり雲居《くもゐ》の近《ちか》き宿《やど》のしるしに
藤原公能・千載和歌集一〇（賀）

沢にすむたづの心もあくがれぬ春は雲路のうち　霞《かすみ》　つゝ
藤原良経・南海漁父北山樵客百番歌合

住《すみ》の江の浜《はま》の真砂《まさご》をふむ鶴《たづ》はひさしき跡《あと》をとむるなりけり
伊勢・新古今和歌集七（賀）

磯山の小松をひきてよる波に手あらひをればたづ鳴きわたる
落合直文・明星

久方の空にあまたは舞ふめれど裾まにあそぶ田鶴もありけり
伊藤左千夫・伊藤左千夫全短歌

松青く江の水清き明け方の砂子をふみて白き田鶴立つ
太田水穂・つゆ草

舞ひ下りて田の面の田鶴は啼きかはし
杉田久女・杉田久女句集

冬晴の雲井はるかに田鶴まへり
杉田久女・杉田久女句集

たつのうま【竜の馬・龍の馬】

駿馬をいう。良く走る優れた馬。➡馬（うま）［四季］

§

龍《たつ》の馬《ま》も今も得てしかあをによし奈良の都に行きて来《こ》む為
大伴旅人・万葉集五

たつのおとしご【竜の落子・龍の落子】
ヨウジウオ科の海水魚。日本全土に分布し、浅海に生息する。体長約八センチ。体は骨板で覆われ黒褐色。頭は馬の首に似る。小さな背びれをもち直立して遊泳する。制止時は尾で海藻に巻き付く。雄は腹部に育児嚢をもち、雌から受けた卵を孵化させる。［和名由来］形が想像上の動物の竜に似ているところから。［同義］海馬（かいば・うみうま）、竜の駒（たつのこま）、馬魚（うまうお）。

たつのおとしご［ヨンストン動物図説］

§

竜《たつ》のおとしごといふ魚《うを》の族《ぞく》あり海浜《かいひん》の沙《すな》などに落ちてゐる　斎藤茂吉・つきかげ

たづむら【鶴群・田鶴群】
鶴の群れ。⇩田鶴（たづ）［四季］

§

旅人の宿りせむ野に霜降らばわが子羽《は》ぐくめ天《あめ》の鶴群《たづむら》　作者不詳・万葉集九

菅の根の長見の浜の春の日にむれたつたづのゆたに見えけり　賀茂真淵・賀茂翁家集

おやか子か妻にてもあらむ覆羽《おほひば》のむしとりかはすをだのたづむら　大隈言道・草径集

一群の田鶴舞ひ下りる刈田かな　杉田久女・杉田久女句集

たにぐく【谷蟆】
蟇の古名である。⇩蟇（ひきがえる）［夏］

§

…この照らす　日月の下《した》は　天雲《あまくも》の　向伏《むかぶ》す極《きは》み　谷蟆《たにぐく》のさ渡る極《きは》み　聞《きこ》し食《を》す…（長歌）　山上憶良・万葉集五

蟾蜍《たにぐく》の羅漢顔《らかんがほ》こそをかしけれやがては雲を吐かむずけはひ　吉井勇・寒行

「ち〜つ」

ちゃぼ【矮鶏】
江戸時代に渡来し改良されたニワトリの日本種の一種。体は小さく白色で脚が短い。主に愛玩用に飼育された。［和名由来］ベトナム＝占城国（ちゃんぱこく）から来た鶏の

ちゃぼ［和漢三才図会］

意。［漢名］矮鶏。

青柳に矮鶏《ちやぼ》まひかゝる景色哉　§　白雪・忘梅

つる【鶴】

ツル科に属する大形の鳥の総称。平原や沼地、海浜に生息する。体長九〇～一五〇センチ。頸・脚が長く、嘴も真っ直ぐで長い。尾羽は短いが、翼が長く尾のように見える。日本で見られるのは、丹頂（たんちょう）、鍋鶴（なべづる）、真鶴である。丹頂は北海道釧路に生息する留鳥。鍋鶴、真鶴は鹿児島県や山口県に飛来する冬鳥である。往時は全国に飛来したらしい。古歌では、一般に鶴の雅語である「たづ」として詠まれることが多い。ただし、平安時代以降になると「つる」と詠まれることも多くなり、また中国の影響で「松」「亀」と共に詠まれる慶賀歌があらわれてくる。［和名由来］朝鮮語の「turumi」より。「列る（ツラナル）」より―『東雅』。「声をもつて名とす」―『大言海』。

つる［楳嶺百鳥画譜］

［漢名］鶴、仙客、仙禽。❶田鶴（たづ）［四季］、葦鶴（あしたづ）［四季］、鶴帰る（つるかえる）［春］、引鶴（ひきづる）［春］、残る鶴（のこるつる）［春］、真鶴（まなづる）［冬］、鶴の子（つるのこ）［四季］、凍鶴（いてづる）［冬］、霜の鶴（しものつる）［冬］、鶴渡る（つるわたる）［冬］、初鶴（はつづる）［冬］

§

鶴亀も千年《とせ》ののちは知らなくに飽《あ》かぬ心にまかせ果《は》ててむ　在原滋春・古今和歌集七（賀）

高砂の松に住《す》む鶴《つる》冬来《く》れば尾上《おのへ》の霜や置《を》きまさるらん　清原元輔・拾遺和歌集四（冬）

松《まつ》の苔千年《ちとせ》をかねて生《お》い《（ひ）》茂《しげ》れ鶴《つる》の卵《かひこ》の巣《す》とも見るべく　清原元輔・拾遺和歌集一八（雑賀）

君《きみ》が代《よ》はいくよろづよかかさぬべき伊津貫川《いつぬきがは》の鶴《つる》のけごろも　藤原道経・金葉和歌集五（賀）

和歌《わか》の浦《うら》に月の出《い》で潮《しほ》のさすまゝに夜《よる》なく鶴《つる》の声ぞかなしき　慈円・新古今和歌集一六（雑上）

浜《はま》松のこずゑの風に年ふりて月にさびたるつるの一こゑ　藤原家隆・家隆卿百番自歌合

子を思ふ雲居《ゐ》はるけし老鶴《おいづる》の身をば葦辺《あしべ》の波になしても　三条西実隆・内裏着到百首

色まがふ波もひとつに立《たち》かへりおなじ葦辺《あしべ》にあさる白鶴《しろづる》　冷泉政為・内裏着到百首

清きかも白浪来よる住《すみ》の江のきしにむれゐる鶴をし見れば　田安宗武・悠然院様御詠草

白雲にはねうちつけて飛鶴の翼も今はちりぞはらへる
大隈言道・草径集

わづらへる鶴の鳥屋《とや》みてわれ立てば小雨ふりきぬ梅かをる朝
落合直文・明星

あしべゆく鶴のあゆみも春の日はいよいよおそくおもほゆるかな
落合直文・国文学

鶴か背に蒼雲わけておく山の梅の林に神おりきます
伊藤左千夫・伊藤左千夫全短歌

松ふりし玉島山にあし鶴を放ちかひつゝ万代もがも。
伊藤左千夫・伊藤左千夫全短歌

風吹けば蘆《あし》の花散る難波潟《なにはがた》夕汐《ゆふしほ》満ちて鶴低く飛ぶ
正岡子規・子規歌集

白き羽の鶴のひとむら先《ま》づ過ぎぬ梅に夜ゆく神のおはすよ
与謝野寛・紫

この国によき名を負ひて生れこしよき子を守れ白妙の鶴
太田水穂・つゆ草

わが目より涙ながれて居たりけり鶴《つる》のあたまは悲しきものを
斎藤茂吉・赤光

遠干潟いまさす潮となりぬればあさりをやめて鶴はまふなる
若山牧水・黒松

おほどかに一羽の鶴はまひたてり三つ並びたるなかの一羽は
若山牧水・黒松

春さむき梅の疎林をゆく鶴のたかくあゆみて枝をくぐらず
中村憲吉・軽雷集

梅はまだはつはつなれや丹頂の鶴の素立《すだ》ちの足さむげなり
岡本かの子・わが最終歌集

おもほえず昼の街空《まちぞら》に鶴《つる》なきて透れるこゑを吾は聞きをり
佐藤佐太郎・歩道

五月雨に鶴の足みじかくなれり　芭蕉・東日記

汐越《しほごし》や鶴はぎぬれて海涼し　芭蕉・おくのほそ道

凩《こがらし》の空見なを《(ほ)》すや鶴《つる》の声　去来・枯尾花

鶴《つる》の声菊七尺のながめかな　嵐雪・其袋

ぬれわたる鶴《つる》の背中や初時雨《はつしぐれ》　許六・正風彦根体

はつ雪や溝川《みぞがは》つたふ鶴《つる》の道　許六・目団扇

鶴見《つるみ》るまどの月《つき》かすかなり　野水・冬の日

日の春をさすがに鶴《つる》の歩ミ哉《かな》　其角・卯辰集

乱菊に遊ぶや鶴《つる》のひろひ足　野坡・野坡吟草

野《の》は枯《かれ》てのばす物《もの》なし鶴《つる》の首《くび》　支考・続猿蓑

杉のはの雪朧《おぼろ》なり夜の鶴《つる》　支考・炭俵

稗蒔《ひえまく》や百姓鶴に語つて曰《いわ》く　正岡子規・子規句集

鶴の声これより空の長閑《のどか》なり　正岡子規・子規句集

草枯や又国越ゆる鶴のむれ　飯田蛇笏・山廬集

鶴《つる》鳴く霜夜の障子ま白くて寝る　尾崎放哉・須磨寺にて

青女放つ鶴舞ひ渡る相模灘　原石鼎・「花影」以後

鶴なくと起き出しわれに露台の旭　杉田久女・杉田久女句集

鶴鳴いて郵便局も菊日和　杉田久女・杉田久女句集

山冷にはや炬燵して鶴の宿　杉田久女・杉田久女句集

子を連れて落穂拾ひの鶴の群　杉田久女・杉田久女句集

舞ひ下りる鶴の影あり稲城晴　杉田久女・杉田久女句集

鶴の里菊咲かぬ戸はあらざりし　杉田久女・杉田久女句集

向う山舞ひ翔つ鶴の声すめり　杉田久女・杉田久女句集
大嶺にこだます鶴の声すめり　杉田久女・杉田久女句集
鶴舞ふや日は金色の雲を得て　杉田久女・杉田久女句集
好晴や鶴の舞ひ澄む稲城かげ　杉田久女・杉田久女句集
三羽鶴舞ひ澄む空を眺めけり　杉田久女・杉田久女句集
鶴舞ふや稲城があぐる霜けむり　杉田久女・杉田久女句集
吹きおこる秋風鶴をあゆましむ　石田波郷・鶴の眼

つるのこ【鶴の子】

鶴の雛。古歌では長寿を祝って詠まれることが多い。⇩鶴（つる）［四季］

§

松が枝《え》のかよへる枝をとぐらにて巣立《すだ》てらるべき鶴《つる》の雛《ひな》かな　清原元輔・拾遺和歌集一八（雑賀）

めづらしくけふたちそむる鶴《つる》の子《こ》は千代《ちよ》のむつきをかさぬべきかな　伊勢大輔・詞花和歌集五（賀）

ツルノ子《コ》ノスムキイヒテハ人シラムソダ、ムマデハカクシヲ（オ）カバヤ　明恵・明恵上人歌集

松の梢に山の風鳴れば羽ばたきて巣立たんとする鶴の雛かも　木下利玄・紅玉

鶴の子は愛《は》しき柿の実くれなゐに富の川辺の草むらの中　土屋文明・続青南集

つる［毛詩品物図攷］

「て〜と」

てんぐ【天狗】

人の形をした通力をもつ想像上の怪物。山伏風の服装をして、顔は赤く、鼻が高く、飛行自在で羽団扇をもつ。

§

初ざくら天狗《てんぐ》のかいた文見せん　其角・五元集

てんば【天馬】

天上界に住むという想像上の馬。また、優れた馬のこと。⇩馬（うま）［四季］

§

今するはつひに天馬の走せ入りし雲の中なる寂しさにして　与謝野晶子・草の夢

妙高の山虎杖《やまいたどり》のくれなゐの鞭《むち》をつくりぬ天馬に乗らん　与謝野晶子・草の夢

てんぐ［絵本江戸紫］

どうがめ【胴亀】
　鼈の別称。➡鼈（すっぽん）
[四季]

胴亀《どうがめ》や昨日植《きのふうゑ》たる田の濁《にご》り
　　　　許六・韻塞
　　　　§

どじょう【泥鰌・鰌】
　ドジョウ科の淡水魚の総称。また、その一種。日本各地に分布し、河川、池沼、用水、水田の泥底に生息する。体長約一〇～一五センチ。体は細長く筒形。上顎に三対、下顎に一対の口髭がある。背面は暗緑色、腹面は白色。尾びれは扇形。食用。[和名由来]「ドロウオ（泥之魚）」の意―『大言海』、「ドロスミウオ（泥棲魚）」の意―『日本語原学』など。[同義]おどりこ、どぞう〈青森〉、どんじょ〈仙台〉、やなぎば〈東京〉、くそどじょう〈鳥取〉。➡泥鰌汁（どじょうじる）[夏]、泥鰌鍋（どじょうなべ）[夏]、泥鰌掘る（どじょうほる）[冬]
　　　　§

どうがめ［毛詩品物図攷］

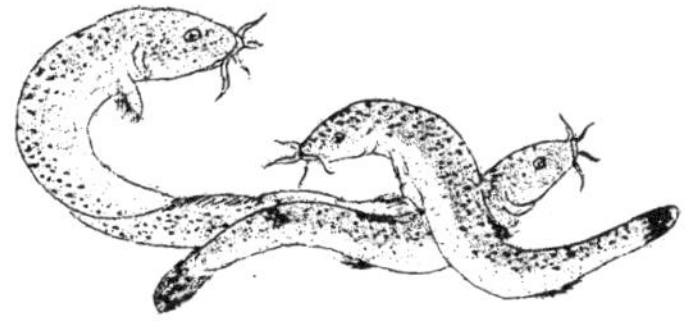

どじょう［潜龍堂画譜］

こんにやく玉掛け干す庭に泥鰌売大き盤台《はんだい》をおろしたりけり
　　　　古泉千樫・青牛集
泥鰌《どぢやう》うりて帰る翁《おきな》も声かけぬ上毛《かみつけ》越後の国ざかひの山
　　　　土屋文明・放水路
鰌《どぢやう》一疋《いつぴき》つかみ静子が帰り来《き》ぬ川人足《かはにんそく》を吾に代りして
　　　　土屋文明・自流泉
旱《ひでり》つづく田《た》のかけ水《みづ》の水《みづ》たまり鰌《どぜう》追《お》ふ吾《われ》を児《こ》はうれしがる
　　　　土屋文明・ふゆくさ
雨あがり夕べの雲の桃いろを卑《いや》しみて泥鰌に串とほすなり
　　　　前川佐美雄・天平雲
頭に来る土鰌《どぜう》の波や飛《とぶ》かはず
　　　　野坡・水僊伝

とび【鳶・鵄・鵈】
　ワシタカ科の大形の鷹。「とんび」ともいう。留鳥で海浜、河原、田畑、市街地などに生息する。翼長約五〇センチ。背部は黒褐色（鳶色）で羽縁は淡褐色。腹部は黄褐色で羽縁は褐色。翼の下面に白色帯がある。空高く輪を描いて飛び「ピーヒョロロ・ピーヒョロロ」と鳴く。おもに死んだ小動物を食べる。[漢名]鳶・鵄。
　　　　§

さながらも友のかずにはまじりあひて空にまひたる鳶の破羽
　　　　大隈言道・草径集
梅林野分の跡のあかるきに吾が立ち見れば鳶高く飛ぶ
　　　　伊藤左千夫・伊藤左千夫全短歌
緑立つ庭の小松《こまつ》の梢《こずゑ》より上野の杉に鳶《とび》の居《を》る見ゆ
　　　　正岡子規・子規歌集

通り過ぐる吹雪の雲の上にして鳶の鳴く音《ね》の聞えつるかも
島木赤彦・柿蔭集

鳶啼くや正月晴の日和にて雪すこしある更級の山
太田水穂・冬菜

はるかなるみそらに立てる煙突《えんとつ》の黒《くろ》き煙《けむり》に鳶《とび》かくろひぬ
岡麓・庭苔

片言《かたこと》をいひてはわれの側《そば》によりとんびのまねのぴいしよつしよつしよ
岡麓・湧井

蓮華草の花田に空の日はみなぎり鳶飛ぶかげを真上《まうへ》よりうつす
岡麓・湧井

鳶高く鳴きて朝靄《あさもや》うすれゆく鋤田《すきた》見て来つ今朝しばらくは
岡麓・湧井

紀伊の海の塩気《しほけ》のけむりたつ浜に鳶は下り居《を》り寂《さび》しくもあるか
斎藤茂吉・白桃

鰯寄る細江のそらのうちけぶり鳶の群れゐて啼けば悲しき
若山牧水・朝の歌

電線《はりがね》に鳶の子が啼き月の夜に赤い燈《ひ》が点《つ》くぴいひよろろろよ
北原白秋・桐の花

港町《みなとまち》　とろろと鳴《な》きて輪《わ》を描《ゑが》く鳶《とび》を圧《あつ》せる　潮《しほ》ぐもりかな
石川啄木・一握の砂

翼伸べて真夏の空に鳶舞へり朴の一葉のひるがへるごと
三ケ島葭子・定本三ケ島葭子全歌集

中空にふと浮びたる一羽の鳶翼を伸して空《くう》をすくふも
三ケ島葭子・定本三ケ島葭子全歌集

雪やうやく晴るるあかるき空にして鳶のつばさの色見えにけり
三ケ島葭子・定本三ケ島葭子全歌集

雪白き裏家の屋根にすれすれに鳶飛びゆきぬ行方見ましき
三ケ島葭子・定本三ケ島葭子全歌集

麻布台とほき木立のあたりにはつばさ光りて鳶の翔れる
古泉千樫・青牛集

白崎《しらさき》の重山《しげやま》のうへに舞ふ鳶《とび》は雲なほさむし海にくだらず
中村憲吉・軽雷集

伊良湖《いらご》のありその山に飛ぶ鳶《とび》のおりてゆきたり松山の中《なか》に
土屋文明・放水路

谷《たに》の気《き》は霧らひて深《ふか》し空《そら》の上《うへ》に鳶《とび》の描《か》く輪《わ》の大《おほ》きくありけり
土屋文明・ふゆくさ

寒空《かんぞら》に舞ひゐる鳶は知らじかもひと恥もなく米《よね》をこぼせり
前川佐美雄・天平雲

鳶《とび》の羽《は》も刷《カイツクロヒ》ぬはつしぐれ　去来・猿蓑

五月鳶啼《とびなく》や端山《はやま》の友くもり　野坡・水僊伝

鳶《とび》の尾やめされてけふの雪の花　支考・流川集

鳶《とび》も鴉《からす》もあちらむき居る　蕪村・桃李の巻

鳶《とび》ヒヨロヒヨロ神の御立ちげな　一茶・七番日記

鳶《とび》舞ふや本郷台の秋日和　正岡子規・子規句集

秋高し鳶《とび》舞ひ沈む城の上　正岡子規・子規句集

炎天に消ゆる雲あり鳶《とび》高く　高浜虚子・七百五十句

干魚《ほしうを》の上を鳶《とび》舞ふ浜暑し　高浜虚子・六百句

鳶翔けて霞に高む山の形《なり》　飯田蛇笏・椿花集

鳶稀に鳩は常なり秋深む　阿部みどり女・雪嶺

とび［景年画譜］

鳶老いて時雨るる杭を幾羽占む　水原秋桜子・帰心

鳶乗せて稲舟独り流れゆく　水原秋桜子・帰心

鳶鳴きし炎天の気の一ところ　中村草田男・火の鳥

鰯雲鳶をはなてり園黄ばむ　石田波郷・鶴の眼

鳶の舞春昼の熱昇りをり　石田波郷・惜命

とら【虎】

ネコ科の最大の動物食獣。アジア特産。体長一・八〜二・五メートル。背部は黄褐色で黒色の横縞がある。尾には黒色の輪がある。腹部は白色。昼間は洞窟などに潜み、夜間に獣や鳥を捕食する。

§

…韓国《からくに》の　虎とふ神を　生取《いけど》りに　八頭《やつ》取り持ち来《き》　その皮を　畳に刺《さ》し　八重畳《やへだたみ》…（長歌）
作者不詳・万葉集一六

いにしへの虎《とら》のたぐひに身を投《な》げばさかとばかりは問《と》はむとぞ思《おもふ》
よみ人しらず・拾遺和歌集八（雑上）

有《あり》とても幾世《いく》かは経《ふ》る唐国《からくに》の虎臥《とらふ》す野辺《のべ》に身をも投《な》げてん
藤原国用・拾遺和歌集一九（雑恋）

もちひねばとらもねこなる世人をかたちのみ、てさだむるがうさ
大隈言道・草径集

吼ゆといふ、虎こそ狩らめ。むら鳥の、さわぐ小鳥は、あさらずもがな。
与謝野寛・東西南北

とら［水滸伝図］（明容堂刻）

夜の明くる、待ちて山路は、行けよかし。こよひはいたく、虎の吼ゆるに。

与謝野寛・東西南北

とり【鳥・禽】

鳥類の総称。⬇鳥の巣（とりのす）[春]、親鳥（おやどり）[春]、巣立鳥（すだちどり）[春]、春の鳥（はるのとり）[春]、貌鳥（かおどり）[春]、鳥帰る（とりかえる）[春]、鳥雲に入る（とりくもにいる）[春]、鳥曇（とりぐもり）[春]、鳥雲（とりぐも）[秋]、花鳥（はなどり）[春]、百千鳥（ももちどり）[春]、百鳥（ももどり）[四季]、羽抜鳥（はぬけどり）[夏]、秋小鳥（あきことり）[秋]、色鳥（いろどり）[秋]、小鳥（ことり）[秋]、鳥威し（とりおどし）[秋]、渡り鳥（わたりどり）[秋]、暖め鳥（ぬくめどり）[冬]、冬の鳥（ふゆのとり）[冬]、水鳥（みずどり）[冬]、群鳥（むらとり）[四季]、雪鳥（ゆきどり）[冬]、比翼の鳥（ひよくのとり）[四季]、深山鳥（みやまどり）[四季]、野鳥（やちょう）[四季]、海鳥（うみどり）[四季]、大鳥（おおとり）[四季]、鶏（とり）[四季]、鳥籠（とりかご）[四季]

§

冬ごもり　春さり来れば　鳴かざりし　鳥も来鳴きぬ　咲かざりし　花も咲けれど…（長歌）

額田王・万葉集一

朝日照る佐太の岡辺に鳴く鳥の夜泣きかへらふこの年ころを

草壁皇子・万葉集二

明日香《あすか》川《がは》七瀬《ななせ》の淀に住む鳥も心あれこそ波立てざらめ

作者不詳・万葉集七

わが宿《やど》の花《はな》ふみしたく鳥《とり》うたむ野《の》はなければやこゝにしも来《く》る

紀友則・古今和歌集一〇（物名）

とぶ鳥《とり》の声《こゑ》もきこえぬ奥《おく》山のふかき心を人は知《し》らなむ

よみ人しらず・古今和歌集一一（恋一）

さだめなく鳥やなくらん秋の夜は月のひかりを　思《（おもひ）》たがへて

山家心中集（西行の私家集）

夏刈《なつか》りの　お《（を）》ぎの古枝《ふるえ》は枯《か》れにけりむれゐし鳥は空《そら》にやあるらん

源重之・新古今和歌集六（冬）

飛《と》ぶ鳥《とり》の明日香《あすか》の里《さと》をおきていなば君があたりは見《み》えずかもあらん

元明天皇・新古今和歌集一〇（羇旅）

もみぢ葉を　尋《たづね》ていれば山本のはやしにひゞく鳥の一こゑ

小沢蘆庵・六帖詠草

むらぎもの心楽しも春の日に鳥のむらがり遊ぶを見れば

大愚良寛・良寛歌評釈

えもにげぬすくせかなしきさくらばなをらる、枝の鳥は立《たて》ども

大隈言道・草径集

やどるべきこのまもなくて飢鳥のなくこゑかなし雪はふりつゝ

大隈言道・草径集

鳥が音も夕暮淋し残りたる霜葉《モミヂ》の映《ハエ》に道急ぎつつ

伊藤左千夫・伊藤左千夫全短歌

夕くれて霜か狭霧か冬枯の恵林寺の森鳥も鳴なく

伊藤左千夫・伊藤左千夫全短歌

人むるる花の林を行き過ぎて杉の木《こ》の間《ま》になく鳥聞ゆ

正岡子規・子規歌集

誰《た》が叫ぶ声の木玉《こだま》に鳥鳴きて奥山さびし木の子狩《か》る頃
正岡子規・子規歌集

朝な夕な字書きふみ読むかたはらに萌黄《もえぎ》の鳥の木にとまり居り
正岡子規・子規歌集

たまたまに障子をあけてながむれば空うららかに鳥飛びわたる
正岡子規・子規歌集

鳥の声水のひゞきに夜はあけて神代に似たり山中の村
佐佐木信綱・思草

高野《たかの》やま石楠《しやくなげ》かをるありあけにしだり尾しろき鳥のひと声
与謝野寛・紫

胸の毛の短か若毛をうち濡らし禽はかよわく身振ひにけり
島木赤彦・馬鈴薯の花

草の中の寂し鳥にていつまでも其所にあれよと涙流るる
島木赤彦・馬鈴薯の花

森深く鳥鳴きやみてたそがるる木の間の水のほの明りかも
島木赤彦・馬鈴薯の花

草の中の若鳥思へばわが胸の底にやさしく来るけはひすも
島木赤彦・馬鈴薯の花

来ては倚る若葉の蔭や鳥啼きて鳥啼きやみて静寂《しゞま》にかへる
窪田空穂・まひる野

流星がさけびしほどのかすかなる鋭きこゑの奥山の鳥
与謝野晶子・流星の道

鳥が啼く、あな鳥がなく、うすうすと草にさす日をかなしみて啼く
岡稻里・朝夕

たどります野は花の香《か》や鳥が音《ね》や浄土《じやうど》の光おもかげにして
武山英子・武山英子拾遺

きりぎしに頭《かしら》真青き鳥をりて待てども啼かず浪にくぐれり
若山牧水・渓谷集

峰かけてかきけぶらへる落葉木の森ははてなし一羽あそぶ鳥
若山牧水・くろ土

見てをりて涙ぞ落つる枯枝の其処に此処にし啼きうつる鳥を
若山牧水・くろ土

夏の樹にひかりのごとく鳥ぞ啼く呼吸《いき》あるものは死ねよとぞ啼く
若山牧水・死か芸術か

何しかも我いとかなし鳥よ鳥さはな鳴きそね我はかなしき
石川啄木・丁未日記

籠の鳥ふとなきやみぬ驚きて怖れて君が手より離るる
石川啄木・丁未日記

草《くさ》に臥《ね》て　おもふことなし　わが額《ぬか》に糞《ふん》して鳥《とり》は空《そら》に遊《あそ》べり
石川啄木・一握の砂

小春日《こはるび》の曇硝子《くもりガラス》にうつりたる　鳥影《とりかげ》を見《み》て　すずろに思《おも》ふ
石川啄木・一握の砂

この樹は今鳥かくせりとおもひつゝ真下より見る枝葉のうらを
木下利玄・紅玉

山ぐちの桜昏れつゝ　ほの白き道の空には、鳴く鳥も棲《す》ず
釈迢空・海山のあひだ

雛《ひひな》の日過ぎてくもりの深き日々庭木に鳥のこゑのふえゆく
木俣修・愛染無限

雨ののち　照る日しづけき春の日の空に澄みゆく鳥は、さびしき
　折口春洋・鵠が音
此秋《このあき》は何《なん》で年よる雲に鳥　芭蕉・笈日記
川狩や人におどろく夜の鳥　正岡子規・子規句集
朝鳥の来ればうれしき日和《ひより》哉　正岡子規・子規句集
鳥消えて舟あらはるゝ霧の中　正岡子規・子規句集
鳥啼《な》いて赤き木の実をこぼしけり　正岡子規・子規句集
わかるゝや一鳥啼て雲に入る　夏目漱石・漱石全集
春泥《しゅんでい》や嘴《はし》を浄《きよ》めて枝に鳥　石井露月・露月句集
ゆく春や僧に鳥啼く雲の中　飯田蛇笏・山廬集
鳥の餌の草摘みに出し余寒かな　杉田久女・杉田久女句集

とり【鶏】
鶏（にわとり）のこと。⇩鶏（にわとり）［四季］、鳥（とり）［四季］、初鶏（はつとり）［新年］
§
庭の面をゆきかふ鶏のしだり尾にふれてはうごく花すみれかな　落合直文・明星
庭のうへに霧ふりなづむ朝まだき霜の白きをふむ鶏《とり》の脚《あし》　中村憲吉・しがらみ
ひと口の水のみこむとつつましや眼つむりてこの鶏はゐる　宇都野研・宇都野研全集
御柱《オンバシラ》海道　凍てゝ、真直なり。かじけつゝ、鶏はかたまりて居る　釈迢空・海山のあひだ
秋雨や鶏舎《とや》に押合《おしあ》ふ鶏《とり》百羽　村上鬼城・鬼城句集
鶏《とり》遊ぶ銀杏《いちょう》の下の落葉かな　正岡子規・子規句集
松かげに鶏はらばへる暑さかな　芥川龍之介・芥川龍之介全集（発句）

とりかご【鳥籠】
鳥を飼うための籠。⇩鳥（とり）［四季］
§
かな網の鳥籠広みうれしげに飛ぶ鳥見ればわれもたぬしむ　正岡子規・子規歌集
鳥籠のかたへに置ける鉢に咲く薄紫のをだまきの花　正岡子規・子規歌集
吾庵《わがいほ》の檐端《のきば》にかけし鳥籠の鳥さへづらず春の日曇る　正岡子規・子規歌集

どろがめ【泥亀】
鼈の別称。⇩鼈（すっぽん）［四季］
§
泥亀《どろがめ》の息届《とど》かずや薄氷　介我・陸奥鵆

「に」

におどりの【鳰鳥の】
「潜く（かづく）」「葛飾（かづしか）」「なづさふ」「息長（おきなが）」「ならびゐ」等に掛かる枕詞。⇩鳰（にお）［冬］

にほ鳥《どり》の潜《かづ》く池水情《こころ》あらば君にわが恋ふる情示さね
大伴坂上郎女・万葉集四

思ふにし餘りにしかば鳰鳥《にほどり》のなづさひ来《こ》しを人見けむかも
万葉集一一（柿本人麻呂歌集）

にわとり【鶏】

キジ科の鳥。最も多く飼養される家禽。頭の上に鶏冠（とさか）があり、顎の下に肉垂がある。原種は東南アジア産の赤色野鶏（せきしょくやけい）といわれる。品種が極めて多い。古歌では「鶏が鳴く（とりがなく）」で「東（あずま）」に掛かる枕詞となる。［同義］鶏（かけ・とり）、庭つ鳥（にわつとり）、長鳴鳥（ながなきどり）、明告鳥・暁告鳥（あけつげどり）、寝覚鳥（ねざめどり）、木棉付鳥（ゆうつけどり）。［漢名］鶏、翰音、燭夜。⬇初鶏（はつとり）［新年］、鶏（とり）［四季］、雛（ひよこ）［四季］、雌鶏（めんどり）［四季］、木綿付鳥（ゆうつけどり）［四季］

§

庭つ鳥鶏《かけ》の垂尾《たりを》の乱尾《みだれを》の長き心も思ほえぬかも
作者不詳・万葉集七

暁《あかとき》と鶏《かけ》は鳴くなりよしゑやし独り寝《ぬ》る夜は明けば明けぬとも
作者不詳・万葉集一一

庭《には》つ鳥かけの垂《た》れ尾《お》の打はへて長《なが》き夜すがら乱《みだ》れてぞ思ふ
宗尊親王・文応三百首

いたづらに寝《ね》る夜の夢をいさめてやこゝに鳴《(なき)》ふる鶏《(にはとり)》の声
後柏原天皇・内裏着到百首

はおとこそまづうれしけれ庭つ鳥そよそのごとくなくをまつ夜は
大隈言道・草径集

にはつとり羽うちきするはぐゝみをもりいでし子の在《ある》がゝなしさ
大隈言道・草径集

にわとり［毛詩品物図攷］

寝覚には恋しきものを庭つ鳥鶏たに鳴かす夜は明けしとや　天田愚庵・愚庵和歌

ぬれながら縁にのぼれる庭鳥に音なき春の雨をしるかな　落合直文・国文学

鶏《にはとり》のつつく日向《ひなた》の垣根よりうら若草は萌えそめにけん　正岡子規・子規歌集

山かげはまだ夜深きを庭つ鳥あけぬとなくやいづこ成らん　樋口一葉・樋口一葉全集

たつ人はみな立ちはて、旅籠屋のひる間さびしき庭鳥の声　佐佐木信綱・思草

静けさの果てなきごとし鶏《にはとり》を塒《ねぐら》に入れて戸をしめしのち　島木赤彦・太虚集

あなぐらの芹川の湯の窓に乗り白き鶏《かけ》鳴く山のしののめ　与謝野晶子・草と月光

まろらかに積藁したる軒ぬくう、鶏《にはとり》うたふ十二月かな　岡稲里・朝夕

鶏《かけ》の影ふと羽搏きしが後《あと》やめてまた閑けしよ土に嘴《はし》つく　宮柊二・群鶏

すかんぽの蓬《ほう》ける頃と思ひをり鶏《にはとり》は羽の艶《つや》よろしもよ　宮柊二・群鶏

鶏《にわとり》があがるとやがて暮の月　芭蕉・続猿蓑

鶏《にわとり》もうたひ参らす神迎　正岡子規・子規句集

鶏《にわとり》の親子引きあふ落穂かな　正岡子規・子規句集

夏葱《なつねぎ》に鶏《にわとり》裂くや山の宿　正岡子規・子規句集

鶏の静《しづか》に除夜を寝たりけり　尾崎紅葉・紅葉句集

放たれし鶏ら睦まじう啼いて水の方へ　種田山頭火・層雲

にはとりを叱るたび春深きかな　中尾寿美子・狩立

「ぬ～ね」

ぬえ【鵺・鵼】

『平家物語』にある、源頼政が紫宸殿で退治をしたという伝説上の怪獣。頭が猿、胴が狸、尾は蛇、手足は虎に似て、鳴声は虎鶫（とらつぐみ）に似るという。⇩虎鶫（とらつぐみ）［夏］、鵺（ぬえ）［夏］

ねこ【猫】

ネコ科の哺乳類。主に愛玩用に飼養される家畜をいう。毛色により、三毛猫、虎猫、烏猫、雉猫などに、また毛質により、ペルシャ猫などの長毛種、シャム猫などの短毛種に大別される。⇩かじけ猫（かじけねこ）［冬］、猫の恋（ねこのこい）［春］、猫の子（ねこのこ）［春］、子猫（こねこ）［春］、親猫（おやねこ）

ねこ［明治期挿絵］

［春］、浮かれ猫（うかれねこ）［春］、恋猫（こいねこ）［春］、猫
孕み猫（はらみねこ）［春］、猫の夫（ねこのつま）［春］、猫
の妻（ねこのつま）［春］、山猫（やまねこ）［四季］

§

猫の頭撫で、我が居る世の中のいがみいさかひよそに我が居る
伊藤左千夫・伊藤左千夫全短歌

焼け舟に呼べど動かぬ猫の居り呼びつつ過ぐる人心あはれ
島木赤彦・太虚集

夜を寒みめざめてをれば野猫《のらねこ》の　嗄声《しはがれごゑ》に近づき過ぎぬ
岡麓・湧井

明けはやみ　この家ぬちもひそみをり。しろき猫ひとつ廊下
にねむる。
石原純・甃日

猫の舌のうすらに紅《あか》き手ざはりのこの悲しさを知りそめにけり
斎藤茂吉・赤光

街上《がいじやう》に轢《ひ》かれし猫はぼろ切《きれ》か何かのごとく平《ひら》たくなりぬ
斎藤茂吉・白桃

長き尾のさきをみつめて耳たてし顔黒き猫の瞳のけはしさ
前田夕暮・陰影

庭かげに追へども去らぬ猫のゐてわれを見返す瞳《め》をこそ憎め
土岐善麿・六月

白き猫泣かむばかりに春ゆくと締《し》めつゆるめつ物をこそおもへ
北原白秋・桐の花

時《とき》ありて　猫《ねこ》のまねなどして笑《わら》ふ　三十路《みそぢ》の友《とも》のひとり住《ず》みかな
石川啄木・一握の砂

光りつつ一本立てる欅の木ま白き猫のかけのぼる見ゆ
古泉千樫・青牛集

ま昼どき畳のうへにほうほうと猫の抜毛の白く飛びつつ
古泉千樫・青牛集

耶蘇誕生会《タンジヤウヱ》の宵に　こぞり来る魔《モノ》の声。少くも猫はわが腓《コブラ》吸ふ
釈迢空・倭をぐな

猫も食ひ鼠も食ひし野《や》のいくさこころ痛《いた》みて吾《あ》は語らなく
宮柊二・小紺珠

柳たれてあらしに猫ヲ釣ル夜哉　木因・虚栗
鹿鳴《しかない》て猫は夜寒《よさむ》の十三夜　嵐雪・長月集
竹の子に身をする猫《ねこ》のたはれ哉　許六・韻塞
いつまで猫の死を隠すべき　鬼貫・俳諧大悟物狂
やはらかな日本は猫《ねこ》に牡丹《ぼたん》かな　露川・北国曲
たが猫ぞ棚《たな》から落《おと》す鍋《なべ》の数《かず》　沾徳・花見車
溝《みぞ》越して手をふる猫の別《わかれ》かな　野坡・続寒菊
老猫の尾もなし恋の立《たち》すがた　百里・其袋
のら猫の声もつきなや寒《かん》のうち　浪化・有磯海
猫の鼻ぬくもる時のあつさかな　りん女・後れ馳
いろふかき男猫《をねこ》ひとつを捨《すて》かねて　杜国・冬の日
猫老て鼠もとらず置火燵《おきごたつ》　正岡子規・子規句集
がさがさと猫の上りし芭蕉哉　正岡子規・子規句集
のら猫の糞して居るや冬の庭　正岡子規・子規句集
のら猫の山寺に来て恋をしつ　夏目漱石・漱石全集
尾は蛇の如く動きて春の猫　高浜虚子・六百句
夢深き女に猫が背伸びせり　種田山頭火・層雲

どろぼう猫の眼と睨みあってる自分であった
尾崎放哉・小浜にて

魚見せて呼べと猫来ぬ寒さ哉　杉田久女・杉田久女句集補遺

餅花を今戸《いまど》の猫にささげばや
芥川龍之介・芥川龍之介全集（発句）

かげろふや猫にのまるる水たまり　芥川龍之介・蕩々帖

蛙夕べ捨猫が蹲まり鳴くよ　種田山頭火・層雲

遠き木の元に猫居り春雷す　石田波郷・惜命

ねずみ【鼠】

ネズミ科の哺乳類の総称。体長五～三五センチ。体色は黒褐色または灰色のものが多い。一対の門歯と三対の大臼歯をもつ。繁殖力が強く、ペストなどさまざまな伝染病の病原体を運んだり、農作物などを食害したりもする。
➡嫁が君（よめがきみ）［新年］、野鼠（のねずみ）［四季］

§

はしたかのをき餌《ゑ》にせんとかまへたるを《（お）》しあゆかすな鼠《ねずみ》とるべく
藤原輔相・拾遺和歌集七（物名）

やがてまたそこあらはれてあぢきなし鼠もはめるよねの白櫃
大隈言道・草径集

汝れ屋守なれがのろきと小鼠のこまこましきとわれ解《げ》し難し
伊藤左千夫・伊藤左千夫全短歌

ねずみ［明治期挿絵］

なれも又よにふる鼠からねこの声にさのみは騒がざらなん
樋口一葉・緑雨筆録「一葉歌集」

妻子らの留守なる家にかへり来り鼠を追ふも夜なかに起きて
島木赤彦・氷魚

日かげ土かたく凍れる庭の上を鼠走りて土蔵《くら》に入りたり
島木赤彦・氷魚

物枯る、霜日の庭をのぞくとて昼の鼠のいでて隠れし
太田水穂・冬菜

鼠出てねられぬ夜半の枕もと燈火《あかり》ともせば雨のふる音
岡麓・湧井

水へだて鼠《ねずみ》つばなの花投ぐることばかりして飽かざりしかな
与謝野晶子・佐保姫

壁のなかに鼠《ねずみ》の児らの育《そだ》つをば日ごと夜ごとにわれ悪《にく》みけり
斎藤茂吉・暁紅

おほよそ　棒ほどの物を　ひくならし。宵より荒る、　天井の鼠
釈迢空・春のことぶれ

寒雷《かんらい》は真夜《まよ》にとどろとひびきしがそのあとしづみ鼠も鳴かず
前川佐美雄・天平雲

曇天《どんてん》をしきりかなしむ心よりどぶねずみどもをひたに憎める
前川佐美雄・天平雲

大ねずみ小ねずみの態《さま》ふるさとの榧《かや》の木の実を子と食みきほふ
木俣修・去年今年

田作《たつくり》に鼠《ねずみ》追《お》ふよの寒《さむ》さ哉《かな》　亀洞・あら野

天井《てんじやう》の鼠《ねずみ》噪《さわが》し村時雨　介我・陸奥衛

尼寺《あまでら》の鼠《ねずみ》に春もくれにけり　許六・五老文集

木隠《こがく》れや鼠《ねずみ》の小社《こやしろ》下紅葉《したもみぢ》　正秀・鵜坂の杖
買置《かひおき》の棺《ひつぎ》に鼠あれやまず　之道・あめ子
鼠《ねずみ》の穴をふさぐ二ン《に》月《ぐわつ》　曲翠・俳諧深川
何さがす鼠《ねずみ》恥《はづ》かしはつ時雨《しぐれ》　其角・珠洲之海
鼠《ねずみ》ども出立《でたち》の芋《いも》をこかしけり　丈草・続猿蓑
秋風や鼠《ねずみ》のこかす杖の音　祇空・玄湖集
夏《げ》の中《うち》は杓子《しやくし》をかぶる鼠《ねずみ》哉　琴風・伊達衣
水落《おち》て田面《たのも》をはしる鼠《ねずみ》かな　蝶夢・草根発句集
猫老て鼠もとらず置火燵《おきごたつ》　正岡子規・子規句集
仏壇の柑子《こうじ》を落す鼠《ねずみ》哉　正岡子規・子規句集
鼠死に居て気味わろき井や梅雨に殖えて　杉田久女・杉田久女句集補遺

「の」

のねずみ【野鼠】
原野や森林にすむ鼠の総称である。⇨鼠（ねずみ）［四季］

§

さよ中のあらしのおとにまぎれ入《いり》て臥庵《ふせいほ》こぼつ冬の野ねずみ　大隈言道・草径集
野ねずみの土《つち》ふくらませ眠れるをわがどちとかも冬日恋ひしき　前川佐美雄・天平雲
野鼠《のねずみ》の是《これ》を喰《くふ》らん土筆《つくつくし》　其角・五元集
野鼠《のねずみ》や口をつぼめて夕涼ミ　りん女・紫藤井発句集

「は」

ばく【獏】
中国の想像上の動物。形は熊に、眼は犀、鼻は象、尾は牛、脚は虎に似ているという。毛は黒と白の斑模様。人の悪夢を食べてくれる。⇨獏枕（ばくまくら）［新年］

ばしゃ【馬車】
人や荷物などを乗せて、馬にひかせる車。「うまぐるま」ともいう。⇨馬（うま）［四季］

ばく［頭書増補訓蒙図彙大成］

§

ゆらゆらに馬車にゆられて日本はし京橋すきていつちゆきけん
伊藤左千夫・伊藤左千夫全短歌

大臣《だいじん》の桜の宴《えん》やはてつらん霞《かすみ》が関《せき》を馬車帰るなり
正岡子規・子規歌集

森はこれフオンテンブロウ歩めるは見るかげもなき旅人の馬車
与謝野晶子・心の遠景

馭者《ぎよしや》の鞭《むち》青き湖水を撫でつつも湯元がよひの馬車近づきぬ
与謝野晶子・心の遠景

馬車《うまぐるま》店先ふさぐあつさ哉　正岡子規・子規句集

馬車停る宿かと胸つく草いきれ　杉田久女・杉田久女句集

はだかうま【裸馬】

鞍をつけていない馬。⬇馬（うま）［四季］

§

法師めき顔包みたる馬の行きはだか馬過ぎ橋たそがれぬ
与謝野晶子・心の遠景

涯《はて》なきこほりのうへを　橇ひきて馬がゆきにけり。真はだかの馬が。
石原純・靉日

五月の草場は手のひらを開いた明るさ、紫の陰《かげ》をあびて走るはだか馬がある
前田夕暮・水源地帯

白雨《ゆふだち》に河追《おひ》あぐる裸馬《はだかうま》　正秀・西の雲

ゆくはるや砂はらかける裸馬《はだかうま》　怒風・水僊伝

はと【鳩・鴿】

ハト科の鳥の総称。翼長一〇～四〇センチ。頭部は小さく、嘴の先端は膨れて曲がる。多くの品種があり、都市部でもよく見られる。ほぼ全世界に分布。平和のシンボルとされている。［和名由来］ハタハタ（羽音）の略と—『大言海』。ハヤトリ（早鳥）の意より—『東雅』。［同義］二声鳥（ふたこえどり）、つちくれ鳩（つちくればと）。［同種］雉鳩（きじばと）、青鳩、数珠掛鳩（じゅずかけばと）、土鳩（どばと）。［漢名］鳩、鴿、飛奴。⬇青鳩（あおばと）［夏］、鷹化して鳩と為る（たかかしてはととなる）［春］、鳩吹く（はとふく）［秋］、初鳩（はつはと）［新年］

やまばと／すぎ［景年画譜］

§

古畑《ふるはた》のそばのたつ木《き》にゐる鳩《はと》のともよぶ声のすごき夕暮《ゆふぐれ》
西行・新古今和歌集一七（雑歌）

おのれさへおもしろけれや山ばとのけさのともなきこゑをそろへて

簷《のき》にすくふ鳩《はと》の子七《な、》つ七つの子鳴けばしのばゆななたりの友
大隈言道・草径集

雛鳩《ひなばと》の親よぶきけば古里《ふるさと》にふたり残しし子等《こら》をしぞおもふ
森鷗外・うた日記

み階もと雨落の辺のちらひたる花ふみ遊ぶ鳩と雀と
森鷗外・うた日記

さきりたつ、秋草畑に吾立てば、堂鳩の雌雄も、来てを遊べり、
伊藤左千夫・伊藤左千夫全短歌

はと［写生四十八鷹画帖］

古寺の大木のいてふ乱れちりて鳩みだれ飛ぶ木枯の風
佐佐木信綱・思草

木の芽さく、うしろの畑に、霜見えて、けさは身にしむ、山鳩のこゑ。
与謝野寛・東西南北

家鳩を飼ひて愛《かな》しも親と子の嘴《はし》を相啣《ふく》み哺《はぐく》む朝夕
島木赤彦・大虚集

三年《みとせ》経《へ》て帰り来れる家鳩《いへばと》に餌をやる子らや交《かは》るがはるに
島木赤彦・柿蔭集

腹のものを反《かへ》し哺《はぐく》む親鳩のふるまひかなし生けるものゆゑ
島木赤彦・太虚集

山鳩の声聞きがたし松原をとよもす風の絶えまなくして
島木赤彦・太虚集

むれ立つは家鳩ならし梅雨《つゆ》どきの湿風《しめりかぜ》吹く夕暮ぞらに
岡麓・庭苔

焼跡の街の仮家の上空《うはぞら》に鳩の飛べるを見ればうれしき
岡麓・庭苔

那古寺の建立《こんりふ》を待つもののごと十三人が鳩とたはぶる
与謝野晶子・草の夢

家鳩の胸をならぶる堂の屋根、うすき朝日に霜けぶるなり
岡稲里・朝夕

我がむしろさびしみ索《もと》めたどり来し　丘の木《こ》ぶかみに　山鳩のなく。
石原純・靉日

山鳩のかなしらになく曇り日は　ひとと語りて暮れはやきかも。
石原純・靉日

ひくくして海《うみ》にせまれる森なかに山鳩啼《やまばとな》くはあやしかりけり
斎藤茂吉・石泉

日もすがらひと日監獄《ひとや》の鳩ぽつぽつぽつぽつぽと物おもはする
北原白秋・桐の花

薔薇色《ばらいろ》に雲のにほへば朝の唄鳩のうたひて花壇おとなふ
木下利玄・銀

朝早み小公園の入口に鳩をさしたりあはれ鳥さしは
古泉千樫・青牛集

雨の香を鳩の羽に見る秋の堂紫苑《しをん》さびしく壁たそがるる
石川啄木・明星

甍《いらか》射る春のひかりの立ちかへり市のみ寺に小鳩むれとぶ
石川啄木・盛岡中学校校友会雑誌

浅草の鳩も寂しく思ふらむ日頃見馴れしわれを見ぬため
吉井勇・昨日まで

京にて
巣をつくる鳩のはばたきしげくなりて今年も春にまたく成りにし
九条武子・薫染

山鳩は羽《はね》ふるひをり鴨脚樹《いてふ》の芽かろうぬれたるこの春の雨
九条武子・薫染

山鳩《やまばと》のひくきふた声三声《みこゑ》して若葉は朝の明るさとなる
土屋文明・山の間の霧

終章を結ぶことばを思ひゐる午前四時すでに山鳩の啼く
木俣修・昏々明々

地にきこゆ斑鳩《やまばと》のこゑにうち混りわが殺《と》りしものの声がするなり
宮柊二・群鶏

鳩《はと》の声身に入《しみ》わたる岩戸《いはと》哉　芭蕉・漆嶋

行秋《ゆくあき》の碁相手呼《ごあひてよぶ》か寺の鳩《はと》　露川・枕かけ

鳩群れて飛べり果てもなう照り映ゆる空　種田山頭火・層雲

時雨鳩わが肩に来て頬に触れ　川端茅舎・川端茅舎句集

鳩の目や竹は節より芽を立て、　中村草田男・万緑

ばふん【馬糞】

馬の糞。「まぐそ」ともいう。➡馬（うま）［四季］

§

曼珠沙華たけ低く咲く墓かねに虫の鳴く現《うつ》し馬の糞もあり
伊藤左千夫・伊藤左千夫全短歌

馬ぐそに深くかぶさる朝の霜この澤の道に我れ動くかな
島木赤彦・馬鈴薯の花

あらたらしき馬糞《まぐそ》がありて朝けより日のくるるまで踏《ふ》むものもなし
斎藤茂吉・ともしび

馬の糞《ふん》ひろひながらにこの爺《をぢ》のなにか思ふらしひとりごと言ふ
若山牧水・くろ土

馬糞搔《ばふんカク》あふぎに風《かぜ》の打《うち》かすみ　荷兮・冬の日

紅梅《こうばい》の落花燃《らくくわもゆ》らむ馬の糞《ふん》　蕪村・天明三年几董初懐紙

初午《はつうま》や土手は行来の馬の糞　正岡子規・子規句集

日ざかりの馬糞《ばふん》にひかる蝶《てふ》のしづけさ。　芥川龍之介・越びと

はむし【羽虫】

有翅類小昆虫の俗称。羽をもつ小さな虫。

§

何やらむ羽虫のむれのまひ群れて渓ばたの梅の花にあそべり
若山牧水・くろ土

かすかなる羽虫まひをり窓のさきけぶらふ春の日ざしのなかに　若山牧水・山桜の歌
羽虫まつ河鹿が背《せな》は痩せやせて黒みちぢめり飛沫《しぶき》のかげに　若山牧水・山桜の歌
バリカンに頭《かしら》あづけてしくしくとつるむ羽虫を見詰めてゐたり　北原白秋・桐の花
橋の上にひとりたたずみ秋の日の羽虫の群をはかながるかな　吉井勇・昨日まで
寒林の日すぢ争ふ羽虫かな　杉田久女・杉田久女句集

「ひ」

ひうお【干魚・乾魚】
「ひいお」ともいう。魚の内蔵を取り除き乾燥したもの。魚の干物。

§

拍手《かしはで》に次ぎて乾魚《ひうを》をけづるなり草津の秋の隣室《りんしつ》のおと　与謝野晶子・山のしづく
秋風《あきかぜ》や干魚《ひうお》かけたる浜庇《はまびさし》　蕪村・安永五年句稿
海士《あま》が家《や》に干魚《ひうを》の臭《にお》ふあつさ哉　正岡子規・子規句集
賎《しず》が檐端《のきば》干魚《ひうお》燈籠　蕃椒《とうがらし》　正岡子規・子規句集

ひつじ【羊】
ウシ科ヒツジ属の家畜。毛は灰白色で柔らかく巻縮する。性質は温順で常に群棲する。毛織物の原料、食用、乳用などになる。毛専用のメリノ種、食肉専用のリンカーン種、兼用種など多数ある。通常、春に毛が刈りとられる。［同義］緬羊（めんよう）。⬇羊の毛刈る（ひつじのけかる）［春］

§

まきの夫が犬を指揮して千万の羊逐ひくる野のうす雲　伊藤左千夫・伊藤左千夫全短歌
病院の羊が庭に逃げ入りてとらはれし日の落葉のみだれ　与謝野晶子・流星の道
はる日さす病院のにはに、緬羊《めんやう》のくろきがふたつ　くさの芽食むも。　石原純・靉日
羊煮て兵を労《ねぎら》ふ霜夜かな　召波・春泥発句選

ひつじ［動物訓蒙］

ひとで【海星・人手】
ヒトデ綱に属する棘皮動物の総称。浅海から深海まで生息。体は星形、または五角形で扁平。腹面の中央に口があり、貝・珊瑚な

ひとで［潜龍堂画譜］

どを食べる。管足によって移動する。

§

ひとでふみ蟹とたはむれ磯あそび
　杉田久女・杉田久女句集

ひよくのとり【比翼の鳥】古代中国の伝説上の鳥。雌雄それぞれ眼と翼を一つずつしかもっておらず、常に雌雄一体となって飛ぶという。また、翼を並べて飛ぶ鳥をもいう。男女、夫婦の睦まじさの譬えとして用いる。

§

えにしたゞ比翼の鳥にあやからん
　徳元・犬子集

ひよくのとり［頭書増補訓蒙図彙大成］

ひよこ【雛】鳥の子ども。特に鶏の子をいう。⇩鶏（にわとり）［四季］

§

おのもおのも親の腹毛にくぐり入るひよこの声の心安《うらやす》げなる
　島木赤彦・太虚集

いとけなきふるまひ愛《かな》し自《し》が嘴《はし》にあまれる虫を争ふひよこら
　島木赤彦・太虚集

腹の下にひよこを抱きて親鶏のしづまり眠るその静かさや
　島木赤彦・太虚集

ひよこ［頭書増補訓蒙図彙大成］

しが親にともなはれつつ幾むれの雛鶏《ひよこ》あそべり広き屋敷に
　古泉千樫・青牛集

「ふ〜ほ」

ぶた【豚】イノシシ科の食肉用に改良された家畜。鼻は大きく、尾・足は短い。皮下脂肪が発達し、雄の体重は四〇〇キロに達する。貪食で多産。

§

裏背戸の雨に濡るゝにあゆみ啼くしろき豚の子をあはれみにけり。
　石原純・靉日

豚の子の檻《をり》逃げ出でておぼつかな瓜畑ゆくよ丸く真しろく
　若山牧水・黒松

藁しぶに深くもぐれり豚の子の一匹にしてさびしかるらし

古泉千樫・青牛集

白豚や秋日に透いて耳血色　杉田久女・杉田久女句集

ふな【鮒】

コイ科の淡水魚。日本全土に分布し、河川や沼などに生息する。体長二〇～四〇センチ。背面はオリーブ色、腹面は銀白色。鯉には口髭があるが、鮒にはない。［同種］源五郎鮒、銀鮒（ぎんぶな）、平鮒（へらぶな）。➡寒鮒（かんぶな）［冬］、乗込鮒（のっこみぶな）［春］、初鮒（はつぶな）［春］、鮒鱠（ふななます）［春］、鮒の巣離れ（ふなのすばなれ）［春］、濁り鮒（にごりぶな）［夏］、鮒鮨（ふなずし）［夏］、源五郎鮒（げんごろうぶな）［夏］、落鮒（おちぶな）［秋］、藻臥束鮒（もふしつかぶな）［四季］

§

香塗《こりぬ》れる塔《たふ》にな寄りそ川隅《かはくま》の屎鮒《くそぶな》喫《は》める痛《いた》き女奴《めやつこ》　長意吉麿・万葉集一六

ふるさとの野川は今もながれたりおもへばこゝよ鮒とりしところ　落合直文・明星

小鮒取る童《わらは》べ去りて門川《かどかは》の河骨《かうほね》の花に目高《めだか》群れつつ　正岡子規・子規歌集

藪かげに新聞紙敷きてかき坐り寄る鮒まつよ一すぢの糸に　若山牧水・山桜の歌

しづかなる第一日のあらがねの如き光を鮒の子も浴ぶ　宮柊二・藤棚の下の小室

鮒《ふな》の住《すむ》池はこゞりのかゞみかな　貞徳・犬子集

星《ほし》さえて江《え》の鮒《ふな》ひらむ落葉哉《おちばかな》　露沾・続猿蓑

月の色氷ものこる小鮒売《こぶなうり》　許六・俳諧深川

から崎の鮒煮《ふなに》る霜の月見哉《かな》　北枝・卯辰集

呼《よび》かへす鮒売《ふなうり》見えぬあられ哉《かな》　凡兆・猿蓑

さみだれに小鮒《こぶな》をにぎる子共哉《こどもかな》　野坡・炭俵

山吹《やまぶき》や小鮒《こぶな》入れたる桶《おけ》に散る　正岡子規・子規句集

ぶんちょう【文鳥】

カエデチョウ科の鳥。原産地はジャワ、バリ島。江戸時代前期に輸入され、観賞用の鳥として飼養される。翼長約七センチ。頭部は黒色で頰は白色。眼の周囲は赤色で、背・胸部は青灰色。腹部は白色。嘴は太く淡紅色。脚は紅色。［同義］じゃがたら。［漢名］瑞紅鳥。

ぶんちょう／はくもくれん［景年画譜］

待つ門に石楠さきぬ巣にありて文鳥の雛啼く如きかな
三ケ島葭子・定本三ケ島葭子全歌集

春逝く夜柱時計の鳴りそめて籠の中なる文鳥騒ぐ
宮柊二・独石馬

§

文鳥や籠《かご》白金に光る凪
寺田寅彦・寅日子句集

へいけがに【平家蟹】

ヘイケガニ科の中形の蟹。駿河湾以南に分布し、浅海の砂泥底に多く生息する。甲長・甲幅約二センチ。前の二対の歩脚が長く、後の二対は短い。脚を伸ばすと一〇センチほどになる。体は暗褐色で、甲面には、人面に似た刻紋がある。背面に貝殻などを背負って身を隠す習性がある。［和名由来］瀬戸内海に多く生息するところから、甲面にある人面に似た刻紋を平家の亡霊に見立てたもの。⇩蟹（かに）［夏］

へいけがに［日本山海名産図会］

§

世を横に歩《あゆ》むも暑し平家蟹《がに》
露川・西国曲

あだし野や錦《にしき》に眠る平家蟹《へいけがに》
野坡・門司硯

秋の野の華ともさかで平家蟹《がに》
文考・梟日記

ほうおう【鳳凰】

中国で古くから尊ばれた想像上の鳥。麒麟、亀、竜と共に四霊とされた。雄を「鳳」、雌を「凰」という。餌は竹の実で、霊泉だけを飲む。梧桐の木にだけに止まる。仁君の兆しとして現れるとされる。［同義］鳳鳥（ほうちょう）。⇩竜（りゅう）［四季］、麒麟（きりん）［四季］

ほうおう［青楼年中行事］

§

朝の雲海に重なり鳳凰の羽《は》にまくらして寝しここちする
与謝野晶子・草と月光

鳳凰《ほうわう》も出《いで》よのどけきとりの年
貞徳・犬子集

鳳凰《ほうわう》の羽根《はね》や拾《ひろ》はむ今朝《けさ》の雪
露川・流川集

ほたるなす【蛍なす】

蛍の光がほのかであるところから「ほのか」に掛かる枕詞。

⬇蛍（ほたる）［夏］

§

…黄葉《もみちば》の　過ぎていにきと　玉梓《たまづさ》の　使の言へば　蛍《ほたる》なす　ほのかに聞きて　大地《おほつち》を　炎《ほのほ》と踏《ふ》みて　立ちて居《ゐ》て…（長歌）

作者不詳・万葉集一三

ほらがい【法螺貝】

フジツガイ科の大形の巻貝。紀伊半島以南に分布。殻高約四〇センチ。殻径は大きく約二〇センチ。表面は光沢があり、紅・褐・白色などの波紋がある。貝の内側は紅橙色。法螺貝の殻頂に穴をあけて口金をつけ、吹奏楽器にされた。山伏がもつ。また、戦場で進退などの合図などにも吹かれ、陣貝（じんがい）ともよばれた。

ほらがいを吹く［西国三十三所名所図会］

§

八九月風はいづこの螺《ホラ》の貝　嵐雪・蓮実

海松《みる》ふさや浪《なみ》のかけたるほらのかい　其角・五元集拾遺

「ま〜み」

まご【馬子】

馬で荷物や人を運ぶことを仕事とする人。［同義］馬追（うまおい）、馬方。⬇馬方（うまかた）［四季］、馬（うま）［四季］

§

手綱《たづな》よく締めよ左に馬おけと馬子の訓《をし》へをわれも湯に読む　与謝野晶子・流星の道

我《ガ》をはりて霰《あられ》に向《むか》ふ馬士独《まごひとり》　言水・新撰都曲

ましら【猿】

猿の別称。⬇猿（さる）［四季］

§

わびしらに猿《ましら》ななきそあしひきの山のかひあるけふにやはあらぬ　凡河内躬恒・古今和歌集一九（雑体）

お木曾山夕こえ行は(ば)入日かけ(げ)落るたにまにましら啼也

樋口一葉・樋口一葉全集

みかもなす【水鴨】

「みかもなす」で「二人並び居」に掛かる枕詞。水鴨とは、水辺にいる鴨。⬇鴨（かも）［冬］

§

わが屋前《には》に　花そ咲きたる　そを見れど　情《こころ》も行かず　愛《は》しきやし　妹《いも》がありせば　水鴨《みかも》なす　二人《ふたり》並びゐ　手折《たを》りても見せましものを…

大伴家持・万葉集三

みさご【鶚・雎鳩】

ミサゴ科の大形の鳥。海浜に生息し、急降下して魚類を捕食する。翼長約五〇センチ。頭・腹部は白色。背部・翼は黒褐色。胸部に黄褐色の縦斑がある。［同義］魚鷹（うおたか）、洲鳥・渚鳥（すどり）、雎鳩（しょきゅう）。［漢名］鶚、雎鳩、魚鷹。⬇鷹（たか）［冬］

§

みさごゐる磯廻《いそみ》に生《お》ふる名乗藻《なのりそ》の名《の》は告らしてよ親は知るとも

山部赤人・万葉集三

みさご居《ゐ》る沖の荒磯《ありそ》に寄する波行方《ゆくへ》も知らずわが恋ふらくは

作者不詳・万葉集一一

みさごゐる渚《す》にゐる舟の漕ぎ出《で》なばうら恋《ごひ》しけむ後は逢ひぬとも

作者不詳・万葉集一二

雲に入るみさごの如き一筋の恋とし知れば心は足りぬ

有島武郎・絶筆

みさご［聚鳥画譜］

秋風にしら波つかむみさご哉《かな》　蘭更・半化坊発句集

海の門のしぐる、岩に鶚《みさご》かな　水原秋桜子・葛飾

みずち【蛟・虬・鮫龍】

体は蛇で、角と四脚を持ち、毒を吐いて人を殺すという想像上の動物。古くは「みつち」と発音し、「み」は水、「ち」は霊で、水霊を意味した。

§

虎に乗り古屋《ふるや》を越えて青淵に鮫龍《みづち》とり来《こ》む剣《つるぎ》大刀《たち》もが　境部王・万葉集一六

瀧つぼの青みが底に潜みたる蛟舞はせむ笛の音もかも　伊藤左千夫・伊藤左千夫全短歌

みなのわた【蜷の腸】

蜷の腸が黒いところから、「か黒し」に掛かる枕詞。⬇蜷（にな）［春］

§

…同輩児《よちこ》らと　手携《てたづさは》りて　遊びけむ　時の盛りを　留《とど》みかね　過《す》ぐし遣《や》りつれ　蜷《みな》の腸《わた》　か黒《ぐろ》き髪に　何時《いつ》の間《ま》か　霜の降りけむ…（長歌）　山上憶良・万葉集五

天《あめ》にある姫菅原《ひめすがはら》の草な刈りそね蜷《みな》の腸《わた》か黒き髪に芥《あくた》し着《つ》くも　万葉集七（旋頭歌）

…諾《うべ》な諾《うべ》な　母は知らじ　諾《うべ》な諾《うべ》な　父は知らじ　蜷《みな》の腸《わた》　か黒《ぐろ》き髪に　真木綿《まゆふ》以《も》ち…（長歌）　作者不詳・万葉集一三

みやまどり【深山鳥】

深山に生息する鳥類をいう。

§

石まろぶ音にまじりて深山鳥《みやまどり》大雨《たいう》のなかを啼《な》くがわびしき　与謝野晶子・舞姫

深山鳥《みやまどり》あしたの虫の音に混り鳴ける方より君帰りきぬ　与謝野晶子・心の遠景

「む〜も」

むしけら【虫螻】

①虫を卑しめていう言葉。②人を卑しめていう言葉。⬇虫（むし）［秋］

§

貧しければ心も暗し虫けらの在り甲斐もなき生きやうをする　若山牧水・路上

虫けらの這ふよりもなほさびしけれ旅は三月《みつき》をこえなむとする　若山牧水・路上

冬籠《ふゆごもり》虫けら迄《まで》もあなかしこ　貞徳・犬子集

むらがらす【群烏・群鴉】

群れている烏。「むれがらす」ともいう。⬇烏（からす）

［四季］

§

よそよりはいづれもおなじむら鳥おのが妻こそつまもみしらめ　大隈言道・草径集

榛原に鴉群れ啼く朝曇り故里さむくなりにけむかも　土田耕平・青杉

暁の暗き空より　群れ下る鴉《カラス》は、いまだ鳴かず。しづけき　折口春洋・鵠が音

青空にひくく飛びたつ群鴉《むらがらす》ここの峡《はざま》に日もすがら居る　佐藤佐太郎・歩道

むらすずめ【群雀】

群れている雀。「むれすずめ」「村雀」ともいう。⇩雀（すずめ）［四季］

§

村雀枝やすからぬ思《おもひ》あれや竹の霜夜を明《あ》かす宿《やど》りに　後柏原天皇・内裏着到百首

なるこ引門田《ひくかどた》の稲のほどもなくたちてはかへるむら雀かな　賀茂真淵・賀茂翁家集

むらすゞめひさしにあさる音さへもいつよりきゝし朝いなるらむ　大隈言道・草径集

月の夜の曇り蒸し暑し群雀《むらすずめ》ぽぷら高樹に夜すがら騒ぐ　島木赤彦・氷魚

夕だちや草葉《くさば》をつかむむら雀　蕪村・続明烏

むらとり【群鳥】

群がっている鳥をいう。また「群鳥の」で「むれ」「たつ」に掛かる枕詞となる。⇩鳥（とり）［四季］

§

群鳥《むらとり》の朝立《だ》ち往《い》にし君が上《うへ》はさやかに聞きつ思ひしごとく　大伴家持・万葉集二〇

群鳥《むらどり》のたちにしわが名《な》今更に事なしぶともしるしあらめや　よみ人しらず・古今和歌集一三（恋三）

おはれきてとなみにかゝるむら鳥のちゞのこゑきく我ぞくるしき　大隈言道・草径集

老身《ろうしん》はひたすらにしていひにけり「群鳥《むらどり》とともにはやく春来《こ》よ」　斎藤茂吉・白き山

銃音《つつおと》にみだれたちたる群鳥《むらどり》のすがたかなしも老松がうへに　若山牧水・黒松

めうし【牝牛】

雌の牛。⇩牛（うし）［四季］

§

児をねぶる牝牛の角の向き合へば常に片去る汝が妻ごゝろ　伊藤左千夫・伊藤左千夫全短歌

牝牛みな厩に入れて夕がたの乳しぼるべき時にはなりぬ　古泉千樫・青牛集

めんどり【雌鳥・雌鶏】

雌の鶏。⇩鶏（にわとり）［四季］

§

めん鶏《どり》ら砂あび居《ゐ》たれひつそりと剃刀研人《かみそりとぎ》は過ぎ行きにけり　斎藤茂吉・あらたま

卵だきじつとふくらむめん鶏《どり》のすゑゐる眼《まなこ》の深きするどさ

木下利玄・一路

もうけん【猛犬】

人によく吠え、ときには噛みつく、性質が荒い犬。⬇犬（いぬ）［四季］

§

猛犬のふぐりゆゝしき枯野かな　水原秋桜子・葛飾

もぐら【土龍・土竜】

モグラ科の小動物。本州以南に分布し、土中に坑道を掘って生息する。体長約一五センチ。体は灰褐色で頭は尖り、眼は皮下に埋まり、耳介はない。前足は土掘りに適し、土中を横走し、農作物に害を与える。昆虫や蚯蚓（みみず）などを捕食する。［同義］むぐら、うぐら、もぐらもち、うごろもち、田鼠（でんそ）。⬇土龍打（もぐらうち）［新年］、田鼠化して鴽となる（でんそかしてうずらとなる）［春］、うごろもち［四季］

もぐら［和漢三才図会］

§

いくたびか土龍《むぐら》が穴をつぶせるも土龍が子をし生む夏となる　前川佐美雄・天平雲

年の旦《あさ》土竜《もぐら》が掘れる盛土の黄に凍るこそうら寂しけれ　宮柊二・独石馬

土竜いで梅雨の日輪今日もなし　水原秋桜子・帰心

白露が眩ゆき土竜可愛らし　川端茅舎・定本川端茅舎句集

日輪に露に土竜は掌を合せ　川端茅舎・定本川端茅舎句集

露の玉ころがり土竜ひつこんだり　川端茅舎・定本川端茅舎句集

もちどりの【黐鳥の】

「もちどり」とは鳥黐にかかった鳥。「かからはし」に掛かる枕詞。

§

父母を　見れば尊《たふと》し　妻子《めこ》見れば　めぐし愛《うつく》し　世の中は　かくぞ道理《ことわり》　黐鳥《もちどり》の　かからはしもよ　行方《ゆくへ》知らねば…（長歌）　山上憶良・万葉集五

もふしつかふな【藻臥束鮒】

藻の中にいる一束の鮒。一束は拳を握った時の小指から人差指までの四本の指の幅の長さをいう。⬇鮒（ふな）［四季］

§

沖方《おきへ》行き辺《へ》に行き今や妹がためわが漁《すなど》れる藻臥束鮒《もふしつかふな》　高安王・万葉集四

老《おい》が手にえとらへかねてはねめぐる藻臥束《もぶしつか》鮒《ふな》見ぞおどろしき　橘曙覧・春明艸

ももどり【百鳥】

「ももとり」ともいう。多くの鳥。さまざまな種類の鳥。⬇百千鳥（ももちどり）［春］

§

梅の花今盛りなり百鳥の声の恋《こほ》しき春来たるらし　田氏肥人・万葉集五

百鳥《ももどり》の木伝《こづた》うて鳴く今日しもぞ更にや飲まむ一つきの酒
大愚良寛・良寛歌評釈

秋はしも神のたまへる饗宴《きやうえん》ぞ空《そら》の百鳥《もゝとり》おりて野に酔へ
窪田空穂・まひる野

もも鳥《どり》のこゑする山のあかつきに大《おほ》き聖《ひじり》はよみがへりたまふ
斎藤茂吉・白桃

朝山のみどりが下の道ゆけば露ふりこぼす百鳥《ももどり》のこゑ
若山牧水・山桜の歌

いにしへの声おこらむか百《もも》どりを踏みおこしゆくくらき忌森《ゆもり》に
中村憲吉・軽雷集

天たかく百《もも》どりこもり鳴くときしひじりならざる涙もつたふ
前川佐美雄・天平雲

「や」

やぎ【山羊・野牛】ウシ科の哺乳類。世界中に分布。体は羊に似て、多くは頭部に二本の角をもつ。雄は下顎に長い髯がある。強健で放牧に適し、古来、乳、肉、毛、毛皮を目的に飼育されている。
[和名由来] 山羊をさす近代朝鮮字音の「ヤング」の転。
§

政彦《まさひこ》の足音ききて鳴きしとふ山羊《やぎ》も売られてこの家になし
島木赤彦・氷魚

あたたかし草もみぢ分けみづうみを見に現れし細脚《ほそあし》の山羊《やぎ》
与謝野晶子・草と月光

山羊《やぎ》の乳と山椒のしめりまじりたるそよ風吹いて夏は来りぬ
北原白秋・桐の花

空色《そらいろ》の罎《びん》より　山羊《やぎ》の乳《ちち》をつぐ　手《て》のふるひなどいとしかりけり
石川啄木・一握の砂

大《おほ》き家《いへ》にめざめて吾児《あご》はよろこべり山羊《やぎ》をよび花《はな》をよび鶏《にはとり》をよぶ
土屋文明・ふゆくさ

牡ゆゑに追遣《おひや》らはれし白き山羊島の果《はて》なる磯を徘徊《もとほ》る
宮柊二・藤棚の下の小室

山羊はかなしげに草は青く
種田山頭火・草木塔

やさかどり【八尺鳥】「息」に掛かる枕詞。「八尺」は長さが長いという意で、八尺鳥とは水中で長く息が続く鳰などの水鳥を表す。⬇鳰(かいつぶり)[冬]
§

沖に住も小鴨《をかも》のもころ八尺鳥《やさかどり》息づく妹《いも》を置きて来《き》のかも
作者不詳・万葉集一四

やちょう【野鳥】野生の鳥。野にいる鳥。⬇鳥(とり)[四季]
§

ほの白き天の川をば見に出でて野鳥《やてう》の啼くに逢へる寂しさ
与謝野晶子・瑠璃光

やまどり【山鳥】

古代より、山鳥の雌雄は夜に別れて寝る「やまどりのひとりね」との言い伝えがあり「ひとり寝」の例に用いられる。また、尾が長いことから「山鳥の尾」は「長し」などを導く序詞となる。⬇山鳥（やまどり）［春］

やまどり［頭書増補訓蒙図彙大成］

§

思へども思ひもかねつあしひきの山鳥の尾の長きこの夜を
作者不詳・万葉集一一

山鳥の尾ろ《を》の初麻《はつを》に鏡懸《か》け唱《とな》ふべみこそ汝《な》に寄《よ》そりけめ
作者不詳・万葉集一四

葦引《（あしひき）》の山鳥の尾のしだり尾《お》のながながし夜をひとりかも寝《ね》む
柿本人麻呂・拾遺和歌集一三（恋三）

チ、ハ、トヲ《（オ）》モヒナゾラフシルシニヤ山《ヤマ》ノ鳥《トリ》マデナレムツブラム
明恵・明恵上人歌集

桜《さくら》さくとを《（ほ）》山鳥《どり》のしだりお《（を）》のながながし日もあかぬ色かな
後鳥羽院・新古今和歌集二（春下）

ひとりぬる山鳥《どり》のお《（を）》のしだりお《（を）》に霜《しも》を《（お）》きまよふ床《とこ》の月かげ
藤原定家・新古今和歌集五（秋下）

山鳥のおのへの花や散ならん谷ふところに雪とつもるは
樋口一葉・樋口一葉全集

山鳥《やまどり》の枝踏《ふみ》かゆる夜長哉　蕪村・明和六年句稿

やまねこ【山猫】

ネコ科の哺乳類の内、野生の猫の総称。山中に生息し、鳥や魚などを捕食する。一般に背・腹部に褐色の小斑点があり、耳の外面は黒色で、中央に白斑がある。日本では、沖縄の西表島で発見された特別天然記念物の西表山猫（いりおもてやまねこ）が有名。⬇猫（ねこ）［四季］

§

山猫も跡《あと》から出るか雛《ひな》の櫃《ひつ》　蘆本・砂つばめ

「ゆ」

ゆうがらす【夕烏・夕鴉】

夕方に飛んでいる烏。夕方、巣に戻る烏。⬇烏（からす）［四季］

§

あらつがたあれたる風にむかひてもかへるはかへる夕がらすかな
大隈言道・草径集

あらし雲おほへる底よりくろぐろとむらがりきたる夕鴉かも
古泉千樫・青牛集

夕鴉《ゆふがらす》宿《しゆく》の長《なが》さに腹《はら》のたつ　其角・あら野員外

夕鳥《ゆうがらす》一羽おくれてしぐれけり　正岡子規・子規句集

ゆうぎょ【遊魚・游魚】

泳いでいる魚。➡魚（さかな）［四季］

§

すし桶《をけ》を洗《あら》へば浅き游魚《いうぎよ》かな　蕪村・新花摘

人をいかる遊魚あるべし水の月　暁台・暁台句集

ゆうつけどり【木綿付鳥】

鶏の別名。古代、世の乱れた時、鶏に木綿を付け、都の四境の関で祓をしたことからこの名がある。

§

相坂《あふさか》の木綿《ゆふ》つけ鳥《どり》もわがごとく人やこひしき音《ね》のみなく覧《らむ》

よみ人しらず・古今和歌集一一（恋一）

恋《こ》ひ恋ひてまれにこよひぞ相坂《あふさか》の木綿《ゆふ》つけ鳥《どり》はなかずもあらなむ

よみ人しらず・古今和歌集一三（恋三）

誰《た》がみそぎ木綿《ゆふ》つけ鳥《どり》か唐衣たつたの山にお《（を）》りはへてなく

よみ人しらず・古今和歌集一八（雑下）

なきぬなりゆふつけ鳥《どり》のしだり尾《を》のおのれにも似《に》ぬよはのみじかさ

藤原定家・定家卿百番自歌合

竜田山まがふ木《こ》の葉のゆかりとて夕つけ鳥に木枯《こがらし》の風

後鳥羽院・遠島御百首

春や今あふ坂こえてかへるらんゆふつけ鳥の一こゑぞする

藤原良経・南海漁父北山樵客百番歌合

暁は憂《う》き時なれば逢坂《あふさか》の木綿《ゆふ》付鳥《つけどり》も音《ね》をやなくらん

宗尊親王・文応三百首

「ら〜ろ」

らくだ【駱駝】

ラクダ科の動物。体高約二メートル。背に脂肪を蓄えるコブがあり、中近東・アフリカ産のヒトコブラクダと、中央アジア産のフタコブラクダに大別される。砂漠の生活に適した体をもつ。砂上を歩くのに適した幅広の蹠部と開閉ができる鼻をもつ。

らくだ［動物訓蒙］

§

大のらの護戈の砂原砂曇る雲井をさしてつぎゆく駱駝

伊藤左千夫・伊藤左千夫全短歌

わが轎《けう》をととひ負ひし駱駝出で港に啼かば哀れならまし

与謝野晶子・冬柏亭集

口取《くちとり》に駱駝《らくだ》こたへていななけり胡《こ》の男ぞと思へるならん

与謝野晶子・冬柏亭集

北平《ほくへい》の城壁《じやうへき》ぐりながながと駱駝《らくだ》の連《つら》はあゆみそめ居《を》り　斎藤茂吉・寒雲

あげ舟の如く熱砂に駱駝伏す　中村草田男・火の鳥

何といふ脚下はるかぞ駱駝照る　中村草田男・火の鳥

らくば【落馬】

馬から落ちること。⇩馬（うま）［四季］

§

歩行《かち》ならば杖つき坂《ざか》を落馬《らくば》哉　芭蕉・笈の小文

りゅう【竜・龍】

①蛇形の鬼神。仏法を守護する八部衆の一。雲・雨を自在の操ることができるという。②巨大な爬虫類の形をした中国の想像上の動物。「たつ」ともいう。鳳・麟・亀と共に四霊の一。雲を起こし、雨をよぶことができる。⇩竜天に昇る（りゅうてんにのぼる）［春］、竜（たつ）［四季］、鳳凰（ほうおう）［四季］、麒麟（きりん）［四季］

りゅう［北斎画］

§

迦具土の火風逆巻きいきどほる龍の怒りと狂ひ起たなむ　伊藤左千夫・伊藤左千夫全短歌

天路ゆく龍の雄神のしる年ぞ起ちてふるはね増荒夫の伴　伊藤左千夫・伊藤左千夫全短歌

水ゆるき矢はぎの河のひんがしにひそめる龍や雲まき起す　伊藤左千夫・伊藤左千夫全短歌

安禅制毒龍図（以下二首、同前文）

毒龍のおそひかかるも身じろがず三昧に入る静寂の境　岡麓・湧井

正定のありさま知らゆ毒龍の狙ふとすれど隙をあたへず　岡麓・湧井

ろば【驢馬・兎馬】

ウマ科の家畜。アフリカ原産。肩高約一メートル内外。馬に似るが、前髪がなく耳が長い。性格が温順で、さまざまな労役に用いられる。［同義］兎馬（うさぎうま）。

§

官人《くわんにん》の驢馬《ろば》に鞭《むち》うつ影もなし金州城外柳青々《せいせい》　正岡子規・子規歌集

野の窪の雪解《ゆきげ》の水を踏みわたる驢馬の腹毛は霑れて雫《しづ》けり　島木赤彦・太虚集

枯原の夕日の入りに車ひく驢馬の耳長し風にい向ふ　島木赤彦・太虚集

君乗せし黄《き》の大馬《おほうま》とわが驢馬《ろば》とならべて春の水見る夕　与謝野晶子・夢之華

何《いづ》れにも小き翼《つばさ》の備はりて歌へるごときわが驢馬の鈴　与謝野晶子・冬柏亭集

戦《たたかひ》の後《のち》大きなる平和あり驢馬《ろば》にのり驢馬を引き民《たみ》絶ゆるなし
土屋文明・山の間の霧

永き日や驢馬《ろば》を追ひ行く鞭《むち》の影　正岡子規・子規句集

葉柳の水の日ぐれを驢馬追へる　臼田亜浪・旅人

熱河途上
月に啼く驢よ荒涼の冬来り　臼田亜浪・旅人

雷名残る秋雲追うて驢を駆るや　臼田亜浪・旅人

バーミアン途上　ウナイ峠へ
黍の荷と動きゆくもの驢馬の耳　加藤知世子・飛燕草

「わ」

わすれがい【忘貝】
海岸に置き去りにされた二枚貝の殻の一片。「恋忘貝」ともいい、恋の憂いの表現に詠まれる。➡恋忘貝（こいわすれがい）［四季］

§

大伴《おほとも》の御津《みつ》の浜にある忘《わす》れ貝《がひ》家にある妹《いも》を忘れて思へや
身人部王・万葉集一

わが背子《せこ》に恋ふれば苦し暇《いとま》あらば拾《ひり》ひて行かむ恋忘貝《こひわすれがひ》
大伴坂上郎女・万葉集六

海少女《あまをとめ》潜《かづ》き取るといふ忘れ貝世にも忘れじ妹が姿は
作者不詳・万葉集一二

荒磯《ありそ》海の浦と頼《たの》めしなごり浪うちよせてける忘《わす》れ貝《がひ》哉《かな》
よみ人しらず・拾遺和歌集一五（恋五）

忘貝《わすれがひ》それも思ひのたねたえて人をみぬめのうらみてぞぬる
藤原定家・定家卿百番自歌合

このまゝに住吉といひて古郷は忘《わす》れ貝をもいざや拾《ひろ》はん
三条西実隆・再昌草

「短歌俳句動物表現辞典」本編（終）

短歌俳句 動物表現辞典

2002年10月11日　第1刷発行
監修者　大岡 信
編集著作権者　瓜坊進
発行者　遠藤 茂
発行所　株式会社 遊子館
107-0062　東京都港区南青山1-4-2八並ビル4F
電話 03-3408-2286 FAX.03-3408-2180
印　刷　株式会社 平河工業社
製　本　協栄製本株式会社
装　幀　中村豪志
定　価　外箱表示

ISBN4-946525-39-4 C3592

監修者　大岡　信（おおおか　まこと）

1931年　静岡県三島市に生まれる
1953年　東京大学文学部卒業
詩人、日本芸術院会員
【詩集】－「記憶と現在」「悲歌と祝禱」「水府」「草府にて」「詩とはなにか」「ぬばたまの夜、天の掃除器せまつてくる」「火の遺言」「オペラ 火の遺言」「光のとりで」「捧げるうた　50篇」など
【著書】－「折々のうた」（正・続・第3～第10・総索引・新１～6）「連詩の愉しみ」「現代詩試論」「岡倉天心」「日本詩歌紀行」「うたげと孤心」「詩の日本語」「表現における近代」「万葉集」「窪田空穂論」「詩をよむ鍵」「一九〇〇年前夜後朝譚」「あなたに語る日本文学史」（上・下）「日本の詩歌－その骨組みと素肌」「光の受胎」「ことのは草」「ぐびじん草」「しのび草」「みち草」「しおり草」「おもい草」「ことばが映す人生」「私の万葉集」（全５巻）「拝啓漱石先生」「日本の古典詩歌（全6巻）」など
【受賞】－「紀貫之」で読売文学賞、「春　少女に」で無限賞、「折々のうた」で菊池寛賞、「故郷の水へのメッセージ」で現代詩花椿賞、「詩人・菅原道真」で芸術選奨文部大臣賞、「地上楽園の午後」で詩歌文学館賞
恩賜賞・日本芸術院賞（1995年）、ストルーガ詩祭（マケドニア）金冠賞（1996年）、朝日賞（1996年度）、文化功労者顕彰（1997年）

総50音順索引

凡　例

1、本書「春」「夏」「秋」「冬」「新年」「四季」の各章に収録した見出し語を50音順に配列し、その掲載頁を示した。

2、見出し語の収録季節は（　）内にその季節名を入れて明示した。

あ

あいさ【秋沙】（冬）…324
あいなめ【鮎並・鮎魚女・愛魚女】（春）…2
あいふ【合生】（夏）…88
あおがえる【青蛙】（夏）…88
あおぎす【青鱚】（夏）…88
あおげら【緑啄木鳥】（秋）…226
あおさぎ【青鷺・蒼鷺】（夏）…88
あおじ【蒿雀】（夏）…89
あおしぎ【青鴫・青鷸】（秋）…226
あおだいしょう【青大将】（夏）…90
あおとかげ【青蜥蜴】（夏）…90
あおばずく【青葉木菟】（夏）…90
あおばと【青鳩・緑鳩】（夏）…90
あおまつむし【青松虫】（秋）…226
あおむし【青虫】（秋）…226
あかあり【赤蟻】（夏）…90
あかいえか【赤家蚊】（夏）…90
あかえい【赤鱝・赤鱏】（夏）…90
あかがい【赤貝】（冬）…324
あかがえる【赤蛙】（春）…2
あかぎつね【赤狐】（冬）…324
あがけのたか【網掛の鷹】（秋）…226
あかげら【赤啄木鳥】（秋）…226
あかこ【赤子】（夏）…91
あかしょうびん【赤翡翠・赤魚狗】（夏）…91
あかとんぼ【赤蜻蛉】（秋）…227
あかはえ【赤鮠】（夏）…91
あかはら【赤腹】（夏）…91
あかひげ【赤鬚】（春）…2
あかまだらか【赤斑蚊】（夏）…92
あかめふぐ【赤目河豚】（冬）…324
あきあじ【秋鯵】（秋）…228
あきいわし【秋鰯】（秋）…228
あきがつお【秋鰹】（秋）…228
あきご【秋蚕】（秋）…228
あきことり【秋小鳥】（秋）…228
あきさば【秋鯖】（秋）…228
あきぜみ【秋蟬】（秋）…228
あきつ【秋津・蜻蛉】（秋）…229
あきつばめ【秋燕】（秋）…229
あきのあゆ【秋の鮎】（秋）…229
あきのうお【秋の魚】（秋）…230
あきのうかい【秋の鵜飼】（秋）…230
あきのか【秋の蚊】（秋）…230
あきのこまひき【秋の駒牽】（秋）…230
あきのせみ【秋の蟬】（秋）…231
あきのちょう【秋の蝶】（秋）…231
あきのはえ【秋の蠅】（秋）…232
あきのはち【秋の蜂】（秋）…232
あきのへび【秋の蛇】（秋）…233
あきのほたる【秋の蛍】（秋）…233
あきまゆ【秋繭】（秋）…233
あげはちょう【揚羽蝶・鳳蝶】（春）…2
あげひばり【揚雲雀】（春）…3
あさがらす【朝烏・朝鴉】（四季）…402
あさすず【朝鈴】（秋）…233
あざらし【海豹】（春）…3
あさり【浅蜊・蛤仔】（春）…3
あさりとり【浅蜊採り】（春）…4
あじ【鯵】（夏）…92
あじがも【䳑鴨・味鴨】（冬）…325
あしがも【葦鴨】（冬）…324
あじさし【鯵刺】（夏）…92
あしたづ【葦鶴・葦田鶴】（四季）…402
あしながばち【脚長蜂】（春）…4
あしまとい（秋）…233
あじむら（冬）…325
あとさりむし【あとさり虫】（夏）…92
あとにしん【後鰊】（春）…4
あとり【花鶏・獦子鳥】（秋）…233
あなぐま【穴熊】（冬）…325
あなご【穴子】（夏）…92
あび【阿比】（春）…4
あひる【鶩・家鴨】（四季）…402
あぶ【虻】（春）…4
あぶらぜみ【油蟬・鳴蜩】（夏）…92
あぶらむし【油虫】（夏）…93
あぶれか【溢蚊】（秋）…234
あぶろじ（夏）…93
あほうがらす【阿呆烏・阿房烏】（四季）…403
あまうそ【雨鷽】（春）…5
あまがえる【雨蛙】（夏）…93
あまがさへび【雨傘蛇】（夏）…94
あまご【甘子・天魚】（夏）…94

あまごいどり【雨乞鳥】(夏)…94
あまだい【甘鯛】(冬)…326
あまつかり【天津雁】(秋)…234
あまつばめ【雨燕】(夏)…94
あめうし【黄牛】(四季)…403
あめのうお【江鮭・鯇】(秋)…234
あめふらし【雨虎・雨降】(春)…5
あめんぼ【水黽・飴坊】(夏)…95
あゆ【鮎・香魚・年魚】(夏)…95
あゆがり【鮎狩】(夏)…98
あゆくみ【鮎汲】(春)…5
あゆずし【鮎鮨】(夏)…98
あゆなます【鮎膾】(夏)…98
あゆのこ【鮎の子】(春)…6
あゆのさと【鮎の里】(夏)…98
あゆのやど【鮎の宿】(夏)…98
あゆほうりゅう【鮎放流】(春)…6
あゆもどき【鮎擬】(夏)…99
あら【鯇】(冬)…326
あらい【洗鱠】(夏)…99
あらいごい【洗い鯉】(夏)…99
あらいすずき【洗い鱸】(夏)…99
あらいだい【洗い鯛】(夏)…99
あらう【荒鵜】(夏)…99
あらごま【荒駒】(四季)…403
あらたか【荒鷹】(秋)…234
あらわし【荒鷲】(冬)…326
あり【蟻】(夏)…99
ありあなにいる【蟻穴に入る】(秋)…234
ありあなをいづ【蟻穴を出づ】(春)…6
ありじごく【蟻地獄】(夏)…100
ありづか【蟻塚】(夏)…101
ありのとう【蟻の塔】(夏)…101
ありのとわたり【蟻の門渡り】(夏)…101
ありのみち【蟻の道】(夏)…101
あわび【鮑・鰒】(夏)…101
あわびたま【鮑珠・鰒珠】(四季)…403
あわびとり【鮑採り】(夏)…102
あんこう【鮟鱇】(冬)…326
あんこうじる【鮟鱇汁】(冬)…327
あんこうなべ【鮟鱇鍋】(冬)…327

い

いいだこ【飯蛸】(春)…6
いえこうもり【家蝙蝠】(夏)…103
いえだに【家壁蝨・家蜱】(夏)…103
いえばえ【家蠅】(夏)…103
いお【魚】(四季)…404
いか【烏賊】(夏)…103
いがい【貽貝】(春)…7
いかつり【烏賊釣】(夏)…104
いかなご【玉筋魚】(春)…7
いかる【斑鳩・鵤】(夏)…104
いさき【伊佐木・伊佐幾・鶏魚】(夏)…105
いさざ【魦】(冬)…327
いさな【鯨・勇魚】(冬)…327
いさなとり【鯨・鯨魚・勇魚—取】(冬)…328
いしがめ【石亀・水亀】(四季)…404
いしだい【石鯛】(夏)…105
いしたたき【石叩・石敲】(秋)…235
いしなぎ【石投】(夏)…105
いしもち【石持・石首魚】(夏)…105
いすか【鶍・交喙】(秋)…235
いせえび【伊勢海老・伊勢蝦】(新年)…394
いそがに【磯蟹】(夏)…105
いそぎんちゃく【磯巾着】(春)…7
いそちどり【磯千鳥・磯鵆】(冬)…328
いたち【鼬・鼬鼠】(冬)…328
いたちわな【鼬罠】(冬)…329
いたやがい【板屋貝】(春)…7
いてちょう【凍蝶】(冬)…329
いてづる【凍鶴】(冬)…329
いてばえ【凍蠅】(冬)…329
いとど【竈馬・蛼】(秋)…235
いととんぼ【糸蜻蛉】(夏)…105
いとみみず【糸蚯蚓】(夏)…106
いとよりだい【糸撚鯛・糸縒鯛】(冬)…329
いな【鯔】(秋)…236
いなおおせどり【稲負鳥】(秋)…236
いなご【稲子・蝗・螽】(秋)…236
いなごまろ【稲子麿・蝗麿】(秋)…238

いなすずめ【稲雀】（秋）…238
いなだ（夏）…106
いなむし【稲虫】（秋）…238
いぬ【犬・狗】（四季）…404
いぬころ【犬ころ・狗ころ】（四季）…406
いぬぞり【犬橇】（冬）…330
いぬわし【犬鷲】（冬）…330
いねつきむし【稲舂虫】（秋）…238
いのしし【猪】（秋）…238
いぼだい【疣鯛】（夏）…106
いぼたのむし【水蝋虫】（夏）…106
いぼむしり【疣毟】（秋）…239
いもむし【芋虫】（秋）…239
いもり【井守・蠑螈】（夏）…106
いらむし【刺虫】（夏）…106
いるか【海豚】（冬）…330
いろどり【色鳥】（秋）…239
いわし【鰯・鰮】（秋）…240
いわつばめ【岩燕】（夏）…106
いわな【岩魚・嘉魚】（夏）…107
いわなつり【岩魚釣】（夏）…107

う

う【鵜】（夏）…107
うお【魚】（四季）…406
うおじま【魚島】（春）…8
うおひにのぼる【魚氷に上る】（春）…8
うかい【鵜飼】（夏）…108
うかいび【鵜飼火】（夏）…109
うかいぶね【鵜飼舟】（夏）…109
うかがり【鵜篝】（夏）…110
うかれねこ【浮かれ猫】（春）…8
うがわ【鵜川】（夏）…110
うきす【浮巣】（夏）…110
うきだい【浮鯛】（春）…8
うきねどり【浮寝鳥】（冬）…330
うぐい【石斑魚】（四季）…407
うぐいす【鶯】（春）…8
うぐいすあわせ【鶯合せ】（春）…13
うぐいすねをいる【鶯音を入る】（夏）…110
うぐいすのおしおや【鶯の押親】（夏）…110
うぐいすのおとしぶみ【鶯の落し文】（夏）…111
うぐいすのす【鶯の巣】（春）…14
うぐいすのつけご【鶯の付子】（夏）…111
うぐいすのはつね【鶯の初音】（春）…14
うぐいすぶえ【鶯笛】（春）…14
うごろもち（四季）…407
うさぎ【兎】（冬）…331
うさぎがり【兎狩】（冬）…332
うさぎじる【兎汁】（冬）…332
うし【牛】（四季）…408
うじ【蛆】（夏）…111
うしあぶ【牛虻】（春）…14
うしかい【牛飼】（四季）…410
うしぐるま【牛車】（四季）…410
うしのした【牛の舌】（夏）…111
うしばえ【牛蝿】（夏）…111
うしひやす【牛冷やす】（夏）…111
うじょう【鵜匠】（夏）…111
うすばかげろう【薄羽蜉蝣】（夏）…111
うずら【鶉】（秋）…241
うずらあわせ【鶉合せ】（秋）…242
うずらなく【鶉鳴く】（四季）…410
うずらなす【鶉なす】（四季）…410
うずらのす【鶉の巣】（夏）…111
うずらのとこ【鶉の床】（秋）…243
うそ【獺】（四季）…411
うそ【鷽】（春）…14
うそかえ【鷽替】（新年）…394
うづかい【鵜遣】（夏）…111
うつせがい【虚貝】（四季）…411
うつせみ【空蝉】（夏）…111
うどんげ【優曇華】（夏）…112
うないこどり【童子鳥】（夏）…112
うなぎ【鰻】（夏）…112
うなぎのひ【鰻の日】（夏）…113
うなぎやな【鰻簗】（秋）…243
うなわ【鵜縄】（夏）…113
うに【海胆・海栗】（春）…15
うばしぎ【姥鴫】（秋）…243
うぶね【鵜舟・鵜船】（夏）…113
うま【馬】（四季）…411
うまあらう【馬洗う】（夏）…114

うまいち【馬市】（四季）…414
うまおいむし【馬追虫】（秋）…243
うまかた【馬方】（四季）…414
うまこゆる【馬肥ゆる】（秋）…243
うまのこ【馬の子】（春）…16
うまのりぞめ【馬騎初】（新年）…394
うまひやす【馬冷やす】（夏）…114
うまやだし【厩出し】（春）…16
うまゆみ【馬弓】（夏）…114
うまわたし【馬渡し】（夏）…114
うみう【海鵜】（夏）…114
うみうし【海牛】（春）…16
うみがめ【海亀】（夏）…114
うみすずめ【海雀】（冬）…332
うみどり【海鳥】（四季）…414
うみねこわたる【海猫渡る】（春）…16
うみほおずき【海酸漿・竜葵】（夏）…114
うらちどり【浦千鳥・浦衙】（冬）…332
うりばえ【瓜蠅・瓜守】（夏）…115
うりぼう【瓜坊】（秋）…244
うるか（秋）…244
うるめいわし【潤目鰯】（冬）…332
うろくず【鱗】（四季）…415
うわいわし【宇和鰯】（秋）…244
うんか【浮塵子】（秋）…244

え・お

えい【鱏・鱝】（夏）…115
えそ【狗母魚・鱠】（夏）…115
えだかわず【枝蛙】（夏）…115
えっさい【悦哉】（秋）…244
えなが【柄長】（秋）…244
えのこ【犬子・犬児・狗】（四季）…415
えび【海老・蝦】（四季）…415
えんこう【猿猴】（四季）…415
えんまこおろぎ【閻魔蟋蟀】（秋）…244
おいうぐいす【老鶯】（夏）…115
おいかわ【追河・追河魚】（夏）…116
おうむ【鸚鵡】（四季）…416
おおかみ【狼】（冬）…332
おおかみのまつり【狼の祭】（秋）…244
おおこのはずく【大木葉木菟】（冬）…333
おおさんしょううお【大山椒魚】（夏）…116
おおじがふぐり【螵蛸】（秋）…245
おおじしぎ【大地鴫・大地鷸】（夏）…116
おおたか【大鷹】（冬）…333
おおとり【大鳥】（四季）…416
おおばん【大鷭】（夏）…117
おおましこ【大猿子】（秋）…245
おおもず【大百舌・大鵙】（秋）…245
おおよしきり【大葦切・大葭切・大葦雀】（夏）…117
おおるり【大瑠璃】（夏）…117
おおわし【大鷲】（冬）…333
おかいこ【御蚕】（春）…16
おかめいんこ【阿亀鸚哥】（四季）…416
おかめこおろぎ【阿亀蟋蟀】（秋）…245
おきなます【沖膾】（夏）…117
おくりおおかみ【送り狼】（冬）…333
おごしのかも【尾越の鴨】（秋）…245
おこぜ【螣・虎魚】（夏）…117
おこぜ【螣・虎魚】（冬）…333
おし【鴛・鴛鴦】（冬）…333
おしあゆ【押鮎】（新年）…394
おじか【牡鹿】（秋）…245
おしがも【鴛鴦鴨】（冬）…335
おしすずし【鴛鴦涼し】（夏）…118
おしぜみ【唖蟬】（夏）…118
おしどり【鴛鴦】（冬）…336
おじろわし【尾白鷲】（冬）…337
おたまじゃくし【御玉杓子】（春）…16
おちあゆ【落鮎】（秋）…245
おちうなぎ【落鰻】（秋）…246
おちぎす【落鱚】（冬）…337
おちすずき【落鱸】（冬）…337
おちだい【落鯛】（秋）…246
おちぶな【落鮒】（秋）…246
おとしづの【落し角】（春）…17
おとしぶみ【落し文】（夏）…118
おとり【囮】（秋）…246
おとりあゆ【囮鮎】（夏）…118
おなが【尾長】（四季）…416
おにあさり【鬼浅蜊】（春）…17
おにやどかり【鬼宿借】（春）…17
おにやんま【鬼蜻蜓】（秋）…247

おはぐろとんぼ【御歯黒蜻蛉・鉄漿蜻蛉】（夏）…118
おぼこ（秋）…247
おやじか【親鹿】（夏）…118
おやすずめ【親雀】（春）…17
おやどり【親鳥】（春）…18
おやねこ【親猫】（春）…18
オランダししがしら【和蘭獅子頭・阿蘭陀獅子頭】（夏）…118
おんぶばった【負んぶ飛蝗】（秋）…247

か

か【蚊】（夏）…119
が【蛾】（夏）…120
か【鹿】（秋）…247
かい【貝】（四季）…417
かいこ【蚕】（春）…18
かいこだな【蚕棚】（春）…19
かいこどき【蚕時】（春）…19
かいこのあがり【蚕の上簇】（夏）…121
かいこのちょう【蚕の蝶】（夏）…121
かいこまゆ【蚕繭】（夏）…121
かいず（夏）…121
かいつぶり【鸊鷉・鳰】（冬）…337
かいぶし【蚊燻】（夏）…121
かいやき【貝焼】（冬）…338
かいよせ【貝寄風】（春）…19
かえる【蛙】（春）…19
かえるかり【帰る雁】（春）…20
かえるご【蛙子・蝌蚪】（春）…21
かえるのこ【蛙の子】（春）…21
かおどり【貌鳥・容鳥】（春）…21
かが【火蛾】（夏）…121
ががんぼ【大蚊】（夏）…121
かき【牡蠣】（冬）…338
かきなべ【牡蠣鍋】（冬）…339
かきぶね【牡蠣船】（冬）…339
かきめし【牡蠣飯】（冬）…339
かぎゅう【蝸牛】（夏）…121
かくいどり【蚊食鳥】（夏）…121
かくすべ【蚊燻べ】（夏）…122
かくぶつ【杜父魚】（冬）…339
かけうずら【駆鶉】（秋）…247
かけす【懸巣】（秋）…247
かけだい【懸鯛・掛鯛】（新年）…395
かげろう【蜉蝣・蜻蛉】（秋）…248
かこ【鹿子】（四季）…418
かささぎ【鵲】（秋）…248
かささぎのす【鵲の巣】（春）…21
かささぎのはし【鵲の橋】（秋）…249
かささぎはじめてすくう【鵲始巣】（冬）…339
がざみ【蝤蛑】（夏）…122
かざりうま【飾馬】（新年）…395
かざりえび【飾海老】（新年）…395
かじか【河鹿】（夏）…122
かじか【鰍】（秋）…250
かじき【梶木・旗魚】（冬）…339
かじけねこ【かじけ猫】（冬）…340
かしどり【樫鳥・橿鳥】（秋）…250
かじょなく【歌女鳴く】（秋）…251
かしらだか【頭高】（秋）…251
かずのこ【数の子・鯑】（新年）…395
かずのこつくる【数の子作る】（春）…21
かたうずら【片鶉】（秋）…251
かたくちいわし【片口鰯】（秋）…251
かたつむり【蝸牛】（夏）…123
かちう【歩行鵜】（夏）…124
かちうま【勝馬】（夏）…125
かちがらす【かち烏】（秋）…251
かちどり【勝鶏】（春）…21
がちゃがちゃ（秋）…251
がちょう【鵞鳥】（四季）…418
かつお【鰹・松魚・堅魚】（夏）…125
かつおいろり【鰹色利・鰹煎汁】（夏）…126
かつおうり【鰹売】（夏）…126
かつおじお【鰹潮】（夏）…126
かつおつり【鰹釣】（夏）…126
かつおのえぼし【鰹の烏帽子】（夏）…126
かつおぶし【鰹節】（四季）…419
かつおぶね【鰹船】（夏）…126
かっこう【郭公】（夏）…127
かっぱ【河童】（夏）…128
かっぱき【河童忌】（夏）…128
かっぱまつり【河童祭】（夏）…128
かと【蝌蚪】（春）…21

かとんぼ【蚊蜻蛉】（夏）…128
かながしら【金頭・火魚・方頭魚】（冬）…340
かなかな（秋）…251
かなぶん（夏）…129
カナリア【canaria・金糸雀】（四季）…419
かに【蟹】（夏）…128
かにのあわ【蟹の泡】（夏）…130
かにのこ【蟹の子】（夏）…130
かねたたき【鉦叩】（秋）…252
かのこ【鹿の子】（夏）…130
かのこえ【蚊の声】（夏）…131
かのなごり【蚊の名残】（秋）…252
かばしら【蚊柱】（夏）…131
かび【蚊火】（夏）…132
かびや【鹿火屋】（秋）…252
かぶとえび【兜蝦】（夏）…132
かぶとむし【兜虫・甲虫】（夏）…132
かまいたち【鎌鼬】（冬）…340
かまきり【鎌切】（冬）…340
かまきり【蟷螂・螳螂・鎌切】（秋）…252
かまきりうまる【蟷螂・螳螂・鎌切―生る】（夏）…132
かまきりかる【蟷螂・螳螂・鎌切―枯る】（冬）…340
かまどうま【竈馬】（秋）…253
かみきりむし【髪切虫・天牛】（夏）…133
かめ【亀】（四季）…419
かめなく【亀鳴く・亀啼く】（春）…22
かめのこ【亀の子】（夏）…133
かも【鴨・鳧】（冬）…340
かもかえる【鴨帰る】（春）…22
かもしか【羚羊・氈鹿】（冬）…343
かもすずし【鴨涼し】（夏）…133
かものこ【鴨の子】（夏）…133
かものす【鴨の巣】（夏）…133
かもめ【鷗】（四季）…420
かやり【蚊遣】（夏）…134
かやりび【蚊遣火】（夏）…134
からざけ【乾鮭】（冬）…344
からす【烏・鴉】（四季）…421
からすあげは【烏揚羽蝶】（春）…22
からすがい【烏貝】（春）…22
からすのこ【烏の子】（夏）…134
からすのす【烏の巣】（春）…23
からすみ【鱲子】（秋）…254
かり【雁・鴈】（秋）…254
かりがね【雁金・雁が音】（秋）…256
かりなく【雁鳴く・雁啼く】（秋）…257
かりのつかい【雁の使】（秋）…257
かりわたる【雁渡る】（秋）…257
かるがも【軽鴨・軽鳧】（夏）…134
かるのこ【軽鴨の子・軽鳧の子】（夏）…135
かれい【鰈】（四季）…424
かわうそ【獺・川獺】（四季）…424
かわうそうおをまつる【獺魚を祭る】（春）…23
かわえび【川蝦】（夏）…135
かわがに【川蟹】（夏）…135
かわがらす【河烏】（春）…23
かわがり【川狩】（夏）…135
かわくじら【皮鯨】（夏）…135
かわず【蛙】（春）…23
かわずかりのしんじ【蛙狩の神事】（新年）…395
かわずのめかりどき【蛙のめかり時】（春）…26
かわせみ【翡翠・魚狗・水狗・川蟬】（夏）…135
かわたろう【河太郎】（夏）…136
かわちどり【川千鳥】（冬）…344
かわとんぼ【川蜻蛉】（夏）…136
かわはぎ【皮剥】（夏）…136
かわほり【蝙蝠】（夏）…137
かわらばった【河原飛蝗】（秋）…257
かわらひわ【河原鶸】（春）…26
かをやく【蚊を焼く】（夏）…137
がん【雁・鴈】（秋）…257
かんいか【寒烏賊】（冬）…344
かんえん【寒猿】（冬）…345
かんがらす【寒烏・寒鴉】（冬）…345
かんがん【寒雁】（冬）…345
かんきん【寒禽】（冬）…345
かんくどり【寒苦鳥】（冬）…345
かんけん【寒犬】（冬）…346
かんごい【寒鯉】（冬）…346

かんこどり【閑古鳥】（夏）…137
かんすずめ【寒雀】（冬）…346
かんぜん【寒蟬】（秋）…258
かんだい【寒鯛】（冬）…347
かんたん【邯鄲】（秋）…258
がんづけ【蟹漬】（春）…27
かんぱち【間八】（夏）…138
かんぶな【寒鮒】（冬）…347
かんぶり【寒鰤】（冬）…347
かんぼら【寒鯔】（冬）…347
かんやつめ【寒八目】（冬）…347

き

きえん【帰燕】（秋）…258
きがん【帰雁】（春）…27
ぎぎ【義義】（秋）…258
きぎし【雉・雉子】（春）…27
きぎす【雉・雉子】（春）…27
きくいただき【菊戴】（冬）…347
きくいむし【木食虫】（夏）…139
きくすいかみきり【菊吸天牛】（秋）…258
きくすいむし【菊吸虫】（秋）…259
きさご【細螺・喜佐古・扁螺】（春）…28
きじ【雉・雉子】（春）…29
きじのす【雉の巣・雉子の巣】（春）…31
きじのほろろ【雉のほろろ】（春）…31
きじぶえ【雉笛・雉子笛】（春）…31
きす【鱚】（夏）…139
きすつり【鱚釣】（夏）…139
きせきれい【黄鶺鴒】（秋）…259
きたきつね【北狐】（冬）…348
きつつき【啄木鳥】（秋）…259
きつね【狐】（冬）…348
きつねつき【狐付・狐憑】（四季）…424
きつねび【狐火】（冬）…349
きつねまい【狐舞】（新年）…395
きつねわな【狐罠】（冬）…349
きびたき【黄鶲】（夏）…139
きゅうかんちょう【九官鳥】（四季）…424
ぎょうぎょうし【行々子】（夏）…139
きりぎりす【螽斯・蟋蟀】（秋）…260
きりはらのこま【霧原の駒】（秋）…262
きりん【麒麟】（四季）…425
きれんじゃく【黄連雀】（冬）…349
きわだまぐろ【黄肌鮪】（夏）…140
きんいちょう【金衣鳥】（春）…31
ぎんぎつね【銀狐】（冬）…349
きんぎょ【金魚】（夏）…140
きんぎょうり【金魚売】（夏）…141
きんこ【金海鼠】（冬）…349
きんばえ【金蠅】（夏）…141
きんめだい【金目鯛】（冬）…349
ぎんやんま【銀蜻蜓】（秋）…262

く

くいな【水鶏】（夏）…141
くいなぶえ【水鶏笛】（夏）…142
くぐい【鵠】（冬）…350
くさかげろう【草蜉蝣・草蜻蛉】（夏）…142
くさひばり【草雲雀】（秋）…262
くじゃく【孔雀】（四季）…425
くじら【鯨】（冬）…350
くじらじる【鯨汁】（冬）…351
くじらなべ【鯨鍋】（冬）…351
くすさん【樟蚕】（夏）…143
くずまゆ【屑繭】（夏）…143
くだりあゆ【下り鮎】（秋）…263
くだりうなぎ【下り鰻】（秋）…263
くちなわ【蛇】（夏）…143
くつわむし【轡虫】（秋）…263
くま【熊】（冬）…351
くまあなにいる【熊穴に入る】（冬）…352
くまあなをいづ【熊穴を出づ】（春）…31
くまくりだなをかく【熊栗棚を掻く】（秋）…263
くまぜみ【熊蟬】（夏）…143
くまたか【熊鷹】（冬）…352
くまつき【熊突】（冬）…352
くまばち【熊蜂】（春）…31
くみあゆ【汲鮎】（春）…32
くも【蜘蛛】（夏）…143

くものあみ【蜘蛛の網】（夏）…144
くものこ【蜘蛛の子】（夏）…145
くものす【蜘蛛の巣】（夏）…145
くらげ【水母・海月】（夏）…145
くらべうま【競馬】（夏）…146
くりむし【栗虫】（秋）…263
くろあげは【黒揚羽蝶・黒鳳蝶】（春）…32
くろあり【黒蟻】（夏）…146
くろだい【黒鯛】（夏）…146
くろつぐみ【黒鶫】（夏）…146
くろばえ【黒蠅】（夏）…146
くろひょう【黒豹】（四季）…426
くわがたむし【鍬形虫】（夏）…146
ぐんば【軍馬】（四季）…427

け・こ

けいちつ【啓蟄】（春）…32
げじ【蚰蜒】（夏）…147
けむし【毛虫】（夏）…147
けもの【獣】（四季）…427
けものさかる【獣交る】（春）…32
けら【螻蛄】（秋）…264
けらなく【螻蛄鳴く】（秋）…264
けり【鳧】（夏）…148
げんごろう【源五郎】（夏）…149
げんごろうぶな【源五郎鮒】（夏）…149
げんじぼたる【源氏蛍】（夏）…149
こ【蚕】（春）…32
こあじ【小鯵】（夏）…149
こあゆ【小鮎】（春）…33
こい【鯉】（四季）…428
こいこく【鯉濃】（四季）…429
ごいさぎ【五位鷺】（四季）…429
こいぬ【小犬・子犬・仔犬】（四季）…430
こいねこ【恋猫】（春）…33
こいわし【小鰯】（秋）…264
こいわすれがい【恋忘貝】（四季）…430
こうちょう【候鳥】（秋）…265
ごうな【寄居虫】（春）…33
こうもり【蝙蝠】（夏）…149
こおいむし【子負虫】（夏）…150
こおろぎ【蟋蟀・蛬・蛼】（秋）…265
こがい【蚕飼】（春）…33
こがねむし【黄金虫・金亀子・金亀虫】（夏）…151
こがも【小鴨】（冬）…352
こがら【小雀】（夏）…151
ごきぶり【蜚蠊】（夏）…152
こくぞう【穀象】（夏）…152
こざる【小猿・子猿】（四季）…430
こじか【小鹿・子鹿】（夏）…152
ごじゅうから【五十雀】（夏）…152
こじゅけい【小綬鶏】（春）…34
こすずめ【小雀・子雀】（春）…34
こたか【小鷹】（秋）…268
こたかがり【小鷹狩】（秋）…268
こち【鯒】（夏）…152
こちょう【胡蝶・小蝶】（春）…34
こといのうし【特牛・牡牛】（四季）…430
ことり【小鳥】（秋）…268
ことりあみ【小鳥網】（秋）…268
ことりがり【小鳥狩】（秋）…268
こねこ【小猫・子猫・仔猫】（春）…34
このしろ【鮗・鰶】（秋）…268
このはずく【木葉木菟・木の葉梟】（夏）…152
このり【兄鷂】（秋）…269
このわた【海鼠腸】（冬）…353
こはだ【小鰭】（秋）…269
こはだのあわづけ【小鰭の粟漬】（新年）…395
こま【駒】（四季）…430
こまい【氷下魚・氷魚】（冬）…353
こまいぬ【狛犬】（四季）…432
こまどり【駒鳥】（夏）…153
こまぶえ【駒鳥笛】（春）…35
こまむかえ【駒迎え】（秋）…269
ごみなまず【ごみ鯰】（夏）…153
こめつきばった【米搗飛蝗・米搗蝗】（秋）…269
こめつきむし【米搗虫】（夏）…153
こもちすずめ【子持雀】（春）…35
こもちどり【子持鳥】（春）…35
こもちはぜ【子持鯊】（春）…35
こやすがい【子安貝】（春）…35

こよしきり【小葦切・小葭切・小葦雀】（夏）…153
ごり【鮔】（夏）…154
ごりじる【鮔汁】（夏）…154
こるり【小瑠璃】（夏）…154
ごんずい【権瑞】（春）…35

さ

さいおうがうま【塞翁が馬】（四季）…432
さえずり【囀】（春）…35
さおしか【小牡鹿・小男鹿】（秋）…269
さおひめだか【棹姫鷹】（春）…36
さかさほおずき【逆酸漿】（夏）…154
さかどり【坂鳥】（秋）…270
さかどりの【坂鳥の】（四季）…433
さかな【魚】（四季）…433
さかばえ【酒蠅】（夏）…154
さぎ【鷺】（四季）…433
さぎのす【鷺の巣】（春）…36
さくらいか【桜烏賊】（春）…36
さくらうぐい【桜鯎・桜石斑魚】（春）…36
さくらえび【桜蝦・桜海老】（春）…37
さくらがい【桜貝】（春）…37
さくらだい【桜鯛】（春）…37
さけ【鮭】（秋）…270
さけおろし【鮭颪】（秋）…271
ざこ【雑魚】（四季）…434
さざえ【栄螺・拳螺】（春）…38
ささがに【細蟹】（四季）…434
ささなき【笹鳴】（冬）…353
ざざむし【ざざ虫】（冬）…354
さし【蠁子】（夏）…155
さしさば【刺鯖】（秋）…271
さしば【鸇・差羽】（秋）…271
さそり【蠍】（夏）…155
ざとうくじら【座頭鯨】（冬）…354
さとめぐり【里回】（夏）…155
さなえとんぼ【早苗蜻蛉】（夏）…155
さば【鯖】（夏）…155
さばえ【五月蠅】（夏）…155
さばえなす【五月蠅なす】（四季）…435
さばずし【鯖鮨】（夏）…155
さばつり【鯖釣】（夏）…155
さびあゆ【錆鮎】（秋）…271
さめ【鮫】（冬）…354
さめびたき【鮫鶲】（夏）…156
さよちどり【小夜千鳥】（冬）…354
さより【鱵・細魚・針魚・竹魚】（春）…38
さらしくじら【晒鯨】（夏）…156
ざりがに【蝲蛄】（夏）…156
さる【猿】（四季）…435
さるざけ【猿酒】（秋）…271
さるひき【猿曳】（新年）…395
さるまわし【猿廻し】（新年）…396
さわがに【沢蟹】（夏）…156
さわら【鰆】（春）…38
ざんおう【残鶯】（夏）…156
さんが【蚕蛾】（夏）…156
さんしょううお【山椒魚】（夏）…157
さんま【秋刀魚】（秋）…271

し

しいら【鱰】（秋）…272
しおいか【塩烏賊】（夏）…157
しおうお【塩魚】（四季）…436
しおからとんぼ【塩辛蜻蛉】（秋）…272
しおくじら【塩鯨】（夏）…157
しおざけ【塩鮭】（冬）…354
しおふき【潮吹】（春）…39
しおまねき【潮招・望潮】（春）…39
しか【鹿】（秋）…272
しかなく【鹿鳴く・鹿啼く】（秋）…274
しかのこ【鹿の子】（夏）…157
しかのこえ【鹿の声】（秋）…275
しかのつのおつ【鹿の角落つ】（春）…39
しかのつのきり【鹿の角切】（秋）…275
しかのふくろづの【鹿の袋角】（夏）…157
じがばち【似我蜂】（春）…39
しかぶえ【鹿笛】（秋）…276
しぎ【鴫・鷸】（秋）…276
しぎのはもり【鴫の羽盛】（秋）…277
じぐも【地蜘蛛】（夏）…158
しし【獅子】（四季）…437

しし【獣・猪・鹿】(秋)…277
ししがき【鹿垣】(秋)…277
ししがり【猪狩・鹿狩・獣狩】(冬)…355
ししにく【猪肉】(秋)…278
しじみ【蜆】(春)…40
しじみうり【蜆売】(春)…40
しじみじる【蜆汁】(春)…41
しじみちょう【蜆蝶・小灰蝶】(春)…41
しじみとり【蜆採り】(春)…41
しじみぶね【蜆舟】(春)…41
シシャモ【柳葉魚】(冬)…355
しじゅうから【四十雀】(夏)…158
したびらめ【舌鮃】(夏)…158
しちめんちょう【七面鳥】(四季)…437
しながどり【息長鳥】(四季)…437
しび(四季)…437
じひしんちょう【慈悲心鳥】(夏)…159
しぶあゆ【渋鮎】(秋)…278
しまか【縞蚊】(夏)…159
しまふくろう【島梟】(冬)…355
しまへび【縞蛇】(夏)…159
しみ【紙魚・衣魚・蠹魚】(夏)…159
じむし【地虫】(四季)…438
じむしあなをいづ【地虫穴を出づ】(春)…41
じむしなく【地虫鳴く】(秋)…278
しめ【鵐】(秋)…278
しものつる【霜の鶴】(冬)…355
しゃくとりむし【尺取虫・尺蠖虫】(夏)…160
しゃこ【蝦蛄・青竜蝦】(夏)…160
しゃこ【鷓鴣】(秋)…278
シャモ【軍鶏】(四季)…438
じゅういち【十一】(夏)…160
しゅうぜん【秋蟬】(秋)…278
じゅずかけばと【数珠掛鳩】(秋)…278
しゅぶんきん【朱文金】(夏)…160
しょうじょうばえ【猩々蠅】(夏)…160
じょうびたき【尉鶲】(冬)…355
しょうりょうばった【精霊飛蝗】(秋)…279
じょろうぐも【女郎蜘蛛・斑蛛・絡新婦】(夏)…160
しらうお【白魚】(春)…42
しらうおはつあみ【白魚初網】(冬)…355
しらお【白魚】(春)…43
しらおのたか【白尾の鷹】(春)…44
しらさぎ【白鷺】(四季)…438
しらす【白子】(春)…44
しらすぼし【白子干】(春)…44
しらとり【白鳥】(四季)…439
しらはえ【白鮠】(夏)…161
しらみ【虱・蝨】(夏)…161
しろあり【白蟻】(夏)…161
しろくま【白熊】(冬)…355
しろしたがれい【城下鰈】(夏)…161
しろはら【白腹】(秋)…279

す

すいっちょ(秋)…279
すいと(秋)…279
すがる【蜾蠃】(四季)…439
すがる(秋)…280
すくもむし【宿毛虫】(秋)…280
すけとうだら【介党鱈】(冬)…356
すごもり【巣籠】(春)…44
すじこ【筋子】(秋)…280
すずがも【鈴鴨】(冬)…356
すずき【鱸】(秋)…280
すずきつり【鱸釣】(秋)…280
すずむし【鈴虫】(秋)…281
すずめ【雀】(四季)…440
すずめが【雀蛾・天蛾】(夏)…161
すずめずし【雀鮨】(夏)…161
すずめのこ【雀の子】(春)…44
すずめのす【雀の巣】(春)…45
すずめのたご【雀の擔桶・雀の甕】(夏)…161
すずめばち【雀蜂・胡蜂】(春)…46
すずめはまぐりとなる【雀蛤となる】(秋)…282
すずめはまぐりとなる【雀蛤となる】(春)…46
すだち【巣立】(春)…46
すだちどり【巣立鳥】(春)…46
すだれがい【簾貝】(春)…46

すっぽん【鼈】(四季)…441
すなまこ【酢海鼠】(冬)…356
すばしり【洲走】(秋)…282
すりばちむし【擂鉢虫】(夏)…162
ずわいがに【ずわい蟹】(冬)…356
すわりだい【据り鯛】(新年)…396

せ・そ

せいご【鮬】(秋)…282
せいれい【蜻蛉】(秋)…283
せきれい【鶺鴒】(秋)…283
せごしなます【背越膾】(夏)…162
せたしじみ【瀬田蜆】(春)…46
ぜにがめ【銭亀】(夏)…162
せみ【蟬】(夏)…162
せみうまる【蟬生る】(夏)…164
せみしぐれ【蟬時雨】(夏)…164
せみすずし【蟬涼し】(夏)…164
せみのから【蟬の殻】(夏)…164
せみのこえ【蟬の声】(夏)…165
せみのは【蟬の羽】(四季)…441
せんだいむしくい【仙台虫喰】(夏)…166
せんにゅう【仙入】(秋)…284
ぞう【象】(四季)…442

た

たい【鯛】(四季)…442
たいあみ【鯛網】(春)…47
たいやき【鯛焼】(冬)…356
たうなぎ【田鰻】(夏)…166
たか【鷹】(冬)…357
たかうち【鷹打】(秋)…285
たかうちどころ【鷹打所】(秋)…285
たかかしてはととなる【鷹化して鳩と為る】(春)…47
たかがり【鷹狩】(冬)…358
たかじょう【鷹匠】(冬)…359
たかのす【鷹の巣】(春)…47
たかのとやいり【鷹の塒入】(夏)…166
たかのとやで【鷹の塒出】(秋)…285
たかのはじめ【鷹野始】(新年)…396
たかのやまわかれ【鷹の山別れ】(秋)…285
たかべ【鰖】(夏)…166
たがめ【田亀・水爬虫】(夏)…167
たからがい【宝貝】(春)…48
たかわたる【鷹渡る】(冬)…359
たげり【田計里・田鳧】(冬)…360
たこ【蛸・鮹・章魚】(夏)…167
たごがえる【たご蛙】(冬)…360
たこつぼ【蛸壺】(夏)…167
たしぎ【田鴫】(秋)…285
たちうお【太刀魚】(秋)…285
だちょう【駝鳥】(四季)…443
たづ【鶴・田鶴】(四季)…443
たつ【竜・龍】(四季)…443
たづくり【田作】(新年)…396
たつのうま【竜の馬・龍の馬】(四季)…444
たつのおとしご【竜の落子・龍の落子】(四季)…445
たづむら【鶴群・田鶴群】(四季)…445
たでくうむし【蓼食う虫】(夏)…167
だに【壁蝨・蜱】(夏)…167
たにぐく【谷蟆】(四季)…445
たにし【田螺】(春)…48
たにしあえ【田螺和】(春)…49
たにしうり【田螺売】(春)…49
たにしなく【田螺鳴く】(春)…49
たにしのみち【田螺の道】(春)…49
たぬき【狸・貍】(冬)…360
たぬきじる【狸汁】(冬)…360
たねうし【種牛】(春)…49
たねうま【種馬】(春)…49
たねがみ【種紙・蚕卵紙】(春)…50
たひばり【田雲雀】(冬)…360
だぼはぜ【だぼ鯊】(夏)…168
たましぎ【玉鴫】(秋)…286
たまむし【玉虫】(夏)…168
たら【鱈・大口魚】(冬)…360
たらじる【鱈汁】(冬)…361
たらばがに【鱈場蟹・多羅波蟹】(春)…50

ち

ちちろむし【ちちろ虫】(秋)…286

ちっちぜみ【ちっち蟬】(秋)…286
ちどり【千鳥・鵆】(冬)…361
ちゃたてむし【茶立虫・茶柱虫】(秋)…286
ちゃぼ【矮鶏】(四季)…445
ちょう【蝶】(春)…50
ちょうちょう【蝶々】(春)…52

つ

つかれう【疲鵜】(夏)…168
つぎおのたか【継尾の鷹】(春)…53
つきのうさぎ【月の兎】(秋)…287
つきのかえる【月の蟾】(秋)…287
つきのわぐま【月輪熊】(冬)…363
つきひがい【月日貝】(春)…53
つく【木兎】(冬)…363
つくつくほうし【つくつく法師・寒蟬】(秋)…287
つぐみ【鶫】(秋)…287
つちがえる【土蛙】(春)…53
つちぐも【土蜘蛛】(夏)…169
つちばち【土蜂】(春)…53
つつどり【筒鳥】(夏)…169
つなし【鰶】(秋)…288
つばす【津走】(夏)…169
つばめ【燕】(春)…53
つばめかえる【燕帰る】(秋)…288
つばめのこ【燕の子】(夏)…169
つばめのす【燕の巣】(春)…56
つまこうしか【妻恋う鹿】(秋)…289
つみ【雀鷂】(秋)…289
つゆなまず【梅雨鯰】(夏)…170
つゆのちょう【梅雨の蝶】(夏)…170
つる【鶴】(四季)…446
つるかえる【鶴帰る】(春)…56
つるのこ【鶴の子】(四季)…448
つるわたる【鶴渡る】(冬)…363

て

てっぽうむし【鉄砲虫】(夏)…170
ででむし(夏)…170
てながえび【手長蝦・草蝦】(夏)…170
でめきん【出目金】(夏)…171
てん【貂・黄鼬】(冬)…364
てんぐ【天狗】(四季)…448
でんそかしてうずらとなる【田鼠化して鴽と為る】(春)…56
てんとうむし【天道虫・瓢虫・紅娘】(夏)…171
てんば【天馬】(四季)…448

と

どうがめ【胴亀】(四季)…449
とうぎょ【闘魚】(夏)…171
とうけい【闘鶏】(春)…56
とうろう【蟷螂】(秋)…289
とうろううまる【蟷螂生まる】(夏)…171
とおかわず【遠蛙】(春)…56
とおしがも【通し鴨】(夏)…171
とおしつばめ【通し燕】(冬)…364
とかげ【蜥蜴・石龍子・蝘蜓】(夏)…171
とかげあなをいづ【蜥蜴・石龍子・蝘蜓—穴を出づ】(春)…57
とき【鴇・朱鷺】(秋)…289
とけん【杜鵑】(夏)…172
とこぶし【常節・床伏】(春)…57
どじょう【泥鰌・鰌】(四季)…449
どじょうじる【泥鰌汁】(夏)…173
どじょうなべ【泥鰌鍋】(夏)…173
どじょうほる【泥鰌掘る】(冬)…364
とど【胡獱】(春)…57
とのさまがえる【殿様蛙】(春)…57
とのさまばった【殿様飛蝗】(秋)…290
とび【鳶・鴟・鵄】(四季)…449
とびうお【飛魚】(夏)…173
とびのす【鳶・鴟・鵄—の巣】(春)…58
どびんわり【土瓶割】(夏)…173
とまりあゆ【止まり鮎】(冬)…364
ともえがも【巴鴨】(冬)…364
ともちどり【友千鳥・友鵆】(冬)…365
どようらなぎ【土用鰻】(夏)…173
どようしじみ【土用蜆】(夏)…173
とら【虎】(四季)…451
とらぎす【虎鱚】(夏)…174

とらつぐみ【虎鶫】（夏）…174
とらふぐ【虎河豚】（冬）…365
とり【鶏】（四季）…454
とり【鳥・禽】（四季）…452
とりあわせ【鶏合】（春）…58
とりおどし【鳥威し】（秋）…290
とりがい【鳥貝】（春）…58
とりかえる【鳥帰る】（春）…58
とりかご【鳥籠】（四季）…454
とりぐも【鳥雲】（秋）…290
とりくもにいる【鳥雲に入る】（春）…58
とりぐもり【鳥曇】（春）…58
とりさかる【鳥交る】（春）…58
とりのす【鳥の巣】（春）…59
とりわたる【鳥渡る】（秋）…290
どろがめ【泥亀】（四季）…454
とんぼ【蜻蛉・蜻蜓】（秋）…290
とんぼうまる【蜻蛉生る・蜻蜓生る】（夏）…174

な

ないとがり【鳴鳥狩】（春）…60
ながすくじら【長須鯨・長簀鯨】（冬）…365
ながにし【長螺・長辛螺】（夏）…174
なたねふぐ【菜種河豚】（春）…60
なつうぐいす【夏鶯】（夏）…174
なつがえる【夏蛙】（夏）…174
なつご【夏蚕】（夏）…175
なつさかな【夏魚】（夏）…175
なつつばめ【夏燕】（夏）…175
なつにしん【夏鰊】（夏）…175
なつのおし【夏の鴛鴦】（夏）…175
なつのかも【夏の鴨】（夏）…175
なつのしか【夏の鹿】（夏）…175
なつのちょう【夏の蝶】（夏）…175
なつのむし【夏の虫】（夏）…176
なつひばり【夏雲雀】（夏）…176
なまこ【海鼠・生子】（冬）…365
なまず【鯰】（夏）…176
なむし【菜虫】（秋）…292
なめくじ【蛞蝓】（夏）…177
なんきんむし【南京虫】（夏）…177

に

にいにいぜみ【にいにい蟬】（夏）…177
にお【鳰】（冬）…367
におどりの【鳰鳥の】（四季）…454
におのうきす【鳰の浮巣】（夏）…177
にごりぶな【濁り鮒】（夏）…178
にしざかな【螺肴】（新年）…396
にじます【虹鱒】（夏）…178
にしん【鰊・鯡】（春）…60
にしんほす【鰊干す】（春）…60
にな【蜷・河貝子】（春）…60
にゅうないすずめ【入内雀】（秋）…292
にわとり【鶏】（四季）…455

ぬ・ね

ぬえ【鵺・鵼】（夏）…178
ぬえ【鵺・鵼】（四季）…456
ぬかか【糠蚊】（夏）…178
ぬかずきむし【叩頭虫】（夏）…178
ぬくめどり【暖め鳥】（冬）…368
ぬれつばめ【濡燕】（春）…61
ねきりむし【根切虫】（夏）…178
ねこ【猫】（四季）…456
ねこのこ【猫の子】（春）…61
ねこのこい【猫の恋】（春）…61
ねこのつま【猫の妻】（春）…62
ねこのつま【猫の夫】（春）…62
ねずみ【鼠】（四季）…458
ねったいぎょ【熱帯魚】（夏）…179
ねりひばり【練雲雀】（夏）…179

の

のうさぎ【野兎】（冬）…369
のこるか【残る蚊】（秋）…292
のこるかり【残る雁】（春）…63
のこるつばめ【残る燕】（秋）…292
のこるつばめ【残る燕】（冬）…369
のこるつる【残る鶴】（春）…63
のこるはえ【残る蠅】（秋）…292
のこるほたる【残る蛍】（秋）…292
のこるむし【残る虫】（冬）…369

のしあわび【熨斗鮑】(新年)…396
のっこみぶな【乗込鮒】(春)…63
のねずみ【野鼠】(四季)…459
のびたき【野鶲】(夏)…179
のぶすま【野衾・老鼯】(夏)…179
のぼりあゆ【上り鮎】(春)…63
のみ【蚤】(夏)…179
のみとりこ【蚤取粉】(夏)…180
のみのあと【蚤の跡】(夏)…180

は

はあり【羽蟻】(夏)…180
はいたか【鷂】(秋)…292
はえ【蠅】(夏)…181
はえ【鮠】(夏)…181
はえ【鮠】(春)…63
はえうまる【蠅生る】(春)…63
はえたたき【蠅叩】(夏)…183
はえとりぐも【蠅取蜘蛛・蠅虎】(夏)…183
ばかがい【馬鹿貝】(春)…63
ばく【貘】(四季)…459
はくがん【白雁】(秋)…293
はくちょう【白鳥・鵠】(冬)…369
はくちょうかえる【白鳥帰る】(春)…64
ばくまくら【貘枕】(新年)…396
はこどり【箱鳥】(春)…64
はこふぐ【箱河豚】(冬)…370
はさみむし【鋏虫】(夏)…183
はしたか【はし鷹・鷂】(冬)…370
ばしゃ【馬車】(四季)…459
はす【鰣】(夏)…183
はぜ【鯊・沙魚・蝦虎魚】(秋)…293
はぜつり【鯊釣】(秋)…293
ばそり【馬橇】(冬)…371
はたおりむし【機織虫】(秋)…294
はだかうま【裸馬】(四季)…460
はたはた【鰰・鱩・燭魚】(冬)…371
はち【蜂】(春)…64
はちのこ【蜂の子】(秋)…294
はちのす【蜂の巣】(春)…65
はつうぐいす【初鶯】(春)…65
はつがつお【初鰹・初松魚】(夏)…183
はつがも【初鴨】(秋)…295
はつがらす【初烏・初鴉】(新年)…397
はつかり【初雁】(秋)…295
はつかわず【初蛙】(春)…66
はつこえ【初声】(新年)…397
はつざけ【初鮭】(秋)…296
はつすずめ【初雀】(新年)…397
はつぜみ【初蟬】(夏)…184
ばった【飛蝗・蝗】(秋)…296
はつちょう【初蝶】(春)…66
はつづる【初鶴】(冬)…371
はつとがり【初鷹狩・初鳥狩】(秋)…296
はつとり【初鶏】(新年)…397
はつはと【初鳩】(新年)…398
はつひぐらし【初蜩】(夏)…184
はつひばり【初雲雀】(春)…66
はつぶな【初鮒】(春)…66
はつぶり【初鰤】(冬)…371
はつほたる【初蛍】(夏)…184
はつほととぎす【初時鳥】(夏)…184
はつもろこ【初諸子】(春)…66
はと【鳩・鴿】(四季)…460
はとふく【鳩吹く】(秋)…296
はなあぶ【花虻】(春)…67
はないか【花烏賊】(春)…67
はなさきがに【花咲蟹】(秋)…297
はなちどり【放鳥】(秋)…297
はなどり【花鳥】(春)…67
はなみじらみ【花見虱】(春)…67
はなれう【放鵜・離れ鵜】(夏)…185
はぬけどり【羽抜鳥】(夏)…185
はねかくし【羽隠虫・隠翅虫】(夏)…185
はぶ【波布・飯匙倩】(夏)…185
ばふん【馬糞】(四季)…462
はまきむし【葉巻虫】(夏)…185
はまぐり【蛤・文蛤】(春)…67
はまち【魬】(夏)…185
はまちどり【浜千鳥】(冬)…371
はむし【羽虫】(四季)…462
はも【鱧】(夏)…185
はものかわ【鱧の皮】(夏)…186
はやぶさ【隼・鶻】(冬)…372
はらみうま【孕馬】(春)…68

はらみじか【孕鹿】(春)…68
はらみすずめ【孕雀】(春)…68
はらみどり【孕鳥】(春)…68
はらみねこ【孕猫】(春)…69
はららご【鮞】(秋)…297
はりがねむし【針金虫】(秋)…297
はるいわし【春鰯】(春)…69
はるぜみ【春蟬】(春)…69
はるとび【春飛魚】(春)…69
はるのか【春の蚊】(春)…69
はるのかり【春の雁】(春)…70
はるのこま【春の駒】(春)…70
はるのしか【春の鹿】(春)…70
はるのすずめ【春の雀】(春)…70
はるのとり【春の鳥】(春)…71
はるのねこ【春の猫】(春)…71
はるののみ【春の蚤】(春)…71
はるのはえ【春の蠅】(春)…71
ばん【鷭】(夏)…186
はんみょう【斑猫】(夏)…186

ひ

ひいらぎ【柊】(秋)…297
ひうお【干魚・乾魚】(四季)…463
ひお【氷魚】(冬)…372
ひがら【日雀】(夏)…187
ひがんふぐ【彼岸河豚】(春)…71
ひき【蟇・蟾蜍】(夏)…187
ひきあなをいづ【蟇穴を出づ】(春)…71
ひきがえる【蟇・蟾蜍】(夏)…188
ひきがも【引鴨】(春)…71
ひきづる【引鶴】(春)…72
ひくいな【緋水鶏・緋秧鶏】(夏)…188
ひぐま【羆】(冬)…372
ひぐらし【蜩・茅蜩】(秋)…297
ひごい【緋鯉】(夏)…189
ひしくい【菱食・鴻】(秋)…300
ひしこ【鯷】(秋)…301
ひしこづけ【鯷漬】(秋)…301
ひずなます【氷頭鱠】(秋)…301
ひたき【鶲】(冬)…373
ひだら【干鱈・乾鱈】(春)…72
ひつじ【羊】(四季)…463
ひつじのけかる【羊の毛刈る】(春)…72
ひとで【海星・人手】(四季)…463
ひとりむし【火取虫・灯取虫】(夏)…189
ひばり【雲雀・告天子】(春)…72
ひばりぶえ【雲雀笛】(春)…74
ひふぐ【干河豚】(夏)…190
ひむし【灯虫・火虫】(夏)…190
ひめだか【緋目高】(夏)…190
ひめます【姫鱒】(夏)…190
ひよ【鵯】(秋)…301
びょうがん【病雁】(秋)…301
ひよくのとり【比翼の鳥】(四季)…464
ひよこ【雛】(四季)…464
ひよどり【鵯・白頭鳥】(秋)…301
ひらまさ【平政】(夏)…190
ひらめ【鮃・平目・比目魚】(冬)…374
ひる【蛭】(夏)…190
ひれんじゃく【緋連雀】(冬)…374
ひわ【鶸】(秋)…302
びんずい【便追】(夏)…191
びんなが【鬢長】(冬)…374

ふ

ふうせんむし【風船虫】(夏)…191
ふか【鱶】(冬)…374
ふぐ【河豚・鰒】(冬)…374
ふぐくよう【河豚供養】(春)…74
ふぐじる【河豚汁】(冬)…376
ふぐちり【河豚ちり】(冬)…376
ふぐつり【河豚釣】(冬)…376
ふぐと【河豚魚】(冬)…376
ふぐなべ【河豚鍋】(冬)…376
ふくろう【梟】(冬)…377
ふくろうのあつもの【梟の羹】(夏)…191
ふそうほたるとなる【腐草為蛍】(夏)…191
ぶた【豚】(四季)…464
ぶだい【武鯛】(冬)…378
ふっこ(秋)…303
ぶっぽうそう【仏法僧】(夏)…191
ふな【鮒】(四季)…465

ふなずし【鮒鮨・鮒鮓】(夏)…192
ふななます【鮒膾】(春)…74
ふなのすばなれ【鮒の巣離れ】(春)…75
ふなむし【船虫・海蛆】(夏)…192
ぶゆ【蚋・蟆子】(夏)…192
ふゆかもめ【冬鷗】(冬)…378
ふゆのあぶ【冬の虻】(冬)…378
ふゆのいなご【冬の稲子・冬の蝗】(冬)…378
ふゆのうぐいす【冬の鶯】(冬)…378
ふゆのか【冬の蚊】(冬)…379
ふゆのかり【冬の雁】(冬)…379
ふゆのしか【冬の鹿】(冬)…379
ふゆのちょう【冬の蝶】(冬)…379
ふゆのとり【冬の鳥】(冬)…379
ふゆののみ【冬の蚤】(冬)…379
ふゆのはえ【冬の蠅】(冬)…379
ふゆのはち【冬の蜂】(冬)…380
ぶり【鰤】(冬)…380
ぶりあみ【鰤網】(冬)…382
ぶんちょう【文鳥】(四季)…465

へ

へいけがに【平家蟹】(四季)…466
へいけぼたる【平家蛍】(夏)…193
へこきむし【屁こき虫】(秋)…303
べにひわ【紅鶸】(秋)…303
べにましこ【紅猿子】(秋)…304
べにます【紅鱒】(春)…75
へび【蛇】(夏)…193
へびあなにいる【蛇穴に入る】(秋)…304
へびあなをいづ【蛇穴を出づ】(春)…75
へびきぬをぬぐ【蛇衣を脱ぐ】(夏)…194
へびのきぬ【蛇の衣】(夏)…194
へひりむし【放屁虫】(秋)…304
べら【倍良・遍羅】(夏)…195

ほ

ほうおう【鳳凰】(四季)…466
ほうしぜみ【法師蟬】(秋)…305
ぼうふら【孑孑・孑孒・棒振】(夏)…195
ぼうふりむし【棒振虫】(夏)…195
ほうぼう【魴鮄・竹麦魚】(冬)…382
ほうらんき【抱卵期】(春)…75
ほおあか【頰赤・頰赤鳥】(夏)…195
ほおじろ【頰白・黄道眉・書眉鳥】(春)…75
ほげい【捕鯨】(冬)…382
ほしがらす【星鴉】(夏)…196
ほしがれい【干鰈】(春)…76
ほしさけ【干鮭・乾鮭】(冬)…382
ほたてがい【帆立貝】(夏)…196
ほたる【蛍】(夏)…196
ほたるいか【蛍烏賊】(春)…76
ほたるかご【蛍籠】(夏)…199
ほたるがり【蛍狩】(夏)…199
ほたるなす【蛍なす】(四季)…466
ほたるび【蛍火】(夏)…200
ほたるみ【蛍見】(夏)…200
ほっきがい【北寄貝】(冬)…382
ほととぎす【時鳥・不如帰・杜鵑・子規】(夏)…200
ほととぎすのおとしぶみ【時鳥・不如帰・杜鵑・子規—の落し文】(夏)…206
ほや【海鞘・老海鼠】(夏)…206
ぼら【鯔・鰡】(秋)…305
ほらがい【法螺貝】(四季)…467

ま

まあじ【真鰺】(夏)…207
まあなご【真穴子】(夏)…207
まいざる【舞猿】(新年)…398
まいまい(夏)…207
まいわし【真鰯】(秋)…306
まがも【真鴨】(冬)…383
まがん【真雁】(秋)…306
まくなぎ(夏)…207
まぐろ【鮪】(冬)…383
まご【馬子】(四季)…467
まごたろうむし【孫太郎虫】(夏)…208
ましこ【猿子・猿子鳥】(秋)…306

ましら【猿】（四季）…467
ます【鱒】（春）…77
ますづり【鱒釣】（春）…77
ますのすけ【鱒之介】（春）…78
まつけむし【松毛虫】（夏）…208
まっこうくじら【抹香鯨】（冬）…384
まつぜみ【松蟬】（春）…78
まつむし【松虫】（秋）…307
まつむしり【松雀鳥】（冬）…384
まつもむし【松藻虫】（夏）…208
まてがい【馬蛤貝・馬刀貝・蟶貝】（春）…78
まてつき【馬刀突】（春）…78
まながつお【真魚鰹・鯧】（冬）…384
まなづる【真名鶴・真鶴】（冬）…385
まひわ【真鶸】（秋）…308
まみじろ【眉白】（夏）…208
まむし【蝮】（夏）…208
まめまわし【豆回・豆廻】（夏）…208
まゆ【繭】（夏）…208
まゆのちょう【繭の蝶】（夏）…209

み

みかもなす【水鴨】（四季）…468
みさご【鶚・雎鳩】（四季）…468
みずがい【水貝・水介】（夏）…209
みずこいどり【水恋鳥・水乞鳥】（夏）…209
みずすまし【水澄・豉虫】（夏）…209
みずち【蛟・虬・鮫龍】（四季）…469
みずとり【水鳥】（冬）…385
みずとりさえずる【水鳥囀る】（春）…79
みずどりのす【水鳥の巣】（夏）…210
みずなぎどり【水凪鳥・水薙鳥】（夏）…210
みぞごい【溝五位】（夏）…210
みそさざい【鷦鷯】（冬）…386
みつばち【蜜蜂】（春）…79
みなのわた【蜷の腸】（四季）…469
みのむし【蓑虫】（秋）…309
みみず【蚯蚓】（夏）…210
みみずいづ【蚯蚓出づ】（夏）…211
みみずく【木菟】（冬）…387
みみずなく【蚯蚓鳴く・蚯蚓啼く】（秋）…310
みやこどり【都鳥】（冬）…388
みやまちょう【深山蝶】（夏）…211
みやまどり【深山鳥】（四季）…469
みるくい【水松食・海松食】（冬）…389
みんみんぜみ【みんみん蟬】（夏）…211

む

むかしとんぼ【昔蜻蛉】（夏）…211
むかで【蜈蚣・百足虫】（夏）…211
むぎうずら【麦鶉】（夏）…212
むぎわらだい【麦藁鯛】（夏）…212
むぎわらだこ【麦藁蛸】（夏）…212
むぎわらとんぼ【麦藁蜻蛉】（秋）…311
むぎわらはぜ【麦藁鯊】（夏）…212
むくどり【椋鳥】（秋）…311
むささび【鼯鼠】（夏）…212
むし【虫】（秋）…311
むしあわせ【虫合せ】（秋）…312
むしうり【虫売】（秋）…312
むしえらび【虫選び】（秋）…313
むしおくり【虫送り】（秋）…313
むしかがり【虫篝】（夏）…213
むしかご【虫籠】（秋）…313
むしがれい【蒸鰈】（春）…79
むしきき【虫聞】（秋）…313
むしけら【虫螻】（四季）…469
むししぐれ【虫時雨】（秋）…313
むじな【狢・貉】（冬）…389
むしなく【虫鳴く・虫啼く】（秋）…313
むしのこえ【虫の声】（秋）…314
むしのね【虫の音】（秋）…315
むしはらい【虫払】（夏）…213
むしぼし【虫干】（夏）…213
むつ【鯥】（冬）…389
むつごろう【鯥五郎】（春）…79
むらがらす【群烏・群鴉】（四季）…469
むらすずめ【群雀】（四季）…470
むらちどり【群千鳥・村千鳥】（冬）…390
むらつばめ【群燕】（春）…79
むらとり【群鳥】（四季）…470
むろあじ【室鰺】（夏）…213

め

めうし【牝牛】(四季)…470
めざし【目刺】(春)…79
めじ(春)…80
めじか【牝鹿】(秋)…315
めじろ【目白・眼白・繡眼児】(夏)…214
めだか【目高】(夏)…214
めばる【眼張・目張】(春)…80
めんどり【雌鳥・雌鶏】(四季)…470

も

もうけん【猛犬】(四季)…471
もくずがに【藻屑蟹】(春)…80
もぐら【土龍・土竜】(四季)…471
もぐらうち【土龍打・土竜打】(新年)…398
もず【百舌・鵙】(秋)…316
もずおとし【百舌落し・鵙落し】(秋)…317
もずなく【百舌鳴く・鵙啼く】(秋)…318
もずのくさぐき【百舌の草茎・鵙の草茎】(秋)…318
もずのはやにえ【百舌の早贄・鵙の早贄】(秋)…319
もちづきのこま【望月の駒】(秋)…319
もちどりの【黐鳥の】(四季)…471
もどりしぎ【戻り鴫】(春)…80
もにすむむしのねになく【藻に住む虫の音に鳴く】(秋)…319
もふしつかふな【藻臥束鮒】(四季)…471
もみじぶな【紅葉鮒】(秋)…320
ももちどり【百千鳥】(春)…80
ももどり【百鳥】(四季)…471
もろうずら【諸鶉】(秋)…320
もろこ【諸子・諸子魚】(春)…81
もんきちょう【紋黄蝶】(春)…81
もんしろちょう【紋白蝶】(春)…81

や

やぎ【山羊・野牛】(四季)…472
やご【水蠆】(夏)…215
やこうちゅう【夜光虫】(夏)…215
やさかどり【八尺鳥】(四季)…472
やすで【馬陸】(夏)…215
やちょう【野鳥】(四季)…472
やつめうなぎ【八目鰻】(冬)…390
やどかり【宿借・寄居虫】(春)…81
やな【魚梁・簗】(夏)…216
やなぎばえ【柳鮠】(春)…82
やぶか【藪蚊・豹脚蚊】(夏)…216
やぶさめ【藪雨】(夏)…216
やまあり【山蟻】(夏)…216
やまいぬ【山犬】(冬)…390
やまかがし【山楝蛇・赤楝蛇】(夏)…216
やまがに【山蟹】(夏)…216
やまがら【山雀】(夏)…216
やまくじら【山鯨】(冬)…390
やまこ【山蚕】(夏)…217
やましぎ【山鴫・山鷸】(秋)…320
やませみ【山翡翠・山魚狗】(夏)…218
やまどり【山鳥】(四季)…473
やまどり【山鳥】(春)…82
やまねこ【山猫】(四季)…473
やまほととぎす【山━時鳥・不如帰・杜鵑・子規】(夏)…218
やままゆ【山繭・天蚕】(夏)…219
やまめ【山女・山女魚】(夏)…219
やもり【守宮】(夏)…220
やんま(秋)…320

ゆ

ゆうがえる【夕蛙】(春)…82
ゆうがらす【夕烏・夕鴉】(四季)…473
ゆうぎょ【遊魚・游魚】(四季)…474
ゆうぜみ【夕蟬】(夏)…220
ゆうちどり【夕千鳥】(冬)…390
ゆうつけどり【木綿付鳥】(四季)…474
ゆうつばめ【夕燕】(春)…82

ゆうなみちどり【夕波千鳥・夕波衛】（冬）…390
ゆうひばり【夕雲雀】（春）…83
ゆきしろやまめ【雪代山女】（春）…83
ゆきどり【雪鳥】（冬）…391
ゆきむし【雪虫】（春）…83
ゆずぼう【柚子坊】（秋）…320

よ

よこばい【横這】（秋）…321
よしがも【葦鴨】（冬）…391
よしきり【葦切・葭切・葦雀】（夏）…220
よしごい【葦五位】（夏）…221
よたか【夜鷹・蚊母鳥】（夏）…222
よとうむし【夜盗虫】（夏）…222
よぶこどり【呼子鳥】（春）…83
よぶり【夜振】（夏）…222
よめがきみ【嫁が君】（新年）…398

ら～ろ

らいちょう【雷鳥】（夏）…222
らくがん【落雁】（秋）…321
らくだ【駱駝】（四季）…474
らくば【落馬】（四季）…475
らんおう【乱鶯】（夏）…223
らんちゅう【蘭鋳・蘭虫】（夏）…223
りゅう【竜・龍】（四季）…475
りゅうきん【琉金】（夏）…223
りゅうてんにのぼる【竜・龍—天に昇る】（春）…84
るりちょう【瑠璃鳥】（夏）…223
るりびたき【瑠璃鶲】（夏）…224
れんじゃく【連雀】（冬）…391
ろうおう【老鶯】（夏）…224
ろば【驢馬・兎馬】（四季）…475

わ

わかあゆ【若鮎】（春）…84
わかごま【若駒】（春）…85
わかさぎ【公魚・若鷺・鰙】（春）…85
わかたか【若鷹】（冬）…391
わかれがらす【別れ烏】（秋）…321
わきん【和金】（夏）…224
わし【鷲】（冬）…392
わしのす【鷲の巣】（春）…86
わすれがい【忘貝】（四季）…476
わすれづの【忘れ角】（春）…86
わたむし【綿虫】（冬）…392
わたりどり【渡鳥】（秋）…321
われから【割殻】（秋）…322